THE ANSWER

디 앤써

THE ANSWER 디앤써

발행일	2023년 7월 5일

지은이	고대훈		
펴낸이	손형국		
펴낸곳	(주)북랩		
편집인	선일영	편집	정두철, 배진용, 윤용민, 김부경, 김다빈
디자인	이현수, 김민하, 김영주, 안유경	제작	박기성, 구성우, 변성주, 배상진
마케팅	김회란, 박진관		
출판등록	2004. 12. 1(제2012-000051호)		
주소	서울특별시 금천구 가산디지털 1로 168, 우림라이온스밸리 B동 B113~114호, C동 B101호		
홈페이지	www.book.co.kr		
전화번호	(02)2026-5777	팩스	(02)3159-9637

ISBN	979-11-6836-972-6 03810 (종이책)	979-11-6836-973-3 05810 (전자책)

(주)북랩 성공출판의 파트너

북랩 홈페이지와 패밀리 사이트에서 다양한 출판 솔루션을 만나 보세요!

홈페이지 book.co.kr • **블로그** blog.naver.com/essaybook • **출판문의** book@book.co.kr

작가 연락처 문의 ▸ ask.book.co.kr

작가 연락처는 개인정보이므로 북랩에서 알려드릴 수 없습니다.

고대훈 장편소설

THE ANSWER
디 앤써

우주는 왜 존재하는가
인류는 어디에서 왔는가

북랩

차 례

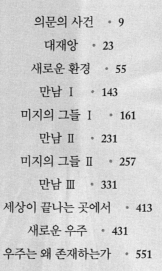

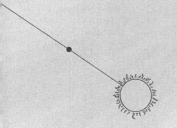

의문의 사건

시작의 동기는 항상 단순함에서 비롯된다

2036년 2월 13일 오후, 백악관의 대통령 집무실의 침묵을 깨고 긴박한 전화벨이 울렸다.

"각하, 니콜라스 비서실장입니다."

"그래, 니콜라스 비서실장! 제대로 확인했나?"

제럴드 대통령의 목소리는 마른침을 연신 삼켜서인지 평소보다 날카로웠다.

"네! 각하. 확인했습니다."

"어떻게 결론이 났나?"

"자연적인 것이 아니라 인공적인 것으로 최종 밝혀졌습니다, 각하!"

"뭐라고? 정말 모든 것이 인공적이란 말인가?"

"네. 명확한 사실입니다!"

"음… 알겠네, 니콜라스. 자네도 알다시피 이 사건은 너무나 중대한 최상위 기밀일세. NASA에 있는 박사들의 입단속을 철저히 하고 혹시라도 유출자가 있다면 일단 격리시키게! 모든 수단과 방법을 다 동원해서 철저히 보안을 유지하고 이 사실이 흘러나갈 만한 외부 통로가 있으면 모두 막아!"

"네, 시행하겠습니다. 각하!"

"니콜라스! 최대한 빨리 각료회의를 준비하게."

"네, 각하!"

전화를 끊고 제럴드는 깊은 숨을 내쉬었다. 이번 사건을 어떻게 처리해야 할지 고민에 고민을 거듭하며 숙고했다. 인류 역사상 막대한 예산을 투입한 대규모 프로젝트로, 인류의 지대한 관심과 대대적인 환영 속에서 시작했기에 그에 상응하는 부담감도 상당했다. 하지만 지금은 이런 것들을 신경 쓸 때가 아니었다. 2035년에 탐사차 화성으로 보낸 최초의 유인 우주비행선인 '마스 챌린지 호'의 우주비행사들이 계획된 탐사 목적에 따라 임무를 수행하고 있던 중에 상당히 의심스러운 것을 발견했다. 이 발견에 대한 보고로 인해 나머지 탐사 일정이 전면 수정되었고, 지체할 틈도 없이 철통 보안 속에 탐사팀을 지구로 복귀시켰다.

해가 저물자 백악관의 비상 헬기장에는 고위급 인사들을 태운 헬기가 쉴 새 없이 착륙과 이륙을 반복했다. 도로에도 이십여 대의 고급 차량이 속속 도착했다. 얼마 후 백악관 회의실에 비장한 모습을 한 고위급 관료들이 자리에 앉아 제럴드 대통령을 예의주시하고 있었다.

"레벤손 국장. 사건의 경위와 현재까지 진척된 상황에 대해 보고해주세요!"

제럴드 대통령이 NASA의 총책임자인 레벤손 국장에게 지시했다.

"네! 각하. 보고히겠습니다. 여기 게신 분들 모두가 잘 아시겠지만 '마스 챌린지 호'는 무사히 화성에 착륙 후 계획된 프로젝트를 진행했습니다. 그런데 탐사 중 직경이 약 3킬로미터에 이르는 거대한 분화구에서 동굴을 발견한 것이 이번 사건의 발단입니다. 왜냐하면 지하 동굴의 모습이 너무 인위적이었기 때문입니다."

"인위적이라고 어떻게 단정하죠?"

헨드릭스 내무부장관이 끼어들었다.

"처음엔 그냥 오랜 세월로 퇴적물이 어지럽게 쌓인, 대충 몇백 미터 정도의 깊이로 보이는 지하 동굴이라 생각했습니다. 그런데 그 내부가 이해할 수 없는 광경의 연속이었습니다. 동굴은 먼저, 깊게 수직 방향으로 내려가다 바닥 부근에서 수평으로 방향을 바꾸어 기다란 통로가 있었고 그 통로의 끝에 다다르자 엄청난 크기의 빈 공간이 나왔다고 합니다."

"레벤손 국장! 동굴이란 다양한 모습이 있고 당신이 말한 형태의 동굴은 지구에도 있지 않겠소!"

제임스 외무부장관이 별 대수롭지 않은 듯이 심드렁한 표정을 지었다.

"네, 맞습니다. 제임스 외무부장관님. 그런데 문제는 전파측정기를 이용해서 지하 동굴의 총 깊이를 확인해보니 약 3킬로미터가 넘는 깊이였습니다."

"뭐, 뭐라고? 3킬로미터가 넘는 깊이?"

여기저기서 수군거리는 소리가 쏟아져 나왔다.

"그래서 저는 마스 챌린지 호에 동굴 내부의 3차원 홀로그램을 만들기 위해 측정을 요청했고, 그들은 측정한 데이터를 NASA로 전송했습니다. NASA에서는 그들에게서 받은 데이터로 홀로그램 영상을 만들었습니다. 우선 동굴 내부를 그대로 재현한 홀로그램 영상을 보시죠!"

레벤손이 전원 버튼을 누르자 3차원의 고밀도 입체 영상이 회의실 중앙에 상영되었다.

"아니… 이건!"

여기저기서 놀라움의 탄성이 터져나왔다.

"여러분도 보시면 알 수 있듯이 단순한 지하 동굴이 아닙니다. 그리고 지구에서도 흔하게 볼 수 있는 것은 더더욱 아니죠. 놀랍게도 인공적인 지하 시설입니다. 마치 우리가 터널을 만들기 위해 산 중턱이나 지하에 굴착 기계를 사용해서 인위적으로 만든 내부 공간과 다를 것이 전혀 없습니다. 거기다 이곳에 무슨 일이 있었는지 대규모 폭발의 흔적이 곳곳에 있습니다. 물론 기나긴 세월에 의해 심하게 부식이 되었지만 보시다시피 여전히 공간이 상태를 유지하고 있습니다. 이밖에 여러 가지 실험과 조사를 통해서 인공적인 구조물이라고 결론 내릴 수 있었습니다."

"도대체 화성에서 누가 이런 작업을 했단 말이오?"

케틀러 국방부장관이 믿기지 않는지 두 눈을 부릅뜨며 레벤손에게 물었다.

"분명한 것은 우리는 아니라는 겁니다. 우리는 이제야 화성에 인류 역사상 처음으로 유인 우주비행선인 마스 챌린지 호를 쏘아 보냈으니까요. 그래서 방사성 탄소 연대 측정법으로 조사했습니다. 그 결과…."

레벤손은 말하고 있는 자신도 믿기지 않는지 숨을 고르듯 잠시 멈추었다.

"측정한 결과가 이렇게 나왔단 말이오?"

케틀러 국방부장관이 지체 없이 재차 물었다.

"지금으로부터 약 9천 년 전 정도로 측정 결과가 나왔습니다."

"뭐라고, 9천 년?"

자리에 모인 관료들이 수군거려 집무실은 어수선해졌다.

"국장, 뭔가 조사에 커다란 착오가 있는 것 아니오? 도대체 이게 말이 되나!"

케틀러가 불같이 화를 내며 눈을 매섭게 부라렸다.

"자, 자, 여러분, 그만들 하시오! 진정하시기 바랍니다. 중요한 이야기는 시작도 하지 않았어요!"

지금까지 가만히 듣고만 있던 니콜라우스 과학기술부장관이 주위를 환기시켰다.

"중요한 이야기가 더 남아 있다고?"

"여러분! 진정들 하고 이야기에 집중하세요. 특히, 케틀러 국방부장관, 흥분을 가라앉혀요!"

제럴드 대통령이 큰 소리로 엄중하게 말했다.

"레벤손! 계속하시오."

"네! 각하. 다시 한번 말씀드리자면 우주비행사들은 지하 동굴의 출입구부터 지하 3킬로미터 아래의 바닥까지 우주비행선으로 서서히 내려갔습니다. 그런데 거기서 끝이 아니었습니다. 전파탐지기로 그 주변을 조사하다 보니 흙더미 속에 묻힌 통로가 있었습니다. 흙더미를 굴착기로 뚫으니 다행히 입구만 막혀 있을 뿐 연결된 통로로 장애 없이 진행이 가능했습니다. 그 이후로는 나타난 통로를 따라 직진 방향으로 약 1킬로미터 정도 이동해 통로 끝에 도달했고 방금 전에 언급한 거대한 공간을 발견한 것입니다."

"이 공간의 폭발 흔적이 심해 명확한 형체를 알아볼 수 있는 것은 없었습니다. 그래도 우주비행사들은 다각도로 면밀히 탐사를 계속했습니다. 그러던 중, 그나마 형체가 남아 있는 의문의 물체를 발견했습니다. 탐사팀은 남은 탐사 일정을 일단 보류하고 이것을 원형 보존 처리해 지구로 복귀했습니다. 마스 챌린지 호의 지구 복귀 사실은 아직 기밀사항입니다. 먼저 양해의 말씀을 드립니다. 아쉽게도 이 자리에서는 그 물체를 홀로그램으로밖에 볼 수 없는 것은 그 물체를 더 이상 훼손시키지 않으려 안전한 특수 보관 시설에 넣어두었기 때문입니다. 그럼, 이제 여러분에게 그 물체의 홀로그램을 보여드리겠습니다."

회의실 중앙에 물체의 홀로그램이 펼쳐지자, 그들은 모두 자신들의 입이 다물어지지 않는 것도 인지하지 못한 채 영상을 뚫어지게 보며 본인들의 눈을 의심했다. 캡슐로 보이는 물체가 영상에 나타났고, 그 안에는 마치 어린아이처럼 보이는 무언가가 있었다.

"이건 마치 알 속에 들어 있는 어린아이의 미라 같잖아!"

서로에게 화면의 정체를 확인하려는 혼란이 집무실을 어지럽혔다.

"이게 뭡니까, 레벤손? 이 미라가 풍문으로만 듣던 진짜 외계인이란 말입니까?"

헨드릭스 내무부장관이 물었다.

"그게 참….”

"그게 참이라니 무슨 대답이 그렇습니까?"

새무얼 재무부장관이 충격이 가시지 않은 상태로 물었다.

"이 미라의 DNA를 분석했는데…. 믿기지 않으실 테지만, 인간의 DNA와 완벽하게 일치했습니다."

"뭐라고요! 어떻게 그런 일이!"

"말도 안 되오. 정말 조사 과정에 어떤 문제가 있었던 게 아니오? 확실하오?"

여기저기서 현 사건을 부정하는 의견이 튀어나왔다.

"도대체 이 미라가 어떻게 화성에 가 있단 말이오?"

"죄송합니다. 더 이상은 저희 쪽에서도 밝혀진 사실이 없습니다."

"그렇다면 이 미라는 연대가 어떻게 됩니까?"

제임스 외무부장관이 놀란 표정을 지우지 못하고 질문했다.

"방사성 탄소연대 측정법으로 알아본 결과 지금으로부터 약 8천 5백 년 전 정도로 나왔습니다."

"좀 전의 인위적인 지하 동굴은 약 9천 년이라 했고, 이 미라는 약 8천 5백 년이라면 자그마치 5백 년이라는 시간의 공백이 생기지 않습니까? 이것은 또 무슨 의미요? 도대체 그곳에 무슨 일이 있었던 겁니까?"

새무얼 재무부장관이 놀란 가슴을 진정시키려 애쓰며 질문을 퍼부었다.

"물론 측정에 대한 오차는 어느 정도 감안하셔야 합니다. 지하 동굴과 미라의 연대가 더 앞당겨질 수도 있으며 더 먼 과거일 수도 있으니까요!"

"…."

"그건 그렇고, 캡슐 모양처럼 보이는 저것은 관입니까?"

"아닙니다. 절대로 단순한 관이 아닙니다. 엑스레이로 자세히 조사해본 결과, 매우 정교한 장치들이 빼곡히 있었습니다."

"그렇다면 우주비행선이라는 말인가요?"

"거듭 말씀드리지만, 현재까지 명확히 밝혀진 사실은 없습니다. 지금은 저희 NASA에서도 이와 관련하여 최고의 연구진을 구성해서 비밀리에 연구와 실험을 진행할 뿐이며 이것에 대해 선불리 예측하는 것을 일체 삼가고 있습니다. 일단, 저 캡슐 같은 기계는 내부 설계가 무척 복잡하기도 하지만, 부식이 심각한 상태라 잠시 미뤄둔 상태입니다. 아마 모든 연구진들이 달려들어 분석한다고 해도 명확한 결과가 나오기까지 상당한 시간이 소요될 것입니다."

"…."

"레벤손 국장, 수고했소!"

보고가 끝나자 충격에 휩싸여 그 누구도 쉽게 말을 떼지 못했다. 제럴드 대통령이 침묵을 깼다.

"여러분, 오늘 긴급 각료회의를 소집한 이유는 이 중대한 사건을 우리가 어떻게 처리해야 할지 의견을 모으고 결론을 내야 하기 때문입니다. 자! 이제 각자 자신의 의견을 말해보세요."

각계각층의 다양한 입장들과 국제적인 상황들을 고려하며 진지하고 심도 있는 의견이 오가는 토론이 늦은 새벽까지 이어졌다. 처음에 극히 일부 각료는 국민에게 진실을 알려야 한다는 의견을 냈지만 이내 수그러졌다. 각계각층의 이해관계는 그만큼 복잡했던 것이다. 오랜 시간 의견을 조율하며 고민하던 제럴드 대통령이 드디어 결단을 내렸다.

"서로를 배려하며 모두에게 도움이 될 다양한 의견들과 방법을 장시간의 토론을 통해 나누었습니다. 고민도 했습니다. 그래서 얻은 우리의 중론은 우리의 자리를 지키는 것입니다. 이번 사건은 인류 역사상 그 어떤 사건보다도 충격적이지만 영원히 일급 기밀로 묶어둘 수밖에 없습니다. 이번 사건은 여러분도 동의하다시피 권력을 유지하기 위해서도 아니고 어떠한 이득을 취하고자 하는 것은 더더욱 아닙니다. 단지 이 사실을 외부에 알리기에는 득보단 실이 너무나 많기 때문입니다. 인류가 그동안 무수한 노력을 통해 이루고 유지해왔던 문명에서 모든 영역의 질서와 관행이 돌이킬 수 없는 혼란에 빠질 뿐입니다. 혼란만 가중시키는 사실은 더 이상 진실이라고 할 수 없다는 결론입니다! 하지만 외계 물체에 대한 연구는….”

*

2026년 3월 24일 오후 9시.

“저 빛은 뭐지?”

자신에게 다가오는 것처럼 보이는 정체불명의 빛에 운전 중이던 사내는 순간 움찔했다.

“정말 이상한걸. 어… 억!”

언젠가부터 자신을 따라오고 있는, 족히 10미터 정도는 되어 보이는 구 형태의 빛은 지금은 자신과 같은 속도로 옆에서 나란히 길을 따라 나아갔다. 자신의 자동차는 분명히 빠른 속도로 달리고 있는데, 이상하게도 그 불빛은 마치 정지해 있는 것처럼 보였다. 사내는 소리 없이 따라붙는 빛에 겁이 나서 가속 페달을 한껏 밟았다.

"기분이 안 좋아. 아주 불길해."

그 순간, 구체의 빛에서 발사된 전파가 갑자기 그의 몸을 뚫고 들어왔다. 곧이어 어디에서 들려오는 말소리인지 알 수는 없지만 사내에게 뚜렷하고 강한 울림으로 들려왔다.

"멈추어라! 너는 선택되었다!"

사내는 그 울림에 점령당한 듯 자신의 의지와는 아무런 상관없이 명령에 따라 움직였다. 아니, 이미 그는 더 이상 없었다. 그의 의식은 다른 존재로 바뀌어 있었다.

정체불명의 빛이 사라진 곳엔 원반형 우주비행선이 떠 있었고, 사내는 다음 명령에 따라 차에서 내렸다. 그가 내리자, 원반형 우주비행선에서 강렬한 전파를 자동차에 쏘았고 차는 마치 생명을 얻은 듯이 저절로 움직여 말케이 언덕으로 이동했다.

말케이 언덕에는 또 다른 사내가 있었다. 그 사내도 역시 명령을 받은 듯 자신의 앞에 멈춘 차에 올라탔다. 곧이어 강렬한 광선이 자동차를 향해 사정없이 발사되었다. 차는 마구 구겨졌고 얼마 지나지 않아 불길이 타오르며 터져버렸다.

"명령하신 대로 일을 마쳤습니다."

"음… 그들이 오고 있군."

미지의 목소리가 이어서 말했다.

"흔적을 없애라! 그들이 절대 알 수 없도록!"

"네! 분부대로!"

블랙은 다시 비행해 현장에서 멀리 떨어진 다른 한적한 장소에 착륙시켰다. 그리고 조금의 망설임도 없이 버튼을 눌렀다. 그러자 태양 같은 고온이 발생히며 원반청 우주비챙선과 함께 블래은 녹아내렸고 모든 흔적이 사라져갔다. 얼마 후, 그곳엔 풀밭이 타버린 흔적만 남아 있었다.

대재앙

현실 세계에서 실로 가장 심각한 두려움은
그 누구도 전혀 예상하지 못한 사건이
실제로 벌어졌을 때이다

2036년 5월, 화창한 하늘에는 카푸치노의 흰 거품 같은 맑은 구름들이 간간이 떠 있었고 햇볕은 포근하게 교정을 감쌌다.

오늘은 레스터 마틴의 대학원 졸업식이 있는 날이다. 학교 안은 꽃다발을 든 사람들로 가득해 위에서 내려다본다면 아마도 교정의 나무들과 어우러져 움직이는 정원처럼 보였을 것이다.

"메리! 메리! 엄마가 부르잖니! 이쪽으로 오렴."

사라는 사랑이 가득 담긴 웃음을 지으며 딸을 불렀다.

두 살 된 앙증맞은 메리가 엄마의 목소리에 앞으로만 향하던 걸음을 멈추고 고개를 돌려 엄마를 보았다. 엄마와 눈이 마주치자 메리는 해맑게 웃으며 엄마에게로 뒤뚱뒤뚱 몸을 돌렸다.

"어여쁜 내 아기, 눈에 넣어도 아프지 않지."

사라는 메리를 안고는 통통한 볼에 뽀뽀를 했다.

"사라! 메리! 여기야!"

레스터가 그의 누나인 사라와 조카인 메리를 불렀다. 그때, 친구인 케빈 테일러가 레스터에게 다가왔다.

"축하해, 레스터."

"축하하네, 케빈."

레스터도 활짝 웃으며 답했다.

"수석 입학에 수석 졸업이야. 느낌이 어때?"

"솔직히 믿기지 않아, 케빈. 그냥 내가 운이 좋았던 거지!"

"레스터! 너무 겸손해할 필요는 없어. 난 정말로 네가 가장 소중한 친구라는 것이 자랑스러워!"

케빈이 기분 좋게 웃었다.

"그건 그렇고, 정말로 축하해야 할 일은 따로 있지, 레스터? 물리학 석박사 통합과정을 이수하는 중이던 대학원생의 논문이 오랜 세월 연구에만 몰두한 대부분의 교수들조차도 한 번 실리기 어렵다는 세계 유수의 학술지인 「네이처」에 대서특필로 실린 일 말이지. 정말 대단해!"

"이제 그만하게, 케빈. 지금 상당히 민망해."

말은 그래도 레스터는 기분이 좋은 듯 살며시 미소를 지었다.

"진심일세. 세계적으로 저명한 대석학들도 이구동성으로 불가능에 가깝다고 하는 엄청난 논문을 자네가 발표했잖아!"

케빈은 자기 일인 양 신나서 말을 이었다.

"내가 알기론 전 세계의 교수들과 학자들뿐만이 아니라 세계 굴지의 기업 연구소들에 있는 연구원들, 심지어는 전 세계의 주요 국가기관에서도 네 논문 때문에 난리가 났다고 하더군."

"정말? 정말로 그런 일이 나도 모르게 벌어지고 있었다는 말이지!"

결국 레스터는 케빈의 칭찬에 과장되게 놀라는 척하며 에둘러 말을 덮었다.

"레스터. 너희 연구실의 담당 교수님인 나의 아버지는 노벨물리학상을 두 번이나 받으신 대석학자이시고 물리학과 수학 분야에서 현존하는 천재 중에 최고의 천재라고 평가받는 이론 물리학자이시지! 내 아버지의 말씀으로는 네 논문은 단순히 대석학자라고 해서 할 수 있는 일이 아니라고 말씀하시더군. 아버지가 내게만 진심이라며 말씀해주셨는데, 그 논문 내용은 인류가 앞으로 상당히 머나먼 미래에나 겨우 만날 수 있을까 말까 한 엄청난 내용이라고 하셨어. 어떻게 이러한 논문이 벌써 나올 수 있었는지 모르겠다고 하셨지. 자네의 논문은 단순히 혁명적이라는 한마디로 표현할 수 없다는 거야. 그 논문은 인류가 발견하고 발명할 수 있는 모든 것 중에 가장 끝부분에 해당한다고 하셨어. 한마디로 완결이라는 뜻이지. 내 아버지가 자존심과 자부심이 대단하신 것은 너도 잘 알고 있잖아. 그런 아버지께서 감탄을 멈추지 못하고 계셔. 지금 그분은 자신의 자존심을 모두 내려놓고 너의 논문을 신줏단지 모시듯 애지중지하시다 못해 이제는 찬양하고 계신다니까. 나는 너의 논문이 무슨 내용인지 솔직히 전혀 알 수 없지만, 이렇게 엄청난 인물로 성장한 자네가 내 친구이니 비교가 돼서 어디 집에 기 펴고 살겠나? 난 이제 집에 가면 앞으로는 조용히 내 할 일만 하면서 보내야 할 것 같아. 눈치도 슬금슬금 보면서 말이지."

"말도 안 돼! 케빈!"

"하하하! 농담이야, 레스터. 농담!"

너스레를 떨며 말하던 케빈이 미안해하는 레스터의 모습을 즐기며 재밌어했다.

"케빈, 오늘따라 별소리를 다 하는군. 자네는 이미 훌륭해. 나보다 더."

레스터가 진심이 담긴 목소리로 말했다.

"평범한 컴퓨터 프로그래머에 불과한 내가 부럽다고? 내가 그런 말 했다고 바로 되받아치는 거야!"

"아니, 내가 그럴 리가! 난 자네의 유쾌하고 밝은 사교성이 너무 부러워. 나는 다시 태어난다 해도 가질 수 없는 거니까. 잘 알잖아! 케빈. 넌 이 세계에 펼쳐진 일상 속에서 일어나는 다양한 즐거움과 행복을 감사하고 만끽할 줄 알잖아. 난 그 속으로 직접 들어가지 못한 채 너의 이야기를 통해 간접경험을 하지. 오히려 나는 사람들에게 현실로 느껴지지 않는 머나먼 미지의 세계를 찾아서 헤매는 그곳이 현실이자 직접적인 경험을 할 수 있는 곳이라 여기니까 말이지. 그런데도 참 이상하지? 너를 통해 듣는 삶 속의 소소하고 다양한 이야기들이 좋고 부러울 때도 많아. 자네는 나의 가장 소중한 친구야. 어쩌면 되고 싶은 또 다른 나의 모습이 바로 자네일지도 몰라!"

레스터가 말을 이었다.

"난 내 세계에 완전히 갇혀 있지. 난 이 안에서 벗어나지 못할 거고 이 안에서 생을 마감하게 될 거야. 하긴 누구나 그런 거지만."

"그게 무슨 말이야? 혹시 자네한테 무슨 일 있나? 레스터?"

"뭐? 아, 아니."

무의식적으로 흘러나온 말에 레스터도 스스로에게 놀랐다.

"어, 졸업식이 시작되는군. 빨리 가자고, 레스터!"

레스터의 어깨를 살짝 치며 케빈이 앞장서서 걸어갔다.

"잠깐만, 케빈. 먼저 가 있어. 곧 뒤따라갈게."

레스터는 메리를 돌보고 있는 사라에게로 시선을 돌렸다.

"그렇군. 조금 이따가 보자고, 레스터. 그러고 보니 나도 잠시 과 사무실에 들렀다 가야 할 것 같아."

씨익 웃으며 케빈은 가벼운 거수경례를 하고 돌아서 갔다.

주위의 부러움과 축하를 한껏 받으며 졸업식을 마친 레스터는 오랜만에 유일한 가족인 사라 그리고 메리와 특별한 시간을 보내려 근사한 레스토랑에 왔다.

"축하해! 내 사랑스러운 동생, 레스터."

레스터의 두 손을 따듯하게 감싸 안으며 사라가 말했다.

"추카, 추카."

무슨 뜻인지도 모르면서 옆에 앉아 있던 메리가 어설픈 발음으로 따라 했다.

"오히려 내가 고맙지. 사라가 아니었다면 지금의 나도 없었을 테니깐. 앞으로 더욱 최선을 다할게. 계속 지켜봐."

레스터와 사라의 웃고 있는 얼굴에 어느새 눈물이 맺혔다.

레스터는 한없는 그리움, 끝없는 아련함, 걷잡을 수 없는 슬픔에 다시 울컥했다. 그가 태어나자마자 돌아가신 어머니도 보고 싶지만, 10년 전 알 수 없는 사건으로 돌아가신 아버지가 뼈에 사무치도록 보고 싶었다. 특히 오늘 같은 날엔. 그에게 아버지는 세상의 모든 것이었다. 그런 아버지가 그렇게 허무하게 돌아가시다니. 레스터는 지금까지 아버지가 보고 싶을 때면 함께 찍은 사진과 녹화된 영상을 보았다. 그 속에서 아버지는 행복하고 환한 미소로 반겼고, 레스터는 남모르게 눈물을 훔쳤다.

"정말 사고였을까?"

레스터가 의심이 가득한 눈빛으로 말했다.

"뭐?"

"아버지 교통사고 말이야. 아버지는 사리가 분명하고 명석하신 분이셨어. 모든 일을 주의 깊게 생각하시며 행동하셨지. 그리고 무엇보다 일이 끝나자마자 집으로 오시기 바빴던 가정적인 분이셨어. 그런 분이 도대체 무슨 일 때문에 칠흑같이 어두운 한밤중에 그것도 단 한 번도 가본 적이 없는 말케이 언덕에 가셨는지 도무지 이해가 안 가."

"그건 그냥 사고였어, 레스터."

슬픔이 가득 밴 목소리로 사라가 말했다.

"아니, 그렇지 않아! 사라가 더 잘 알잖아? 내비게이션엔 그 언덕이 분명히 목적지로 표시되어 있었다고 했잖아!"

"…."

레스터의 말에 사라는 반박하지 못했다.

"정말로 말도 안 되는 건 그곳에 있던 자동차는 아버지의 차뿐이었어. 최소한 사고를 일으킨 가해자의 자동차라도 있어야 하는데, 그곳으로 진입한 아버지의 자동차 타이어 자국 이외에는 그 어떤 흔적도 없었다고 했잖아. 절벽에서 떨어진 것도, 낙석이 덮친 것도 아니었잖아! 그런데 어떻게 아버지의 자동차가 구겨질 대로 구겨져 형체를 알아보기도 힘들 정도가 돼버린 거지?"

레스터가 흥분한 채 말을 이었다.

"한 가지 더 받아들일 수 없는 것은 그 자동차에서 팅겨져 나와 나뒹굴던 내비게이션만 정상적으로 작동되고 있었다는 경찰 조사 결과를 받았잖아. 전선이 끊어져 전류 공급이 전혀 없는데, 어떻게 충전식 배터리가 내장되지도 않은 내비게이션이 켜진 채로 멀쩡하게 작동될 수 있냐는 말이야. 그리고 너무나 흉측스럽게 타버린 아버지는….."

"레스터….."

안쓰럽게 레스터를 물끄러미 쳐다보던 사라가 다시 말을 하려다 멈추었다.

"이 사건을 생각할 때마다 도대체 현실이란 것이 무엇인지 모르겠어. 정말 모르겠다고!"

레스터는 복받치는 감정을 억누르지 못하고 외쳤다. 뭉쳐 있던 속상함과 답답함을 단번에 내뱉어서인지 레스터는 큰 숨을 들이쉬었다. 옆에서 천진난만하게 장난감을 가지고 놀고 있던 메리가 갑작스러운 큰 소리에 불안해졌는지 금방이라도 울음을 터뜨릴 듯 큰 눈망울로 레스터와 사라를 번갈아 보았다.

"레스터, 그만하자. 오늘은 너의 졸업식이야. 우리한테 오늘같이 기쁜 날이 어디 있니. 안 그래?"

사라와 메리 그리고 주위 사람들의 얼어붙은 시선이 한순간에 자신에게 집중되자 레스터는 감정을 추스르며 말했다.

"미안해, 사라! 나도 모르게 흥분했나 봐."

"세상은 그런 거야. 이성적으로 알 수 있는 일뿐만 아니라 이해할 수 없는 일도 벌어지는 곳이지. 어릴 적부터 너는 궁금해했잖아. 사람들이 모여 사는 곳에 있으면서 그들과 교류하면 이곳이 현실처럼 느껴지다가도 고개를 들어 밤하늘을 보면 비현실로 느껴진다고. 눈에 보이는 저 거대한 해와 달, 별들이 어떻게 비현실처럼 허공에 떠 있을 수 있는지, 어떻게 일정한 규칙에 따라 이 우주가 존재하고 있는지 말이야."

"그랬지. 그런 절박한 궁금증이 결국 내가 이 길로 들어선 이유였어. 그런데 최선을 다해 여기까지 왔지만 아버지의 사건을 생각할 때마다 내가 한없이 작아지는 느낌이야. 아버지의 사건에 대해선 아무것도 밝혀내지 못했다는 사실이 말이야!"

"레스터!"

*

집에 돌아온 레스터는 자신의 방의 책장에서 낡고 두툼한 스크랩북 하나를 꺼냈다.

'아무리 생각해도 이해할 수 없어. 이 사건은 완벽한 모순이야!'

레스터는 아버지의 의문사 이후에 아버지의 사건을 포함해 사건의 형태가 비슷한, 해결되지 않은 것들을 차곡차곡 모아 의문나는 점이나 찾아보아야 할 것들을 꼼꼼히 적어두었다. 사실 그는 아버지가 돌아가셨을 그 당시, 바로 자신의 모든 것을 던져 범인을 잡고 싶었다. 하지만 그는 나이도 어렸고, 보호해야 할 사라가 있었기에 이렇게 사회로 나오는 순간인 졸업식을 학수고대했다. 대신 그 마음을 죽을힘을 다해 공부에 쏟았다. 하지만 오늘부터는 아니다. 레스터는 단호하게 결론을 내렸다.

지금까지 살아오면서 철저히 이성을 바탕으로 모든 자연현상을 다루어오던 레스터에게 아버지에게 일어났던, 믿을 수 없을 정도로 비이성적인 그 사건은 커다란 충격이었다. 그리고 그 사건은 레스터에게 이 세상에서 가장 불가사의한 현상으로 남아 끝없이 자신을 괴롭혔다.

'이제 졸업을 했으니, 본격적으로 면밀히 조사해야겠어. 진실을 밝혀내고 말겠어. 반드시!'

레스터는 결심을 굳히며 다짐했다.

"똑똑!"

그때, 사라가 문 앞에서 노크를 했다.

"들어와, 사라."

레스터는 얼른 스크랩북을 제자리에 꽂았다.

"졸업하면 한밤의 커피 데이트도 끝인가요?"

사라가 빠끔히 문을 열고 커피 잔을 보였다.

"별말씀을. 앞으로도 종종 부탁해. 고마워 사라."

레스터가 그녀의 볼에 살짝 입맞춤을 했다.

"메리는?"

"오늘 많이 돌아다녀서 힘들었나 봐. 세상모르고 자네. 그건 그렇고 결정은 했니?"

"어… 그게, 사라."

미안한 듯 레스터는 사라에게서 잠시 시선을 피했다가 다시 눈을 마주했다.

"교수 제의가 들어와서 학교에 남기로 했어. 어려운 결정이었어. 사라와 메리를 위해선 내가 기업체에 취업해서 살림살이에 더 많이 도움을 주어야 한다고 항상 생각했는데….."

"무슨 말이야, 레스터?"

사라가 레스터의 두 손을 잡고 고개를 흔들었다.

"레스터, 넌 우리 집의 유일한 희망이야. 어릴 적 영재 학교를 다닐 때부터 지금까지 지원과 장학금으로 집안 살림에 충분히 도움을 주었어. 그래서 난 항상 뿌듯했고 그 누구 앞에서도 당당할 수 있었어. 돌아가신 부모님도 분명히 자랑스러워하실 거야. 교수님이 된다면 더 이상 너나 나나 부러울 것이 없겠지. 당연한 결정이야. 항상 옆에서 응원할게, 레스터!"

사라가 흐뭇하게 미소 지었다.

"이해해주고 언제나 격려해줘서 정말 고마워, 사라. 아버지가 돌아가신 후, 우리를 돌봐주시던 친할머니도 아버지의 사고 충격으로 결국엔 돌아가셨지. 그때부터 사라가 나를 돌보고 키운 거지. 그 당시 사춘기였던 내가 방황하지 않도록 잘 이끌어주었잖아. 사라도 많이 힘들었을 텐데 말이야."

애정 어린 시선으로 사라를 바라보며 레스터는 이어 말했다.

"그래서 나는 엄마가 두 분이야. 나를 이 세상에 태어나게 해준 한 분과 길러주신 한 분!"

"나 역시 자녀가 두 명 있지. 레스터와 메리."

사라가 레스터의 어깨를 장난스레 도닥였다.

"그건 그렇고, 사라!"

레스터가 진지하게 말을 던졌다.

"왜? 레스터."

"내 제안이 주제넘을지 모르지만, 메리에게 아빠가 있으면 좋지 않을까 해서. 그리고 사라는 외롭지 않아? 이제 내가 독립해서 나가면 여기는 둘뿐일 텐데 말이지."

"재혼? 아니, 지금은 생각 없어. 지금은 여러모로 만족하고 좋아. 메리와 보내는 이 시간이 내겐 너무 소중해! 그리고 아이들을 가르치는 학교 교사라는 직업도 만족스럽고, 학교의 지원으로 설립된 어린이집에 메리를 맡길 수 있으니 쉬는 시간에 메리도 틈틈이 볼 수 있으니까. 아직은 일에 더 집중하고 싶어!"

"사라의 의견이 그렇다면 어쩔 수 없지. 그래도 사라가 함께하고 싶은 사람이 생기면 바로 소개시켜줘!"

"그럼, 당연하지!"

사라가 방에서 나간 후 레스터는 끊어졌던 생각을 이었다. 사고에 대한 원인은 과학적 분석을 바탕으로 규명할 것이며, 이것은 스스로에게 커다란 사명이었다. 아버지의 사고를 분명히 이성적으로 밝혀낼 수 있어야 했다. 이제 이 사건은 그의 자존심과도 관계가 있는 일이었다. 현재 시간은 어느덧 밤 9시 50분을 향하고 있었다.

"그래, 지금이야!"

책상에 놓인 시계를 묵묵히 쳐다보던 레스터가 일어나며 말했다. 미리 준비해두었던 전자기파 측정기와 가이거 계수기 그리고 휴대용 손전등을 챙긴 후, 곤히 잠든 사라와 메리가 깨지 않도록 조심스럽게 현관문을 나선 레스터는 차에 올라탔다. 약간의 두려움이 밀려왔다. 그렇지만 지금 이 시간대부터가 아버지 사건의 추정 시간대라 적당하다고 생각했다. 지금까지도 사고 현장은 가족에게 암묵적으로 철저하게 함구하는 장소였다. 그 장소를 떠올리는 것만으로도 레스터, 사라 그리고 이제는 돌아가신 친할머니에게 사무치는 그리움과 울분이 밀려왔기 때문이다. 하지만 비록 늦었다 할지라도 이제는 불명확한 사고의 원인을 직접 직면해보고 싶었다.

집에서 약 30킬로미터 정도 떨어진 말케이 언덕에 경찰과 사건 현장 확인차 한 번 왔었지만 그때는 한낮이었다. 그 후로 10년의 세월이 흘렀지만 이렇게 사고 추정 시간에 온 것은 처음이었다. 여전히 사람이 찾지 않는 곳인지 잡초만 무성했다. 말케이 언덕은 사람들에게 그런 곳이 있나 싶을 정도로 특징도 없고 눈에 띄지도 않았다. 마치 실제로 존재하지만 사람들의 기억 속에서 영원히 지워진 미지의 공간 같았다.

3시간 가까이 휴대용 손전등을 켜 이리저리 둘러보고, 전자기파 측정기와 가이거 계수기로 조사해보아도 이곳에 특별한 전자기적 현상이나 방사능 수치의 특이사항은 전혀 없었다. 게다가 단서가 될 만한 의심쩍은 지리적 조건 같은 자연 결함도 찾을 수 없었다. 레스터는 조금씩 지쳐갔다.

"도대체 아버지는 이곳에 무슨 일로 오신 걸까. 아무리 둘러보아도 무성한 잡초와 칠흑 같은 어둠으로 둘러싸인 이곳을!"

레스터는 자신의 머리카락을 잡아뜯듯 두 손으로 움켜쥐었다.

"제길! 너무 늦은 건가! 이곳만의 특별하고 기이한 무엇인가가 있을 거라 믿었는데."

당장이라도 저 수풀 속에서 환한 미소를 지으며 아버지가 걸어와 안아줄 것 같았다. 보고 싶었다. 하지만 이곳은 아버지의 삶과 죽음이 교차하던 장소였다. 어느새 그의 눈가에 눈물이 가득 고였다.

"오늘 밤엔 유달리 별들이 잘 보이는군!"

별빛이 그의 눈가에 머물며 눈물과 섞여 흐릿하지만 포근한 느낌을 주었다.

'어쩔 수 없이 집으로 돌아가야겠어. 혹시 이른 아침이나 낮에 오면 다른 것을 찾을 수 있을지 모르니 다시 오자!'

어깨가 처진 그는 시동을 걸었다. 그런데 곧 시동이 꺼졌다. 이어서 헤드라이트의 빛도 사그라졌다. 갑자기 레스터 주위의 빛들이 한순간에 사라졌다.

"왜 안 되지?"

여러 번 시도하고 핸들을 두들겨도 소용이 없었다. 순간 레스터는 등을 타고 온몸에 퍼지는 한기에 몸서리쳤다. 아버지의 사건이 오버랩됐다. 당황한 레스터는 두려움에 점점 더 큰 목소리로 외쳤지만 외칠수록 고요 속 어둠이 그를 묶었다. 갑자기 죽음에 대한 공포가 밀려왔고 불길한 힘이 느껴졌다. 순식간에 식은 땀이 그의 몸을 뒤덮었다. 부들부들 떨고 있는 손은 더듬거리며 휴대폰으로 갔다. 전원이 꺼져 있었다.

"어떻게 된 거지?"

최신 과학 이론과 기술로 중무장한 레스터로서도 지금과 같은 상황에서 어떻게 해야 할지 방법이 떠오르지 않았다. 레스터의 머리는 백지상태에 놓였다.

"그래, 손전등!"

차에 타기 전, 뒷좌석에 무심코 던진 손전등을 더듬거려 잡았다. 손은 땀으로 젖어 있었다. 손바닥을 바지에 문질러 땀을 닦았다. 이제 그나마 믿을 수 있는 건 충전식으로 작동되는 휴대용 손전등이었다. 몇 번의 호흡을 몰아쉬어 긴장된 마음을 가라앉혔다.

"그래, 너만 믿는다!"

조심스럽게 휴대용 손전등의 전원 버튼을 눌렀다.

"이런, 제길!"

마지막으로 믿었던 휴대용 손전등마저 작동되지 않았다. 레스터는 핸들에 고개를 숙인 채 구원의 손길로 아버지를 간절히 불렀다. 도움을 청하러 갈 곳도, 갈 수도 없는 이곳에서 그는 꼼짝없이 제발 아무 일 없이 동이 트기를 바랐다.

"젠장."

그는 울먹이며 떨리는 목소리로 허공에 푸념 섞인 한마디를 내뱉었다. 세찬 바람이 연이어 불었다. 어느새 주변이 안개와 먹구름으로 뒤덮였다. 바람이 사라졌다. 빛은 어디에도 없었다. 그는 어둠의 침묵 속에 갇히게 되었다.

그때였다. 자동차 앞 유리에 원형의 선명한 빛이 들어왔다.

"이상하네! 달이 보일 리가 없는데?"

눈을 비비고 보아도 이상했다. 자세히 알아보기 위해 차 문을 열고 나왔다. 사고 현장이라 두려움에 떨고 있던 레스터는 이 사실을 잊어버리고 정체불명의 광채에 서서히 다가갔다.

"크레이터가 하나도 없잖아! 차 안에서 앞 유리의 먼지 때문에 착각했던 거군."

레스터는 원 형태의 광채를 향해 더 가까이 다가갔다.

"정말 이상해! 빛이 어떻게 퍼지지 않고 갇혀 있지? 오직 원 안에만 머물러 있어. 너무 깨끗해. 흔적은 물론 어떠한 홈집도 전혀 없어."

레스터는 미간을 잔뜩 찌푸렸다.

"저 광채는 도대체 뭐지? 언제부터 저곳에 있었던 거지?"

너무나도 가까이에 있었다. 어림잡아 보아도 100미터 미만의 거리에 있는 것 같았다. 안개가 어느새 걷혔고 먹구름도 흩어져 그 사이로 익숙한 달빛이 말케이 언덕을 비추며 능선의 윤곽을 드러냈다.

"뭐야! 저게 정말 뭐지? 어, 어… 헉!"

레스터는 기겁했다. 그 커다란 원형의 광채가 약 30미터 정도되는 상공에 떠 있었다. 빛은 형체가 드러나자 마치 눈을 마주친 듯 S자 곡선을 그리며 소음도 없이 미끄러지듯 그를 향해 다가왔다. 레스터는 모든 신경이 순간 멈춘 듯 미동도 없이 서 있었다.

동공이 확장된 눈은 의미 없이 뜨여 있었고, 입은 태곳적부터 파여 있던 동굴처럼 벌어졌다. 광채는 일정한 거리에서 불현듯 멈췄다. 동시에 레스터의 뇌에 강렬한 전파가 느껴지며 온몸이 저렸다. 그는 앵무새가 된 듯 의미를 알 수 없는 말을 또박또박 뱉었다.

"그대는 발탁되었다."

"선택은 더 이상 의미 없는 것."

"MSS로 이동하라."

말을 마친 레스터는 정신을 잃었다. 어느 정도의 시간이 지났을까. 정신을 차려보니 광채는 사라지고 없었다. 동이 트려 했다. 서둘러 차로 가려 했으나 충격 때문인지 잠시 몸이 말을 듣지 않았다. 가까스로 그는 차를 몰아 집으로 돌아왔다.

현관문을 열자 마침 방을 나서는 사라와 마주쳤다.

"레스터, 새벽에 어디 갔다 온 거야?"

당연히 자고 있는 줄 알았던 레스터의 헝클어진 모습을 본 사라는 의아해 물었다.

"어… 저녁에 케빈에게 연락이 와서 같이 술 좀 마셨어."

레스터가 당황하며 얼버무렸다.

"그러면 나한테 말을 했어야지."

"잠자고 있는데 방해하기가 뭐 해서."

"그런데 바지가 왜 이렇게 더러워?"

걱정스러운 눈빛으로 사라가 물었다.

"아, 오다가 넘어졌어. 오래간만에 마셨더니 술에 취했나 봐."

"조심하지 않고. 다친 데는 없니?"

"어, 아무렇지 않아!"

레스터가 간신히 빙긋 웃어 보였다.

"그래, 졸업식이었으니 축하할 만도 하지. 피곤하지, 얼른 올라가 자."

사라가 미소 지으며 말했다.

"아 참! 너에게 배달된 우편물이 있어. 이 새벽에 무엇이 그리 급한 일인지 바로 전달해야 한다면서 말이지. 그래서 일어나게 됐지만…."

사라가 레스터에게 봉투 하나를 내밀었다.

"편지봉투가 근사하니 좋은 소식이겠지?"

"이것 때문에 깼구나! 미안. 아직 이른 새벽이니 사라도 들어가시 좀 더 자."

"아냐, 난 출근 준비해야 해. 음식 차려놓을 테니 이따가 일어나면 식사해. 알았지?"

"어, 고마워, 사라!"

2층 자신의 방에 들어오자마자 레스터는 책상 위에 우편물을 던져두고 침대에 그대로 쓰러져 이내 잠들었다. 깊은 숙면을 취하고 있던 그는 멀리서 지면을 때리는 번개 소리에 화들짝 놀라 눈을 떴다. 늦은 저녁 같았다. 그런데 전등을 켜고 시계를 보니 오후 1시 10분이었다.

'어떻게 된 거지? 오후 1시인데 밖이 왜 이렇게 어둡지?'

하늘이 빈틈없이 먹구름으로 가득 차 있어 어둠은 더욱 짙었다. 잠시 창밖을 응시하다가 새벽에 있었던 불가사의한 일에 몸서리가 쳐졌다. 일련의 일을 정리해보려 방 안을 서성거렸다. 그러다 책상 위에 놓인 우편물이 그의 눈에 들어왔다.

"발신자가 없잖아?"

레스터는 불길한 느낌으로 우편물을 뜯었다. 그 안에는 MSS 탑승권이라는 티켓 3장과 장소가 적혀 있는 안내문이 있었다. 그 장소는 다름 아닌 말케이 언덕이었다. 그 순간, 머릿속에서 강한 전파가 느껴졌고 조여오는 고통에 두 손으로 머리를 움켜쥐었다. 그 언덕에서 두려웠던 느낌이 되살아나 신음을 토했다.

'그대는 발탁되었다. 선택은 의미 없는 것. MSS로 이동하라!'

자신도 모르게 되뇌던 강력한 메시지가 또다시 뇌리에 선명히 떠올랐다. 곧이어 허공에 붉은색의 선명한 글자들로 문장 하나가 쓰였고, 울림이 큰 묵직한 목소리가 들려왔다.

"MSS로 이동하라. 지금 당장!"

레스터에게는 이 문장도 놀라웠지만 아무런 장비도 없이 허공에 떠 있는 붉은색의 선명한 글자들이 더욱 신기했다. 그 어디에서도 붉은색 빛이 새어나온 흔적은 전혀 없었는데 방 안의 정중앙에 글자가 새겨진 것이다. 게다가 그 문장은 한 글자씩 누군가 필기하듯이 나타났다가 문장이 완성되자 이내 바람에 공중으로 날아간 잎들처럼 사라졌다. 그리고 더 희한한 것은 그 목소리였다. 어느 방향에서도 들려온 것이 아니었다. 레스터의 내부 깊은 곳에서 모든 방향으로 동시에 퍼져나가며 들렸다. 그 목소리의 울림이 얼마나 컸던지 몸을 가누지 못할 정도였다. 기이한 현상들이 모두 사라지자 두통도 사라지며 주위는 아무 일 없었다는 듯 일상으로 돌아왔다.

'잠깐! 잠깐! 새벽부터 지금까지 일어난 상황을 다시 생각해보자. 음… 도저히 받아들일 수 없는 비현실적인 상황인 것만은 확실해. 하지만 나에게 그 무언가가 특별한 피해를 준 것은 없어. 이제는 경험하고 있는 이 상황들이 비현실적이라고 단정할 수도 없잖아. 어이없게도 내가 체험하고 있으니!'

"그래, 일종의 경고야! 어떻게 된 사정인지 이해한다는 것은 불가능하지만 분명히 강력한 경고야. 도대체 무슨 일이 일어나려는 걸까? 나에게, 사라에게, 아니면 메리에게? 사라에게 빨리 연락해야겠어. 무슨 일인지 알 수 없지만 상당히 불길한 느낌이 들어. 더 이상 지체하면 안 될 것 같아!"

레스터가 사라에게 연락하려는 순간, 창을 통해 스산한 어둠을 뚫고 강렬한 헤드라이트 불빛이 반짝이며 차 한 대가 집 앞으로 들어서는 것이 보였다. 사라였다. 사라는 메리를 안고 급하게 집으로 들어왔다.

"레스터! 레스터!"

평소 침착한 사라가 격앙된 목소리로 절규하듯 그를 불렀다. 레스터 역시 거실로 다급히 뛰어 내려왔다.

"T… TV를 켜봐, 레스터!"

메리를 안고 사라가 숨이 턱밑까지 차오른 채 간신히 말을 이어갔다. 모든 방송 채널의 정규방송이 중단되고 동일한 뉴스가 화면을 가득 채웠다.

"NBS의 애슐리 해밍턴입니다. 지구촌에 원인불명의 현상이 동시다발적으로 일어나고 있습니다. 전문가들은 환태평양의 '불의 고리'로 알려진 화산지대가 이 현상이 시작된 곳이라고 예상하고 있습니다. 하지만 현재는 지구 전역으로 확대되고 있습니다. 세계 곳곳에서 지열의 상승으로 북극과 남극의 빙하가 하루도 안 되어서 상당량이 녹아내렸고, 이로 인해 전 세계의 저지대가 바닷물에 잠기고 있습니다. 그리고 바다에 서식하는 수많은 종류 어류들의 떼죽음이 계속해서 목격되고 있으며, 육지에서도 강한 지열의 영향으로 많은 숲과 거리의 나무와 식물들이 메말라가고 있습니다. 더욱 당황스러운 것은 전 세계 곳곳에서 진도 5 이상의 지진과 그로 인한 여진이 쉴 새 없이 발생하고 있다는 소식입니다. 지금 한낮인데도 짙은 먹구름이 온 하늘을 뒤덮어 한 치 앞을 보기도 힘듭니다. 게다가 강력한 번개가 지구촌 곳곳에 사정없이 내리치고 있어 그에 따른 피해도 속출하고 정전이 발생하는 지역도 지속적으로 늘어나고 있습니다. 통신 시설마저 예측 불가능한 현상이 발생하고 있습니다. 이 급박한 정세를 논의하고자 각국의 수뇌부들이 화상회의를 진행 중이며 비상 대책을 논의 중입니다. 추가 소식이 들어오는 대로 자세히 전해드리겠습니다."

"레스터, 이게 도대체 무슨 일이니? 이제부터 뭘 해야 하지?"

사라는 입술을 파르르 떨면서 레스터가 구세주라도 되는 듯이 그의 한 팔을 움켜잡은 채 놓지 못하고 있었다.

레스터는 아무런 말도 할 수 없었다. 그저 마음속으로 '이건 꿈이야, 현실이 아니야'라는 생각만 반복했다. 차라리 꿈이라고 생각하는 것이 어젯밤부터 지금 이 순간까지의 상황을 설명하는 데 오히려 이성적이고 논리적이며 현실적이라고 생각했다. 하루도 안 되는 이 짧은 시간 동안에 꼬리에 꼬리를 물고 일어나고 있는 사건들은 레스터가 어릴 적부터 지금까지 종교 이상의 신념으로 굳건히 믿고 있는 이성의 세계, 세상의 모든 것을 논리적으로 증명할 수 있다는 믿음을 산산이 무너뜨리고 있었다. 더군다나 비참하게도 이러한 상황에서 레스터가 해결할 수 있는 것은 아무것도 없었다. 현실과 비현실의 경계에서 레스터가 명확히 선택할 수 있는 것은 더 이상 없어 보였다.

"어느 누구도 이 상황을 해결하지 못할 거야. 그 무엇으로도!"

믿기지 않는 상황 속에서 레스터의 뇌리에 한 가지 기억이 떠올랐다. 그제야 레스터는 직감적으로 그것이 이 상황을 해결할 최후의 비책이라고 여겨졌다.

"사라, 간단한 필수품만 챙겨서 서둘러 나가자."

"어디로 가려고?"

"그냥 지금은 내 말대로 따라줘. 얼른!"

사라는 레스터 말대로 서둘러 간단하게 짐을 챙겼다. 방으로 돌아온 레스터는 청색 재킷을 걸친 후, 조심스럽게 우편물을 집어 들어 재킷 안주머니에 깊숙이 찔러 넣고는 지퍼로 채웠다.

'정말 믿어도 될까? 아니지! 오히려 선택의 여지가 없으니 다행인 건가!'

깊은 무의식 속의 믿음이 강한 확신을 심어주었다. 거실에 있는 사라는 메리를 꼭 안고 레스터를 쳐다보았다.

"걱정 마! 나만 믿어, 사라! 내가 사라와 메리를 안전하게 꼭 지킬 테니까!"

사라를 안심시키고 혹시라도 모를 사태에 대비해 레스터는 소형 권총을 허리춤에 차면서 말을 이었다.

"우선 가장 가까운 마트로 가자!"

필요한 최소한의 물품과 먹을거리를 추가로 장만하고 그곳으로 가야 했다. 비록 MSS 탑승권이 있다고 해도 언제 도착하는지, 무엇이 온다는 것인지 알 수 없었다. 더욱이 앞으로 어떠한 험난한 상황이 닥칠지 한 치 앞을 예측하는 것도 역시 불가능했다. 레스터는 오직 직관을 믿었다.

도로를 따라 작은 언덕을 오르며 동네에서 1킬로미터 정도 벗어났을 때, 갑자기 지면이 상하로 거대하게 물결치듯 흔들리며 강력한 지진이 발생했다. 레스터와 사라는 심한 현기증을 느끼며 잠시 혼미해졌다. 동시에 방금 전까지 있던 동네의 가옥들이 깊이를 헤아릴 수 없는 갈라진 땅속으로 빨려 들어가 레스터와 사라의 시야에서 무작위로 사라져버렸다. 곳곳에서 들려오는 날카로운 비명 소리와 절규로 한적하던 동네가 순식간에 아비규환으로 소용돌이치고 있었다. 그들이 살고 있던 집도 흔적도 없이 사라져버렸다.

"아악!"

그들은 비명을 질렀다.

*

사람들의 탈출 행렬이 이어졌다. 레스터는 혼잡한 도로를 벗어나 거친 숲이라도 사람들의 손길이 닿지 않는 길로 이동했다. 말케이 언덕은 지진이 일어난 진원지와 가까운 장소이기에 탈출하려는 사람들의 발길이 전혀 닿지 않았다. 말케이 언덕에 도착한 레스터 일행은 차에서 내렸다. 상황을 알 리 없는 메리가 레스터를 보자 귀엽게 미소 지었다.

"여기는!"

사라가 어리둥절하며 말했다.

"응, 아버지 사고 현장."

레스터가 담담히 말했다.

"이곳은 우리에게 악몽이야!"

사라는 이곳에 있다는 것이 믿기지 않았다.

"알고 있어, 사라."

"잘 알면서 도대체 왜 이곳에 온 거야?"

사라가 격앙된 목소리로 말했다.

"이유가 있어. 미안해, 사라! 지금은 설명할 수 없지만 나를 믿어봐."

사라를 달래며 말했지만, 그는 주변을 둘러보며 초조한 기색이 역력했다. 주위엔 아무것도 없었다.

"이곳에 오면 아버지의 영혼이 우리를 지켜주신대, 레스터? 너 정말 왜 이러니? 하필 이런 상황에!"

자신을 이리로 데려온 레스터의 행위에 어이가 없어 사라는 한 손을 이마에 가져다 대고 미간을 잔뜩 찌푸린 채 지그시 눈을 감았다. 메리가 얼굴을 찡그리며 보채고 있었다.

"레스터, 너 지금 여기 떠날 생각 없는 거지?"

"응, 사라."

"아무래도 우선 메리를 재워야겠어. 차 안에 있을게."

"그래, 알았어."

사라에게 대답한 레스터는 주위를 두리번거리다가 자신이 있던 장소로 갔다. 그리고 어느새 간절히 기도하는 마음으로 하늘을 올려다봤다.

몇 분 후, 고막을 찢는 굉음과 함께 가로 방향으로 너비가 20미터는 될 정도로 지면이 심하게 갈라졌고 아래로 깊숙한 낭떠러지가 생겨났다. 연이어 다시 굉음과 함께 지면이 더욱 넓고 깊게 갈라져서 끝이 보이지 않았다. 순식간에 벌어진 일이라 레스터는 반사적으로 정신없이 안전한 곳을 향해 뛰었다. 그러면서 시선은 차를 찾았다. 하지만 갈라지지 않은 지면 위 그 어디에도 차는 보이지 않았다. 소리도 들리지 않았다. 사라와 메리가 타고 있던 차가 사라졌다.

"사라! 사라!"

사색이 된 레스터는 울부짖으며 사라를 불렀다. 하지만 이번에는 지면이 세로 방향으로 갈라지면서 레스터를 향해 빠른 속도로 다가오고 있었다. 레스터는 슬퍼할 겨를도 없이 갈라지지 않은 곳을 찾아 본능적으로 사력을 다해 뛰었다.

그때였다. 어디서 날아왔는지 비행체 한 대가 레스터를 낚아 채듯 들어올렸다. 몸이 갑자기 붕 뜨는 느낌을 받았다. 동시에 레스터가 있던 자리에 지면이 갈라져 엄청난 깊이의 낭떠러지가 생겼다. 하지만 너무 믿을 수 없는 처참한 상황 때문인지, 아니면 비행체가 자신을 낚아챌 때 받은 충격 때문인지 레스터는 정신을 잃었다.

*

얼마 만인지 모르지만 어디선가 들리는 미세한 기계음에 레스 터는 눈을 떴다. 몸을 일으켜 잠시 앉아 몸을 살피니 상처도 없 고, 움직임에 이상도 없다. 그래서 천천히 공간을 살폈다. 그는 정갈한 간이 침대에 누워 있었다. 내부는 15평 정도로 침대 앞쪽 에는 문이 있고 문의 오른쪽에는 붙박이 식탁과 의자 그리고 비 상식량이 저장된 창고가 있다. 왼쪽에는 간단한 샤워실 겸 화장 실이 있는 하얀 방이다. 침대의 왼쪽 벽면에는 모니터가 있지만 꺼져 있다. 특히, 공간의 왼쪽과 오른쪽 벽면에는 각각 가리개로 덮인 아담한 창이 세 개가 있다. 창문 쪽으로 갔다. 창 옆의 버튼 을 누르니 가리개가 열렸다. 레스터는 눈이 휘둥그레지며 고개 를 흔들었다. 우주였다! 레스터는 이곳이 우주정거장의 일부분 이라는 생각이 들어 출입문으로 다가갔다. 하지만 문을 열 수 있는 어떠한 장치도 보이지 않았다.

레스터는 문을 두드리며 큰 소리로 외쳤다.

"누구 없어요! 대답 좀 해봐요! 여기 사람이 있어요!"

한참을 외쳤지만 인기척이 없었다. 그는 외침을 멈추고 유일하게 밖을 내다볼 수 있는 창가로 갔다. 이리저리 둘러보아도 보이는 것은 망막한 우주뿐이었다. 창문으로 우주정거장의 다른 부분이 보이지 않았다. 그가 알 수 있는 것은 오직 자신이 머물고 있는 이 공간이 전부였다. 레스터는 받아들일 수밖에 없었다. 우주공간에 자신이 홀로 있다는 것을.

'내가 어떻게 여기 있지?'

'누가 나를 이곳에 데리고 왔을까?'

'사라와 메리는?'

'지구는 어떻게 되었지?'

궁금증으로 안달이 나기 시작했다. 하지만 얼마 안 있어 유일한 가족인 사라와 메리가 이 세상에 존재하지 않을 수 있다는, 도무지 믿기 힘든 사실을 알게 되었다. 비행선이 어둠을 벗어나 강렬한 태양 아래 대재앙으로 파괴된 지구의 모습을 창을 통해 선명하게 드러냈기 때문이다. 마그마가 인체 속에서 동맥을 따라 흐르는 피처럼 지구 전체를 붉게 휘감으며 흐르고 있었다. 세계지도에서 보던 그 어떠한 지형도 더 이상 존재하지 않았다. 지구는 불타오르고 있었다. 그랬다! 지옥의 또 다른 이름이 바로 지구가 되었다. 북극과 남극의 빙하는 이미 없어진 지 오래인 듯했다. 태평양, 대서양, 인도양으로 분류되던 바다도 거의 메말라 흔적을 찾을 수 없었다. 그나마 조그마하게 군데군데 보이는 바닷물마저 검은색 죽음의 물로 변했다. 시간이 얼마나 흘렀는지 모르지만 아마도 그때 세상의 모든 것이 끝을 고한 것 같다. 비록 레스터가 살아 있다고 해도 인류는 사라진 것 같았다. 그리고 지구엔 인류가 지금까지 이루어낸 흔적을 찾을 수 없었다. 인류가 구축한 수많은 문명과 지식이 사라진 지금, 그가 살아 있다는 것은 어떠한 의미가 있을까? 우주에 대해 아는 것도 없으면서 마치 지구라는 티끌만 한 행성의 진정한 주인인 양 너무 거만했던 인류에게 천벌이라도 내린 것일까. 그 어디에서도 구원의 손길이 없었다는 것을, 한때는 인류의 유일한 보금자리였으나 대재앙이 휩쓸고 지나간 지구의 모습이 명확히 증명했다. 대재앙은 인류의 삶과 함께해왔던 어느 예언서나 종교의 종말론, 그리고 과학자들의 실험적인 예측과는 아무런 상관이 없었다. 인류 중 그 누구 하나 의심하지 않았던 시기에 느닷없이 발생한 것이다.

*

레스터는 눈을 뜨면 어김없이 찾아오는 하루하루를 절규와 울분 그리고 괴로움 속에서 몸부림쳤다. 우울했고, 울기만 했다. 그 끝은 한없이 공허했다. 한없이 암울하고 절망적인 대재앙을 겪으며 사랑하는 이들을 위해 아무것도 할 수 없이 모두 떠나보내야 했던 무능함, 최선을 다해 배워왔던 모든 것이 인류를 위해 그 어디에도 도움이 되지 못했다는 절망감, 인류가 생각하고 창조하고 만들어냈던 다양한 분야의 모든 것이 아무런 의미도 없었다는 데서 오는 극도의 회의감, 그리고 자신만 살아 있다는 죄책감이 한데 뒤섞여 스스로 고립을 지초하고 있었다. 대재앙은 존재의 모든 의미를 한순간에 휩쓸어 없앴다. 그러다 스치듯 우주의 궁극적인 진정한 의미를 알고 싶었다. 우주에서 인류라는 지적 생명체가 진정 아무런 의미도 없었는지 묻고 싶었다. 하지만 이제는 이런 생각을 떠올린 것 자체가 의미를 상실한 미친 생각이라 헛웃음이 나왔다.

어느 날, 레스터는 버튼을 눌러 모든 창문을 가리개로 닫아버렸다. 극단적인 선택을 시도하려다 잠시 미루었다. 아무래도 우주선에 있게 된 이유와 아버지의 사고, 그리고 사고 현장에서 경험한 비현실적인 사건이 관련이 있어 보였다. 그러니 이 미지의 고리를 풀 실마리라도 알 수 있을 때까지 어떻게든 버티고 싶었다. 어쩌면 최악의 상황에서도 살아가야 할 이유를 찾고 싶은 마지막 발악일지도 모른다고 레스터는 생각했다. 하지만 앞으로도 아무런 희망이 없다는 것을 신념처럼 받아들이게 되기까지는 그리 오래 걸리지 않았다. 이러한 결심도 기약 없는 기다림에 무너져갔다. 게다가 레스터가 잠잘 때마다 꾸게 되는 기묘한 꿈은 그를 더 불안하게 만들었다. 절망적 감정은 레스터의 모든 것을 서서히 날려버렸다. 생존과 의식의 의미마저 사라져갔다. 결국 그에게 남은 것은 오직 한 가지였다. 좌우로 흔들리던 벽시계의 커다란 추가 심각한 제동에 걸려 멈추어버린 듯, 레스터의 마음은 한 곳을 향해 굳어졌다.

그런데 다음 날, 미동도 없던 모니터에 전원 불빛이 켜졌다. 이어서 화면에 낯선 한 남자가 모습을 드러냈다. 레스터의 영혼에도 생명의 전원이 같이 켜졌다. 레스터는 그 남자가 누구건 간에 온몸이 떨려왔다. 말쑥한 정장을 잘 차려 입은 신사가 자신의 이름을 부르자, 모니터 쪽으로 달려가 얼굴을 파묻을 듯이 들이대고 눈물을 흘렸다.

"레스터 씨! 처음 뵙겠습니다. 저는 임시정부에 소속되어 있는 비서실장 데이비드 패터슨이라고 합니다."

"아! 생존자가 있었군요! 생존자가 혹시라도 있을지 모른다는 한 가닥의 희망을 품었다가 이내 절망했죠. 다행입니다. 정말 다행입니다! 저는 이제 혼자가 아니군요."

"네! 그동안 고생 많으셨습니다. 먼저 진정하시고 이제부터 마음을 놓으셔도 됩니다, 보시다시피 레스터 씨는 더 이상 혼자가 아닙니다."

"감사합니다! 이렇게 또 다른 생존자와 대화를 나누고 있다는 것이 꿈만 같습니다!"

"저 역시 레스터 씨의 심정을 충분히 이해합니다. 하여튼 약 한 달간의 긴 시간 동안 고생하셨습니다, 레스터 씨!"

"제가 이곳에 머문 기간이 한 달이나 됐군요!"

"그렇습니다! 자세한 이야기는 저와 직접 만나서 나누기로 하고 지금부터 제 지시에 따라주시겠습니까, 레스터 씨?"

"우리가 정말 만날 수 있는 건가요? 절대로 꿈은 아니겠지요, 데이비드 비서실장님!"

"물론이죠!"

"대통령께서 레스터 씨를 몹시 만나고 싶어 하십니다."

"대통령께서? 저를요?"

데이비드 비서실장의 지시사항에 따라 창문의 가리개를 모두 열었다. 그다음 벽면 쪽으로 가서 알려준 번호를 차례대로 입력했다. 곧이어 벽면의 일부분이 양쪽으로 열리며 그동안 숨겨져 있던, 계기핀을 포함한 우주선이 조종석이 앞쪽으로 나왔다. 레스터가 시동 버튼을 누르자 우주선이 지구를 향해 빠른 속도로 날았다. 지구의 대기권을 통과하면서 우주선 안의 내부 온도가 상승했다. 얼마 후, 모든 것이 다 파괴되고 뒤바뀌어서 어디가 어느 장소인지도 분별할 수 없었지만 지구의 어떠한 지점에 있는, 직경이 족히 500미터 정도는 되어 보이는 커다란 공간이 나타났다. 우주선은 공간 속으로 계속 비행했다. 그곳은 오직 어둠만이 있었다.

새로운 환경

착각은 오히려 진실의 숨겨진 그림자일 수도 있다

❖

　다가갈수록 영원히 벗어날 수 없을 것 같은 어둠 속으로 한참
을 비행해 갔다. 이 긴 어둠이 주는 낯섦에 레스터는 기대와 두
려움이 동시에 교차했다. 얼마나 지났을까. 눈앞에 금속 재질의
거대하고 웅장한 문이 나왔고 몇 개의 비슷한 문들을 연이어 통
과했다. 그러다 어느 문을 앞에 두고 멈췄다. 그 문이 서서히 열
리며 어둠에 익숙했던 눈동자에 빛이 들었다. 레스터는 잠시 빛
에 적응할 시간이 필요했다. 곧이어 빛과 함께 펼쳐진 세상에 두
눈을 의심했다. 그의 온몸은 흥분에 휩싸였다.

　"이럴 수가! 이, 이런 곳이 있었다니!"

　레스터는 연신 고개를 이리저리 돌리며 주위를 살폈다.

　"대단해. 정말 대단해! 만약의 사태를 위해 이렇게 완벽하게
대비하고 있었다니."

　흥분이 가시지 않은 레스터의 입술이 가늘게 파르르 떨렸다.

"과학기술의 발전은 반드시 필요했어. 그 기술의 결정체가 이렇게 내 눈앞에 펼쳐져 있잖아. 결국엔 우리를 이렇게 살리고 있는 거야! 인류가 진정으로 꿈꾸어왔던, 과학과 자연이 하나로 조화롭게 혼합된 낙원이 바로 이곳이야!"

직접 보면서도 여전히 믿기지 않아 레스터의 두 눈은 휘둥그레져 있었다.

연신 감탄스러워하던 레스터는 얼마 지나지 않아서 당혹스러워했다. 물론 현재 자신에게 벌어지고 있는 상황이 분명한 현실이고, 인류 과학기술의 엄청난 쾌거라고 받아들였다. 하지만 다른 한편으로는 대재앙으로 얼마 전까지만 해도 비행선에서 숨만 들이쉬고 내쉬며 살아가던 레스터로서는 치유될 수 없는 마음의 상처가 깊이 새겨져 있었다. 대재앙은 인류가 간절히 염원해왔던 구원의 손길이 가진 의미를 가장 처절하고도 잔인하게 퇴색시키며, 오히려 너무나 당연한 임무를 수행하듯 지구를 삼켰다. 그렇게 인류는 사라졌고, 그와 동시에 우주에서 오직 유일한 의지처인 지구에서의 그들의 삶도 멈추어버렸다. 한순간에 모든 것이 허무하게 사라져버린 그 사건으로 레스터는 자신을 비롯한 소수 생존자들이 단순히 살아 있다는 것에 대한 의미를 넘어 존재 그 자체의 근본적인 의문에 크게 흔들렸다.

'삶이란 정말 무엇일까? 남겨진 우리에게 삶은 진정 무엇을 위한 것일까? 그래도 이곳은 유토피아라고 해야 하겠지! 슬픈 유토피아!'

레스터는 체념 속에서 현실을 받아들였다. 비록 완벽한 시설을 갖춘 이곳에서 너무나 뛰어나고 훌륭한 주위 환경과 마주하고 있지만, 자신을 포함한 인류가 대자연의 대재앙 앞에서 속수무책으로 당한 무능함으로 인해 여전히 레스터는 부정적인 상념에 사로잡혀 있었다.

돔. 이곳은 생존자의 유일한 거주지였다. 지름이 약 12킬로미터에 이르는 거대한 원형의 인공 육지를 기반으로 건설된 웅장한 반구형의 돔에는 그동안 인류가 누려왔던 자연환경을 완벽하게 축소시킨 모습으로 갖추어야 할 모든 것이 아름답게 펼쳐져 있었다. 돔 중앙에는 높이 솟은 타워가 있고 커다란 인공 호수와 그 주위를 둘러싸고 있는 언덕, 그리고 울창한 나무숲, 다양한 색깔의 아담한 집들이 잘 닦인 도로 위에 지어져 있었다. 돔 가장자리에는 파도가 넘실대는 인공 바다가 있었다. 하늘에는 놀랍게도 태양이 있고 내리쬐는 햇살은 돔 내부의 모든 곳을 따스하게 비추어주었다. 푸르디푸른 하늘 위엔 뭉게구름이 서서히 흘러갔다. 앙증맞은 새들은 이 나무에서 저 나무로 날아 옮겨다니며 무엇이 그리 즐거운지 지저귀고 있었다. 한 폭의 목가적인 그림이 눈이 시리도록 그려져 있었다.

드디어 레스터가 타고 있던 우주선이 비행장에 안전하게 수직 착륙했다. 곧이어 우주선 밑의 문이 열리고 접이식 계단이 펴지며 지면에 닿자 레스터는 한 계단씩 아래로 내려왔다. 한 사람이 보였다. 그제야 레스터의 입가에 반가운 미소가 지어졌다.

"이제야 직접 뵙는군요! 말씀드렸듯이 저는 임시정부에서 비서실장 직책을 맡고 있는 데이비드 패터슨입니다. 반갑습니다."

보통의 키에 부리부리한 눈매를 가진, 티끌 하나 없는 남색 슈트를 입은 중년의 남자가 인사했다.

"저 역시 직접 뵙게 되어 반갑습니다."

레스터는 언제 흘렀는지 모를 눈물을 훔치며 데이비드 비서실장을 격하게 껴안았다.

"우주비행선에서 홀로 고생이 많으셨습니다. 말씀드렸듯이 대통령께서 귀하를 몹시 기다리고 계십니다. 예상치 못한 최악의 상황 속에서도 우리는 다시 희망을 갖고 일어서야 하고, 그러기 위해서는 귀하 같은 인재가 절실합니다."

데이비드 비서실장이 동의를 촉구하는 미소를 지으며 레스터를 응시했다.

"무슨 말씀인지 잘 알겠습니다."

레스터는 벅찬 마음에 걸맞게 고개를 크게 끄덕이며 자기가 들어도 크다 싶을 정도로 큰 목소리로 답했다.

"자, 이제 자세한 이야기는 대통령 관저로 가서서 각하와 말씀을 나누도록 하죠."

레스터는 기대했다. 알고 싶은 궁금증인 아버지의 사고 원인과, 사고 현장에서 경험한 비현실적인 경험, 그리고 어떻게 우주선에 머물게 되었는지에 대한 경위와, 사라와 메리의 생사 여부 중에 두 가지는 이번 기회에 해결할 수 있었다. 바로 우주선에 머물게 된 경위와 사라와 메리에 관한 것이다. 레스터는 실낱 같지만 머릿속으로 희망의 답을 품고 연신 주위를 살피며 차에 올랐다.

레스터와 데이비드가 승차한 차는 얼마 지나지 않아 양쪽으로 사이프러스가 늘어선 길을 유유히 지나 관저에 도착했다. 정문을 지나자 잘 정돈된 정원과 비단잉어가 여유롭게 헤엄치는 연못이 있었다.

관저 입구 중앙에는 장신에 건장해 보이는 사람이 몇 사람을 뒤에 대동한 채 서 있었다. 그 사람은 레스터가 다가오자 먼저 부드러운 미소를 지으며 손을 내밀어 악수를 청했다.

"살아서 만나니 무척 반갑군요! 저는 이곳의 임시 대통령인 알렉스 파커라고 합니다."

"안녕하십니까. 각하! 처음 뵙겠습니다, 저는 레스터 마틴이라고 합니다. 저 역시 이렇게 생존해 있는 분들을 보다니 정말로 꿈만 같군요!"

"그동안 고생이 참 많았습니다, 레스터 씨. 우리는 당신이 무사하기를 바라왔습니다."

"무엇보다 제 목숨을 구해주셔서 정말 감사드립니다, 각하!"

"오히려 레스터 씨가 살아 있어서 제가 더 감사하죠! 그건 그렇고, 마침 식사 시간인데, 시장하지 않습니까?"

"아! 네."

"그럼, 먼저 식사를 하면서 그동안의 일을 얘기해볼까요! 레스터 씨를 위해 테라스에 자리를 마련했으니 우리 모두 그곳으로 갑시다."

2층에 있는 테라스에는 상앗빛이 감도는 고급스러운 타일이 깔려 있었고 커다란 원목 테이블과 의자가 있었다. 테라스에서 바라보니 좀 전에 비행선에서 보았던 모습보다 더욱 친숙하고 목가적인 풍경이 한눈에 선명히 들어왔다. 자리에 앉자 식사가 나오기 시작했다.

"이렇게 잘 차려진 음식을 다시 현실에서 마주하고 있다는 것이 도저히 믿어지지가 않습니다."

레스터가 감개무량한 표정으로 음식을 뚫어질 듯이 쳐다보며 말했다. 우주선에서 깨어나 한동안은 매일 동일한 음식을 먹었다. 그나마도 삶의 의욕을 잃고 끊었었는데 조금만 늦었더라도 레스터 앞에 이런 진수성찬은 천국에서 볼 일이었다. 그는 고기를 씹는 느낌과 해산물의 쫄깃쫄깃한 느낌, 그리고 신선한 채소의 아삭아삭한 느낌을 오래간만에 느꼈다.

"차려진 식사가 마음에 드셨습니까?"

식사를 마친 레스터를 물끄러미 쳐다보고 있던 알렉스가 말했다.

"네, 각하! 절대로 잊을 수 없는 최고의 식사였습니다!"

"만족하셨다니 저로서는 상당히 기쁘군요."

여전히 흐뭇한 미소를 지으며 알렉스 대통령이 말했다. 그때 데이비드 비서실장이 두 사람의 대화에 끼어들었다.

"실망하실지 모르겠으나 이 부분만은 말씀드려야겠습니다."

"어떤 실망을?"

"돔 안에 거주하는 모든 사람들이 항상 이렇게 식사를 하지는 않습니다."

약간은 주저하듯 데이비드 비서실장이 말했다.

"항상 이렇게 식사를 안 한다면… 혹시 특별한 경우가 아니면 이렇게 먹을 수 없을 정도로 식량이 부족하다는 말씀인가요?"

걱정스런 표정으로 레스터가 물었다.

"그런 의미가 아니라 레스터 씨가 지금 드신 음식들은 모두 '장식물'이라고 할 수 있다는 뜻입니다."

"장식물이라니… 제가 알고 있는 사전적 의미가 맞다면 죄송하지만, 지금 하신 말씀이 무슨 뜻인지 잘 모르겠는데요?"

잠시 망설이던 데이비드 비서실장은 어차피 알아야 할 일이라는 듯 입가에 힘을 한 번 주더니 운을 뗐다.

"레스터 씨가 맛있게 식사하신 음식들은 기억에 내재되어 있는 음식의 모양새를 똑같이 본떠서 만들고 맛과 식감은 화학적으로 조절해서 만들어낸 장식물이라는 뜻입니다. 다시 말해 이 음식들은 '화학적 합성물 덩어리'라는 것입니다."

"화… 화학적 합성물 덩어리라뇨?"

레스터는 어리둥절한 표정으로 데이비드를 쳐다보았다.

"가장 기본적이고 중요한 문제라 말씀드리는 겁니다. 앞으로 이곳에서 지내려면 반드시 익숙해져야 하는 것이니 말이죠."

"이곳에서는 오직 한 가지 종류의 식품만 존재합니다. 바로 '화학적 합성물 덩어리'죠. 우리는 화학적 합성물 덩어리를 '신의 은총으로 만들어진 특별한 음식(The Special Food made of the blessing of God)'이라고 받아들이며, 간단히 줄여서 '스푸드(SFood)'라고 말합니다."

잠시 말을 멈춘 데이비드 비서실장이 레스터의 반응을 살폈다.

"스푸드에 여러 소스를 첨가하면 지금 드신 것처럼 고기는 고기대로, 해산물은 해산물대로, 채소는 채소대로 고유의 풍미와 식감을 자유자재로 얼마든지 표현할 수 있습니다. 그러나 사실은 우리 모두가 단지 한 가지 종류인 '화학적 합성물 덩어리'를 먹은 거죠."

"네? 어떻게 그렇게 될 수가… 그것이 가능… 아니, 그런가요…."

도저히 믿기진 않았지만 지금 분위기에서 자세하고 전문적인 답변을 요구하는 것이 애매했던 레스터는 막연히 받아들였다는 듯이 고개를 끄덕이며 대답했다.

"혹시 그렇다면 우주선에서 먹은 음식도 화학적 합성물 덩어리였다는 말씀인가요?"

"네, 맞습니다. 똑같은 내용물이죠. 대재앙이라는 극악의 상황에서는 오직 생명을 유지하는 것이 시급하니 음식의 모양이나 맛을 따질 여유가 없었죠. 그렇지 않습니까!"

"이 스푸드에는 탄수화물, 단백질, 지방, 필수아미노산, 각종 비타민 등 우리의 신체 밸런스를 유지시키는 데 필요한 모든 요소가 균형 있게 들어 있고, 아무리 먹어도 전혀 살이 찌지 않으니까요. 지금 드셔서 아시겠지만 기존에 자연산으로 드셨던 음식들보다 더욱더 놀라운 맛의 세계를 경험하셨을 겁니다. 여러 소스만 첨가하면 항상 최고의 맛을 선사하죠."

데이비드 비서실장은 이러한 과학기술의 성과에 몹시 흡족해하며 고개를 살짝 들었다.

"그러면 스푸드는 음식에 관한 궁극적인 과학기술의 결정체이겠군요."

매우 당혹스러웠지만 실제로 존재하며 자신이 직접 경험한 이 음식을 부정할 수도 없던 레스터는 불편한 심기를 애써 감추며 침착하게 말했다.

"그렇죠. 맞습니다!"

동조하는 분위기에 웃으며 데이비드 비서실장이 약간 머뭇거린 후 말을 이어나갔다.

"하지만 의외의 상황이 정착되고 말았는데, 음식의 정체를 알아버린 돔에 거주하고 있는 사람들이 더 이상 지금처럼 장식으로 모양을 만들어서 음식을 차려 먹거나 심지어 소스도 첨가하지 않고 식사하죠. 먹는다는 것의 의미만 갖고 있다고 할까, 아니면 각자 자신의 정체성을 유지하게 하는 의무라고 해야 할까. 무의식적으로 공기를 들이마시듯 먹는다고 할 수 있겠죠."

"아! 네… 그렇게 됐군요."

생각조차 제대로 정리되지 않은 레스터에게는 음식에 관해 더이상 자세한 대화를 나눈다는 것이 모호했다. 일단은 데이비드 비서실장의 말에 동조하며 따라가고 있었다.

"기술은 지금도 멈추지 않고 있어요, 레스터 씨. 하루에 한 번씩 먹는 이 음식을 기술의 발전으로 일주일 이상 늘린 사람이 있으니까요. 이제는 한 달이 목표라고 하더군요. 한 달에 오직 딱한 번의 식사만 하면 되니 상당히 편하겠죠. 매일매일 챙겨 먹을필요 없이 한 번만 먹으면 이 부분에서는 자유를 얻게 되니까요. 남는 시간을 좀 더 유용한 일에 투자할 수 있으니 여러모로 좋은일이죠."

데이비드 비서실장이 자신감에 찬 표정을 지었다.

'일주일을 넘어 한 달에 한 번만 식사하면 된다고? 정말 이상하군. 인간에게 식사를 한다는 행위는 기본적이면서도 가장 커다란 기쁨인데, 데이비드 비서실장은 오히려 이러한 성과를 뿌듯해하며 반기고 있어. 게다가 이곳 사람들도 당연한 듯이 받아들이고 있다는 뜻인가? 그렇다면 왜일까? 그건 그렇고 대재앙이 발생하기 전에도 인류가 만들어낸 성과 중에 이렇듯 경이로울 정도로놀라운 기술은 들어본 적이 없는데, 대체 어떻게 된 거지? 단순히 저장한 식량을 어렵사리 나누어서 섭취하는 것이 아니라 이미과학의 성과로 이룰 수 있는 최고의 경지까지 도달했다는 말인가? 이쪽 분야에 대해서는 잘 모르지만 인류가 소유한 기술 수준이 아직까지 이 정도는 아닌 것 같은데.'

의구심이 스멀스멀 일어났지만 레스터는 이 단정할 수 없는 문제를 일단 밀어놓았다. 알렉스 대통령은 데이비드 비서실장이 말하는 동안 표정의 변화 없이 앞자리에 놓인 찻잔을 들여다보며 가만히 듣고만 있었다. 그에겐 이러한 이야기는 놀랍지도, 그렇다고 지루하지도 않은 듯이 보였다.

"데이비드. 할 말은 다 한 건가?"

"네. 죄송합니다, 각하. 제 말이 너무 길었군요."

"아니네. 잘 듣고 있었네."

"레스터 씨."

"네, 각하."

"궁금하실 것 같은데요. 지구의 지하 깊숙한 이곳에 어떻게 거대한 돔이 존재하게 되었는지 말이죠. 그리고 대재앙 속에서 레스터 씨를 어떻게 구출하여 안전하게 피신시킬 수 있었는지에 대해서 말입니다."

"네! 그렇습니다. 우주선에서 눈을 뜨게 된 후부터 지금까지 어떻게 제가 구출되어서 그곳에 머무를 수 있었는지 궁금했습니다."

"지구 여기저기서 동시다발적으로 심각한 징후가 나타나기 시작했을 때, 정부에서는 극도의 위기감을 느꼈고 한 사람이라도 더 안전한 곳으로 대피시키기 위해 원격조종이 가능한 소형 비행선이자 우주정거장의 기능을 동시에 가지고 있는 최신 우주비행선 수천 대를 띄워 마지막까지 필사적인 노력을 기울였습니다. 하지만 레스터 씨도 잘 아시다시피 이 구조작업을 온전히 진행하기엔 지구의 파멸 속도가 너무 급격했죠. 그래서 그마저도 난항을 겪었습니다. 그런데 레스터 씨는 정말 운이 좋은 분이더군요. 거의 대부분의 우주비행선이 파괴되었는데 그중 한 대의 우주비행선이 레스터 씨를 발견해 구출한 후 바로 지구 상공에 머물게 된 것이죠. 그리고 대재앙 후 지구의 대격변이 그나마 안정 국면에 접어들어 저희가 연락을 취한 겁니다.”

“정말 제가 운이 좋았던 거군요. 조금만 늦었어도 저 역시 이 세상에 없었겠군요.”

자신이 살아난 것이 비현실적인 사건은 아니라는 것에 오히려 만족한 레스터는 의문이 풀린 것에 안도하면서 깊은 숨을 내쉬었다.

“각하! 혹시 정부에서 저에게 MSS 탑승권 3장을 보내셨나요? 말케이 언덕으로 이동하라면서 말이죠.”

“아! 글쎄요. 하지만 확실한 것은 저희 쪽에서 한 일이 아니라는 겁니다.”

당혹스러운 표정을 짓던 알렉스가 다시 차분한 표정을 지으며 말했다.

“그렇군요!”

“레스터 씨에게 중요한 일인가요? 필요하다면 제가 직접 도움을 드릴 수 있습니다.”

“아… 아닙니다. 별일 아닙니다. 전혀 신경 쓰지 않으셔도 됩니다. 혹시 제가 우주비행선에 구출될 당시 그 주변에 30대 중반의 여성과 2살 된 여자아이를 발견했거나 구출했다는 소식은 없었나요?”

“안타깝게도 저희 쪽에 그런 정보는 없었습니다. 가족분들이신가요?”

“네! 저의 유일한 가족입니다. 예상이 착각이기를 간절히 기도하는 마음으로 바라왔는데 역시 헛된 희망이었군요!”

“심심한 위로를 보냅니다. 정말 마음이 아프군요!”

“아닙니다. 모든 이들이 겪고 있는 아픔이니 제 스스로 감당해야 할 상처죠! 오히려 저를 위로해주셔서 감사합니다, 각하."

"레스터 씨도 잘 아시겠지만, 대멸종에 가까운 사건이 발생한 것은 이번이 처음은 아니죠."

알렉스 대통령이 심각한 표정으로 말했다.

"네, 그렇죠. 백악기에 소행성의 충돌로 공룡이 멸종하거나 성서 속에 나오는 대홍수 등의 사건들이 있었죠. 이번에 대재앙이 실제로 인류에게 일어나기 전에는 영화에서나 가능할 것처럼 현실적으론 피부로 느껴지지 않았던 사건이었죠."

"이번과 같은 대재앙이 언제 발생할지는 어느 누구도 알 수 없었겠지만 언제 있을지 모르는 최악의 상황을 대비하기 위해 우리나라뿐만 아니라 세계 여러 나라는 최악의 재해나 재난에 대비해서 최소한 수만 명 이상을 대피시킬 수 있는 비상 수용 시설을 지하에 완비하고 있었습니다. 물론, 조사해본 결과 오리온자리에 있는 베텔게우스의 극점이 다행히 지구를 향하고 있지는 않으니 안전하다고 결론이 내려졌죠. 하지만 베텔게우스 같은 초거대 항성의 대규모 폭발 후 발생하는 강력한 감마선에 의해 지구의 오존층이 모두 파괴되어 태양의 자외선에 그대로 노출될 경우나 소행성 충돌, 대규모 지진이나 화산 폭발, 그리고 핵전쟁 등에도 버틸 수 있어야 했죠. 그러나 이번과 같이 그 누구도 예측조차 전혀 할 수 없었던 전 지구적 대재앙 앞에선 모든 것의 의미가 상실되었어요."

"그러면 지하 시설마저 모두 붕괴되어 사라졌다는 말씀인가요?"

"안타깝게도… 그렇습니다, 레스터 씨."

"그렇다면 이곳은 대피 시설이 아니라는 말씀인가요?"

"맞습니다!"

"대피 시설이 아니라면 이곳은 어떤 목적을 위해 만들어진 건 가요?"

"음… 이곳은 처음부터 매우 특별한 목적을 가지고 만들어진 곳입니다. 세계를 리드하고 있던 선진 5개국 수뇌부들이 회동을 통해 세상에는 철저히 비밀리에 진행시키고 있던 극비 프로젝트 의 산물입니다."

"대부분의 극비 프로젝트가 그렇듯 군사적인 목적일 것 같은 데, 이곳을 아무리 둘러보아도 그런 생각은 들지 않는군요. 마치 미래에 고도로 발달한 과학기술을 바탕으로 최대한 자연과 조화 를 이룬 환경을 구축한, 가장 이상적인 환경이라고 느껴집니다."

"정확히 보셨어요! 방금 레스터 씨가 말한 내용 속에 이곳이 세 상에 알려질 수 없었던 비밀이 고스란히 들어 있습니다."

"네? 제가 각하께 말씀드린 내용 속에요?"

"수뇌부들은 인류의 과학기술을 집대성해서 자연과 최대한 조 화를 이루는 이상적 환경을 구축하고자 합의를 보았죠. 즉, 그들 은 현재가 아니라 최소한 몇백 년 후의 미래 사회를 그리며 과학 기술을 극대화시키는 실험을 진행했습니다. 그래서 이곳에 구축 된 다양한 과학기술은 레스터 씨가 일상생활에서 경험하던 과학 기술들을 훨씬 앞선 기술들입니다. 보세요, 레스터 씨. 이곳이 지 하이고 바깥세상과 완전히 단절된 독립적인 장소임에도 다양한 생물체가 자연스럽게 살아가고 있지 않습니까?"

"정말 놀라운 환경이라고 생각합니다. 마치 상상 속에서만 그 려볼 수 있는 동화 속 환상의 나라 같아요. 그렇다면 이 프로젝트 의 실용적인 측면에서 생각한다면 결국 화성과 같은 곳에 지구와 동일한 환경을 구축하기 위한 노력의 산물이군요."

"바로 그런 목적이죠! 그래서 이곳은 비밀스럽게 진행될 수밖에 없었습니다."

"글쎄요, 오히려 이러한 놀라운 기술의 발전을 일반인들이 안다면 모두 환영할 만한 인류의 쾌거가 아닐까요? 군이 비밀 프로젝트로 분리해야 할 이유는 잘 이해가 되지 않는데요?"

"만약 세상에 알려졌다면 마치 이곳이 특권층만을 위한 매우 특별한 시설로 인식되어 세상과의 괴리만 부추기게 될 것이기도 했고, 사실은 더더욱 비밀스럽게 진행시킬 수밖에 없었던 것은 이 환경을 구축하기 위해 위험천만한 실험들이 뒤따랐으니까요. 세상에 알려진 상태에서 이 프로젝트를 진행했다가 커다란 사고가 발생하면 세상 사람들의 거센 비난과 언론의 기삿거리만 제공하다가 중단되었겠죠. 그뿐이겠습니까? 극비리에 더욱 강력한 최신 무기를 만든다는 음모론부터 현실과는 동떨어진 곳에 많은 예산을 투입하고 있다든지, 가진 자들의 사치라든지 등 말이 많았겠죠."

"음… 그럴 수도 있었겠군요. 세상엔 일상적인 생활을 하는 사람들이 대부분이니 이러한 프로젝트의 의도를 충분히 이해하지 못하겠죠."

"그렇습니다, 레스터 씨!"

알렉스가 만면에 미소를 지으며 만족스럽다는 듯 경쾌하게 대답했다.

"하여튼 그동안의 무수한 노력으로 이러한 돔이 완벽하게 구축되고 나서는 가장 안전한 장소들을 찾아 지구 지하의 깊은 곳에 다섯 군데를 동시에 만들어놓았죠."

"이런 곳이 다섯 군데나요?"

"네, 참여한 각 나라의 수뇌부들도 최첨단기술이 모두 적용된 이곳을 각자의 나라에 구축하고 싶어 했으니까요. 참여한 나라들이 모두 천문학적인 비용을 투자했으니 당연하겠죠. 하지만 대피 시설로서 이 다섯 개의 돔도 의미 없는 숫자에 불과합니다. 물론 이곳이 대피 시설은 아니었으나 대재앙으로 모든 것이 붕괴되는 상황에서 이것저것 가릴 때가 아니었죠. 현재 이곳 돔 안에 거주하는 인구가 300명 정도인데, 다섯 곳이라 해보았자 1천 5백 명 정도이니 인류를 안전하게 대피시키는 것은 처음부터 아예 불가능한 일이었습니다."

"그러면 나머지 네 개의 돔에도 현재 생존한 사람들이 살고 있다는 말씀인가요?"

말하려다 말고 비통한 표정을 지으며 알렉스는 신중하게 말을 이어나갔다.

"우리는 미래를 완벽하게 알 수 없지요, 레스터 씨. 특히 이번과 같이 한순간에 지구에 동시다발적으로 발생한 지진과 화산 폭발 앞에서 우리의 그 어떠한 노력과 믿음도 의미가 없었어요. 너무도 강력했던 이번 사건은 지구의 깊은 내부까지도 엄청난 균열을 일으켰고 그래서 결국은….”

"결국은 어떻게 되었다는 말씀인가요?"

레스터가 바짝 다가서며 보채듯 물었다.

"이곳을 제외한 네 곳의 돔은 모두 붕괴되고 말았어요. 이제 지구라는 행성에서 유일하게 남은 돔이 이곳이고, 유일하게 생존한 사람들이 있는 곳도 이 돔 하나뿐입니다."

말을 마친 알렉스는 시선을 다른 곳으로 돌리며 눈을 감았다.

"너무 비참하고 처참했어!"

옆에서 대화를 듣고 있던 데이비드 비서실장도 몸서리를 쳤다.

"그… 그렇다면 오직 이곳뿐이란 말씀인가요? 사람들이 유일하게 생존한 곳이!"

"암울하지만, 어쨌든 이 상황을 그나마 기적이라고 받아들여야 합니다, 레스터 씨!"

"그렇지만 참담하군요. 각하!"

"그래도 우리는 다시 희망을 가져야 합니다. 기회조차 가져보지 못하고 사라져간 수많은 사람들의 희생을 기리기 위해서라도 모두 힘을 합해 다시 일어서야 합니다. 이제부터 다시 시작해야 합니다, 레스터 씨!"

급격히 가라앉은 분위기를 전환시키듯, 알렉스 대통령이 눈을 부릅뜨고 주먹을 불끈 쥐고는 힘차게 말했다. 하지만 레스터는 초승달같이 엷은 미소조차 지을 수 없었다. 외면할 수 없는 수많은 사람들의 죽음에 묵념하듯 침묵이 그들을 눌렀다. 잠시 뒤, 알렉스 대통령이 침묵을 떨치며 말했다.

"레스터 씨. 혹시 우주비행선이 이곳을 선회할 때, 중앙에 있는 커다란 빌딩을 보셨습니까?"

"돔 중앙에 가장 높이 솟은 빌딩을 말씀하시는 건가요?"

"맞습니다. '센트럴-랩(Central-lab)'이라고 합니다. 중앙에 우뚝 솟은 그 빌딩 말이죠."

센트럴-랩은 12층 높이에, 상공에서 내려다보면 육각형의 형태였다. 빌딩 외벽 전체가 유리창이어서 밖에서도 빌딩 안이 들여다보였다. 그리고 옥상의 가운데에 육중한 원기둥이 거대한 스카이라운지를 받치고 있었다. 그곳은 돔 전체 풍경을 한눈에 볼 수 있는 곳이었다. 스카이라운지는 거대한 반구형의 형태로 놓여 있었으며, 밑면과 함께 투명한 유리로 전체가 이음새 없이 맞물려 있었다. 멀리서 센트럴-랩을 보면 11층 위에 마치 커다랗고 반듯하게 생긴 투명한 버섯이 놓여 있는 것 같았다.

"최첨단 연구소인 센트럴-랩은 인류의 모든 지식을 담은 보고입니다. 인류의 미래는 그곳에서부터 다시 꽃피우게 될 겁니다. 물론, 조금 전에 말씀드렸던 다섯 군데의 돔에 동일한 데이터를 각각의 인공지능 슈퍼컴퓨터에 보관했으나 나머지 돔이 사라졌으니 이곳에 저장된 데이터가 유일하지만 말입니다. 어쨌든, 이곳에도 완벽하게 보존되어 있습니다."

"지금까지 인류가 발견하고 발전시켰던 과학과 기술의 모든 데이터와 역사, 문학, 철학 그리고 음악, 미술 같은 예술 분야 등 모든 것을 담고 있습니다."

"정말입니까? 대단하군요."

"그뿐만이 아닙니다. 지금까지 일반인들에게는 공개되지 않았던, 각국에서 수행해온 최첨단의 비밀 프로젝트들이 그대로 진행되고 있습니다."

"어떤 비밀 프로젝트인가요?"

"하하하! 앞으로 차차 아시게 될 겁니다, 레스터 씨."

"어쨌든 뛰어난 새로운 인재 한 분이 오셔서 너무 기쁘고 기대도 큽니다. 물론 부담을 드리려고 하는 것은 절대 아닙니다."

"그런데 저에 대해서는 어떻게 아시게 된 건가요?"

"사생활 침해라고 하실 수도 있으나 정부에서는 뛰어난 인재를 찾기 위해 각 대학이나 기업체 그리고 연구소 등에 연락망을 두고, 그곳에서 추천한 학생들과 교수님들 그리고 연구소 등에 있는 연구원들의 개인 데이터를 보관하고 있었지요. 그 데이터로 확인이 가능했습니다."

"그랬군요."

"혹시 불쾌하셨다면 정중히 사과드리겠습니다."

"아닙니다. 지금은 살아 있다는 것에 대해 오히려 제가 감사드려야 할 일이죠."

"자, 이제 어느 정도 이야기는 한 것 같고."

갑자기, 알렉스 대통령은 말을 끊고 데이비드에게 시선을 돌렸다.

"데이비드 비서실장."

"네, 각하!"

"이제부터는 자네가 레스터 씨를 안내해드려야겠군. 레스터 씨와 함께 센트럴-랩을 방문해서 간략히 소개해드리고 그 후에 머무르실 집으로 안내해주게."

말을 마친 알렉스는 레스터를 다시 쳐다보며 흐뭇한 미소를 지었다.

"네, 알겠습니다. 각하."

"자! 그럼, 아쉽지만 오늘의 만남은 이쯤에서 마무리 짓도록 하죠. 오늘 반가웠습니다, 레스터 씨. 앞으로 불편한 점이 있으시면 데이비드 비서실장을 통해 말씀하시면 제가 항상 도움을 드리도록 하겠습니다."

알렉스 대통령이 레스터에게 악수를 청했다.

"저 역시 뜻깊은 만남과 환대에 매우 감사드리고 반가웠습니다."

레스터도 대통령의 손을 맞잡았다. 오랜만에 느낀 사람의 따뜻한 체온이었다.

*

집무실로 돌아와 의자에 앉은 알렉스는 책상에 두 팔을 올려 깍지를 끼고는 깊은 숨을 내쉬었다. 얼마 지나지 않아서 벽면에 붙어 있던 둥그런 장치에서 몇 갈래의 빛이 새어나오더니 앞쪽으로 1미터 정도 되는 텅 빈 공간에 서서히 사람 형상이 만들어지기 시작했다. 어느새 정장을 말끔하게 차려 입은 신사의 모습이 드러났다. 그 순간 알렉스의 표정에는 긴장이 역력했다. 그가 자리에서 벌떡 일어났다.

"안녕하셨습니까!"

알렉스가 정장을 입은 신사에게 정중하고 깍듯하게 인사를 했다.

"잘 보고 있었네, 알렉스."

"제가 혹시 실수한 거라도 있는지요?"

"아니네. 자네도 데이비드도 잘해주었네."

묵직하게 울려 퍼지는 중저음이 방 안을 감쌌다.

"그럼 다행이군요. 혹시나 실수라도 했을까 봐 조마조마했습니다."

"자네에게 특별한 일을 부탁했는데 이 정도면 잘해주었네. 워낙 중대한 일이라서 말이지."

"다른 자들에게도 연락을 취할까요?"

알렉스가 다시 공손히 질문했다.

"아니네, 알렉스. 자네와 데이비드 그리고 에드워드만 알고 있으면 되네. 이제부터 해야 할 일은 에드워드에게 자세하게 얘기해두었으니 연구소 쪽에는 그가 알아서 처리할 거야. 상세한 이야기는 에드워드에게 듣도록 하게. 그리고 그 외의 다른 사람들은 절대로 알아서는 안 돼. 오히려 그들에게 혼란만 가중시킬 테니 말이네."

"아! 그렇군요. 그러면 말씀하신 대로 지금의 상태만 유지하면 될까요?"

"그렇다네. 현재 프로젝트가 마무리 단계에 있어. 이제 길어도 열흘 안에는 완성될 거야. 그때까지는 지금의 상태를 유지하는 것이 유일한 대안이네."

"네! 알겠습니다. 지금의 상태를 유지하도록 최선을 다하겠습니다."

긴장의 끈을 놓지 못하고 있던 알렉스는 간신히 미소를 지었다.

"그래주게, 알렉스. 혹시라도 최악의 상황이 발생한다면 내가 직접 나설 수밖에."

"알겠습니다."

"그럼, 수고해주게."

말이 끝나자, 수많은 빛의 알갱이들이 서서히 점멸하며 신사의 형상이 사라졌다. 그제야 비로소 평안을 다시 되찾은 알렉스는 의자에 몸을 깊숙이 파묻고는 생각에 잠겼다.

돔 중앙에 있는 센트럴-랩에 도착한 레스터와 데이비드 비서실장이 로비에 들어섰다.

"안녕하십니까? 어서 오세요."

로봇 안내원이 다가와 상투적인 인사를 했다.

"연락은 받았나?"

데이비드 비서실장이 물었다.

"네, 연구소장님께서 두 분이 오시면 모셔 오라고 하셨습니다."

곧이어 로봇 안내원이 두 사람을 11층에 위치한 연구소장의 집무실로 안내했다.

"레스터 씨와 데이비드 비서실장님이 오셨습니다."

로봇 안내원이 연구소장의 집무실 앞에 서서 말했다.

"어서 들어오시게 하게."

말이 끝나자 문이 열렸고 두 사람은 안으로 들어갔다. 연구소장은 누가 보아도 첫눈에 명석함이 느껴졌다. 훤칠한 키에 옷맵시도 멋지고 깔끔했으며 나이는 삼십 대 중반쯤으로 보였다.

"반갑습니다. 각하께 연락받았습니다. 에드워드 클락이라고 합니다."

"반갑습니다. 레스터 마틴이라고 합니다."

"저는 소개할 필요가 없겠죠?"

미소 지으며 데이비드 비서실장이 끼어들었다.

"하하! 그럼요, 우선 자리에 앉으시지요."

에드워드 연구소장이 말을 이었다.

"홀로 고생이 많으셨다고 들었습니다. 많이 지치고 피곤하실 테니 오늘은 간략한 소개만 하겠습니다. 우리 연구소는 현재를 기반으로 미래에 활용할 핵심 프로젝트를 다수 진행하고 있습니다. 예를 들어, 이곳에 오시면서 직접 보셔서 아시겠지만 돔 천장에는 실제 태양의 원리로 작동하는 태양이 있습니다. 물론, 생명체에게 불필요하거나 위험한 요소들은 기술적으로 완벽하게 제어되어 있고 이곳에 알맞도록 축소시켜놓았죠. 이곳이 지하이다 보니 생태계를 유지하는 데 절대적입니다. 그리고 이곳 돔에는 수소와 산소 등을 비롯해서 다양한 필수적인 물질들이 넉넉히 저장소에 저장되어 있어서 공기뿐만 아니라 물 또한 풍부합니다. 비록 인위적이지만 생명체가 안전한 삶을 유지하는 데 최적인 장소입니다. 이 모든 것이 돔에 최적화된 자체 정화 시설 덕분이고 모든 것을 재활용하도록 기능이 완비되어 있습니다. 대재앙으로 지구의 거의 모든 핵시설이 파괴되어 상상을 넘어선 방사능의 공포만으로도 우리가 외부로 직접 나가려면 여전히 커다란 위험을 감수해야 하죠. 그래서 로봇을 이용해 지구에서 그나마 오염되지 않은 장소에 있는 다양한 물질을 수거해 이곳의 자체 정화시설로 추가적인 자원들을 충당하고 있습니다."

"그렇군요. 대단하네요!"

"그리고 하늘의 풍경을 현실의 수준으로 구현한 가상현실이 있습니다. 이곳에는 먹구름이 가득 낀 흐린 날은 없습니다. 왜냐면, 이곳에 있는 사람들에게 대재앙의 공포를 떠올리게 할 테니까요. 그들의 심리상태에 긍정적인 생각만을 심어주기 위해 항상 맑은 날이 유지되도록 시스템이 설정되어 있습니다. 노을이 질 때도 환상적인 아름다움을 볼 수 있고, 밤에도 밤하늘을 쳐다보면 눈부신 별들의 향연이 펼쳐집니다. 이미 느끼셨겠지만 실물과 구분이 불가능하셨을 겁니다. 기능적으로도 완벽하게 작동하니까요. 단지 돔이라는 사실을 알기 전까지는 말이죠."

"저 역시 놀라움에 입이 벌어졌습니다. 정말로 분간이 되지 않더군요. 인간의 눈으론 말이죠."

"우리는 이전의 정부가 진행했던 비밀 프로젝트를 계속 진행 중이고, 항상 일반인이 사용하는 일상적인 과학기술보다는 한참을 앞서 있지요."

에드워드 연구소장은 레스터의 얼굴을 살피며 이야기를 진행시켜나갔다.

"아무래도… 그런 것 같군요."

레스터는 순순히 받아들이듯 고개를 끄덕였다.

"연구소에서는 비단 하늘과 구름을 표현한 가상 세계나 태양을 만든 극소형 핵융합기술뿐만 아니라 생명공학, 뇌과학, 인공지능, 전자공학, 기계공학, 컴퓨터공학 등을 특히 심도 있게 다루고 있습니다. 그리고 이번에 발생한 대재앙으로 센트럴-랩이 추구하는 방향은 더 명확해졌습니다. 중요한 비밀 프로젝트들 중에서도 전쟁무기와 관련된 부분들은 더 이상 의미가 없기 때문에 이제는 오로지 살아남은 우리 미래의 삶을 풍요롭게 만들 수 있는 분야에 모든 노력을 집중하고 있습니다."

"그런 부분은 정말 바람직하고 감동적이군요!"

"그렇죠, 레스터 씨! 이제 우리는 인류 역사상 가장 바람직하고 희망찬 미래를 향해 나아가는 시점에 서 있습니다. 쉽진 않겠지만, 우리는 대재앙의 흔적을 기억 속에서 말끔히 씻어내야 합니다. 그 흔적에 발이 묶인다면 다시는 밝은 미래를 창출할 수 없을 테니까요!"

"그렇겠죠!"

"그럼요, 에드워드 연구소장님의 말씀은 지당하십니다. 두 번 다시 대재앙이란 말은 이곳에서는 입에 담지도 기억하지도 말아야겠죠. 그 음침하고 끔찍한 단어는 이제 우리의 사전엔 더 이상 존재하지 않는 단어입니다. 마음을 바로잡고 가다듬어 모두 다 함께 희망찬 미래를 향해 나아갑시다."

"레스터 씨! 잘 이해하셨죠?"

"네! 잘 알겠습니다, 에드워드 연구소장님."

에드워드 연구소장은 사명감에 한껏 고취된 목소리였다. 하지만 긴 시간 동안 상당히 긴장했던 레스터는 이미 꿀 속에 담겨진 듯이 의지와 무관하게 눈꺼풀도 고개도 힘을 잃어갔다.

"역시 상당히 피곤해하시는군요, 레스터 씨."

에드워드 연구소장이 레스터를 보고 이야기를 더 하려다가 멈췄다.

"아, 아닙니다. 괜찮습니다."

레스터는 괜찮다는 듯 두 눈을 크게 떠 보였다.

"아닙니다. 피곤하신 게 당연하죠. 안 그렇다면 그게 더 이상한 거겠죠. 레스터 씨가 이곳에 도착하면 저와 미팅이 있을 것이란 말을 듣고 예상은 했습니다. 그래도 다행이지 않습니까! 우리에겐 내일도 있고 모레도 있고, 앞으로 무수히 이어질 희망찬 미래가 있죠. 오늘은 숙소에 가서서 충분히 휴식을 취하시고 피로가 말끔히 풀리면 다시 보도록 하죠. 그리고 그때 하시고 싶은 연구 분야에 대해 자세한 이야기를 나누도록 합시다."

"배려해주셔서 감사합니다."

"별말씀을요, 레스터 씨."

"레스터 씨, 이만 가도록 합시다. 에드워드 연구소장님의 말씀대로 우리는 모두 살아 있고 미래가 있으니 말이죠. 그건 그렇고 새로운 안식처가 궁금하지 않으십니까?"

호탕하게 웃으며 데이비드 비서실장이 말했다. 안식처라는 말을 듣는 순간, 레스터의 마음속에선 울컥하며 눈가에 눈물이 고였다.

센트럴-랩을 나온 레스터와 데이비드 비서실장은 인공호수와 그 주변에 심어진 나무들 그리고 다양하고 화려한 꽃들이 어우러져 있는 아담한 단층주택 앞에 도착했다. 하늘엔 석양이 화려한 수채화를 연상시키며 저물고 있었다.

"레스터 씨. 이제부터는 걱정 마시고 충분히 휴식을 취하세요. 무리하실 필요 없으니까요. 우선은 이곳 돔 생활에 익숙해지는 것이 급선무이니 이곳저곳을 충분히 둘러보세요. 그 후에 레스터 씨가 다시 활기를 찾으시면 천천히 에드워드 연구소장에게 연락하시면 됩니다. 연구소장도 말했듯이 매진하고 싶은 분야를 생각해주십시오. 그와 의논하신 후에 결정되실 겁니다."

"오늘 수고 많으셨습니다. 그리고 여러모로 감사드립니다, 데이비드 비서실장님."

"별말씀을요. 오히려 제가 영광이죠. 또 한 명의 훌륭한 인재가 이곳에 합류한 것만으로도 저는 너무나 기쁩니다. 우리의 미래가 그만큼 밝아질 테니까요. 이미 이곳엔 각종 편의시설이 잘 갖추어져 있지만 혹시라도 불편하신 점이 있으시다면 저에게 바로 연락하십시오, 레스터 씨."

"네, 감사합니다. 데이비드 비서실장님."

레스터와 헤어진 후, 차를 타고 이동하던 데이비드 비서실장은 제대로 숨을 돌릴 틈도 없이 차에 설치되어 있는 모니터에 나타난 사람과 긴밀한 대화를 나누고 있었다.

"데이비드!"

"각하!"

흐트러졌던 자세를 바로잡고 데이비드는 시선을 모니터에 고정시켰다.

"그분이 연락을 하셨네."

"그렇습니까! 어떤 말씀을 하셨나요?"

"자네도 알다시피 현재 우리에게 주어진 임무는 지금까지 하달된 명령 중에 가장 중요한 일이야. 그분은 우리가 현재 상태를 유지하면서 계속해서 레스터의 동태를 살피고 잘 대처하기를 바라고 계시네. 그리고 이 일의 자세한 내막은 나와 자네, 그리고 에드워드 연구소장까지만 공유하기를 원하시지. 물론 연구소의 연구원들은 에드워드가 계획한 대로 적절히 잘 진행할 테니 우리는 지켜보고 있으면 될 것 같군. 더 이상 다른 사람들이 동참한다고 해도 별 의미가 없다고 판단하신 거지. 그분이 하시는 일이 모두 완성된다면 그때는 어떤 상황이 발생하더라도 직접 나서실 것 같아. 그때까지는 우리의 할 일만 잘 이행하면 되네."

"그렇군요. 잘 알겠습니다."

"그러면 각하, 혼자 있는 레스터는 오늘은 괜찮겠지만, 내일부터는 어떻게 해야 할까요? 당장 내일이라도 돔 내부를 돌아다닐 텐데 말이죠. 저나 에드워드가 직접 할까요?"

"그 부분은 걱정 말게. 에드워드가 그분께 대안을 제시했더군. 그분께서도 자연스러운 방법이라 그렇게 하라고 하셨네. 하여튼 에드워드가 그 대안대로 진행하게 될 거야. 우선은 잘 진행되기를 바라야 하겠지!"

"어떤 대안인가요?"

"궁금한가? 그건 실행해봐야 알 테니 내일 자네가 직접 눈으로 확인해보게. 하여튼 그분께서는 자신의 과업이 완성될 때까지는 레스터가 이곳에 있는 기간이 지속되기를 바라고 계시네. 명심하게, 데이비드."

"네, 명심하겠습니다. 각하."

"노파심에서 하는 얘기네만, 그분은 우리의 모든 일거수일투족을 아는 분이고 통제하실 수 있는 분이니 항상 긴장을 늦추지 말게. 혹시라도 뜻하지 않은 일이 발생하면 바로 현장에 달려가서 조치를 취할 수 있도록 최선을 다해주게, 데이비드."

"네! 각하."

"수고했네. 오늘은 돌아와서 보고하지 않아도 되니 그만 가서 쉬게. 내일 보세."

*

홀로 남겨진 레스터는 주위를 둘러볼 여유도 없이 침대를 발견하자마자 몸을 던졌고 이내 잠들어버렸다. 깊은 잠에 빠져든 레스터는 꿈을 꾸었다.

미세한 안개가 자욱하게 내려앉은 희미하고 몽환적인 그곳에

한 사람이 서 있었다. 잔잔한 바람 속에 빨강, 주황, 분홍 등 색색의 수많은 꽃잎들이 그의 주위를 휘감으며 흩날리고 있었다.

첫 느낌은 너무나 아름답다고 생각했지만 어느새 그는 거친 바람 속 한가운데에 있었고, 수많은 꽃잎들이라 여겼던 것이 휘몰아치며 그의 몸을 향해 사정없이 칼날처럼 꽂히고 있었다. 충격적인 고통이 엄습했고 그 어디에도 탈출구는 없었다. 벗어날 수 없었다.

한바탕 소용돌이가 거세게 몰아친 후, 마치 마술사가 잡아당긴 천처럼 바람이 벗겨졌다. 그가 사라졌다.

"으윽, 안 돼!"

외마디 비명을 내뱉은 레스터는 암흑의 공포를 깨치는 자신이 지른 소리에 놀라 두 눈을 번쩍 떴다. 얼굴은 상기되었고 비 오듯 땀을 흘렸다. 눈동자는 고정된 시선을 잃은 채 주위를 연신 두리번거렸다. 그의 눈은 마치 상영시간 내내 흐르는 눈물을 꾹꾹 손수건으로 훔친 소녀 같았고, 심장은 아직도 꿈속에서 무언가에 쫓기듯 달리고 있었다. 한참을 두려워하던 레스터에게 차례가 된 파도처럼 돌아온 생기의 호흡이 그를 이질적인 세상의 틈바구니에서 빼냈다.

"참으로 기묘한 꿈이군! 이번이 몇 번째지?"

레스터는 세어보았다. 이 기묘한 꿈은 아버지가 원인을 알 수 없는 교통사고로 돌아가시기 전날 처음으로 꾸었고, 그 이후론 10년 가까이 단 한 번도 꾸지 않았었다. 그러다가 대재앙이 일어나기 이틀 전에 다시 이 꿈을 꾸었다. 그리고 우주비행선에서 세 번을 꾸었고, 이곳에 오자마자 또다시 꿈을 꾸었던 것이다.

"오늘로서 여섯 번째군. 어떻게 동일한 꿈을 오랜 기간에 걸쳐 계속 꿀 수 있지? 혹시 예지몽이라도 되는 건가? 꿈 자체도 불길하지만 이 꿈을 꾼 다음에는 항상 최악의 상황만 발생했어. 그렇다면 우주비행선에서부터 지금까지 이 짧은 기간 동안 이 악몽을 여러 번 꾸었다는 것은 또다시 얼마나 불길한 상황이 다가오기에 그런 걸까? 아! 생각만으로도 무서워! 아무리 보아도 이곳에서는 더 이상 불길한 상황이 일어나지는 않을 것 같은데. 내가 착각하는 걸까?"

근래에 들어서는 그 꿈의 빈도가 늘어나 레스터는 슬슬 신경이 쓰였다.

'그런데 그는 누구일까? 비록 꿈속이라도 그 사람을 어떻게든 도와주고 싶었는데… 다가갈 수 없었어. 그는 항상 희미하게만 보여. 마치 먼 과거 속의 기억처럼.'

레스터는 시계를 보았다. 오전 10시 20분을 향하고 있었다.

"이 꿈만 꾸지 않는다면 좋으련만….."

주위로 시선을 돌려보니, 창을 통해 들어온 햇살이 방 안의 모든 것을 포근히 감싸 안아주고 있었다. 이 모습에 편안함을 느낀 레스터는 침대에서 일어나 창가로 가 밖을 내다보았다.

"완벽하군! 대재앙이 있기 전의 모습과 전혀 구분할 수 없어. 이곳 풍경은 너무나 눈이 부시도록 아름다워! 더구나 이 생태계를 유지시키기 위해 들어간 기술들은 현실처럼 느껴지지 않아서 소름 끼치도록 놀라워. 태양은 정말 대단해! 만약 말해주지 않았다면 누구나 진짜 태양이라고 여겼을 거야. 그런데 이런 놀라운 기술을 지금껏 숨기고 있었다는 말인가?"

혼잣말을 하던 레스터가 다시 생각에 잠겼다.

'이곳 돔에 알맞게 설계하고 제작해서 핵융합으로 엄청난 에너지를 생산해내는 기술을 넘어서 정말 태양을 만들었어. 그것도 상온에서 극소형으로 축소해서 실제 같은 태양을 만들었다니! 정말 눈이 휘둥그레질 정도로, 믿기지 않는 놀라운 기술이군. 아무리 정부의 비밀 프로젝트라고 해도 믿을 수가 없어! 솔직히 상상 초월이야. 현재 인류의 숨겨진 과학기술이 정말 이 정도의 수준인가? 아니면 내가 꿈을 꾸고 있는 것은 아닐까?'

햇살이 내리쬐는 포근한 분위기에 잠겨 있던 레스터는 살짝 등으로 스친 한기에 새삼 티셔츠가 젖었음을 알았다. 그는 욕실로 들어갔다. 연이어 감당해내기 어려운 일들이 일어나 힘겨운 나날들을 견디던 레스터는 지금까지 자신이 먹고 있는지, 자고 있는지, 살아 있는지 느낄 수 없는 일상들을 보냈다. 하물며 언제 씻었는지 기억도 나지 않았다. 그런데 오늘 아침은 마치 대재앙이 있기 전의 평범한 일상 같았다. 비록 그에게 비통함을 가득 품은 희망의 첫날이지만 또 다른 희망을 인위적이라고 해도 스스로 품는 방법밖에는 없었다. 살기 위해서라면 다른 선택은 없다. 레스터는 상처 난 몸에 약을 바르듯 그동안의 일을 곱씹었다. 그리고 배어 있던 그 고통을 쏟아지는 물줄기에 흘려보냈다.

오늘은 지옥의 굴레를 빠져나와 희망이라는 씨앗을 심장에 심는 돔에서의 첫날이다. 샤워를 마친 레스터는 허기가 느껴져 식탁이 있는 곳으로 눈길을 돌렸다. 식탁으로 간 레스터는 주위를 두리번거리며 이리저리 음식물을 찾았다.

'아차차! 여긴 음식을 손수 만들어 먹지 않는다고 했지… 저 서랍에 뭐가 있으려나.'

서랍장 안에는 스푸드에 첨가해서 먹는 다양한 종류의 소스들이 종류별로 잘 분리되어 있었다.

'그나저나 스푸드는 도대체 어디에 있는 거야?'

아무리 찾아봐도 보이지 않자 레스터는 실망한 듯 식탁 의자에 앉았다.

'막상 필요한 것을 얻으려니 많이 낯설고 난감하군. 식사하는 것조차 새로 익혀야 했던 거였어. 이곳이 예전과 비슷해 친근함을 느꼈지만, 정작 식사하는 방식부터 다르다 보니 새로운 환경이라는 것을 깨닫게 해주는군. 혹시, 아직 발견하지 못한 버튼이라도 있나?'

식탁 밑과 옆면을 살펴보며 숨겨진 버튼이라도 있는지 구석구석 열심히 살폈다.

'아무리 찾아보아도 흔한 버튼 같은 것도 없잖아. 어제 데이비드 비서실장이 말해주지 않은 것 같은데…. 이를 어쩌나. 이런 사소한 것 때문에 데이비드 비서실장에게 연락해야 하나?'

레스터는 어제 데이비드가 가기 전에 건네준 무선 송수신장치를 만지작거리며 앉아 있었다.

바로 그때였다. 아이보리색 원피스를 입은 한 낯선 여성이 거실 중앙에 서 있었다.

"누구세요? 언제부터… 도대체 어떻게 들어온 거죠?"

당황한 레스터는 유령을 마주한 듯 식탁 의자에서 벌떡 일어나 뒤로 물러섰다. 하지만 그녀는 여전히 레스터를 응시하고 있었다.

"실례지만, 레스터 씨 계신가요?"

그 여성이 살며시 미소 지으며 말했다.

"어라! 눈이 보이지 않나? 이런 질문을 하는 것을 보니 분명히 유령은 아닌 것 같군. 그러면 뭐지, 이 여자는?"

"이미 들어와 보고 있으면서 나를 왜 찾고 있죠?"

"저는 샬럿 플로레스입니다. 에드워드 연구소장님이 보내셔서 방문하게 됐습니다. 혹시 제가 보이시면 현관문을 열어주시겠어요?"

여전히 레스터를 응시하며 샬럿이 말했다. 다시 생각해보니 조금 전에 어떤 멜로디가 현관문 쪽에서 들린 것 같았다.

"아! 에드워드 연구소장님이라고 하셨나요?"

"네, 에드워드 연구소장님."

"그런데요, 제 앞에 있으면서 왜 문을 열라고 하시죠?"

"아무도 말씀을 안 해주셨나요? 어디 계시는지는 모르겠지만, 놀라지 마세요. 지금 레스터 씨가 보고 있는 저의 모습은 단지 초고밀도 실사 3차원 이미지일 뿐이에요."

"초고밀도 실사 3차원 이미지라고요! 말도 안 돼!"

믿을 수 없어서 레스터는 조심스럽게 다가가 그녀의 손을 살짝 만져보았다.

"어? 정말 아무것도 없잖아!"

레스터의 손가락이 샬럿의 손에 닿자 순간적으로 사라진 것처럼 겹쳐지며 쑥 하고 들어갔다. 그러면서 그녀의 옆으로 커다란 투명 스크린이 펼쳐지더니 그녀의 이름, 혈액형, 소속된 기관, 범죄 여부 가능성과 비상시 긴급 연락처, 현재 바이오리듬, 현재 기분 상태 등의 정보가 디스플레이에 나타났다.

직접 보고 만져보아도 여전히 가상 이미지라는 것이 믿기 어려웠지만, 어쨌든 밖에 있다는 아이보리색 원피스를 단정히 차려입은 샬럿이라는 여자의 말은 놀랍게도 사실이었다. 이대로 지체하기에 미안했던 레스터는 얼른 문으로 갔다.

"그런데 어떻게 여는 거죠? 열 수 있는 아무런 장치가 없는데요. 아무것도 말이죠."

"제가 방법을 알려드릴게요. 레스터 씨가 문에서 한 발짝 뒤로 떨어지셔서 잠시 동안 고정된 채 서 있으시면 돼요. 철저한 보안을 위해 여실 때도 본인 인증이 필요하니까요."

레스터가 한 발짝 뒤로 물러서서 잠시 서 있자, 현관문 바로 위쪽에 유리로 감싸여 있는 장치에서 레이저가 나오며 점점 더 커다란 타원형이 되더니 수평 방향으로 레스터의 신체를 입체로 스캔했다. 인증이 확인되었다는 메시지가 현관문에 나타난 후에 오른쪽으로 문이 열렸다. 문이 열리자, 방금 전 집 안에 있던 샬럿이라는 여성이 눈부신 아침 햇살과 함께 서 있었다.

"안녕하세요, 조금 전에 말씀드렸듯이 저는 샬럿입니다. 안내를 해드리려고 레스터 씨의 집을 방문하게 됐습니다."

그녀는 상냥한 미소를 지으며 똑 부러진 말씨로 첫인사를 했다. 그에 반해 레스터는 자신에게도 아직 낯선 집을 미모의 여성이 당연하다는 듯이 레스터의 집이라고 말하는 것이 당황스러웠다. 더욱이 난생처음 아름다운 여성이 자신을 만나기 위해 방문했다는 사실까지 더해져서, 그저 멍하니 눈만 껌벅이며 샬럿을 쳐다봤다. 그러다 에드워드 연구소장의 얼굴이 떠올랐다.

"들어오세요, 샬럿."

겨우 한마디를 건넨 레스터는 방금 서 있던 곳에서 한 발짝 더 뒤로 물러났다. 샬럿은 복도를 따라 거실로 들어왔고 레스터는 현관문이 닫히는 것을 확인한 후에 뒤따라 들어와 그녀가 앉은 맞은편 소파에 앉았다.

"많이 놀라셨나 봐요, 레스터 씨! 얼굴이 많이 달아올라 있네요."

'동화 속에 나오는 공주처럼 생겼네. 아니… 아니지. 너무나 완벽해.'

조금 전엔 헛것을 본 줄 알았기에 너무나 당황한 나머지 그녀의 모습을 자세히 볼 경황이 없었다. 이제서야 찬찬히 그녀의 모습을 마주하니 차마 입이 다물어지지 않았다. 전 세계에서 가장 뛰어난 미술 거장이나 천재 조각가가 모든 심혈을 기울여 평생을 노력한다고 해도 샬럿과 동일한 작품을 만들어낼 수는 없을 것 같았다. 거기다 더욱 놀라운 것은, 그녀는 살아 있다는 것이다.

샬럿! 그녀는 너무나 아름답고 매혹적이었다. 어쩌면 이 세상 사람이 아닌 것 같았다. 마치 실존할 수 없는 존재가 세상 밖으로 잠시 나온 것이라 여겨졌다. 그녀는 천상의 존재로, 그녀 앞에서라면 자신의 모든 것을 무엇이든 아낌없이 주어야 할 대상 같았다. 그녀의 모습은 모든 것이 완벽함을 넘어 온몸에서 찬란한 광채가 새어나왔다. 특히 깊이를 헤아릴 수 없는 그녀의 깊고도 그윽한 눈동자를 마주하고 있던 레스터는 그녀의 눈동자 속에 자신의 영혼을 던져놓은 채 온몸이 마비된 것 같았다. 레스터는 처음 마주한 샬럿에게 한없이 빨려 들어갔다. 단 한순간이라도 벗어나야 한다는 생각조차 할 수 없었다. 샬럿은 단지 보는 것만으로도 사람을 마비시키는 치명적인 마성의 힘을 지녔다. 레스터의 영혼은 완전히 해제되어 강인한 최면에 이끌리듯 그 무슨 수를 써도 빠져나올 수 없는 그녀만의 세계 속으로 스며들었다.

"솔직히 많이 놀라고 당황했습니다. 가상 이미지가 정말로 실물이 아닌지 제 눈으로는 도저히 분간할 수 없었거든요. 식사를 하려고 식탁에 앉았는데 분명히 조금 전까지 아무것도 없던 자리에 갑자기 누군가 나타나 저를 똑바로 쳐다보며 제 이름을 부르고 말을 거니 상당히 놀랄 수밖에요."

레스터는 샬럿을 똑바로 쳐다보지 못하고 띄엄띄엄 보았다.

"저기 거실 중앙 쪽 바닥에 얇게 밀착되어 있는 커다란 원형의 물체가 보이시죠? 그리고 저 물체 위 천장을 보세요. 천장에 작은 장치가 있으니까요!"

"어! 그러네요. 정말 있군요."

"과학기술은 계속 발전하고 있어요. 이것이 3차원 이미지인지 실체인지 우리의 눈으론 분간할 수 없는 수준을 오래전에 넘어섰죠. 현관문 앞에 제가 서 있으면 스캐너가 고해상도와 초고밀도의 3차원 이미지로 저를 스캔하고 그 이미지를 바로 레스터 씨가 있는 거실 중앙에 실물과 차이가 없는 질감으로 저의 3차원 이미지를 실시간으로 출력하는 거죠. 연속적으로 동일한 반복이 빠른 속도로 일어나기 때문에 출력되고 있는 저의 동작도 실물과 전혀 다를 것 없이 부드럽고 섬세하게 보여서 보기만 해서는 구분이 불가능하셨을 거예요."

"아, 그랬군요. 그런데 제가 기억하기로는 어제 데이비드 비서실장님이 이 집에 왔을 때는 신분 확인도 없이 바로 들어왔거든요."

"데이비드 비서실장님을 아세요?"

"네! 그런데 왜 물어보시죠?"

"보통은 이곳 관리자이신 마이클 캠벨 씨가 담당하거든요. 그런데 레스터 씨는 데이비드 비서실장님이 직접 집까지 오신 것을 보니 특별한 분이신가 봐요."

"아! 제가 그런가요?"

고개를 갸우뚱하며 레스터가 말했다.

"아니, 별일 아니에요. 신경 쓰지 마세요. 가끔 그런 경우가 있으니까요. 하여튼 어제는 레스터 씨가 이 집에 오시기 전에는 비어 있었으니 시스템 설정을 해제한 상태였을 거예요. 당연히 어제 두 분이 들어오실 때까지는 작동을 안 했겠죠. 데이비드 비서실장님이 나가실 때 시스템 설정을 작동시키신 것 같네요."

"아! 그랬겠군요. 제가 어제저녁에 집에 와서 바로 잠에 들었다 보니 이 집에 대해 아는 것이 없어요."

무언가 생각이 난 듯 레스터가 이어서 말했다.

"홀로그램 기술이 상당히 발전했군요. 정말 놀랍네요. 그런데 왜 그동안 국가에서 이런 기술을 비밀 프로젝트에만 이용했을까요? 상업적으로 이용했다면 정말 대단했을 텐데 말이죠."

이제 레스터는 현실에서 스스로 받아들이기 어려운 과학기술은 무조건 정부의 비밀 프로젝트라고 떠넘겨버리게 되었다. 항상 몇 차원 정도 수준 높은 과학기술을 적용하고 실험한다는 것은 레스터도 흘러가는 소문으로 여러 차례 들은 기억이 나기 때문이었다.

"호, 홀로그램이라고 하셨나요?"

"홀로그램이라고 혹시 몰라요, 샬럿? 레이저를 이용해서 가상으로 3차원 이미지를 만들어주는 기술인데. 지금까지 샬럿이 설명해준 기술도 홀로그램에 바탕을 두고 개발한 신기술이 아닌가요?"

오히려 레스터가 당황하며 질문했다.

"글쎄요? 저는 처음 듣는 말이네요."

샬럿이 미간을 약간 찌푸렸다. 레스터는 샬럿이 이쪽과 관련된 과학기술에는 상당히 문외한이라고 생각해 다른 주제로 넘어가고 싶었다. 무엇보다 샬럿과는 이런 어색한 분위기를 만들고 싶지 않았다.

"뭐랄까… 전혀 모르셔도 되는 일이에요. 하하! 그건 그렇고 샬럿. 제가 식사를 하려고 하는데, 스푸드는 어디에 있죠?"

"아! 스푸드요. 그거는 식탁에 있어요."

"그래요! 반가운 일이네요. 하지만 저는 아무리 찾아보아도 없던데요."

"알려드릴게요. 우선 식탁에 앉으시고 간단히 한마디만 하시면 돼요."

샬럿이 레스터를 친근하게 식탁 의자에 앉히고는 자신도 바로 옆의 의자에 앉았다. 옆에 다정하게 앉은 샬럿을 보고 있던 레스터는 자신도 모르게 잠깐만이라도 좋으니 샬럿을 포근히 안고 싶다는 생각을 하다가 스스로에게 놀랐다. 아마 자신을 대하는 샬럿의 친절함과 따뜻함에 그동안 차갑게 묶어두었던 마음이 한순간에 녹아내린 것 같았다. 따뜻한 사람의 손길이 무척 그리웠다. 다시는 또 다른 생존자를 만날 수 없을 것 같다는 절망감이 레스터의 마음을 가득 채웠었다. 절대 고독. 기약 없이 막연히 흘러만 가던 그 시간 속에서 레스터의 영혼은 서서히 마른 장작처럼 메말라가고 있었다. 하지만 지금은 다른 한편으로 레스터를 상당히 혼란스럽게 했다. 바로 옆에 앉아 있는, 형용할 수 없는 매력을 소유한 샬럿에게 느끼고 있는 감정이 그 당시에 누군가라도 만나고 싶다는 간절한 소망과 동일한 그리움의 연장선인 것인지, 아니면 단순히 그녀의 매력에 홀린 남자의 본능인지 도통 분간할 수 없었다.

순간 정신을 차린 레스터가 그녀에게 물었다.

"샬럿! 어떤 한마디를 해야 하나요?"

"Order one piece!"

샬럿이 한마디를 하자 식탁 위의 전광판에 숫자가 나타났다.

"도착하는 데 걸리는 시간은 지금부터 1분입니다."

전광판 옆에 붙어 있는 스피커에서 말을 끝마치자 시간은 역순으로 카운트다운이 되고 있었다. 정확히 1분이 지나자 갑자기 식탁 중앙 부분에서 작은 문이 아래로 열리고 작은 로봇 팔이 나오더니 스푸드를 담은 그릇을 식탁 위 빈 공간에 살며시 내려놓았다. 곧이어 로봇 팔이 사라지고 문이 닫혔다.

"헉!"

레스터에게는 이곳이 마치 대재앙과는 특별한 상관이 없이 매우 오래전부터 모든 것이 완벽하게 갖추어진 일상적인 삶의 터전처럼 느껴졌다.

"음식을 생산하고 이런 식으로 각 가정에 전달되는 시스템이 갖춰진 스푸드 공장이 이곳에 따로 존재하는 건가요? 그러니까 각 가정에 비축해놓는 것이 아니고 말이죠. 혹시 센트럴-랩 안에 있나요?"

"자동화된 음식 공장이 존재하는 것은 맞지만 센트럴-랩은 아니에요."

"그럼 어디에 있나요?"

"저도 그곳은 가보지 못했어요. 왜냐하면 그곳은 이곳 돔 지하에 있는데, 철저히 출입이 통제되어 있거든요."

"지하에? 이곳 말고 지하 시설도 따로 존재했군요. 그러니까 스푸드 공장은 지상에 있는 것이 아니라 지하에 있군요."

"아무래도 음식이다 보니 철저한 통제와 보안이 필요한 거죠."

"하긴 그리네요. 이곳처럼 폐쇄된 장소에서는 더욱더 철저한 관리가 필요하겠죠."

"레스터 씨도 잘 아시겠지만 대재앙 이후로는 삶에 필요한 모든 것을 과학기술에 의존할 수밖에 없었어요. 대표적인 것이 바로 음식이죠. 이곳 돔처럼 폐쇄된 공간에서는 스푸드 외엔 대안이 없었죠. 지금까지 우리 모두의 생명을 유지해주는 것은 레스터 씨 바로 앞에 있는 그것이죠."

'대재앙이라….'

다시금 자신의 유일한 가족이던 사라와 메리의 얼굴이 스쳐 지나갔고 그의 눈에서 눈물이 볼을 타고 흘러내렸다.

"지금 우시는 거예요?"

샬럿이 당황한 듯 레스터에게 바짝 다가왔다.

"아… 아닙니다. 아무 일도 아닙니다. 우리 과학기술의 발전에 감동을 했나 봅니다!"

본인도 놀란 레스터는 얼른 눈물을 닦고 아무 일 없었다는 듯이 식사를 하려다 한마디 했다.

"혹시 식사하셨나요, 샬럿? 안 하셨다면 같이 식사하시죠."

"아니요, 저는 했어요. 걱정 마시고 천천히 식사하세요."

"그럼…."

레스터가 식사를 시작하자 샬럿은 소파로 돌아가 태블릿을 꺼내 무언가 정보를 탐색하는 듯이 보였다. 하지만 지금까지 보고 있던 모습과 다르게 그녀는 약간 슬픔이 배어 있는 듯이, 아니 어쩌면 혼이 빠져나가 있는 듯이 모호한 모습으로 태블릿을 들여다보았다.

레스터는 무엇보다 스프드 자체의 맛이 궁금했다. 그 맛이 데이비드 비서실장이 말한 대로 우주비행선에서 먹은 어설픈 음식이었는지 궁금했기 때문이다. 레스터가 직접 맛을 보니 그리 호감 가지 않는 맛이었다. 상당히 밋밋해 거의 맛이 느껴지지 않는다고나 할까.

'비행선에서 먹던 맛과 같잖아! 그러면 스프드라고 하는 이 음식은 정부 주도하에 개발한 비밀 프로젝트가 맞군. 괜히 이곳만의 엄청난 과학기술이라고 생각했잖아. 하여튼 그리 호감이 가지 않으니 내가 원하는 소스를 첨가해서 먹어야겠어. 비록 완벽한 속임수라고 해도 말이지.'

소스를 추가해서 스프드로 식사를 마친 레스터는 소파에 앉아 있는 샬럿에게 다가갔다.

"샬럿, 식사는 다 마쳤는데 저와 센트럴-랩에 갈 건가요? 연구소를 소개시켜주려고 오신 것 같은데요."

"아닌데요."

"그럼?"

"센트럴-랩에는 나중에 가도 돼요. 오늘은 산책 겸해서 돔 안을 같이 구경해요."

샬럿이 레스터를 보며 싱그럽게 미소 지었다.

"그, 그러죠."

레스터는 샬럿에게 자꾸만 마음이 끌려 순간 더듬거리며 말했다.

'다른 건 몰라도 샬럿은 상당히 매혹적이야. 역시 내가 한동안 폐쇄되고 제한된 공간에 혼자 있었기 때문에 그런 것만은 절대로 아니야. 그동안 살면서 다른 매력적인 여자들도 많이 보아왔지

만 샬럿은 단순히 매우 매력적이라는 말로 표현할 수 없을 만큼 특별하군. 너무나 특별해!'

집을 나선 레스터와 샬럿은 산뜻하게 잘 포장된 도로를 따라 천천히 걸었다. 돔의 천장 전체는 햇살이 가득한 맑은 하늘이었다. 나뭇가지엔 새들이 지저귀고 있었고 어디서 불어오는지 한들한들 신선한 산들바람마저 살며시 불어왔다.

"과학의 힘이라 해도 정말 감동적이군요. 이곳의 자연 풍경은 말이죠. 한마디로 기적이네요. 안 그래요, 샬럿?"

레스터는 기적을 체험하는 듯이 한 발 한 발 천천히 걸으며 연신 하늘과 주위를 둘러보고 감동받은 듯 들뜬 표정을 지었다.

"정말 실제와 아무런 차이를 저는 느끼지 못하겠어요. 오히려 더욱 아름답기까지 하군요."

"그렇죠!"

"이곳에 새로 오신 분들은 저 하늘 풍경이 가상이라고 하면 모두 놀라시더군요. 물론 저는 익숙해졌으니 이제는 더 이상 놀라지 않지만요."

"그렇겠군요. 익숙해지면 평범한 일상으로 받아들이게 되겠죠."

"그런데 이곳에도 침입자가 있나요, 샬럿?"

"설마요. 이곳엔 침입자가 있을 수 없죠."

"그런데 집마다 현관문에 그런 최첨단 보안장치가 반드시 필요한가요?"

"그건 기술적인 테스트를 위한 목적도 있으니까요. 계속 신기술이 적용되고 있는데, 새로운 신기술을 적용했을 때 혹시 모를 오류가 있는지 테스트하기 위해서죠."

"그렇군요."

대화는 금세 끊겼고 드문드문 맞춘 눈 미소는 어색했지만 따뜻했다. 그렇게 목적 없이 걷기 시작한 산책은 어느새 인공 바다에 닿았다. 모래사장이 보이자 약속이나 한 듯이 레스터도 샬럿도 신발을 벗고 바다 가까이 다가가 모래사장에 앉았다. 밀려오는 파도 속에 신선한 바람도 실려 왔다.

"좋군요. 오래간만에 느껴보는 신선함이네요."

레스터가 두 팔을 양쪽으로 활짝 펼치며 살짝 두 눈을 감고 말했다.

"저도 오래간만인데요."

갑자기 샬럿이 일어났다. 바다에 발을 담그고는 서서히 밀려오는 파도를 벗 삼아 이리저리 피하기도 하고 발로 차며 해맑은 표정을 짓고 있었다. 그런 그녀의 자연스런 모습이 눈부셨다.

"들어와봐요, 레스터. 정말 시원해요!"

샬럿이 레스터에게 손을 내밀며 말했다. 레스터는 샬럿의 말에 이끌리듯 바다로 천천히 걸어 들어갔다. 그동안 세상의 모든 것이 끝났다고 생각했던 레스터에게 살아 숨 쉬는 희망이 마음에 생겼다. 지금까지 살아오면서 가져본 적이 없는 전혀 다른 느낌의 미래에 대한 부푼 기대였다. 만난 지 몇 시간 되지도 않았는데 샬럿을 향한 감정은 그 어떤 감정과도 비교할 수 없이 전혀 색다른 또 하나의 커다란 영역이었다. 그것은 환희 그 자체였다.

두 사람은 옷이 거의 다 젖도록 뛰어다니고 물을 두 손에 담아 서로에게 뿌리며 즐거운 시간을 보내다 다시 모래사장에 앉았다.

"잘 모르겠어요, 샬럿."

레스터가 얼굴 가득 웃음을 머금으며 말했다.

"뭐가요, 레스터?"

샬럿도 웃음 띤 얼굴로 레스터의 얼굴을 유심히 바라보며 물었다.

"살아오면서 분명 기쁨을 느낀 적이 몇 번 있었죠. 그러나 그 기쁨은 대부분 학업 성취에 대한 결과였어요."

"그런데요?"

"비록 인공적인 환경이라고 해도 즐거운 시간을 나누고 있는 이 순간만큼은 끝없는 평화, 행복감, 따스함, 애틋함이라고 할까요. 앞으로도 영원히 이어질 것 같은 느낌 말이죠."

"그러면 지금 저와 함께 있는 이 순간들이 레스터에게 소중하고도 행복한 시간이 되고 있다는 뜻인가요?"

"네! 저는 이 시간을 갖게 해준 샬럿이 고마워요. 무거웠던 마음의 짐을 내려놓고 지금과는 전혀 다른 세상에 살고 있는 사람처럼 행복한 감정을 선사해주었으니까요."

이런 분위기가 쑥스러웠는지 레스터가 화제를 바꾸며 샬럿에게 물었다.

"연구소에서는 어떤 일을 했어요, 샬럿?"

"뇌파를 분석하는 일을 했어요. 그동안 많이 바빴어요. 대재앙 이후엔 더 이상 뇌파를 분석하는 일을 하고 있지 않지만요."

"네? 대재앙 전에 뇌파 분석이라니 무슨 뜻이죠?"

"전 세계의 사람들을 대상으로 그들의 뇌에서 나오는 뇌파를 실시간으로 분석하는 일에 참여해왔죠. 이곳에서 제일 중요한 일이었어요."

샬럿이 어딘가를 담담하게 초점 없이 바라보며 말했다.

"정말 비밀 프로젝트들이 있었군요. 전 세계 사람들을 대상으로 뇌파를 분석하다니 말이죠."

레스터가 놀라워하며 말했다.

"그런데 무엇을 알아내려고 그런 비밀스러운 실험을 진행시켰던 거죠?"

"솔직히 저도 그 부분은 자세히 몰라요. 저는 단지 뇌파 중 그 어디에서도 볼 수 없는 유일한 패턴을 찾고자 했던 것이죠."

"그런 연구도 있었군요. 그것 참! 모르는 게 많았네요."

단순히 어색한 분위기를 바꿔보려 던진 질문이 오히려 분위기를 딱딱하게 만들자 레스터는 말을 얼른 마무리 지으며 옷에 묻은 모래를 털었다.

레스터와 샬럿은 모래사장을 나와서 이번에는 돔 중앙 쪽으로 이어진 길을 따라 걸었다. 외곽의 도로는 가로수 길이어서 잘 몰랐는데, 이 거리도 무척 한산했다. 가끔씩 사람을 볼 수 있었는데, 이상하게도 그들은 무엇이 그리 바쁜지 잰걸음으로 집으로 들어가 버리거나 'Contact실'이라는 팻말이 쓰인 곳으로 들어갔다. 인사도 웃음도 없었다. 더 희한한 것은 거리였다. 카페도, 꽃집도, 옷가게도, 편의점도 그 어느 것도 찾아볼 수 없었다. 이곳엔 오직 다양한 단층 또는 복층으로 지어진 집들과 Contact실 그리고 센트럴-랩뿐이었다.

"거리에 뭐가 참 없네요. 사람들도 바로 어디론가 다들 들어가 버리고요."

"다들 바쁘죠. 센트럴-랩에서 근무하는 연구원들을 제외하고 이곳에 있는 모든 사람들은 VRISC(Virtual Reality Intelligent Supercomputer)라 불리는 인공지능 슈퍼컴퓨터에 접속한 상태로 생활하고 있으니까요."

당연하다는 듯이 샬럿이 말했다.

"일반인들이 VRISC에 접속한다면 가상현실을 체험한다는 것인가요?"

"네, 맞아요."

"그런데 단순한 체험이 아니라 생활을 한다는 것은 무슨 뜻이죠?"

"레스터 씨가 집에서 저의 3차원 실사 이미지를 본 것처럼 현실인지 가상인지 구분이 불가능한 곳이죠. 그곳은 단지 레스터 씨가 시각적으로만 경험한 수준이 아닌, 인간의 오감을 모두 현실처럼 경험할 수 있는 곳이에요. 상상할 수 없을 만큼 거대한 현실 공간이자 또 다른 세계죠. 그 세계에서 주의할 점은 단 한 가지예요."

"그게 뭐죠?"

"항상 시간을 정해놓고 접속해야 한다는 거예요."

"시간을 정해놓고 접속한다고요?"

"네, 인간의 오감을 현실과 차이 없이 경험하기 때문에 진짜 현실에 있는 자신의 육체가 잘못하다간 굶어 죽을 수 있으니까요. 기술의 발전으로 근래에 한 번의 식사로 한 달 이상 살 수 있는 스푸드의 테스트를 성공적으로 마쳤어요. 이제부터는 VRISC에 접속한 상태에서 누구나 최소한 한 달은 견딜 수 있게 되겠죠. 곧 신제품으로 대체될 거예요."

자랑스러운지 샬럿이 활기찬 표정을 지었다.

샬럿과의 뜻밖의 만남으로 행복하고 환상적인 미지의 세계 속에 푹 빠져 있던 레스터는 마치 커튼 뒤에 숨어 있던 정체 모를 물체가 어디선가 불어오는 바람에 살며시 윤곽이 드러나듯, 잠시 밀어두었던 의혹이 의심의 눈길로 레스터의 무의식 속에 꿈틀거리며 되살아났다. 레스터도 대재앙이 있기 전까지 개발 중인 가상현실의 세계를 지속적으로 경험해왔기 때문에 가상현실 자체는 놀라운 기술이 아니었다. 하지만 샬럿이 말하고 있는 이곳의 가상현실 수준은 미루어 추측하는 것만으로도 레스터를 긴장으로 움츠러들게 했다. 자신이 이곳에 오기 전에 경험해왔던 가상현실도 특히 시각과 청각 부분은 현실에 가깝다고 느낄 정도의 생생한 현장감을 제공했으며, 체험할 수 있는 축적된 데이터의 양도 상당히 많이 구축되어 있었다. 그래서 비록 가상 세계라고 인지하고는 있어도 마치 현실 세계에 있는 듯한 착각을 나름대로 느낄 수 있었다. 그렇지만 후각, 미각, 촉각은 매우 제한적이었고 부분적이었다. 하다못해 기존의 가상현실 기술로 이러한 감각을 최대한 현실에 가깝게 체험하려면 다양한 최첨단 전자 장비들을 착용해야 그나마 제한적인 물체나 물질에 대해 가능했던 것이다.

그런데 레스터가 오늘 아침에 마주한 샬럿의 초고밀도 3차원 이미지의 모습은 단지 인간의 오감 중 시각뿐이었는데도 기존에 그 어디에서도 경험한 적이 없는 현실 바로 그 자체였다. 거기다 아무런 특수 장비 없이 맨눈으로 직접 보았는데도 실제의 샬럿과 가상의 샬럿이 한 치의 차이도 없었다. 그들은 완벽하고 동일한 두 명의 샬럿이었다. 그녀의 얼굴, 손 그리고 그녀가 입고 있던 아이보리색 원피스의 세밀한 디테일은 바로 샬럿이었다. 이 사실만으로도 충격을 받았다. 그런데 샬럿은 이곳의 가상현실에서는 인간의 오감을 현실 이상으로 완벽하게 경험할 수 있다는 것이다.

그렇다면 이곳의 가상현실 기술이 그만큼 뛰어나기 때문에 이미 가상과 현실의 경계는 오래전에 허물어졌으며, 사람들은 더 이상 가상이라는 것을 전혀 느낄 수 없기에 현실에선 반드시 각자의 생명을 유지하기 위해 미리 식사 시간을 정해놓을 수밖에 없다는 의미였다. 결국 그곳은 또 다른 완벽한 현실의 공간, 즉 현실 세계라는 뜻이었다. 레스터의 의혹을 벗은 의심은 확인을 바라는 갈증이 되었다.

대재앙이 일어나기 전에 미래의 가상 세계가 현실 세계와 구분할 수 없을 정도의 수준에 이르러 현실 세계를 대체하게 되었을 때 우리에게 미칠 다양한 측면에 대해 각 분야의 전문가들이 토론을 벌인 적이 있었다. 그때의 중론은 가상 세계에서의 일상적인 모습도 결국엔 현실 세계를 그대로 닮아갈 것이라고 전망했다. 지나친 편리에 의한 나태함, 주위에 대한 무관심 그리고 치열한 경쟁심과 함께 냉소적인 감정이 늘어만 갈 것이라고 예측했다. 혁신적인 새로운 기술이 나올 때마다 인류에게 보다 나은 행복이 펼쳐질 것이라고 생각하며 사람들은 열광했지만, 시간이 좀 더 흐르고 나서 보면 결국에는 사람과 사람이 직접적인 만남을 통해 나누며 쌓아가던 따뜻한 감성은 조금씩 무뎌져갔다. 인류는 항상 발전을 통해 더 따뜻하고 더 풍성하며 더 행복한 이상적인 삶과 세상을 향한 목표로 나아간다고 공공연히 선언했지만, 그러한 세상과는 점점 더 멀어져가고 있었다.

게다가 그 당시에도 현실은 냉정하기만 했다. 인구 과잉으로 서로 간에 더 매몰찬 경쟁 속에서 이기심과 시기심만 극단적으로 팽배했고 세계 각국의 극히 일부분 부유층을 제외하고 인류의 대다수를 차지하던 나머지는 항상 빈곤에 시달렸다. 그렇게 부와

권력을 가진 소수와 빈곤층 간의 격차는 이미 넘어설 수 없는 수준에 이른 지 오래되었고, 중산층은 완전히 사라진 채 각각 하늘과 땅으로 나뉘었다. 그 어디서도 교차점은 더 이상 없었다. 권력과 부 그리고 가난을 넘어서 온 인류를 진정으로 따뜻하게 감싸 안아줄 세상은 여전히 보이지 않았다. 오직 소유한 자들의 세상과 소유하지 못한 자들의 세상으로 양분되어 있었다. 전 세계의 인구는 너무나 많았고, 그에 비해 자원과 식량 그리고 물은 턱없이 부족했다.

그러한 두 부류에게 인류 역사상 처음으로 모든 제한과 신분의 차이마저 뛰어넘어 진정으로 모두에게 동등한 사건이 찾아왔다. 지구 대재앙은 전멸이라는, 예리하면서도 묵직한 단 한 번 칼날의 스침이었으며 그들의 마지막 순간이었다. 그동안 개인들과 다양한 집단에서 나온 수많은 불만과 불평등 그리고 인류가 주변과 자연에 대한 진정한 반성의 기미도 없이 자행했던 환경파괴로 인한 생태계의 혼란과 수많은 동식물의 멸종, 자원의 소실을 동시에 잠재웠다. 권력이 있든 없든, 부를 소유하고 있든 없든, 지식이 있든 없든, 그 외에 어떠한 것을 가졌든 그렇지 못했든 간에 상관없이 인류 역사상 그 누구에게나 전례가 없는 공평한 결과를 가져다주었다.

인류는 최근까지 단 한 번도 참된 합일점을 찾지 못했다. 오히려 가면 갈수록 서로가 양보와 배려 속에 합일점을 찾기보다는 각 개인과 집단과 나라 간에 편을 가르거나 실속만 챙기려 했다. 어쩌면 인류는 그동안 서로가 책임을 회피한 결과로 인해 결국에 가서는 그들이 치를 수밖에 없던 대가를 조금 앞서서 겪게 된 것인지도 모른다. 그리고 모든 것을 함부로 다루었던 인류에게 보내는 강력한 최후의 경고가 현실로 드러나게 됐는지도 모른다. 인류가 꿈꿀 수 있는 가장 이상적인 세상은 인류 스스로도 현실에서 이루어내지 못했으니 현실의 세계처럼 가상의 세계라고 특별히 달라질 것은 없었다. 그러니 가상 세계에 대한 토론 자체도 처음부터 의미가 상실된 것인지도 모른다. 현실이든 가상이든 이상적인 세계와의 거리는 한없이 멀었고, 2036년 대재앙이 발발하기 전날까지도 여전히 인류에겐 참다운 미래가 없었다.

그래서 더더욱 돔 안 사람들의 모습과 행동은 레스터를 실망스럽게 했다. 이곳에 살고 있는 생존자들의 이상한 행동은 우려했던 대로 결국엔 인류가 맞닥뜨릴 수밖에 없는, 부정하고 싶은 극단의 정점에 도달한 인류의 미래 모습과 닮아 있었기 때문이다. 대재앙을 겪으며 모든 것을 잃어버린 생존자들임에도 희한하게 대재앙 전 인류의 사회상보다 더 철저히 두 부류로 확실하게 나뉘어 있는 것처럼 느껴졌다. 한 부류는 연구소를 중심으로 이루어진 영원한 지배자들이자 엘리트 집단이고, 또 다른 부류는 영원한 패배자이자 마치 로봇처럼 철저히 명령에만 따르는 단순한 생물체 같았다. 그들의 역할은 처음부터 완전히 분리되어 있는 것처럼 보였다.

"실례지만, 샬럿. 오늘은 여기까지만 구경했으면 하는데요, 그래도 될까요?"

"그럼요, 레스터. 내일 마저 둘러봐요."

샬럿이 따뜻하게 미소 지었다.

샬럿을 연구소 입구까지 바래다주고 레스터는 집으로 발걸음을 돌렸다. 가끔씩 눈에 띄는 사람들은 놀란 토끼처럼 레스터를 잠시 바라보다가 자신들이 가려던 길로 갈 뿐 그 누구도 말을 걸지 않았다. 산책하는 사람도 없었다.

'가만, 그러고 보니 아이들이 단 한 명도 보이지 않는군. 어찌
된 일이지? 대재앙에서 어른들만 살아남았나?'

집에 도착하고서도 레스터의 의문은 끊이지 않았다.

'다들 정신이 나갔나? 그런 끔찍한 일을 당하면 오히려 살아 있
는 사람들이 그리워서라도 더 반가운 게 아닌가? 최소한 가끔은
슬픔에 겨워 울고 있는 사람들의 모습도 볼 수 있어야 할 것 같은
데 말이지. 이곳은 어찌 보면 완벽하게 통제되고 있는 것 같아.
모든 것이 빈틈없이 맞물린 톱니바퀴처럼 움직이고 있어. 한 치
의 오차도 없는 정밀한 시계처럼 말이야.'

레스터의 미간이 저절로 찌푸려졌다.

'내게 왜 이렇듯 이해할 수 없는 당혹스러운 일들만 일어나는
거지. 그렇다고 명확히 무엇을 이상하다고 느끼는지 말하기도
애매해.'

"이럴 땐 하늘에서 비라도 시원하게 왔으면 좋겠어. 그러면 답
답한 내 마음을 조금은 씻어줄 텐데."

레스터가 창문에 기대어 무심히 하늘을 올려다보며 혼잣말로
중얼거렸다.

'샬럿은 대재앙으로 인해 어떤 아픔을 겪었을까? 괜히 물어보
았다가 그녀의 아픔을 떠올리게 해서 난감한 상황을 만들까 봐
물어보지도 못하겠어. 게다가 에드워드 연구소장과 데이비드 비
서실장이 말한 것처럼 이곳에 있는 모든 생존자들은 암울한 기억
을 잊고 모두 다 희망찬 미래를 향해 나아가는데 대재앙에 대한
얘기로 다시 침울한 분위기를 만들어 찬물을 끼얹는 행동은 하지
말아야겠지. 하긴 나 역시 생각하기도 싫은 절망의 기억일 뿐이

니까! 힘들어도 벗어나야겠지. 그래, 이곳의 사람들이 이상한 것이 아니라 내가 너무 예민했던 걸 거야. 이제 나에게도 새로운 마음가짐이 필요해! 살고자 한다면 희망을 품을 수밖에 없지.'

소파에 앉아 있던 레스터는 어느새 잠이 들었다. 해는 붉은 아쉬움을 남기고 있었다. 잠들어 있던 레스터는 잠시 꿈틀거리더니 짧고 강렬한 비명을 지르며 깼다. 또다시 기묘한 꿈을 꾼 것이다.

'이제는 잠이 들 때마다 꾸는군. 꿈속이든 이곳 돔 속이든지 간에 모든 것을 직접 경험하면서도 도저히 이해할 수 없는 일들만 일어나다니 어찌할 바를 모르겠어.'

*

다음 날 아침, 레스터는 부지런히 연구실로 발걸음을 옮겼다. 어제 샬럿과 헤어지면서 연구소에서 만나기로 약속했다.

"안녕, 레스터."

흰색 정장을 청아하게 차려 입고 긴 머리카락을 말끔하게 묶은 샬럿이 레스터를 보자마자 손을 흔들며 반갑게 인사했다. 레스터도 그녀를 보자 입가에 저절로 미소가 지어졌다. 확실히 샬럿은 너무나 눈부시게 아름다웠다.

"에드워드 연구소장님을 만나러 가보죠. 우선은 인사부터 드려요."

집무실은 이미 문이 열려 있어서 레스터는 일부러 노크해 주의를 끌었다.

"안녕하십니까? 에드워드 연구소장님."

"어서 들어와요, 레스터. 샬럿도."

"우선 자리에 앉죠."

"어제 좀 둘러보셨나요? 보니까 마음은 안정이 되셨습니까?"

"네, 염려해주시고 편의 봐주신 덕분에 빠르게 적응하고 있습니다."

"그래요. 세월이 가면 익숙해지겠지요."

"제가 이곳 안내를 샬럿에게 특별히 부탁한다고 했는데 괜찮은가요?"

"오히려 제가 샬럿에게 미안하지요. 괜히 저 때문에 고생하는 것 같아서요."

"샬럿의 안내에 만족하는 것 같아 다행이군요."

"연구소 소개도 샬럿에게 부탁해도 될까요?"

"그럼요, 에드워드 연구소장님."

연구소 빌딩의 1층은 로비였고, 12층에는 연구원들의 휴식을 위한 스카이라운지가 있었다. 11층에는 에드워드 연구소장의 집무실과 넓은 복도를 사이에 두고 앞쪽에는 전체 회의와 세미나를 위한 커다란 회의장이 있었다. 8층, 9층, 10층은 뇌과학과 인공지능, 전자공학 그리고 기계공학을 융합해서 다루는 연구실이었다. 5층, 6층, 7층은 생명공학 연구실이었고 2층, 3층, 4층은 리얼 가상현실을 다루는 연구실로 각각 구분되었다. 각각의 연구실에는 적게는 20명에서 많게는 30명가량의 연구원들이 일하고 있었다. 그들은 모두 눈길 한 번 주지 않고 자신들에게 주어진 일에 몰입하고 있었다. 레스터가 다가가 대화를 시도하거나 질문하기에도 무안한 분위기였다.

연구실 전체를 둘러본 레스터와 샬럿은 12층에 있는 스카이라운지로 올라갔다. 넓은 창 너머로 이곳의 전경을 한눈에 내려다보며 차를 마셨다. 전체가 투명한 유리로 이음새 없이 만들어져 있었고, 내부의 공기는 신선했으며, 적절한 온도와 안락한 환경을 느낄 수 있었다. 360도 어느 방향에서도 바깥 풍경을 볼 수 있었는데, 마치 몸이 붕 뜬 것처럼 몽환적인 느낌을 주었다.

"이곳에서 돔 전체 풍경을 바라보니 마치 제가 환상의 나라에 온 기분이에요. 현실 같지 않아요."

"그렇죠? 저는 직접 나가서 걸어다니는 것보단 이곳에서 돔의 전경을 바라보는 것이 좋아요. 한 폭의 살아 움직이는, 아름다운 수채화 같잖아요. 그런데 연구하고자 하는 분야는 정했어요, 레스터?"

"네, 저는 물리학을 전공했고 부전공으로 뇌과학을 전공했어요. 그래서 아무래도 다른 분야보다는 뇌과학, 인공지능, 전자공학, 기계공학을 융합해서 연구하고 있는 연구실에서 근무하는 것이 개인적으로 적성에 맞는다고 생각이 드는데요."

"잘됐네요, 레스터. 연구실 내에서도 가장 활발히 연구가 진행되는 곳이거든요. 저도 그곳에서 근무하니 도움을 줄 수 있을 거예요."

"저도 기쁘군요! 그럼, 이제부터 같은 연구실에서 근무하게 되겠네요."

그녀와 같은 연구실에서 근무하기를 바라던 레스터는 속으론 뛸 듯이 기뻐하면서도 자신의 모습이 가볍게 비처질까 봐 흥분한 마음을 간신히 가라앉혔다.

기간은 중요하지 않았다. 사랑의 감정이라기보다 단순히 호기심일지도 모른다. 하지만 사랑은 그렇게 시작되는 것이니까. 세상 모든 것에 절망감과 회의감으로 가득 차서 흔들리고 있던 레스터의 마음을 샬럿은 단지 존재만으로도 따뜻하게 감싸 안아주고 있었다. 이곳에서 레스터에게 유일한 현실 세계이자 실체는 오직 샬럿뿐이었다.

레스터는 다음 날부터 연구소에 출근해서 자신이 하려 했던 연구를 시작했다. 그리고 매일 밤 잠이 들면 그 기묘한 꿈도 꾸었다. 반복되는 동일한 꿈에 익숙해져버린 레스터는 꿈속에서조차 이것은 단지 꿈일 뿐이라고 자신에게 말하게 되었지만 그 꿈을 꿀 때마다 소스라치게 놀라며 잠에서 깨어나는 것만은 도저히 벗어나지지 않았다. 이렇게 일과 꿈을 반복하며 두 주가 지나갔다. 그동안 샬럿과는 가까운 사이를 넘어 두 사람만의 사랑으로 이어졌다. 그리고 연구소 내 소수의 연구원들과 간단한 인사를 나눌 정도의 친분이 쌓였다.

돔에서의 생활 셋째 주가 시작되는 날 아침, 연구소로 걸어가고 있는 레스터에게 왠지 낯이 많이 익은 한 사람이 눈에 들어왔다.

"아, 아버지?"

이마에 주름이 더 지고 야윈 듯 핼쑥한 모습이었지만 분명했다. 레스터는 머리가 쭈뼛 섰다. 그리고 그 남자를 향해 큰 소리로 외치며 달려가 무의식적으로 그의 팔을 잡았다.

"누구시죠?"

남자는 당황하며 되물었다.

"아!"

레스터는 그 사내에게서 한 발짝 뒤로 물러서야 했다. 분명히 10년 전에 돌아가신 아버지와 모습은 거의 같았으나 그 사내의 두 눈은 핏기로 가득했고, 피부는 검붉었으며, 전체적으로 냉기가 흘렀다. 아버지의 맑은 눈과 하얀 피부, 그리고 더없이 따뜻하고 온화했던 모습과는 너무도 거리가 멀었다. 정말 많이 비슷했지만 그렇다고 아버지와 동일 인물이라고 할 수도 없었다.

"죄송합니다. 제가 잘못 봤군요."

그 남자는 아무 말 없이 몽롱한 표정으로 가려던 곳을 향해 걸어갔다.

*

에드워드 연구소장은 등을 꼿꼿이 세운 채 서 있었다. 집무실 중앙의 텅 빈 공간에 영상으로 나타난 신사와 함께였다.

"이제 숙명을 맞이할 준비가 되었네."

"드디어 원하시던 일이 모두 완성되었다는 말씀인가요?"

"그래, 모두 완료되었네."

"감축드립니다!"

긴장한 상태에서도 에드워드는 신사에게 진심으로 아낌없는 축하를 보내고 있었다.

"고맙네. 이것은 결코 나 혼자만의 기쁨일 수는 없네. 우리 모두의 기쁨인 거야, 에드워드."

신사도 상당히 만족스러운지 입가에 미소를 지으며 에드워드에게 말했다.

"그럼요. 우리 모두가 지금까지 가장 궁금해했던 단 하나의 의문을 해결할 황금 열쇠를 드디어 손에 쥐게 된 것이니 우리 모두의 크나큰 기쁨이죠."

에드워드 역시 커다란 만족감을 드러내며 화면 속 신사의 말에 동조했다.

"그렇지! 에드워드. 이제 진정으로 중요한 것은 믿음이네."

"믿음이요?"

"손에 쥐게 된 황금 열쇠는 테스트도 없을뿐더러 실수도 절대 용납되지 않지. 오직 단 한 번의 실전만 있을 뿐이네."

신사의 표정은 서서히 굳어갔다.

"레스터에 대해선 계획한 대로 차질 없이 진행해주게. 그리고 알렉스와 데이비드에게도 자네가 소식을 전해주길 바라네."

"네, 분부대로 차질 없이 진행하도록 하겠습니다!"

"에드워드! 이제 레스터에게 결단을 내리게 하게!"

"네!"

에드워드가 대답을 마치자 신사는 사라졌다.

*

연구소에 도착한 레스터는 샬럿과 함께 다른 연구실에 있는 리얼 가상현실 센터를 방문했다. 돔 속에 거주하는 일반인들이 거의 대부분의 생활을 한다는 가상현실을 직접 체험하기 위해서였다. 물론 레스터는 샬럿에게 이 이야기를 들은 직후부터 경험해보고 싶었지만 연구소의 연구원들은 기술 테스트 용도로 잠시 접속을 할 뿐 대부분 새로운 기술을 개발하거나 관리만 한다는 것을 알았기에 부탁을 할 수 없었다. 어렵사리 리얼 가상현실 센터의 한 연구원과 친분이 생겼고 몇 번 부탁을 했으나 그때마다 어김없이 단번에 거절해왔다. 그런데 오늘은 어떻게 된 일인지 그 연구원이 먼저 연락해 샬럿과 함께 경험할 수 있는 기회를 얻게 된 것이다. 2층에서 4층까지 리얼 가상현실 연구실인데 접속해서 체험해보는 장소는 2층에 있었다. 도착해 살펴보니, 중앙에는 높이가 3미터가 넘어 보이고 너비는 2미터 정도 원기둥이 위로 갈수록 좁아지는 형태의 중앙 서버가 여러 대 놓여 있었는데, 바로 이 시스템이 VRISC라는 것을 알 수 있었다. 한쪽 벽면에는 수십 개의 커다란 투명 모니터 화면에 알 수 없는 다양한 그래프들이 표시되고 있었다. 이곳엔 7명의 연구원이 상주하며 작업을 한다고 했는데 오늘은 어찌된 일인지 제임스를 제외하고는 아무도 없었다.

"어이! 레스터, 샬럿. 어서들 오게."

그는 서글서글하고 정감이 가는 친구였다.

"안녕, 제임스."

"어찌 된 일이야, 제임스. 내가 그리 부탁할 때는 들어주지 않더니 오늘은 자네가 직접 나서서 이리로 오라고 하고 말이야."

레스터는 그동안의 서운함을 약간 내비쳤다.

"레스터, 오해 말게. 보다시피 오늘은 이곳에 나 외에는 아무도 없지 않은가. 항상 이곳은 보안이 우선이라 사적인 부탁을 들어주는 것은 큰 부담이 되어서 그동안 기회를 보고 있었던 것이네. 어쨌든 오늘은 드디어 자네의 부탁을 들어줄 수 있게 되었네."

"그랬군. 난 자네가 내 부탁을 꺼려하는 줄만 알았어. 내가 생각이 짧았군. 미안해, 제임스!"

"그럼, 이제 두 사람의 오해가 풀린 거군요."

"자! 그럼, 이제 그토록 원하던 가상현실을 경험하게 해줄게."

제임스가 레스터와 샬럿을 번갈아 바라보며 미묘한 웃음을 지었다.

"빨리 경험해보고 싶군. 상당히 궁금해. 이곳의 사람들이 어떤 경험을 하고 있는지 말이야. 오감을 현실처럼, 아니 그 이상을 경험한다는 것이 정말인지 말이야."

샬럿도 마음의 준비가 되었는지 자신의 왼손을 뻗어 레스터의 오른손을 잡아주었고 고개를 끄덕였다.

"그래, 시작해보자!"

제임스가 시스템을 작동시키기 위해 자신의 자리로 이동했다. 레스터와 샬럿은 각자에게 마련된 올리브색의 편안한 긴 소파에 누웠다. 조금 누워 있으니 소파 위쪽에서 반원구형의 장비가 저절로 나오며 각각 레스터와 샬럿의 머리 쪽으로 다가오다가 머리에서 10센티미터 정도 떨어진 곳에서 멈추었다.

"우선 최대한 마음을 편안하게 하고 심호흡을 두 번 정도 해, 레스터."

"알았어, 제임스."

긴장한 표정으로 레스터가 말했다.

"아 참! 시간을 맞추는 것을 깜박했군. 지금부터 3시간을 체험하도록 설정할게."

제임스가 레스터를 바라보며 눈을 찡긋거리다가 살짝 웃었다.

"자, 이제 시작한다! 레스터, 눈을 감으라고. 눈에 먼지가 들어가도 내 책임이 아니야."

반원구형 장비에서 섬세한 수많은 빛이 나와 레스터와 샬럿의 머리에 비추기 시작했다. 10초 정도가 지나자 레스터는 상당히 놀랐다. 자신은 분명히 의식이 깨어 있고 생각도 할 수 있었지만, 자신의 두뇌를 제외한 몸 전체가 전혀 움직여지지 않았다. 자신의 눈이라도 어떻게든 떠보고 싶었지만 전혀 뜰 수 없었다. 곧이어 레스터의 모든 감각이 반원구형 장비에 의해 통제되기 시작했으며, 두뇌마저 점령당했다. 레스터는 또 다른 현실 속 세상에 존재했다.

어느 길거리의 꽃집 앞에 레스터와 샬럿이 서 있었다. 도로에는 자동차가 질서를 유지하며 이동하고 있었다. 대로변 너머 멀리 보이는 곳에는 언덕이 있었으며, 그곳엔 멋진 집들이 끝도 없이 펼쳐져 있었다. 레스터와 샬럿이 서 있는 길거리에는 꽃집 외에도 카페, 옷가게, 신발가게, 고급 음식점들이 다양하게 있었다. 거리에는 아빠, 엄마의 손을 잡고 무엇이 그리 즐거운지 크게 웃으며 걸어가는 앙증맞은 아이들이 보였고, 멋진 바바리코트를 입은 노년의 신사가 부드러운 미소를 지으며 걸어가고 있었으며 젊은 남녀가 자유롭게 키스를 하고 있었다. 그리고 멋진 양복을 걸치고 서로 의견을 나누며 걸어가는 직장인들도 보였다. 레스터가 이번엔 우측으로 고개를 돌려보니 햇살에 비쳐 반짝거리며 넘실거리는 코발트색의 푸른 바다가 보였다. 다시 좌측으로 고개를 돌려보니 알프스를 그대로 닮은 목가적이고 몽환적인 아름다운 풍경이 펼쳐지고 있었다.

"꽃이 정말 탐스럽고 아름다워요, 레스터."

샬럿이 허리를 굽혀 꽃집에 있는 꽃의 향기를 맡으며 말했다.

"정말 꽃들이 탐스럽고 예쁘군."

"샬럿과 꽃은 너무나 잘 어울려. 물론 나에게는 당신이 이 세상에서 가장 아름다운 한 송이의 꽃이지."

"저기요, 이 장미꽃 얼마예요?"

레스터는 샬럿의 나이와 같은 스물네 송이의 장미꽃을 구매하기로 했다.

"가만있자, 돈이 어디…."

레스터는 잠시 알 수 없는 혼란을 느꼈다. 레스터의 생각에 전혀 의심할 것 없이 이곳은 자신이 처음부터 있었던 곳이다. 외동아들로 태어나 부모님의 온전한 사랑을 받으며 자랐고, 학교를 다니고 친구를 사귀고 성장한 곳이었다. 저녁에 샬럿과 헤어진 후 집에 가면 아버지와 어머니는 자신을 반기며 오늘 있었던 이야기와 샬럿과의 결혼식에 관련된 이야기를 서로 나누며 즐거운 한때를 보낼 것이다. 그런데 잠시 동안의 생각이지만 레스터는 이곳이 아닌 다른 곳에 또 다른 자신의 삶이 있는 것 같은, 착각인지 아닌지 알 수 없는 느낌을 강하게 받았다. 하지만 너무나 순간적인 느낌이었다. 어느새 레스터에게 이 느낌은 흔적도 없이 사라져버렸다. 이곳은 레스터에게 너무나 자연스러웠다. 그리고 자신은 2년 전부터 은행에서 근무하는 은행원이었다. 레스터는 안주머니에서 지갑을 꺼낸 후 장미꽃 스물네 송이의 값을 지불했다.

"음… 향기 참 좋다. 고마워요, 레스터."

"그건 그렇고 샬럿. 배고프지 않아? 난 계속 걸었더니 출출한데."

"그러고 보니 저도 배고프네요. 그럼 우리 식사하러 갈까요?"

"그럽시다!"

레스터와 샬럿은 근사한 레스토랑으로 들어갔다. 천장에는 아름다운 샹들리에가 달려 있었고 테이블마다 은은한 조명 아래 재즈풍의 연주곡이 흘러나와 로맨틱한 분위기를 자아냈다. 지정해 준 자리에 앉아 연주곡을 감상하고 있는 사이에 웨이터가 다가왔고, 두 사람은 먹고 싶은 음식을 주문했다.

"이제 우리의 결혼식이 이틀 남았어, 샬럿."

"정말 그러네요, 레스터."

와인 잔의 빛이 그녀의 두 눈에 반사되어 머물며 아름답게 반짝거리고 있었다.

"사랑해, 샬럿!"

사랑스러운 샬럿의 모습에 더 이상 주체하기 어려운 듯 레스터가 말했다.

"저도 사랑해요, 레스터!"

샬럿은 볼이 빨갛게 달아오르며 부끄러운 듯이 나지막하게 말했다.

어느새 주문한 음식을 웨이터가 가지고 나왔고 레스터와 샬럿은 서로의 두 눈을 응시하면서 즐겁고 행복한 식사 시간을 가졌다. 음식도 음악도 서로의 사랑도 모든 것이 완벽한 시간이었다. 식사를 마친 두 사람은 레스토랑을 나와 다시 거리를 걸었다. 어느 누구를 마주치든 모두 친절했고 상냥했으며 얼굴 가득 미소를 머금고 있었다.

"아, 정말 행복해!"

레스터와 샬럿은 둘 다 행복에 젖었다. 그녀의 집 앞에 바래다준 레스터는 샬럿을 껴안고 가볍게 키스했다.

"아쉽지만 오늘은 이쯤에서 헤어져야겠어, 샬럿. 부모님과 상의할 일이 있어서 말이야."

"네, 잘 알고 있어요."

"그럼, 내일 퇴근하고 저녁 6시쯤에 마젤란 카페에서 만나."

"네, 내일 봐요. 조심해서 들어가요."

헤어짐이 아쉬웠는지 레스터가 샬럿을 한 번 더 사랑스럽게 꼭 껴안고 한참이 지나서야 샬럿은 집으로 들어갔다. 레스터는 택시를 타고 집으로 향했다. 집으로 가는 길에 부모님과 먹기 위해 과일이라도 사 가려고 집에서 조금 떨어진 장소에서 내렸다. 과일가게에 들러 체리를 사고는 기분 좋은 휘파람을 불며 천천히 집을 향해 걸어가는데 유난히 환한 빛이 새어나오는 창이 있어 무심결에 그 창을 들여다보았다. 사람들이 고깔모자를 썼고 테이블에 케이크와 여러 음식들이 차려져 있는 것을 보니 이 집 누군가의 생일인 것 같았다. 아버지는 손녀로 보이는 두 살 정도 된 아기를 안고 있었고 딸은 누군가를 축하해주기 위해서인지 초에 불을 켜고 있었다. 레스터가 조금 더 가까이 가서 보니 20대 중반은 되어 보이는 청년의 생일인 것 같았다. 그들의 모습을 바라보고 있는 레스터의 마음속에는 이들이 이 세상에서 가장 행복한 가족인 것처럼 느껴졌다. 아니, 이 가족은 어느 가정에서나 볼 수 있는 평범한 모습이었다. 그럼에도 레스터는 자신의 가정보다, 샬럿과의 결혼보다, 그 이상의 무엇보다 가장 소중하며 행복하게 느껴졌다. 왜 이런 감정이 물밀듯이 밀려오는지 이해할 수 없었다. 레스터는 집으로 가야 한다는 사실도 잊은 채 한동안 그들을 보았다. 어느새 이유를 알 수 없는 눈물이 레스터의 두 볼을 타고 흘러내렸다.

그때 어디선가 요란한 알람소리가 들렸고, 레스터와 샬럿은 현실로 돌아왔다. 모든 것이 멍한 상태였다. 레스터와 샬럿은 눈이 마주치자 서로 쑥스러운 듯 딴청을 피웠다. VRISC는 각자의 정체성은 유지시키면서 희한하게도 가상 세계에서의 주어진 모든 상황이 분명한 현실임을 받아들이게 했다. 레스터가 유일하게 지금 이 순간이 현실이라고 느끼는 단 한 가지는 가상현실 속에서 많은 양의 식사를 했지만 깨어나 현실로 되돌아와 보니 전혀 포만감이 느껴지지 않는다는 사실이었다. VRISC는 뇌를 조정해 포만감마저 가상으로 느끼게 했다. 도저히 믿기지 않았다. 정말로 심각한 것은 현실로 되돌아온 레스터 자신의 진짜 현실이 심히 위축된 느낌이 들었다. 가상현실 속에서 선사하는 기쁨을 현실에서 경험한다는 것은 불가능했다. 행복이라는 거대한 바닷속에 잠겨 있는 것 같았다. 기쁨이 공기처럼 마셔졌다. 매 순간순간이 경이 그 자체였다. 하다못해 레스터가 눈물을 흘렸을 때도 그것은 슬픔의 눈물이 아니라 그 장면이 너무나 아름답고 행복한 느낌 때문에 흘린 눈물로 느껴졌다. 바꿀 수 있다면 레스터는 현실과 타협할 필요도 없이 당장이라도 바로 그곳으로 달려가고 싶었다. 그곳은 무한한 행복을 선사했다.

'인류가 추구해왔던 이상적인 현실이라는 것이 도대체 무엇이지? 우리는 현실 속에서 진정으로 무엇을 찾고자 했던 거지?'

너무나 강렬한 경험을 한 레스터는 자문했고, 이 질문에 정의를 내리는 것이 무의미한 것은 아닌가 하는 위험한 혼란이 그의 정신을 헤집었다.

"어땠어? 레스터."

깨어난 레스터의 모습을 옆에서 가만히 지켜보던 제임스가 레스터의 대답이 궁금한지 얼굴을 가까이했다.

"정말 말로 표현할 수 없다는 것이 무슨 뜻인지 알겠어. 내 생애에 가장 강렬한 경험이었어, 제임스."

아직도 비몽사몽한 상태의 레스터가 겨우 정신을 차려가면서 말했다.

"두 사람이 즐거우라고 러브 신을 넣어봤어. 아이들도 세 명 정도 되는 아빠와 엄마로 설정하려다가, 물론 그런 상황도 좋지만 그래도 청춘 남녀가 사랑이 싹틀 때가 가장 즐겁고 짜릿한 순간이니까. 지금 자네들의 나이를 보아도 상황이 딱 맞고 말이야."

제임스가 짓궂은 표정을 지었다.

"단순히 설정된 장면만 나오는 것은 아니야. 레스터 자네의 기억이나 무의식 속에서 가장 바라고 원하던 것을 그대로 형상화해 주는 거지."

"그랬군! 그래서 내 가족들을 볼 수 있었던 거군."

레스터는 아직 마음으로 남은 잔상을 붙잡고 있었다. 다른 것은 차치하더라도 이제 다시는 볼 수 없는, 사무치게 그리운 가족들과 재회할 수 있다는 점은 당장이라도 다시 가상현실의 세계로 되돌아가고 싶은 충동을 일으켰다. 비록 가상이라고 하더라도 그곳에 있는 한 그것은 분명하고 엄연한 현실 세계였다.

집으로 돌아온 레스터의 생각은 더 확실해졌다.

'이 돔 속의 사람들이 왜 주변 사람들과의 교류나 특별한 감정도 없이 VRISC에 접속한 상태로 살아가는 것이 유일한 선택이 되었는지 알겠어! 가상 세계에서는 모두 다정하고 따뜻하고 예의범절이 넘치는 사람들이었어. 핏발 서린 경쟁심도 전쟁도 재해도 범죄도 없는, 말로만 듣던 천국이었다고. 오직 행복만 존재했어. 인류가 지금까지 무구한 역사를 살아오면서 실제로 단 한 번도 이루지 못한 평화로운 이상세계를 비록 가상이라고 해도 분명히 실현시켰어. 인류는 현실에서 지금까지 무엇을 하고 있었던 거지? 아니, 진정한 평화는 오직 가상으로만 가능했던 걸까? 이곳 돔에서 살아가는 사람들에겐 아이들도 친구도 가족도 필요 없겠군. 접속을 하는 순간 모든 것이 있으니까 말이지. 극명한 이중성이군.'

레스터는 시간이 지나면서 생각이 또 다른 생각으로 맞물려 형태를 갖추려 하자 불현듯 두려워지기 시작했다.

'아니야. 현실을 직시해야 해. 가상 세계는 말 그대로 가상일 뿐이야. 끝없는 행복을 느낀다고 해도 말이지. 정신을 차려야 해. 현실에 대한 정의는 차치하고라도 어쨌든 인류가 무언가 이루며 성장하고 발전해가는 진정한 장소는 가상이 아니라 지금 여기여야 하는 거야!'

현실과 가상의 경계가 무너지는 순간, 기술로 이루어진 가상의 세계를 사람들이 진정한 현실로 받아들이게 된다면 인류의 미래는 더 이상 없을 것이다. 이 돔 속에 생존한 사람들이 그 심각성을 여실히 증명해주고 있었다.

'알렉스 대통령은 이곳이 앞으로 인류의 미래를 다시 꽃피울 곳이라고 했는데, 도대체 이곳에 생존해 살아 있는 사람들이 어떤 미래를 개척하고 약속할 수 있다는 말이지? 인류에게 어떤 삶을 보장해줄 수 있다는 말인가? 연구소 핵심 인력들의 수준은 가히 하늘에 닿을 듯하지만 그 밖의 생존자들 삶은 오히려 퇴보하고 있지 않은가. 이들이 살아가고 있다는 것은 어떤 의미가 있는 건가? 도대체 그들은 무엇을 위한 삶을 사는 거지?'

레스터는 가상 세계의 경험으로 센트럴-랩에서의 연구들이 더욱 미심쩍어졌다. 이제는 이 돔 속의 모든 과학기술 그 자체가 의심스러웠고 이해조차 할 수 없게 되었다. 이곳의 과학기술에 비해 레스터에게 주어진 연구는 대재앙이 있기 전에 대학교나 연구소에서 연구하던 수준을 벗어나고 있지 않았다. 그 정도로는 이 돔 속에 있는 그 어떤 것도 만들어낼 수 없었다. 그렇다면 누군가가 의도적으로 레스터에게 철저히 진실을 숨기고 그의 수준에 맞추고 있다는 것으로밖에는 다른 생각을 할 수 없었다. 아무리 비밀 프로젝트의 산물이라고 해도 이곳의 과학기술은 레스터의 상상을 초월했다. 마치 머나먼 미래의 세상 속에서나 있을 법한 세계를 직접 경험했던 것이다.

이제야 나름 진실에 가깝게 근접했다고 생각한 레스터는 이곳 돔에서 그동안 지내왔던 생활과 단편적인 생각의 고리들이 일목요연하게 정리되어 연결되자 마치 억지로 쓰고 있던 텁텁한 안개의 모자를 벗은 듯 명확해졌다. 단지 이곳이 선택의 여지가 없이 유일하게 살 수 있는 장소라는 이유와 샬럿을 만나 사랑에 빠져

이 돔에서의 놀라운 모든 과학기술을 당연한 현실처럼 무조건 받아들이며 의심마저 축소시켜왔던 자신이 씁쓸하고 한심했다.

돔의 실체를 제대로 보기 시작한 레스터는 앞으로 어떤 일이 닥칠지 모른다는 생각에 이제는 여기에 머물러 있는 자체가 긴장되고 두려워졌다. 일단은 철저하게 자신의 생각을 감추고 이곳에서 숨기고 있는 비밀을 반드시 알아내야겠다고 마음에 경계를 세웠다. 전투적인 마음이 온몸에 뻗치자, 현관문이 눈에 거슬렸다. 누군가가 자신의 방을 지켜보며 감시한다는 생각이 들었다. 그는 일어나서 현관문 위쪽과 방 안에 있던 스캐너들을 모두 떼어버렸다. 그런 후, 연구소 내 기계설비 제작실에 가서 자물쇠 용도로 사용할 물품을 여러 개 만들어 현관문에 달아놓기까지 일사천리로 작업했다. 완성된 문을 보며 레스터는 생각했다. 다른 것은 몰라도 더 이상 자신의 집을 그 누구도 염탐하지는 못할 것이라고.

*

다음 날 아침, 차임벨이 울렸다.

"누구세요?"

레스터가 잠긴 목소리를 가다듬으며 말했다.

"저예요."

"잠깐만, 샬럿. 문 열어줄게."

여러 번의 손놀림과 철커덕 소리가 난 후에야 문이 열렸다. 문이 열리자마자 인사를 나눌 겨를도 없이 레스터를 본 샬럿이 말했다.

"어젯밤 무슨 일이 있었어요? 얼굴도 창백하고 눈은 충혈되었네요!"

"어… 좀 늦게까지 작업을 하고 잤더니 피곤해서 그런가 봐! 그건 그렇고 얼른 들어와!"

샬럿이 들어서자, 그는 또다시 일련의 동작을 반복하며 문을 잠갔다.

"레스터, 이게 뭐예요? 이 이상하게 생긴 건 뭐죠? 기존의 스캐너는 어떻게 하신 거예요?"

"지금 이런 건 중요한 게 아니야, 샬럿!"

"네? 그러면 도대체 무엇이 중요하다는 거죠?"

"샬럿! 샬럿은 내가 무슨 이야기를 해도 이해하지 못할 거야. 이곳은 가장 중요한 것을 상실했어."

"상실?"

"이곳엔 인류의 미래가 없어. 아니, 여기는 전혀 다른 법칙을 가진 완전히 다른 세상이지. 이제는 내가 현실이라는 꿈을 꾸고 있는 건지 꿈 자체가 현실인지 더 이상 모르겠어. 아무것도 모르겠다고!"

레스터가 버럭 소리를 지르며 말했고, 샬럿은 묵묵히 레스터를 바라만 보았다.

"캐롤라인, 어떻게 되어가나?"

에드워드 연구소장이 방금 일을 마치고 나온 연구원인 캐롤라인에게 질문했다.

"레스터는 현재 심각한 정체성의 혼란을 겪고 있습니다."

"그에게 정신적으로 커다란 변화가 오고 있다는 말이군."

"네, 에드워드."

"정신적인 혼란이 극에 달하면 행동으로 나오는 법이지."

"행동에 변화가 생기면 어떻게 할까요? 보고할까요?"

"아니, 그럴 필요 없네. 자네는 이 상태를 계속 유지해주게. 곧 끝나가네. 그분에게 연락을 받았으니 레스터가 행동하도록 결정적인 사건을 일으켜야지."

"어떤 결정적인 사건을?"

"내일 연구소 전체 회의가 있을 거야. 레스터를 참석시키도록 해. 레스터로 인해 긴장하고 고생하며 보냈던 우리의 노고도 내일이면 끝날 거야, 캐롤라인!"

에드워드 연구소장이 의미심장한 미소를 지었다.

＊

　다음 날 오후, 연구소에 도착한 레스터는 11층에 있는 전체 회의장으로 향했다. 중요한 발표회가 있다는 통보를 받아 참석하기 위해서였다. 레스터에게는 이곳에 온 이후 처음으로 참석하는 발표회이기도 했다. 중요한 발표회인 만큼 그 연설도 깊이 있는 내용일 것이다. 기대감에 설레고 한편으론 두렵기도 했다. 전체 회의장은 에드워드 연구소장의 집무실이 있는 곳 반대편에 있고, 전체 회의 겸 세미나가 열리는 곳이었다. 이곳 연구소의 모든 연구원이 하나둘씩 자리를 채워나가기 시작했고, 조금 있으니 80명이 넘는 연구원들이 모두 참석했다. 얼마 되지 않아 힘찬 박수 소리와 함께 에드워드 연구소장이 모습을 드러냈다.

　"안녕하셨습니까? 에드워드 연구소장입니다. 오늘은 여러분에게 가장 최신의 과학기술을 소개하는 매우 뜻깊은 자리를 마련했습니다. 너무나 극적인 과학기술이라 지금까지 최신의 과학기술들을 접하고 다루어오신 이곳에 모인 여러분에게도 아마 믿어지지 않는 놀라운 과학의 세계를 선사하게 될 것입니다. 오늘 소개하고자 하는 궁극의 과학기술은 기존에 모든 고차원의 수학 이론들을 훨씬 뛰어넘어 더욱 새로운 수학 이론 위에 정립된 것입니다. 특히 놀라움을 넘어 경탄을 불러오는 것은 이 새로운 수학 이론 속에 기존의 존재했던 모든 고차원의 수학 이론들이 하나로 통합된다는 것입니다. 결국 오늘 발표하는 이 새로운 수학 이론을 바탕으로 정립된 과학기술은 궁극의 과학기술이며, 우주 속에 존재하는 지적 생명체가 이룰 수 있는 최고의 영예이자 가장 위대한 업적인 것입니다. 이러한 궁극의 이론이 실제로 이 세상에 존재한다는 것도 믿어지지 않을 정도로 불가능에 가까운 일입니다. 솔직히 저 역시 이 궁극의 이론을 완성한다는 것은 불가능할 것이라고 생각했습니다. 그렇지만 궁극의 이론을 창조해냈습니다. 그리고 경이롭게도 이 이론을 바탕으로 심혈을 기울여 제작한 실제로 작동하는 기계를 드디어 완성했으며 모의실험도 성공적으로 마쳤습니다. 물론 이론에 불과한 내용의 깊은 의미를 파악해서 실제로 작동하는 고도의 최첨단 기계를 제작한다는 것은 더욱 불가능에 가까운 작업이었습니다. 그럼에도 모든 어려움을 뛰어넘어 이 작업을 완벽하게 완수해낸 것입니다. 이 과학기술은 세상에 존재하는 모든 물질과 비물질의 경계를 초월하는 하나의 거대한 에너지를 생성하여…."

에드워드 연구소장의 연설은 간간이 박수와 환호를 받으며 계속 이어졌다. 그러나 발표내용을 듣던 레스터는 더 이상 에드워드 연구소장의 말이 들리지 않았다. 이것은 있을 수 없는 사건이기 때문이다. 이 이론은 레스터가 대학원을 졸업하기 전에 발표한, 혁명적이라 불렸던 논문이었다.

「네이처」지에 실렸지만 이론적으로만 가능한 내용이었기에 레스터는 커다란 혼란에 휩싸였다. 더욱이 자신이 최근까지도 존재하지 않았던 고차원의 수학 이론을 완전히 새롭게 정립하면서 논문을 완성했지만 정작 레스터가 생각하기에도 자신이 만들어낸 이론을 정말로 스스로 만들었다는 것이 믿기지 않을 정도였다. 논문 발표 후에 전 세계 과학계의 수많은 대석학들도 믿기지 않아서 이 이론은 아주 먼 미래의 인류에게도 불가능할 것이라고 웅성대던 바로 그 이론이었다. 그런데 에드워드 연구소장은 이해하는 것도 벅찬 이 이론을 바탕으로 완벽하게 작동하는 최첨단의 기계를 제작하고 완성했으며 실험마저 성공했다고 연설하고 있었다.

'뭐라고! 말도 안 돼! 있을 수 없는 일이야! 아니, 완전히 잘못되었어. 도대체 에드워드 연구소장은 어디에서 온 존재라는 말인가? 여기 모인 이 사람들은 또 뭐지? 그렇다면 이 돔 속은 어디인 거지? 내가 꿈을 꾸는 건가? 아니, 내가 이곳에 정말 존재하고 있는 것은 맞나? 무엇이 어떻게 된 건지 도저히 하나도 이해할 수 없어. 모든 것이 엉망진창이야!'

더 이상 혼란을 견딜 수 없었던 레스터는 정말 자신이 이상한 것인지 이곳 사람들이 이상한 것인지 확인이 필요했다. 이곳에선 이제 조금도 견딜 수 없었다. 반드시 두 눈으로 확인할 수 있는 명백한 증거를 찾아야 했다. 먼저 레스터는 샬럿과 언제나 들르는 인공 호수 앞 벤치에서 만났다. 돔 안에서는 석양이 붉게 물들고 있었다.

"연구소 내에서 칭찬이 자자해요. 당신의 실력이 뛰어나다고요! 축하해요. 이제 돔 생활에 적응한 것 같아요, 그렇죠?"

'내가 무엇을 그리 잘했다는 거지? 평범한 연구만 했을 뿐, 이곳에서 다루는 중요한 연구에는 참여조차 시키지 않았는데.'

샬럿의 말에 속으론 어이없었지만 레스터는 예의상 답했다.

"그런가요? 다행이군요. 축하해줘서 고마워요. 저… 샬럿."

"왜요?"

"당신에게 물어볼 게 있어요."

"뭔데요? 물어보세요."

"아! 답답하군요. 이럴 때는 차라리 하늘에서 비라도 쫙 하고 내려주면 좋을 텐데. 내리는 비라도 맞고 있으면 내 갑갑한 마음이 조금이나마 시원해질 텐데 말이에요. 이 돔에는 정말 비가 내리지 않는군요."

"비? 그게 뭐죠?"

"샬럿, 나 지금 농담할 기분이 아니에요. 정말 심각하다고요."

"비라는 것이 레스터에게 심각한 것인가요?"

"아니, 샬럿! 하늘에 떠 있는 구름에서 쏟아져 내리는 물방울을 몰라요?"

샬럿의 표정에서 농담이 아님을 알아차린 레스터는 그만 입을 막았다.

"레스터도 참! 구름에서 어떻게 물이 떨어져요? 욕실에서 물로 몸을 씻는 거라면 모를까."

'세상에나!'

레스터는 말을 잇지 못했다. 대신 그는 떨리는 눈동자로 샬럿을 주시하며 자신의 머릿속 과녁에 꽂힌 의문의 화살들을 하나 뽑았다.

"정말 실례지만 샬럿. 혹시 대재앙 때 가족 중에 살아남은 사람이 있나요?"

"가족이요? 살아남은 사람?"

샬럿은 질문 자체를 이해하지 못하겠다는 표정을 지으며 레스터를 바라보았다.

"가족 있잖아요. 그러니까 아빠, 엄마, 동생같이 나랑 가장 가까운 사람들 말이에요!"

현재 자신이 도대체 누구와 대화를 나누고 있는지 모르겠다는 표정을 지으며 레스터가 말했다.

"우리에겐 오직 단 하나의 위대한 신만 계세요! 우리가 반드시 믿고 따라야 할 유일한 존재!"

"신? 그건 또 무슨 말이죠, 샬럿?"

샬럿의 얼토당토않은 대답에 두 눈썹을 치켜세우며 레스터가 신경질적으로 물었다.

"네메스!"

"네, 메, 스…?"

"네, 맞아요, 레스터! 오직 네메스예요. 우리에게 이 세상에서 오직 하나뿐인 유일한 존재."

오히려 누구나 당연히 아는 것을 물어보는 레스터의 어이없는 질문에 샬럿은 침착하게 또박또박 대답했다. 레스터는 등골이 오싹해지며 떨렸다.

"왜 그래요? 레스터!"

금방이라도 쓰러질 듯한 레스터를 보던 샬럿은 놀란 표정을 지었다.

"이봐요, 샬럿. 지구에 대재앙이 발생해서 사람들이 모두 흔적도 없이 사라졌잖아요. 단지 이곳만 빼고요!"

어떻게든 필사적으로 샬럿과의 이 해괴망측한 대화에서 벗어나 정상적인 의미를 되찾고 싶었던 레스터는 다시 샬럿에게 침착하게 말했다.

"대재앙이요? 갤리온 행성이 대재앙으로 모두 파괴되었죠."

"갤리온 행성이요?"

레스터는 심한 어지러움을 느꼈다.

"샬럿, 정말 지구를 몰라요?"

레스터는 흥분하여 샬럿의 양팔을 잡고는 울며 매달렸다.

"갤리온 행성의 대재앙에서 가까스로 살아남아서 이곳에 오신 기잖아요. 지, 지구? 도대체 그건 뭐죠?"

샬럿도 정말 모르겠다는 표정으로 울상이 되었다. 샬럿은 정말로 모르는 것이 확실했다.

'그렇다면 샬럿과 이곳에 존재하는 모든 사람들은 도대체 어디서 온 자들이지? 네메스는 누구란 말인가? 갤리온 행성은 또 뭐지? 이 모든 것은 다 무엇이지? 도대체 현실은 어디에 있는 거란 말인가?'

"그렇다면 샬럿. 샬럿은 언제부터 이곳에 왔죠?"

"처음부터요. 저는 이곳에만 있었는데요."

"뭐라구요! 정말이에요? 태어나서 지금까지 이곳에만 있었다고요?"

레스터는 부들부들 떨리는 마음을 최대한 진정시키고 다시 물었다.

"그러면 네메스란 자는 어디에 살고 있죠?"

"그분은 이곳에 살지 않아요. 이 돔이 아니라 지하에서 모든 것을 항상 지켜보며 우리들의 삶을 지켜주고 있죠! 네메스는 우리가 신처럼 믿고 따르는 유일한 분이세요. 그분을 위해서라면 우리들의 목숨도 기꺼이 바칠 수 있어요!"

"이, 이럴 수가!"

한편으론 모든 것이 자신의 오해이길 원했던 일말의 희망마저 무너져 내렸다. 오히려 예상조차 하지 못한 샬럿과의 소름끼치는 대화는 레스터를 극단으로 몰아갔다. 이제 단 한 가지만은 확실했다. 아니, 모든 것이 분명해졌다. 정말로 자신의 오해가 아니라 이 돔 속의 모든 것이 인류와는 아무런 상관이 없었고 샬럿과의 희망찬 미래를 향한 소박한 꿈마저 실바람처럼 잠시 스쳐 지나간 망상에 지나지 않았다. 레스터는 그 어디에도 자신이 의지할 수 있는 곳이 없다는 것을 절감했다. 같이 살아남았다고 믿고 있던 이곳 돔의 모든 존재들이 지구가 아닌, 듣도 보도 못한 갤리온 행성이라는 곳에서 온 자들인 것이다.

레스터가 알아내려던 진실의 퍼즐 판이 산산이 흩어졌다. 퍼즐 판에 실마리라 여겼던 자투리 조각 그림으로 맞춰본 견본 그림은 단지 빙산의 일각이었다. 처음부터 모든 것을 다시 시작해야 했다. 지금 레스터가 알고 있는 진실은 하나였다. 지구의 대재앙에서 살아남은 자는 오직 자신밖에 없다는, 받아들일 수 없는 사실뿐이다.

*

"더 이상 못 하겠어요, 에드워드 연구소장님."

캐롤라인은 머리에 착용하고 있던 무선 뇌파 전송장치를 벗었다. 그리고 의자에서 일어나 미간을 잔뜩 찌푸리며 에드워드를 바라보았다.

"왜 그래? 캐롤라인."

"이번처럼 힘든 실험은 처음이에요. 알 수 없는 질문들을 하는데 저는 무슨 뜻인지 하나도 모르겠어요. 비는 뭐고 지구는 뭐죠?"

"캐롤라인! 자네도 알다시피 레스터는 이곳에 온 지 얼마 되지 않았잖아. 그래서 레스터가 기억하는 내용과 캐롤라인이 기억하는 내용의 차이 때문에 잠시 혼선을 빚었던 거야."

에드워드가 캐롤라인을 살며시 안고는 다독였다.

"그럴 수도 있겠군요. 에드워드 연구소장님의 말씀을 듣고 보니 이해가 되네요."

"캐롤라인은 최선을 다한 거야. 내가 인정해!"

"그동안 실수할까 봐 조마조마했어요. 지금까지 잘 넘어왔다고 생각했는데 마지막에 가서 실수한 것 같아 많이 아쉬워요."

"아니야, 캐롤라인. 어쩔 수 없는 상황이 발생했을 뿐이니까. 자네의 실수라 생각하지 말게. 어쨌든 우린 최선을 다했고 이제 모든 것이 끝나가고 있어. 조금만 더 기다려주게."

*

샬럿과 헤어진 레스터는 간신히 집에 돌아왔다. 이제부터 무엇을 해야 할지, 어디로 가야 할지도 알 수 없었다. 한동안 혼란 속에서 헤매다 문득 생각했다.

'그렇다면 이곳은 어디지? 정말 지구 내부의 깊은 지하 세계라는 게 맞나?'

이 의문에 답을 찾는 것이 급선무였다. 목표가 세워지자 레스터는 내일 연구소에 가서 필요한 자료를 찾아보기로 했다. 무엇보다 이대로 가만히 지체하다가 무슨 일을 당하게 될지도 알 수 없었다.

'갤리온 행성이라⋯ 도대체 그런 행성이 어디에 있다는 말인 가? 아니야! 아니지. 샬럿이 착각하고 있는 것이 분명해! 혹시 이 곳은 정신이 돌아버린 미친 자가 지구상의 모든 핵무기를 동시 에 터뜨려 지구를 쑥대밭으로 만들고 미리 지하에 비밀스럽게 건 설한 지하 기지가 아닐까? 그리고 여기에 모인 자들은 무엇에 이 용하려고 남겨두었는지 아직은 알 수 없어. 하지만 뇌를 조작했 거나 세뇌시킨 자들이라고밖에 볼 수 없어! 하여튼, 그 미친 자의 이름이 네메스라고 했지! 그렇다면, 결국 나 역시 여기에 이러고 있다간 어딘가에 강제로 끌려가 결박당한 채 여기에 있는 사람들 처럼 뇌를 조작당하거나 강력한 약물에 의해 세뇌를 당하게 될 거야. 나의 모든 기억이 사라질 것이고 나란 존재가 아예 사라지 게 될 거야. 살아 있지만 살아 있다고 할 수 없는 존재!'

생각이 여기까지 이르자 레스터는 소스라치게 소름이 돋았고 식은땀이 흘러내렸다.

뜬눈으로 밤을 지새운 레스터는 이른 새벽에 연구소로 가기 위 해 집을 나섰다. 연구소에선 이 시간대가 인적이 가장 드문 때였 다. 돔에는 해가 뜨고 있었다.

"이제 저 태양이고 맑은 하늘이고 다 지겹군!"

미간을 잔뜩 찌푸린 레스터는 하늘을 올려다보며 쏘아붙였다. 인기척이 느껴지지 않는 연구소에 들어온 레스터는 인공지능 슈 퍼컴퓨터에 접속한 후 돔의 설계도를 검색하라고 지시했다. 어 이없게도 인공지능 슈퍼컴퓨터는 돔의 설계도를 아무런 제한도 없이 레스터에게 상세하게 표시해주었다.

'어? 돔의 설계도는 기밀사항이 아니었나?'

그전까지는 돔을 특별히 의심하지 않았기 때문에 알아볼 생각조차 하지 않았다. 레스터는 우선 상세하게 표시된 돔의 설계도를 자신의 휴대용 장치에 전송했다. 이번에는 '네메스'를 검색했다. '네메스'의 검색 결과에는 '갤리온 행성'이라는 단순한 결과만 나왔다. 다음으로 '갤리온'을 검색해보았다. 이번 검색 결과는 '네메스'가 전부였다.

'이래서는 네메스란 자를 영원히 알 수 없겠군! 샬럿이 분명히 지하에 그놈이 있다고 말했어!'

무슨 수를 써서라도 돔의 설계도를 분석해서 지하로 갈 수 있는 출구를 반드시 찾아야 했다. 그런 다음 네메스를 찾을 것이다. 이 상상도 못 할 미친 짓을 벌인 자를!

연구소에서 집으로 돌아온 레스터는 곧바로 설계도를 분석했다. 처음에는 설계도를 아무리 들여다보아도 돔의 어디에도 외부로 나갈 수 있는 출구가 없어 보였다. 그럼에도 한참을 매달린 보람은 있었다. 레스터는 그곳에 가기로 결정했다.

그곳은 다름 아닌 대통령 관저의 집무실이었다. 설계도상에는 집무실에 유일하게 돔과 외부로 이어진 통로가 있었다. 확실했다! 레스터는 권총을 허리춤에 챙겼다. 지금과 같은 상황에서 그나마 목숨을 의지할 수 있는 것이 이것뿐이라는 것이 한없이 초라하게 느껴졌다. 그렇지만 아버지가 소유하던 총이었다는 것이 생각나자, 레스터는 눈을 감고 아버지와 사라와 메리 그리고 자신과 함께했던 사람들을 떠올렸다. 그리고 깊은 숨을 들이마시며 눈을 떴다. 그러자 이 총이 있다는 것에 안도가 되었다. 왠지 먼저 이 세상을 떠나간 그 모든 이들이 자신의 곁에 함께 있는 듯 힘을 실어주었다.

더 이상 지체할 수도 없었고 진실을 몰랐던 예전처럼 행동하며 살아갈 수는 없었다. 앞으로 나아가는 것이 유일한 선택이 되었다.

레스터는 먼저 데이비드 비서실장과 오전 10시 30분에 만나기로 약속했다. 그리고 누구도 의심하지 않도록 다시 연구소로 출근했다. 직속상관에게 개인 사정을 말한 후, 시간에 맞추어 연구소에서 나와 대통령 관저로 향했다.

레스터는 가로수 길을 지나 관저 앞 연못이 있는 곳에 멈췄다. 지금부터는 어떤 험악한 일이 벌어질지 스스로도 예측할 수 없어 심호흡을 하며 마음을 굳게 다잡았다. 그런 후, 자신의 허리춤에 찬 권총이 잘 있는지 확인하고 차에서 내려 일 때문에 온 것처럼 걸어가 출입문 앞에 섰다.

"무슨 일 때문에 오셨죠?"

덩치 큰 경비병이 다가와 사무적으로 물었다.

"데이비드 비서실장님과 만나기로 사전 예약을 했습니다."

막상 오기는 했지만 레스터는 권총을 가지고 있다는 사실이 발각될까 긴장되었다. 만약 경비병이 몸수색을 하겠다고 한다면 레스터는 어쩔 수 없이 총을 그에게 발사할 것이다.

"그래요. 그러면 그전에 먼저…."

경비병이 다음 말을 하려고 했고 레스터가 손을 허리춤으로 가져가려던 순간, 저 멀리서 데이비드 비서실장이 한 손을 높이 쳐들고 반갑게 흔들며 다가왔다. 그제야 경비병은 의심 없이 버튼을 눌렀고 출입문이 서서히 열렸다. 하지만 막상 로비를 향해 발걸음을 옮기던 찰나, 레스터는 순간적으로 움찔했다. 바로 앞에 보안검사대가 보였고 그곳을 통과해야 했다.

'아, 참! 이곳에 보안검사대가 있었어! 계획이 수포로 돌아가게 생겼군. 이 돔에 처음 왔을 땐 데이비드 비서실장이 준 새 양복을 갈아입고 정신없이 로비에 들어선지라 보안검사대가 있다는 인식을 제대로 못 하고 있었어. 큰일이군! 분명히 금속 탐지기가 작동할 텐데. 어떻게 해야 하나!'

하지만 이미 모든 각오를 하고 이곳에 온 레스터는 이내 다시 정신을 바짝 차렸다. 권총이 금속 탐지기에 발각되면 그 즉시 빠른 행동을 취할 각오로 로비에 있는 검사대를 향해 걸어 들어갔다. 무모했지만 고지가 바로 눈앞에 있었고, 다른 선택은 있을 수 없었다.

레스터는 속으로 긴 숨을 들이마셨다가 내쉬었다. 보안검사대에 천천히 발걸음을 내딛으며 눈으로 경비병의 위치를 파악했다. 어? 경고등이 울리지 않았다. 하늘이 도왔다! 아마도 경비병이 출입문을 열 때 검사대의 보안시스템도 모두 해제시킨 것이 틀림없었다. 걸어오고 있는 상대가 데이비드 비서실장이니 경비병이 의혹의 눈길을 거두어들인 것이다. 경비병은 레스터가 검사대를 지나 로비 중앙으로 이동하는 것을 확인하고 나서 자신의 자리로 되돌아갔다.

"그동안 안녕하셨습니까?"

"어서 와요, 레스터 연구원."

레스터와 데이비드 비서실장은 2층에 있는 그의 사무실로 가 의자에 앉았다.

"잘 적응하고 있다는 보고를 받기는 했지만 연구소에서의 생활은 괜찮으십니까?"

"네, 매우 만족합니다."

"얼마 전에 에드워드 연구소장을 만났는데 칭찬이 그치지를 않던데요."

"좋게 봐주셔서 감사할 뿐이죠."

"하하, 그래요. 하여튼 잘 적응하고 있는 모습을 보니 기분이 좋군요."

"그건 그렇고 저한테 부탁할 일이 있다고 하셨는데 어떤 일인가요?"

"죄송하지만 데이비드 비서실장님이 아니고 알렉스 대통령께 개인적으로 부탁드릴 일이 있어서요."

"중요한 일인가 보네요."

"네, 그렇습니다!"

"각하께서 오시려면 1시간 정도 더 걸리실 텐데요. 음… 어쩐다?"

데이비드 비서실장은 애매하다는 듯 턱을 쓰다듬었다.

"괜찮습니다. 여기 있어도 된다고 허락해주신다면 기다리다가 만나 뵈면 되지 않을까요?"

레스터는 목구멍까지 차오르는 긴장감을 억눌렀다.

"그럴 필요 없어요. 저는 이곳 돔 모든 곳에 보안인증이 되어 있는 사람이니 각하 집무실에 계실 수 있도록 문을 열어드리죠. 잠시만요."

데이비드 비서실장은 복도 맞은편에 있는 대통령 집무실 앞으로 레스터를 데려갔다. 그런 후, 데이비드가 문 앞에 잠시 서 있자 스캐너가 그의 몸 전체를 스캔한 후 인증이 확인되었는지 문이 열렸다. 그리고 레스터를 대통령 집무실의 소파에 앉게 하고,

그는 업무를 보기 위해 자리를 떠났다. 문이 닫히는 것을 확인한 레스터는 바로 일어나 주위를 살피기 시작했다. 운 좋게도 큰 소동 없이 가장 의심이 가는 장소에 도착한 레스터는 설계도를 떠올리며 집무실 전체를 샅샅이 뒤지기 시작했다. 가능하다면 대통령이 오기 전에 반드시 지하로 통하는 출입구를 찾아야 했다. 잘 정돈된 주변은 어느새 엉망이 되고 있었다.

"최소한 무슨 버튼이라도 있어야 할 거 아니야!"

낙심한 레스터는 화를 내며 소리쳤다.

이곳에 머무른 시간은 벌써 40분을 훌쩍 넘어서고 있었다. 몸은 땀범벅이 되었다. 거기다 긴장의 연속으로 정신은 혼미해지고 있었다. 지금 이 상태에서 발각된다면 그 어떤 변명을 둘러댄다고 하더라도 자신에게 의심과 처벌이 취해질 것이 분명했다. 더 이상 피할 곳도 없었다.

'분명히 이곳이 맞는데 아무것도 찾을 수 없어.'

그때 대통령이 차에서 내려 출입문을 향해 걸어 들어오고 있는 모습이 집무실의 커다란 창문을 통해 보였다. 어느새 복도에서 알렉스 대통령과 데이비드 비서실장이 대화를 나누며 걸어오는 발자국 소리가 점점 더 가까이 들렸다. 곧이어 대통령 집무실의 문이 열렸고 레스터는 공황 상태에서 무의식적으로 알렉스 대통령에게 총을 겨누었다.

"왜… 왜 이러나? 레스터."

"다 알고 있어요. 이곳의 비밀을!"

"비밀이라니? 무슨 비밀 말인가?"

"이곳은 네메스라는 정신이 완전히 돌아버린 미친 독재자가 실제 주인이고 나머지는 세뇌당해서 온전한 정신을 잃어버린 불쌍한 사람들이 잡혀 온 정신병원 같은 곳이죠. 그리고 그가 지구의 대재앙을 일으킨 장본인이라는 사실을 말이죠. 내가 이곳에 오게 된 이유 역시 당신들처럼 세뇌시켜서 네메스란 자의 노예로 부려먹기 위해 납치했다는 것을 말입니다. 이제 그와 담판을 지을 겁니다. 당신들은 단순히 네메스의 협력자들이라는 것을 압니다. 그러니 험한 꼴 당하기 싫다면 당장 내 앞에 네메스란 놈을 데려오든가 아니면 빨리 지하로 갈 수 있는 출입구를 열라는 말입니다."

자신의 생각에 확신이 가득 찬 레스터가 버럭 큰 소리를 지르며 말했다.

"진정하게, 레스터. 자네는 지금 너무 흥분하고 있어."

그때, 밖에서 요란한 소리를 들은 경비병이 뛰어 들어왔고 그를 본 레스터는 권총으로 그를 향해 한 발을 쐈다. 경비병이 신음하며 쓰러졌고 갑작스러운 정적이 흘렀다. 레스터 역시 당황했다. 예상치 못한 상황을 맞이한 알렉스 대통령과 데이비드 비서실장도 당황하기는 마찬가지였다. 그러나 멈출 수도 없었다.

"빨리 출입구를 열란 말입니다!"

레스터는 다시 알렉스 대통령에게 권총을 겨누면서 재촉했다.

"아… 알았네, 레스터. 진정하게!"

떨리는 목소리로 알렉스 대통령은 체념한 듯 책상을 향해 걸어갔다. 레스터가 겨누고 있던 총구도 그의 움직임에 따라 이동했다. 책상 앞에 선 알렉스는 움직임을 멈추고 잠시 고개를 숙였다 들었다. 그리고 큰소리로 침착하게 외쳤다.

"위대한 네메스! 네메스여!"

그 순간 커다란 책상 전체가 지면과 함께 위로 들리며 금속 재질의 엘리베이터가 나왔다. 알렉스가 엘리베이터에 다가가 손바닥을 대자, 손바닥 전체에 빛이 새어나왔고 문이 열렸다. 그리고 나서 옆으로 몇 발짝 물러났고 레스터를 가만히 쳐다보았다. 망설일 겨를도 없이 레스터는 총구를 계속 겨누며 엘리베이터를 탔다. 천장은 괴리감이 느껴질 정도로 높았다. 문이 닫히자 대통령의 집무실에 상당한 높이로 솟아오른 엘리베이터 전체가 다시 원래의 모습으로 되돌아갔고 이내 빠른 속도로 지하를 향해 내려갔다.

"내 예상이 빈틈없이 맞았어. 알렉스가 '위대한 네메스'라고 부르짖는 순간 소름이 돋았어! 다들 정말 미쳤어!"

얼마 지나지 않아 문이 열렸고 높고 기다란 복도가 나왔다. 그곳은 간간이 조명이 있을 뿐 전체적으로 어스름했다. 워낙 밝은 곳에 있다가 어두운 곳에 오니 더 어둡게 느껴졌다. 레스터는 앞으로 총을 겨누며 천천히 엘리베이터에서 나왔다. 한 발짝 한 발짝 조심스럽게 복도를 따라가면서 주위를 살폈다. 언제 어디서 누가 공격해올지 모르니 긴장감은 극에 달했다. 그럼에도 그의 눈빛은 예리하게 빛났다.

계속 복도를 따라 앞으로 걸어가던 레스터가 모퉁이를 돌아 왼쪽으로 가다 보니 어디선가 빛이 들어왔다. 환하게 밝아지며 높고도 넓은 커다란 공간이 모습을 드러냈다. 레스터는 주위를 둘러보다가 순간 멈춰 섰다. 온몸을 경직시킨 것은 투명한 창을 통해서 보이는 바깥 풍경의 모습이었다.

"이, 이곳은… 이곳은!"

마치 황량하고 광활한 그랜드캐년과 비슷한 것 같기도 했으며 모든 곳이 불그스름했다.

'지구 내부가 아니잖아. 지하세계인 돔에서 더 아래로 내려왔는데 오히려 지상이라니! 결국 돔이 지하에 있다는 것도 거짓말이잖아! 그런데 내가 분명히 대재앙을 경험했고 우주비행선에서도 한 달 가까이 흉측한 지구의 모습을 보았는데 어떻게 지상에 멀쩡한 장소가 있을 수 있는 거지! 이 사이비 교주 같은 놈은 도대체 정체가 뭐지? 지구에서 이 장소만 파괴시키지 않은 채 첨단 주거 시설까지 마련해놓았어. 세상에 드러나지 않은 엄청난 실세가 확실해. 그렇지 않고서는 이 모든 상황은 상상도 할 수 없는 일이야!'

지구에 대재앙을 일으킨 그놈이 자신만의 안전한 거처를 마련하고 지금까지 버젓이 살아 있다는 것에 더욱 분노가 극에 달한 레스터는 놈을 처단하기 위해 다시 큰 보폭으로 걸어 나갔다.

만남 I

그가 말했다. "이것은 숙명"이라고!

레스터가 멈췄다. 그의 앞에는 레스터 키의 5배는 족히 될 만한 웅장한 문이 마치 기다리고 있었다는 듯이 열려 있었다. 미지의 공간에서 밀려오는 감당할 수 없는 두려움은 발걸음을 옮길 때마다 점점 더 커져갔다.

　'다행이야! 권총이라도 소지하고 있으니.'

　레스터는 호흡을 가다듬고 조심스럽게 문 안으로 들어섰다. 그가 들어서자 문이 굳게 닫혔다. 하지만 그는 전투적인 모습과 다르게 그 자리에 얼어붙었다.

　"어… 어떻게 이럴 수 있지?"

　모든 것을 뚫어버릴 듯 기세등등하게 겨누던 총은 어느새 고개를 숙였다. 레스터를 지긋이 바라보며 서 있던 그는 반듯하게 잘 넘긴 올백 머리와 브라운색 계열의 양복, 그리고 황금빛의 넥타이를 맸으며 반짝거리는 갈색 구두를 신고 있는 40대 초반쯤으로 보이는 남자였다. 첫눈에도 명석함과 근엄함이 느껴졌고 그의 모습 어디에서도 악의적인 모습은 찾을 수 없었다. 인상이 부드러웠고 인자하게 보였다. 그런데….

'도대체 뭐지? 정말 사람이 맞나? 커도 너무 크잖아!'

정작 레스터가 상당한 충격에서 벗어나지 못한 것은 그의 신장이었다. 최소한 3미터는 훌쩍 넘어 보였다.

레스터는 이 공간과 그의 모든 것에 압도당했다. 마치 「걸리버 여행기」에 나오는 거인국에 들어온 것 같았다. 웬만한 생명체라면 무엇이든 한 방에 해결할 수 있을 것 같던 권총이 왠지 초라했다. 총으로 저 거대한 체구를 쓰러뜨릴 수 있을지 도저히 확신이 서지 않았다.

'아니야. 내가 지금 무슨 생각을 하고 있는 거지? 저 괴물은 단지 네메스의 부하일 거야! 벌써부터 저 괴물에게 주눅이 든다면 어떻게 네메스를 내 손으로 처단할 수 있겠어. 내 목표는 네메스를 반드시 찾아서 없애는 거야. 레스터! 힘을 내야 해! 어쨌든 내가 먼저 공격하지 않는다면 저 괴물이 나를 죽일 거야. 이제 이판사판이니 선택의 여지는 없어. 우선 이 괴물부터 처리해야 샬럿이 말한 네메스라는 미친 독재자를 찾아서 처단할 수 있으니깐 말이지. 네메스란 미친 자는 도대체 어디서 저런 괴물을 찾아내서 자신을 경호하게 하고, 어디 숨어 있는 걸까? 하여튼 내 목숨을 바쳐서 인류와 사라, 메리의 원수를 갚는 거야. 그래, 이거야 레스터. 연속적으로 여러 발의 총알을 빠르게 발사한다면 저 괴물이라고 별 수 있겠어?'

레스터는 다시 의기충천한 상태로 두 눈을 매섭게 치켜떴다.

"난 모든 것을 알고 왔어. 그동안 너희들의 비열한 행위에 복수하기 위해 왔지. 네가 버티고 있다고 해서 네 뒤에 숨어 있는 미친 독재자가 안전할 것 같나? 지금이라도 당장 네메스가 있는 곳을 말하고 비켜선다면 너에게 살 수 있는 기회를 주지. 그렇지 않다면 너부터 처단할 거야."

"지금부터 셋을 셀 거야. 셋… 둘… 하나!"

그 사내는 조금의 미동도 보이지 않았다.

"마지막으로 한 번 더 기회를 주지! 셋… 둘… 하나!"

"…."

"더 이상 말로 해서는 안 되겠군!"

"탕. 탕. 탕."

레스터는 보란 듯이 상대방을 향해 발사했다. 세 번의 총성이 내부 공간에 커다랗게 울려 퍼졌다. 그와 동시에 레스터와 그자 사이에 투명한 장벽이 나타났고, 장벽에 닿은 세 발의 총알은 힘없이 툭 하고 바닥에 떨어졌다.

"아악! 이럴 수가."

그리고 총도 그의 손을 떠나 장벽에 부딪친 후 바닥으로 떨어졌다.

"모든 이들의 원수를 갚을 처음이자 마지막 기회였는데 실패했어."

레스터가 울먹거리며 힘없이 말했다.

투명 막이 사라졌다. 거인이 서서히 다가왔다. 거인의 커다란 주먹에 한 대만 맞아도 자신의 머리통은 흔적도 없이 날아가버릴 것이다. 레스터는 정신이 혼미했다. 그럼에도 그가 발걸음을 내디딜 때마다 레스터는 뒷걸음치려 하는 자신을 달래며 굳건히 버텼다. 다가오던 사내는 바닥에 떨어진 총은 오른손에, 총알은 왼

손에 쥐고는 레스터에게 다가왔다. 총에 총알을 하나씩 다시 장전하면서.

'뭐지? 눈에는 눈, 이에는 이라는 건가! 이제 정말 끝이군.'

죽을 수밖에 없다면 최대한 당당하게 죽고 싶었다. 레스터에게 살 수 있는 기회는 없었다. 거인이 쏜 총알을 운 좋게 피하고 지금부터 도망간다고 해도 거대한 출입문은 닫혀 있었다. 허망하게도 지금 이 자리가 레스터에게 최선이었다. 레스터에게 퇴로란 없었다.

이제 거인은 바로 앞까지 다가왔다. 고개를 들고 최대한 당당히 치켜보던 레스터는 그 사내가 마치 고대 신의 조각상이 살아서 움직이고 있는 것처럼 느껴졌다. 레스터는 잠시 눈을 감았다. 가족과 가장 즐거웠던 기억들을 떠올렸다. 그리고 다시 눈을 뜨며 생각했다. 곧 그들을 만날 수 있게 될 것이라고.

"그대, 레스터여!"

실내를 가득 메운 웅장하면서도 묵직한 중저음의 목소리가 귓속을 울렸다.

"두려워 말라. 레스터여! 레스터여. 두려워 말라!"

이번에는 나지막이 부드럽게 말했다. 레스터는 매서운 눈초리로 그 사내를 노려보았다. 그리고 굳게 다짐했다. 어쨌든 죽을 것이라면 당당하게 죽겠다고.

"탕. 탕."

그 사내가 가지고 있던 총구에서 연이어 불꽃이 일며 발사되었다.

"아악!"

총알은 전혀 이해할 수 없는 곳에 발사되었다. 그 사내는 오른

손에 잡고 있던 총으로 자신의 왼쪽 손바닥에 총구를 밀착시킨 후 두 발의 총알을 발사했다. 그러고는 위쪽 손바닥을 보여주었다.

"아, 아무런 상처가 없잖아!"

레스터는 정신이 나간 듯 고개를 절레절레 흔들었다.

"이것으로 나를 해하려 했는가, 레스터여?"

말을 마친 그 사내는 들고 있던 총을 바닥에 떨어뜨린 후 위엄 있게 의자로 돌아가 앉았다. 그런 다음 레스터에게 거대한 원형 탁자 앞에 있는 의자에 앉으라고 지시했다.

"당신은 누구십니까?"

레스터가 놀라움을 최대한 자제하고 엄숙하게 말했다.

"네메스."

"당신이… 네, 메, 스?"

"그래, 내가 바로 네메스네."

"도저히 믿을 수 없군요. 인류 역사상 당신처럼 거대한 인간은 단 한 명도 존재하지 않았어요. 아니, 흔적조차 없었죠. 그런데 어떻게 당신 같은 사람이 존재할 수 있죠?"

지금까지 레스터는 네메스를 이 세상에서 가장 음흉하고 표독스럽게 생긴 악마 같은 자일 것이라고 생각했다. 그런데 상상하던 모습과는 완전히 다르며 도저히 받아들일 수 없는 초거대 거인임을 알게 되자, 그동안 예상한 모든 추측이 마구 헝클어진 실타래가 되었다.

"잘 듣게, 레스터. 이제부터 시작이네. 자네는 선택되어 이 자리에 있는 것이네!"

"제가 선택받은 자라고요?"

"그래, 유일하게 선택받은 자! 인류는 다양한 길이 확률적으로 존재해서 선택의 여지가 있다고 생각했지. 자유의지를 가졌다고 말이야. 그렇지만 네메스와 레스터, 이곳에 있는 두 명의 지적 생명체는 세상의 하나뿐인 진정한 진실을 알게 되었지. 이렇게 막다른 길에 몰려서 선택의 여지가 없을 때 유일하게 정해진 이 길을 따를 수밖에 없다는 것을 말일세. 네메스와 레스터는 다른 시대에 살고 있었지만 이제는 같은 배를 탄 운명공동체라는 것을 말이야. 태곳적부터 지금까지 우주공간에서 흩어져서 살아왔던 모든 지적 생명체들은 자신들이 애매한 상황에 마주하게 되어서 이성적으로 설명할 길이 없을 때 둘러대기 위해 '운명'이라는 단어를 만들었지. 그리고 필요할 때마다 스스로 의미가 있는 것처럼 사용해왔다는 사실을 말이네. 이제 우리는 분명히 알 수 있지. 운명이라는 것은 이 우주에 오직 두 번 존재한다는 것을 말이야. 즉, 우주가 처음에 창조됐을 때와 우리가 지금처럼 만나게 됐을 때라는 것을. 그리고 우리는 운명을 넘어서 오직 한 번뿐인 숙명이라는 사실을 말이네!"

네메스는 만감이 교차하는 표정으로 지그시 파노라마 창밖을 내다보았다.

'두 명의 지적 생명체? 운명공동체? 숙명? 이 자가 나에게 지금 무슨 말을 하고 있는 거지?'

네메스의 말뜻을 전혀 이해할 수 없던 레스터는 질문의 갈피를 잡지 못한 채 다음 말을 기다렸다.

"나는 자네에게는 물론이고 인류에 대해서도 가볍게 여기지 않았네. 지구를 향해서는 더더욱 그럴 일이 없지. 내 인생에 허튼 짓은 없었네. 오직 진리만을 추구해왔을 뿐이지. 지금까지 말일세!"

내부의 공간이 그의 목소리로 쩌렁쩌렁 울려 퍼졌다.

"나 역시 얼마 전까진 지구에서 살았으니까."

네메스의 눈가에 살짝 경련이 일어났다.

"얼마 전까지 지구에서 살고 있었다고요?"

"그랬다네, 레스터."

"그렇다면 여기는?"

"화성!"

"네? 화성이라고요?"

"그렇다네, 레스터."

"우주 집시지. 고정된 장소 없이 무한정 떠돌아다닐 수밖에 없었던 존재. 지금의 레스터와 같은 존재."

"그건 또 무슨 뜻이죠?"

레스터는 갈수록 태산처럼 쌓여가는 의문의 눈길을 네메스에게 보냈다.

"자네에게 보여줄 것이 있네."

네메스가 원형 탁자를 향해 한마디를 하자 탁자 중앙에서 위로 빛이 쏟아지며 화려한 입체 영상이 펼쳐졌다. 태양을 비롯한 익숙한 행성들과 소행성 등이 있는 것을 보니 태양계인 것은 분명했다.

"어! 그런데? 수성, 금성, 화성… 지, 지구가 없잖아!"

레스터는 자리에서 벌떡 일어났다. 지구가 있어야 할 자리에 지구는 없었다. 단지 그전에 무엇이었는지 파악이 되지 않을 정도로 다양한 바위들과 작은 돌덩어리들로 이루어진 알 수 없는 소행성대가 띠를 이루며 태양 주위를 돌고 있었다.

"지구는 대폭발을 일으키고 사라졌네!"

"아니야. 이, 이럴 리가 없어! 내가 확실히 봤어요! 아무리 대지진과 화산 폭발이 있었지만, 분명히 지구의 형태는 유지했어요."

레스터가 고개를 절레절레 흔들며 강하게 부정했다.

"유감스럽지만 레스터, 그건 단지 자네를 안심시키기 위한 영상이었네."

"네?"

"그 당시에 난 심상치 않다는 것을 깨달았지. 대규모의 지진과 화산 폭발에 그치지 않고 지구 자체의 대폭발이 일어날 것이라고 말이야. 나도 너무 당황했네. 왜냐하면 지구에서 내 모든 것을 바쳐 매우 중요한 프로젝트를 진행 중이었지. 하지만 조금도 지체할 겨를이 없었어. 상황이 너무나 긴박했네. 한시라도 빨리 지구에서 탈출해야 했지. 다른 선택의 여지도 없었어. 결국 급한 대로 화성으로 탈출했지. 동시에 비행선을 보내 자네를 구출한 것이네. 조금만 늦었어도 나의 모든 것이 끝날 뻔했지. 자네를 구출한 후 한 시간도 되지 않아 지구는 대폭발을 일으켰으니까. 믿기지 않겠지만 지금 자네가 보고 있는 앙상한 소행성대가 한때는 지구였네."

"어, 어떻게 이럴 수가!"

그토록 아름답던 지구가 사라져 추억이 되었고 그 추억마저 떠올릴 수 있는 자가 오직 자신뿐이라는 사실에 레스터는 아연실색했다. 지구의 탄생부터 이어진 무구한 세월의 역사는 흔적도 없이 사라졌다. 모든 기억에서 지워진 것이다. 마치 처음부터 존재하지 않았던 것처럼.

"심각한 문제의 시작은 지구 자체의 내부 압력에 의해 일어나기 시작했네. 지구 내부의 가장 깊은 곳인 중심핵에서 일어나는 일은 그 누구도 알 수 없었지. 지구라는 행성이 그 기나긴 세월을 살다가 죽음을 맞이하는 시기가 찾아온 것이었어. 세상에서 영원한 것은 아무것도 없으니까! 내부에 갇혀 있던 엄청난 압력이 동시에 지구의 지각과 맨틀을 밀어내기 시작했지. 그 압력은 이미 회복이 불가능할 정도로 지구에 심각한 균열을 일으켰네. 결국 모든 곳에서 동시다발적으로 폭발과 함께 어마어마한 양의 마그마가 뚫고 쏟아져 나오면서 대규모의 화산 폭발과 지진을 동반하게 된 것이네. 그 누구도 지구는 행성이기 때문에 절대로 태양 같은 항성처럼 적색거성이 되어서 대폭발을 일으킬 것이라고는 생각하지 않았던 거야. 지구는 행성이라 적색거성이 되지도 않았고 대폭발 후에는 무수한 바위 덩어리들로 흩어진 것이 전부였지만 말이네. 모두들 지구 지표면에서 일어나는 재해나 외부에서 지구에 밀어닥치는 재앙들만 생각해왔던 거지. 지구 자체 내에서 발생하는 대폭발은 생각하지 않았던 거야. 우주에 존재하는 모든 물질처럼 지구라는 행성도 영원히 존재할 수 없고, 분명히 언젠가는 사라질 수밖에 없는 존재임에도 말이지. 이제 지구는 기나긴 자신의 삶을 마치고 원래의 고향인 드넓은 우주공간으로 흩어져 돌아간 거네. 지구를 파괴할 수 있는 것은 소행성도, 혜성도, 인류가 가진 핵무기도 아니었던 거지. 지구를 파괴할 수 있는 존재는 오직 지구뿐이었어."

"아니에요. 우주비행선에서 지내는 동안 지구는 그 모습을 유지하고 있었어요. 창밖으로 분명히 봤어요."

"자네는 단 한 번도 우주공간에 홀로 떨어져서 지낸 적이 없어. 지금까지 말이네."

"네?"

"이곳에 나와 함께 있었네. 항상 말이야! 자네가 우주비행선이라고 믿었던 것은 사실은 이곳에서 지낼 자네를 위해 만든 임시 숙소였을 뿐이네. 처음부터 이곳에 있었지. 창밖으로 보이던 지구의 모습은 자네를 구출하고 지구의 대폭발이 발생하기 전에 기록된 영상일 뿐이었어. 자네가 창문이라 여겼던 것은 모두 가상현실을 표현한 모니터였을 뿐이네. 우주공간에서 지구의 내부로 들어온 후, 상공에서 비행하며 둘러본 돔의 주변 모습도."

"뭐라고요?"

레스터는 뒤통수를 세게 얻어맞은 듯 그 자리에 얼어붙었다.

"자네의 심정을 충분히 이해하네. 하지만 모두 받아들여야 해. 지금 자네와 내가 있는 이곳은 사실은 돔이 아니라 모선이야. 우주비행선이지."

"네? 이 거대한 도시가 우주비행선이라고요?"

"나를 찾아 이곳에 오면서 확인했잖은가! 이 모선을 통해 보이는 바깥세상을 말이네."

"잠시만요! 그렇다면 지금까지 일부러 저를 철저하게 속여왔다는 겁니까? 도대체 어떤 이유 때문에요?"

"속였다는 표현은 어울리지 않아, 레스터. 난 자네가 사라진 지구를 보고 받을 충격을 감소시켜주고 싶었을 뿐이네."

네메스는 어린아이를 달래듯 나지막이 말했다.

레스터는 자신을 구해준 네메스에게 감사의 표현을 해야 할지, 아니면 자신을 속여온 것에 대해 화를 내야 할지 어떤 감정으로도 표현하기가 난감했다.

그때, 커다란 파노라마 창으로 크게 한 입 베어 문 사과처럼 생긴 어떤 행성이 보였다. 이리저리 많은 파편들도 충돌했는지 험상궂고 못생긴 행성이었지만 어디서 많이 본 것 같았다.

"허, 헉!"

"달이네. 지구의 대폭발로 저렇게 한쪽이 움푹 떨어져나갔지. 지구의 중력도 사라져버려 떠돌다가 화성의 중력에 이끌려 이곳에서 저런 모습으로 돌고 있네."

"네메스! 그런데 당신은 도대체 누구죠?"

"나? 자네에게 내 소개가 늦었군. 나를 알려면 네메스의 민족에 대해 알아야 하네. 나의 민족은 '갤리온스'라고 불렸네. 인류가 자신들의 은하라고 했던 이 은하계는 사실은 갤리온스의 은하계였지. 이 은하계에 다른 행성에 살고 있던 사악한 무리들과의 끝없는 전쟁 속에 그들을 모두 물리치고 이루어낸 초거대 문명이 바로 갤리온이었네. 내가 살던 행성인 '갤리온'은 태양계를 관통해서 이 은하계를 공전하는 행성이었지. 하지만 갤리온도 어느 순간 허무하게 사라졌어. 그리고 그 행성의 잔해도 모두 뿔뿔이 흩어져버렸지. 그 잔해 중 일부가 태양계의 중력에 이끌려 여전히 끝부분에 수많은 암석덩어리들로 무리지어 띠를 이루고 있지. 인류는 그것을 '카이퍼 띠'라고 불렀네."

"카이퍼 띠가 갤리온 행성의 잔해 일부분이었단 말인가요?"

"그렇다네, 레스터! 하여튼 지구처럼 내부 압력의 대규모 폭발로 파괴되어가는 곳에서 나는 목숨만 건졌다고 볼 수 있네. 외부탐사를 위해 다른 행성에 머물러 있었으니까. 나는 그 원인을 반드시 알고 싶었어. 하지만 그 당시엔 알 수 없었네. 어쨌든 지구 대재앙은 갤리온의 대폭발에 대한 원인을 밝혀준 거야. 행성이 대폭발하는 두 번의 대재앙을 겪으며 한 가지 중요한 사실에 대해 명확한 결론을 내릴 수 있었지. 문명이 발달한 지적 생명체들이 왜 자신들의 행성을 떠나 우주의 또 다른 행성을 찾고자 하는지 말이네. 단순히 우주에 살고 있는 또 다른 지적 생명체를 찾거나 그곳의 지하자원만 찾는 것이 아니었어. 그러한 과정의 가장 중요한 진실은 우리 내부에 깊게 자리 잡은 무의식적인 행동에서 비롯되네. 바로 '위기의식'이지. 우리 마음속에 처음부터 내재된 죽음, 멸종, 종말 같은 소멸에 대한 위기의식에서 벗어나고자 하는 절박함에서 비롯됐다는 사실을 말이네."

네메스가 진중하게 말을 이었다.

"그 당시 외부 행성 탐사를 위해 떠난 나를 포함해 살아남은 소수의 갤리온스들은 우리가 살 수 있는 행성을 찾아야 했어. 기약도 없이 오직 살아야겠다는 일념만으로 정처 없이 우주공간을 떠돌아다녔지. 그리고 자네도 알고 있는 태양계를 선택한 것이고, 갤리온 행성의 기후와 주위 환경이 거의 일치하는 화성에 정착했던 거야."

주마등처럼 지나온 세월을 회상하며 네메스는 화성의 지표면을 쓸쓸하게 응시했다.

"화성이요? 화성에서 살았다는 말이에요? 이렇게 척박한 환경에서요!"

"내가 머물렀던 그 당시의 화성은 지구와는 비교도 되지 않을 만큼 낙원 같은 곳이었네. 레스터! 이제부터 자네는 모든 역사를 알게 될 거야. 그리고 그 역사를 통해 네메스가 누군지 알게 될 것이네. 자네는 선택받은 자이니 모든 것을 알려줄 것이네. 조금만 침착하게 기다려주게."

네메스는 입가에 미소를 살며시 지었다.

'선택받은 자? 왜 자꾸 그런 말을 내게 하지?'

"그렇다면 네메스. 당신은 외계인이군요!"

다른 것은 몰라도 먼저 네메스가 초고도로 발전한 곳에서 살고 있던 외계인임을 인정하지 않을 수 없었다. 자신이 체험한 돔 속의 최첨단 과학기술들과 자신의 모습과 동일하지만 지구에서는 존재할 수 없는 네메스의 장대한 큰 키와 체구는 레스터가 스스로 인정할 수밖에 없는 분명한 사실이었다.

"레스터. 우주는 끝없이 넓다네. 지구라는 한정된 곳에서 벗어나 우주를 바라보게! 중요한 것은 생각할 수 있는 존재는 그것의 형상이 무엇이든 지적 생명체라네. 누구는 지구인이고 또 누구는 외계인이라는 고정 관념은 아무런 의미가 없어. 지구에 살고 있는 백인과 흑인에게 동양인은 외계인일까? 단지 유일한 차이라면 역사가 먼저 시작되었거나 그보다 나중에 시작되었다는 차이밖에는 없는 거야. 레스터. 자네와 할 이야기가 많다네. 내가 자네에게 들려주고자 하는 이야기는 심심풀이가 아니라 피할 수 없는 절대적인 의무이니까 말일세. 그전에 우선 차라도 한잔하겠나?"

여전히 긴장의 끈을 놓지 못하는 레스터를 바라보던 네메스가 부드럽게 말했다.

"네, 좋습니다."

이제 두려움은 없었다. 어쨌든 중요한 것은 네메스가 자신을 해칠 가능성은 거의 없다고 판단했다. 오히려 무의식적으로 네메스가 곁에 있다는 것이 든든하게 느껴지기 시작했다. 레스터와 네메스가 서로 마주 보고 앉아 있는 원형 탁자의 가장자리에서 직사각형의 문이 좌우로 열리면서 따뜻한 커피가 잔에 담겨

나왔다.

'결국 이 커피도 스푸드라 불리는 한 가지 재료가 아닌가? 우리의 미각을 장악하고 속여서 이것이 진짜 커피 맛인 것처럼 우리의 두뇌에 느끼게끔 전달한다는 것 아닌가? 우리는 그것을 진짜와 구분할 수 없지. 진정으로 완벽한 사기는 예술이라더니 딱 들어맞는 예인 것 같군. 이 상황이 말이야.'

레스터는 이 상황의 자신을 어떻게든 존립시키기 위해 생각의 방어진을 쳤다.

'그래도 참 이상해. 편리하고 맛도 완벽하고 참 좋은데 말이야. 내가 과거에 먹던 현실의 그것들과 비교하면서 이것은 가짜라고 생각한다는 것이. 이 스푸드가 가짜라고 고정관념을 가지고 있는 내 생각이 잘못된 것일까, 아니면 현실이라는 잣대로 지금 이 상황에서 어느 것이 진짜인지 따지고 있는 내 생각이 잘못된 것일까? 현실과 비현실이라는 것이 도대체 무엇을 의미하는 거지? 인간의 뇌는 그 자체로는 칼로 베어도 고통을 느끼지 못한다지. 그런데도 인간의 나머지 신체는 칼로 조금이라도 베이면 극심한 고통을 느끼게 되지. 우리 몸의 총사령관인 두뇌는 우리가 왜 고통을 느껴야 하는지에 논리적인 정당성을 부여하게 되고 말이야. 그렇지만 뇌는 단지 신경세포인 뉴런들 사이를 연결하는 시냅스에서 이루어지는 전기적인 신호들로 구성되어 있고, 우리가 삶을 통해 경험하고 느끼는 모든 의미는 이 신호들로 생성되지. 그럼에도 생명체라고 할 수 없는 전기적인 신호들은 오히려 생명체에게 정당한 의미를 만들어내고 말이야. 결국 우리의 두뇌는 나머지 신체 기관을 통해 가상체험을 한다는 뜻이 아닌가? 그렇지만 두뇌는 명백한 실체가 아닌가? 우리가 직접 뇌를 보고 만질 수 있으니까. 그러나 두뇌 속에서 이루어지는 현상은 오직 전기적인 신호들로 이루어진 엄청난 데이터에 불과하잖아. 현실이라는 신체의 감각기관과 가상이라고 느낄 수밖에 없는 전기적인 신호들의 데이터로 이루어진 우리의 두뇌가 하나의 몸체를 이루고 있다는 말도 안 되는 이 이율배반적인 역설의 느낌은 무엇이란 말인가? 우리가 지금까지 믿어오던 현실과 비현실이란 것을 어떻게 해석해야 할까. 결국 인간의 고통이라는 한 감정이 이러한 상황이라면 인간의 모든 감각인 오감을 통해 현실이라는 장소에 형성되는 인간의 희로애락은 진정 무엇을 의미하는 걸까?'

"레스터. 자네의 생각대로 현실과 비현실의 경계는 지적 생명체에겐 가장 어려운 문제 중에 하나이지."

"헉? 내 생각을 읽을 수 있단 말입니까?"

"자네의 뇌파를 분석해서 전기적인 신호들을 이미지화시키거나 언어로 번역해주는 장치가 있지. 나에겐 말이네."

"아무것도 보이지 않는데요."

그 어디를 둘러보아도 그러한 장비가 보이지 않자 레스터가 말했다.

"내 몸속에!"

"몸속에 있다고요?"

"앞으로 많은 것을 알게 될 거야, 레스터."

잠시 차를 즐기던 네메스는 이제 모든 준비가 되었다는 듯이 한마디를 했다.

"우선 화성에 와서 새로운 삶을 시작한 나의 민족 갤리온스에 대한 이야기가 자네에게 들려줄 첫 번째 역사의 출발점일세!"

미지의 그들 I

들어라! 보아라! 느껴라!
진실의 문이 열리며 펼쳐지는
순간의 거대한 울림을!

❖

　드높은 하늘 아래, 여러 갈래로 파인 험준한 협곡들이 펼쳐져 있었다. 그 협곡들의 시작점을 이루고 있는 곳에서 오른쪽으로 약 10킬로미터 정도 떨어진 곳에 웅장한 산이 있었고 주위엔 기괴하고 웅대한 암석들이 병풍처럼 솟아 있었다. 그 산의 중턱을 깎아 기초를 만들고 그 위에 건설한 임시 본거지가 있었다. 주위를 둘러보면 광활한 대자연의 풍경이 아름답고 감동스럽게 한눈에 들어왔다. 또한 거대한 협곡들의 시작점에서 왼쪽으로는 끝을 가늠할 수 없이 펼쳐진 평야를 끼고 숲이 띠를 이루었다. 아침이 되어 태양이 드넓은 평야 위로 떠오르면 초원이 생기를 머금고 되살아났으며, 깊고 넓은 협곡에는 시간의 흐름에 따라 다양한 그림자가 드리워졌다. 그들의 본거지에도 환하게 햇살이 비추었다.

　본거지 중앙에는 거대한 원형 연못이 있었고 연못 중앙에서는 분수의 물이 위로 올라와 커다란 반원을 그리고는 아래로 떨어지기를 반복했다. 본거지 입구를 중심으로 왼편에는 견고하게 지어진 거대한 신전이 있었고, 오른편에는 20층 높이의 주거공간이 있었으며, 이곳엔 다양한 시설이 구비되어 있었다. 이 건물 앞으로는 그들이 각종 안건을 토론하고 결정하기 위한 회의장이 있었다.

아침 식사를 마친 100명의 갤리온스들이 회의장에 모였다.

"오늘은 우리가 이곳에 온 이후로 가장 중요한 사안을 결정할 것입니다. 공고해드린 대로 미래의 방향을 제시하고 이끌어나갈 대표자를 선출할 것입니다."

앤키니우스가 말했다.

"잘 아시다시피 우리의 정신적 지주이자 고향인 갤리온 행성의 대재앙은 갤리온스들의 종말을 불러왔다고 해도 과언은 아닐 것입니다. 우주에서 가장 위대하고 진보한 갤리온 행성에 거주하고 있던 약 150억 명의 목숨과 그 기나긴 역사를 단 한순간에 전멸시켰습니다."

앤키니우스는 깊은 슬픔에 빠져 말을 잇지 못한 채 잠시 침묵했다.

"우린 모든 것을 잃었습니다. 우리의 핏줄! 우리의 친구! 우리의 숨결이 살아 꿈틀거리던 대자연! 우리의 찬란한 역사를! 이루 헤아릴 수 없는 그 모든 것을 말입니다!"

울분과 비통함이 가득 담긴 앤키니우스의 목소리는 점점 더 고조되어 회의장에 쩌렁쩌렁 울려 퍼졌다.

"어찌 우리 같은 젊은이들이 갤리온을 대표하시던 각계각층의 대석학 분들의 높으신 지혜를 따라갈 수 있겠습니까! 그렇지만 우리 모두는 다 함께 새로운 희망을 보았습니다. 아직은 한없이 부족하지만 우리가 젊음의 패기로 한마음이 되어 똘똘 뭉쳐 목표를 향해 나아간다면 미래의 우리 모습은 밝을 것임을 말입니다!"

그 순간 회의장에 모인 그들은 누구라고 할 것도 없이 눈물을 흘리며 감동했고, 동시에 너나 할 것 없이 열렬히 진심을 담아 박수를 쳤다.

"유일한 생존자들인 100명의 갤리온스들은 이곳에 완벽하게 정착했습니다. 기본적인 의식주에 관련된 문제가 해결된 것입니다. 우리의 피나는 노력으로 말입니다. 이제는 그동안의 경험을 토대로 하나의 나라로서 국가의 체계가 절실히 필요합니다. 우리에게는 대표자가 필요합니다."

앤키니우스가 회의장의 갤리온스들을 향해 힘차게 말했다.

"아포네스!"

"아포네스!"

"아포네스!"

앤키니우스는 그의 이름을 반복적으로 외쳐 호응을 불러일으켰다. 그의 외침에 당연하다는 듯 갤리온스들이 하나둘씩 일어나더니 아포네스를 외치기 시작했다. 결국 모든 갤리온스들이 일어나서 아포네스를 외쳤다.

"여러분, 정말 다행이지 않습니까? 갤리온의 모든 대석학 분들이, 젊지만 이미 자신들의 지혜와 재능을 능가한다고 누누이 말씀하신 행정가이자 『갤리온의 신화와 예언』 전문가인 아포네스와 최고의 과학자인 네메스가 우리와 함께하고 있습니다. 다른 것은 몰라도 이 사실은 살아남은 우리를 하늘이 도운 것입니다."

라르메스라는 자가 들뜬 마음을 도저히 억누를 수 없다는 듯이 홍분하며 말했다.

"네메스!"

"네메스!"

"네메스!"

곧이어 여기저기서 네메스를 외치자 이번에도 기다렸다는 듯이 회의장의 모든 갤리온스들이 이구동성으로 네메스를 큰 소리로 외쳤다.

"최고의 행정가는 아포네스이고 최고의 과학자는 네메스라는 것에는 조금도 이견 없이 모두 다 인정하니, 결국 아포네스가 최고 통치자가 되어 나라를 이끌어나가고 국방장관은 네메스가 맡으면 완벽합니다. 갤리온에서도 최고의 과학자가 국방장관이었으니까 말입니다."

갑자기 옆자리에 있던 율리온스가 끼어들며 말했고, 자리에 모인 갤리온스들은 모두 한마음으로 동의하며 열렬한 박수를 보냈다.

"감사합니다. 여러분! 여러분의 무한한 신뢰와 기대에 조그마한 어긋남도 없이 희망찬 미래를 이끌어가도록 최선을 다하겠습니다!"

아포네스와 네메스는 당당히 일어나 연단에 올라 손을 들어 감사의 답례를 표했다. 갤리온스들의 절대적인 지지와 환영 속에 최고 통치자와 국방장관직에 오른 젊은 아포네스와 네메스는 각자가 맡은 직위에 걸맞게 책임을 갖고 자신의 일에 최선을 다할 것임을 마음속으로 굳게 다짐했다.

다음 날, 회의장에서 아포네스와 네메스는 그들이 앞으로 나아가야 할 방향에 대해 진지한 대화를 나누었다.

"정말 너무 무섭고 두려운 경험이었어. 갤리온에 고대로부터 전해져 내려온 경전인 『갤리온의 신화와 예언』에 명시되어 있는 대로 모든 일이 일어났으니까 말이야."

아포네스는 상당한 시간이 흘렀음에도 그 당시를 생각하는 것만으로도 끔찍하고 두려운지 두 눈에 감정을 실어 네메스를 보았다.

"그래. 지금도 믿을 수 없어! 그 처참했던 광경은 잊히질 않아. 아직도 가끔씩 꿈에 나온다네."

네메스도 침통한 표정을 지었다.

"어떻게 행성에 불과한 갤리온이 별과 같은 항성처럼 폭발할 수 있지, 네메스? 갤리온 행성은 주변에 다른 것이 영향을 미쳐서 특별한 문제가 발생될 수 있는 행성이 전혀 아니었잖아. 그런데도 갑자기 이유도 없이 갤리온 자체가 스스로 폭발해버렸어."

"고도로 축적된 과학기술을 가졌다고 자부했지만, 대재앙이 있기 전에는 아무도 예측조차 못했지. 솔직히 나도 전혀 이해할 수 없어, 아포네스. 어쩌면 영원한 미스터리가 될 수도 있어. 우주의 또 다른 행성에서도 동일한 현상을 발견해서 조사하기 전까지는 말이지."

"진도 10 이상의 지진과 화산 폭발이 동시다발적으로 갤리온 행성의 모든 영역에 발생한 순간 불꽃을 내며 폭발해버렸어. 더욱 기가 막힌 건 그 어느 곳에서도 갤리온과의 마지막 교신 내용조차 전혀 없다는 거야. 갤리온이 폭발한 영상이 우리가 기억하는 최후의 장면이 되었지. 우린 한순간에 우주의 미아가 되어버렸어."

"『갤리온의 신화와 예언』이 정확히 들어맞았다는 것은 충실한 신자인 내겐 전혀 특별한 일은 아니지. 한편으론 경이롭고, 다른 한편으론 경악스러울 정도로 놀랍고 충격적이야. 수천만 년 전부터 출처도 모른 채 전해 내려오던 예언이 앞으로 벌어질 일들에 대해 어떻게 세세하게 내다볼 수 있었는지 말이지."

"모든 것은 소멸하게 되어 있어, 아포네스. 그것은 증명조차 할 필요 없는, 자연의 가장 명확한 법칙이야. 예언은 대부분 불길한 것을 담고 있고, 그러한 기운이 돌 때 힘을 얻지. 그것은 소멸을 강조하고 있다는 것이고, 어두운 내용을 담은 것이 거의 대부분이니 결국은 안 좋은 상황이 발생할 때 이리저리 끼워 맞추기 좋을 뿐이야. 그래서 맞는 것처럼 보일 뿐이라고."

"네메스, 난 우리의 과학기술을 존중해. 자부심을 가져도 좋아. 하지만 자만으로 빠지는 우를 범하지는 말자고. 우리가 우주의 중심이라고 그 어떠한 방법으로도 증명은커녕 정당성을 내세울 수 없는 현재와 같은 상황이라면 말이야! 당장 우린 갤리온의 대폭발 원인도 전혀 알 수 없잖아. 갤리온의 과학자들이 마치 우주의 거의 대부분을 알고 있는 것처럼 말했지만 사실은 그것도 각자의 나름대로의 판단에 의해 추측할 뿐이지 않았던가, 안 그래? 우주는 거대하고 넓어. 이 우주에서는 다양한 일들이 끊임없이 일어나고 있다고. 물론, 우리는 객관적으로 이치에 합당한 진실을 담은 지식에 의존해서 도전하고 나아가야 하겠지만 우리가 밝혀낸 지식들이 이 우주의 기준인 양 모든 것에 잣대를 들이대는 것만은 금물일세. 왜냐하면 우주가 먼저 생성되고 우리가 존재하게 되었기 때문이지. 우리가 우주를 만든 것은 아니잖아! 우리는 우주의 극히 작은 일부분일 뿐이라는 사실을 항상 겸허하게 받아들이면서 나아가야 된다고 봐."

"물론, 나도 너의 의견을 부정하는 것은 아니야! 하지만 문제는 『갤리온의 신화와 예언』에 담긴 내용처럼 체계적인 논리로는 검증이 불가능한 내용을 마치 사실인 양 무조건적으로 받아들이기 시작한다면 세상은 미신에 둘러싸여 모든 것이 운에 맡겨진 채 진실을 가장한 허위들로 넘쳐나겠지. 미신이나 예언은 단지 맹신을 강요할 뿐 이성적으로 분석하는 대상이 아니니 더 이상 아무런 발전도 없어. 지적 생명체의 가장 위대하고도 중요한 특징인 창조와 논리적인 사고를 펼치지 못한다면 도대체 우리는 이 우주에서 무엇을 위해 존재한다는 말인가? 만약, 그렇다면 단순한 명령을 심어놓은 로봇이면 충분하지 않겠나!"

"네메스! 내 말을 너무 예민하게 받아들인 것 같군, 허허! 하지만 넌 너무 한쪽 방향으로 치우쳐 있어. 그냥 머리도 식힐 겸 심심풀이라도 좋으니 『갤리온의 신화와 예언』을 읽어보게나. 앞으로 일어날 것이라고 예상되는 마지막 예언이 하나 남았는데, 솔직히 『갤리온의 신화와 예언』에 대해서는 꽤 자부하는 나도 도대체 무엇을 말하는지 감도 오질 않아. 누가 아나? 천재인 네메스 자네가 분석해보면 해석할 수 있을지!"

『갤리온의 신화와 예언』을 추천하는 아포네스의 제안이 마음에 와닿지 않지만 네메스는 미소로 답했다.

네메스는 불현듯 갤리온의 역대 최고 통치자들 중에서도 가장 현명한 최고 통치자인 안룹스가 떠올랐다. 비록 그분은 친아버지는 아니었지만 네메스에겐 친아버지 이상인 분이셨다. 그분의 말씀에 귀 기울였고, 그분의 말씀에 따라 행동했다. 최고 통치자 안룹스는 항상 균형을 중시하는 분이셨는데 『갤리온의 신화와 예언』과 과학기술 사이에서 어느 한쪽으로도 치우치지 않고 균형을 유지했다.

"네메스, 자네는 갤리온의 가장 소중한 인재이자 우리의 미래 일세! 하지만 내가 보기에 자네는 종교적인 것에 상당한 거부반응이 있는 것 같아. 그래도 말이야, 네메스! 『갤리온의 신화와 예언』은 꼭 한 번쯤은 참고해보게. 놀라운 내용을 발견할 걸세. 물론, 자네가 이해할 수 있다면 말이네. 나나 자네 같은 지도자는 항상 적절하게 균형을 유지하는 것이 가장 중요하네. 모두가 자기 것만 믿고 자기 것만 옳다고 하면 분쟁이 생기지. 그렇게 되면 정당 간에 당파싸움만 하며 시간을 보낼 것 아닌가? 조금 더 여유를 가지고 멀리 보게나, 네메스."

안룹스는 네메스를 볼 때면 언제나 푸근한 미소로 따뜻한 격려를 아낌없이 해주었다. 그러던 어느 날, 안룹스는 미지의 공포를 실제로 마주하고 있는 듯이 허공을 쳐다보며 말했다.

"난 느껴진다네, 네메스! 이제까지 경험한 적도 없고 상상조차 할 수 없는 엄청난 재앙의 불길한 기운을 말이야. 이 느낌은 논리적인 것으로는 설명되지 않는 것이지. 그래! 이것은 직감이란 거야. 직감 말이네!"

"보고 싶군요. 안룹스!"

네메스는 볼을 타고 흐르는 눈물을 닦았다.

'당신은 진정 모든 것을 뛰어넘는 초월적인 직감으로 갤리온의

대재앙을 아시게 된 것이었습니까, 아니면 단지 우연이었을 뿐입니까!'

그다음 날, 아포네스와 네메스는 회의장에서 다시 만났다.

"최고 통치자였던 안룹스에게 선견지명이 있었던 것은 확실해! 그가 심혈을 기울여 미래를 이끌어갈 100명의 인재를 뽑은 후, 우주비행선인 'GSS 1000(Gaellion Space Shuttle 1000)'에 태워서 갤리온 행성을 따라 주위를 돌고 있는 '리온' 행성에 탐사를 보낸 것은 말이야. 물론, 리온 행성은 우리에게 필요한 지하자원이 많이 매장되어 있었으나 워낙 척박해서 생명체가 살아가기에는 전혀 어울리지 않는 행성이었지만 말이지. 하여튼 명확해진 사실은 안룹스가 다가올 위험을 예상하고 의도적으로 추진한 일임에는 틀림없어. 그 당시에 굳이 추진하지 않아도 되는 일이었고 여러 가지로 명분마저 애매했음에도 안룹스는 각 당 의원들의 거센 비난과 반대 의견에도 불구하고 강하게 밀고 나갔으니까 말이야. 마치 그다음에 있을 최고 통치자의 재선에도, 앞으로의 자기 미래나 안위에도 전혀 관심이 없다는 듯이 말이지. 지금에 와서 생각해보면 그러한 확신을 갖고 일을 진행시켰다는 것도 놀라워. 하지만 너무나 큰 희생이었어. 갤리온의 모든 갤리온스들이 흔적도 없이 사라졌으니까."

"『갤리온의 신화와 예언』에 어떤 행성이 폭발에 의해 산산이 흩어진다는 예언이 있었지. 물론 갤리온이라고 명시되어 있지도 않고 시기마저도 적혀 있지 않았어. 안룹스가 모든 갤리온스를 설득해서 그들을 탈출시켰다면 얼마나 좋았을까 상상도 해보았지. 하지만 안룹스가 예상했다고 해도 단지 그의 직감에 불과하니 대부분의 갤리온스들을 설득하기에도 불가능했겠지. 그 시기를 정확히 어떻게 알 수 있겠어. 게다가 대재앙에 대비해서 거의 150억 명에 이르는 갤리온스들을 다른 행성에 미리 탈출시키기에는 넘어설 수 없는 한계가 있을 수밖에는 없었겠지."

아포네스는 일어나 정원이 보이는 창으로 다가가 창문을 활짝 열었다. 마음에 너무도 많은 사람들이 묻혀 있기에 바람이라도 쐬지 않으면 답답한 마음이 썩어버릴 것만 같았다.

"맞아, 아포네스! 안룹스의 희생 덕분에 우리가 이렇게 살아 있지. 'GSS 1000'은 단순한 우주비행선이 아니라 그 자체로 움직이는 최첨단 지식의 보고이지. 그곳엔 모든 영역의 방대한 지식 데이터를 담고 있는 인공지능 슈퍼컴퓨터와 현실보다 더 현실 같은 가상현실 시스템, 수십 대의 우주비행선 그리고 최신의 다양한 건축 장비 등 무구한 세월 동안에 갤리온스들이 발명하고 발전시킨 모든 것의 정수가 빠짐없이 고스란히 담겨 있어. 한마디로 말하자면 '떠다니는 문명'이지. GSS 1000만 있으면 언제 어느 곳에서도 초고도로 발전한 문명을 만들어낼 수 있으니 말이야!"

"그런데 네메스. 우리가 알고 있는 기술들 말고도 또 다른 특별한 기술이 숨겨져 있다는데, 혹시 너는 알고 있나?"

"무슨 기술 말인가? 갤리온의 뛰어난 기술이 뭐 한두 개인가!"

"갤리온에 있었을 때, 최고위직에 가장 친분이 있던 분이 내게만 넌지시 알려주었거든. 기밀누설 금지를 신신당부하면서 말이지. 이것은 특급 기밀이라 목숨도 위태로워질 수도 있다고 겁을 주고 위세를 피웠지. 살짝 거슬렸지만 어쩌겠나. 내가 궁금했으니 말일세."

아포네스가 네메스의 표정을 유심히 들여다보며 말했다. 이 대화를 계속 이어나가야 할지 말아야 할지에 대한 선택의 기로에서 잠시 고민하던 네메스는 한숨을 크게 내쉬더니 오히려 대수롭지 않은 듯 덤덤하게 말했다.

"흐음, 안룹스가 철저한 보안을 유지하고자 노력을 기울였는데도 그 기밀사항이 새어나갔군."

"세상에 비밀은 없는 법이지. 언젠가는 다 드러나게 되어 있다고, 네메스!"

"너가 알고 있다니, 뭐 그래. 맞아. 유전공학기술이지. 배아줄기세포나 성체줄기세포로 갤리온스에게 필요한 장기를 만들어서 우리 몸의 문제가 있는 장기들을 단지 일부분이 아니라 이제는 거의 대부분을 완벽하게 대체할 수 있게 되었다는 것이네."

네메스가 성의 없이 답했다.

"그 문제라면 한참 떠들썩했잖아. 종교계와 정치계 그리고 모든 갤리온스들까지 커다란 논란을 일으켰던 윤리 문제였지. 그래서 어떤 식으로든 일정한 선에서 거세진 논란을 잠재우려고 윗선에서 노력을 많이 기울였지. 그건 잘 마무리됐잖아. 일반 시민에게는 말이지."

"그래, 그랬지, 아포네스."

"내가 듣고 싶은 기밀은 온 갤리온스가 아는 케케묵은 뉴스 말고, 내 소식통이 전해준 정보에 대해 말하고 있는 거야. 극히 소수만 아는 비밀 말일세. 너라면 이러한 극비사항을 자세히 알 수 있을 것 같아서 말이야."

네메스는 침묵했다.

'하긴, 이미 갤리온의 모든 것이 사라져 지켜야 할 모든 제재가 사라졌는데 이제 와서 더 이상 숨긴다는 것이 무슨 의미가 있다는 말인가! 이제 새로운 나라를 이끌어갈 최고 통치자인 아포네

스와 중요한 정보를 공유하는 것은 당연한 일이 아닌가!'

결론을 내린 네메스는 고개를 한 번 크게 끄덕이더니 한 손으로 아포네스의 어깨를 잡았다.

"한번 세상에 나온 신기술은 사장되지 않아. 그 신기술이 중요하면 중요할수록 말이지. 물론, 그 기술이 좋은 방향으로 사용되는지 아니면 옳지 못한 방향으로 이용되는지와 상관없이 말이야. 표면상으로는 윤리 문제 때문에 일단락된 것처럼 알고 있었지만 주정부에서는 최고 수준의 보안을 유지하면서 지하 비밀 시설을 마련하고 연구를 계속 진행해왔지. 결국은 갤리온스를 완벽하게 복제할 수 있는 수준까지 기술이 완성되어 실험을 진행시켰고 마침내 성공했어."

"뭐라고? 정말이었단 말이야! 그런 기술이 정말 완성되었단 말이지. 그것도 아무도 모르게!"

아포네스는 어느 정도의 내막은 알고 있었어도 속으론 반신반의하고 있었다. 그래서 이 정보만큼은 음모론을 좋아하는 철부지 같은 자가 재미로 지어낸 이야기라고 생각하였다. 갤리온에서는 특별하게 최고의 보안을 유지하면서 비밀스럽게 진행한 일은 없었다. 주정부에선 누구나 수용할 수 있는 분명하고 명백한 정당성을 제공하여 정당과 갤리온스들을 설득할 수 있었기에 어떠한 일이든지 수월하게 추진해갈 수 있었다. 이러한 환경이기에 갤리온스의 복제와 관련된 일도 굳이 비밀스럽게 일을 진행할 리는 없다고 생각했다. 그러나 놀랍게도 기존의 관행을 완전히 깨고 철저하게 비밀에 부쳤던 것이다. 네메스에게 듣고서야 사실임을 알게 된 아포네스는 그 기술이 완성되어 있고, 실험마저 완벽하게 성공했다는 사실에 그저 놀라워하며 당황했다.

"안룹스는 왜 그랬을까? 이 기술도 갤리온 행성의 대재앙 이후를 대비하기 위한 기술이었을까? 도대체 무엇을 하려고 했던 것일까?"

"글쎄, 그 점에 대해선 여전히 이해하지 못하겠어, 아포네스. 안룹스가 절대적인 반대 의견에도 불구하고 굳이 이 기술을 비밀리에 추진했던 이유를 말이지. 전혀 안룹스답지 않은 행동이었어."

"갤리온의 모든 갤리온스들은 미래에 발생할 다양한 윤리적인 문제 때문에 이 기술만은 철저히 외면해왔어. 그래서 오직 우리의 평균수명을 과학기술로 늘리기 위한 노력에 집중해왔던 거잖아. 결국은 성공을 거두었고 말이야."

"그래, 그랬지."

"자신을 똑같이 복제해서 그 생명을 거두고 필요한 장기들을 모두 적출한 후 자신의 몸에 대치해 생명을 연장해서 더 살아가야 한다면 그 마음이 한순간이라도 편할 수 있겠어, 네메스? 그것도 단 한 번이 아니라 계속 반복적으로 자기 자신에 대한 살상이 이루어져야 하는 일이 된다면 더 기가 찬 상황이 되겠지. 그렇게 된다면 살인에 대한 개념도 정당하게 합법화가 승인되어야 할 거야. 복제된 자신이나 타인을 살해하는 것의 차이도 없게 될 테니까. 갤리온스의 존엄성마저 영원히 사라지겠지."

"각자의 체세포를 이용해서 필요한 장기만 만들어내는 기술은 이미 오래전에 상용화되어 활발하게 이용되고 있었고 말이지. 안룹스는 도대체 무엇 때문에 그 당시에 이 기술에 집착했던 것일까?"

"글쎄, 나도 정말 모르겠군, 아포네스."

이제 새로운 세계를 열기 위해 지난 갤리온의 기밀을 공유하기로 결론을 내린 네메스는 허심탄회하게 그 기술에 대한 추가적인 사항도 아포네스에게 말하기 시작했다.

　"하여튼 그 기술은 단지 복제만 가능한 것이 아니라 몇 가지 특성들도 완벽하게 조정할 수 있었어."

　"몇 가지 특성?"

　"여러 가지가 있지만, 특히 성장과 수명에 관련된 특성을 조정하는 것이 가능해."

　"그럼, 우리보다 더 크거나 더 작은 체구를 가진 갤리온스를 만들어낼 수 있다는 말이군. 그리고 수명도 역시 더 늘리거나 더 줄이는 것이 가능하다는 뜻이고 말이야. 내 말이 맞나, 네메스?"

　"하지만 알다시피 우리보다 수명을 더 늘릴 수는 없어."

　"아! 그건 그렇겠군. 현재 우리의 과학기술과 의학으로 수명을 연장한 한계치가 갤리온스의 평균수명이니 말이지."

　"그래! 맞아."

　"그러면 혹시 직접 만들었다는 그 생명체는 GSS 1000 내부 어딘가에 냉동보관이라도 되어 있다는 건가?"

　"아니! 복제를 완벽하게 성공시킨 후 그 생명체로 다양한 실험을 실시하고는 흔적도 없이 없애버렸다네."

　"아니, 왜?"

　"외부로 이 비밀이 새어나가는 것에 대한 두려움도 있었지만 직접 그 기술로 우리와 똑같은 지적 생명체를 만들었다는 것에 대한 두려움이 더 컸지. 그밖에도 여러 사정이 있었고."

　"음… 그래서 더 이상의 소문이 떠돌지 않았던 거군."

　"항상 역사는 그래왔지 않은가? 오래전 옛날, 원자폭탄을 만들어서 실험하고 실전에도 투입했을 때 모두들 입을 모아 대단하다고 했지. 그러나 얼마 못 가 이것으로도 만족스럽지 않으니까 원자폭탄보다 수천 배나 강력한 수소폭탄을 만들고 실험해서 반경 몇백 킬로미터 내에 모든 것을 말끔하게 증발시켜버렸지. 이런 식으로 그 이후에도 더더욱 강력하고 파괴적인 폭탄을 만들어냈잖아. 그러다가 결국에는 우리들의 기술로 만든 창조물을 두려워하게 되지. 그랬다가도 급하면 언제 두려워했냐는 듯이 바로 실전에 사용하는 것을 주저하지 않았잖아. 모순이지만 항상 그래왔지. 거기다 이쯤에서 멈추기는커녕 급기야는 적색거성 폭탄을 만들기로 합의를 보았지. 만약 우주에서 가장 강력한 행성이자 국가인 갤리온이 우주 곳곳에 흩어져 있는, 이해와 협의가 불가능한 수많은 다른 종족들을 피비린내 나는 전쟁을 통해 하나로 통합시키지 못했다면 아마도 이 말도 안 되는 폭탄을 만들어내기 위해 수단과 방법을 가리지 않고 달려들었을 것이고, 이것이 만들어졌다면 분명히 실전에 투입됐겠지. 우주에 어떠한 엄청난 사태를 발생시킬지 상상조차 못한 채 말이지. 기술은 항상 양면성을 가지고 있지 않은가? 편리성과 두려움이란 상반된 두 얼굴을 말이야."

네메스가 생각하기에 고도로 과학기술이 발달한 문명일수록 미시적인 관점에서 보면 편리성을 제공하지만 거시적인 관점에서 보면 이상하게도 고정된 어딘가를 향해 달려가는 것만 같았다. 무엇인지 알 수도 없고 도저히 피할 수도 없는 절대적인 힘에 이끌려 가고 있는 것처럼 느껴졌다. 하지만 그 힘에 이끌려 도달할 최종 목적지엔 오직 강한 부정만이 느껴졌다. 우주에서 절대적 불멸의 두 가지 법칙 중 하나이자 이곳에 속한 모든 존재가 결국엔 맞이할 수밖에 없는 죽음이자 사라짐이라는 의미의 포괄적인 단 하나의 법칙, 소멸이었다.

"어때, 아포네스. 자네와 똑같은 또 한 명의 존재를 만들어두는 것이. 그래서 똑같은 자네와 마주앉아서 서로 즐거운 대화를 나누는 것은 어떻겠나?"

"뭐라고! 나와 똑같은 또 다른 나를. 아, 아니네. 아니야. 난 지금처럼 하나로 만족하네!"

기겁하며 아포네스가 손을 내저었다. 그러다가 네메스의 장난스런 짓궂은 발상이라는 것을 알아차린 아포네스는 절로 웃음이 나왔다.

"이야기를 듣다 보니 궁금한 것이 생겨서 말이야. 복제된 생명체는 원래의 갤리온스처럼 정체성과 기억도 똑같이 복제되었나?"

아포네스의 목소리엔 우려가 섞여 있었다.

"아니, 두뇌의 기억이나 정체성은 전혀 복제되지 않았어. 복제된 갤리온스에게 인위적으로 원래의 갤리온스가 소유한 기억의 일부분은 어느 정도 복제할 수 있었지만, 어디까지나 너무도 극히 작은 일부분일 뿐이었어. 왜냐하면 기억은 실제적인 경험을 바탕으로 쌓인 데이터들이기도 하고, 하나의 두뇌가 기억하고 있는 어마어마한 데이터의 양과 그것들 간의 연결된 상호관계들까지 고려하면 상상을 초월할 정도로 복잡함의 극치이지. 수많은 학자들이 많은 노력을 해왔지만 걸음마 수준이었어. 오히려 저장된 기억을 제거하는 것이 쉽지. 하여튼 이러한 상황이니 두뇌의 유일하고도 가장 난해한 정체성의 복제와 관련된 문제를 거론한다는 것은 시기상조일 뿐이지. 의식을 바탕으로 생성되는 정체성에 관련된 복제 문제는 먼 미래의 이야기일 뿐이네. 그것이 정말 지적 생명체가 뛰어넘을 수 있는 문제인지 솔직히 의심이 들기도 하고."

"걱정 말게, 아포네스. 너와 똑같이 복제해도 복제된 생명체가 '내가 진정한 아포네스야'라는 말은 하지 못할 테니까."

"아니야. 그렇게까지는 염려하지 않았다고. 혹시 네가 그런 두려운 상상을 했던 것은 아냐?"

"뭐? 하하하! 또 모르지."

아포네스와 네메스는 서로를 바라보며 오래간만에 웃었다.

그 후로 10년 정도의 세월이 흘렀다. 100명이었던 갤리온스에게도 선물 같은 새 생명들이 생겨 변화가 있었지만 갤리온스 수 증가의 진척 속도 면에서는 상당히 느렸다. 이는 아포네스에게는 아포네스대로, 네메스에게는 네메스대로 크나큰 걱정거리였다. 네메스는 우선 GSS 1000 모델보다 최소한 몇 배는 크고 보다 발전된 기술을 담은 완전한 구 형태의 모선 우주비행선을 만드는 것이 시급한 과제였다. 그리고 아포네스는 인원을 확충하여 하나의 제국, 즉 다시 부활한 갤리온 행성으로 만들고 싶었다. 그런 이들에게 현실의 벽은 너무나 높았다. 각자 자신의 목표를 이루어나가기 위해서는 수많은 인력이 절대적으로 필요했다. 하지만 지금과 같은 상황이 앞으로도 계속 이어진다면 그들의 장밋빛 계획은 머릿속에서만 맴돌다가 끝을 맺게 되리라는 것에 추호의 의심도 없었다.

그러던 어느 날, 아포네스는 한밤중에 네메스를 회의장으로 은밀히 불렀다. 네메스가 도착했을 때 아포네스는 발코니로 나가 밤하늘에 떠 있는 수많은 별들을 하염없이 바라보고 있었다.

"네메스, 어서 와."

"아포네스. 이 한밤중에 무슨 일인가? 밤하늘의 별을 같이 보자 불렀을 리는 없고. 급한 일인가?"

"급하지. 내 마음 같다면 숨을 쉴 수 없을 정도랄까? 우리 사이에 포장은 하지 않을게. 그렇지만 먼저 이것만은 반드시 알아주게. 지금부터 내가 하는 말… 상당히 오랫동안 고심하고 고심해서 말하는 거야. 너도 알다시피 우리의 평균수명은 3,600년이야. 하지만 현재의 저출산을 고려한 증가율로는 우리가 살아 있을 동안 갤리온의 수준으로 끌어올리기란 어림도 없는 일에 불과할 뿐이야. 만약 갤리온의 수준만큼 성장한다고 해도 그때는 이미 우리는 이 세상에 없거나 늙어서 기력조차 없겠지. 노력해봐야 기껏 소도시나 겨우 만들 수 있을까 모르겠어. 그렇지 않아, 네메스?"

"역시 자네도 그 문제로 많이 걱정했군. 솔직히 나의 고민이기도 해! 나도 곤란하긴 마찬가지야. GSS 1000 모델을 개량한 새로운 모델을 만들고 싶지만 지금과 같은 상황에선 도저히 엄두가 나질 않아. 기술은 있지만 그 기술을 현실로 이끌어줄 노동력이 턱없이 부족하니 말이지. 향상된 미래를 준비하기 위해선 당장이라도 많은 노동력이 충원되어야 시작할 수 있을 텐데. 우리가 벌써 852살이잖아. 마음이 조급해져. 이대로 특별히 하는 것 없이 늙어갈까 봐."

"세월이 흘러갈수록 현실이라는 벽이 우리의 미래를 가로막는 것 같아. 나의 진정한 꿈도 말이야. 이러면 안 되는데. 내가 살면서 지금까지 최선을 다했던 이유는 우주의 기원과 최후뿐만 아니라 그 자체의 궁극적인 진정한 의미를 알아내는 거였어. 오직 이것만 생각하고 공부하고 연구하며 노력해왔지. 나에게 이 문제보다 더 중요한 것은 이 세상에 없으니 말이야."

"그렇지. 너에겐 그 문제가 가장 심각하겠지. 우리의 역사는 『갤리온의 신화와 예언』을 바탕으로 초월적 존재에 대한 수많은 논쟁을 통해 철학이 발전했고 뒤이어 과학으로까지 발전했으니까 말이지. 우리의 문명은 이러한 과정 속에서 성장해왔지. 네가 말한 우주의 궁극적인 진정한 의미를 알아가는 과정은 우리 갤리온스들에게 항상 그 무엇보다도 가장 소중하고 중요한 문제였어. 우리뿐만 아니라 이 세상의 모든 것은 결국 우주라는 거대한 바다 안에 갇혀 있는 신세이니 지적 생명체라면 누구나 궁금할 수밖에 없는, 세상에서 가장 위대하고 숭고한 질문이지. 결국은 지적 생명체의 기원과 존재의 이유로 연결되니까."

"맞아, 아포네스. 이러한 중요한 문제를 다루려면 먼저 과학기술을 발전시켜 나가면서 더 근본적인 고차원 문제들을 해결해나가야 돼. 그러기 위해선 제일 급선무가 GSS 1000 모델을 훨씬 뛰어넘는 모선을 만들어야 하고, 현재 소유하고 있는 인공지능 슈퍼컴퓨터의 최소 수백 배 이상인 더 강력한 시스템을 만들어서 장착해야 하는데 말이지."

"그렇지, 네메스! 갤리온의 대재앙을 경험하고 나니 만약의 사태를 대비하기 위해서도 반드시 더욱 발전된 모선을 만들어야겠어. 떠다니는 문명 그 자체니까. 그것만 있으면 어떠한 최악의 사태가 발생하더라도 언제 어디서나 모든 것을 다시 시작할 수 있겠지. 하여튼 그러려면 지하자원을 비롯해서 그 밖에 다양한 자원들을 획득해야 더욱 발전된 모선도 만들 수 있고 수많은 전자 장비를 만들 수 있을 텐데 말이야. 나 역시 국가를 건설하려면 건축물을 상당히 지어야 하는데 건설용 기계 장비들을 만들어야 최소 수십 톤에서 천 톤에 이르는 돌들을 다듬어서 원하는 장소에 이동시킬 수 있을 것이고, 그와 동시에 대규모의 노동력이 동원되어야 일이 체계적으로 원만하게 진행될 텐데 말이지. 아쉽게도 지금은 우리가 최첨단 과학기술과 첨단 장비를 가지고 땅을 파고 자원을 찾는다고 해도 현재 갤리온스들의 노력으로는 획득한 자원도 적을뿐더러 첨단 기계 장비들이 있어도 우리가 일일이 조정해야 하니 일의 효율성이 너무 낮아. 이러한 단순노동에 투입되어 하루 종일 일하다 보니 우리들의 원래 업무를 할 생각은 꿈도 꿀 수 없어. 갤리온스들 중 대다수가 과학자들인데 연구활동은 거의 하지 못한 채 자원이나 식재료를 준비하다가 세월만 흘러보내고 있어. 위대한 갤리온의 최고급 두뇌들이 말이지. 솔직히 이러한 단순하고 반복된 생활에 지친 갤리온스들의 반발과 불만도 이미 극에 달해 있고 말이야. 정말 우리의 미래가 걱정돼."

시원하던 밤공기가 어느새 스산하고 을씨년스러운 바람이 되어 그들의 심장에 파고들어와 폐부를 깊숙이 찔렀다. 서로가 서로에게 명확한 답변을 줄 수 없는 상황이 기나긴 침묵으로 이어지고 있을 즈음, 아포네스가 네메스에게 조심스레 말을 건넸다.

"저기 있잖아, 혹시 어떻게 생각해?"

"무엇을 말이야?"

"노동력 확충 문제!"

네메스를 너무나 잘 알고 있는 아포네스는 마음을 졸였다. 분명히 격렬한 반대가 있을 것이다. 갤리온스의 복제 기술이 성공을 거두고 새 생명을 대상으로 다양한 실험이 진행되고 있을 때,

윤리 문제를 거론하며 이 기술만은 폐기시켜야 한다고 강력하게 주장한 이가 바로 네메스였다는 것을 알고 있었다. 결국 최고의 과학자이자 가장 영향력이 있는 네메스의 승인과 도움 없이는 이 기술을 진행할 수 없었다. 그래서 어떻게든 네메스를 설득하는 것밖에 다른 대안은 없었다. 네메스는 어둠 속으로 한 발 더 물러났다. 한동안 침묵이 이어졌다. 그러다 그에게서 하얀 영혼이 빠지듯 긴 한숨이 나왔다.

'결국 그것이 유일한 길일 수밖에는 없단 말인가!'

"솔직히 말하자면 말이야, 아포네스."

"그래, 자네의 생각은 어때, 네메스?"

기다렸다는 듯이 아포네스가 달려들었다.

"나 역시 그 문제에 대해 고민을 많이 했어. 하지만 난 고삐 풀린 동물이 되고 싶지는 않았기 때문에 그동안 명확하게 말할 수 없었어."

"무슨 뜻이야, 네메스?"

"고삐 풀린 동물은 그동안 가질 수 없던 자유를 소유하게 되지. 가고 싶은 곳이라면 어디든 갈 수 있어. 하지만 아무런 통제가 없는 자유는 오히려 치명적인 결과를 가져다줄 수도 있지. 그 동물이 떠나게 되는 수많은 선택의 길은 결코 가 본 적이 없는 낯선 길이니까. 따라서 어떠한 위험이 도사리고 있는지 도저히 알 수 없는 거야. 왜냐하면 예측이 불가능하니까 말이지."

"그렇지만 그것은 도전이자 모험이라고 해야 옳지 않을까? 삶이란 누구에게나 도전과 모험의 연속이잖아. 위험이 항상 도사리고 있는 것은 당연한 거라고."

"그렇지 않다고 부정은 하지 않겠어, 아포네스. 내가 지금 말하고자 하는 것은 네가 말한 복제 기술에 한정해서 말하고 있는 거야. 이곳에서 우리는 무한한 자유를 가질 수 있지. 이곳에서만큼은 갤리온에서 갤리온스들이 따르던 수많은 법규와 윤리의 문제들에서 벗어나 필요하다면 의식하지 않고 다양하게 적용할 수 있잖아. 그 무엇도 더 이상 우리를 통제할 수는 없으니 말이지. 하지만 전혀 통제되지 않은 자유는 잘못되거나 우려할 만한 상황이 오면 반드시 우리 모두 그에 상응하는 대가를 치를 수밖에 없어. 왜냐하면 책임자가 바로 우리들이니까."

"그건 그렇겠지."

현실에서는 분명히 그들에게 노동력이 절실히 필요했다. 하지만 노동력의 수가 앞으로 기하급수적으로 늘어나서 현재 갤리온스들의 수를 상당히 넘어설 때 혹시라도 그들이 자신들을 향해 반란을 일으킨다면 완벽하게 통제할 수 있을지 정확히 알 수 없었다. 또한 그때 이후에 자신들에게 또 다른 어떠한 상황이 발생하게 될지는 더더욱 예측할 수 없는 노릇이었다.

"삶이란 참으로 애꿎고 요상하군. 난 그저 내 자리에서 나의 정해진 길만 가고자 할 뿐인데 이렇게 가만히 있어도 때가 되면 어디에선가 커다란 돌덩어리가 나에게 거침없이 던져지지. 살고자 한다면 지금 자리에서 일어나 움직여서 다른 곳으로 이동해 익숙해지는 수밖에 없는 거야. 삶이란 원하건 원치 않건 끊임없이 변화하게 만들지. 지금 우리에게 더 이상 기존의 모습으로 살아갈 수 없도록 새롭고 낯선 길을 또 걸어가라고 하네. 우리가 진정으로 삶을 개선하고자 한다면 위험하거나 싫다고 해도 받아들이는 수밖에 없겠지. 그래, 더 이상의 다른 대안이 없군. 어쩔 수 없어. 지금 우리의 상황에서는 말이지."

아포네스는 자신의 귀를 의심했다. 네메스가 첫 시도부터 이렇게 찬성을 하다니. 그렇다면, 네메스도 자신처럼 지금과 같은 상황에서는 불가피하다는 것을 받아들이고 있었는지도 모른다. 아포네스는 순간 빛을 잡아 가슴에 박은 듯 가득한 희망이 부풀어오르며 움츠러들었던 가슴이 펴졌다.

"그래, 나도 동감이야! 이건 정말 너무나 어려운 결정이야. 우린 앞으로도 많은 생각과 고민을 더 해야 하겠지만, 우선은 이 상황에서 벗어날 방법을 최대한 활용하는 수밖엔 없어. 우리에게 놓인 상황이 더 이상 이런저런 것들을 고민할 여유가 없게 만들고 있잖아."

"시작하자, 아포네스!"

"그래, 우리 도전해보는 거야, 네메스!"

한 걸음 앞으로 나아가기 위한 두려운 결정의 무게를 네메스와 아포네스는 온 마음으로 받아들였다.

*

다음 날 회의장에 모인 모든 갤리온스들은 열띤 토론을 벌였다. 그럼에도 오랫동안 힘든 노동에 지친 갤리온스들은 아포네스와 네메스가 제시한 제안을 뿌리치기 어려웠다. 그 유혹은 너무나 달콤했다. 결국, 반대표 없이 만장일치로 안건이 통과됐다. 네메스와 아포네스는 갤리온스들 중에서도 특히 월등하게 일을 잘하고 충실하게 따르는 성품을 소유한 30명의 갤리온스들을 선별하여 GSS 1000의 유전공학 실험실로 불렀다. 그들의 건강 상태를 정밀 검사해 특이사항이 없는 것을 확인한 후, 선별된 이들과 함께 실험실을 나와서 어느 장소로 이동했다.

도착한 곳에는 기대와 달리 아무것도 없었다. 그저 사방이 벽으로 막힌 텅 빈 곳이었다. 하지만 네메스는 그의 눈에만 보이는 듯 금속 재질로 덮여 있던 벽면을 특수 레이저 장비를 이용해 일부분을 제거했다. 그러자 지금까지 감추어져 있던 비밀의 문, 바로 체세포 복제 실험실이 나타났다. 체세포 복제 실험실에는 300여 개의 인큐베이터와 냉동보관창고, 그리고 조작실이 있었다. 상상이 두려움과 기대의 완벽한 현실로 나타나자 아포네스는 네메스의 옷소매를 잡았다.

"네메스, 많이 생각해보았는데 가장 중요한 첫 번째 조건은 우리와 똑같으면 안 될 것 같아."

"우리와 똑같지 않다니? 도대체 무슨 의미야, 아포네스?"

"그러니까 우리가 감당할 수 있는 존재여야 한다는 뜻이야. 지금 만들려는 생명체는 우리의 온갖 궂은일들을 도울 수 있도록 만들어야 하고, 특히 우리의 힘으로 통제가 가능해야 한다는 말이지. 즉, 우리보다 더 크거나 힘이 센 괴물이 탄생하면 안 되잖아. 안 그래?"

"아! 그런 뜻이군. 그럼, 당연히 그래야겠지."

네메스는 선별된 30명의 체세포를 여러 번 채취했다. 그리고 채취한 체세포들 중에 선별된 것을 200개의 용기에 조심스럽게 담은 후 냉동보관창고에 넣어서 보관했다. 일을 마친 30명의 갤리온스들이 본거지로 되돌아가자 연구실에는 아포네스와 네메스만 남았다.

"궁금한데, 우리의 유전자가 정말로 필요한 거야? 단지 노동력을 위해 만들어낼 단순한 생명체들에게 위대한 갤리온스의 지능이 반드시 계승되어야 하는가 말이지!"

아포네스는 노동력을 충당한다는 것에 두말할 것 없이 대찬성이었다. 하지만 자신들의 유전자를 적용시켜 탄생시킨 동일한 갤리온스라 할 수 있는 그들을 단순한 노동에 이용해야 한다는 것이 내내 마음에 꺼림칙했다. 또한 동일한 지능을 소유하고 복제된 그들이 다가올 미래에 어떠한 반향을 불러일으킬 수도 있다는 가능성이 우려됐다.

"내가 아직 말하지 않은 것이 있어."

"뭐지?"

"갤리온에서는 갤리온스 복제 이전에 다양한 동물들을 대상으로 테스트를 진행해왔어. 특히 우리의 유전자와 근사한 동물을 말이야. 그 동물을 상대로 복제하면 지적 생명체가 될 수 있을까?"

"그거야 당연히 안 되겠지."

"그래, 당연히 안 되지. 그렇다면 우리의 유전자와 그 동물의 유전자를 반반씩 혼합해서 만들어내면 최소한 우리의 수준과 비슷해지거나 아니면 동일해질까? 즉, 창조성을 소유한 진정한 지적 생명체가 될 수 있을까?"

"글쎄."

"결과는 실패였어."

"그랬나?"

"문제는 다른 동물들에 비해 유별나게 뛰어난 창조성을 발휘하는 우리 두뇌의 완벽한 기능을 이해하는 것은 지금도 일부분일 뿐이니까. 우리의 유전자와 그 동물의 유전자를 섞는 것은 그저 물과 기름을 섞는 것과 동일했어. 만약 그 당시에 성공했다면 우리보다 열등한 존재가 만들어졌을 테니 갤리온스들의 윤리적인 문제에서도 어느 정도는 벗어날 수 있었을 거야. 비록 우리의 유전자가 추가되었다고 해도 만들어진 생명체는 우리와는 다르니까."

"그렇군. 여러모로 어려운 거군."

"그래서 우리의 말을 알아듣고 자신이 맡은 일을 알아서 할 수 있는 노동력을 위한 일꾼을 만들려면 갤리온스의 유전자가 반드시 필요한 거지. 이미 우주에서 가장 뛰어난 지적 생명체인 갤리온스의 유전자가 있는데 무엇 때문에 우리보다 열등한 두뇌를 가진 다른 동물을 우리와 같은 지적 생명체로 만들기 위해 유전자 조작을 해야 하지? 그게 정말 효율적이라 생각해? 그건 이 우주에서 가장 멍청한 방법이지. 단지, 윤리적인 문제를 벗어나기 위한 임시방편일 뿐이야. 아예 그 시간에 우리의 두뇌를 더 연구하는 게 효율적이지. 다시 한번 말하지만, 아포네스. 우리의 원하는 바를 잊지 말자고. 우리는 동물들을 훈련시킨 후 공연단을 만들어서 그들의 재롱을 보자는 것이 아니야. 그 동물들은 아무리 훈련을 시켜도 우리와 대화할 수도 없거니와 우리의 작업을 분담해서 나누어주어도 스스로 무엇을 해야 하는지, 이 작업을 왜 해야 하는지 그 의미조차 파악할 수 없을 뿐이야. 아무 의미가 없어. 더욱이 우리가 처한 상황은 이것저것 가릴 때가 아니잖아. 당장 꺼져가는 불씨를 다시 살리는 것이 급선무라고."

"잘 알았어, 네메스! 처음부터 우리의 유전자를 적용시키는 것

외에 다른 선택의 여지가 없는 일이었군. 자 그럼, 이제부터 어떻게 진행할 거야?"

아포네스가 미소를 짓고는 네메스의 어깨 위에 가볍게 손을 얹었다.

"우선은 성장에 관련된 유전자를 조작해서 평균적으로 3미터를 훨씬 넘어서는 우리보다 작도록 유전자를 조정해야겠지. 그러면 최소한 위협이 되지는 않을 테니. 새로운 생명체들도 우리에게 상당한 두려움을 느끼게 될 거야."

"매우 중요한 한 가지가 더 있어!"

"어떤 한 가지?"

"새로운 생명체를 우리만큼 살게 한다는 것도 받아들일 수 없는 문제인 것 같은데 말이지. 이것은 갤리온스들만의 고유한 능력이라고. 그리고 새로운 생명체와 구별할 수 있는 절대적인 차이점이 될 테고 말이야. 그들이 도저히 넘어설 수 없는 특성 중 하나가 될 것이니까. 그들이 우리를 넘어서면 절대로 안 되지."

"당연한 말이군. 수명과 관련된 문제도 매우 중요하지. 이 부분도 크게 감소시키지 않으면 갤리온스들의 반발이 상당히 심하겠어. 새로운 생명체가 우리만큼 살아 있거나 조금 더 오래 산다면 정말 어처구니없는 상황이 되겠군. 수명과 관련된 유전자도 조정해서 많이 줄여야겠어."

네메스는 체크리스트를 보며 추가사항을 기입해나갔다.

"아무리 생각해봐도 안룹스는 우리에게 이러한 상황이 닥칠 거라는 걸 알고 있었던 것 같아. 그래서 무수한 반대에도 비밀리에 갤리온스의 복제 기술을 완성했을 거야. 놀랍지 않아? 다른 이들에게는 불가능한 머나먼 미래를 미리 앞서서 볼 수 있는 혜안을 가진 분이었다는 것이 이렇게 증명되고 있잖아. 그렇지 않았다면 체세포 복제 실험실을 비밀스럽게 설계할 필요는 없었을 텐데 말이야. 안 그래, 네메스?"

잠시 동작을 멈칫하던 네메스는 다시 묵묵히 자신이 진행하고 있던 작업을 계속했다.

*

다음 날 네메스는 생명공학자인 이오니우스 그리고 헬룹스와 함께 GSS 1000에 있는 체세포 복제 실험실에서 만났다. 갤리온을 떠날 때 체세포 복제 실험실의 냉동창고에 처음부터 보관되어 있던 3,000여 개의 난자 중 200개를 선별한 후, 추출한 체세포를 넣어서 인공 자궁에 착상시켰고, 발육 속도를 인위적으로 향상시키는 300개의 커다란 인큐베이터 중에 우선은 실험적으로 200개의 인큐베이터에 각각 배치했다. 실험 결과가 만족스러우면 그 수를 늘려갈 것이고, 필요하다면 인큐베이터의 수도 점차 늘려갈 계획이었다. 물론 성장과 수명에 관련된 특성을 계획대로 세심하게 조정했다. 새로운 생명체들은 이제 2개월 후면 영아로 탄생할 것이다. 그래서 발육 속도를 획기적으로 향상시킬 뿐만 아니라 영양분과 목욕 그리고 세심한 관리까지 자동으로 처리하는 인큐베이터 덕분에 그 속에서 그들은 지속적으로 빠른 성장을 하게 될 것이다.

    2개월 후 영아로서 성장한 200명의 새로운 생명체들을 관람하기 위해 갤리온스들이 체세포 복제 실험실을 방문했다. 기대 반, 두려움 반이었다. 갤리온스들에게 갤리온의 모든 역사를 통틀어 수많은 과학기술 중에서도 가장 긴장되는 실험이기 때문이다. 자연적이 아닌 인공적으로 탄생된, 자신들의 모습과 동일하면서도 어떤 면에서는 또 다른 새로운 생명체와 처음으로 마주한다는 것은 극도의 호기심과 긴장감을 줄 수밖에 없었다.

    "진행 상황을 좀 보여달라고 해도 무조건 2개월만 기다리라고 하더니 오늘이 그날인가?"

    "맞아! 아포네스. 그래도 이렇게 참고 기다리다 보아야 더 강렬한 추억의 순간이 될 테니까!"

    "그랬군! 막상 결과물을 실제로 보여준다고 하니 긴장이 돼."

    아포네스뿐만이 아니었다. 참석한 갤리온스들 모두 마찬가지였다. 동물을 복제했다면 이렇게 긴장될 일은 없겠지만 지적 생명체가 또 다른 지적 생명체를 인위적으로 만든다는 것은 갤리온스들에게 여러모로 형용할 수 없이 미묘하고 복잡한 감정을 느끼게 했다. 체세포 복제 실험실로 들어간 후, 삼십여 미터 정도 안으로 더 들어가자 인큐베이터실이 모습을 드러냈다. 그곳엔 300개의 인큐베이터가 배치되어 있었고, 그중 200개의 인큐베이터에는 크기만 작을 뿐 자신들의 모습과 똑같이 생긴 지적 생명체들이 누워 있었다. 각각의 인큐베이터 내부에서는 실시간으로 영아의 모든 상태를 상세하게 체크하고 있었고, 필요한 영양분과 대소변 그리고 목욕까지도 자동으로 각각의 상태에 따라 처리해 주고 있었다.

    "오! 이렇게 예쁠 수가!"

여성 갤리온스들이 아기를 보더니 귀여워하며 어쩔 줄 몰라 했다.

"정말 이 아기들을 당신이 여성 갤리온스들의 도움 없이 인공적으로 탄생시킨 거예요?"

보면서도 믿기지 않았는지 여기저기서 갤리온스들이 네메스에게 물었다.

"그런데 이들을 어떻게 불러야 할까요?"

옆에서 지켜보던 한 갤리온스가 질문했다.

"'콴티'라고 하면 어떨까요?"

이에 또 다른 갤리온스가 나서며 말했다.

"'콴티'라면 갤리온에서 우리에게 가장 인기 있었던 달콤하고 맛있는 과일 이름이군요. 그리고 '새로운 희망'이라는 뜻도 이 단어에서 시작하지요."

아포네스가 매우 만족스러워하며 말했다.

"상당히 괜찮군. 지금의 상황과 잘 어울려. 이 새로운 생명체들은 우리를 위해 많은 일들을 도와주게 될 테니 우리에겐 달콤한 과일이자 새로운 희망과 같군!"

네메스도 기꺼이 동의했고 다른 갤리온스들도 모두 반갑게 동의를 표했다.

"어, 그런데 이상하네? 모든 영아의 성이 남성인데요."

몇몇 여성 갤리온스들이 뜻밖의 상황에 놀라며 수군거렸다.

"잘 아시다시피 이 생명체들은 우리 갤리온스들을 위한 일꾼이니까요."

네메스가 어쩔 수 없었다는 표정을 지으며 설명했다.

"그렇다고 하더라도 이건 너무하잖아요. 이들도 어쨌든 지적 생명체잖아요. 이건 우리 갤리온스의 양심상 너무 비열한 짓이에요. 이들이 자라서 일을 한다는 것은 당연하다고 생각해요. 우리 역시 일을 하니까요. 그런데 우리는 열심히 일하고 남는 시간에 가족들과 오붓하게 지낼 수 있지만 이들은 뭐죠? 오직 착취밖에는 없는 건가요? 이들에게도 우리와 똑같은 생활환경을 마련해주어야 한다고 생각합니다."

아포네스와 네메스를 제외한 대부분의 갤리온스들이 이와 같이 주장했다.

한 달 정도의 긴 토론이 이어졌다. 새로운 생명체의 원래 목적과 부합하지 않았기 때문이다. 결국 여성 갤리온스들의 제안을 따르기로 최종 합의를 마친 아포네스와 네메스는 다시 여성 갤리온스들의 체세포를 추가로 채취했다. 그리고 아직 사용되지 않은 나머지 100개의 인큐베이터에 각각 배치했고, 나머지 모든 조건은 똑같이 조정했다. 단지 바뀐 것은 오직 한 가지였다. 그들은 모두 여성이었다.

고립되지 않은 다양한 유전자의 결합을 위해선 이미 채취해두었던 남성의 체세포를 이용해서 인위적으로 유전자를 조정해 여성으로 바꾸는 것보다는 이곳의 여성 갤리온스들의 체세포를 채취해서 이용하는 것이 종의 미래를 위해선 현명한 행동이었다. 그런데 무엇보다 여성 갤리온스들이 참여를 원했다. 비록 콴티들의 탄생은 유전자의 인위적인 조작 과정을 통해 태어났지만 이제부터 이들은 역설적이게도 그들끼리의 자연적인 결합을 통해 또 다른 탄생을 이어나가게 될 것이다.

갤리온스들의 본거지에서 10킬로미터 정도 떨어진 평지에 '콴티 족'이라고 명명한 새로운 생명체들이 살 수 있는 환경을 조성했다. 그리고 그들은 갤리온스들의 철저한 관리하에 자라났다. 갤리온스들은 콴티 족에게 반드시 필요한 기본적인 지식들을 가르쳤으며 배려와 상대를 존중하는 태도 등도 가르쳤는데, 갤리온스들이 콴티 족에게 요구하는 가장 중요한 덕목은 충성심이었다. 콴티 족의 충성심이야말로 갤리온스들에게는 절대적으로 가장 중요했기 때문이다.

그렇지만 갤리온스들이 콴티 족에게 구태여 정성을 들여 충성심을 강조할 필요는 없었다. 그도 그럴 것이 콴티들이 보기에 갤리온스들은 하늘을 날아다니며 이상한 광선으로 거대한 두께의 나무를 쓰러뜨리고 커다란 야생동물들도 간단히 제압했다. 그리고 거대한 암석들을 두 동강을 내고 엄청난 무게의 거대한 돌들을 힘들이지 않고 들어올렸다. 그런 그들은 콴티 족에게 무엇으로도 감히 넘어설 수 없는 존재이자 세상에서 가장 두렵고 경이로운 존재였으며 자신들의 생명의 근원이었다.

세월이 흘러 콴티가 탄생한 지 약 350년 후, 아포네스가 꿈꾸던 제국을 향한 길은 아직 멀었으나 하나의 완전한 체계를 갖춘 국가가 되었다. 콴티의 인구수는 급속히 증가했는데 그들이 결혼하여 자연적인 방식에 의한 출생도 한몫을 하고 있었지만 그것은 단지 일부분에 불과했다. 더욱 급속히 콴티 족이 증가한 이유는 인큐베이터를 대대적으로 추가로 만들어서 확장한 것이 상당한 역할을 한 덕분이었다. 콴티들의 지식과 경험도 늘어만 갔으며 지혜도 갖추게 되었다. 콴티 족은 갤리온스의 체계 속에서 그들의 생활상을 하나하나씩 세심하게 눈여겨보며 자신의 것으로 만들어나갔다. 또한 자신들의 정체성을 그들 나름대로 정착해나가기 시작했다. 갤리온스들의 삶도 기존과 비교할 수 없을 정도로 편하고 윤택해졌다. 아포네스는 명실공히 국가의 절대적 최고 통치자로서의 위치를 확고히 했다. 네메스는 그토록 원했던 GSS 1000을 확장하고 개량하여 완전한 구 형태의 모선을 완성했다. 그 모선의 이름을 'VGSS 2000'이라 불렀다. VGSS 2000 안에는 기존보다 수십만 배 이상 뛰어난 인공지능 슈퍼컴퓨터를 설계해서 완성했는데, 이는 갤리온의 모든 슈퍼컴퓨터를 합쳐놓은 성능을 약 10배 정도 뛰어넘는 것으로 역사상 전무후무한, 매우 강력한 성능을 지닌 시스템이었다. 네메스는 그 속에서 자신만의 연구를 진척시켰다.

그러던 어느 날, 국가 최고 통치자인 아포네스의 부름으로 네메스는 아포네스가 있는 궁전으로 갔다. 아포네스의 궁전은 보는 이로 하여금 감탄을 자아내고 그 화려함에 경외심을 느끼게 했다. 아포네스는 아름답고 젊은 여성 콴티들에게 둘러싸여 있었고, 남성 콴티들은 음식 시중을 들었다.

"최고 통치자이신 아포네스 황제님께 인사드립니다."

"어서 오시게, 네메스 국방장관."

묵직한 아포네스의 목소리는 권위적인 느낌을 물씬 풍기고 있었다.

"요새는 어떻게 지내고 있나, 네메스."

"제가 맡은 연구에 최선을 다하고 있습니다."

네메스가 자세를 낮추고 공손하게 말했다.

"이보게, 네메스. 나 역시 자네가 최선을 다하고 있다는 것은 잘 알고 있네. 그러나 자네 인생도 있지 않나. 이제는 연구도 좋지만 풍류도 즐기면서 살게나. 나를 보게. 즐거워 보이지 않나?"

곁눈질로 시선은 네메스를 주시한 채 옆에 있던 한 명의 여성 콴티를 껴안고 어루만지며 아포네스가 말했다.

아포네스 앞의 테이블에는 더 이상 놓을 자리가 없을 정도의 다양한 음식과 과일들 그리고 술이 놓여 있었다. 아포네스가 옆에 있던 남성 콴티에게 귀에 대고 속삭이듯이 명령을 내리자 얼마 지나지 않아서 높고 커다란 중앙 홀엔 20여 명의 아름다운 여성 콴티들이 들어왔다. 그녀들은 속이 비치는 천으로 살짝 가렸을 뿐 거의 나체에 가까웠다. 곧이어 여성 콴티들이 관능적이며 뇌쇄적인 움직임으로 춤을 추기 시작했다.

"어떤가, 네메스. 이것이야말로 가장 아름다운 풍경이 아니겠나!"

아포네스가 커다란 고기를 우악스럽게 물어뜯었다. 입에는 기름을 흥건히 묻힌 채 그 광경을 쳐다보며 음흉하게 웃었다.

네메스의 얼굴은 이미 일그러진 채 굳어 있었다.

"유흥을 같이 즐기자 부르신 것은 아닐 테고, 제가 해야 할 일이 생긴 겁니까?"

"국가가 상당히 커가고 있네, 네메스. 물론, 나는 자네가 국방장관직과 연구를 병행하는 것도 찬성이네. 하지만 이제부터 당분간은 자네가 이 국가의 2인자인 '최고 관리자'로서 국가발전에 이바지해줄 수 있다면 나 역시 든든하고 정말 좋겠는데 말이야."

"네? 최고 관리자요?"

"그래, 네메스. 자네와 같은 성품과 능력을 갖춘 자가 또 어디 있겠나! 조만간 국가의 최고 관리자가 되어서 나와 함께 제국을 향한 발걸음에 모든 노력을 기울인다면 좋겠네."

"이미 최고 관리자는 랠리니우스가 자신의 맡은 바에 최선을 다하고 있지 않습니까?"

"랠리니우스가 최선을 다한다는 것은 잘 알고 있지. 그렇지만 지금은 가장 중요한 일에 최고 중의 최고인 출중한 자가 반드시 필요하네. 자네가 앞으로는 국가 최고 관리자에 훨씬 적합하다고 판단했기 때문에 내 곁에 있어주길 제안하는 것이네."

"하지만 아포네스 황제님도 잘 아시다시피 제가 최선을 다해 연구 활동을 해야 하는 이유는 단지 저만의 문제가 아니라 모든 갤리온스를 대변하는 정체성 그 자체의 문제가 아니겠습니까?"

"네메스, 자네가 혼동하지 말고 분명히 알아두어야 할 것이 있네. 여기는 이미 만방에 공표했듯이 '아폴란티스'네! 더 이상 갤리온이 아니란 말일세. 갤리온엔 그곳의 법이 있었듯 이곳엔 '아폴란티스'만의 법이 있지. 여기서는 바로 내가 법이란 말일세. 내가 곧 법이야. 이곳은 처음부터 모든 것이 완전히 새롭게 세워진 나라이니까 말이네. 그리고 새로운 나라인 '아폴란티스'의 최고 통치자는 바로 나 아포네스야!"

"그래도 갤리온의 정신만은 변함없이 유지되어야 하는 것이 아닙니까!"

"답답하군! 자네는 정말 변할 수 없는 존재야. 죽는 그날까지 세속적인 곳으로 돌아오는 것은 아예 불가능하겠군. 오히려 그럴 바에는 차라리 죽는 것을 택할 것 같아. 다시 한번 자네에게 친구로서 말하지만 이곳은 갤리온이 아니야. 오로지 궁극적인 진리의 추구만을 목표로 하는 갤리온의 정신보다는 바로 우리 코앞에 산적한 현실적인 문제들을 해결하는 것이 우리가 살아 있는 동안 그나마 유익한 일이 될 걸세. 단지 자네에게 한정된 문제가 아니라 모든 이들에 대한 책임감 때문에 어깨에 무거운 짐을 짊어지고 그 연구를 진행하고 있다면 이제는 그만두게나. 그것이 자네의 정신 건강에도 좋을 테니."

"아포네스, 어떻게 그런 말을 나에게 할 수 있나?"

경악스러운 눈빛으로 네메스는 큰소리로 외쳤다.

"오늘은 그만하지, 네메스."

약간은 당황한 기색을 드러낸 아포네스가 급하게 말을 매듭지었다.

"…"

아포네스와의 불편한 만남을 뒤로하고 나오면서 네메스는 생각했다.

'변해도 너무 변해가는군. 예전의 진실하고 순수하며 정열이 넘쳤던 아포네스의 모습은 그 어디에서도 찾을 수 없어. 갤리온스들과 콴티들이 모두 하늘 높이 자신을 띄워 칭송하니 이제는 권위적이고 속물적인 존재가 되어 오직 자기 자신밖에는 모르는 독재자가 됐어. 이대로 가다간 결국 괴물이 되고 말 거야. 신전마다 기존의 동상을 모두 없애버리고 자신의 동상을 세워 대체하지를 않나, 그것도 모자라 거리의 곳곳에도 자신의 기념 동상을 세우고 있다지. 정말 단단히 미쳐가고 있군.'

'무언가 정말 크게 잘못되어가고 있어. 가장 두려운 것은 아포네스가 갤리온의 모든 것이라 할 수 있는 갤리온의 정신을 잃어가고 있다는 사실이야. 아포네스! 도대체 왜 이러는가?'

궁전에서는 아포네스가 네메스를 자신의 사냥감으로 던져놓은 채 골똘히 생각에 잠겨 있었다.

'네메스를 어떻게 처리해야 할까. 어떻게 하면 네메스를 국방장관에서 좌천시킬 수 있을까. 만에 하나라도 반란이 일어날 수 있는 상황은 사전에 철저하게 제거하는 것이 좋은데 말이야. 하지만 네메스가 그동안 보여준 공이 너무도 커서 이러지도 못하겠고 저러지도 못하겠군. 갤리온스들이 내 말에 동의하지 않을 테니. 어쨌든 대부분의 갤리온스들을 내 편으로 만들기는 했지만 말이지. 네메스! 네메스! 내 유일한 경쟁 상대! 네메스는 자기가 하고 있는 일만이 세상에서 가장 중요한 일인 줄 아는가 봐. 고상한 척은! 내가 무슨 수를 쓰더라도 내 편으로 만드는 것은 아예 불가능하단 말이야. 절대로 자신의 이상을 포기하지 않을 테니까. 네메스는 내가 변했다고 생각하겠지. 하지만 이제는 절대적인 진리의 추구라는 갤리온의 정신도 정말 지겨워. 거의 대부분의 갤리온스들도 명분상 진리를 찾는다는 것에 동의하지만 속으론 지금과 같은 생활에 만족하고 있다고. 보라고! 갤리온처럼 과학기술이 초고도로 발전한 곳도 진리를 찾기는커녕 한순간에 무참하고 허무하게 사라져버렸잖아. 단 하나의 흔적도 남기지 못한 채 말이지. 나 역시 죽는다는 것은 슬픈 일이지만 그래도 이렇게 즐기다가 가면 덜 괴롭지 않을까. 이렇게 화려한 궁전에 맛있는 음식들과 아름다운 콴티들이 즐비한 곳, 내 한마디에 자신의 목숨마저도 기꺼이 바칠 수 있는 수많은 콴티들, 그리고 절대적인 지도자. 다른 것은 몰라도 여기서만큼은 신도 부럽지 않아. 불쌍한 네메스. 그는 죽을 때까지 궁극의 진리를 찾는 일에 매진하겠지만 내가 봤을 땐 진정으로 가장 중요한 것은 아무것도 찾지 못할 거야. 갤리온에서는 수시로 일어났던 외부의 침략과 전쟁 때문에 국방장관의 역할이 매우 중요했지. 그래서 안전과 평화를 위해 국방부를 최상위로 격상시키고 모든 권한을 부여했었던 거야. 즉, 갤리온의 특별한 상황이었던 것이지. 하지만 이곳은 국방장관이 그리 중요하지 않은데도 국방력이라는 실권을 내 휘하에 있는 장군도 아닌, 네메스가 쥐고 있잖아! 오히려 현재는 어처구니없게도 네메스의 국가와 아포네스의 국가로 나눠진 모습이란 말이야. 이제 나는 더 이상 이러한 상황을 두고만 볼 수 없어. 절대로 말이야. 마치 한 국가에 왕이 두 명이나 있는 것 같은 꼴이라니. 이곳에서만큼은 난 절대권력을 소유할 수 있다고. 어떻게든 네메스를 좌천시켜야 내 소원이 이루어질 텐데, 네메스는 전혀 흔들림이 없는 자일 뿐이지.'

한참을 생각하던 아포네스는 쓴웃음을 지었다.

'내가 뭘 이렇게 심각하게 걱정하고 있지. 네메스가 비록 국방장관이지만 말이 국방장관이지 이제 그는 단지 학자에 불과한 것을. 지독히도 자신의 세계에 빠져서 이제는 다른 것엔 더 이상 관심을 기울일 여지도 없는 단순한 자에 불과한 것을. 혹시나 모를 반란에 집착한 나머지 내가 너무 쓸데없는 일에 예민하게 걱정하고 있는 것은 아닐까. 하지만 그가 위험한 불을 쥐고 있는 것은 사실이 아닌가. 하긴 이 세상에 그 누구보다 내가 네메스를 잘 알고 있지. 내가 네메스를 알고 지낸 것이 어디 하루 이틀인가. 네메스는 항상 네메스일 뿐이지.'

*

자신의 VGSS 2000에 돌아온 네메스는 다시 연구를 시작했다. 가공할 성능을 지닌 인공지능 슈퍼컴퓨터에 상상을 초월하는 초고차원의 방정식을 실행시키자 실시간으로 무한대에 가까운 측정값들이 요동치듯이 방정식에 대입되며 복잡한 계산을 이어나가기 시작했다. 그리고 실제 우주를 가상으로 그려냈다. 그는 이번만큼은 진정한 의미의 출력 결과가 나오기만을 바랐다.

사실 네메스는 요즘처럼 이렇게 회의가 든 적이 있었을까 싶을 정도로 너무도 지쳐 있었다. 깊은 회의가 그의 온몸에 스며들어 점점 무뎌지고 있었다.

어쩌면 이제는 확실한 신념을 가지고 연구를 한다기보다는 그 오랜 세월 동안 젖은 습관에 의해 반복적으로 입력하고 출력된 결과를 확인할 뿐이었다. 뛰어난 인공지능 슈퍼컴퓨터에 의지한 채 '초고차원의 만물의 이론'을 수없이 적용하고 실험한 결과, 드디어 우주의 시작과 우주의 최후를 증명할 수 있었다. 우주는 초고밀도로 응축된 한 점에서 시작되어 팽창하고 결국엔 다시 초고밀도로 수축한 한 점으로 종말에 이를 수밖에 없다는 사실을 완벽하게 증명한 것이다. 그런데도 네메스에겐 이러한 놀라운 증명도 부수적인 것일 수밖에 없었다. 그가 도달하고자 했던 진정한 깨우침은 오직 신의 마음, 갤리온의 정신인 '우주는 왜 존재하는가?'라는 궁극적인 진리에 있었다. 네메스는 허탈했다. 우주의 시작과 끝을 증명하면 존재 이유에 이르게 될 것이라고 굳게 믿고 있었다. 하지만 신의 마음은 실마리조차 찾을 수 없었다. 우주의 존재 이유는 지적 생명체가 이해하거나 증명할 수 있는 것이 아니었다. 이것은 도달할 수 없는 전혀 다른 차원이었다. 지적 생명체가 과학기술로 성취할 수 있는 가장 진화된 최후의 결과물이 '초고차원의 만물의 이론'과 계산용 기계 장비인 인공지능 슈퍼컴퓨터였다. 무수히 반복된 연구 결과로 네메스가 분명하게 깨우친 것은 우주의 기원과 종말에 대해 명확히 밝혔다고 해서 우주가 반드시 존재해야 하는 의미, 신의 마음을 이해할 수 있는 것이 아니라는 사실이었다. 그러니 이 우주를 만든 신이 있다면 신의 마음을 이해하는 것은 어쩌면 우리와는 아무런 관련이 없다는 것이 더 설득력이 있었다. 신의 마음은 넘어설 수 없는 곳에 존재하는 그 무엇이었다. 아무리 노력을 해도 닿을 수 없었다.

"정말 여기까지인가! 진정 여기까지라는 말인가!"

네메스는 탄식 섞인 절규로 비통해하며 하늘을 향해 외쳤다.

"오! 신이시여. 왜 우주와 신에 대해 그리고 우리 자신의 기원에 대해 의문을 품고 질문은 할 수 있게 만드시고선 그 결과에 대한 해답은 주시지 않는 것입니까?"

그에게는 이 의문의 해답을 얻는 것이 모든 지적 생명체들의 무구한 역사 속에서 반드시 완수해야 할 유일한 임무이자 모든 것이었다. 네메스에겐 자신의 목숨도 지엽적인 것에 불과했다. 차라리 자신이 지적 생명체가 아니라 바람이나 구름이나 꽃이길 바랐다. 그들이라면 이러한 고통은 겪지 않아도 될 것이기에.

"결국 지적 생명체가 우주에 존재하는 모든 것들 중에 가장 불운한 존재였단 말인가. 이 세상에서 가장 심오한 질문을 제시할 수 있지만 영원히 해답은 알 수 없는 존재들이었단 말인가!"

괴로움에 몸부림치다 잠시 선잠에 든 것일까. 꿈 속에서 네메스는 예전 그 어느 날처럼 안룹스와 산책하고 있었다. 그는 네메스의 등도 토닥여주고 인자한 미소도 지어주었다. 그리고 네메스에게 책 한 권을 주더니 안개처럼 사라졌다. 책을 가슴에 안고 안룹스를 부르다가 네메스는 눈을 번쩍 떴다.

"뭐지? 왜 갑자기 안룹스가 꿈에? 나에게 무슨 말을 하고 싶으셨던 걸까? 참! 그 책은『갤리온의 신화와 예언』이었어. 그 안에 나의 해결책이 있는 것인가? 정말 그런가요, 안룹스!"

이제는 그 내용이 기억에 없지만 어릴 적 교인인 부모님을 따라 갤리온의 경전인『갤리온의 신화와 예언』을 훑어본 적이 있다. 그러나 네메스는 논리적 분석이 불가능한 것은 그 무엇이든 미신이라 받아들였고 그것은 그의 삶에서 전혀 고려 대상이 아니었다. 그리고 무엇보다 반드시 이성으로 궁극적인 진리에 도달해야만 한다는 신념과 결의에 차 있었기에 경전은 그에게 아무런 의미를 줄 수 없었다. 하지만 지금과 같은 상황에선 지푸라기라도 잡고 싶었다. 다른 것은 몰라도 안룹스가 일러준 그 구절은 철저히 분석을 하고자 마음먹었다. 네메스는 부랴부랴 검색을 시도하려다 멈추었다. 갤리온에서는『갤리온의 신화와 예언』을 신성시했기 때문에 전자 데이터로 만들지 않고 옛날 방식대로 한 글자 한 글자 정성스럽게 새겨진 목판을 최고급 종이에 찍어 인쇄한 책으로만 존재했던 것이다.

"어떻게 해야 하나? 아, 그렇지! 랠리니우스는 있겠구나!"

그는 여전히『갤리온의 신화와 예언』을 신성시하며 갤리온의 정신을 가장 소중하게 마음 깊이 간직하고 있었다. 다급한 마음에 부랴부랴 만난 랠리니우스는 난감해했다.

"이제는 그 어디에서도『갤리온의 신화와 예언』을 소유한 갤리온스는 찾을 수 없네."

"아니, 그게 무슨 말인가?"

"얼마 되지 않았네. 아포네스가 우상화 작업을 하는 과정에서 모두 불에 태워버렸어. 자네는 연구 중이라 몰랐군."

"뭐라고? 정말 아포네스는 제정신이 아니잖아!"

네메스는 불같이 화를 내며 말을 꺼냈다가 이내 말을 삼켰다. 화를 내긴 했으나 솔직히 그리 할 말은 없었다. 지금까지 그 책을 단순히 미신이라 생각하며 단 한 번도 진지하게 들여다볼 생각조차 하지 않았던 자가 바로 자신이었다. 가장 존경하고 따랐던 안롭스의 제안들 중에서 유일하게 모른 척했던 제안이 『갤리온의 신화와 예언』을 진지하게 읽어보라는 것이었다. 비록 자신의 신념 때문에 선을 그었다 해도 갤리온스들에게 존중받아야 할 경전이지 정책에 의해 내처질 예언서는 아니었다.

"그렇다네! 아포네스는 정말 미쳤어. 그는 더 이상 예전의 아포네스가 아니야. 아니, 그는 갤리온스가 아니지. 자신이 우주의 유일무이한 신이라고 믿고 있네. 그리고 자신의 명령에 무조건 복종하라는 독재자이자 갤리온의 모든 것을 소멸시킨 악마일 뿐이네."

"이제 난 아포네스의 꼭두각시 노릇에도 진절머리가 날 지경이네. 그러나 아쉽게도 내가 할 수 있는 것이 없어. 무능하게 그의 강압적인 폭력에 의해 뿌리마저 뽑힌 채 끌려다니고 있을 뿐이네. 네메스, 난 자네만 믿고 있네. 이러한 상황을 타개할 유일한 갤리온스는 오직 자네뿐이니까. 내가 없더라도 반드시 지켜주게, 갤리온의 정신을! 갤리온의 영혼을 다시 되찾아주게나!"

랠리니우스는 마치 유언을 남기는 것처럼 보였다.

"무슨 그리 험한 말을 하는가! 우리 같이 지켜내면 되지 않은가!"

하지만 랠리니우스의 말은 네메스를 상당히 당황케 했고 말문마저 막히게 했다. 현 상황이 한 치 앞을 예측할 수 없이 긴박하게 돌아가고 있다는 것을 피부로 느꼈다. 하여튼 이러한 상황에서 비밀스럽게 가장 친한 동료에게 부탁한 것이 그나마 다행이라고 생각했다. 그 외에 누구도 자신이 『갤리온의 신화와 예언』을 다급히 찾고 있다는 것은 알 수 없을 것이다.

'이제 어떡해야 할까요! 어디서 찾을 수 있을까요, 안룹스?'

모든 출구가 막혀 힘없이 VGSS 2000으로 되돌아온 네메스에게 불현듯 명확한 기억이 떠올랐다. 안룹스가 리온 행성으로 떠나기 전날 네메스에게 책을 선물했던 것이다. 꿈속의 그 장면이었다.

'이런, 내가 까맣게 잊고 있었군! 수백 년이 흘렀지만 내 기억이 맞다면 그 책은 GSS 1000의 내 집무실에 있을 거야.'

네메스는 창가로 다가갔다. 먹구름을 뚫고 나온 강렬한 한 줄기 빛을 바라보며 새로운 항해의 키를 잡듯 희망을 품었다.

GSS 1000은 네메스가 신형 모델인 VGSS 2000을 완공한 후에 아포네스의 감언이설에 의해 그의 손아귀에 넘겨졌다. 그래서 GSS 1000이 있는 주변 지역은 더 이상 네메스의 관할 영역이 아니었다. 아포네스의 상태로 보았을 때 그곳은 경비가 삼엄할 것이다. 특히 일전에 아포네스를 만난 후, 그가 자신의 국방력에 대한 두려움 때문에 '국가 최고 관리자' 자리를 제시했다는 것을 알게 되었다. 그때 아포네스의 제안을 거절했으니 더욱더 경계할 것이 틀림없었다. 아포네스가 자신의 영역을 집요하게 조여오고 있다는 것을 느꼈다. 하지만 네메스에게는 말도 안 되는 아포네스의 세력 다툼은 중요하지 않았다. 지금 당장 GSS 1000이 있는 곳으로 달려가서 자신에게 새로운 미래를 가져다줄 수도 있는 『갤리온의 신화와 예언』을 반드시 손에 넣는 것이 급선무였다. 네메스는 두 명의 건장한 남성 콴티들과 함께 비행선을 타고 그곳으로 날아갔다. 아폴란티스의 수도인 메르칸에서 가장 외곽 지역에 위치한 GSS 1000이 있는 관할 지역에는 두껍고 높다란 성곽이 둘러쳐져 있었다. 출입문에는 경비가 삼엄했다.

"네메스 국방장관님!"

체격 좋은 남성 콴티 한 명이 네메스를 바로 알아보고는 머리를 숙이며 정중하게 인사했다.

"음, 그래!"

"어떤 용무로 오셨습니까?"

"내 집무실에 두고 간 물건을 가지러 왔네."

"죄송합니다만, 어느 누구든 GSS 1000의 출입을 통제하라는 상부의 지시가 있었습니다."

"뭐라고! 감히 누가 나한테!"

네메스가 버럭 화를 내며 큰소리를 쳤다. 그러나 이내 침착함을 유지했다. 네메스는 이곳에 분란을 일으키려는 의도를 가지고 온 것이 아니었기 때문이다.

"이곳을 담당하는 책임자가 누군가?"

"카, 카미네스 장군이십니다."

네메스는 바로 카미네스 장군에게 연락을 취했다.

"날세, 카미네스."

"네메스 국방장관님. 그동안 안녕하셨습니까?"

"그래, 카미네스. 자네도 그동안 잘 지냈는가?"

"네! 장관님. 그런데 무슨 일이신지요?"

"GSS 1000에 미처 챙기지 못한 내 물품을 가지러 왔네. 자네도 알지 않는가. 급하게 모선이 양도된 것을 말일세. 그런데 GSS

1000에 내가 들어갈 수 없다니! 지금 이 상황이 말이 된다고 생각하나, 카미네스."

"그럴 리가 있겠습니까, 네메스 국방장관님. 사과드리겠습니다. 바로 조치를 취하겠습니다. 이미 알고 계시는지 모르겠지만 황제의 명령으로 보안을 강화하다 보니 이러한 일이 발생했습니다. 다시 한번 사죄를 드립니다."

"무슨 보안 강화란 말인가?"

이유를 모르는 척 물었다.

"황제께서 『갤리온의 신화와 예언』을 소유한 자는 모두 반납하게 하셨고 반납하지 않은 갤리온스에게는 강제적으로 수색을 통해 모두 수거했습니다. 그리고 얼마 전 불에 태워 소거했습니다. 그런데 이 일에 불만을 품은 일부 갤리온스들이 갤리온의 유일한 상징인 GSS 1000에 접근하려는 시도가 있었습니다. 이를 계기로 황제께서 GSS 1000의 출입 통제를 철저히 하라는 지시가 떨어진 것입니다. 물론 GSS 1000에는 예언서가 없었습니다."

"아! 그랬던 거군. 그래도 난 네메스일세."

네메스는 자신의 의도를 철저히 숨긴 채 상대방이 전혀 눈치채지 못하도록 별일이 아니라는 듯이 느긋하게 말했다.

"죄송합니다. 제가 자리만 비우지 않았어도 이런 결례는 범하지 않았을 겁니다. 그리고 저도 알고 있습니다. 국방장관님은 예언서가 미신이라 여기시지 않습니까. 갤리온스라면 모를 수가 없지요. 그래서 이 사건을 모르셨나 봅니다. 즉시 조치를 취해놓겠으니 필요한 물품을 챙기십시오."

"말도 안 되는 상황이었는데 이 일이 황제의 지시사항이라니 이번만큼은 그냥 넘어가도록 하겠네."

"이해해주셔서 감사드립니다, 네메스 국방장관님. 조만간에 이번 일에 대해 직접 사과를 드리러 방문하겠습니다."

"그러게나, 카미네스."

네메스와 두 명의 남성 콴티는 바로 집무실로 향했다. 그곳은 이제 다른 갤리온스의 사무실로 사용되고 있었으나 네메스가 쓰던 그대로였다. 아무도 없는 것을 확인한 네메스는 살며시 회심의 미소를 지었다. 그 누구도 모르게 자신이 특별히 고안한 비밀 창고가 이곳에 있기 때문이다. 자신의 엄지손가락을 한쪽 벽면에 살짝 갖다 대니 지문인식이 승인되면서 숫자를 입력하라는 듯이 커서가 깜박였다. 네메스는 비밀번호를 눌렀다. 그 숫자는 갤리온을 떠난 그날이었다. 살며시 벽면의 중앙 일부분이 아래로 내려가기 시작했다. 그 속엔 네메스가 갤리온을 떠날 때 자신의 주요 물품들을 담은 가방이 있었다. 가방을 꺼낸 후 열린 중앙의 벽면에 손을 대자 벽면은 흔적도 없이 처음처럼 말끔해졌다. 그런 후, 밖에서 대기하고 있던 콴티들을 불러 들게 했다. 네메스에게는 보통의 가방 크기였지만 콴티들에겐 그들의 키만 한 크기였다. 그들은 들것에 조심스럽게 가방을 올려놓은 후에 타고 온 비행선에 실었다. 곧 그들이 탄 비행선은 VGSS 2000이 있는 곳을 향해 미련 없이 날아갔다.

VGSS 2000으로 돌아온 네메스는 집무실에서 특수 제작된 가방을 조심스럽게 열었다. 그 속엔 갤리온을 떠난 후 흘러간, 기나긴 세월의 추억이 고스란히 담겨 있었다. 사진첩, 편지들과 그 외에 자신이 소중하게 아꼈던 다양한 물품이 있었다. 사진첩 속엔 누나가 어린 조카를 안고 환하게 웃고 있었고 다른 사진 속엔 너무나 다정다감하셨던 아버지와 함께 어깨동무를 하고 찍은 사진이 있었다. 어느새 두 눈에 가득 고인 눈물이 볼을 타고 흘러내렸다. 그들은 그 어디에도 없었다. 지금까지 과거를 되돌아볼 여유 없이 생존과 연구를 위해 살아온 까닭에 감회는 더욱 남달랐다. 눈물을 흘리던 네메스가 정신을 차린 것은 안룹스의 사진을 보면서였다.

"이곳에 있어야 할 텐데. 혹시 다른 곳에 두었거나 의미 없다고 다른 갤리온스에게 넘겨버린…. 여기 있군! 다행히도 여기 있어!"

책장을 넘기니 안쪽에 안룹스가 쓴 문장이 있었다.

'태초에 그대의 운명은 결정되어 있네, 네메스. 그대는 선택받은 자이니까.'

"내게 태초에 어떤 운명이 결정되어 있다고? 그건 그렇고 선택을 받았다는 것은 또 무슨 말인가? 안룹스! 당신이 내게 바라는 희망이 컸다는 것은 잘 압니다. 걱정 마세요! 포기하지 않고 원하는 결과를 얻을 때까지 최선을 다할 테니 말이죠!"

뜻 모를 문장이 오히려 자신에게 보내는 안룹스의 격려 같았다. 네메스는 힘든 현실을 잠시 잊을 수 있었다.

*

『갤리온의 신화와 예언』의 마지막 구절은 이러했다.

'이미 사라진 것이 다시 살아나

또 다른 것이 선택받는다.

의인이 있어 또 다른 것 속에 유일무이한 다른 것이 존재하고

살아 있는 것과 살아 있지 않은 것의 경계를 넘어

유일무이한 다른 것과 만나게 될 때

모든 감정과 감각과 시공간을 초월하는 그곳에

의지만이 남는다.'

그 구절을 보았지만 무슨 뜻인지 알 수 없었다.

"마지막 구절을 이해하기 위해선 아무래도 세상이 시작된 태초부터 마지막 때까지 전체를 세심하게 분석해야 될 것 같아! 예상은 했지만 역시 만만한 일이 아니야. 내가 일찍 관심을 가졌더라면 안룹스에게 자세히 물어보았을 텐데. 정말 아쉽군."

네메스는 깊은 한숨을 내쉬었다.

"아니지, 아니야. 그래도 안룹스는 내가 언젠가는 이해할 수 있을 거라는 희망을 주었어. 반드시 이 구절이 무슨 뜻인지 알아내고야 말겠어. 이 일은 단지 나만을 위한 일이 아니잖아. 우리 모두의 일이니까. 꼭 밝혀낼 거야. 지금 나에겐 이 책이 마지막 구원자니까!"

어느 때처럼 연구의 나날은 계속되었다. 힘을 잃어가던 연구가『갤리온의 신화와 예언』으로 다시 활기를 띠기 시작하던 어느 날, 네메스의 군부대에 총사령관인 이케우니스가 네메스를 찾아왔다.

"이케우니스 총사령관!"

"네메스 국방장관님."

이케우니스가 인사했다.

"자네가 웬일인가! 연락도 없이 이리 늦은 밤에 말일세!"

네메스가 친근한 말투로 미소 지으며 말했다. 이케우니스는 네메스가 가장 신뢰하는 인물이었다. 네메스는 이케우니스에게 항상 미안한 감정을 느끼고 있었다. 이케우니스가 국방장관으로서 해야 할 그의 일들을 상당 부분 그동안 잘 처리해주었기 때문에 네메스는 연구에 최대한 집중할 수 있었다.

"정말로 고심했습니다. 하지만 이제는 말씀을 드려야 한다고 판단했기 때문에 밤늦은 시간이지만 실례를 무릅쓰고 찾아뵙게 되었습니다."

"어떤 말이길래 이리 비장한가! 어서 말해보게, 이케우니스!"

"국방장관님! 현재의 정세가 한 치 앞을 내다볼 수 없을 정도로 심히 위험스럽고 혼란한 상태에 놓여 있습니다."

"위험하고 혼란한 상태라…."

"그렇습니다, 국방장관님. 저는 언제나 한결같은 마음으로 국방장관님을 존경해왔습니다. 그리고 지금과 같은 상황에서는 더욱더 존경하게 되었습니다."

이케우니스가 살짝 숙이고 있던 자신의 머리를 들어 네메스를 쳐다보았다.

"허허. 뜸 들이지 말고 말해보게, 이케우니스."

"우리가 갤리온의 대재앙에서 살아남아 미지의 행성에 왔을 때, 우리는 모두가 한마음이었습니다."

"그렇지! 그런데 그 말은 지금은 한마음이 아니란 말인가?"

"갤리온에 존재했던 모든 이들과 우리는 우주에서 가장 고등한 지적 생명체라고 자부합니다. 우주에 흩어져 존재했던 수많은 사악한 무리와의 치열하고도 끝이 없을 것만 같았던 무수한 전쟁을 힘겹게 견디었고 모두 물리쳤습니다. 그리고 드디어 우주에서 가장 강력한 제국을 탄생시킨 위대한 민족이 바로 갤리온스가 아니겠습니까!"

이케우니스가 한마디 한마디에 힘을 실었다.

"그랬지. 더욱이 우주에 흩어져 있던 다양한 민족과 피해자들마저 모두 품어 하나의 위대한 제국으로 거듭난 민족이 자랑스런 갤리온스였지."

네메스가 찬란했던 갤리온의 과거를 회상하면서 말했다.

"그러한 기나긴 고통의 세월 속에서 갤리온스들은 우주의 존재 이유를 이해하는 것이 도달해야 할 최종 목표이자 유일한 사명이라는 것을 알게 되었습니다. 그래서 과학기술을 극대화시켜서 우리가 알고자 하는 단 하나의 방향으로 궁극적인 진리에 도달하고자 최선을 다해 노력해온 위대한 민족이었습니다."

"그렇지. 마침내 지적 생명체의 진정한 사명을 깨달았지. 우리 모두는 사명을 완수하기 위해 모두가 한마음이 되어 최선의 노력을 기울여 우주에서 가장 성숙하고 위대한 민족이 되었지."

네메스가 눈을 가늘게 뜨고는 그 당시를 그리워했다.

"하지만 너무 허무하고 슬프게도 아포네스 황제가 변했습니다. 그것도 너무 많이 변했습니다. 이제 그는 더 이상 예전의 아포네스가 아닙니다. 그가 모든 것을 망치고 있습니다."

이케우니스는 침통한 표정을 지었다.

네메스는 아무런 말도 할 수 없었다. 사실은 이번의 경험과 이전의 소식을 통해 익히 알고 있었다. 하지만 아포네스는 어렸을 적부터 둘도 없는 진정한 친구이자 동반자였다. 네메스 역시 아포네스의 잘못된 행태는 잘 알고 있었지만 차마 직접 나서서 아포네스를 몰아세울 수는 없는 노릇이었다. 네메스는 애써 모른체하며 담담하게 말을 이었다.

"황제께서 어떻게 변했다는 말인가, 이케우니스?"

"명실상부한 국가의 절대자를 넘어 콴티에게 신으로 인식되면서 황제의 목표는 크게 바뀌어버렸습니다. 이제 그는 콴티들뿐만 아니라 갤리온스들에게도 자신을 우주의 진정한 절대 신으로 섬기기를 강요하고 있습니다. 황제는 정말 미쳐가고 있습니다. 네메스 국방장관님."

이케우니스가 울분을 토하며 말했다.

"뭐라고! 갤리온스들에게까지 그런 무례한 요구를 했다는 말인가?"

네메스는 미처 예상하지 못한 사실에 크게 진노했다.

"네, 그렇습니다. 특히 시급한 문제는 황제가 거대한 지하 시설을 만들어 군대를 창설했다는 사실입니다. 이미 그 세력이 우리의 군대를 뛰어넘을 정도라는 정보를 입수했습니다. 또한 상당수 갤리온스들의 환심을 사서 그들을 손아귀에 넣은 황제가 이제 네메스 국방장관님의 직위를 조만간 강제로 박탈할 것이라는 것은 분명한 사실이 되었습니다."

"아니, 이럴 수가!"

네메스는 상당히 난감한 상황에 처했다는 것을 너무 늦게 깨달은 것은 아닐까 자문해보았다. 일전에 아포네스와의 만남에서 국방장관직에 만족한다는 의미로 명확한 선을 분명히 하고 돌아왔다고 생각했다. 그 이후로는 이 문제에 대해 더 이상 아포네스와 주고받은 대화도 없었기에 일단락이 됐다고 믿고 있었다. 그러나 아포네스는 네메스를 국방장관직에서 물러나게 하려고 갤리온스들에게 접근해 환심을 사면서 정당성을 만들어내기 위한 치밀한 계략을 짜고 있었던 것이다. 이케우니스의 보고는 항상 빈틈없이 정확했기 때문에 다른 가능성은 있을 수 없었다.

"결국, 네메스 국방장관님의 직위를 뺏을 뿐만 아니라 국방장관님의 군부대와 VGSS 2000까지 자신의 것으로 만들려는 것이 황제의 계획입니다!"

이케우니스가 결정적인 쐐기를 박았다.

네메스는 충격으로 한동안 침묵했다. 아포네스의 계획은 역겨운 배신이었다.

"아포네스를 만나보겠네, 이케우니스 총사령관."

"요원을 붙여드릴까요?"

"아니, 됐어. 혼자 가도록 하겠네."

"몸조심하셔야 됩니다, 네메스 국방장관님."

이케우니스는 네메스의 다짐을 받고서야 자리를 떴다. 밤은 깊을대로 깊었지만 네메스는 잠을 이룰 수 없었다. 도대체 무엇을 어떻게 대처해야 할지 알 수 없어서 망막했다. 혼란의 순간 속에서 『갤리온의 신화와 예언』의 마지막 구절이 떠올라 책을 펼쳤다.

'이미 사라진 것이 다시 살아나 또 다른 것이 선택받는다. 의인이 있어 또 다른 것 속에…'

첫 번째 줄은 유일하게 살아남은 갤리온스들을 의미하는 것이 확실했다. 그리고 두 번째 줄은 아무래도 유전공학기술로 탄생시킨 콴티 족이라 여겨졌다. 그런데 세 번째 줄은 첫 단어부터 미궁에 빠졌다.

"'의인'이라… 도대체 누구를 지칭하는 걸까?"

아무리 보아도 더 이상 진전이 없자 네메스는 책을 덮고는 아포네스와 만나서 무엇을 이야기할지에 대한 생각으로 방향을 틀었다.

*

아포네스 궁전의 연회장에는 아름답고 고혹적인 선율의 연주가 흐르는 화기애애한 분위기 속에서 각계각층의 고위직 갤리온스들이 모여 있었다. 그들은 매혹적인 수십 명의 여성 콴티들이 연주에 맞추어 관능적으로 춤추는 것을 넋을 잃고 바라보고 있었다. 그들 앞에 놓인 탁자 위에는 신선한 과일들과 갓 잡은 생선과 최고급 고기로 요리한 음식들 그리고 술로 넘쳐났다. 한참을 즐기던 아포네스가 한 콴티에게 귀띔하자 곧이어 춤추던 콴티들이 모두 자리에서 물러갔다. 연주도 멈추었고 시중을 들던 나머지 콴티들도 사라졌다. 여러 방향으로 나 있던 출입문도 모두 닫혔다. 주위는 갑자기 스산한 정적만이 흘렀다. 남은 것은 아포네스와 갤리온스들뿐이었다. 싸늘해진 연회장에서 아포네스를 쳐다보던 갤리온스들은 순간 경직되었다. 아포네스의 눈빛이 야수로 돌변해 당장이라도 자신들을 잡아먹을 듯이 노려보고 있었다. 바라던 대로 좌중의 분위기를 장악했다고 판단한 아포네스는 갑자기 이런 분위기를 살며시 누그러뜨리듯 일부러 활기차게 웃고는 우렁찬 목소리로 말했다.

"제가 이번에 개최한 연회가 즐거우셨습니까?"

"그, 그럼요. 매우 즐겁고말고요."

"연회를 잠시 중단한 것은 여러분에게 중히 드릴 말씀이 있기 때문입니다."

"무슨 말씀이십니까, 아포네스 황제님?"

내무부장관인 율리니우스가 말했다.

"네메스 국방장관에 관한 안건입니다. 여러분도 잘 아시다시피 네메스 국방장관이 아폴란티스에 와서 콴티를 만들고 무기와 과학기술에 보여준 공로는 우리 모두 인정합니다. 물론 내가 국방장관으로서의 그의 역할에 신뢰를 못 한다는 것은 아닙니다. 다만 네메스가 관심을 두는 일에 전념하기에는 왠지 네메스와 같은 거물이 국방장관이라는 직위에 머물러 있다는 것이 전혀 어울리지 않다는 생각이 들지 뭡니까. 이곳은 아폴란티스지 갤리온이 아니지 않습니까? 시대가 변했고 장소도 다르죠. 이제 아폴란티스의 새 시대를 향해 나아가야 한다는 확신이 들었습니다."

아포네스가 강압적인 표정으로 장안을 둘러보았다.

"지당한 말씀이십니다!"

비서실장인 앤키니우스가 말하자 나머지 갤리온스들도 어정쩡하게 고개를 끄덕거렸다.

"그래서 말인데, 젊고 패기도 넘치고 게다가 지혜로워 모두 인정하는 카미네스 장군이 국방장관의 직위를 맡고 네메스는 이번에 창설할 과학기술부장관으로 새롭게 임명하는 것이 그를 위해서도 옳은 일이라고 봅니다. 제국으로 발돋움하고 있는 이때에 목적에 알맞도록 각각의 기관을 갖추면 든든한 버팀목이 될 것입니다. 여러분은 어떻게 생각하시는지요?"

입가의 미소와 달리 아포네스는 도도하고 권위적인 눈빛으로 훑어보았다.

"여러분의 동의가 있다면 추진할 생각입니다!"

"동의합니다! 동의합니다!"

언뜻 들으니 아포네스의 의견이 타당한 것 같기도 했지만 무엇보다 아포네스의 위세에 크게 눌린 갤리온스들은 서로 앞을 다투며 찬성했다.

그때, 한쪽 구석에 분노에 가득 찬 눈빛으로 아포네스를 노려보고 있던 한 명의 갤리온스가 벌떡 일어섰다. 순간 갤리온스들의 시선은 그를 향했다. 그는 다름 아닌 랠리니우스 국가 최고 관리자였다.

심상치 않은 낌새를 느낀 아포네스가 한마디 했다.

"랠리니우스 최고 관리자! 갑자기 왜 벌떡 일어난 것이오. 도대체 나를 쳐다보는 살기 어린 그 눈빛은 또 뭔가?"

"아포네스! 당신은 완전히 미쳤어. 난 더 이상 내 양심을 속이면서까지 당신의 치욕적인 꼭두각시 노릇은 못 하겠소. 당신은 갤리온의 모든 것을 저버린 악마에 불과해!"

"뭐라고! 랠리니우스, 자네야말로 정말 미친 건가, 아니면 술에 취해 지금 제정신이 아닌 건가?"

"랠리니우스 최고 관리자님! 진정하십시오! 제발 진정하십시오!"

주위에 모여 있던 갤리온스들이 그를 말렸다.

"아니! 나 랠리니우스는 전혀 미치지도 술에 취하지도 않았어. 이곳에 모인 당신들 모두 제정신이 아니야. 모두 다 똑같아! 비록 갤리온이 대재앙으로 사라졌다고 해도 그들의 은덕으로 살아남은 우리가 초심을 잃어선 안 돼! 갤리온은 수많은 역경과 고난에서 커다란 깨달음으로 지적 생명체의 진정한 의미에 도달하고 실천해온 유일하고도 위대한 민족이야. 그것은 결국 '갤리온의 정신'을 탄생시켰지. 우리는 『갤리온의 신화와 예언』을 섬기며 과학기술을 극대화시켜서 신이 우리에게 허락한 사명을 완수하기 위해 어떠한 상황에서도 최선을 다해 신의 큰 뜻을 이루어내야 하는 거였어. 그런데… 그런데 지금 우리는 무엇을 하고 있는 거지? 절대권력이나 만들어내기 위해 네메스의 희생이나 논의하고 찬성하고 있는 모습이 진정 우리가 할 일이었던 거야! 미개한 종족이 우리였던 거냐고!"

"저, 저자가 정말! 저놈을 당장 끌어내! 감옥에 가둬버려! 당장!"

분노가 폭발한 아포네스가 미친 듯이 외쳤다. 곧이어 무장한 우람한 병사들이 그를 밖으로 끌어냈다.

"똑바로 새겨두라고! 여기는 갤리온이 아니라 아폴란티스야! 이곳의 황제는 바로 아포네스라고! 이곳은 이곳만의 법과 질서가 있고 이것을 지정하는 것은 바로 나야! 너야말로 완전히 미쳤어. 과거에 묻혀 현실의 변화를 인식하지 못하는 자는 오직 퇴보만 있을 뿐이야. 그래, 감옥에 갇혀서 평생 아무것도 나오지 않을 갤리온의 정신이나 외치고 있으라고!"

아포네스가 돌아서며 미소를 지었다. 눈엣가시를 제거했다는 듯이.

*

    다음 날 오전, 비행선을 타고 아포네스의 궁전으로 가기 위해 비행 중이던 네메스는 자연스럽게 비행선 밖의 풍경에 눈을 뺏겼다. 자연은 변함이 없었다. 맑은 하늘엔 뭉게구름이 떠 있고 새들은 자유롭게 날아다니고 있었으며, 새 생명이 끊임없이 샘솟는 숲이 있었고, 숲이 끝나는 곳엔 여러 강줄기에서 모인 물이 합쳐진 거대한 폭포가 있었다. 하지만 이 모든 것이 자신과는 아무런 상관이 없는 전혀 다른 세상처럼 보였다. 이 세상 풍경이 모두 이질적이고 낯설게 보였다. 아포네스와의 만남이 네메스를 극도로 긴장되게 하고 있는 것에 반해 세상은 너무나 한가롭고 여유로우며 평화롭게만 보였다.

    "내 마음을 진정으로 이해하는 자가 이 세상에 누구란 말인가. 모든 것이 허무하구나!"

    어느새 아포네스의 궁전에 다다랐다. 네메스는 비행선을 착륙시킨 후 내렸다. 곧이어 대기해 있던 낯익은 콴티가 그에게 다가왔다.

    "어서 오십시오. 네메스 국방장관님."

    "그래, 잘 있었나. 프랭키!"

    "네! 국방장관님. 황제께서 기다리고 계십니다."

    "안내하게."

    콴티는 네메스에게 고개를 숙인 후 앞장서 갔다.

    휘황찬란한 궁전의 로비를 지나 접견실에 도착했다. 접견실 입구에는 얼마 전에 방문했을 때는 없었던, 장신에 근육이 발달한 두 명의 병사가 위풍당당하게 서 있었다. 그들은 모두 커다란 칼날을 가진 긴 창을 들고 있었다.

'콴티온스들이로군! 저 거대한 창이라면 아무리 거대한 동물의 목이라도 단번에 간단히 베어버릴 수 있겠군. 그건 그렇고, 아포네스는 도대체 무엇 때문에 콴티온스들을 이곳에 배치시켰지? 자신의 안위를 위한 것인가, 아니면 자신의 명령을 따르지 않는다면 내 목숨이라도 거둬들이겠다는 엄포인가?'

"네메스 국방장관님. 어서 오십시오."

"잠시 몸수색을 하겠습니다."

"뭐라고! 감히 나에게 몸수색을!"

"황제의 명령입니다!"

콴티온스는 당당하게 네메스를 똑바로 쳐다보았다.

"황제의 명령?"

네메스는 분노를 가라앉히며 말했다.

"알겠네. 황제의 명령이니 이쩔 수 없지. 몸수색을 하게."

두 병사는 특이한 사항이 없는 것을 확인한 후, 접견실 문을 열어 주었다. 안으로 들어서자 여성 콴티들에게 안마를 받고 있는 아포네스가 보였다. 그리고 그의 옆에는 커다란 창을 든 또 다른 두 명의 콴티온스 병사들이 서 있었다.

'콴티온스라… 이들은 갤리온스와 콴티 사이에서 태어난 자들이지. DNA에 성장 관련 특성을 조정한 콴티들에게는 있을 수 없는 일이지. 이들의 수명마저 어느 정도는 늘어나 있겠어. 아포네스가 저들을 훈련시켜서 살인 기계로 만들었군. 모든 것이 예측이 불가능한 방향으로 가고 있어. 콴티를 만들지 말아야 했나. 만약 그랬다면 내가 추구하고자 한 연구에도 심각한 정체로 인해 나아갈 수 없었을 것 아닌가. 미래를 향해 나아간다는 것은 항상 올바른 짓과 그른 것이 동시에 존재할 수밖에 없는 건가. 후회한다는 것이 무슨 의미가 있을까! 선택의 여지가 없었는데 말이지. 하지만 어이없군. 콴티들과 콴티온스들도 성장과 수명주기만 다를 뿐 갤리온스들과 동일한 지능과 창의성을 가진 지적 생명체인데 한 부류는 노예이고 다른 한 부류는 신으로 추앙받고 있다는 사실이 말이야. 내가 도대체 무슨 짓을 한 거지. 아니, 내가 어떻게 알 수 있었을까. 그때 콴티를 만들지 않았다면 100명밖에 남지 않은 갤리온스들로 어느 세월에 갤리온의 위대한 업적을 이어갈 수 있는 안정된 기반을 이룰 수가 있었겠어. 아포네스는 콴티를 소유하게 된 후로는 궁전에서 로봇을 없애버렸군. 하긴 이해도 돼. 갤리온스와 닮은 안드로이드를 만들기 위해 노력을 기울였지만 우리의 두뇌와 같은 수준의 인공지능을 만든다는 것은 너무 요원했지. 아니, 아예 불가능한 도전 일 수 있지. 아무리 노력해서 갤리온스와 차이 없는 안드로이드를 만들 수 있다고 가정한다고 해도 지금과 같이 아포네스 옆에서 성심성의껏 충실하게 자신의 목숨마저 바쳐 봉사할 수 있는 콴티들보다 더 뛰어날 수 있을까. 이미 지적 생명체가 만들 수 있는 가장 뛰어난 안드로이드가 아포네스 곁에 넘쳐날 정도로 가득 차 있으니.'

여전히 눈을 감고 엎드린 채 안마를 받고 있는 아포네스를 바라보며 네메스는 자신의 안위보다는 콴티들의 생각으로 마음이 복잡해졌다. 최고의 과학기술을 이용해서 콴티들을 만들었다고는 하지만 그렇다고 생명체의 진정한 기원을 알고 있는 것도 아니었다. 그냥 자연에 원래부터 존재했던 것을 가져다가 단지 이용만 했을 뿐이었다. 생명체의 진정한 기원은 알지도 못하면서.

'지적 생명체인 우리는 무엇을 위해 미래로 나아가고 있는 거지. 정말 우리는 미래로 나아가고 있는 것은 맞는 걸까?'

네메스는 화려하기만 한 궁전과 콴티와 콴티온스들, 그리고 아포네스의 행태를 지켜보며 지적 생명체의 존재 이유에 대한 회의감에 침울해졌다.

곁에 있던 콴티온스 병사가 조심스럽게 아포네스에게 말하자 아포네스는 그제야 알았다는 듯 게슴츠레 눈을 떠 고개를 돌렸다. 그러고는 말없이 자리에서 일어나 콴티들의 옷시중을 받았다. 곧이어 아포네스가 여성 콴티들에게 나가 있으라는 손짓을 하자 그들은 발빠르게 밖으로 사라졌다.

"네메스 국방장관. 어서 오게."

아포네스는 자신의 명령을 거절했던 네메스에게 앙금이 남아 있는 듯 떨떠름한 표정을 지으며 그를 맞이했다.

"그래, 무슨 일인가? 나를 보자 했다고."

"개인적으로 긴밀히 의논을 해야만 할 일이 있습니다."

"오! 그런가. 개인적이란 말이지!"

아포네스의 얼굴엔 잠시 화색이 돌았다. 곧이어 아포네스가 병사들을 보며 턱을 위로 한 번 치켜올리자 그들도 밖으로 나갔다. 접견실엔 아포네스와 네메스 단둘이 남았다.

"말해보게, 네메스."

"아포네스! 지금부터 황제와 국방장관이 아닌 어려움을 극복하며 함께한 친구로 대해주겠나?"

"무슨 일인지 모르겠지만 결의는 대단해 보이는군, 네메스!"

아포네스는 이러한 상황이 올지 예상했다는 듯 전혀 대수롭지 않은 표정으로 예리한 눈빛만 드러낸 채 싱긋 웃어 보였다.

"그래, 어떤 이야기든지 좋네. 지금부터는 친구로서 자네의 말을 듣도록 하지."

"우리는 어떤 역경 속에서도 목표는 변함없이 갤리온의 정신을 계승하는 것뿐이었어."

"그거라면 나도 잘 알지, 네메스. 그래서 자네를 중심으로 다른 갤리온스들도 우주의 궁극적인 진정한 의미를 알기 위해 노력하고 있지 않나!"

아포네스는 순간 짜증이 났다. 하지만 이 만남은 자신에게 기회가 될 수 있기에 오히려 순순히 받아들이듯 말했다.

"내 말을 회피하지 말게, 아포네스. 난 자네에게 진심으로 얘기하는 거야! 자네는 콴티들을 통해 한 국가의 절대적인 지도자가 되면서 위대한 갤리온의 정신을 멀리하더군. 우리의 진정한 사명을 말이야."

네메스는 피를 토하는 심정으로 가장 친한 친구인 아포네스에게 말했다.

"갤리온스에게 자유의지란 없는 거였나?"

"뭐! 무슨 뜻이지?"

"자네도 잘 알다시피 난 『갤리온의 신화와 예언』의 전문가네. 그 두꺼운 책에 있는 내용 중에 어떤 행성이 폭발해서 사라진다는 문장 하나 때문에 그 책을 신줏단지 모시듯 할 필요가 이제는 없다는 거야. 왜냐하면 우주의 존재하는 것은 무엇이든지 소멸한다는 것은 기정사실이니까 말이지. 그래, 당연한 자연의 섭리지. 따라서 네메스 자네가 이야기한 대로 어느 신화 관련 서적, 신학 관련 서적 그리고 예언 관련 서적 등은 무조건 종말론과 관련된 내용을 다루면 거의 옳다고 할 수 있는 거야. 그러한 책에는 항상 정확한 날짜가 빠져 있지. 그래야 이 세상에 오랫동안 계속해서 유지될 테니깐 말이지. 그렇지 않은가, 네메스?"

"그래서."

순간, 머리를 세게 얻어맞은 듯 아포네스의 말에 반론을 제기할 수 없었다. 아포네스의 말은 예전의 네메스가 했던 말이었다. 네메스는 그의 다음 말을 기다렸다.

"가만히 있어도 자네도 죽을 거고 나도 죽지. 이보다 더 이상의 명확한 종말론이 있을까. 우리에게 말이지. 그렇지 않은가? 지적 생명체라고 대단한 벼슬이라도 얻은 듯이 스스로 자부하며 살아갈 필요는 없다고. 우리가 별 대수롭지 않게 여기는 저 거대한 바위를 보게나. 저 바위는 생각은 못 해도 우리와 비교할 수 없을 정도의 기나긴 세월 동안 자신의 상태를 유지하고 있다네. 물론 그렇다고 과학기술을 무시하는 것은 아니야. 갤리온의 과학기술이 갤리온스의 평균수명을 3,600년 가까이 연장시켰다는 것에 나 역시 깊은 감사를 드리고 있지. 자네는 자네의 그 뛰어난 기술력을 발휘해서 우주의 나이만큼 살아보겠다는 건가? 난 이곳에 살면서 여태 생각조차 못 했던 내 삶의 커다란 변화를 겪게 되었지. 우리가 살아 있을 때 확인할 수 있는 진리가 가장 중요하다는 사실을 말이네. 갤리온에서 살다가 죽음을 맞이한 수많은 자들 중에 우리 곁에 다시 되돌아온 자가 있었는가. 죽는 순간 끝이야, 네메스. 안타까운 것은 우주의 궁극적인 진정한 의미를 찾는 일은 우리가 살아서 볼 수 있는 일이 아니란 거야. 정말로 궁극적인 진정한 의미를 알고 이 모든 것을 만든 신을 만나고 싶은데 우리에게는 절대로 보여줄 수 없다는 듯이 우주를 감당할 수 없게 한없이 크게만 만들었고 신은 아예 우주 밖으로 도망가 버렸다는 거야."

"그래시."

"결국 난 내가 살아 있는 동안 이룰 수 있는 일에만 도전하기로 했지. 잘 보라고, 네메스. 이 화려하고 아름다운 궁전, 차고 넘치는 금은보화, 풍족한 자원과 산해진미들, 그리고 충실한 나의 노예들, 무엇보다 이제는 최고 통치자를 넘어서 콴티 족에게 내가 신 그 자체란 말이야. 난 오히려 그대에게 묻고 싶네. 이러한 삶이 정말 잘못됐다고 나에게 자신 있게 말할 수 있나? 나를 설득할 수 있나? 이러한 삶을 방종으로만 취급할 수 있나?"

"나는 그 누구보다 열심히 일해서 이제야 풍요롭고 강력한 국가를 탄생시켰다고. 내 피와 땀과 수많은 노력이 들어갔지!"

"네메스. 나야말로 친구로서 자네를 위해 처음이자 마지막으로 진심 어린 충고를 한마디 하지. 자네도 앞으로는 현실적으로 가능한 일에 시간을 투자하게나."

아포네스를 설득하려다 오히려 호되게 설득을 당할 입장에 놓인 네메스는 갤리온의 정신을 내세우며 무언가 말하기에는 이미 늦어도 너무나 늦었다는 것을 깨달았다. 그렇다고 아포네스에게 무엇이 틀렸다고 말할 수도 없었다. 그의 의견도 무시할 수 없는 의미로 다가왔기 때문이다. 네메스도 이성적으로 궁극의 진리를 증명해야 한다는 사명감으로 살아왔지만 최근에 막다른 길에 막혀 연구에 회의를 느꼈고 방황하며 불안했었다. 그 고뇌의 해답을, 가장 멀리했던『갤리온의 신화와 예언』이라는 비이성적인 책에 의존하는 역설적인 상황을 맞이했다. 지금까지 철저히 품어오고 지켜왔던 자신의 철칙마저 스스로 깨뜨리는 것이라 마음 한편이 무거워졌다. 잠시 네메스는 아포네스의 대답에 순간적이지만 강하게 흔들렸다. 네메스가 현실 세계를 넘어선 연구를 하기 때문에 다른 이들에게 특별한 존재처럼 인식되어 있지만 사실 아포네스와 닮은 점이 있었다.

아포네스는 자신의 제국을 우주만큼 크게 확장하고 싶은 야망을 품은 것이고, 네메스는 우주의 궁극적인 진정한 의미를 알고 싶은 야망을 품은 거였다. 아포네스는 보이는 세계에 집중한 것이고, 네메스는 보이지 않는 세계에 집중한 것이다. 결국, 각자가 추구하는 목표를 절대로 포기하지 않을 것이라는 것은 확실해졌다.

"결국 자네와 난 동상이몽이군."

"아마도 그렇겠지, 네메스."

"그건 그렇고, 나 역시 자네에게 할 말이 있네."

"어떤 말인가, 아포네스?"

"자네도 잘 알다시피 국가가 확장되고 있어. 그래서 현재는 몇 개에 불과한 기관을 규모에 걸맞도록 더 전문화할 필요성이 반드시 있지. 그래서 말인데, 자네가 동시에 식책을 맡고 있는 국방 부분과 과학기술 부분을 따로 분리시켜서 독립적인 기관으로 창설하기로 결정했네."

아포네스는 네메스에게 의견을 물어볼 필요가 없다는 듯이 일방적인 통보를 했다.

"뭐?"

"그래서 이젠 자네가 과학기술부장관이라는 직책에만 충실해 주었으면 좋겠는데 말이야."

아포네스는 입가에 부드러운 미소를 지으면서도 그의 눈은 이글이글 불타오르듯이 강압적인 느낌을 강하게 풍겼다.

예사롭지 않은 섬뜩함을 느낀 네메스의 머릿속에는 이케우니스 총사령관의 말이 떠올랐다. 아포네스는 분명히 네메스의 모든 것을 빼앗을 것이다. 필요하다면 목숨까지도. 지금 유일하게 할 수 있는 것은 굴욕적이라도 아포네스의 제안에 순순히 따라주는 것 외에 달리 도리가 없었다. 네메스가 그의 절대 명령에 이번에도 따르지 않는다면 병사들을 시켜 실제로 네메스를 죽일 태세에 가까웠다. 감히 황제의 명령을 따르지 않았다는 괘씸죄를 넘어 이번 기회에 어떻게든 반역죄마저 추가되어 네메스를 궁지에 몰아넣고 갤리온스들에게 정당성을 내세울 것이다. 게다가 자신의 죽음은 가장 총애하는 이케우니스 총사령관의 목숨과도 직접 연결되어 있었다. 그리고 네메스는 갤리온의 정신을 이끌어나갈 유일한 구세주였다. 이제 아포네스에게 네메스는 친구가 아닌 경쟁자이자 적이 되었다.

"황제님의 의견을 들어보니 황제님의 말씀이 모두 이치에 맞습니다. 솔직히 저는 학자일 뿐입니다. 이렇게 학자이면서 국방장관직을 함께 맡고 있다는 것이 그동안 저에게 크나큰 부담이 됐던 것은 숨길 수 없는 사실이었습니다. 이제는 말씀하신 것처럼 오직 한 분야에만 집중하고 싶습니다. 이제는 말이죠."

"오호! 역시 네메스 자네는 시대를 읽는 나의 진정한 친구일세 아니, 네메스 과학기술부장관!"

아포네스는 속으로 기쁨의 환호성을 질렀다.

"네메스 과학기술부장관이 새로운 분야에서 열심히 일을 해준다면 나 개인적으로는 다음에 국가 최고 관리자로 임명하고 싶은 생각이 간절하오. 솔직히 지금 당장이라도!"

"과찬이십니다, 아포네스 황제님. 누구나 자신의 분수를 알아야 합니다. 저에겐 과학기술부장관이 천직입니다."

"어, 그런가. 그래도 다음번엔 내가 최고 관리자로 추천할 거요. 우리나라에서 네메스 과학기술부장관만 한 인재가 도대체 어디에 있겠소."

"그러면 아포네스 황제님께서 다음번에 저를 추천해주시기 바랍니다. 기다리고 있겠습니다."

"아무렴. 내가 반드시 그렇게 하리다. 네메스 과학기술부장관."

순순히 수긍하고 돌아서는 네메스를 바라보며 아포네스는 고개를 끄덕였다.

'그럼 그렇지. 네메스는 역시 평화가 우선이지. 친구의 의리는 또 못 버리지. 어쨌든 나에게도 정말 다행이군. 만약, 네메스를 죽였다면 갤리온스들에게 네메스를 죽일 수밖에 없었던 변명을 한없이 늘어놓아야 했을 테니까 말이지. 그건 그렇고 빨리 일 처리를 해야겠어. 아직은 국방장관이니 말이지. 그를 과학기술부장관으로 임명해야 네메스의 VGSS 2000을 뺏어올 것이 아닌가. 갤리온의 정신? ㄱ 정신의 결정체는 바로 네메스가 GSS 1000의 기술력을 뛰어넘어 새롭게 완성한 VGSS 2000이지! 모든 과학기술을 집대성한 현실의 완벽한 보물섬. 드디어 나의 품으로 오는구나!'

*

대화를 마치고 네메스는 무사히 VGSS 2000으로 돌아왔다.

네메스는 자존심에 절대로 아물지 않을 커다란 상처를 입었지만 지금은 자존심을 따질 때가 아니었다. 이제는 대책을 세우고 결단을 내려야 했다. 그는 퇴로 없는 절벽에 서 있었다.

　'아포네스. 우리가 현실이라는 공간에 모든 감각이 완벽하게 잡혀 있다고 하더라도 머리를 들어 우주를 보게나. 입이 다물어지지 않을 정도로 상상 그 이상의 수많은 행성, 항성, 태양계, 은하계 등이 아무것도 없는 허공에 떠서 정해진 자연의 법칙이라는 숙명을 따라 자신들의 길을 가고 있지 않은가. 그리고 그것들에 비하면 너무 작은 곳이라 할 수 있는 이 행성이 있고 우리에게는 너무나도 광활한 이곳에 미생물만도 못할 정도로 우리가 너무 왜소하고 초라해 보인다고 해도 말일세. 이 우주에서 궁극적인 의미를 묻고 답을 찾고자 하는 유일한 존재는 지적 생명체라는 사실을 말이네. 아포네스, 아무리 자네가 지엽적인 현실과의 타협을 끊임없이 모색한다고 해도 우주의 진정한 의미를 이해하려는 나의 마음은 조금도 희석시킬 수 없네. 우주를 이해하려는 지적 생명체의 숭고한 가치는 분명히 이 우주 속에서 그 무엇보다도 가장 값진 것이야. 우주는 상상 속에 존재하는 추상적인 개념이 아니라 우리 눈앞에 드러난 현존하는 실체이니까 말일세!'

만남 II

진실은 오히려 공허함의 화려한 가면이다

갤리온스의 역사와 화성에서의 그들에 대한 이야기를 들은 레스터는 공허로 흔들렸다. 그 공허함은 영혼의 심해로 저항조차 하지 못한 채 한없이 빨려 들어갔다. 지금까지 당연하다고 여겨 왔던 인류의 모든 역사와 이성이 마비를 일으켰다. 모든 것이 언제 멈출지 모르는 도미노가 되었고 무너진 모래성이 되었다. 레스터는 이 사실을 부정하고 싶었다. 하지만 그 무엇으로도 부정할 수 없었던 것은 네메스라는 명확한 증거가 레스터의 눈앞에 분명히 실존했다.

레스터의 감각은 추호의 의심도 없이 그를 증명했다. 레스터의 눈은 도저히 인간이라 할 수 없는, 족히 3미터는 훌쩍 넘어 보이는 네메스를 보고 있었고 레스터의 손은 지금이라도 네메스를 잡을 수 있었으며, 레스터의 귀는 확실히 네메스의 음성을 듣고 있었고, 레스터의 코는 이 공간의 모든 향기를 맡을 수 있었다.

그리고 레스터의 입은 바로 앞에 놓인 차를 마시고 그와 대화하며 현실 세계에 존재함을 재차 확인시켜주었다.

레스터는 현실을 부정하면서 피할 수 있는 길은 전혀 없다는 사실을 받아들여야 했다.

"놀랍고 당혹스러운 것은 당연한 거야, 레스터!"

"사실이라고 해도 너무나 혼란스럽군요. 정말 당혹스럽고 공허합니다."

그 기나긴 역사를 살아온 당사자와 직접 마주하며 인류로서 최초로 충격적이면서도 가장 비밀스러운 진실의 모든 것을 레스터는 알게 되었다. 듣는 내내 한편으로는 온몸에 소름이 돋아나며 강렬한 전율이 몰려왔고 다른 한편으로는 자신의 입장이 한없이 초라하고 실망스러워 금방이라도 눈물이 왈칵하고 쏟아질 것만 같았다.

"이 이야기를 내게서 직접 듣는다면 누구든지 자네와 같은 심정일 거야. 인간들 중에는 우주에 또 다른 지적 생명체가 존재한다고 상상할 수는 있었겠지. 하지만 막상 그 존재를 마주하게 되고 거기다 본인이 알던 것을 뒤엎는 진정한 역사에 대해 듣게 되면 형용할 수 없는 미묘하고 복잡한 감정이 뒤섞이겠지. 인류는 지구라는 곳에 존재하는 모든 것 중에 가장 우월한 존재들이라는 자부심마저 가지고 있었어. 그런데 비교할 수 없는 월등한 지적 생명체가 나타나면 자존심이 속절없이 무너질 수밖에 없지. 공허함을 느끼는 것은 당연한 것일세. 그렇지만 이것은 진실이지. 받아들여야 해, 레스터!"

레스터는 아무 말도 할 수 없었다. 레스터는 고개를 푹 숙인 채 땅바닥만 쳐다보았다.

"갤리온의 학자들이 정립한 '궁극의 만물 이론'이라는 초고차원의 식이 있었지. 그 식을 네트워크로 연결된 인공지능 슈퍼컴퓨터들을 이용해 단 한 번도 멈추지 않고 진행시켰지. 내가 태어나기 훨씬 전부터 시작되었던 일이었어. 단 한 번 멈출 뻔한 순간이 있었지. 이미 말한 갤리온이 폭발하여 사라졌을 때 말이네. 다행히도 다른 행성에 탐사를 떠났던 GSS 1000에도 동일한 환경을 유지하기 위해 네트워크로 연결되어 있었기 때문에 GSS 1000의 인공지능 슈퍼컴퓨터가 계산을 계속 이어나갔네. 그러다 VGSS 2000에서 계속 진행시켰지. 나는 '궁극의 만물 이론'을 보다 세심하게 다듬고 개선시켰지. 그리고 나의 야심작인 VGSS 2000의 인공지능 슈퍼컴퓨터에 이론과 실험으로 밝혀낸 우주의 특성들을 무한대의 변수들에 대입했네."

레스터는 앉아 있던 의자에서 살짝 일어나 커다란 원형 탁자에 더 가까이 의자를 당겨 앉았다.

"그래서요?"

레스터에게 이제는 현실인가 비현실인가 하는 자신의 잣대는 안중에 없었다. 지금 이 순간 바로 자신 앞에 당당하게 앉아 있는, 우주에서 가장 위대한 지적 생명체인 네메스를 통해 인류 역사상 그 누구도 상상할 수도 없고 알 수도 없었던 과거와 현재 그리고 인류가 여전히 존재했다면 앞으로 몇천 년, 몇만 년, 아니면 그 이상 소요될지도 예측할 수 없는 미래를 가상이 아닌 현실이라는 무대 위에서 직접 경험하며 단 하나도 빠짐없이 생생하게 들을 수 있었기 때문이다. 레스터는 도저히 알고 싶어도 알 수 없었던 엄청난 진실을 경험하며 경이의 세계에 빠져들고 있었다. 그는 지금 과거, 현재 그리고 미래를 한순간에 그것도 동시에 떠안은 느낌이 들었다. 네메스가 걸어온 길이 결국 인류가 살아 있었다면 성취할 미래였기에 더욱 그랬다.

"VGSS 2000에는 내가 심혈을 기울여 만든 '무한차원 브레인 가상현실 시스템'이라는 기계 장비가 있네."

순간, 네메스의 눈빛이 반짝였다.

"무한차원 브레인이요?"

"그래, 레스터. 알고 싶나?"

"네!"

선뜻 자신 있게 답했지만 사실은 돔에서 경험한 여러 선진 기술을 비롯해 VGSS 2000이라는 초거대 모선도 실질적으로 받아들이기 힘든 상태였다. 그런데 '무한차원 브레인 가상현실 시스템'이라니! 분명 또다시 자신의 상상을 가볍게 뛰어넘을 것임에 레스터는 기대와 함께 두려움도 밀려왔다.

"무한차원 브레인 가상현실 시스템에서는 모든 감각, 즉 오감을 현실처럼 느끼게 해주는 기능은 기본에 불과하네. 조금 전에 말한 인공지능 슈퍼컴퓨터에서 계산한 방대한 양의 데이터들은 공간에 가상우주를 만들지. 다시 말해, 현실에 우주를 똑같이 비주얼라이제이션을 할 뿐만 아니라 시뮬레이션까지 하는 거야. 이 부분까지는 자네가 이곳에서 경험했던 가상체험과 특별히 차이가 있지는 않아. 배경이 우주이고 우주공간을 자유롭게 날아다닌다는 것을 빼면 말이네."

"그럼, 다른 특징은 무엇인가요?"

"우주는 몇 차원일까?"

"정확히 확답할 수는 없겠지만, 과거의 이론 중에 '초끈 이론'에 따르면 우주의 시공간은 11차원이라 했죠. 만물을 구성하는 기본요소인 끈이라는 것이 상상하기도 버거울 정도로 극소의 개념인지라 증명할 수 없다는 것이 문제였죠. 하여튼 과학자들은 여기서 머무르지 않고 연구에 매진해서 가장 최근에 발표된 이돈은 우주가 최소 24차원을 훨씬 넘어선다는 결론을 내렸습니다. 물론 실험으로 증명된 사실은 여전히 없지만요."

유유히 흘러가는 강물을 바라보듯이, 파노라마 창을 통해 잠시 화성의 풍광을 차분한 모습으로 바라보던 네메스가 다시 말문을 열었다.

"인류는 항상 그래왔지. 처음에 지구가 평면이라 생각한 사람들은 배를 타고 멀리 항해하는 것도 두려워했지. 계속 항해하다가는 수평선이 끝나는 곳에서 깊은 낭떠러지에 떨어져 죽을 것이라고 말이네. 그러다 모험과 연구를 통해 더 많은 것을 알아가자 이번에는 자신들이 살고 있는 지구가 우주의 중심이라고 굳게 믿었지. 그러나 알다시피 지구는 결코 우주의 중심이 아니지 않나. 단지 우주의 무수한 은하계 중에 하나에 불과한 은하계에 살고 있을 뿐이었어. 그 하나의 은하계에서도 수많은 항성과 행성 중에 오직 하나였을 뿐이었고 지구라 불리는 행성은 그 은하계에서도 변방에 놓여 있는 태양계 속 극히 작은 행성에 불과하지 않았던가! 인류는 이렇듯 점점 더 넓은 세상을 향해 조금씩 나아가고 있었지."

"그렇다면!"

네메스의 대답에 무언가 감을 잡은 레스터가 말을 하려다가 멈추었다.

"우주는 무한차원이네! 그 끝을 모른 채 말이네."

레스터는 심한 어지러움을 느꼈다. 인류 최고의 과학자들이 최선을 기울여 만들어낸 이론은 단지 출발점이라고 네메스는 말했다. 그가 아니라면 레스터는 당장 증명해 보이라며 이런저런 열띤 반론을 제시했을 것이다. 하지만 네메스는 우주에 남아 있는 지적 생명체 중에서도 가장 고등한 지적 생명체임이 분명했다. 지금부터라도 인류가 모든 노력을 기울인다고 가정해도 네메스만큼 이룰 수 있다는 자신감마저 무색하게 만드는 존재가 그저 인류의 모든 노력이 단지 시작이라고 말하고 있었다.

"우주가 최종적으로 몇 차원으로 구성되어 있는지 수많은 실험을 반복하고 나서야 드디어 밝혀냈지. 그렇지만 결코 원하던 결과가 아니었어. 내가 원한 것은 유효한 차원이었네. 지적 생명체라면 그 누구든지 그 어떤 분야이든 최종 결과에 대해선 항상 무조건 잡을 수 있는 확실하고도 고정된 무언가를 찾아내야 만족할 수 있으니까 말이네. 하지만 결국 무한차원이라는 것을 알았을 때의 실망감은 이루 말할 수 없었지. 그렇다고 실망감에 그냥 머물러 있다는 것 역시 아무런 의미가 없는 것이지. 앞으로 나아가는 것만이 지적 생명체의 숙명 같은 최선이니까 말일세. 그래서 나는 무한차원을 가상으로 경험하는 부분에 집중하여 이 시스템을 만들었네. 지금도 실제의 우주를 그대로 담아내기 위해 계속해서 업데이트되고 있지. 확장성이 무엇보다 중요했기 때문에 무한차원을 도입하게 된 것이네."

"그런데, '무한차원 브레인 가상체험 시스템'이라는 이름에 왜 브레인이라는 단어가 들어가는 거죠?"

레스터의 질문이 순서에 맞았는지 네메스는 빙긋 웃었다.

"우리의 시각은 몇 차원까지 현실을 인식하고 경험하는 것이 가능할까?"

"인간의 신체적 한계에 의해 물리적으론 3차원까지 경험하는 것이 가능하죠."

말하고 나서 레스터는 마음에 주저함이 생겼다. 이러한 상식을 몰라서 네메스가 질문했을 리는 없었다.

"그렇지, 레스터. 그러면 무한차원을 경험하려면 어떻게 해야 할까?"

"아! 그렇군요. 인간의 오감으로는 결코 경험할 수 없는 영역이니 결국은 두뇌를 이용해야 한다는 뜻이군요!"

"맞네, 레스터."

네메스가 갑자기 육중한 몸체를 불쑥 일으키더니 레스터에게 따라오라는 손짓을 했다.

"어떠한 시스템인지 직접 경험하도록 해주겠네."

레스터는 네메스를 따라 지하에 있던 집무실에서 나와 복도를 따라 걸으며 파노라마 창 너머로 한눈에 들어오는 화성의 장엄한 풍경을 다시 보았다. 얼마 걷지 않아 엘리베이터로 VGSS 2000의 가장 위층으로 향했다. 문이 열리자, 거대한 반구형의 공간에는 주위를 아무리 둘러보아도 특별해 보이는 장비가 전혀 눈에 띄지 않았다. 그저 있는 것이라고는 편안하고 안락해 보이는 의자 한 개뿐이었다. 레스터는 네 사람이 누워도 충분히 남을 것 같은 의자를 보다가 고개를 돌려 네메스를 쳐다보았다.

"이것이 다인가요?"

"왜? 실망했나?"

"걱정하지 말게, 레스터. 이제 곧 시작할 테니 말일세. 기대하게!"

레스터는 의자에 긴장한 상태로 거의 드러눕듯이 기대어 앉았다. 그리고 눈을 감았다. 의자가 살아 있는 생물체처럼 레스터의 체형에 맞추어 가장 편한 상태를 유지할 수 있도록 조정되기 시작했다. 곧이어 의자와 레스터는 한 몸이 되었다. 시트의 느낌이 마치 아기가 엄마의 품에 안긴 듯한 너무나 따뜻한 포근함이었다. 곧이어 의자 뒷부분에서 나온 긴 파이프 끝부분에 연결된 장치에서 레스터의 머리 부분을 향해 수많은 빛이 비추기 시작했다. 어느새 그의 몸이 무중력 상태로 공중에 떠 있는 듯 육체의 물리적인 제한이 모두 사라졌고 무게감이 전혀 느껴지지 않았다. 동시에, 공간이 우주로 바뀌었다. 그 우주에 레스터가 있었다.

"헉!"

순간 심장이 멈춰 숨을 쉴 수 없었다. 여기는 정말로 우주였다. 실제의 우주였던 것이다! 우주공간 속에 아무런 거리낌 없이 레스터가 있었다.

극도로 세밀한 '무한차원 브레인 가상현실 시스템'이 펼쳐 보이는 세계는 레스터의 오감을 우주공간 속에 완벽하게 적용해서 통합시켰다.

분명히 레스터는 우주에 있었고 그의 감각은 이곳에서 현실이었다. 그는 우주에 떠 있는 자신을 보고 싶어 고개를 숙였다.

'없다!'

자신의 신체는 우주공간 속 그 어디에도 없었다. 이 시스템은 레스터의 뇌와 직접 접속해 신체의 모든 감각기관을 거대한 반구형의 전체 공간으로 연결해 확장시켰다. 다시 말해, 레스터와 공간은 하나가 되었다. 의자에 누워 있는 실제의 레스터는 뇌를 제외한 다른 나머지 신체는 완전히 차단된 상태여서 미동도 없었다. 그럼에도 불구하고 레스터는 초월적인 힘을 느꼈다. 우주가 바로 사신이었다.

'무한차원 브레인 가상현실 시스템'의 우주에서는 신체가 손재하지 않았으나 모든 것을 완벽하게 느끼고 경험할 수 있었다. 레스터는 우주공간에서 부유하는 것이 아니라 우주를 장악하고 있는 느낌이었다. 레스터는 우주에서 원하는 곳이 어디든 자유롭게 탐험할 수 있었다. 이곳저곳을 마음껏 자세히 살펴보고 듣고 만져보고 느껴보며 냄새마저 느낄 수 있었다. 모든 것이 생각하는 동시에 이루어졌다. 예를 들어, 안드로메다 은하를 머릿속에서 떠올리는 순간 안드로메다 은하에 있었다. 이곳에서는 아무리 먼 거리일지라도 이동에 필요한 시간이 존재하지 않았다. 다시 말해 지체, 정체, 이동 시간이라는 단어는 처음부터 존재하지 않았다. 오직 레스터의 두뇌 속에서 떠올린 찰나의 순간만이 존재했다. 시공간이 자신이며 의지대로 어느 장소든지 순간 이동이 가능했다.

이런 상황이 되자, 레스터는 마치 자신이 우주를 설계한 존재처럼 느껴졌다. 우주라는 거대한 세계가 한눈에 들어왔다. 셀 수 없이 수많은 은하계, 항성과 행성, 거대 블랙홀들, 폭발하기 직전의 적색거성 그리고 엄청난 감마선 폭발 등 우주의 처음과 끝이 레스터의 손바닥 위에서 움직이는 미물에 불과했다. 레스터는 가장 극소의 영역에서 가장 극대의 영역까지 순간 이동을 해 관찰했다. 레스터는 한없는 경이로움이란 감동의 의미가 새롭게 새겨졌다.

그러던 중 우주공간이 급격히 요동치면서 심하게 뒤틀리는 것을 느꼈다. 드디어 네메스가 말한 '무한차원 브레인 가상현실 시스템'의 진가를 확인할 때가 왔다는 신호였다. 지금까지의 경험은 그저 입문편에 지나지 않았다. 이 시스템의 진짜 목적은 무한 차원을 경험하기 위해서 만들어진 것이다.

"으… 으… 음!"

레스터는 깊은 신음을 토해냈다. 우주의 차원은 5차원, 6차원, 7차원으로 올라가고 있었다. 그리고 우주 속에 숨겨진 수많은 여분의 미세한 공간의 차원마저도 12차원, 13차원, 14차원을 넘어서 19차원을 넘어서고 있었다. 우주의 차원이 깊어질수록 시공간의 비틀린 강도는 상상을 초월할 정도로 더 심해져 갔다.

…21차원, …29차원, 30차원, 31차원, …71차원, …83차원, …91차원, …210차원….

차원은 고장 난 브레이크처럼 무장해제된 듯이 점점 더 가속되며 깊어졌다. 그리고 차원이 올라갈수록 난해했고 복잡했으며 이해하려 할수록 더더욱 불가항력의 미로 속으로 빠져들었다. 마치 이 세상에서 그 누구도 다시 그려내는 것이 아예 불가능한, 형이상학적이며 난해한 추상화를 마주하듯이 극단적인 모습의 정점을 향해 치달았다.

정신적으로 한계가 느껴지던 순간, 통증이 찾아왔다. 뒤이어 속이 메스꺼워 구토 증세가 났다. 레스터의 상태를 실시간으로 모니터링하던 시스템이 위험을 감지하고 경고음을 내며 가동을 멈추었다. 수 분이 지나자, 레스터의 상태도 서서히 호전되었다. 초고차원으로 갈수록 두뇌가 대규모의 데이터를 받아들이는 과정에서 경미한 통증을 유발한 것이다.

"괜찮은가? 사실 고차원을 경험한다는 것은 오랫동안의 고된 훈련이 필요하네. 자네는 훈련이 안 된 상태임에도 꽤 깊이 경험

한 걸세. 잠시 시간이 지나면 괜찮을 거네. 내가 말하는 중이라
도 혹시 몸이 불편한 곳이 있다면 말하게."

"아닙니다, 이제 좋아졌습니다. 계속 말씀해주세요."

"그럼 그렇게 하지. 이 시스템을 이용해 우주의 시작과 최후는
밝혀낼 수 있었네. 그런데 정말로 중요한 것은 그 과정 중에 '초
월적 미지의 영역'을 발견할 수 있었어. 바로 이곳에 초월적 힘
에 의해 극소점으로 응축된 에너지 형태를 유지하다 우주를 생성
한 후, 다시 원래의 극소점의 응축된 에너지로 전환하는 과정에
서 우주가 소멸된다는 것을 말일세. 거기다 우주는 지속적으로
생성하고 소멸하는 과정을 반복한다는 사실도 알아냈지. 하지만
'우주는 왜 존재하는가'에 대한 의문은 조금도 풀리지 않았어. 갤
리온 정신의 최종 목표는 바로 '우주의 존재 이유'니까. '우주는
왜 존재하는가'에 대한 신의 마음을 뜻하는 '우주의 궁극적인 진
정한 의미'는 우주의 법칙만 많이 안다고 해결할 수 있는 문제가
아니라는 뜻이야. 우주의 존재 이유를 알기 위한 유일한 길은 '초
월적 미지의 영역'으로 진입해야만 하네. 하지만, '초월적 미지의
영역'은 우주가 생성되기 전부터 지적 생명체에겐 가로막힌 길이
었지. 그곳은 우리의 노력으로 밝혀지는 것이 아니라, 우주를 넘
어선 어떠한 세계였어. 도저히 받아들일 수 없는 진실을 확인한
이후 나의 세상이 모두 무너져 내린 것처럼 절망적인 괴로운 나
날을 보냈지. 한없이 무너져갔어. 그러다 어느 날 문득, 다른 대
안이 생각났지. 그게 바로『갤리온의 신화와 예언』이었고 찾아
나설 수밖에 없었네. 내가 이성적인 논리만으로 해결할 수 있는
모든 길은 철저히 막혀버렸으니까 말이네."

"…"

레스터는 묵묵히 네메스를 쳐다보았다. 끊임없는 위대한 노력에도 진정한 진리의 문 앞에 도달할 수 없었다는 것에 괴로웠다. 그리고 실망하는 네메스의 모습은 레스터의 마음을 더욱 안타깝게 했다.

네메스에게 다가가기 위해 의자에서 일어나 한 발짝을 옮기던 레스터가 바닥에 그대로 주저앉아버렸다. 마치 우주의 무중력 상태를 오랫동안 경험하고 지구로 되돌아온 우주비행사가 땅에 첫발을 내디딜 때처럼 적응되지 않았다. 비록 가상이었지만 그 체험만큼은 무엇보다 강렬했다.

"정말 믿을 수 없이 환상적이었어요. 대단한 경험이었어요, 네메스!"

어떻게든 네메스의 위대한 연구와 경이로운 결과물에 무엇이라도 답례하고 싶던 레스터는 정신을 차려 그나마 돌아온 힘을 다해 엄지손가락을 추켜올렸다.

"즐거웠다니 나도 상당히 기쁘군. 하지만 이제 이 시스템은 나에겐 그저 단순한 놀이기구에 불과하네."

네메스는 레스터의 진심 어린 마음에 답하듯 활짝 미소를 지었다.

곧이어 그는 레스터에게 VGSS 2000의 전체 상황통제실로 이동하자고 말했다. 엘리베이터로 가는 길 내내 네메스는 친절한 안내자가 되어 이것저것 자세하게 말해주었다. 문득, 레스터는 의문이 들었다.

'위대한 지적 생명체인 네메스는 도대체 무슨 연유로 힘없고 보잘것없는 내게 이러한 아량을 베푸는 것일까? 비록 인류는 흔적도 없이 사라졌지만 이곳에 소수의 사람들은 여전히 생존해 살아가고 있어. 그들도 나와 같은 경험을 했을까? 아니, 그래 보이진 않았어. 돔에서 네메스를 만나려면 대통령 집무실의 엘리베이터를 통해서만 가능하니까. 처음부터 그들과의 직접적인 만남은 차단되었지. 그가 나에게만 운명공동체라면서 특별한 만남을 선사한 거야. 그렇다면 유독 왜 나에게만 다른 이들은 감히 근접하기도 불가능한 이러한 다양한 기회를 주는 것일까? 갤리온의 역사나 화성에서 겪었던 모든 역사까지 이렇게 자세하게 이야기해주는 이유는 정말 무엇일까?'

이유를 알 수 없는 호의가 레스터의 마음을 조금 무겁게 짓눌렀다.

네메스가 설계하고 만든 VGSS 2000이라는 거대 모선은 지상 3층, 지하 2층의 구조로 구성되어 있었다. 지상 3층은 조금 전에 경이로움을 느끼고 경험하게 해주었던 '무한차원 브레인 가상현실 시스템'이 있는 곳이고, 지상 2층은 레스터가 네메스를 만나기 전까지 거주하던 돔 형태의 거주공간이자 사람들이 살고 있는 곳이다. 그리고 지금 방문하고자 하는 지상 1층이 바로 VGSS 2000의 심장이라고 할 수 있는 전체 상황통제실이다. 지하 1층은 네메스의 집무실을 비롯한 그가 진행하는 핵심 연구 시설이 있는 곳인데, '스푸드'라 불리는 음식 공장도 바로 이곳에 위치했다. 그런데 지하 2층은 무엇을 하는 곳인지 네메스가 언급을 회피했다. 단지 때가 되면 알게 될 거라고만 말했다.

VGSS 2000의 전체 구조에 대해 듣는 동안 지상 1층에 도착했다. 레스터가 열릴 문을 바라보고 있는데 네메스가 레스터를 향해 몸을 돌리고는 말했다.

"한 가지 당부를 하겠네. 엘리베이터의 문이 열리고 무엇을 보더라도 당황하지 말기를 바라네. 지금은 보는 그대로 받아들여주게. 자세한 설명은 나중에 해줄 테니. 알겠나?"

"네!"

문이 열렸고 그들은 전체 상황통제실에 들어섰다. 이곳은 네메스의 전용 엘리베이터와 직통으로 연결되어 있었다. 레스터는 시야에 들어오는 광경에 입을 다물지 못했다. 이곳에서 단 한 번도 보지 못한 낯선 존재들이 있었다. 외계생명체를 다룬 영화 세트장에 온 것만 같았다. 전혀 새로운 세상이었다. 레스터는 미간을 찌푸리며 네메스를 올려다보았다.

"네메스, 이들은 누구죠?"

"나의 손과 발이네."

"손과 발이라니요? 무슨 뜻이죠?"

"…"

네메스는 눈도 맞추지 않고 앞서 걸었다. 레스터는 뒤따르면서 상황통제실에 가득한 그들을 열심히 눈에 담았다.

그들의 외형은 상당히 독특했다. 머리는 달걀모양이고 얼굴의 3분의 1을 차지할 정도로 커다란 두 눈은 반질거리는 옥빛의 막 같은 것으로 덮여 있었다. 커다란 눈과는 대조적으로 코와 입은 매우 작았다. 기다란 두 팔과 두 다리, 그리고 날렵한 몸체를 가지고 있었다. 특이한 점은 그들은 얼굴과 몸체 그리고 키가 모두 동일해서 누가 누구인지 전혀 분간할 수 없었다. 무엇보다 그들의 피부는 어떠한 옷도 걸치지 않은 맨몸이었는데 머리부터 발끝까지 온몸을 덮고 있는 피부는 움직일 때마다 약간씩 반짝거리는 반투명의 살갗을 가지고 있었다. 그렇다고 그들의 몸속 장기가 보이는 것은 아니었다. 흡사 윤기가 감도는 도자기와 같았다.

아이보리와 연분홍색 그리고 엷은 보라색 등이 섞여 그들이 움직일 때미다 공간은 몽환적인 황홀감을 선사했다. 언뜻 그들에게서 맑고 은은한 하프 소리가 들렸다.

"정말 아름답군요! 그들을 보고 있는 것만으로도 마음이 동해 어디든 이끌려갈 것만 같아요."

십여 분 사이에 레스터가 품었던 불편한 심정은 그들의 피부에서 펼쳐내는 아름다운 모습과 은은한 소리에 심취한 나머지 두 눈이 풀리며 몽롱해졌다.

그들의 매혹적인 모습과는 상관없이 무슨 일이 그리 많은지 눈길 한 번 주지 않고 각자의 일에만 열중하고 있었다. 물론, 규모에서도 보는 것만으로 압도당하는 전체 상황통제실이었고 첨단 시설과 기계 장비들에도 시선이 갔다. 전체 상황통제실에는 끈이 없는 풍선처럼 아무런 받침대나 고정된 곳이 없이 둥둥 떠 있는 투명한 막처럼 보이는 얇은 대형 디스플레이가 있었다. 그 화면에는 커다란 행성처럼 생긴 물체가 선명한 입체감을 다각도로 드러내며 상세히 표현되고 있었다. 그 모습을 잠시 지켜보던 레스터는 바로 VGSS 2000의 전체 모습이라는 것을 알았다. 대형 디스플레이를 통해 VGSS 2000을 보니 이 거대한 모선을 밖에서 본다면 한눈에 모두 들어오지 않을 웅장한 장관에 차마 입이 다물어지지 않으리라는 것을 쉽게 짐작할 수 있었다. VGSS 2000의 전체 외관은 멀리서 본 토성의 모습과 거의 흡사했다. VGSS 2000을 토성으로 비유하자면 토성 위쪽의 반구형이 지상 2층과 지상 3층에 해당하고, 토성 아래쪽의 반구형이 지하 1층과 지하 2층이 될 것이다. 그리고 토성의 고리 부분이 바로 이곳, '전체 상황통제실'에 해당된다. 한마디로 VGSS 2000은 토성이라는 아름다운 행성을 닮은 상당히 매력적인 모선이었다.

전체 상황통제실은 360도로 펼쳐진 웅장한 파노라마 창이 특히 인상적이었다. 파노라마 창엔 이해할 수 없는 갖가지 다양한 기호의 디지털 정보들이 곳곳에서 쉴 새 없이 표시되고 있었다. 창은 강력한 금속 재질의 신소재이고 모선의 전체 외관을 이루는 물질이었다. 여기에 투명도를 조절할 수 있는 특성을 이용하여 마치 유리처럼 바깥 풍경이 보이도록 설정이 가능했다.

"인류를 포함한 모든 지적 생명체가 추구하는 방향은 결국은 자연을 닮아가지! 한 가지 예를 들어볼까?"

"네! 자세한 설명을 듣고 싶군요."

"자네에게도 친근할 만한 로봇이 좋겠군. 인류가 로봇에 관심을 갖는 근원적인 이유는 최종적으론 자연 그 자체이자 바로 자신을 만들어내기 위함이지. 시간이 흘러 인류는 상당한 공학기술의 발전으로 정교한 기계 로봇을 만들어내기 시작했어. 더 나아간 미래엔 생체조직이 결합된 안드로이드로 발전을 거듭하게 되지. 그리고 인류가 존재했다면 더욱 먼 미래엔 최종적으로 인공 세포를 완성하게 되고 인간과 거의 비슷한 생명체를 탄생시켰을 거야. 재귀적이지. 여기서 가질 의문은 오직 한 가지네."

"어떤 의문인가요?"

"이미 이 우주 속에는 나를 비롯한 인류와 같은 완전한 지적 생명체가 존재하는데도 불구하고 왜 우리는 어떻게 보면 무의미하다고 보여지는 재귀적인 과정에 엄청난 노력을 기울여서 동일한 것을 다시 완성시키려고 끊임없이 혈안이 되어 있었는가 말이네."

레스터는 네메스가 말하는 동안 두 귀를 쫑긋 세우고 주의 깊게 듣고 있었다. 비록 지구에 살던 인류가 모두 사라졌지만, 생존해 있었다면 우리도 역시 갤리온과 같은 방향을 향해 나아가다 최종적으로 네메스가 처한 상황과 맞닥뜨렸을 것이다. 결국 인류가 생존했다면 머나먼 세월이 지난 후 맞이할 수밖에 없는 필연적인 미래였다.

"지적 생명체라면 숙명적으로 재귀적 과정을 반복할 수밖에는 없는데, 지적 생명체가 이러한 험난한 과정을 반복하면서 나아가도록 처음부터 우리에게 내재될 수밖에 없었던 진정한 힘은 대체 어디에서 오는 걸까. 그리고 최종적으로 지적 생명체에게 무엇을 완성시키기 위해 그 힘이 작용을 하고 있는가 말이네. 물론, 더 근본적이고 근원적인 이유가 분명히 존재하겠지. 나 역시 이러한 질문에 대한 답변은 너무나 어렵네."

네메스는 머리를 들어 쓸쓸한 화성의 풍경을 쳐다보았다.

"충격적이군요! 지적 생명체가 할 수 있는 최고의 수준까지 도달해도 우주의 궁극적인 진정한 의미는 항상 저 멀리에 있는 신기루처럼 잡으려 해도 잡을 수 없으며 넘어설 수도 없는 거대한 벽이란 말이군요. 인류만이 아니라 네메스 당신도요. 결국, 우주에 존재했던 모든 지적 생명체에겐 말이죠."

"하지만 레스터! 이러한 재귀적인 과정은 단지 한 분야에만 한정된 일이 아니네. 지적 생명체의 삶 속에도 그대로 녹아 있지. 우리가 매 순간 숨을 쉬고 식사를 하고 직장에서 업무를 보고 회사를 경영하고 나라를 이끌어가는 그 각각의 모든 활동은 반복적인 과정에 머물지 않고 결국엔 재귀적인 과정을 이끌어내 가장 이상적인 근원을 향해 나아가게 되는 것이네. 이러한 과정은 지적 생명체와 다른 모든 생명체들뿐만 아니라 가장 최상위 단계인 이 우주에도 동일하게 재귀적인 과정이 이루어지지. 수많은 행성, 항성들, 태양계, 우리 은하 그리고 수많은 다른 은하계들은 자신들이 소멸하기 전까지 자신들에게 정해진 경로를 따라 자전과 공전을 무한히 반복하는 거야. 태초에 우주가 생성된 이후, 무구한 세월이 흐르고 흘러 우주에서 생성된 가장 복잡한 구조를 지닌 지적 생명체가 탄생하게 되고 우주의 나이만큼의 기나긴 역사를 통해 탄생하게 된 우리 역시 우리가 탄생하게 된 기원을 알고자 거슬러 되돌아가기 위해, 또다시 우리의 기원과 우주의 기원을 찾기 위해 한없이 재귀적인 과정을 반복하고 있네. 자네도 알다시피 세상의 모든 것은 그 형태와 크기에 상관없이 모두 원자로 구성되어 있지. 우리 몸을 구성하는 가장 기본적이면서도 그 자체로 완벽한 구조를 가지고 동작을 수행하는 세포처럼 말이지. 재귀적인 과정은 원자뿐만이 아니라 원자 이하의 모든 미립자들에게도 미치고 있는 것이네. 가장 극대의 우주부터 가장 극소의 미립자까지 말이지. 그렇지만 조금 전에도 말했듯이 이러한 재귀적인 과정이 최종적으로는 무엇을 찾기 위한 것인지 아니면 무엇이 되기 위한 것인지 그 진정한 수렴이 결국에는 어디에서 멈추게 되는지 전혀 알 수 없었네. 분명한 것은 우리는 우주의 궁극적인 진정한 의미를 찾기 위해 회귀하고 있다는 명백한 사실일세. 나는 이 모든 것을 통합해서 하나의 주제로 표현하고 두 가지의 질문을 만들었네."

"하나의 주제로 표현한 두 가지의 질문?"

"'재귀적 패턴', 즉 존재하는 모든 것의 재귀적인 과정. 우주에서 재귀적 패턴을 형성할 수밖에 없었던 가장 근본적이고 근원적인 이유는 무엇일까? 그리고 이것의 진정한 힘은 무엇일까?"

네메스가 던진 화두의 무게를 온몸으로 감당하며 레스터는 신음했다.

"자네에게 인류가 생존해서 나아갔다면 만들어낼 미래의 한 단면을 보여주겠네!"

"미래의 한 단면?"

"지금 자네가 바라보고 있는 이 생명체들은 인공 세포를 이용해서 만들어낸 인공 생명체들이네."

"인공 생명체!"

"로봇이나 안드로이드와는 비교할 수 없는 지적 생명체가 인공적으로 창조해낸 가장 최상위 단계이며 최대한 자연에 가까운 결과물일세! 자연 세포를 전혀 이용하지 않고 오직 자연 세포의 메커니즘만을 이용해 처음부터 과학과 공학기술만으로 순수하게 탄생시킨, 인공 세포로 만든 생명체들이야!"

"와! 정말요! 대단한 성과네요."

"특수 설계한 인큐베이터 속에 인공 세포를 넣은 후, 세포분열을 일으켜 배양을 걸친 후에 탄생시켰네. 즉, 생물학적인 정자와 난자는 물론이고 자궁마저 필요 없지."

"그것이 정말 가능하다는 말인가요?"

"자네가 지금 보고 있지 않은가! 당연히 저들에겐 부모도 형제도 없다네. 그래서 자신들의 선조도 없으며 후손도 없지."

"미래를 꿈꿀 수 없으며 과거를 되돌아볼 수도 없지. 오직 현재의 순간만 있을 뿐이네. 모두 똑같은 존재일 뿐이야. 게다가 이들과 우리가 명확히 구별되는 더욱 심각한 문제가 있네!"

"우리와 어떠한 차이점이 또 있다는 말이죠?"

"무엇으로도 해결할 수 없는 치명적인 차이점이 있네. 그 사실은 내게 깊은 고통을 안겨주었지. 처음엔 이 차이점을 메우려고 갖은 노력을 기울였어. 지적 생명체의 숭고한 특징을 결정짓는 핵심이었으니까. 하지만 이 차이점은 지적 생명체인 우리의 태생적 한계라는 것을 알게 됐네."

"지적 생명체의 태생적 한계?"

"단순히 바라보면 우리와 차이점이 없는 것처럼 보이지. 혹시 차이점이 있다고 말해도 자네에게는 단지 무한소에 가까운 너무나도 작은 부분처럼 받아들여질 거야. 그렇지만 '초월적 미지의 영역'의 관점에서 본다면 내가 어떠한 노력으로도 채울 수 없었던 무한소의 차이가 오히려 무한대의 차이라는 것은 확실하네."

"네? 무한소에 가까운 극히 미세한 차이가 실은 무한대일 수도 있다고요?"

레스터는 의미의 괴리감에 미련을 거두지 못했다. 하지만 불길한 암시를 주는 상대가 다른 이가 아닌 네메스라면 무시라는 단어도 처음부터 존재하지 않았다.

"그래, 레스터! 인공 생명체인 저들에겐 단 두 가지가 없네."

"저들의 모습은 오히려 저보다 더 고등한 생명체로 느껴지는데요. 도대체 저들에게 무엇이 없다는 거죠?"

"정체성과 의지!"

"그럴 리가요. 저렇게 누구의 지시도 없이 각자가 맡은 일을 한다는 것은 각자의 정체성이 없다면 의지도 발휘할 수 없으니 불가능한 일이잖아요."

"아니, 사실이네. 저들에겐 각자의 정체성과 의지가 전혀 없어! 이 두 가지는 만들어낼 수 없었네. 이것은 지적 생명체가 만들어낼 수 있는 것이 아니었어. 정체성과 의지는 태초의 우주가 생성될 때 같이 존재한 것이네.”

“정체성과 의지가 태초에 생성된 거라고요!”

“그렇다네!”

“다시 생각해보니 어렴풋이 알 것 같군요. 그러니까 모든 생명체가 자신을 고유하게 식별하고 인식하게 해주는 두뇌의 가장 기본적이며 핵심적인 정신인 정체성의 근원을 밝히는 일은 ‘우주의 궁극적인 진정한 의미’를 이해하는 것과 동일하다는 말씀인가요?”

“정확히 맞추었네!”

“전체 상황통제실에서 일하고 있는 인공 생명체들은 어떻게 불러야 하나요?”

“‘멀티유니온(Multi-Union)’이라 부르네.”

“그러면 각자의 이름은 없겠군요.”

“그렇네. 저들은 하나의 이름으로 부르지. 멀티유니온! 조금 전에도 말했듯이 저들은 내 손과 발이고 눈이자 귀네. 나는 VGSS 2000에서 이들에게 내가 원하는 일을 시키고 결과를 보고받고 이들을 통해 내가 알고자 하는 세상을 보고 듣고 있지. 결국 이들을 통해 다중 작업을 실시간으로 동시에 처리할 수 있게 된 것이네.”

“멀티유니온은 총 몇 명 있나요?”

“이들은 현재 총 500명이네.”

“그런데요, 네메스. 이들은 무슨 일을 하는데 저렇게 바쁜 거죠?”

“내 두뇌의 발현일세!”

“당신의 두뇌요?”

"이미 말했듯이 이들에겐 정체성이 없네. 따라서 각자의 의지도 없지. 이들은 내가 주입한 지시만 이행하고 따를 뿐 각자가 무엇인가 목표를 스스로 만들고 계획해서 창조적인 일을 할 수 없네. 난 뼛속까지 과학자네. 내가 만일 정체성이라는 난관의 문제를 해결했다면 인공 생명체들에게도 정체성을 심어주었겠지. 진정한 장인은 자신의 작품에 혼을 불어넣을 수만 있다면 목숨도 바칠 수 있는 존재들이니까. 인공 생명체들이 정체성을 갖고 하나의 의지를 앞세워 이들 모두가 반란을 일으켜 나를 죽이려 한다고 해도 말이네. 그러나 아쉽게도 이들은 어찌 보면 단순한 기계들에 불과해. 각자가 혼자 있을 때는 무엇을 해야 할지 모르고 그대로 있다가 네메스라는 정체성을 가진 조직 내의 유일한 명령이 뚜렷한 의지를 내세우면 그에 따라 일을 수행하는 생명체가 되는 거야."

"그렇군요. 그런데 당신은 멀티유니온에게 무슨 일을 시키는 건가요?"

"알고 싶은가?"

"그럼요. 당연하죠!"

"그래, 자네에게 내가 알고 있거나 경험했던 그동안의 모든 역사를 알려주어야 하는 것은 내가 이행해야 할 절대적인 중요한 의무가 될 테니, 그리고 내가 자네에게 줄 수 있는 유일한 선물이니까 말이네."

'의무? 선물? 나에게 알려주는 것이?'

의미를 파악조차 할 수 없던 레스터는 되묻지 않았다. 네메스는 상당히 순차적으로 자신에게 다가오며 신뢰를 쌓고 있었다. 그래서 기다리기로 했다.

"레스터, 내 집무실로 자리를 옮기도록 하지!"

여전히 주어진 일에만 열중하고 있는 멀티유니온을 뒤로한 채 엘리베이터를 타고 지하 1층 집무실로 향했나.

"앉게나."

레스터에게 자리를 권하며 네메스도 의자에 앉았다. 네메스는 한동안 온 공간을 침묵으로 채웠다. 레스터는 숨소리도 방해될까 봐 들락거리는 숨소리를 몸 안에 가뒀다. 그의 귓가엔 네메스의 침묵만이 남았다.

'멀티유니온이 하는 일이 그렇게 극비인가?'

한참이 지났다. 네메스는 의자의 손잡이를 한번 쓸어내리더니 굳게 닫혀 있던 입을 열었다.

"레스터! 그전에 화성에서의 이야기를 마저 하도록 하겠네."

미지의 그들 II

진정으로 소중한 것을 지키려면
기존의 경계를 넘어서야 한다

아포네스가 들이댄, 서슬이 시퍼런 칼날이 목전까지 스쳐 지나 간 만남을 뒤로하고 VGSS 2000으로 되돌아온 네메스는 실망과 배신으로 가슴이 타들어가는 고통을 느꼈다. 이제는 예전의 아 포네스로 되돌려놓기에는 늦었다는 것을 절감했다. 어디서부터 아포네스와의 길이 달라졌는지 생각하는 것조차 어리석은 일이 되어버렸다. 하지만 그를 심란한 상태로 더 몰아세운 것은, 이와 같은 상황에서 대책이 전혀 서지 않았기 때문이다. 결코 적일 수 없는 가장 절친한 친구이자 유일한 가족 같은 아포네스를 상대로 도대체 무엇을 어떻게 할 수 있다는 말인가. 게다가 이케우니스 총사령관의 진심 어린 충고는 그를 더 옥죄었다.

'먼저 네메스 국방장관님의 직위를 강탈할 것입니다. 그러면 자연스럽게 장관님이 장악하고 있는 군부대를 흡수하겠죠. 하지 만 황제의 흉악스러운 행동은 결코 여기서 멈추지 않을 것입니다. 그의 진정한 속셈은 VGSS 2000마저 손아귀에 넣는 것입니다. 그래야 국방장관님의 모든 것을 빼앗은 것이 될 것이며, 바로 절대적인 힘을 얻게 됐음을 스스로 증명하는 것이 아니겠습니까? 이제 절대권력을 완성하려는 황제의 야심은 그 무엇으로도 막을 수 없습니다. 지금처럼 한 국가의 권력이 양분되고 있는 상황을 더 이상 받아들이지 않을 것입니다! 절대로 잊지 마십시오, 네메스 국방장관님! 만약 황제가 자신의 뜻대로 이번 계획이 성사되지 않는다면 결국은 네메스 국방장관님의 목숨을 노릴 것입니다.'

집무실에 앉아 있던 네메스는 의자에서 일어나 창가로 갔다. 무심히 창밖을 바라보던 네메스는 어느새 예전에 아포네스와의 정겹던 기억들을 떠올렸다. 그러다 그의 눈빛이 일순간에 허물어지듯 어두워졌다.

"아포네스! 이케우니스의 말대로 진정 나를 없애려 하는가?"

두 어깨가 축 처진 채 혼잣말을 내뱉었다.

'정말 나를 없애고자 했었다면 궁전에 있을 때 콴티온스들을 시켜서 바로 제거하지 않았을까? 아니야, 아니, 그럴 리가 없어. 아무려면 아포네스가 다른 이도 아닌 내게 그런 무모한 짓을 서슴지 않고 저지를 자이던가. 단지 아포네스는 나에게 가장 적합한 업무를 제안했을 뿐 위협을 가하는 행동은 취하지 않았잖아. 만약 내가 과학기술부장관직을 받아들인다고 하지 않았다면 그는 어떻게 하려 했을까. 정말로 나를 그 자리에서 없애려고 했을까? 어찌 보면 이번 제의는 직위를 박탈한다기보다는 그 누구보다 나를 잘 알고 있는 아포네스가 가장 알맞은 자리를 마련하여 연구에만 전념하도록 오히려 배려했다고 보는 편이 옳지 않을까. 근래에 연구에만 몰두하는 바람에 군부대에 소홀히 했던 것도 부정할 수 없는 사실이니까 말이지. 과학기술부장관으로 취임한다면 관련된 분야에만 몰두할 수 있으니 내 연구를 진행하면서 국방과 관련된 첨단 우주비행선이나 무기를 만드는 일에만 신경 쓰면 되지. 그러면 더 이상 지금처럼 연구로 인해 국방에 관련된 일을 소홀히 해서 쌓였던 미안한 감정들도 훌훌 털어버릴 수 있어. 오히려 내가 바라던 상황이 아닐까. 과학기술부장관이라면 첨단기술의 보고이자 완벽한 연구개발실인 VGSS 2000을 소유하는 것은 당연한 것이니 다른 것은 몰라도 VGSS 2000 안에서 계속 연구할 수 있어. 어차피 내가 머물 곳도 VGSS 2000이 아니던가. 아무렴, 그걸 모를 아포네스가 아니지. 내게서 VGSS 2000을 빼앗아간다면 내가 과학기술부장관일 필요가 없지 않은가! 그래, 그건 말도 안 되는 일이지. 역시 아무리 생각해보아도 이케우니스 총사령관이 너무 앞서 나갔어. 너무나 앞서 나간 거야!'

네메스는 어떻게든 아포네스를 향한 의심을 없앨 수 있는 합당한 이유를 찾으려 했다. 그리고 결론지었다.

"아포네스! 난 자네를 믿네."

파노라마 창에는 아폴란티스의 울창한 숲과 거대한 협곡 그리고 그 아래에서 용솟음치며 흐르는 엄청난 물줄기, 끝없이 펼쳐진 들판, 그리고 티 없이 맑은 오후의 하늘이 어느새 석양으로 조금씩 불그스름하게 물들었다.

"참으로 아름답구나! 예전의 갤리온처럼. 그곳은 없지만 내 마음속에는 그리움으로 항상 살아 있지."

네메스는 애잔한 눈빛으로 노을의 마지막 온기마저 끌어모았다. 아포네스와 네메스 둘만의 관계라면 가장 소중한 친구인 아포네스를 위해 자신의 목숨마저 얼마든지 내놓을 수 있었다. 하지만 네메스의 목숨은 이제는 단순히 그 혼자만의 목숨이 아니었다. 우주 역사 속에서 가장 고등한 민족이며 자신들의 진정한 존재 이유를 진심으로 찾아 나선 모든 갤리온스들의 영혼을 대표하고 있는 자가 바로 네메스다. 자신의 죽음은 곧 갤리온 정신의 죽음을 의미했다. 그래서 우주의 존재 이유를 밝힐 때까지 기필코 생명을 유지시켜야 했다. 이를 위해서라도 냉철해져야 했다. 현실을 직시해야 했다. 하지만 아포네스에 대한 감정의 끈에 사정없이 꽁꽁 묶여 그의 생각은 옴짝달싹 제자리걸음만 했다.

며칠 후, 아포네스의 궁전에서 온 사신이 VGSS 2000을 방문했다.

"네메스 국방장관님, 그동안 안녕하셨습니까?"

"앤키니우스 비서실장! 이곳엔 어인 일이오?"

네메스는 앤키니우스 비서실장의 느닷없는 방문이 의아했다.

"황제께서 국방장관님에게 서한을 전해드리라고 하셔서 오게 되었습니다."

예의를 갖추고 있었지만 어딘가 음흉한 미소를 가진 앤키니우스였다.

"허허, 그런 것이라면 콴티를 보내도 될 것을. 앤키니우스 비서실장이 방문한 것을 보니 매우 중요한 내용인가 보군요."

"죄송하지만 자세한 사항은 모릅니다. 저는 단지 명령만 받았을 뿐입니다."

앤키니우스는 곧 불편한 기색을 드러냈다.

"아! 그렇군요. 어쨌든 이 먼 곳까지 방문을 해주어서 고맙소,

앤키니우스 비서실장."

네메스의 눈빛은 그의 미소와 다르게 앤키니우스를 경계했다.

"이번에 창설하게 되는 새로운 기관의 장관님으로 자리 이동을 하신다고 들었습니다."

"황제의 배려로 그렇게 됐소."

"아! 사실이군요."

궁 안의 모든 정보를 꿰차고 있는 앤키니우스가 모르고 있었을 리 없었다.

"아참, 나 좀 보게, 앤키니우스 비서실장. 어서 자리에 앉아요. 차라도 한잔 대접해야 하는데."

"괜찮습니다, 네메스 국방장관님."

앤키니우스는 단호한 말투로 거절했다.

"그렇겠지. 국가가 거대해지면서 비서실장이 할 일도 그만큼 늘어나서 많이 바쁘시겠지요."

"네."

앤키니우스는 애매한 미소를 짓고는 더 이상의 대화를 거부한다는 자세를 취했다.

"황제께 서한을 잘 받았다고 전해주시오, 앤키니우스 비서실장."

"네, 그럼."

인사를 마친 앤키니우스는 곧바로 네메스의 집무실을 나섰다.

비행선을 타고 아포네스의 궁전을 향해 되돌아가던 앤키니우스의 머릿속은 부글부글 끓어올랐다.

'앤키니우스, 갤리온의 만년 2인자. 쳇, 아무리 생각해보아도 참으로 어이가 없어. 도대체 내가 네메스보다 부족한 것이 뭐지?

나 역시 최고의 과학자라고. 네메스만 모든 과학을 다루는 천재가 아니란 말이야. 나도 네메스처럼 모든 과학의 제1인자야! 그런데 항상 그의 그늘에 가려져 더 나은 결과물을 내놓아도 어디에서나 네메스, 네메스, 네메스. 그놈의 네메스 타령이지. 갤리온의 최고 통치자였던 안룹스는 네메스보다 더욱 치가 떨리도록 미운 놈이지. 네메스란 이름을 자기 입에다가 아예 붙이고 살았으니까. 안룹스는 내 인생의 가장 잔인한 원수지. 네메스와 나의 유일한 차이점은 네메스가 나이가 조금 더 많아서 사회에 먼저 진출한 것뿐이었다고. 갤리온이 대재앙으로 흔적도 없이 사라져서 나 역시 가장 아끼는 가족과 친구와 친척들이 모두 사라졌다는 슬픔은 이루 헤아릴 수 없지만 대재앙은 뜻밖에도 내게 새로운 희망을 안겨다준 계기가 되었어. 상상도 할 수 없었는데 말이야. 갤리온에서라면 네메스의 그림자에 가려져 기 한번 제대로 펴지 못한 삶을 살아갈 뻔했지. 그런데 아폴란티스에서는 언제부터인가 네메스가 있었는가 싶을 정도로 모든 기회가 내게로 오고 있어. 그래, 내가 아포네스를 최고 통치자로 추천한 것은 가장 현명한 결정이었지. 여기는 갤리온이 아니라 아폴란티스니까! 나의 혜안이 완벽히 들어맞았던 거야. 갤리온과는 다르게 이곳에서는 두 권력이 절대로 공존하지 못할 것이라 내다보고 아포네스를 최고 통치자로 추대해서 전적으로 밀어붙였지. 그리고 그가 변심하도록 꾸준히 노력을 기울였더니 내가 원하는 상황으로 변했어. 푸하하! 그 둘을 영원히 갈라놓았지. 이제 아포네스는 내가 가만히 있어도 절대권력에 미쳐 스스로 알아서 나머지 일들을 처리해나가고 있어. 드디어 만년 2인자라는 이 앤키니우스의 말도 안 되는 별칭은 이제는 영원히 안녕이지. 첨단기술과 무기뿐만 아니라 거대 제국을 만들어가는 길목에서도 아포네스는 경쟁자인 네메스를 제외시키고 이 앤키니우스에게 온전히 의지하고 있으니까 말이야. 결국 이곳에서는 이 앤키니우스가 1인자라고. 네메스! 이제는 알겠나. 오늘 보니 네메스는 아직도 자신의 처지가 앞으로 어떻게 될지 모르고 있는 것 같군. 아포네스가 현재 자신을 어떤 대상으로 보고 있는지 파악하지도 못하고 있었어. 멍청한 네메스! 과학기술부장관으로 부임하면 모든게 다 해결되는 줄 알더군. 제 무덤인 줄도 모르고. 하긴 이 앤키니우스가 예상한 것도 틀림없지만 아포네스란 녀석도 워낙 대단하고 영악한 놈이라 그 속마음을 도저히 다 알 수 없단 말이야. 네메스의 처리 문제만큼은 나에게도 애매하게 말한단 말이지. 결국, 아포네스에게 내가 직접 네메스에게 서한을 전달하겠다고 하게 만들잖아. 네메스란 놈의 면상을 봐야 내가 정확한 판단을 할 것이 아닌가. 어쨌든 오늘로서 확실해졌어. 아포네스나 나에게 가장 성가셨던 네메스는 끝인 거야. 네메스! 영원히 변함없을 것 같던, 자네의 전설적인 1인자 시대는 이렇게 어이없고 볼품없게 끝나고 말았네. 결국은 내가 앞으로 진정한 1인자요, 전설로 남게 될 테니까 말이지. 아포네스가 알아서 네메스의 흔적을 모두 지우고 있으니 앞으로는 아폴란티스의 새로운 역사 속에서 자네가 아닌 앤키니우스만이 존재하겠지. 이제는 영원한 안녕일세, 잘 가게나, 네메스!'

한편, 네메스는 앤키니우스의 비행선이 시야에서 사라지는 모습을 바라보았다.

'앤키니우스! 어떤 면에선 나를 능가할 수도 있는 능력과 잠재력을 소유한 천재 중의 천재. 하지만 자네의 과학에 대한 순수한 열정은 1인자가 되기 위한 권력의 도구로 변질되었어. 자네는 명예의 전당에 오직 자신의 이름만 남아 있기를 바랐지. 그 점이 자네와 나를 적대적으로 만들어놓았어! 절대 접근을 허락하지 않는 자네의 이기적인 망상은 갤리온에서 벗어나 모든 제한이 해제된 이곳에서 어이없게도 현실이 되어가고 있군. 나는 지금도 자네를 진정으로 받아들이고 서로 협력하여 더욱더 발전적으로 갤리온의 정신을 받들어 과학기술을 발전시키고 싶네. 이런 간절한 내 마음과는 아랑곳없이 우리의 관계는 끝내 접점을 찾지 못하는군. 앤키니우스의 눈빛은, 아니, 그는 온몸으로 여전히 나에 대한 적개심으로 가득할 뿐이니 이런 안타까운 일이 있을까! 그에게 직접적인 피해를 입힌 적도 없이 그저 나의 길을 묵묵히 걸어갔을 뿐인데, 그에겐 내가 존재한다는 것만으로도 분노의 대상이 될 수밖에 없는 이 현실을 어떻게 풀 수 있을까! 서로 평화롭게 협력하자는 말은 메아리처럼 다시 되돌아올 뿐이지. 영원히 모두를 위한 평화로운 세상을 뿌리내린다는 것은 애초부터 헛된 꿈에 불과한 것이란 말인가! 심히 걱정스럽군! 앤키니우스가 다른 이도 아닌 아포네스 곁에 항상 머물러 있다는 것이!'

　네메스는 암울한 마음을 잠시 접고 집무실로 되돌아와 의자에 몸을 맡기며 아포네스의 편지를 펼쳤다.

　'네메스 국방장관, 그동안 잘 지냈소. 일전의 말한 직위에 대해 마무리합시다. 내일 오후 3시까지 오시오. - 아포네스'

　다음 날, 네메스는 약속 시간에 맞추어 도착했다. 네메스는 근엄한 제복을 입은 콴티의 정중한 안내를 받으며 궁전이 아닌 바로 옆 대회의장으로 들어갔다. 그곳엔 각계각층의 고위급 갤리온스들이 마련된 자리에 앉아 있었고 네메스를 보자 반갑게 인사를 청했다.

'어찌 된 일이지? 개인적인 만남이 아니잖아? 전체 회합이란 말인가!'

네메스는 당황한 표정을 가까스로 숨겼다.

앞자리에 앉은 네메스가 뒤를 돌아보며 주위를 둘러보니 맨 뒤쪽에 이케우니스 총사령관이 자신을 지켜보았다. 네메스와 눈이 마주친 이케우니스는 그 자리에서 정중히 인사했지만 얼굴은 싸늘히 굳었다. 정확히 오후 3시가 되자, 비서실장인 앤키니우스는 가장 먼저 연단에 서서 인사말을 시작했다.

"여러분, 안녕하십니까? 앤키니우스 비서실장입니다. 오늘 최고위급 귀빈들이신 여러분을 이 자리에 모신 이유는 네메스 국방장관님의 새로운 직위에 관한 임명식과 환영식을 위해서입니다. 곧이어 우리 국가의 위대한 영도자이신 아포네스 황제님께서 나오실 것입니다."

아포네스가 서서히 걸어나와 모습을 드러내자 우레와 같은 박수와 함성이 장내가 떠나갈 듯이 터져 나왔다. 금빛 찬란한 옷을 입은 아포네스가 연단 앞에 서서 만면에 만족스럽고 부드러우며 여유 있는 미소를 띤 채 장내를 훑어보았다. 이어 자신의 한 손을 앞으로 들었다. 그제야 장내가 잠잠해졌고 아포네스가 입을 열었다.

"여러분! 각자의 업무에 최선을 다해 매진하느라 바쁘신 와중에도 모두 참석해 자리를 빛내주어 먼저 감사의 인사를 드립니다."

아포네스가 고개를 좌우로 천천히 돌리며 간부들과 눈을 맞추며 자신감이 가득 찬 목소리로 말을 이었다.

"앤키니우스 비서실장이 여러분에게 말했듯이 오늘은 매우 중요한 임명식을 시행하는 날입니다. 그리고 임명식을 거행하는 이 순간은 우리에겐 더욱더 뜻깊게 다가올 수밖에 없습니다. 여러분도 잘 아시다시피 우리는 동지 부족에서 벗어나 어엿한 국가가 되었고 이제는 제국을 넘어 다행성 제국으로 발돋움하기 위한 모든 기반을 갖추었습니다. 아폴란티스의 민족은 우주의 다양한 행성으로 삶의 영역을 확장해나갈 것입니다."

아포네스의 말이 끝나기가 무섭게 다시 환희의 박수와 함성 소리가 터져 나왔다. 감격에 겨워했으며 그중엔 눈물을 흘리고 있는 자도 다수 있었다.

"제국이 성장하고 있는 만큼 수행해야 할 일도 그만큼 방대하게 늘어났습니다. 하지만 기존의 체제가 효율적이지 못하여 여러분의 업무가 정체되며 해결하지 못해 불만도 쌓이고 있는 상황에 이르렀습니다."

"네메스!"

아포네스가 갑자기 친근한 목소리로 그를 불렀다.

"연단으로 올라오게, 네메스."

아포네스는 몇 발짝 자리를 이동했다. 곧이어 우렁찬 박수가 이어졌다.

"여러분, 네메스입니다. 다시 한번 열렬한 박수를 부탁드립니다."

아포네스가 그의 어깨를 한 손으로 어깨동무를 하듯이 감싸 안자, 장내에는 더욱 커다란 박수 소리가 터져 나왔다. 그들은 네메스의 공로를 인정하며 진심 어린 박수를 보냈다.

"우리가 아폴란티스에 온 이후, 지금까지 네메스가 보여준 공로는 이루 말할 수 없이 위대한 것이었습니다. 비교를 불허하는 네메스의 독보적인 뛰어나 재능과 열정 그리고 품위는 본받고 지향해야 할 올바른 태도이며, 아폴란티스를 반석에 올려놓는 데 지대한 공헌을 했습니다. 이제는 제국을 넘어 드넓은 우주로 나아가기 위해 보다 체계화된 분업을 진행할 수밖에 없음에 따라 네메스는 한 분야에 전력투구하기로 저와 사전에 합의를 보았습니다. 모든 일에 출중한 네메스이지만 그중에서도 특히 네메스만이 가장 독보적인 능력을 발휘할 수 있는 직위를 말입니다."

아포네스는 무엇이 그리 좋은지 연신 웃음 띤 미소로 정열적인 열변을 토했다. 그 옆에서 네메스는 예의상의 미소를 지으며 아포네스의 말을 경청했다.

"여러분, 소개합니다. 위대한 제국의 가장 위대한 과학자, 네메스 과학기술부장관입니다!"

장내에서 기립박수와 함께 함성 소리가 이어졌다. 역시 네메스는 위대한 과학자이며 과학기술부장관일 때 가장 잘 어울린다는 듯이 참석한 이들의 표정에서도 상당한 만족을 드러내며 찬성표를 던졌다.

아포네스와 일전의 개인적인 만남에서 오갔던 제안이었다. 그 당시 네메스에게도 다른 대안이 없었고, 특히 아포네스를 믿을 수밖에 없었기에 떠밀리듯이 수락한 사항이라 반론의 여지는 그에게도 없었다. 하지만 네메스를 당황스럽게 한 것은 아포네스가 계획적으로 설정한 이 상황이다. 자신에게 사전에 동의 없이 대회의장에 최고위급의 관료와 상류층을 모두 참여시켜 그들이 지켜보는 가운데 네메스가 이러지도 저러지도 못하게 묶어놓고 아포네스가 일방적으로 원하는 말들을 하고 아예 쐐기마저 박아버렸다는 사실이다. 아포네스의 행위는 네메스가 양보하고 미루어두었던 불편한 속내에 기름을 부었다. 그럼에도 네메스는 단한마디 반박도 하지 못한 채 장내의 분위기에 떠밀려 결정을 무조건 받아들이고 힘없이 물러서도록 했다. 네메스는 연단 바로 뒤에 마련된 여러 개의 좌석 중에 한 자리에 앉아 목석처럼 그대로 굳었다. 지금까지 살아오면서 어떠한 일이든 냉철하고 단호하게 결단을 내려왔던 네메스였다. 하지만 최근의 일련의 상황들은 네메스의 마음을 흔들어 나약하게 만들었다. 그것은 상대가 아포네스인 이유도 있지만 그보다 더욱 중요한 것은 모두가 살 수 있는 대안을 찾아야만 했기 때문이다. 아포네스의 뜻에 반하는 행동은 무력도발을 의미했다. 그러나 무력은 결코 해결책이 될 수 없었다. 게다가 무력을 동족 간 살상을 위한 도구로 사용한다는 끔찍한 일은 생각도 할 수 없는 일이었다. 전쟁은 양측 모두를 전멸시킬 수도 있다. 이러한 최악의 상황이 일어나지 않을 대안을 네메스는 찾아야 했다. 그래서 어쩔 수 없이 아포네스의 제안을 받아들여 국방장관직에서 사임해서 아포네스와의 우정도 유지하고 이케우니스 총사령관도 살리는 것이라 생각했다. 이 길만이 아포네스와 이케우니스 그리고 자신뿐만 아니라 이곳에 존재하는 모든 이들이 평화롭게 공존할 수 있는 유일한 선택이라 믿었다. 오직 자신만이라도 갤리온의 정신을 받들어 연구를 진행시킬 수만 있다면 그 외에 자신에게 돌아오는 어떤 희생도 감수하겠다고 마음을 정한 상태였다. 이 선택을 받아들인 네메스는 아포네스의 일방적인 손길에 한없이 끌려갔다.

"카미네스 장군! 어서 나오세요!"

아포네스가 조금의 지체도 없이 카미네스를 불렀다.

"뭐? 카미네스라고? 이케우니스가 아니고!"

네메스는 무심결에 눈썹이 치켜올라갔다. 그러나 아포네스는 네메스가 이미 안중에 없는지 목청을 한껏 높여 말을 이었다.

"여기 젊고 패기와 재능이 넘치는 카미네스 장군을 주목해주시기 바랍니다. 앞으로 우리 제국의 강력한 군대와 첨단무기를 모두 책임지게 될 새로운 국방부장관입니다. 아폴란티스는 우리 은하계뿐만 아니라 다른 은하계에서 혹시라도 호전적인 존재들이 불시에 쳐들어올지도 모르는 상태이니 우리가 평화롭고 행복한 삶을 안전하게 유지하며 나아가기 위해선 강력한 국방력은 항상 최우선일 수밖에 없습니다. 새로 부임할 카미네스 국방부장관이 더욱 강력한 국방력을 바탕으로 이곳을 항상 잘 지켜낼 것이라 믿어 의심치 않습니다."

아포네스는 잠시 말을 멈췄다. 잠깐의 정적 속에 승리를 예감하는 환희에 찬 미소가 눈가에 얹어지자 다시 말문을 열었다.

"이제부터 아폴란티스에 존재하는 모든 첨단무기는 VGSS 2000을 포함해 카미네스 국방부장관에게 이관될 것입니다!"

말을 마친 아포네스가 자신의 턱을 한껏 위로 치켜올렸다. 곧이어 장내에선 보다 부강한 제국으로 이끌어줄 새로운 장관의 탄생에 축하의 박수 소리가 끝없이 이어졌다.

그 순간, 네메스는 마지막 한 가닥의 희망이 산산이 부서져 내리는 충격에 그 자리에서 쓰러질 듯 어지러웠다. 당장 자신이 앉아 있는 자리에서 일어나기도 버거웠다. 정말로 모든 것을 걸고 믿었던 아포네스가 설마 자신의 분신이자 갤리온의 정신을 이어나갈 최후의 장소인 VGSS 2000까지 거론할 것이라고는 꿈에서조차 생각하지 못했다. 아포네스는 이전의 만남에서도 VGSS

2000에 관해서는 단 한마디도 언급하지 않았다. VGSS 2000은 아포네스도 인정할 수밖에 없는 네메스의 모든 것이며 갤리온의 모든 것이었다. 그래서 VGSS 2000만은 거론 자체가 아예 의미 없는 것이었기에 두말할 필요 없이 아포네스도 당연히 받아들이고 있다고 믿었다. 네메스는 충격의 여파에서 벗어나 정신을 차리기 위해 노력했다. 이 상황에서 약간이라도 섣부른 말이나 행동을 했다가는 네메스만이 다른 모든 참석자들에게 이상한 자로 취급받을 것이며 그의 명예만 실추될 것이다. 또한 아포네스를 더 확실하게 도와주는 결과를 불러올 것이기에 지금은 어떻게든 참아야 했다. 이미 모든 것은 결정이 나버린 것이며, 도저히 피할 수 없이 무조건 받아들여야 하는 아포네스의 절대적인 명령이 되어버렸다. 네메스의 배신감에 찬 공허한 눈빛이 대회의장 맨 뒤에서 묵묵히 앉아 있는 이케우니스 총사령관의 눈과 마주쳤다. 이케우니스의 눈빛은 절망 그 자체였다.

아포네스의 미래를 향한 희망찬 포부의 연설이 끝나자 관료와 귀빈들은 성대한 연회가 베풀어지는 연회장으로 이동했다. 최고급의 화려한 요리와 신선하고 맛있는 과일 그리고 술이 연회장의 테이블에 풍성하게 차려져 있었고 콴티들이 그들의 시중을 들었다. 중앙 무대에서는 수십여 명 이상의 콴티들이 다양한 묘기를 보여주고 있었고 백여 명 이상의 아리따운 여성 콴티들은 관리들의 근처에 삼삼오오 모여서 관능적인 춤을 추었다. 그들은 옆에 춤을 추고 있는 무희들을 관망하거나 껴안거나 아니면 묘기를 보거나 그도 아니면 음식을 먹으며 기분 좋은 만찬을 즐겼다.

네메스는 무슨 수를 써서라도 이 자리를 벗어나고 싶었다. 하지만 최악의 상황에서도 자신을 잘 다스려 머물러 있어야 했던 것은 다름 아닌 이케우니스 총사령관이 바로 이곳에 자신과 함께 있기 때문이었다. 네메스와 이케우니스가 믿음으로 뭉쳐진 사이라는 것을 누구보다도 가장 잘 알고 있는 자는 바로 아포네스였다. 만약 네메스가 자신의 거주지인 VGSS 2000으로 이런저런 핑계를 대고 이곳을 떠난다면 이케우니스 역시 그를 따라올 것이다. 그렇다면 필요에 따라선 반란을 일으키려 했다는 식으로 아포네스가 네메스와 이케우니스를 최악의 궁지로 내몰 것이라는 것은 이제는 더 이상 고려할 필요도 없이 확실했다. 이케우니스와 자신의 목숨을 지키기 위해서라도 지금은 이 자리를 지켜야 했다. 그래서 네메스는 자신이 살아온 인생 중에 일생일대의 최악의 상황임에도 그 연회장 안에서 가장 눈에 띄는 활짝 피어난 꽃처럼 기분 좋게 호탕하게 웃었다. 아무 일도 없으며 상당히 만족한다는 듯이. 밤이 깊어지자 연회도 흐지부지해져 회장 안의 갤리온스들은 거나하게 술에 취해 잠을 자거나 대화에 열중하느라 그 누구도 네메스의 움직임에 신경 쓰지 않았다. 이케니우스는 안 보였다. 네메스는 그제야 연회장을 빠져나왔다. 연회장에서 멀어질수록 네메스의 발걸음은 빨라졌다. 그의 두 눈엔 핏기 서린 눈물이 가득 고였고 심장은 쥐어뜯는 듯한 고통에 난도질당해 형체마저 사라져버렸다.

"VGSS 2000으로!"

비행선에 올라탄 네메스는 나지막이 명했다.

집무실의 드넓은 파노라마 창에 서 있는 네메스는 작은 미동조차 없었으나 생각의 파편들이 그의 머릿속에서 빠르게 수없이 교차하다 서서히 굳어졌다.

네메스가 세상을 향해 열었던 모든 출구가 서서히 닫히고 있었다. 어떠한 상황에서도 용기를 북돋아주었던 찬란한 빛이 모두 차단된 채 칠흑 같은 어둠 속에 내동댕이쳐져 허우적대는 자신이 보였다. 그리고 얼마 후, 그에게 나 있던 모든 출구 중에 마지막 남은 출구가 닫히려는 순간, 한 줄기 빛이 네메스의 눈에 꽂혔다.

"갤리온의 신화와 예언!"

어떤 생각이 갑자기 떠오른 듯 네메스는 부랴부랴 책을 찾았 다. 자신의 연구가 절망적인 한계를 드러낸 이후, 네메스는 불가 능한 한계를 뛰어넘는 유일한 해결책을 찾기 위해 이 책을 펼쳐 보는 것이 일상이 되어 있었다.

마지막 예언과 관련된 수수께끼를 풀기 위해 책 전체를 수시로 꼼꼼하게 독파했다. 하지만 마지막 예언을 풀 수 있는 단서는 그 어디에도 찾을 수 없었다. 마지막 예언은 책의 다른 부분과 완전 히 독립적인 내용을 담고 있어서 연관성이 전혀 없었다. 네메스 는 책이 마치 도인으로 변하여 우매한 자신에게 진리를 깨우쳐주 리라는 희망을 품은 듯이 마지막 예언이 실려 있는 페이지를 펼 쳐 시 구절을 또다시 읽었다. 그리고 지금까지 해왔던 대로 예언 의 의미를 풀어내기 위해 계속해서 새로운 다른 관점을 찾아 이 전과 다른 각도에서 이해하려 노력했다.

"'의인이 있어'라…."

미간을 잔뜩 찌푸린 채 네메스가 구절을 다시 한번 곱씹었다.

"참으로 답답하군!"

그때, 선체를 뒤흔드는 경고음이 VGSS 2000에 울려 퍼졌다.

"누구지? 아포네스가 벌써 카미네스 장군을 보냈나?"

스산한 불안감이 마음에 일렁였다. 곧이어 근접하고 있던 비 행선에서 익숙한 목소리가 전송됐다.

"네메스 국방장관님! 이케우니스 총사령관입니다."

네메스는 얼른 경고 해지를 하고 그를 맞았다.

"어서 오게, 이케우니스 총사령관!"

이케우니스를 맞이하는 네메스의 쉰 목소리에 슬픈 떨림이 묻어났다.

"네메스 국방장관님. 이제 VGSS 2000의 운명마저 얼마 남지 않았습니다!"

이케우니스가 상당히 조심스러워하면서도 결의에 찬 목소리로 말했다.

"그래, 잘 알고 있네. 그보단 우선 자네가 왔으니 내 오판을 인정하지. 자네가 우려했던 대로 돌이킬 수 없는 일이 벌어졌네. 그런데 지금과 같은 상황에서도 자네는 또 다른 대안이라도 있다는 생각에 나를 찾아온 건가. 그렇다면 자네의 생각을 말해보게!"

"이제는 네메스 국방장관님도 확실히 아셨겠지만 아포네스는 아폴란티스의 건국에 가장 지대한 영향을 끼친 핵심 일원으로서 모든 이들에게 열렬한 존경과 지지를 받고 있는 네메스 국방장관님이 자신의 절대권력을 형성해가는 데 항상 눈엣가시였습니다. 거기다 자신의 절대권력에 맞서 무력으로 유일하게 도전할 수 있기 때문에 방해가 되는 걸림돌을 사전에 제거하기로 마음을 굳힌 겁니다. 더욱 중요한 점은 네메스 국방장관님이 '갤리온의 정신'의 정점에 서 계시는 분이기 때문입니다. 네메스 국방장관님이 『갤리온의 신화와 예언』과는 상관이 없다고 해도 갤리온의 핵심인 '갤리온 정신'을 유지하고 있는 한 아포네스의 국가인 아폴란티스의 정체성 혼동은 계속될 것이고, 그로 말미암아 자신의 절대권력 또한 항상 위협을 받을 것이기에 그는 갤리온의 흔적을 계획적으로 지우고 있었던 것입니다. 그리고 최종적으로 네메스 국방장관님의 흔적마저도 지워야 하기 때문에 새로운 직책을 제안했던 것입니다. 결국 아포네스를 비롯한 그의 수뇌부들은 VGSS 2000마저 카미네스에게 이관한다고 명확히 선언하지 않았습니까! 모든 것이 그들에게 가고 있습니다. 그리고 과학기술부장관직은 단지 속임수를 위한 빈 껍데기일 뿐입니다. 그곳엔 아무것도 남아 있지 않을 것입니다. 그들은 이곳에서의 물질적인 풍요와 끝없는 자유에 파묻히다 못해 이제는 방종의 끝을 보여주고 있습니다. 그들에겐 바람직한 미래를 향한 숭고한 정신이 더 이상 남아 있지 않습니다. 아포네스를 포함한 다른 이들에게도 우리의 진정한 '갤리온의 정신'은 사라진 지 오래입니다. 그들에게 '갤리온의 정신'은 지극히 형식적이며 가식적일 뿐입니다. 그들은 갤리온의 사라져간 수많은 갤리온스들의 영혼마저 짓밟아버린 야만족일 뿐입니다. 이제 그만 현실을 바로 보셔야 합니다. 네메스 국방장관님!"

이케우니스의 말 한마디 한마디에 울분이 터져 나왔다.

네메스는 주먹 쥔 이케우니스의 손을 잡았다. 이케우니스의 말은 부정할 수 없는 분명한 사실을 담은 현실이었다. 네메스는 냉정하게 결단을 내려야 했지만 그 상대가 다른 이들도 아닌 갤리온스들이기 때문에 괴로웠다. 상황이 어떻게 돌아가든 그들은 이곳에 와서 동고동락하며 맺어진 가족이었으며 유일한 생존자들이다. 이케우니스의 충언은 네메스에게 칼을 쥐어주며 환부를 도려내라 독려하는 말이었다. 하지만 문제는 환부가 너무나 커서 수술을 감행하는 순간, 죽음을 맞이할 수밖에 없다는 사실이었다. 치유는 불가능했다. 최신의 막강한 화력과 엄청난 속도전으로 시작된 갤리온스들 간의 치열한 싸움에 그 무엇도 살아남을 수는 없었다. 무슨 수를 써서라도 전쟁만은 피하고 싶었다.

"시간이 없습니다, 네메스 국방장관님. 오늘 오전 12시 이전에 새로 부임한 카미네스가 VGSS 2000을 장악하려고 올 것입니다. 이제 결단을 내리시고 행동으로 옮겨야 합니다."

이케우니스는 간절함에 목이 타들어갔다.

"기회는 오직 한 번뿐입니다. 오직 한 번, 지금뿐입니다!"

이케우니스가 굳은 표정으로 비장하게 말했다.

"지금 나더러 반란을 일으키라는 말인가, 이케우니스!"

"VGSS 2000이 오늘 카미네스 장군에게 넘어간다면 모든 것은 끝나게 되는 것입니다. 그리고 결국 어느 날에 소리 소문도 없이 네메스 국방장관님은 과학기술부장관직마저도 박탈당하시게 될 겁니다. 아포네스에 의해 선택된 자가 그 자리를 차지하게 될 테니까요. 권력이란 처음부터 이런 것이 아니겠습니까. 점령하거나 점령당하는 것입니다!"

이케우니스의 말은 네메스의 뭉개진 가슴속을 사정없이 헤집었다.

"그렇지만 단지 아포네스와 그의 수뇌부들을 권좌에서 축출하기 위한 우리의 의도가 예상과 다르게 어긋나 자칫 확전된다면 다른 선량한 갤리온스들과 콴티들이 무고한 희생양이 될 수도 있네!"

"네메스 국방장관님! 제발! 제발! '갤리온 정신'의 존재 여부에 집중해주십시오. 갤리온이 그 오랜 세월 그 수많은 전쟁에서 얻게 된 역사의 정수인 갤리온 정신입니다. 만약 갤리온의 정신이 사라진다면 존재 이유는 무슨 의미를 갖는다는 말씀입니까. 우리는 오직 갤리온의 정신을 받들어나가기 위해 이곳에 둥지를 튼 것입니다. 우리는 갤리온의 대재앙으로 무참히 사라진 그들을 대신해서 살아 있는 존재들입니다. 갤리온의 정신이 잊힌다면 모두가 살아 있다고 해도 우리는 이미 죽은 혼령일 뿐입니다."

"아! 그만하게. 이케우니스!"

"이미 거스를 수 없는 최악의 상황이 벌어졌습니다. 랠리니우스 국가 최고 관리자가 처형되었습니다!"

"뭐라고? 랠리니우스가!"

"랠리니우스 최고 관리자가 지난 연회장에서 아포네스와 그 무리들에게 갤리온의 정신을 망각한 무자비한 야만족이라고 몰아세웠다고 합니다. 결국, 아포네스가 절대권력에 감히 도전한 자는 그 누구든 어떠한 최후를 맞게 되는지 본보기를 보여준다며 랠리니우스를 처형하는 것으로 결정을 내렸고 그와 그의 수뇌부들이 결국엔 그를 죽였습니다. 이런 아포네스의 횡포에 우리가 더 이상 무엇을 망설여야 하겠습니까! 네메스 국방장관님! 이젠 받아들이셔야 합니다. 절대로 아포네스를 예전의 그로 되돌릴 수 없습니다!"

"이럴 수가! 아포네스는 그의 곁에 남은 마지막 양심마저 비참하게 짓밟았구나!"

"오늘 카미네스는 단순히 VGSS 2000을 가지러 오는 것이 아닙니다. 만약 네메스 국방장관님이 조금이라도 거부한다는 낌새가 보인다면 그들은 망설임도 없이 공격을 단행할 것입니다. 재차 말씀드리지만 기회는 오직 단 한 번뿐입니다. 네메스 국방장관님!"

"최악의 상황만은 피하고 싶었네. 내가 어떤 대가를 치르더라도 말일세!"

"선택할 수 있는 다른 길은 존재하지 않습니다, 네메스 국방장관님! 소중한 것을 지키기 위한 오직 이 길만이 유일할 뿐입니다!"

"아! 이 무슨 잔혹한 운명이란 말인가!"

'하늘이시여, 제발! 제발! 이 상황만은 피하게 하여주옵소서!'

냉철한 이성주의자였던 네메스가 무의식적으로 하늘을 쳐다보며 알 수 없는 초월적인 존재에게 간곡한 기도를 올렸다. 그런 후, 네메스는 잠시 침묵했다. 그러다 마음속에 커다란 결단을 내린 듯 두 눈을 부릅뜨고 엄숙하면서도 큰 소리로 외쳤다.

"허나, 진정 이것이 하늘의 뜻이라면 그대로 따르겠나이다! 아! 애달픈 운명이여. 무엇인가 확실하게 정해지기 전까진 주위에 확률적인 수많은 길이 있어도 결국 하나의 유일한 길이 정해지는 순간, 나머지는 모두 흔적도 없이 사라지는구나. 피할 수 없는 길. 지적 생명체에겐 선택이 불가능한 길. 이것이 바로 운명이라는 것이었어! 수많은 난관을 헤치며 살아남았는데 이제 그 나머지 삶도 온전히 채우지 못하고 자칫 죽음으로 끝을 맺게 되겠구나. 피를 나눈 형제와의 피할 수 없는 전쟁이라니!"

이케우니스는 네메스의 마음을 명령으로 받았다.

직경이 12킬로미터에 이르며 마치 토성의 모양과 흡사한 VGSS 2000이 공기 마찰에 의한 저항과 소음마저 없이 수직으로 하늘을 향해 사뿐히 떠올랐다. 그 놀라운 크기에도 불구하고 VGSS 2000은 약 100킬로미터 정도 떨어진 그의 군부대로 순식간에 이동했다.

네메스의 군부대는 이케우니스의 말대로 완벽하게 준비하여 대기하고 있었다. 네메스가 연단에 서서 둘러보니 그동안 훈련을 통해 다져진 백육십만 명에 이르는 병사들이 한 치의 흐트러짐 없는 자세로 당당하게 네메스를 지켜봤다. 이케우니스 총사령관이 자신의 빈 자리를 너무나 훌륭하게 잘 관리해준 것에 대해 네메스는 눈시울이 붉어졌고 마음을 다해 감사했다. 이들이라면 그 무엇도 두렵지 않았다. 네메스에게 충실한 갤리온스 장군들을 비롯해서 그들이 가르치고 훈련시킨 수많은 콴티온스들과 콴티들이 얼굴에 비장함과 살기를 들어내며 출격 명령이 하달되기를 기다렸다.

"우리 전군은 모든 전투 태세가 완료된 상태입니다. 명령만 내리시면 됩니다. 우리에겐 VGSS 2000도 있습니다. 아포네스의 군대와 겨루어도 충분히 승산이 있습니다, 네메스 국방장관님."

순간, 네메스의 온몸에 강렬한 전율을 일으키며 머릿속에 선명한 문구 하나가 새겨졌다. 너무나 놀랍게도 『갤리온의 신화와 예언』의 마지막 시 구절에 나온 '의인'을 찾아낸 것이다. 영원히 사라져버릴 수 있었던 갤리온의 위대한 정신을 되살릴 수 있는 유일한 의인! 그것은 네메스 바로 자신이었다. 안룹스가 건네준 책에 직접 쓴 글에, '태초에 그대의 운명은 결정되어 있네, 네메스. 그대는 선택받은 자이니까'라는 글을 읽었지만 단 한번도 네메스는 『갤리온의 신화와 예언』의 마지막 시 구절에 선택받은 자라는 생각을 해본 적이 없었다. 그런데, 그 주인공이 바로 자신이라는 말인가! 진정 자신이 우주의 존재 이유를 몸소 깨닫는 것을 넘어 진정으로 체험하는 선택받은 자란 말인가? 네메스는 온몸에 소름이 돋았다. 그렇다면 이 전쟁도 결국엔 하늘의 숙명이었단 말인가!

네메스가 쩌렁쩌렁 울리는 목소리로 힘차게 외쳤다.

"들어라, 제군들이여! 어둠의 세력을 몰아낼 시간이 왔다! 그 깊고도 깊은 어둠을 뚫고 우리는 희망의 빛을 움켜쥐도록 선택된 자들이다. 역사가 우리를 어떻게 평가할지 알 수도 없고 지금부터 벌어질 역사를 평가할 수 있는 존재가 남을지도 알 수는 없다. 분명한 건 우리 마음속에서 지금 이 순간, 우리가 선택한 정의만은 굳건하고 찬란한 빛으로 우주에 영원히 기억될 것이다. 나는 이제 죽기를 각오하고 치열하게 싸울 것이다. 그리고 반드시 승리를 쟁취할 것이다. 우리는 함께 싸울 것이며 절대로 물러서지 않을 것이다. 아포네스는 갤리온의 진정한 가치를 저버린 영혼 파괴자가 되어버렸다. 그자는 갤리온의 수많은 영혼을 짓밟아버렸고 그들의 고결하고 숭고한 영혼에 치유할 수 없는 깊은 상처를 남겼다. 이제 네메스와 제군들 그리고 갤리온의 수많은 영혼들이 아포네스를 정의의 이름으로 처단할 것이다. 제군들이여, 반드시 아포네스를 처단하라!"

네메스의 영혼과 가슴을 뜨겁게 하는 강한 결의에 사기가 충전된 전군은 기염을 토하며 열광했다.

"전군에 출격 명령을 내리시오, 이케우니스 총사령관!"

네메스가 자신감이 충만한 어조로 이케우니스 총사령관에게 명령을 내렸다. 이케우니스의 눈빛이 반짝였다.

"명! 받들겠습니다, 네메스 국방장관님!"

이케우니스의 목소리 역시 그 어느 때보다 격앙되었다.

전쟁의 서막이 올랐다. 동이 틀 무렵 가장 어두운 순간에 네메스의 백육십만 대군이 육지와 하늘로 각각 나뉘었다. 그들에겐 강력한 최신형의 전투기이자 우주비행선인 'G포스(Gaellion's Force) 1호기'와 'G포스 2호기'가 있었다. G포스 1호기는 마치 독수리가 빠른 속도로 매섭게 날아가는 모습을 한 형상이었고, 두 명이 탑승하는 매끄러운 유선형의 소형 우주비행선이었다. G포스 2호기는 여덟 명이 탑승 가능한 날렵하고도 납작한 원반 형태의 중형 우주비행선이었다. 그리고 지상용 공격무기인 '맥커스-Z'는 지상에서 공중으로 10미터 정도의 공간을 떠다니며 엄청난 화력을 뿜어내는 5인승의 막강한 장갑차였다. 이것은 각종 첨단무기를 배치하고 십여 군데에서 강력한 레이저광선과 다양한 폭탄을 동시에 발사할 수 있었다.

네메스 군에서 십만 대의 G포스 1호기, 오만 대의 G포스 2호기 그리고 이십만 대의 맥커스-Z가 동시에 출격했다. 목표는 오직 하나였다. 피해를 최대한 최소화하면서 아포네스와 수뇌부 그리고 그와 관련된 핵심 시설들을 속전속결로 뿌리째 뽑아서 흔적을 없애버리는 것이다. 이제부터 아포네스와 그의 수뇌부들은 더 이상 네메스에겐 의미가 없는 존재였으며 적이었다.

*

늦은 새벽까지 흥겨운 연회를 즐기고 침실로 돌아온 아포네스는 모든 것이 계획대로 이루어졌다는 사실에 흥분이 가라앉지 않았다.

'네메스, 내 유일한 경쟁자여! 이제는 정말 안녕이네. 지금부터는 나 아포네스의 세상이야! 세상 만물의 진정한 주인은 바로 아포네스지!'

아폴란티스 제국의 진정한 절대권력을 완벽하게 거머쥔 이 순간, 말로 표현할 수 없는 환희가 넘쳤다. 아포네스는 술기운에도 흥분되고 설레는 마음에 도저히 잠을 이루지 못했다. 우주의 모든 것이 자신에게 다가왔다. 가장 위대한 신성이자 절대 신은 분명히 자신이다. 이제부터 세상 만물은 모두 자신의 것이 될 것이다.

그에게 유일하게 가장 두려운 경쟁자이고 눈엣가시이자 골칫 거리였던 네메스의 허무한 말로가, 그리고 그 말로가 가져다준 아포네스만의 세상이 그에게는 가장 큰 기쁨이었음을 숨기거나 부인하기 어려웠다. 게다가 '갤리온 정신'의 양대 축인 네메스와 랠리니우스를 좌천시켰고 처형시켜 비로소 갤리온의 흔적을 말 끔히 없앴다는 것에 희열을 느꼈다. 그것도 피 한 방울도 흘리지 않고 그들을 영원히 퇴출시킨 자신의 능력에 대해 더욱 뿌듯했다.

'네메스! 네메스! 비록 내 친구였지만 어쩌겠나. 세상은 너무나 변했네. 내가 변화시켰지! 바로 이 아포네스가! 그러니 너무 서운해 말게. 하하하!'

아포네스는 잔뜩 취기가 오른 상태에서 음흉한 미소를 지었다. 그리고 곧 깊은 잠이 들었다. 어느 순간, 거친 숨소리와 함께 다급한 흔들림에 화들짝 놀라 잠에서 깨어났다. 앤키니우스 비서실장이 금세라도 숨이 넘어갈 듯이 거친 숨을 몰아쉬며 자신을 부르고 있었다.

"무슨 일인데 이리 소란인가, 앤키니우스!"

꿀맛 같은 잠에서 깨어난 아포네스가 무거운 두 눈꺼풀을 겨우 뜨면서 한껏 짜증 섞인 목소리로 다그쳤다.

"네메스가 반란을 일으켰습니다!"

"뭐… 뭐라고? 네메스가 반란을!"

아포네스의 두 눈은 그제야 번쩍 떠지며 입을 다물지 못했다.

"네메스 휘하의 전군이 모두 진격한 것 같습니다. 선발대 일부는 이미 수도에 근접해오고 있으며 나머지 주력 부대는 언더트샤 (지하 군기지)로 향하고 있는 것을 레이더로 포착했습니다."

앤키니우스 비서실장이 바짝 긴장한 채 상황을 보고했다.

"이, 이럴 수가! 대체 뭐 하고 있었어? 어째서 지금에야 보고하는 거야! 장군들 긴급 소집해!"

아포네스는 간담이 서늘해졌다.

"죄송합니다. 네메스 군대의 비행선들이 뒤늦게야 포착되었습니다. 일단 방어부대는 보냈습니다. 그리고 장군들에게는 지하 대피소로 소집 명령을 내렸습니다. 하지만 지금은 무엇보다 황제님이 이곳에 계실 때가 아니십니다. 어서 일분일초라도 빨리 지하대피소로 피신하셔야 합니다. 곧 그들의 공격이 가해져 올 것입니다. 네메스의 군대는 지금 단순히 시위하는 행동이 아닙니다. 그들의 전군이 모두 출격했습니다. 모든 것이 아수라장이 될 것입니다."

"그렇다면 지금 일개 방어부대만 가지고 돼! 우리도 당장 전군에 출동 명령을 내리게, 앤키니우스!"

정신이 바짝 든 아포네스가 분노를 담아 앤키니우스에게 명령했다.

"네! 분부대로 거행하겠습니다. 그러니 우선은 지하대피소로 먼저 피하십시오, 황제님!"

아포네스는 지하대피소로 긴급히 이동했다. 지하대피소로 내려가면서 아포네스는 생각했다.

'치밀하게 계획하고 실행시켜 결국은 내가 원하는 결과를 얻었는데 방심했어. 옛정을 생각해서 안이하게 미뤘던 일이 결국은 커다란 화근이 되었어.'

연회장에서 너무나 만족스럽게 연회를 즐기던 네메스의 환한 얼굴이 아포네스의 머리를 스치고 지나갔다. 여유롭게 흥에 겨워 연회를 즐겼던 네메스!

'하긴, 지금까지 어떠한 연회에서도 그렇게 흐트러진 모습을 보이지 않았던 네메스이지 않던가. 요란한 연회장에서마저 항상 바른 자세로 앉아서 깨달음을 얻으려는 도인처럼 진중한 태도를 유지한 채 자신이 할 일에 대해서만 생각했던 그러한 자가 아니었던가. 오직 우주의 궁극적인 진정한 진리만이 유일하게 가치 있는 일이라고 누누이 되새겼던 바로 그 네메스!'

비록 하나의 제국에 황제가 둘이 된지라 어쩔 수 없는 선택을 했다. 하지만 아포네스는 개인적으로 다른 이와 비교할 수 없는 네메스의 위대한 지성과 뛰어난 품성, 그리고 진정한 의미를 찾고자 노력하는 불굴의 집념은 이 세상의 모든 역사 속에서도 가장 높이 평가할 수밖에 없었다. 그랬다. 모든 면에 너무나 뛰어난 네메스가 두려웠다. 이 세상에 다시는 나올 수 없는 가장 위대한 자가 바로 네메스이기 때문에.

'아니야, 아니지! 네메스가 반란을 일으킬 위인이 아니야. 반란을 일으킨 것은 전적으로 이케우니스야! 그가 네메스를 꼬드긴

거야. 네메스가 그놈의 끈질긴 수작에 결국은 넘어간 걸 거야. 진작 그놈의 목을 베어버려야 했어!'

쓰라린 아쉬움이 치밀었다. 하지만 지금은 후회나 하고 있을 시간이 없었다. 절대권력자인 아포네스가 패배한다면 그것은 곧 죽음을 의미했다.

그렇지만 아포네스는 이 전쟁에서 이길 자신이 있었다. 아폴란티스 제국의 수도인 '메르칸'에서 470킬로미터 떨어진 곳에 창설한 언더트샤가 있기 때문이었다. 지상에서 보기에는 특별히 눈길을 끌 만한 것이 없는 평범한 장소였다. 그러나 언더트샤는 거대한 통제센터를 시작으로 깊이가 지하 2킬로미터에 이르렀다. 그리고 층마다 전투 장비들로 즐비했고, 각 층당 높이는 20미터였으며 지하 100층으로 이루어진 첨단 시설이었다. 그곳엔 병사의 수만 380만 명에 이르렀다. 기술적인 부분은 네메스 측의 공격무기와 거의 동일하지만 외관의 모양과 색깔을 변형시켜 만들어낸 30만 대의 최첨단 장갑차인 'A그라운드(Apolantis' Ground)'와 35만 대의 소형 우주비행선인 'A포스(Apolantis' Force) 1호기' 그리고 20만 대의 원반형 중형 우주비행선인 'A포스 2호기'를 보유했다. 네메스의 군대와 비교해서 수적으로도 월등하게 앞질렀다. 또한 방공망도 어떠한 최신무기를 이용한다고 하더라도 뚫을 수 없도록 모든 실험까지 완벽하게 통과한 철통 방어망을 자랑했다. 아포네스가 피신한 자신의 궁전 아래에 거미줄처럼 연결된 지하 방공망도 3킬로미터 아래의 깊숙한 곳에 있어서 매우 안전했고 작전 회의나 지시도 원활했다.

'네메스! 이케우니스의 말만 믿고 너무 자만하지는 말라고. 그리고 난 자네 군부대의 상황을 누구보다 잘 알고 있어. 그런데 자네는 나의 철저한 보안 때문에 이곳 사정을 거의 알 수 없을 테지. 그래, 네메스와 이케우니스. 얼마든지 덤빌 테면 덤벼보라고!'

*

"이케우니스 총사령관!"

"네! 국방장관님."

"상황은 어떤가?"

"오늘 새벽녘 늦게까지 이어진 연회로 아포네스와 그의 수뇌부들은 안일한 상태입니다. 그만큼 기습공격을 펼치기 가장 적절한 상황입니다. 현재 우리 측의 예상치 못한 공격에 적들의 명령체계에 혼선이 발생했음을 알아냈습니다."

"좋아! 현재 메르칸에 G포스 1호기 2만 대, G포스 2호기 1만 대 그리고 맥커스-Z도 1만 대로 우리 군의 일부를 그곳으로 배치한 것은 우선 적절했다고 보네. 그런데 우리 측의 전군에 가까운 나머지 모든 전력을 언더트샤로 출격시킨 것은 아무래도 부담스럽군. 메르칸에 대해서는 세부적인 정보를 잘 알고 있지만, 언더트샤에 대해서는 정보가 확실하지 않은 상태에서 과하게 배치한 듯하네!"

네메스가 군사 배치에 우려를 내비쳤다.

"물론, 언더트샤에 관한 정보는 아포네스의 치밀하고 철통같은 보안 때문에 간신히 예측만 가능한 상황입니다. 그나마 얻어낸 여러 개의 정보 조각들을 취합해본 결과 언더트샤는 우리의 전력과 비교하여 거의 두 배에 가까울 수도 있습니다. 게다가 양측의 엄청난 속도와 파괴력을 가진 첨단 군사 무기 간의 기술적인 우열을 가리는 것은 의미가 없지 않습니까. 양측 모두 동일한 기술이니까요. 그렇다면 이번 전쟁은 기선제압이 최우선일수밖에 없습니다. 먼저 선제공격을 통해 속전속결로 적의 군대를 궤멸시키는 것이 승패를 좌우합니다. 그래서 우선은 확실하게 지상을 점령해야 합니다. 만약 어설프게 우리 군의 일부만 언더트샤에 보냈다가는 아포네스의 대규모 군대에게 오히려 역공을 당할 수밖에 없습니다. 그렇게 되면 우리가 그들을 상대로 이길 확률은 거의 제로에 가깝습니다."

이케우니스가 미간에 힘을 주며 침착하면서도 절도 있게 네메스에게 보고했다.

짙게 뒤덮힌 어둠을 밀어내고 강렬한 태양이 떠올랐다. 떠오른 태양을 보며 네메스는 만약 태양이 신이라면 지적 생명체라고 자부하며 특별한 존재라 자명하는 우리를 본다면 어이없어 콧방귀를 뀌며 한마디 할 것만 같았다.

'이런 한심한 녀석들. 동일한 종족끼리 진정한 화합도 제대로 이루지 못하고 양편으로 갈라서서 싸우고 있군. 어리석은 녀석들! 초월적인 무언가가 지정해주지도 않았는데 스스로 우주에서 가장 특별하고 우월한 존재라고 억지를 부리며 우겨대고 있지. 그나마 나름대로 엄청난 노력을 기울여 만들어놓은 모든 것을 다시 서로서로 열심히도 허물고 있군. 이런 바보 같고 아둔한 것들이 우월한 존재란다. 푸하하하! 너희들은 영원한 미성숙아들일 뿐이야. 태양인 나는 지능도 창의성도 없지만 세상을 따뜻하게 비추고 모든 생명에게 자랄 수 있는 환경을 마련해주고 있지. 정말 너희들이 우주에서 가장 우월한 존재라는 것이 옳다고 할 수 있는 거냐?'

네메스는 이 순간 햇살을 아무런 대가도 지불하지 않고 맞이하고 있는 자신이 몸 둘 바를 모를 정도로 너무나 부끄럽고 송구스러웠다. 어쩔 수 없는 상황이라고 해도 네메스는 강인하고 냉정한 모습 속에 한편에선 자괴감도 밀려왔다.

'이 우주에서 네메스란 존재가 정말 의미 있는 존재일까. 현재 벌어지고 있는 형제들과의 잔인하고 치열한 전쟁은 이 우주에서 무슨 의미가 있을까. 도대체 의미란 게 무엇이지. 무슨 의미를 찾겠다고 나를 비롯한 지적 생명체들은 이렇게 설레발을 치고 있었던 것일까. 진정으로 찾고자 하는 진리의 통합된 윤곽도 없지 않았던가. 그저 두루뭉술한 개념들만 잔뜩 늘어놓은 어설픈 이야기들로 만약 유일한 진리를 찾는다면 이럴 것이라고 속단하고 있었던 것은 아닐까. 어쩌면 영원히 볼 수도 만져볼 수도 없었던 유일한 진리를.'

이런 위급하고도 다급한 최악의 상황도 그저 우리에게만 한정된 일일 뿐, 세상만사는 전혀 관계가 없었다. 세상은 각자 자리에서 만족스러워했다. 숲은 여전히 울창했으며 계곡의 물은 오늘도 변함없이 힘차게 흘렀다. 이 행성은 자전과 공전을 변함없이 계속하고 있고, 태양은 온 세상에 따뜻한 햇살을 쏟아붓고 있으며, 은하계는 수많은 자신의 항성들과 행성들을 품었다. 우주는 우주대로 모든 것의 중심축을 이루며 모든 것들을 끌어안고는 자신에게 속한 존재하는 모든 것의 상태를 유지시켰다. 오히려 우주에서 특별한 존재인 양 스스로 으스대는 지적 생명체들은 어쩌면 전혀 특별한 존재가 아닐지도 몰랐다. 마치 우리가 가고자 하는 방향으로 길을 걸어가는데 벌레가 너무 작아서 존재하는지도 모르고 스쳐 지나가듯이 태양도 은하계도 우주도 무심히 우리를 그냥 지나쳐 갔다. 항상 그래왔던 것처럼.

네메스가 개선시킨 최첨단무기들은 매우 강력했다. 2만 대의 G포스 1호기에서 발사되는 강렬한 붉은색의 레이저광선과 1만 대의 G포스 2호기에서 뿜어져 나오는 더욱 강력한 짙은 파란색의 레이저광선 그리고 1만 대의 맥커스-Z에서 쏟아져 나오는 무수한 레이저광선과 정밀한 폭탄은 밝고 강렬하게 비추는 태양 아래에서도 태양의 햇살이 무색하게 선명한 광채를 드러냈다. 갤리온스들이 이 행성에 도착한 날부터 지금까지 각고의 노력과 끈기로 이루어 낸 아폴란티스의 기반 시설이 무너져 내리는 것은 찰나였다. 어떤 물체든지 닿기만 하면 폭발을 일으키거나 용광로에서 금속이 힘없이 녹아내리듯, 메르칸의 주요 핵심 구조물들은 최첨단의 가공할 무기들에 의해 하나하나씩 흔적도 없이 허무하게 파괴되었다.

드넓은 도시 중심지에 지어진 견고하고 튼튼한 아포네스의 궁전과 건물들은 순식간에 모두 무너져 영원히 사라져버렸다. 주요 시설들과 신전들 또한 거의 형체를 알아보기 힘들 정도로 파괴되고 있었다. 주요 시설물의 공격과 더불어 콴티 족들이 공물을 바치기 위해 만들어진 동물농장, 그들이 농사를 짓고 수확물을 거두는 경작지 그리고 대규모의 식량창고를 장악했다. 동시에 보급로들을 철저히 파괴해서 아포네스와 수뇌부들뿐만 아니라 언더트샤로 보내지는 식량을 끊어버렸다. 하지만 아포네스 궁전과 주요 건물을 비롯하여 수도 내 그 어디에서도 아포네스와 그의 추종자들인 수뇌부들의 모습은 드러나지 않았다. 그들은 네메스의 군대가 오기 전에 이미 비밀리에 구축해둔 약 3킬로미터 아래의 거미줄처럼 연결된 지하대피소로 모두 피신했다. 특히 수뇌부들은 그 안에서도 가장 안전한 장소에 모여 첨단 장비를 통해 실시간으로 전해지는 영상과 전달된 정보를 살펴보며 작전 지시를 했다. 시간이 지남에 따라 네메스의 우려는 현실이 되어갔다. 아포네스와 그의 수뇌부들이 숨어 있는 지하 벙커는 너무나 튼튼했고 강했다. 속전속결로 그들을 제거하고 최대한 빨리 이번 전쟁을 마무리 짓고자 총공격했지만 꿈쩍도 하지 않았다. 네메스의 의도는 뒤틀어졌다. 전쟁은 아포네스의 제국, 아폴란티스 전체로 확전되고 있었다.

이러한 경악스러운 상황 속에 일반 계층의 콴티들은 본능적으로 살기 위해 피신할 곳을 찾아 우왕좌왕했다. 그들은 여러 세대에 걸쳐 지금까지 살아오면서 천둥과 번개도 경험했고, 지진과 화산 폭발도 경험했으며, 바닷속에서 일어난 지진으로 인한 쓰나미도 경험해보았다. 그들이 이러한 자연현상과 재해를 체험해왔음에도 불구하고 지금 이 상황은 그 무엇과도 비교할 수 없을 정도로 남달랐다. 이상하고도 괴기스러운 붉은색과 파란색의 광선과 폭탄으로 무엇이든 순식간에 모든 표면이 터져버리고 녹아내렸다.

네메스의 게릴라 공격에 잠시 움찔했던 아포네스 측도 반격에 나섰다. 그는 먼저 언더트샤에 연락해서 도시 중심부에 있는 네메스 군대의 2배에 이르는 병력을 보내도록 지시했다. 그래서 주요 시설을 파괴하느라 여념이 없는 네메스 군대의 뒤를 치게 했다. 하늘은 온통 빛나는 선들로 거미줄이 쳐졌고 양측이 치열한 접전을 벌이는 상황에서 다수의 비행선들이 서로서로의 먹이가 되어 굉음과 함께 연신 폭발했다.

양측의 치열한 전투로 인해 나무로 지어진 콴티들의 주거지에도 붉은색과 파란색의 광선과 파괴된 비행선의 수많은 잔해들이 무시무시한 무기가 되어 빠른 속도로 지면을 향해 연신 쏟아져 내렸다. 콴티들은 남녀노소 할 것 없이 극한의 공황 상태에 이르렀다. 그들은 살아 있으나 이미 존재하지 않았으며 죽은 자들이었다. 그들은 오줌을 지리거나 실신을 하거나 죽어가는 자들 옆에서 울며 비명을 질렀다. 모든 가옥들, 경작지, 농장은 폭격을 당했고 콴티들은 터지고 찢겨지고 짓이겨졌다.

치열한 접전 끝에 아포네스의 비행편대를 어렵사리 물리쳤다. 그러나 네메스의 전력도 커다란 피해를 입었다. 선전은 했으나 현재 50여 대의 G포스 2호기, 20여 대의 G포스 1호기 그리고 50여 대의 맥커스-Z만이 남았다. 그런데도 지하대피소에 피신한 아포네스와 그의 추종 세력을 찾기 위한 첫 번째 시도는 실패하고 말았다. 그래서 그들을 체포하기 위해 지상 병력이 타고있는 50여 대의 맥커스-Z를 재배치한 후, 비행부대는 언더트샤로 이동했다.

하늘에서 바라본 도시는 한없이 아지랑이가 피어오르는 을씨년스런 장미꽃 한 송이로 보였다. 이제 양측의 싸움은 그 무엇으로도 인정사정이란 없었고 상대편에 가능한 모든 저주를 퍼붓고 있었다. 이곳엔 오로지 극단의 광기 서린 광란, 그 처절하고 치열한 살육만이 남았다.

언더트샤는 메르칸에서 동쪽 방향으로 약 470킬로미터 정도 떨어진 곳이다. 그곳에 도착하자마자 그들은 네메스의 대규모 군대와 조우했다. 이곳은 도시의 상황과는 판이하게 달랐다. 미처 대비하지 못해 속절없이 당할 수밖에 없었던 메르칸과는 전혀 다르게 언더트샤가 있는 넓고도 넓은 평야에는 아포네스 측의 25만 대의 최첨단 장갑차인 A그라운드와 15만 대의 소형 우주비행선인 A포스 1호기 그리고 10만 대에 가까운 원반형 중형 우주비행선인 A포스 2호기가 포진하고 있었다. 네메스의 병력은 19만 대의 맥커스-Z와 7만 대의 G포스 1호기 그리고 3만 5천 대의 G포스 2호기가 한 치의 물러섬도 없이 치열한 접전을 벌이고 있었다. 수를 헤아릴 수도 없는 양쪽의 부대에서 나오는 붉은색과 파란색의 엄청난 레이저광선이 하늘과 지상을 가릴 것 없이 발산하며 파멸의 수를 놓았다. 양쪽의 수많은 비행선들과 장갑차들이 레이저와 폭탄에 맞아 고막을 찢는 굉음을 내며 산산이 부서졌고 폭발하는 비행선과 장갑차에서 가까스로 살아 남아 지상으로 내려온 갤리온스들, 콴티온스들 그리고 콴티들은 서로 가릴 것 없이 그들이 몸에 지니고 있던 무기를 이용하여 잔인한 살육전을 벌였다. 무기마저 없는 경우에는 목숨을 건 육탄전을 벌였다.

전쟁은 한 달간 계속되었다. 아는 이들이 죽어갈수록 양 진영의 신념은 더욱 날을 세우게 되었다. 절대로 물러설 수 없으며 한쪽을 무조건 전멸시켜야 한다는 사실이다. 네메스에게 이 전쟁은 속전속결로 아포네스와 그의 수뇌부를 제거해야 승리를 거머쥘 확률이 높았다. 하지만 네메스 측은 언더트샤의 군사력을 간과한 것이 이렇게 지지부진한 전세를 만들어버렸다. 게다가 이케우니스 총사령관이 예상한 언더트샤의 출구는 다섯 곳이었다.

하지만 실제로 언더트샤의 출구는 자그마치 스무 곳이 넘었다. 네메스와 이케우니스가 알지 못했던 숨겨진 출구를 통해 마치 수많은 불꽃이 튀어 오르듯 비행선들이 쏟아져 나왔다. 파괴하고 또 파괴해도 아포네스의 군대는 사그라지기는커녕 시간이 지날수록 전열은 더욱 견고해졌다. 네메스의 군대는 점점 밀리며 고전을 면치 못했다.

한편, 아포네스의 지하대피소에선 실시간으로 전달되는 전시 상황을 보며 환호와 축하주가 넘실댔고 다른 한편 VGSS 2000에서는 불길한 마음과 초조함이 차올랐다.

"나머지 만 대의 G포스 1호기와 5천 대의 G포스 2호기를 이끌고 출격하겠습니다, 네메스 국방장관님!"

침묵으로 일관하던 이케우니스 총사령관이 비장한 표정으로 네메스에게 말했다.

네메스의 눈빛은 한층 어두워졌다. 이케우니스가 남은 군대를 이끌고 전장에 출격한다고 해도 이제는 승산이 없었다. 이미 전세는 기울어져 있었기 때문이다. 그럼에도 이케우니스를 믿고 앞으로 나아갈 뿐이었다. 처음부터 퇴로는 없었다. 네메스는 결단을 내리며 명령했다.

"출격하도록 하시오, 이케우니스 총사령관!"

네메스가 흐트러짐 없이 단호하고도 비장하게 말했다.

"네! 명령 받들겠습니다, 국방장관님! 그리고 감사합니다."

이케우니스는 가슴을 당당히 펴고 힘있게 답했다.

"잠깐!"

네메스가 그를 불러 세웠다. 그리고 이케우니스를 안아주었다.

"그대의 공을 절대로 잊지 않겠소. 부디 무사히 돌아오시오, 이케우니스 총사령관!"

그 순간 냉철했던 이케우니스의 눈가에 눈물이 고였고, 네메스의 눈가에도 어느새 눈물이 고였다.

"반드시 승리를 거머쥐고 돌아오겠습니다, 네메스 국방장관님!"

"그래, 반드시!"

"갤리온의 정신이여, 영원하라!"

그의 뒷모습이 마지막 순간이라는 것을 네메스는 알고 있었다. 문을 나서는 이케우니스를 보며 네메스의 얼굴은 심하게 일그러졌다.

가장 뛰어난 비행조종사이자 탁월한 전술가였던 이케우니스 총사령관이 이끄는 군대는 열악한 조건에서도 전대미문의 활약을 펼치며 아포네스 군에게 상당한 타격을 주었다. 이케우니스는 비록 자신은 군인이지만 수많은 전쟁을 치르며 탐욕과 정복욕으로 생명을 앗아가는 추하고 미친 행위라고밖에 볼 수 없는 처절한 전쟁들 속에서 그는 분명한 한 가지 사실을 깨달았던 것이다. 그것은 지적 생명체가 이 세상에서 할 수 있는 가장 숭고한 일은 오직 우주의 궁극적인 진정한 의미를 알아내기 위해 최선을 다하는 모습이라는 것을. 이것만이 지적 생명체가 다른 동물들과 다를 수밖에 없는 우리만의 고유한 영역이라는 것을. '갤리온의 정신'을 지키는 일이 자신의 목숨을 포함해서 세상의 그 어떠한 것보다 소중하다는 것을 진심으로 다시 깨달았다. 이 점을 깨달은 이케우니스는 그 이후로 오직 이 정신을 지키고 유지하기 위해 목숨을 바쳐 싸우고 있는 것이었다.

그런 이케우니스에게 전시 상황은 끝내 절망감으로 허물어졌다. 거의 모든 비행선들이 파괴되었고, 10여 대의 G포스 1호기와 3대의 G포스 2호기만 남아 있었다. 그러나 아포네스의 군대는 무서울 정도로 까마득히 많은 수가 이케우니스의 그나마 남아 있는 모든 것을 부수기 위해 사생결단을 하듯 달려들었다.

네메스는 깊은 고민에 빠졌다. 그의 고민은 자신의 목숨이 사라지거나 '갤리온의 정신'이 끝을 맺을까 봐 걱정하는 것이 아니었다. 그도 마지막까지 아포네스의 군대와 싸우다가 장렬히 전사하는 것을 당연하게 받아들였다. 지금 그의 마음에 걸리는 것은, 갤리온의 최고 통치자였던 안룹스와 나누었던 대화에 있었다.

갤리온 행성이 대폭발을 일으키기 이전에 갤리온에서는 미래를 이끌어갈 최고의 인재들로 구성된 100명을 선발했다. 그리고 그들을 GSS 1000에 태워서 탐사를 위해 우주로 보내기로 했다. 떠나기 전날 밤, 안룹스가 네메스를 자신의 집무실로 불렀다.

"네메스, 어서 오게나."

안룹스는 하던 일을 멈추고 반가운 미소를 지으며 네메스를 반겼다.

"안룹스 최고 통치자님. 찾으셨습니까?"

네메스가 정중하게 고개를 숙여 인사한 후, 다정한 미소를 지었다.

"그래, 준비는 다 마쳤는가?"

"네!"

"자네를 특별히 부른 이유는 이번 탐사에서 내가 반드시 알려줄 중요한 기밀사항이 있어서 말이네."

안룹스의 낮아진 목소리는 조심스러웠다.

"기밀사항?"

예사롭지 않은 분위기에 네메스는 마음을 가다듬었다.

"나는 항상 자네가 제일 믿음이 가는 친구지!"

그리고 나서 안룹스는 집무실에 GSS 1000의 상세 설계도가 펼쳐진 영상을 보며 말을 이었다.

"자네도 잘 알겠지만 GSS 1000 안에는 갤리온의 첨단기술들이 모두 탑재되어 있네. 실물로 실을 수 없는 것은 인공지능 슈퍼컴퓨터에 설계도를 비롯한 기타 수반 사항들을 데이터로 모두 잘 저장해놓았지. 그건 리스트로 작성해놓았으니 필요할 때마다 자네가 참조하면 될 걸세. 자, 그럼 이제부터 들려주는 내용은 자네만 알고 있어야 할 비밀이네. 오직 자네만 말이지. 첫 번째는 체세포 복제를 통한 갤리온스의 복제 기술실이 있다는 것이고."

"갤리온스의 복제? 폐기되었던 그 기술을 왜 GSS 1000에?"

"우주는 넓고 우리에게는 무슨 일이 일어날지 모르니까! 그리고 다음은…."

안룹스가 잠시 네메스를 뚫어지게 쳐다보았다.

"기존의 무기와 비교 불가한 가공할 폭탄이 탑재되어 있다네."

"네?"

단순히 외부에 탐사차 나가는 것인데 복제와 가공할 폭탄이 GSS 1000에 추가로 마련됐다는 것을 도저히 이성적으로 납득할 수 없었다.

"물론 GSS 1000에는 전자기 펄스 폭탄을 이용해 강력한 전자기파를 방출하여 적을 무력화시켜 자신을 보호하거나 이십여 개의 정밀한 레이저광선을 이용해 동시에 외부의 적을 식별하여 공격할 수 있는 자동화된 첨단무기가 포함되어 있지만 말이네."

"혹시라도 예상치 못한 갑작스러운 위험이 닥칠 때, 그러니까

GSS 1000이 스스로 보호하거나 공격할 수 있는 무기들만으로는 감당되지 않아서 GSS 1000이 혹시나 파괴될 수 있는 최악의 위험에 노출되었을 때를 대비하기 위한 것이라고 생각해두게."

지금까지 보아왔던 근엄하면서도 인자했던 안룹스와는 다르게 심각하게 정색을 했다.

"그… 그런가요. 잘 알겠습니다, 안룹스 최고 통치자님."

"하하하! 전혀 걱정하지 말게, 네메스. 뇌관은 완벽하게 분리되어 있으니 말일세."

안룹스는 네메스가 겁을 먹었다고 생각했는지 다시 부드러운 미소를 지었다.

"…"

상황에 맞지 않은 기밀사항을 떠안은 네메스는 마음이 무거워졌다.

"그래도 알 것은 정확히 알아야지! 이 3차원 영상을 보게나, 네메스. 복제 기술실은 바로 여기! 다른 이들은 절대로 알 수 없겠지. 단순한 벽면으로 보이니까 말이야. 그리고 이곳에 상상을 초월하는 강력한 폭탄이 있네. 그 누구도 눈치채지 못하게 이 폭탄의 암호명은 '갤리온의 새로운 세계(Gaellion's New World)'라 부르기로 했지. 간단히, '새로운 세계'라 하네. 하여튼 이 폭탄은 지금까지 우리 갤리온스들이 만들어온 무기 중에서 가장 파괴적이고 치명적인 최첨단의 폭탄이네. 비록 폭탄이지만 어떻게 보면 갤리온 과학기술의 집대성이자 결정체이기도 하지. 폭발력은 갤리온의 가장 강력한 폭탄 수백만 개를 초고밀도로 압축해서 하나로 만든 것과 같다고 할 수 있으니 정말 어마어마한 폭발력일 수밖에 없지. 물론 현재는 슈퍼컴퓨터를 이용해서 시뮬레이션만 한 상태이니 실제 폭발력에 대해서는 명확히 답변해줄 수는 없지만 믿을세. 그리고 이 폭탄에 대한 더욱 놀랍고도 중요한 기능들이 더 있지만 여기까지만 말해두겠네."

"더욱 놀랍고 중요한 기능이요?"

"조금 전에도 말했지만 이건 자네의 궁금증으로 남겨두는 것이 좋겠어. 그래야 자네가 절대로 잊어버리지 않을 테니까 말일세. 아 참! 제일 중요한 사항을 말하지 못할 뻔했네, 네메스. 지금부터 하는 말도 반드시 잘 기억해두게. 만약, '새로운 세계'라는 폭탄을 사용할 수밖에 없는, 그러니까 도저히 피할 수 없는 상황이 발생해서 투하했다면 그곳에 머물러 있으면 절대로 안 되네. 물론 미리 프로그램된 명령에 따라 자동으로 GSS 1000이 반응하겠지만, 혹시라도 저절로 작동이 안 된다면 반드시 수동으로라도 전속력으로 그곳에서 탈출해야 해. 다시 말해 뒤를 절대로 돌아보아서는 안 된다는 뜻이네. 만약 조금이라도 꾸물거렸다가는 자네도 이 폭탄에 잡아먹힐 테니까 말이야. 네메스, 잘 알겠나? 그리고 인증절차 시스템은 오직 자네의 생체 정보만 인식하도록 되어 있네."

그러고 나서 폭탄을 투하시키는 방법을 네메스에게 자세히 설명해준 뒤에 안룹스는 『갤리온의 신화와 예언』이라는 책을 네메스에게 건네주었다.

"자네가 이 책에 관심이 없어도 괜찮네, 네메스."

안룹스가 부드러운 미소를 지었다.

"그냥 내 마음의 선물이라고 생각하고 잘 보관해주게나. 자네가 지금처럼 나를 보듯이 내 분신이라 생각해주게. 강하고 냉철해 보이지만 나 역시 평범한 갤리온스라네. 왜 그런지 지금과 같은 시기에는 자꾸만 누군가에게 의지하고 싶어지고 말이지. 요즘엔 직감적으로 상당히 위기가 느껴지네. 무엇인지 논리적으로 설명은 불가능하지만 말일세. 왠지 모르는 생명의 위험이 느껴져. 아니 갤리온 자체의 위험이 느껴지네. 명확히 말할 수 없지만 말일세."

이 대화를 끝으로 네메스는 안룹스를 다시는 볼 수 없었다. 영원히!

이미 이 전쟁에서 네메스는 패배했다. 그런데 '새로운 세계'라는 폭탄을 투하하여 자칫 이 행성에 있는 동족을 모두 전멸시켜야 하는 것이라면 차라리 목숨을 스스로 끊어버리는 것이 더욱 올바른 선택이 아닐까. 네메스는 더 커다란 희생이 있기 전에 모든 책임감과 짐을 훌훌 털어버리고 자결을 통해 자유롭고 싶었다. 차라리 이 선택이 더 늦기 전에 가장 합당하다고 생각했다. 그러나 목숨을 포기한다면 갤리온에서 살다가 사라져간 수많은 영혼들과 자신을 위해 숭고한 희생을 하고 전사한 모든 병사들 그리고 지금도 치열한 접전을 벌이고 있는 이케우니스 총사령관을 비롯한 나머지 병사들 그리고 그에게도 지울 수 없는 커다란 상처만 남을 뿐이었다.

이 전쟁은 시작부터 절망을 품었다. 네메스에겐 승패를 떠나 절망 속에 울부짖으며 시작된 싸움이었다. 물론, 갤리온의 정신을 위한 선택엔 후회란 것은 있을 수도 없었다. 그것은 세상의 모든 것을 뛰어넘는 고귀함 그 자체였다. 그 신념으로 벌어진 이 상황 속에 기꺼이 그의 모든 것을 바친다고 해도 일말의 아쉬움은 없었다. 하지만 지금 이 순간 감정의 소용돌이 속에 용솟음치는 극도의 서글픈 심정은 갤리온의 정신마저 네메스를 억누르지 못했다. 사무치는 아픔이 밀려왔다.

"세상이 참으로 야속하고 잔인하구나!"

"안룹스. 저에게 이런 가혹한 상황은 도대체 무엇을 의미하나요! 제가 어떠한 선택을 내려야 합니까? 무엇이 올바른 선택이었는지 어떻게 판단할 수 있나요?"

모든 것을 체념한 듯이 두 어깨가 축 늘어져 있던 네메스가 불현듯 절규하며 외쳤다.

"싫습니다, 안룹스! 저는 차마 그러한 선택은 할 수 없습니다. 갤리온스가 없는 갤리온의 정신이 진정 무슨 의미가 있겠습니까!"

네메스가 심적인 고통 속에 신음하며 영혼을 죽음으로 이끌고 있을 때 이승에서 들리는 소리인지 아니면 저승에서 들려오는 소리인지, 그것도 아니면 미지의 세계에서 들려오는 소리인지 어느 방향에서도 시작된 것 같지 않은, 예측이 불가능한 강렬한 에너지파의 진동이 네메스의 몸속 깊은 곳에서 시작되어 온몸에 울려 퍼졌다.

"네메스! 네메스! 지금 당장 너의 VGSS 2000을 이끌고 출격하라!"

휘둥그레진 눈동자로 주위를 살폈다.

"어떻게 된 거지. 이것이 무슨 현상이지?"

"지금이다, 네메스!"

더욱 강렬한 에너지파의 진동이 다시 한번 네메스의 온몸에 퍼졌다.

"이케우니스 총사령관과 그의 동료는 모두 전멸했다!"

네메스는 무언가에 홀린 듯 초점을 잃은 채 두 눈을 크게 떴다.

그는 VGSS 2000을 수직 이륙시켜 빠른 속도로 날아갔다.

*

지상의 참혹한 현장은 지하대피소의 수뇌부들에게는 건배를 위한 배경이었다.

"이 자리에 계신 율리니우스 내무부장관을 비롯한 의원 여러분! 보셨지요! 네메스가 어떠한 자인지 이제 만천하에 드러나지 않았습니까!"

아포네스는 핏대를 잔뜩 세우고 말했다.

"고상한 척은 혼자 다 하더니 정말 미쳐도 보통 미친 자가 아니지 않습니까! 어떻게 갤리온스가 갤리온스를 상대로 전쟁을 일으킬 수 있다는 말입니까!"

율리니우스 내무부장관이 눈썹을 한껏 치켜올리며 탁자를 주먹으로 내리쳤다.

"미친 네메스! 완전히 정신 나간 네메스!"

여기저기 너나 할 것 없이 이구동성으로 네메스를 질타했다.

"혼자서 아무도 이해할 수 없는 이상한 짓만 골라서 하더니 미쳐도 아주 단단히 미친 모양이오."

국회의원인 리젤리우스가 말을 얹었다.

"맞지, 맞아! 아주 지당한 말씀이오!"

자리에 있던 고위급 임원들은 맞장구를 쳤다.

"예전부터 여러분에게 네메스가 이러한 성향을 가진 자였다는 것을 말하고 싶었지만, 여러분도 잘 아시다시피 네메스와는 오래전부터 친구 사이인지라 그를 보호해주기 위해 그동안 말을 아꼈던 것입니다."

"그러신 줄 알았습니다. 이렇게 범인이 도저히 따라갈 수 없는 훌륭하신 성품에 모든 갤리온스들이 한마음으로 받들고 섬기고 있습니다!"

리젤리우스가 아포네스를 극찬했다.

"아무렴요, 그렇고 말고요."

"하여튼 네메스는 저와 만날 때마다 사사건건 트집을 잡고 제가 황제가 된 것을 대놓고 못마땅해하며 괴팍한 성격을 불쑥불쑥 드러내기에 저는 속으로 내심 불안했습니다. 하지만 워낙 네메스가 여러분을 잘 속여서 제가 진실을 알리기가 힘들었지요. 그러더니 결국 이러한 잔인무도한 짓을 아무렇지도 않게 저지르고 말았군요. 내가 친구니 언질을 주었더라면 하는 괴로움이 남는군요."

아포네스는 쓰라린 표정을 지었다.

"황제 폐하, 그동안 고생 많으셨습니다. 저런 양면성을 가진 네메스 때문에 마음고생도 심하셨고 많은 피해를 입게 되었지만, 지금이라도 진실을 알게 되어서 불행 중 다행입니다. 폐하께서 이렇게 만반의 군사시설을 갖추지 않았더라면 어찌될 뻔했습니까? 생각만으로도 끔찍하고 아찔하군요. 역시 선견지명이 대단하십니다!"

율리니우스 내무부장관이 한 손으로 자신의 놀란 가슴을 쓸어내리고는 요란스럽게 아포네스에게 찬사를 보냈다.

"자, 여러분! 이제 진정들 하시고 우리 모두 함께 네메스라는, 미쳐도 단단히 미친 자의 최후를 지켜봅시다! 우리를 잡기 위해 지상에 그나마 남겨두었던 네메스의 지상 병력인 50여 대의 맥커스-Z마저 우리 군이 말끔히 전멸시켰다는 카미네스 국방부장관의 전보가 왔습니다. 지금 우리의 자랑스러운 군대가 모두 지상에 집결해서 우리를 기다리고 있소. 우선 이 답답한 지하에서 벗어나 지상으로 이동합시다, 여러분!"

아포네스가 수뇌부들을 이끌었다.

"아무렴요, 당연히 그래야죠. 그 미친놈의 최후를 반드시 지켜봐야지요. 두 눈으로 똑똑히 확인해야지요!"

아포네스와 수뇌부들은 지하대피소에서 30여 대의 중형 우주비행선에 나누어 타고 지상으로 올라갈 준비를 했다. 메르칸의 중심부이자 궁전이 있던 상공에는 네메스의 군대를 모두 물리친 5만여 대의 A포스 1호기와 3만여 대의 A포스 2호기가 층진의 전투대형으로 위용을 뽐내며 대기하고 있었고 그 맞은편에는 속을 알 수 없는 VGSS 2000이 대치하고 있었다. 아무리 VGSS 2000이라고 해도 대규모의 집중 공격을 받으면 얼마 안 있어 백기를 들거나 터져서 공중분해가 될 것이다. 아포네스의 입장에서는 희대의 역작이라고 할 수 있는 VGSS 2000이 사라질 수도 있다는 것을 인정하기는 정말로 싫었다. 하지만 지금은 그런 것을 따지고 있을 때가 아니었다. 아포네스에게는 앤키니우스 비서실장이 있었다. 그 역시 네메스에 버금가는 최고의 과학자다. 자신이 소유하게 된 모든 첨단무기와 장비는 물론 네메스가 기본 틀을 마련했지만 그의 손을 걸쳐 세심하게 완성되었다. 당연히 이번 전쟁이 끝나면 가장 필요한 자는 바로 앤키니우스다. 그를 과학기술부장관으로 임명해서 최고의 대우를 해줄 것이다. VGSS 2000이 없어도, 네메스가 죽어도 아포네스에겐 대체할 확실한 대상이 있다. 이미 전세는 아포네스의 승리로 결정됐기에 전쟁을 마무리 짓는 모습을 직접 보고 싶어서 메르칸에서 남쪽 방향으로 1,200킬로미터 정도 떨어진 곳에 설립한 대규모 연구단지인 국방 과학연구소에서 GSS 1000이 떠났다는 연락도 없었는데도 기세등등하게 그의 고위급 수뇌부들과 함께 30여 대의 중형 우주비행선으로 지상을 향해 서서히 떠오르고 있던 찰나였다.

그때, 상공에 엄청난 광채가 반짝였다. 곧이어 수도인 메르칸의 모든 공간을 넘어 아폴란티스 국가 전체가 한순간 어떤 한 지점을 향해서 사정없이 수축해 들어갔다. 어느 한 지점을 향해 주변의 모든 것이 저항할 수 없는 강한 힘에 의해 단숨에 빨려 들어간다는 느낌이었다. 그리고 주위에는 온통 헤아릴 수 없을 정도로 강력한 전자기장이 형성되었다. 곧 그곳에 있던 모든 우주비행선에 엄청난 정전기가 발생하며 모든 기능이 순식간에 마비되어버렸다. 우주비행선 안의 군사들은 모두 아비규환이 되었고 미지의 어떤 곳으로 끌려들어갔다. 몇 분? 아니 몇 초인가? 주위의 모든 공간의 대기를 강력한 힘으로 한없이 흡수하던 어느 한 지점의 중심에서 단 한 번도 존재하거나 경험하지 못했던 상상할 수도 없는 거대하고도 거대한 폭발이 일어났다. 도시와 공중에 떠 있던 모든 비행선들이 한순간에 증발해버렸고 그 자리에는 길이는 1,000킬로미터에 이르고 폭은 200킬로미터에 이르며 깊이는 10킬로미터 가까이에 다다르는 넓고도 깊은 웅덩이가 생성되었다. 그리고 그곳에 갇혀 있던 어마어마한 화염의 열기는 빛의 속도로 원을 그리면서 미친 듯이 커져가더니 지금까지 이곳에 존재했던 모든 생명체와 무생물 그리고 대기마저 증발시켰다.

아폴란티스는 물론이고 지하대피소와 언더트샤도 처음부터 존재하지 않은 것처럼 그 어떠한 흔적도 남기지 않고 모두 바람처럼 희미한 기억도 없이 사라졌다. 오직 활활 타오르는 거대한 웅덩이만이 덩그러니 남아 있었다. 그러나 이것은 재앙의 끝이 아닌 시작이었다. 한 번의 강력한 폭발이 일어난 후, 그 가공할 폭탄은 또다시 어느 한 지점의 중심을 향해 주위의 엄청난 대기와 주위의 공간을 다시 흡수하기 시작했다. 이제는 아무것도 없는 그곳에 얼마 지나지 않아서 두 번째의 강렬한 폭발이 일어났고, 처음 폭발한 후에 생성된 1,000킬로미터 길이의 웅덩이를 지나서 다른 이어진 공간에 길이가 1,000킬로미터에 이르고 폭이 200킬로미터에 이르며 깊이가 10킬로미터 가까이 다다르는 웅덩이가 또다시 생성되었다. 그리고 웅덩이가 만들어질 때 떨어져나간 수많은 잔해들이 우주공간으로 흩어져 먼지처럼 사라져갔다. 이러한 과정이 네 번 연속적으로 반복되자 외부와 내부에 동시다발적인 압력을 받았던 어느 한 지점에서 그리 크지 않았던 화산이 대규모로 폭발하며 짙은 회색의 화산재와 검붉은 용암을 쏟아냈다. 다섯 번째 폭발은 이 행성에서 일어나지 않았다. 약 4,000킬로미터를 엄청난 속도로 직진하던 가공할 폭탄의 거대 에너지 덩어리가 이 행성을 벗어나서 우주공간을 향해 빠른 속도로 나아가더니 어느 순간, 강렬한 마지막 폭발을 일으키면서 최후를 맞이했다. 극히 짧은 순간에 아름다운 행성이자 낙원이었던 이곳은 예전에 그 모습을 알아볼 수 없는 전신 화상을 입은 흉물스러운 행성이자 치유 불가능한 불모지로 변해버렸다. 주위엔, 아니 이 행성에는 아무것도 없었다. 숲도 나무와 풀도 바다도 건물도 어떠한 생명체도 최첨단 우주비행선도 처음부터 아무것도 없던 것처럼 대기마저 생명체가 살아가기에 불필요한 요소들로 대체되어버렸다. 한때 태양계에서 생명체가 살아가던 아름답고 낙원이던 축복의 행성은 이제 죽음의 행성으로 기억될 것이다.

네메스가 이상해졌다. 몸과 정신이 더 이상 그의 것이 아니었다. 거부할 수 없는 초월적 힘에 그의 모든 것이 통제되었다. 강렬한 에너지파의 진동을 느낀 순간부터 뇌를 비롯한 육체가 자신의 뜻대로 움직이지 않았다. VGSS 2000도 네메스와 상관없이 비행을 했다. 강렬한 에너지파의 진동은 인증절차를 진행하게 했다. '새로운 세계'라는 폭탄은 GSS 1000에 있던 것이었지만 네메스가 VGSS 2000을 만드는 중에 설계에 따라 이관했다. 최면에 걸려 두 눈에 초점을 잃은 네메스는 검지를 인증절차 시스템 안에 밀어 넣었다. 곧이어 날카로운 바늘이 나와 혈액을 추출해 갔다. 시스템이 검사를 진행하더니 잠시 후 모니터에 '인증 완료. 100% 일치함'이라는 메시지가 표시되었다.

곧이어 인증절차 시스템에서 네메스의 눈을 향해 굵은 안테나 같은 장치가 다가오다가 그의 눈 근처에서 잠시 멈추었다. 바로 이어서 그 장치에서 수평 방향으로 작은 디스플레이가 양쪽으로 달린 장비가 나오며 그의 두 눈에 최대한 가까이 밀착되었다. 조금 그 상태를 유지하고 있으니 다시 모니터에 '홍채인식 인증 완료'가 되었다는 메시지가 표시되었다.

그리고 나서 이번에는 인증절차 시스템에서 작은 크기의 둥그런 모양의 문이 열렸고 지문인식장치가 위로 올라왔다. 네메스는 엄지를 그 위에 올려놓았다. 또다시 인증이 완료되었다는 메시지가 뜬 후에 모든 인증이 완료되자 모니터에 폭탄의 3차원 영상이 나타나면서 뇌관을 연결하는 장면이 나왔다. 뇌관이 연결되자마자 네메스가 앉아 있는 바로 앞 계기판의 중앙에서 직사각형의 문이 양쪽으로 열리자 빨간색의 두툼한 버튼이 보였다. 네메스는 빨간색의 버튼이 올라오고 있는 와중에도 여전히 초점을 잃은 눈으로 무언가에 강하게 홀린 듯 정면을 바라보고 있었다. 어느새 그에게 마지막 행동만이 유일하게 남았다.

몸이 지배당한 그 순간부터 네메스는 마치 세상의 모든 것에 해탈한 느낌이랄까. 아니, 단지 그 정도의 느낌이 아니었다. 그가 세상으로 뻗어나간다는 느낌일까. 그를 하나의 생명체로 구분하던 모든 제한이 사라졌다. 더 이상 그는 네메스가 아니었다. 그가 살아오면서 느껴왔던 희로애락의 모든 감정을 훨씬 넘어선 어떤 초월적인 존재처럼 느껴졌다. 그의 이성, 감성, 고난, 괴로움, 갈등이 모두 사라져버리고 자신이라는 하나의 개체가 아닌 세상과 융합되어 그 모든 것에 유유히 군림했다. 그를 이끌고 온 삶의 기억도 모두 무의미하게 사라지고 형용할 수 없는 평온한 상태가 그에게 찾아왔다. 모든 것이 평온하고도 평온했다. 세상의 경계가 사라졌다. 현실의 끝이라고 믿어왔던 우주마저 초월하고 있었다. 세상이 바로 자신이었고 자신은 이 세상의 모든 것이었다. 네메스는 무아경 속에 모든 것과 혼연일체가 되었다. 이러한 진정한 세상의 모든 것과 하나가 되어버린, 한없이 평온한 상태에서 진정한 힘이 명령한 그 겸허한 흐름에 따라 그의 손이 저절로 버튼으로 미끄러지듯이 이동했다. 그리고 눌렀다. 버튼을 누름과 동시에 네메스는 꿈결에서 깨어난 듯 화들짝 놀라 벌떡 일어났다. 그의 두 눈에 층진의 전투대열로 공중에서 멈추어 있던 수많은 비행선, 그리고 그들이 보였다. 지하에서 나오고 있는 여러 대의 우주비행선, 분명히 그들은 아포네스를 비롯한 고위급 수뇌부들이었다.

"내, 내가 발사 버튼을 정, 정말로 눌렀어. 오! 이런. 이럴 수가! 이럴 순 없어. 내가 아니야, 이건 꿈이야! 믿을 수 없어!"

네메스가 빨간색 버튼을 누르자 폭탄이 아포네스의 본거지를 향해 날아갔다. 그 순간 VGSS 2000은 프로그램에 입력된 명령에 따라 저절로 우주공간을 향해 최대 속도로 행성과 멀어졌다. 위력은 엄청났다. 네메스도 안룹스의 강한 당부의 말로 미루어 이 폭탄의 파괴적인 위력을 어느 정도 예상은 했다. 하지만 설마 이 정도일 줄은 꿈에도 상상하지 못했다. 우주공간에서 바라본 광경은 거대한 불의 괴물이 행성을 우걱우걱 삼키는 것 같았고 검은 연기의 악령의 손은 행성을 증발시켰다. '새로운 세계'는 행성에 모든 것을 남김없이 전멸시키는 파멸의 폭탄이었다.

VGSS 2000의 지상 1층에는 이케우니스 총사령관이 출격 전에 최악의 상황을 대비해 네메스를 마지막까지 보호할 목적으로 대기시킨 건장한 20명의 콴티온스들과 50명의 콴티들이 있었다. 또 그들이 싸울 수 있도록 준비한 20대의 G포스 1호기와 6대의 G포스 2호기가 남아 있었다. 긴급한 상황에 출격해서 그들이 싸우고 있는 동안에 네메스가 VGSS 2000을 이끌고 탈출할 수 있도록 돕기 위한 마지막 처방이었다. 그러나 모든 상황을 모니터를 통해 지켜보던, 강인한 훈련으로 다져진 냉철한 콴티온스들과 콴티들은 거대한 행성이 한순간에 뭉개져버리는 너무나 충격적인 장면을 마주하고는 두려움과 공포심에 온몸을 사시나무 떨듯이 떨었다. 콴티온스들과 콴티들은 이러한 대규모의 엄청난 힘으로 싸우고 있는 그들이 누구인지 분명히 알고 있었다. 그들은 자신들에겐 절대적인 신들이었다. 신들의 전쟁은 VGSS 2000에 있던 콴티온스들과 콴티들이 지금까지 살아오면서 겪어온 기억들을 모두 다 잊는다 해도 각자의 두뇌에 강렬하게 새겨져 절대로 잊을 수 없는 하나의 문장만큼은 영원히 각인되었다.

'신을 결코 화나게 하지 말라!'

행성을 벗어나 폭발의 영향이 미치지 않는 곳에 다다랐을 때, VGSS 2000의 상황통제실의 불은 이미 꺼져 있었고 보조등만이 어둠 속에서 깜박였다. 네메스는 어디에도 보이지 않았다. 울음소리도 들리지 않았다. 불빛이 깜박일 때마다 구석에 웅크려 있는 그의 실루엣이 보였다가 사라지기를 반복했다. 그의 눈은 감겨 있었다. 생각의 길이 끊겨버렸고 마음의 창도 깨져버려 산산이 부서졌다. 그렇게 시간을 멈추려 했다. 이 기억마저 흔적도 없이 사라질 것이므로.

*

며칠이 지났을까. 숨은 쉬고 있는가 싶었던 네메스가 눈을 번쩍 뜨고는 비틀거리며 일어났다. 선잠에서 안룹스를 만났던 것이다.

"두려워하지 말게! 불안해하지도 말게! 나에겐 예지력이 있어서 미래를 볼 수 있었네. 그래서 사전에 준비를 했던 것이고 말이네. 모두를 설득하는 것이 불가능해서 자네를 포함한 일부만 살릴 수 있었지. 하지만 이처럼 또다시 동일한 상황을 마주한다고 주저앉지 말게나! 세상은 우리들 뜻대로 되는 것이 아니네. 현실에 매몰되지 말게나! 그대에게는 이제부터 『갤리온의 신화와 예언』의 내용에 따라 가야 할 방향이 정해져 있네. 자네는 하늘이 선택한 특별한 자네. 정해진 자는 초월적 힘이 이끄는 길로 최선을 다해 나아갈 뿐이지. 현실을 믿지 말게! 현실은 지적 생명체의 착각에 불과하네. 이제 일어나게! 다시 시작하게! 갤리온의 영혼이 그대와 영원히 함께 할 것이니!"

"아… 아! 안룹스!"

강직한 네메스가 목놓아 오열했다. 한참을 슬픔에 빠져 있던 네메스의 눈에 깜박이는 메시지 창이 들어왔다. 그는 자신에게 남겨진 영상 메시지를 확인했다. 모니터에 너무나 익숙한 얼굴이 나타났다.

"충성! 총사령관 이케우니스 인사드립니다! 이 영상을 보신다면 저는 이 세상에 존재하지 않을 겁니다. 그렇지만 네메스 국방장관님은 분명히 살아서 갤리온의 정신을 계승하리라 믿어 의심치 않습니다. 절망하지 마십시오, 네메스 국방장관님! 저 역시 갤리온의 영혼으로 남아서 네메스 국방장관님과 거룩한 여정을 함께하겠습니다. 우리 모두는 한마음입니다!"

"아! 이케우니스!"

네메스는 정신이 바짝 들었다. 이런 식으로 절망에 빠져 있다고 달라지는 것은 아무것도 없었다.

"잊지 않겠습니다! 안룹스, 이케우니스, 갤리온의 영혼들 그리고 희생한 모든 전사들!"

'갤리온의 정신을 잇기 위해 시작한 전쟁. 원치 않던 현실이 되었어도 세상에 다시 나를 맞추어갈 수밖에 없겠지! 최후의 최후까지 살아남아 그 정신을 퇴색시키지 않고 진리를 향해 나아가리라! 이 절망적인 치욕을 반드시 갤리온의 정신으로 승화시키리라!'

도대체 무슨 조화였을까! 네메스는 믿기지 않는 초월적 경험을 했으나 그 경험이 낳은 가슴 찢을 속죄의 행동도 자신의 업으로 새겼다. 지금은 그를 위해 희생한 이케우니스를 비롯한 모든 병사들과 비록 적이었으나 한때는 그의 분신과도 같았던 아포네스를 비롯한 모든 갤리온스 그리고 수많은 콴티들을 생각하며 다시 시작해야 한다는 강인한 결의를 마음속으로 다지기 위해 노력했다. 이제 그의 목숨도 더 이상 네메스의 것이 아니었다. 네메스는 '우주의 궁극적인 진정한 의미'를 찾고자 현존했던 모든 이들 중에 유일하게 남은 대표자이자 그들 모두를 총괄하는 하나의 진정한 개념이 되었다. 따라서 결론은 다시 시작해야 한다는 것이다. 자연의 법칙은 항상 어떠한 상황 속에서도 정해진 원리에 따라 묵묵히 앞으로 나아갈 뿐이었다. 네메스도 결국은 자연의 일부분이었으며, 현재의 심정과는 무관하게 그 역시 그대로 따를 뿐이었다. 앞으로 나아가는 것 외엔 그에게 다른 선택은 없었다.

우선 가장 중요한 것부터 찾아서 확인해보아야 했다. 그것은 갤리온 행성으로부터 함께했던 GSS 1000이었다. 아포네스의 지하 방공망과 언더트샤를 비롯한 지하의 거미줄처럼 연결된 모든 곳은 이미 흔적도 없이 사라졌다는 것을 알 수 있었다. 폭탄에 의해 길이 4,000킬로미터, 폭 200킬로미터, 깊이 10킬로미터에 이르는 거대한 협곡처럼 생긴 기다란 웅덩이가 만들어졌기 때문이다. 그러나 아직 한 곳이 남아 있었다. 그곳은 아폴란티스의 수도인 메르칸에서 남쪽 방향으로 1,200킬로미터 떨어진 곳에 위치한 국방과학연구소였다. 원래는 네메스가『갤리온의 신화와 예언』이라는 책을 찾기 위해 GSS 1000을 방문했을 때만 해도 메르칸의 외곽에 철저한 보안상태를 유지한 채 지상에 있었지만 네메스가 다녀간 소식을 들은 아포네스와 앤키니우스는 GSS 1000을 그들의 국방과학연구소로 옮겼다. 다행히 이 소식을 이케우니스에게 전달받았기 때문에 네메스는 지상에서 지하 3킬로미터에 이르는 장소에 설립된 국방과학연구소에 GSS 1000이 보관되어 있다는 것을 알고 있었다. 물론 네메스가 대규모로 개량하고 확장한 VGSS 2000도 있지만 GSS 1000 역시 다양한 분야의 다량의 지식 데이터와 최첨단의 과학기술을 보유한 움직이는 과학기술단지였다. 그리고 그 자체로 강력한 공격무기이기도 했다. GSS 1000으로 네메스가 이곳에 와서 해왔던 것처럼 무엇이든 만들어낼 수 있었다. 다른 것은 상관없지만 GSS 1000은 모든 것을 다시 시작할 수 있는 원천이었고, 그 자체로 초고도의 문명이었다. 모든 것이 이곳에서 시작되는 것이다. 만약 국방과학연구소가 파괴되지 않았다면 GSS 1000을 반드시 찾아내 되찾아와야했다. 네메스는 다시 시작해야 한다고 다짐하면서도 그의 눈동자엔 치유될 수 없는 서글픈 슬픔이 깊이 박혀 있었다.

이제는 곳곳에 그을음과 거대한 웅덩이 그리고 분화구에서 검붉은 용암이 흘러나오는 행성을 향해 다시 VGSS 2000을 이동시켰다. 그런데 문제는 뭉개질 대로 뭉그러진 이곳에서 국방과학연구소를 찾는 일이었다. VGSS 2000의 고성능 레이더를 이용해서 네메스는 면밀히 지표면 아래를 자세히 관찰해 결국 찾았다.

그의 예상대로 그 장소는 폭발지점과는 거리가 한참 떨어진 곳이고 지하에 위치해 안전했다. 그는 지체 없이 국방과학연구소를 향해 나아갔다.

국방과학연구소 단지에 다다른 네메스는 VGSS 2000을 근처 가장 안전한 곳에 조심스럽게 수직 착륙시킨 후 남아 있는 콴티온스나 콴티를 시키지 않고 그가 직접 G포스 2호기를 타고 VGSS 2000을 빠져나왔다. 지하에 위치한 국방과학연구소 앞에 다가가 상공에서 내려다보니 직경이 약 3킬로미터에 수평 방향으로 나 있는 금속의 거대한 출입문이 보였다. 그런데 출입문은 열려 있었다. 폭발에 의한 여파로 열렸는지 아니면 누군가 이미 GSS 1000을 타고 탈출했는지 전혀 예측할 수 없었다. 네메스는 불안해지기 시작했다.

출입문을 통과한 G포스 2호기는 어두운 공간을 밝히며 조심스럽게 지하로 하강했다. 레이더상에서 특별한 위험은 감지되지 않았지만 그렇다고 안심할 수는 없었다. 하강을 하던 네메스는 이내 긴 한숨을 토해냈다. 이 장소가 지름이 2.5킬로미터에 달하는 모선인 GSS 1000이 놓여 있던 곳이라는 것을 바로 눈치챘다. 하지만 덩그러니 비어 있었다.

"설마 했는데! 누군가 GSS 1000을 몰고 탈출했군!"

네메스의 눈엔 걱정이 내려앉았다.

바닥에 다다르자 다시 수평 방향으로 이어지는 통로가 나타났다. 비행해 통로의 끝에 거의 도착하자 그제야 환한 불빛이 보이며 연구소 단지가 나타났다. 드디어 국방과학연구소에 도착한 것이다. 이번에도 출입문은 역시 열려 있었고 손상된 곳은 전혀 없었다. 네메스는 적당한 곳에 G포스 2호기를 착륙시키고 무기를 휴대한 후 내렸다. 출입문 안으로 들어선 네메스는 시설을 둘러보았다.

특별한 단서라도 발견할 수 있을까 하는 바람으로 살피던 네메스는 굳게 닫혀 있는 회의장 같은 곳의 출입문을 열었다. 그는 자신의 눈을 의심했다. 그 넓은 공간의 수많은 연구원들이 모두 죽어 있었다. 특별한 외상이 전혀 없는 것으로 보아서 누군가 이들을 이곳에 모두 모아놓고 생화학무기로 살상한 것이 틀림없었다. 그 순간 네메스는 의심스럽고 불길했다. 아무래도 너무나 수상했다.

회의장을 뒤로하고 나온 네메스는 다른 연구실을 지나가다 발걸음을 멈추었다. 한 곳에서만 일정한 간격으로 쉼 없이 작동하는 소리가 들렸다. 그는 확인차 발길을 돌려 소리의 근원지인 기계 장비가 있는 곳으로 다가갔다.

"아! 아니 이건 시한폭탄이잖아!"

이것은 누군가가 탈출하면서 의도적으로 이곳의 흔적을 완전히 없애버리기 위해 설치한 대규모의 시한폭탄이었던 것이다. 시한폭탄에 설치된 디스플레이에서는 폭발하기까지 남아 있는 시간이 역순으로 표시되고 있었다. 시간은 채 3분도 남지 않았다. 머리가 쭈뼛해지도록 당황한 네메스는 다른 생각을 할 겨를도 없이 정신없이 뛰어서 G포스 2호기에 탑승하고는 그곳을 빠져나가기 위해 전속력으로 비행해서 지상을 향해 나아갔다.

탈출에 성공한 네메스가 숨 돌릴 겨를도 없이 VGSS 2000으로 이동한 후 수직 이륙한 순간, 지하 깊숙한 곳에서 지축을 뒤흔드는 묵직한 폭발음이 들렸다. 곧이어 출입구를 통해 엄청난 불길과 폭발 잔해물이 밖으로 쏟아졌다. 네메스는 VGSS 2000을 몰아 우주 상공으로 떠올랐다.

'누구였을까? GSS 1000을 몰고 어디로 사라진 걸까? 왜 모든 연구원들을 죽였을까? 갤리온스일까 아니면 콴티온스일까? 단지 한 명이 아니라 여러 명일 수도 있지 않을까?'

네메스는 언제든지 자신을 해할, 보이지 않는 어둠의 세력에 서서히 숨통이 조여오는 앞날의 불안을 느꼈다.

"그래, 실체 없는 대상 때문에 미리 걱정할 필요는 없지. 철저히 대비책을 세워두면 되니까."

습관처럼 연구를 진행하기 위해 막상 자리에 앉았지만 머릿속엔 온통 처참한 기억들이 되살아나 의지를 잠식시켰다. 그가 갔던 것은 GSS 1000이라기보다 다시는 되돌아갈 수 없는 그 시절의 그리움으로 다가갔는지도 모른다. 그곳은 네메스의 모든 것이었다. 갤리온스의 영혼의 바다이며 다시 환생한 갤리온의 고향이었다. 갤리온이 사라지고 먼 거리를 헤매다 발견한 이 행성은 남은 갤리온스들의 피나는 노력으로 이룬 보금자리였다. 어느새 미지의 행성에 도착하여 희망을 품고 서로서로 도와가며 정열적으로 일을 추진해 왔던 아름답고 희망적인 기억의 영상이 흘러갔다. 그러나 그들은 없었다. VGSS 2000에도 갤리온스는 없었다. 유일한 갤리온스는 네메스뿐이었다. 이제 이곳엔 오직 하나의 느낌만이 남았다. 절대 고독! 절대 고독 속에서 속죄를 요구하는 끝없는 적막의 질타만 남아 있었다. 항상 대부분의 시간 혼자서 연구를 했기에 고독에는 익숙해질 만큼 익숙해져 있다고 생각했다. 하지만 이런 비참한 고독은 없었다. 네메스는 자책하며 고통 속에 몸부림쳤다. 시간이 필요했다. 망각은 서서히 시간을 벗 삼아 흘러갈 테니까.

"그들 중 누군가가 GSS 1000을 타고 탈출했다는 상상에 오히려 안도라도 해야 하니. 아니면 뛸 듯이 기뻐해야 하나 하지만 연구원들이 사살된 것은 아무래도 불길한 예측을 할 수밖에 없어!"

네메스는 VGSS 2000으로 행성 주위를 마치 인공위성처럼 돌면서 배회했다. 그러던 어느 날, 이곳은 아무런 희망이 없다는 것을 자연스럽게 인정하게 되었다. 그리고 이곳을 떠나기로 결심했다.

자동 항법으로 VGSS 2000을 제일 가까운 장소를 향해 서서히 이동해 갔다. 우선은 특별한 목적지 없이 적당히 거주할 장소면 됐다. 앞으로 어떻게 할지 계획을 세우기 위해 시간이 필요했다. 그나마 태양계의 행성 중에 머무를 수 있는 또 다른 행성이 있었다. 일단은 그 새로운 행성으로 정했다. 아폴란티스에서 '얼음 행성'이라고 명명한 낯선 행성이었다.

네메스를 비롯한 갤리온스들이 태양계에 왔을 땐 화성 외에 나머지 행성들은 살기에 전혀 적당하지가 않았다. 갤리온스들이 화성을 선택했을 때만 해도 지구는 북극과 남극을 중심으로 너무나 광범위한 지역이 빙하로 둘러싸여 있었다. 물은 풍부했으나 꽁꽁 얼어붙은 얼음과 같은 행성에서 살아가야 할 이유는 없었다. 고향을 잃어버린 갤리온스들은 될 수 있으면 비슷한 행성을 찾고 싶었고 그래서 갤리온처럼 아열대의 기후였으면 했다. 그들은 화성을 발견한 후 기쁨의 환호성을 질렀다. 갤리온에 비하면 크기는 상당히 작았지만 그들의 잃어버린 고향과 너무나 흡사했던 것이다. 그렇게 지상의 낙원인 화성이 눈앞에 펼쳐져 있었다. 이제 화성에서는 더 이상 살 수 없게 되었지만 다행스럽게도 그 낯선 행성의 빙하도 그동안 상당히 녹아내려 충분히 낙원 같은 환경으로 변모하고 있었던 것이다.

장소가 정해지자 네메스는 그다음을 생각했다. 우선은 VGSS 2000의 지상 1층에 있는 70여 명의 콴티온스들과 콴티들을 어떻게 해야 할지 결정해야 했다. 네메스는 그들을 더 이상 노예로 부리기 싫었다. 자신의 죄책감 때문이라도 이제는 그들의 생이 다할 때까지 자유롭게 풀어주고 싶었다. 그들을 이 세상에 실체로서 존재하게 한 자가 바로 네메스였기에 최근까지 갤리온스들로부터 태어났다는 이유 하나만으로 고생한 그들에게 이제는 그들만의 삶을 주고 싶었다. 네메스는 그들에게 자유를 주겠다고 마음을 굳혔다.

'그들은 더 이상 노예인 콴티온스와 콴티가 아니다. 그들은 이제부터 내 마음속에서는 항상 갤리온스의 형상으로 빚은 갤리온스들이다. 그들을 이제부터 나의 동료로서 대할 것이다!'

*

갤리온스들이 태양계에 왔을 때 이미 지구에 대한 사전조사를 마쳤기에 생명체가 충분히 살아갈 수 있는 대기 조건과 풍부한 물, 그리고 다양한 지하자원을 가지고 있다는 사실은 네메스도 잘 알고 있었다. 하지만 그 당시엔 갤리온스들의 수가 100명이었기에 필요한 모든 것을 얻을 수 있는 삶의 터전은 화성으로도 충분했다. 그래서 지구에 그 이상 특별한 관심을 두지 않았다. 그러나 네메스민이 살아남아 다시 낯선 환경에서 실제적인 삶을 홀로 살아가야 하는 현실에서는 처음부터 다양한 측면을 고려해야 했다.

우선적으로 바로 코앞에 닥친 중요한 해결 과제는 아무리 생각해도 그리 만만치 않았다. 식량 해결이 문제였다. 갤리온스들이 화성에 처음으로 왔을 때처럼 나무에서 먹을 수 있는 과일을 구하러 다니고 바닷가에 나가서 물고기를 잡고 들짐승을 사냥해서 요리까지 해서 먹고살 수는 없는 노릇이었다. 그러한 일은 다른 이의 노동에 맡기고 안정된 삶 속에서 미래를 내다보며 문명의 탄생과 고차원적인 심오한 연구에 심혈을 기울이기 위해 탄생시킬 수밖에 없던 존재가 결국은 콴티들이 아니었던가. 조사해보니 VGSS 2000에 비치되어 있던, 특수처리로 저장된 음식은 남아 있는 콴티온스들과 콴티들까지 고려하면 3개월 안에 바닥을 드러낼 것이었다.

이 이후부터 식량 문제는 이들에게도 어렵겠지만 네메스도 난감했다. 비록 당분간은 콴티온스와 콴티에게 자신이 먹을 음식들을 제공받아야 하겠지만 이들에게도 자립할 수 있는 확실한 체계를 마련해주어야 했다. 그들을 자유롭게 풀어준다고 해결될 문제가 아니었다. 그건 무책임한 행동이었다. 새롭고 낯선 환경에서 이들이 생명을 유지하며 잘 헤쳐나갈지도 의문이었다. 그리고 최소한 이들을 놓아주려면 네메스도 식량은 스스로 해결할 수 있어야 했다. 네메스는 마음을 정했으니 순리대로 해나가기로 했다. 콴티온스와 콴티들이 세상에 적응할 수 있게 돕는 동안 자신도 자립할 준비를 하기로 했다. 숨 돌릴 틈도 없이 네메스는 생존을 위한 방도를 구해야 했다.

그래도 언제나 최우선은 갤리온 정신의 최종적인 해답이었다. 화성에 있었을 때나 화성을 떠나 악몽에 시달리거나 생각이 멈출 때 아니면 마냥 그리울 때, 이제 네메스의 유일한 안식처는 여전히 풀리지 않는 예언서를 보는 것이었다. 의미가 풀리지 않아 고통스러워도 이 내용 속에 유일한 희망이 있었다. 그 사건 이후로 예언서를 펼치면 갤리온의 영혼들이 그에게 말을 걸어주었다. 그리고 그들의 보이지 않는 힘과 격려 속에서 『갤리온의 신화와 예언』을 처음부터 끝까지 수없이 읽고 되새겼다. 그리고 마지막 예언을 반복해서 읽으며 깊은 생각에 잠겼다. 그가 나아갈 길은 분명하고 뚜렷했다. 이 예언의 추상적 내용을 이성적, 객관적으로 완벽하게 해독해서 그 내용을 바탕으로 이루어질 극단적인 초고도 과학기술의 실현이었다.

'이미 사라진 것이 다시 살아나 또 다른 것이 선택받는다. 의인이 있어 또 다른 것 속에 유일무이한 다른 것이 존재하고 살아 있는 것과 살아 있지 않은 것의 경계를 넘어 유일무이한 다른 것과 만나게 될 때 모든 감정과 감각과 시공간이 초월하는 그곳에 의지만이 남는다.'

네메스가 지구로 향하는 VGSS 2000의 집무실에서 의자에 몸을 깊이 파묻고는 곰곰이 단어와 단어 사이 그리고 문장 사이의 숨은 뜻과 의미를 찾아 헤매던 어느 날, 잠시 눈길을 돌려 집무실에 있는 화초에 돋아난 새싹을 보는 순간 네메스는 머릿속에서 너무나 눈부신 광채가 나는 것을 느꼈다.

"아! 이것이구나! 내, 내가 드디어 예언을 해독했어!"

네메스는 그의 삶 중에 가장 찬란한 광명의 순간이 펼쳐지는 것을 느꼈다. 굳건히 닫혀 있어 우주 역사상 그 누구에게도 틈조차 드러내지 않았던 진정한 천상의 세계로 진입하는 거룩한 비밀의 문이 서서히 열리고 있었다.

그가 다시 깨어나고 있었다. 이제 연구 방향뿐만 아니라 무엇을 해야 하는지도 분명해졌다. 뜻이 정해지자 VGSS 2000의 속도를 최상으로 올려 지구를 향해 돌진하듯이 비행했다. 곧이어 대기권을 통과하자 새로운 세상이 펼쳐졌다. 네메스가 지구로 가는 것은 우연이 아니라 숙명이었던 것이다. 장소를 물색하던 그는 따뜻한 기후에 울창한 숲과 들판 그리고 바다가 펼쳐져 있으며 강과 계곡이 있어서 마실 수 있는 물과 다양한 식재료 그리고 농사를 짓기에 최적인 장소를 발견하고는 그곳에 VGSS 2000을 착륙시켰다. 파란 하늘 아래 코발트색의 바다가 넘실거리고 새하얀 모래사장과 하늘 높이 뻗어 있는 기다란 야자수들 사이를 걸어가며 네메스는 앞으로 실행에 옮겨야 할 계획을 구체적으로 세우기 시작했다.

첫 번째는 또 다른 것, 즉 이제부터는 갤리온스로 대우할 콘티를 일정 기간 동안 다시 만들어내는 것이다.

두 번째는 그의 일을 도울 보조요원들을 만들어내는 것이다.

세 번째는 VGSS 2000에서 자체적으로 식량을 스스로 해결할 수 있도록 인공적인 음식을 만들어내는 기계 장비를 개발하는 것이다.

그리고 네 번째는 우주 역사상 전대미문으로 가장 중요한 과학기술의 결정체 중의 결정체이자 지금까지의 모든 과학기술과는 비교도 되지 않을 정도로 궁극의 시스템을 설계해서 최후의 금자탑을 만들어내는 것이다.

물론, 네 번째 사항은 네메스도 그것이 정말로 가능한지를 알 도리는 없었다. 그러나 다른 선택지는 없었다. 오직 유일하게 가능한 이 길은 『갤리온의 신화와 예언』에 바탕을 두고 지금까지 존재했던 모든 과학기술을 뛰어넘어 아직은 그 누구도 만들어내지 못한 새로운 이론을 완성하는 길이었다. 그리고 그 이론을 바탕으로 시스템을 설계한 후에 실험을 성공적으로 완수해야 한다는 사실이었다. 어느 정도의 시간이 필요한지, 게다가 성공할지 현재로서 확언할 수는 없었다. 그렇지만 네메스는 이제 마지막 예언에서 기술한 내용이 무엇을 의미하는지 명확하게 파악했다는 것이다.

그중에서 '또 다른 것 속에 유일무이한 다른 것의 존재'는 그가 계획에 맞추어 차근차근 진행하다 보면 언젠가는 나타날 것이라는 커다란 희망을 품었다. 마침내 야심찬 계획을 모두 세우고 그 즉시 VGSS 2000으로 되돌아왔다. 그는 완전히 다른 존재가 되어 있었다. 이제 네메스는 분명한 목표가 있었고 진정한 의미를 깨닫고자 하는 간절한 소망은 다시금 우주로 향했다. 그리고 그 중심에 그가 있었다.

과거에도 엄청난 몰입으로 다양한 시도를 하며 연구를 진행시켜왔지만 지금부터 하는 연구는 기존에 했던 모든 연구와는 근본적으로 달랐다. 이 연구가 성공한다면 모든 것을 아우르는 단 하나의 위대한 성과이자 이 모든 것을 뛰어넘어 지적 생명체라는 종이 이룰 수 있는 최후의 최종 결과가 될 것이다. 이것은 단지 네메스에게 한정되는 것이 아니라 우주라는 곳에서 지적 생명체가 할 수 있는 과학기술의 최상위에 있는 마지막 단계를 의미했다. 즉, 유일무이한 단 한 가지인 '우주의 궁극적인 진정한 의미'

를 해결해줄 것이기 때문이다. '우주의 존재 이유'라는 너무나 거대하고 끝없이 높았던 출입문을 열 수 있는 열쇠이자 진정한 도달이 될 것이다. 이제 이 모든 것이 네메스에게 달려 있었다.

네메스는 거대한 날갯짓을 하며 날아오른 독수리가 정확하고 날카롭게 먹잇감을 낚아채듯 핵심적인 일들을 처리해나갔다. 그 자신이 '갤리온의 정신'을 받들어 성취시킬 유일하고도 절대적인 존재라는 것을 다시금 진심으로 깨달았다. 지금 진행하고 있는 연구는 그가 살아 있는 오직 하나뿐인 이유였다. 그래서 알 수는 없지만 마음속으로 나름대로 그려본 어떠한 초월적인 존재를 향해 이러한 위대한 일을 주신 것에 대해 진심으로 감사를 드렸다. 네메스는 마치 죽었다가 부활한 듯이 겸손한 마음으로 최선을 다해서 연구에 임했다.

먼저 그가 계획한 진행사항들 중, 네 번째의 연구와 병행하여 첫 번째를 실행에 옮겼다. 현재 VGSS 2000에는 강인한 체력으로 무장되어 있는 20명의 콴티온스들과 50명의 콴티들이 있었다. 그들은 거의 대부분이 남성이지만 콴티온스들 중에는 3명의 여성 콴티온스들이 있었고 콴티들 중에는 6명의 여성 콴티들이 있었다. 네메스는 70명의 콴티온스들과 콴티들이 있다는 것이 천만다행이었다. 이들마저 없었다면 문명을 만들어가야 할 교육과 훈련을 받은 집단의 최소한의 기반을 다져가는 데 적어도 몇백 년 이상은 족히 걸렸을 것이었다. 아직은 비록 그 수가 현저히 적었지만 앞으로 이들로부터 문명이 탄생될 것이다. 특히 20명의 콴티온스들은 네메스가 유전자 조작을 통해서 만들어낸 존재들이 아니라 갤리온스와 콴티에 의해 자연적으로 태어난 존재들이라고 할 수 있었다. 생각할 필요도 없이 우선 중심인물은 콴티온스들이 되어야 했다. 콴티들의 입장에서 보았을 때도 그들과는 비교가 되지 않는 콴티온스의 우월한 신장과 체격 그리고 천년에 가까운 수명은 갤리온스만큼은 아니지만 두려움과 선망의 대상임을 알고 있었다. 네메스는 콴티온스 한 명당 여러 명의 콴티들을 배치할 계획이었다. 그런 후에 세월이 지나 어느 정도 형태가 갖추어지면 각각의 집단으로 그들을 더 넓은 장소로 흩어지게 해서 그들만의 문명을 스스로 개척하도록 할 생각이었다. 이제 이 일을 진행하면서 네메스가 해야 할 일은 생명공학 실험실에 인큐베이터를 다시 만들어 콴티들을 추가적으로 생산해내는 일이었다. 아무래도 자연적으로 인구수가 늘어나기를 기다리기엔 상당한 기간이 소요될 수밖에 없었고 최소한의 문명의 틀을 갖출 때까지 어느 정도는 직접 관여하여 시간을 단축시킬 필요가 있었다.

네메스가 『갤리온의 신화와 예언』의 마지막 예언을 깨달은 것과 별개로, 그들을 더 이상 노예로 이용하지 않고 자유로운 삶을 주어 터전이 갖추어지면 그들로부터 떠나야겠다고 다짐했다. 그들은 네메스에게 노예가 아닌 그와 동일한 갤리온스였다. 그런데 놀랍게도 예언을 깨닫고 나니 그들은 네메스의 영원한 동반자가 되었다. 그들은 '갤리온의 정신'을 이루기 위해 탄생되어 반드시 함께 가야 할 대상이자 드러나지 않은 다른 한 면의 네메스였다. 우주의 탄생부터 그 무구한 세월을 지나 드디어 둘이 만나 진정한 하나의 의미가 된 것이다.

당장은 아니지만 앞으로는 그들을 잘 이끌어줄 보조요원이 절실히 필요했다. 네메스 혼자의 힘으로는 앞으로 계속 늘어날 그들을 모두 보살핀다는 것은 불가능한 일이었다. 그래서 두 번째 계획에도 착수했다. 네메스는 그들이 자립하고 지속적으로 성장하도록 자신을 도와줄 새로운 생명체를 만들기로 했다. 갤리온의 과학자들이 미완성으로 둔 '인공 세포' 연구를 콴티가 탄생할 때쯤 마무리 지었지만 실용화했을 때에 그 쓰임에 여러 문제가 있어서 덮어두었었다. 그런데 지금 상황에서는 반드시 필요했다. 인공 세포로 탄생시킨 생명체는 우주 역사상 여태 본 적이 없는 전혀 다른 존재들을 만들어냈다. 네메스는 이들을 '멀티유니온'이라 불렀다. 지금은 10여 명으로 시작했지만 콴티온스들과 콴티들의 수가 증가할 때마다 거기에 맞추어 멀티유니온의 수도 늘려갈 계획이었다. 멀티유니온은 오직 네메스의 감각기관의 확장이었다. 즉, 이제부터 네메스는 그 자신과 멀티유니온의 결합체였다.

인공 세포는 네메스에게도 매우 중요한 핵심 과학기술이었다. 갤리온의 우수한 과학기술의 발전은 갤리온스의 평균수명을 3,600년 정도로 늘리는 데 성공했지만 아쉽게도 그 이상의 진척은 없었다. 평균수명이 1,000년 가까이 되는 콴티온스는 부러움을 느낄 것이고 100년인 콴티들에겐 갤리온스들이 영원히 죽지 않는 불사신처럼 보일지는 몰라도, 갤리온스도 피할 수 없이 받아들여야 하는 것은 죽음이었다. 이제 이 세상에 그가 존재하지 않는다면 '갤리온의 정신'도 끝이었다. 그래서 목표를 위해 그의 생명을 지속적으로 연장하는 문제는 '갤리온의 정신'을 완성하는 문제와 따로 떼어놓을 수 없는 절대적인 과제였다. 따라서 그 어떠한 어려움이 있더라도 반드시 살아 있어야 했기 때문에 인공 세포는 매우 중요하게 되었다. 아직 평균수명까지 2,400년 정도 남아 있으니 당장은 필요 없었다. 만약, 남은 평균수명 동안에

'또 다른 것 속에 유일무이한 다른 것의 존재'와 '우주의 존재 이유'를 밝혀줄 궁극의 시스템을 완성한다면 당연히 쓸 일조차 없을 것이다. 하지만 연구가 그 이상으로 길어진다면 인공 세포를 이용해 뇌를 제외한 나머지 모든 장기들과 몸체를 대체할 계획이었다.

이제부터 『갤리온의 신화와 예언』의 마지막 예언대로 콴티온스들과 콴티들은 스스로 자립하며 살아가야 했다. 처음부터 그의 과학기술과 지식과 지혜를 그들에게 무조건 지속적으로 투입한다면 그것은 더 이상 자연적인 것이 아니라 인공적이며 인위적인 것이었다. 네메스는 그들을 동료로 인정하지만 예언에는 분명한 선을 그었다. 즉, 그들은 갤리온의 존재들이 아닌 '또 다른 존재'로 규정했기에 새로운 행성인 이곳에서 최대한 순수한 상태에서 시작해야 했다. 그리고 네메스는 네메스대로 그들의 도움 없이 생활할 수 있어야 했다. 그러니 그들과 네메스는 존재를 인식하지 못할 정도로 서로 멀리 떨어져 있어야 했다. 그러기 위해서는 인공 음식의 개발도 급했다. 네메스는 이 부분을 완성하기 위해서 따로 시간을 투자해서 세 번째 계획을 진행시켰다. 그에겐 하루하루가 숨 돌릴 틈 없이 흘렀다.

이 행성에 온 지도 꽤 많은 시간이 세월이 되어 지났다. 콴티온스들은 몇 세대를 넘기지 못하고 사라져버렸다. 하지만 네메스는 그들의 자연적인 도태를 순리로 받아들였다. 그들은 그동안 네메스의 기대에 부응해 제 역할을 해냈다. 아쉬움은 컸으나 그들은 예언과는 관련이 없었기에 그는 콴티온스를 다시 복제하지 않았다. 대조적으로 콴티의 개체수는 지속적으로 증가하고 있었다. 그들은 다양한 지역으로 퍼져 그들만의 터전을 잡았으며 지역과 환경에 맞추어 다양한 초기 문명들이 조금씩 자리를 갖추어 가고 있었다. 네메스는 그동안 멀티유니온을 각 문명에 투입시켜서 꾸준하게 그들이 잘 자립할 수 있도록 도왔다.

그들이 영원히 마음속에 품고 있어야 하는 것은, 신을 섬기고 항상 신을 동경하게 하는 것이었다. 문명의 발전이란 지적 생명체로서는 도저히 명확한 정의를 내릴 수 없는 신이라는 완전무결함을 닮아가기 위한 지적 생명체의 끊임없는 정신적, 육체적인 노력을 통한 성과라는 것을 네메스는 너무나 잘 알고 있었다. 그도 신적 존재에 대해 받아들이기 시작했지만 돌이켜보면 그 자신이 초월적 존재를 전혀 받아들이지 않고 오직 유일하게 이성적으로 완전무결함을 완성시키고자 했던 과학이라는 학문도 과학이 추구하는 가장 이상적인 최고의 단계인 완전무결함은 결국엔 신에 대한 개념이자 특징이라고 정의내릴 수 있었다. 다시 말해 네메스는 신이라는 개념과 상관없이 오직 과학이라는 영역만 다루어오고 있었지만 그 오랜 과정은 결국엔 완전무결함이라는 신 또는 신의 세계를 찾고 있었던 것이었다. 그래서 콴티들이 신에 대한 관념을 상실한다면 그들의 중심점이 없으니 심오한 생각도 하지 않을 것이며 그러면 철학의 발전도 없을 것이고 그로부터 파생되는 과학의 발전도 가져올 수 없을 것이다. 그러면 결국엔 단 하나의 올바른 문명조차 탄생하지 못할 것이다. 현재까지는 지구에서 태어나 자란 새로운 콴티들에게 오직 구전으로 전해지는 갤리온스들의 역사와 무용담이 회자되고 있었다. 그리고 그 이야기가 전설이 되고 다시 부풀려져서 또다시 새롭게 태어나 자란 콴티들에게 세대를 걸쳐 지속적으로 이어나갔다. 그렇게 여러 세대에 걸쳐 콴티들에게 신의 개념이 정립되고 있었다. 지금은 원시적인 그들이 네메스와 멀티유니온을 신으로 생각하고 있지만 먼 미래에 그들의 문명이 발전하면 발전할수록 그가 아닌 진정한 신을 찾아 나설 것이다. 그들은 그가 살아온 삶을 닮아가야 했다. 다른 것은 몰라도 네메스는 그들을 이러한 방향으로 이끌어나가야 했다. 그들은 싸움이나 하다가 사라져서는 안 되는 위대한 지적 생명체의 후손이었다. 그들은 네메스 그 자신이기 때문이다.

이제 문명도 여러 곳으로 늘어나고 개체수도 충분히 늘어가고 있었다. 그들은 늘어난 인구수만큼 더 넓은 장소가 필요했다. 네메스는 지역을 넓혀가고 있는 그들이 지구 곳곳에 흩어지기 전에 이들에게 신에 대한 영원한 생각을 심어주기 위해선 단순히 구전으로 전달해서는 한계가 있다는 것을 깨달았다. 더욱 강력한 무엇인가가 절대적으로 필요했다. 즉, 네메스가 이 부분에 있어서는 더 이상 신경을 쓰지 않아도 그들을 하나로 묶어줄 절대적인 구심점이 필요했다. 그들 스스로에게 영원히 기억될 수 있는 기념비적인 무언가가 있어야 했다. 또한 앞으로 오랜 세월 동안에도 훼손되지 말아야 했다. 네메스의 최첨단 과학기술을 이용하기보다는 그들에게 친숙하고 자연스러운 방식을 이용해서 만들어내야 했다. 네메스가 최근에야 진심으로 받아들인 『갤리온의 신화와 예언』이라는 책이 결국은 모든 갤리온스들을 하나로 묶어주는 가장 중요한 구심점 역할을 했다. 그리고 그로부터 눈부신 발전을 도모할 수 있었다. 이 소원을 이루어줄 해결책이 바로 눈앞에 있었다.

"그래, 바로 이거야! 결국엔 그들 모두를 지역에 상관없이 하나로 묶어주는 영원한 구심점은 바로 이것이지!"

네메스는『갤리온의 신화와 예언』과 화성에서 지내오며 겪었던 많은 일화들을 바탕으로 그들이 진정으로 섬겨야 할 초월적 존재, 우주의 생성 과정, 콴티들의 창조, 문명의 성장 과정 등등을 다룬 내용을 모든 콴티들이 이해할 수 있도록 이야기로 썼다. 거기다 추가적으로 곳곳에 그들이 반드시 지켜야 할 도덕과 규범들을 담은 내용의 글을 완성해서 콴티들을 시켜 점토나 바위 그리고 석판 등에 그들이 직접 새기게 했고 그 글을 항상 그들이 볼 수 있게 하고 마음에 새기게 했다. 그리고 많은 콴티들 중에 다시 지도자가 될 수 있는 여러 명의 콴티들을 뽑아서 멀티유니온이 그들과 교류하며 집중적인 교육을 시켰다. 교육을 받은 지도자들은 자신의 집단에 가서 그에게 속한 나머지 콴티들에게 전수했다. 이러한 과정이 지속적으로 반복되자 상당히 만족스러운 반응이 보였다. 네메스는 각 무리에 멀티유니온을 배치해서 비행선을 타고 그들의 활동을 관찰했다. 지구 곳곳으로 흩어져 있는 그들 모두는 지역은 모두 다르겠지만 자신들이 살아가는 지역에서 오랫동안 지속될 기나긴 삶 속에서 네메스가 정성 들여 점토와 석판 그리고 바위 등에 새기게 한 글의 내용을 바탕으로 그들만의 신화와 문화 그리고 예언 속에서 반드시 신이라는 개념을 잊지 않은 채 더욱 새롭게 그들의 문명을 만들어나갈 것이다.

　　이제 네메스는 흩어진 콴티들의 문명이 성장하는 것을 지켜보면서 이들 중에『갤리온의 신화와 예언』의 마지막 예언에 기술되어 있는 '또 다른 것 속에 유일무이한 다른 존재'가 반드시 나타나기를 고대하면서 기다리기만 하면 되었다. 콴티들의 지식이 발전을 거듭하자 네메스는 관찰 목적의 우주비행선을 제외하고 그의 첨단기술로 만들어진 모든 것을 거두어 흔적을 철저히 감추었다.

다행스럽게도 역시 뛰어난 갤리온스의 유전자를 그대로 물려받은 콴티들의 능력은 극심한 가뭄이 오거나 견딜 수 없는 강추위 속에서도 꿋꿋하게 버티며 그들의 종을 지구상에 계속 이어나갔다. 지적 생명체만이 유일하게 소유한 창조성을 지켜보면서 네메스는 수없이 감탄했다. 그러면서도 한편으론 네메스도 그 창조성의 근본적인 근원은 알 수 없었고, 게다가 오직 지적 생명체의 유전자에만 유일하게 내재될 수밖에 없던 특별한 목적과 목표에 대해서도 역시 알 길이 없었다.

만남 III

지적 생명체는 왜 존재하는가?

"세상에나! 멀티유니온을 이용해서 지구를 연구실로 삼아 인류를 실험하고 관리했다는 말인가요? 인류는 당신의 실험대상이었군요."

　레스터는 몸과 마음이 구겨지는 통증이 왔다. 그런 그의 귓가에 모든 것을 내려놓은 듯한 목소리가 들렸다.

　"자네를 포함한 인류에게 깊이 사과하네. 하지만 나에게 인류는 단순한 실험대상이 아니네. 난 모든 노력을 들여서 자네들을 성심성의껏 대해왔어. 자신이 낳은 자식을 무정하고 무책임하게 버리고 도망가는 부모가 아니라 항상 바로 곁에서 할 수 있는 모든 정성을 다했네. 나는 인류의 기원이지 않는가! 나의 선택이 없었다면 인류도 없었네, 레스터!"

　레스터는 단 하나의 진실에 다른 반론을 떠올리지 못했다. 그가 여태까지 인류를 실험했든 안 했든, 네메스가 없었다면 인류는 존재할 수 없었다. 당연히 지금처럼 그와 마주 보고 차를 마시며 대화를 나누고 있는 레스터 역시 존재할 수 없는 것이다.

'무슨 이런 엉망진창인 상황이 다 있지. 그건 그렇고, 내가 무엇 때문에 이렇게 미친 듯이 화가 나는 거지? 네메스가 말한 그 알량한 자존심 때문인가!'

레스터는 속으로 무엇이라 단정 지을 수 없는 찜찜한 생각에 갑갑하고 답답했다.

"성장한 인류가 나의 존재를 알게 된다면 자네와 같은 상황이 발생할 것을 예측할 수 있었네. 어떻게든 최대한 빠른 시일 내에 의도적으로 내 존재를 인류에게서 영원히 숨겨야 한다는 사실을 말이네. 결국 내가 원하던 방향으로 인류의 문명이 자리 잡은 이후로는 그대들 앞에 직접 모습을 드러내지 않았어. 인류의 초월적 존재가 나로 한정되면 안 되었네. 그들은 끊임없는 노력을 통해 미래로 나아가야 했으니까. 특히 인류의 역사는 처음부터 그들 스스로의 자연스러운 성장과 발전을 최대한 해 나가도록 해야 한다는 것이 매우 중요했지. 그래서 이 과정을 역행할 수 있는 첨단 과학기술들과 기계 장비들을 거두었네. 초기 인류는 오직 하나뿐인 유일한 신이라고 믿고 있던 내가 사라지자 처음에는 마치 소중한 안식처를 잃은 것처럼 방향을 잃은 채 당혹스러워했지. 그러나 한 세대가 넘어가기도 전에 이 모든 혼란함을 이겨내고 그들만의 신을 모시고 신전을 세웠지."

"인위적이지 않은 인류의 자연스러운 성장과 발전이 왜 중요했죠, 네메스?"

"예언의 진정한 의미를 깨달았다고 했지 않나! 그러한 과정 속에서 인류의 있는 그대로의 성장과 발전이 매우 중요하다는 사실을 깨달았지."

"혹시 그렇다면 네메스, 당신은 명확한 증거도 없이 오직 자신이 믿고 있는 예언을 위해 지금까지 인류의 헤아릴 수 없는 수많은 고통의 역사를 수많은 TV 채널을 동시에 보듯이 방관만 한 것입니까? 다른 것은 몰라도 당신이 결국 인류 탄생의 신이라고 할 수 있잖아요!"

레스터의 갑작스런 질문은 네메스를 적잖이 당황케 했다.

"그것은 자네의 오해일세. 자네가 보다시피 난 신이 아니네. 이 자리에서 분명히 말하지만 자네가 말하는 신과 내가 믿는 신은 동일하네. 이 우주에 존재하는 지적 생명체들이 생각하는 신은 유일하지. 나는 단지 새 생명을 출산하도록 도와주는 의사와 같았을 뿐이네. 갤리온의 과학기술이 고도로 발달하였어도 생명체를 이루는 자연 세포를 인공적으로 만들어내지는 못했으니까. 그저 자연 세포를 가져다가 이용만 했을 뿐이네. 그러니 난 인류의 유일한 신이 아니네. 레스터와 네메스는 동일한 지능과 창의성을 소유한 지적 생명체야. 그러니 이제는 자네의 불편한 심경에서 벗어나주게."

여전히 괴로운 심정으로 네메스를 쳐다보는 레스터를 향해 네메스는 진실한 마음을 담아 말했다.

"갤리온에서는 오랜 세월 과학자들이 인공 세포를 만들려고 노력했지. 그 당시 미완성이었지만 부분적으로 커다란 성과도 있었네. 화성에 온 이후, 기존 연구를 바탕으로 끊임없이 도전했네. 결국엔 자연 세포와 기능적으로 완벽하게 일치하는 인공 세포를 완성했지. 하지만 안타깝게도 거기까지였어."

"자연 세포와 한 치의 오차도 없이 기능적으로 완벽하게 작동하는 인공 세포를 만들었는데도 예측할 수 없는 한계가 있었다는 뜻인가요?"

"그렇다네. 아쉽게도 인공 세포는 자연 세포의 최대 근사치까지만 모방할 뿐이었어. 그 닿을 수 없는 한계는 나의 실수에 의한 것도 아니었고 과학기술이 부족하기 때문은 더더욱 아니었네. 그 사실은 나를 나락으로 떨어뜨렸지. 나의 원대한 도전은 한없는 근사치의 도달까지만 가능한 것이었어. 그 후로 지금까지 말일세."

"그렇다면 그 한계의 원인은 무엇이죠?"

"자연 세포라는 목표를 향해 도달한 최후의 종착점이 인공 세포였지. 하지만 생각조차 못한 것이 실재했네. 바로 내가 말한 '초월적 미지의 영역'이 존재한다는 것을 말일세. 그 영역은 우리가 인지 가능한 우주와 같은 영역이 아니네. 우리에겐 처음부터 그 모습을 드러내지 않으며 철저히 가로막혀 있는 곳이지. 그러니 어떠한 수단과 방법으로도 다가설 수 없는 영역이었네."

"그 영역이 어떠한 특징을 가지고 있기에 접근이 불가능한 건가요?"

"'초월적 미지의 영역'은 차원이 존재하지 않았네!"

"네? 차원이 없는 곳이라고요?"

"그곳은 무차원이네! 우주는 무차원인 '초월적 미지의 영역'에 의해 탄생했지. 우주는 무한한 팽창으로 은하들 간에 거리는 멀어져만 가고 있다고 믿었지. 하지만 우주가 무한한 팽창을 거듭하고 있다는 생각은 지적 생명체가 가진 인지 능력의 한계였네. 우리가 두 눈으로 확인하고 믿어왔던, 우주가 무한 팽창을 하고 있다는 관측 결과는 사실 확장이 아니라 우주가 무한히 붕괴되고 있는 현상이었네. 결국 우주는 최종적으로 소멸되지. 우주가 무한차원을 향해 긴다는 의미는 팽창이 아니라 끝없이 나뉘 조각처럼 우주가 붕괴되고 있는 현상이었네. 무차원에 의해 탄생한 우주는 결국엔 다시 탄생 이전의 상태인 무차원으로 사라진다는 사실이네. 도대체 이러한 과정으로 왜 우주가 진행될 수밖에 없는가에 대한 의미는 나 역시 알 수 없네. 이것이 내가 완성한 이론의 결론이자, 우주에 대한 최후의 진실일세."

"당신을 전적으로 신뢰하지만 그 결론만은 믿고 싶지 않군요! 정말 초월적 미지의 영역은 진입이 불가능한 곳인가요?"

"이미 말했듯 그곳은 우리의 영역이 아니네. 지적 생명체는 우주를 고차원으로 묘사하며 우주의 모든 것을 설명할 수 있는 단하나의 궁극적인 이론을 찾고자 했지. 그러나 실망스럽게도 이 세상을 향한 우리의 크나큰 도전은 처음부터 한계를 안고 가는, 고달프고 기나긴 여행이었네. 우리가 그 무엇으로도 인지할 수 없고 도달할 수 없으며 차원마저 존재하지 않는 초월적인 미지의 영역이 분명히 존재하니까 말이네. 분명히 실재한다는 것을 밝혀냈지만 그 이후로 할 수 있는 것은 이 세상에 더 이상 존재하지 않았어. 기존의 방법으로 연구를 진행할 수 없었지. 어떠한 방법으로도 통하거나 연결할 수 있는 모든 길이 끊겨버린 곳이 바로 '초월적 미지의 영역'이었네. 자연계에 존재하는 모든 힘을 통제하는 절대적인 힘이 '초월적 미지의 영역'에 존재할 뿐만 아니라 그 자체라는 말이네. 즉, 이 우주의 실제적인 원본이 존재한다는 뜻이야. 다시 말해, 이 우주는 수많은 복사본 중 단지 한 가지의 복사본에 지나지 않았어. 그러니 우리가 원하는 진리에 도달하기 위해 한없이 나아간다고 해도 그 목표와 일치하는 단계에 영원히 도달할 수 없다는 거네. 이것은 우리의 문제라기보다는 지적 생명체의 태생적 한계라는 말이지. 그 누구도 진정으로 완전하고 완벽한 세계는 도저히 경험할 수 없네. 우주의 진정한 의미를 파악하지 못한 채 모방과 근사치만 가능할 뿐이지. 근사치라는 단어도 우리의 희망일 수 있겠군. 그러니 도달은 처음부터 불가능한 것이네."

레스터는 네메스의 이야기에 점점 더 귀를 기울였다. 레스터 역시 그가 알고 싶은 궁극적인 질문은 유일했다. 지적 생명체가 살아가면서 품을 수 있는 가장 고차원적인 질문인 '우주란 진정으로 무엇인가?'라는 의문, 오직 하나였다. 모든 지적 생명체의 문제, 태양계의 문제, 은하계의 문제, 블랙홀 등 이 모든 것은 우주 속에서 서로 얽혀 있는 것이기 때문에 최종적인 귀결은 우주 그 자체의 근본적인 질문으로 되돌아올 수밖에 없다.

"그렇다면 네메스, 당신은 우주에서 가장 불행한 지적 생명체이군요!"

"왜 그렇게 생각하지, 레스터?"

"그렇잖아요. 그 오랜 세월을 이 문제 하나에 모든 것을 바쳐서 끊임없이 연구를 해왔는데 얻은 해답이, 지적 생명체는 우주의 궁극적인 의미를 이해할 수 없다는 암울한 결론으로 나왔으니 말이죠."

"하하. 역시 자네는 배려하는 마음이 훌륭하군. 그래, 맞아. 그랬지, 그땐!"

"그땐?"

"내가 예언을 받아들이기 전까지의 상황이었네."

"네메스, 혹시 당신이 최종 단계에 도달했다는 뜻인가요?"

"거의!"

네메스는 조금도 지체하지 않고 단호하게 말했다.

조금 전까지만 해도 레스터를 괴롭혔던 알량한 자존심은 봄에 눈 녹듯 모두 녹아내렸다. 지구가 대폭발을 일으켜 인류가 사라진 지금, 그 자존심은 아무런 의미도 갖지 못했다. 오히려 지금 이 순간, 정말 중요한 것은 진정으로 지적 생명체가 도달할 수 있는 궁극적인 결과를 자신이 살아서 볼 수 있다는 것이다. 이것은 인류의 역사에서도 레스터라는 단 한 사람의 절실한 의문이 아니었다. 우리의 그 무구한 세월 속에서 세대를 거치고 거쳐 모질고 거친 삶을 살아오면서 정말로 알기를 원했지만 너무나 궁극적인 질문이라 근처에도 가보지 못했던 가장 근원적인 원론의 문제였기 때문이다. 따라서 지적 생명체라면 그 누구든지 피할 수 없는 절대적인 중대한 문제이며 최후의 궁금증일 수밖에 없었다. 레스터는 마치 종착역 바로 전에 올라타서 그렇게 원하던 목적지를 목전에 둔 느낌이었다. 레스터는 네메스의 다음 말을 기다렸다.

"현재까지는 지적 생명체가 우주에서 진정으로 무엇을 향해 나아가고 있는가에 대한 최종적인 해답만 알고 있네!"

네메스는 레스터를 바라보며 확신에 찬 눈빛으로 고개를 끄덕였다.

"무엇을 향해 나아가고 있는가에 대한 최종적인 해답!"

네메스의 말 한마디 한마디가 레스터에게 도장을 파듯 그 의미의 깊이가 새겨졌다.

"사라지기 전의 인류는 그들의 진정한 목적을 찾지 못하고 표류하는 배와 같았네. 그저 인류의 발전이라는 명목으로 여기저기 지구를 들쑤시며 자원을 뽑아내고 오염시키며 지구를 이용했지. 그러면서 첨단기술을 개발한다며 로봇, 슈퍼컴퓨터, 생명공학기술에 공을 들이기도 하고 다른 행성을 탐사하기 위해 우주비행선 등을 계속해서 만들어내기만 했어. 하지만 진정으로 이것이 지적 생명체가 도달하고자 하는 최종 목표일 것 같은가?"

"…!"

레스터는 말없이 그를 쳐다만 보았다.

"자네를 복제해서 동일한 인간을 만들어내면 최종 단계라 할 수 있을까?"

네메스는 마치 기다렸다는 듯이 강한 어조로 힘주어 말했다.

"이것은 이미 아메바가 태곳적부터 하던 일이지 않은가!"

레스터는 가슴이 철렁하며 내려앉고 심장이 가쁘게 뛰었다. 그의 의미를 절실히 이해할 수 있었다. 인류는 수많은 영역에서 진보라는 명목 아래 다양한 일들을 진행해왔다. 여러 제품을 만들어서 사용하거나 편리를 위해 로봇을 만들고 생명공학기술을 발전시켜 고통 해방과 수명 연장에 공을 들이며 우주비행선을 이용해서 다른 행성이나 항성들을 탐사하고 다음 행보를 위한 인류의 큰 걸음이라 칭송하기에 바빴다. 그나마 철학이나 종교에서는 인간에 대해, 우주에 대해 그리고 신에 대해 진지한 고민을 해왔다. 하지만 인류는 우주에서 지적 생명체라는 종에게 주어진 오직 하나뿐인 사명, 즉 이미 정해진 유일한 패턴에 따라 반드시 이행해서 진정으로 완수해나가야 할 궁극적인 의무에 대해서는 깊게 고민하거나 그것을 사회적인 이슈로 부각시킨 경우는 단 한 차례도 없었다.

인류는 분명히 우주에 속한 존재임에도 마치 독립적인 존재인 양 오로지 자신들 중심으로 살아왔다. 최근까지도 인류는 단지 호기심 어린 손길로 무엇인가를 끊임없이 만들고만 있었다. 즉, 네메스가 살던 갤리온처럼 수많은 풍파를 견디어내고 고심하며 지적 생명체의 유일한 패턴을 깨달아 모든 이들이 하나가 되어 갤리온의 정신이란 심오한 의미로 큰 뜻을 이루기에 인류는 너무나 미성숙했다.

위대한 성인이 인류에게 진정한 메시지를 전하듯 그는 흔들림 없는 표정으로 레스터에게 말했다.

"인류는 그들만의 궁극적인 목적과 목표를 모른 채 그냥 나아갈 뿐이었지. 우주에 존재하는 생명이 있는 모든 것은 각각 그들 나름의 최종 목적이 있지. 동물들이나 식물들은 우리 눈에 그들의 최종 목적이 분명히 보이고 알 수 있는데, 매우 특이하게도 지적 생명체만은 자신들이 최종적으로 무엇을 완수하기 위해 우주라는 곳에 존재하는지 알 수 없다는 거야. 그러니 진정한 최종 목표를 향해 나아갈 수 없지. 어쩌면 우리가 지적 생명체 그 자체라 쉽게 들여다볼 수 없는 것인지도 모르네. 예를 들어, 지구에 존재하는 인류 이외의 생명체들은 자신들 자체가 전부지. 그들이 할 수 있는 것이라곤 먹고, 자고, 배설하고, 개체수를 늘리는 것이다지. 그들은 스스로 무엇인가를 만들지는 않아. 그런데 우주에서도 독특한 존재인 인류는 다른 생명체가 하는 것을 포함하면서도 인위적이고 인공적인 무엇인가를 지속적으로 만들어낸다는 거야. 여기서 의문은 이러한 확장이 최종적으로 무엇을 위해 나아가고 있는가 하는 것이라네."

"지적 생명체들이 하고 있는 모든 활동의 궁극적인 최종 목표라…."

"레스터! 내가 지구에 온 이후, 다시 말해 지구에서 모든 것을 처음부터 다시 시작한 지 9,036년이라는 세월이 흘렀네."

"네, 에엣?"

"정확히 내가 태어난 때부터 말한다면 10,238년이 되는 거네!"

"10,238년이라니요, 네메스. 지금 무슨 말을 하는 거예요? 갤리온스의 평균수명은 3,600년이라고 분명히 말했잖아요. 그런데 9,036년, 아니 10,238년이라뇨?"

"자네 말대로 갤리온스들의 평균적인 생존 기간은 약 3,600년이네. 즉, 원래대로라면 나는 지구의 연대로 기원전 4602년 정도에 사라져서 이 세상에 존재하지 않는 거지."

감정을 읽기 힘들었던 그의 미간에 주름이 잡히고 입에 힘이 들어갔다.

"지금은 서기 2036년이고 기원전 4602년부터라면 현재까지 자그마치 6,638년을 더 살았고 여기에 3600년을 더한다면 그렇다면 갤리온스 평균수명의 거의 세 배에 가깝다고 할 수 있잖아요. 어떻게 이 기나긴 세월을 살아올 수 있었죠?"

그는 이제 말을 걸기도 두려울 정도로 무서운 표정을 지었다.

"레스터! 지금부터 하는 말은 네메스가 인류의 대표자인 자네에게 남기는 참회록이라고 생각해두게. 이 세상에는 이제 인류의 대표자는 레스터이고 갤리온의 대표자는 네메스지. 자네와 나는 필연에 의해 숙명으로 엮여진 존재라 서로 따로 분리될 수 없으니 나는 레스터에게 모든 것을 알려주어야 할 책임이 있지. 하지만 이 상황은 차마 자네라 해도 피하고 싶었네. 그렇지만 내 양심상 그럴 수가 없어."

영문을 알 수 없던 레스터는 그저 숨을 죽인 채 그를 지켜만 봤다.

"자네에게 네메스의 현재 모습을 보여주겠네!"

네메스는 일어나 탁자에서 몇 걸음 뒤로 물러났다. 곧이어 레스터의 눈은 휘둥그레졌고 몸은 얼어붙은 듯 정지되었다. 뒤로 물러난 네메스의 두 팔과 두 다리가 문처럼 양쪽으로 열렸다. 그 내부는 특수합금과 미세한 전자장치들로 빼곡히 채워진 로봇이었다.

"이 모습은 도대체 뭐야! 네메스, 당신은 안드로이드였어요?"

네메스를 우주에서 가장 고등한 지적 생명체라고 철석같이 믿었던 레스터는 현재 자신의 두 눈에 비친, 받아들일 수 없는 해괴한 장면을 어떻게든 부정했다. 이럴 수는 없다. 이것은 지금까지 레스터를 철저히 뭉개버린 기만이자 가장 잔인한 농락과 조롱이었다. 하지만 이것이 끝이 아니었다. 레스터는 몸서리를 쳤다. 그러다 몸이 통제할 수 없을 정도로 심하게 떨려왔다. 이번에는 네메스의 몸체가 양쪽으로 열렸다. 그 내부에는 네메스의 두 팔과 두 다리와는 전혀 다른, 인간의 몸과 동일한 내부 장기가 투명한 막 안에 고스란히 들어 있었다. 심장이 뛰고 있고 혈관을 타고 붉은 피가 흘렀다. 그 밖의 모든 장기와 혈관 그 어디 한 군데도 인공적인 것은 전혀 없는 인간의 내부였다.

"도대체 이건 또 뭐지? 대체 어떻게 이럴 수가!"

레스터는 두 손으로 머리채를 움켜잡았다. 곧이어 네메스의 얼굴이 마치 가면이 위로 올라가듯이 천천히 올라갔다. 거기에는 반투명한 특수합금으로 만든 단단한 해골이 드러났고, 그의 두뇌가 있었다. 그의 두뇌는 또 다른 투명한 유리 같은 특수한 재질에 감싸여 보호되고 있었다. 레스터는 끝까지 잡고 있던 정신이 툭하고 끊어지며 구토를 했다. 그러고는 주저앉아버렸다.

네메스의 반투명한 특수합금으로 만든 단단한 해골의 턱 부분이 서서히 움직이며 기계 입이 묵직하게 말했다.

"레스터! 나는 그대의 과거이자 현재이고 미래야! 그대는 이곳에서 이 모든 순간과 함께 있네. 그 역사의 모든 장면을 한눈에 보고 있지. 진정하게, 레스터! 지금 내 모습은 인류가 만약 사라지지 않았다면 볼 수 있는 미래의 한 장면이네."

"아니요! 저는 절대로 당신의 모습이 미래라고 받아들일 수 없어요. 당신은 모든 분야에서 최고의 과학기술을 소유하고 있었잖아요. 그런데 그런 당신의 모습이 어떻게 이럴 수 있죠?"

실망과 연민이 뒤섞인 감정으로 레스터는 울부짖었다.

레스터 앞에서 자신을 아낌없이 펼쳐 보였던 네메스의 금속 문들이 머리에서 다리까지 차례차례로 모두 닫혔다. 그리고 마지막으로 그의 피부는 색조를 변형시키며 브라운 계열의 양복을 입은 모습으로 변했다. 네메스는 처음의 모습으로 다시 되돌아왔다. 네메스의 기계 눈이 레스터를 애처롭게 쳐다보았다.

"나 역시 죽음은 피할 수 없는 운명적인 한계였어. 그럼에도 주어진 과업을 이루기 위해 어떠한 수단과 방법을 모두 동원해서라도 생명을 유지해야 했네. 먼저 나는 완성된 인공 세포를 이용해서 동물들에게 할 수 있는 테스트를 시행했지. 그 결과 오랜 세월이 지난 후에도 기능적으로 완벽하고 부작용도 전혀 없었네. 더 이상 바랄 것이 없는 완벽한 인공 세포의 탄생이었던 거야. 인공 세포는 영생을 얻기 위한 여러 가지 대안 중에 최선이자 최후의 방법이었어. 내 몸에 직접 적용할 정도로 말이네. 드디어 우주 역사상 지적 생명체라면 누구나 바라고 원하던 영생의 길이 결국은 최첨단의 과학기술을 이용한 내 손끝에서 열리는 순간이었지. 자연 세포와 일치하는 인공 세포를 만들어내는 쾌거를 달성했으니까. 이 결과는 무너져가던 내가 다시 무엇이든지 이루어낼 수 있다는 강한 확신을 불어넣어준 계기가 되었네. 나는 더욱더 우주의 궁극적인 의미를 찾기 위한 도전을 계속해나갔지. 그러던 어느 날, 분명히 완벽했음에도 생각지도 못했던 면역거부반응이 일어나기 시작했어. 그것은 몸 전체에 걸쳐서 부작용이 일어났고 결국엔 네메스 그 자체라 할 수 있는 두뇌에 손상을 불러왔네. 나는 부작용을 막기 위해서 할 수 있는 모든 노력을 기울여야만 했지. 어쨌든 정교한 초정밀 관측과 검증 시스템으로도 미래에 발생하게 될 자연 세포와의 극히 극소의 오차는 발견할 수 없었지. 결국, 이해가 아예 불가능한 수준에서 일어난 미세한 오차는 나를 죽음이라는 위기로 몰고 갔어. 느낄 수 없었지만 인공 세포는 내 신체를 서서히 오염시키고 있었던 거야. 꼼짝없이 당할 수밖에 없었네."

"처음부터 당신의 체세포 복제를 이용했다면 이러한 상황은 충분히 벗어날 수 있었잖아요!"

한편으론 안쓰러운 듯이, 다른 한편으론 경멸하듯이 레스터가 말했다.

"말했듯이 나는 뼛속까지 과학자네. 완전한 과학기술을 아무런 이유도 없이 사장시킬 수는 없었지. 물론 자네 말대로 처음부터 나의 체세포를 이용해서 또 다른 나를 복제할 수도 있었고, 콴티를 복제해서 이용할 수도 있었지. 하지만 인공 세포를 선호할수밖에 없었던 주된 이유는, 지구에 오면서 굳게 다짐했던 스스로의 약속 때문이었네. 나 또는 콴티를 복제해서 그 생명을 거둘수밖에 없는 윤리 문제에서 완전히 벗어나고 싶었어. 그리고 콴티에게도 최대한의 자유의지를 주고 싶었으니까. 『갤리온의 신화와 예언』이 처음부터 아예 없었다고 해도 말이네. 하여튼 모든 고민을 일거에 해결할 최선의 해결책이었지. 기능적으로도 전지전능할 정도로 만능이었고 안정성 또한 완벽했어. 인공 세포를 이용한다면 자연 세포와 전혀 다르게 무엇이든 성숙할 때까지 기다릴 필요도 없었지. 인큐베이터에 인공 세포를 넣어두고 버튼만 누르면 빠른 속도로 배양되면서 모든 것을 만들어낼 수 있었네. 배양 속도 역시 환상적이었지. 하루 안에 완전히 성장한 한 명의 인공 생명체도 얻을 수 있었어. 더 이상 망설일 이유가 없었지. 그래서 완벽한 과학기술의 개가인 인공 세포를 나에게 적용하기로 결정한 거였네. 물론, 완벽하다고 해도 내 목숨이 달린 만큼 신중에 신중을 기울였지. 우선적으로 팔과 다리를 만들어 교체했어. 교체 후, 수많은 세월이 흐른 후에도 이상이 없는 것을 확인하고 장기들을 교체했고 그런 다음에 피부를 비롯한 근육과 나머지 모든 것들을 교체했어. 즉, 내 몸 중에 원래부터 소유하고 있던 자연적인 신체의 부위는 오직 뇌뿐이지. 결국엔 완전히 성장한 한 명의 인공 생명체를 만들어 단지 그 인공 생명체의 뇌를 대신해 나의 뇌를 교체만 하면 되는 거였네."

"그래서요?"

레스터는 상당히 심란했다. 그런데 뇌는 그의 것이니 또 다른 존재는 확실히 아니었다. 물론, 일반적인 지적 생명체라는 기존의 틀에서 보았을 때 지금의 상황은 기기묘묘했다. 그래도 그는 분명히 네메스였다. 그나마 그가 완전한 로봇이 아니라는 점이 다행히 레스터를 안심시켰다.

"천 년의 세월이 흐른 어느 날, 면역거부반응이라는 부작용이 발생했을 때 나는 생사의 갈림길에서 다른 대안을 찾을 여유가 전혀 없었네. 오래 전 화성에 있었을 때 체세포 복제는 GSS 1000의 생명공학 실험실에서 담당했기에 VGSS 2000에는 갤리온스의 체세포가 존재하지 않았어. 그래서 유일하게 사용할 수 있는 것은 콴티의 체세포였지. 그 당시 내 몸은 오염이 되어서 나의 체세포를 이용하는 것마저 아무런 의미가 없었지. 게다가 이미 시간적 여유가 전혀 없었네. 나는 그 당시에 거의 죽은 목숨이었는데 그러한 절체절명의 순간에 복제를 통해 어느 세월에 완전한 성체가 될 때까지 기다릴 수 있겠나. 나는 반드시 살아야 했네. 살아나야 했어! 반드시 갤리온의 정신을 밝혀내야 했으니까! 다행스럽게도 멀티유니온이 있었지. 멀티유니온에게 가까스로 명령을 하달한 후 나는 더 이상 버티지 못하고 혼절하고 말았어. 전 세계에 흩어져 있는 콴티들 중에 나에게 면역거부반응이 전혀 없는 유전자를 가진 자들을 찾아서…."

네메스는 말하다가 갑자기 멈추었다. 단지 레스터에게 자신의 유일한 치부를 드러낸다는 것이 부끄러워서 말끝을 흐린 것만은 아니었다. 그것은 오히려 그가 당당하게 선언한 약속을 스스로 깨뜨려버린 역설적인 상황에 대한 번뇌와 반성의 모습이었다.

"콴티에 비해 더 커다란 나의 뇌를 선택된 콴티의 뇌만 제거한 후에 교체할 수는 없었어. 어쩔 수 없이 이미 심하게 손상되어 구제가 불가능한 나의 장기를 그들 몸 안의 모든 장기로 한 번에 대체했지. 그리고 두 팔과 두 다리와 몸통의 외곽 그리고 뇌를 제외한 머리의 골격 구조와 몸 전체를 덮는 피부는 첨단 기계장치와 특수한 금속 재질의 신소재 그리고 인공 피부를 이용해서 대체했던 거야. 뇌는 손상을 입었지만 천만다행으로 내 의지로 원하는 일을 처리할 수 있는 상태는 유지되고 있지. 인공 세포의 부작용과 한계점을 명확히 알게 된 후로는 이렇게 완전히 닳아버린 배터리를 교체하는 것처럼 내 생명을 수천 년간 유지시켜왔네. 더이상 내 몸에 새로운 기술을 적용하고 실험하는 시도조차 불가능했어. 자연적인 것이 가장 안전했지. 면역거부반응으로 피폐해질 대로 피폐해진 나에겐 최고의 과학기술보다도 생명을 유지할 안전한 상태가 제일 중요했으니까. 그들의 장기로 교체해가며 지금까지 버텨온 거야. 이 세상에 처음부터 존재했던 자연 그 상태를 받아들일 수밖에 없었던 거네!"

네메스는 고뇌에 찬 표정으로 말했다.

"그렇다면 지상 2층에 살고 있는 사람들은 당신의 생을 계속 이어나가기 위해 모아 둔 비상대체용 장기들이었던 겁니까?"

레스터는 격분하며 큰 소리로 외쳤다.

"면역거부반응이 없는 자들을 멀티유니온에게 명령해서 지구 곳곳에서 찾아 모았지. 지구에 살고 있는 인류에게 최대한 비밀스럽게 말이네. 지금도 어떻게든 부작용을 치료하며 살아가고 있지만 생사가 오가는 일은 언제 찾아올지 알 수가 없었지. 그래서 그렇게 데려온 사람들을 체계적으로 관리할 필요가 있었네. 우선 지구와 같은 환경을 만들고 그들이 살아갈 터를 자네도 보았던 2층에 마련했네. 그리고 지구에서의 삶의 기억을 지웠지. 그러자 그들은 무리 없이 우주선에서 생활하더군. 위선이라 하겠지만 감사했네. 하지만 그 감사함도 잠시, 자살하는 사람들이 생겨나기 시작했네. 그 원인은 두뇌가 지워진 기억을 다시 되살리지는 못했지만, 그들의 뇌에서 무언가 소중한 기억들이 사라졌다는 것을 깨닫게 했기 때문이었어. 그렇게 잃어버린 기억에 괴로워하던 그들은 정체성의 혼란을 겪기 시작해 결국 자살에 이르렀던 건세. 나는 최대한 빨리 대책을 세워야 했지. 안 그랬다간 그들은 계속해서 이유도 모르고 고통 속에 죽으려 할 테니까. 그들에게 도대체 무엇을 해주어야 할까. 여러 방면으로 강구한 끝에 내린 방안이 바로 리얼 가상현실 시스템인 VRISC(Virtual Reality Intelligent Supercomputer)에 그들을 접속하게 한 후, 그들이 현실에서 경험할 수 없는 무한한 행복감을 안겨주는 것이었네. 현실에선 존재할 수 없는 가장 이상적인 낙원이었던 거야! 그들은 리얼 가상현실의 경험이 늘어나면 늘어날수록 오히려 현실을 서서히 잊어갔지. 그제야 이 우주선 생활에 완전히 안주하고 의지하게 되었네. 이제는 그들의 극단적인 선택은 이곳에서 영원히 사라졌네."

"⋯."

"물론, 예외도 있었지. 리얼 가상현실을 싫어하고 원래의 이 돔 속 생활에 만족하던 일부 인간들이네. 이들은 오히려 주어진 현실을 받아들이고 이곳에서 스스로의 삶을 개척하고 아무리 힘든 상황이 발생하더라도 이겨내고자 하는 의지와 열정이 가득한 인간들이었네. 이 사람들을 위해 난 돔 속에 연구소를 만들었어. 그리고 그들에게 내가 가지고 있는 과학기술을 가르쳐주고 있었지. 그런데 전수하다 보니 오히려 난 이들에 대해 완전히 다른 꿈을 꾸게 되었네. 단지 나의 비상대체용 장기가 아니라 갤리온의 대재앙처럼 혹시 모를 지구의 대재앙이 발생하게 될 때 사라진 인류를 계승하게 될 소중한 인적 자원으로 말일세. 비록 극히 일부에게는 나의 생명을 대신 부탁해야 하겠지만 나로선 이것이 최선일세."

레스터의 물음에 애써 외면한 채 하고 싶은 말을 토해냈던 네메스는 레스터를 보자 눈이 휘둥그레졌다. 레스터는 눈물범벅이 되어 있었다.

"레스터. 레스터. 진정하게! 자네의 심정은 충분히 이해가 가지만 나로서도 더 이상 어쩔 수 없는 상황이었네."

레스터는 자괴감 속에 모든 것이 뒤죽박죽이었다. 그렇다고 현실을 인정하지 않을 수도 없었다. 지금은 그저 이렇게 흐르는 눈물을 계속 흐르게 할 뿐이었다. 말없이 네메스의 말에 귀를 기울이는 것 외에는 자신이 할 수 있는 것이 없었다.

"비록 자연적인 나의 몸에는 부작용이 일어나고 말았지만 인공 세포의 기능은 그 자체로는 완벽했어. 그래서 인공 생명체인 멀티유니온만 만들었네. 내게는 생명체를 만들고 연구하는 생명공학이 더 이상 필요가 없기도 했지만 무엇보다 이 연구는 진정한 목표가 아니지 않은가. 나에겐『갤리온의 신화와 예언』에 기술된 마지막 예언을 바탕으로 그것과 관련된 과학기술을 최대한 성취해서 우주의 궁극적인 진정한 의미를 파악하는 것이 유일한 목표이기 때문이지. 결국은 우주의 존재 이유를 찾기 위해 그동안 나에게 일어났던 모든 일들을 견뎌내고 참아내야만 했으니 말이네. 일상적인 삶의 소소한 즐거움은 내게 있을 수 없었지. 연구만이 내 삶의 전부가 되었네. 하지만 이제 나의 뇌는 서서히 죽어가고 있네. 자연의 섭리를 거스를 수는 없는 것이지. 난 지적 생명체의 두뇌를 완전히 분석하는 데 실패했네. 특히 자신을 인식하는 정체성의 근원은 알 수 없었지. 그래서 나의 몸 전체를 다 바꾸는 상황에서도 뇌는 끝까지 유지해야 했어. 다른 자의 두뇌는 결코 네메스가 될 수 없으니 말이네."

이 세상에서 중요한 과업을 달성하기 위한 과정 속에 일어난 일이라고는 해도 네메스는 일련의 사건들이 모두 너무나 견딜 수 없을 정도로 힘이 들었다. 어쩔 수 없었다는 미명 아래 스스로 선언한 양심과 윤리를 저버린 행동들을 이렇게 낱낱이 그의 입으로 고백하는 이 순간들 또한 괴로웠다. 지금까지 수많은 일들을 진행해왔어도 그 결과가 지금처럼 초라하고 당당하지 못한 경우는 단 한 번도 없었다. 분명히 네메스도 어쩔 수 없던 상황이라는 것은 인정하면서도 한없이 작아지는 자신을 발견했다. 어떤 변명도 자신을 자유롭게 할 수 없다는 것을 누구보다 더 잘 알고 있었다. 도저히 지금과 같은 상황에서는 그에게 과학적 성과이든 윤리적인 문제이든 당당하고 자유로워질 명확한 대의명분이 없었다.

레스터 역시 이 상황이 견디기 힘들고 괴롭기는 마찬가지였다. 이 세상에서 가장 순수한 진리의 추구를 위한 여정에서 오로지 진정한 선을 담고자 창출한 이상적인 과학기술의 활용이 어이없게도 비윤리적인 문제를 다시 불러오는 역설적인 결과를 남겼다는 것이었다.

하지만 레스터가 더욱 실망스러운 것은 상반된 상황이 전혀 다른 곳이 아니라 모두 동일선상에 있었기 때문이다. 양면성의 문제는 인류의 역사에서 개인의 일이든, 어떤 집단의 일이든지 국가 간의 일이든지 수많은 일들 안에 항상 존재해왔다. 어느 방향으로 시작한다고 해도 세월이 지남에 따라 상반된 증후가 서서히 드러난다. 즉, 원치 않은 부분은 우리 곁에 항상 존재해왔던 것이다. 어쩌면 이 우주가 탄생할 때부터 태생적으로 존재해왔는지 모른다. 그래서 모든 자연환경에서도 양면성은 항상 존재한다.

결국 양면성은 우리에겐 서로 맞서는 두 가지의 성질처럼 보여도 마치 전기장과 자기장으로 구성된 빛처럼 상호의존하는 이 우주의 내재된 하나의 특성으로 보였다.

레스터는 아무런 말도 하지 못했다. 그도 네메스와 같은 상황이었다면 똑같은 길을 가지 않으리라 확언할 수 없었다. 레스터는 생각의 눈을 돌려 그다음 너머도 생각해보았다.

'우주의 궁극적인 진정한 의미는 도대체 누구를 위한 걸까? 이것마저 진정 지적 생명체가 꿈꿀 수 있고 기대할 수 있는 극단의 탐욕인 것은 아닐까?'

"네메스! 당신에게 반드시 물어봐야 할 것이 있어요!"

네메스는 레스터의 표정을 보고는 직감적으로 중요한 순간이 다가왔음을 알아차렸다. 잠시 눈을 감았다가 살며시 뜨고는 레스터의 시선을 집중하며 말없이 바라보았다.

"저는 당신에게 무엇인가요? 무엇 때문에 당신의 치부까지 드러내며 나에게 모든 것을 알려주는 건가요? 도대체 당신 같은 엄청난 존재가 이렇게 보잘것없는 나를 애지중지하는 이유가 무엇인가요? 내 몸에 나도 모르는 특별한 무언가가 있어 당신을 영생할 수 있게 해주기라도 한 건가요? 네메스! 나는 어떤 연유로 여기 있는 겁니까?"

그때였다. 집무실에서 멀티유니온의 감정 없는 보고가 방송되었다.

"태양계 안에 알 수 없는 이상한 물체가 진입하여 상당히 빠른 속도로 접근 중입니다. 현재 그 물체의 크기는 대략 150킬로미터 내외이고, 태양계의 다른 모든 행성과는 다르게 직진에 가까운 거대한 곡선을 그리면서 접근하고 있습니다. 계산한 결과에 의하면 최종 목적지는 화성입니다. 도착하는 데 걸리는 시간은 약 10시간 내외이며, 총 0.42일이 걸리는 것과 같습니다."

"뭐라고? 다른 곳도 아닌 화성이라고!"

네메스는 화들짝 놀라 자리에서 일어섰다. 그는 바로 지상 1층에 있는 전체 상황통제실로 향했고 레스터는 그를 뒤따랐다.

전체 상황통제실에서 화성으로 접근하고 있는 이상한 물체의 동향을 살피던 네메스는 조금 더 시간을 두고 지켜보기로 결정을 내렸다. 그리고 다시 레스터와 함께 집무실로 되돌아왔다.

"자네의 불편한 심경과 궁금증은 충분히 이해하네! 그렇지만 지금은 그러한 감정을 잠시 접고 내 말을 좀 더 들어주게, 레스터! 이제부터가 마지막이니 말일세. 나와 멀티유니온이 협력해 인류의 발전을 도와 여러 나라들이 생겨나면서 각 나라에서 각양각색의 너무나 많은 신들이 생겨났어. 물론 그것의 모든 시작은 내가 그들에게 교육시킨 내용을 토대로 각 나라의 문화적인 특성에 따라 다양한 표현으로 신을 나타내거나 그들의 삶 속에서의 두려움이 그들만의 신을 만들어냈지만 말일세."

"그런데요."

자신을 특별하게 대하는 이유에 대한 질문에 명확한 답변을 원했던 레스터는 네메스의 이야기에 오히려 속이 답답했다.

"이제 자네도 잘 알다시피 내가 기계와 생체가 결합되고 나서 뇌파를 이용해서 멀티유니온에게 다양한 명령을 동시에 지시할 수 있는 기계장치인 '뇌파 전송 인터페이스'라는 시스템을 만들어서 내 몸에 연결했지. 그 덕분에 멀티유니온과 보다 쉽고 면밀하게 인류를 더욱더 잘 관찰할 수 있었네. 『갤리온의 신화와 예언』의 마지막 예언을 분석한 결과에 의하면 인류는 최대한 자연스럽게 성장을 거듭해야 했지. 하지만, 발전 속도는 내 기대만큼 따라오질 못했네. 그래서 난 최소한도로 반드시 필요한 부분에만, 예를 들어 인류 중에서도 중요한 인물들에게 나의 뇌파를 이용해서 필요한 정보를 전달하는 방법으로 참여해왔네."

네메스는 레스터의 심정에 아랑곳없이 자신이 반드시 해야 할 일을 진행해야 한다는 듯이 이야기에 속도를 냈다.

"나는 철저히 『갤리온의 신화와 예언』의 마지막 예언의 내용에 맞추어 모든 과학기술을 발전시켜왔어. 그런데 그 오랜 세월을 아무리 기다려도 마지막 예언에 실려 있는 '또 다른 것 속에 유일무이한 다른 것이 존재하고'라는 부분에서 '유일무이한 다른 존재'가 도대체 누구인지 알 수 없었네. 아무리 고민하고 연구해봐도 말이지. 또다시 악몽에 휩싸인 중압감으로 매일매일을 버티며 견뎠네. 그러다가도 불쑥 '이제 정말 끝인가! 여기까지란 말인가! 모든 준비가 계획대로 완벽하게 완성되어가고 있는데…' 하며 좌절하기도 했었네. '유일무이한 다른 존재'라는, 가장 핵심 중에 핵심을 도저히 알 길이 없으니 말이야. 지적 생명체의 태생적 한계를 또 맞이하고 끝을 맺는 건가 하며 나는 갤리온에 살던 수많은 갤리온스들의 영혼 앞에서 얼굴을 들 수 없을 정도였지."

레스터 역시 네메스와 동일한 지적 생명체라고 해도 그들 사이에 놓인 수준의 차이를 가히 짐작할 수도 없었다. 인간으로서는 근접할 수도 없던 일급 비밀을 모두 알고 있는 자가 네메스였고, 게다가 그러한 일을 직접 이끈 자도 역시 네메스였다. 레스터는 처음부터 네메스의 이야기를 벗어날 수 없는 대상이었다. 이미 네메스라는 블랙홀에 빨려 들어간 레스터는 다른 생각은 모두 제쳐두고 새롭게 전개되고 있는 그의 이야기에 최대한 정신을 바짝 차리고 귀를 기울였다.

"그러한 절망적인 상황에서 다시 내 자신을 달래며 우주의 존재 이유를 반드시 밝혀내야 한다는 사명감으로 연구하던 어느 날, 세상의 모든 빛을 움켜잡은 것처럼 희망이 샘솟았지. 드디어 그 내용이 무엇인지를 깨달았네, 레스터!"

그때의 상황이 더없이 뿌듯했는지 네메스는 환희가 가득 찬 눈빛으로 흐뭇한 미소를 지었다.

"그 내용이 도대체 무슨 뜻이죠?"

"지적 생명체라면 누구나 소유하고 있는 것!"

네메스가 넌지시 떠보았다.

"각자를 구분해주는 유일하고 가장 특이한 것이며 각자의 정체성 그 자체인 것!"

네메스는 더 이상 뜸들이지 않고 결정적인 힌트를 주었다.

"그렇다면 혹시 뇌?"

"제대로 정답을 맞혔네, 레스터!"

네메스가 상당히 기뻐하며 말했다. 단지 레스터가 정답을 맞혔다는 것이 기쁜 것이 아니었다. 그가 무구한 세월을 살아오면서 알고자 했던 우주에서 가장 거대하고 심오한 진리인 '우주의 궁극적인 진정한 의미'라는 마지막 비밀의 문 앞에 드디어 서 있다는 것에 스스로 환희에 들떠 반사적으로 반응하는 자신을 주체하지 못한 것이다.

"뇌라고요? 정말 뇌가 우주의 궁극적인 진정한 의미를 풀 수 있는 열쇠란 말인가요?"

레스터는 우주의 존재 이유를 밝혀내는 열쇠가 몸 안에 지니고 있는 뇌라는 것이 예상과 너무나 다른 답변이라 쉽게 받아들여지지 않았다.

네메스의 기나긴 이야기를 관통하는 유일한 주제는 바로 '우주의 궁극적인 진정한 의미'였고 이것이야말로 진정한 주인공이었다. 그동안 레스터가 살아온 인생과 인류의 역사, 네메스가 살아온 인생과 갤리온스들의 역사 그리고 네메스가 기계적 생체 존재이든 아니든 그러한 모든 것은 결국 우주의 궁극적인 진정한 의미 앞에서는 더 이상 아무런 의미를 가질 수 없었다. 그랬다. 레스터도 지적 생명체이고 그에게도 역시 네메스가 말하고 있는 주제가 삶의 전부였다. 우주의 궁극적인 진정한 의미가 바로 그의 코앞에 놓여 있는 상황에서 레스터는 추억이 가득한 과거로 되돌아가고 싶지도 않았고 지금 이 상황에서 조금도 물러서고 싶지도 않았다. 우주의 존재 이유를 알게 된다면 거기에 이 모든 의미가 담겨 있을 것이므로.

"바로 실행에 옮겼지. 내 몸속에 넣어두었던 뇌파 전송 인터페이스 장치를 지구 전체로 확대하기 위해 VGSS 2000 전체를 재설계해서 장착했어. VGSS 2000 자체가 거대한 무선 뇌파 송수신 안테나와 같은 역할을 할 수 있도록 말이지. 시스템이 작동하며 인류의 뇌파를 VGSS 2000에 있는 인공지능 슈퍼컴퓨터를 이용해서 세밀하게 분석하기 시작했네. 임무는 오직 하나였지. 반드시 유일무이한 존재의 두뇌를 찾아내는 것!"

이 순간 네메스의 눈빛은 레스터가 지금까지 보아온 그의 눈빛 중 가장 찬란하게 반짝였다.

"그래서 찾았나요, 네메스?"

레스터는 자신도 모르게 소리치듯 외쳤다.

"아니, 아무것도 없었네. 아무것도 말이야! 그저 비슷비슷한 주파수와 패턴을 가진 뇌파들뿐이었지. 그래서 혹시 이미 스쳐 지나간 괴거의 인류 중에 있었던 것은 아닐까 걱정했었네. 하지만 지나간 일은 나에게도 더 이상 의미가 없었지. 유일한 선택은 계속 앞으로 나아가는 것뿐이었네."

네메스가 한 손으로 자신의 턱을 쓰다듬으며 말했다.

"그렇게 세월이 흘렀고 인류의 발전은 더 이상 VGSS 2000을 상공에 계속 머물 수 없게 했지. 그래서 나는 VGSS 2000을 바닷속 깊은 심해로 이동시키고 멀티유니온이 비행선을 타고 바다 밖 상공에서 인류를 관찰하는 활동을 지속적으로 해왔네. 그러다가 최근에…."

"드디어 최근에 찾았군요! 네메스, 맞죠?"

"그래, 레스터. 드디어 찾게 되었네."

네메스가 조금 전의 환희를 삼키고 의외로 담담하게 말했다.

"그게 누군가요, 네메스?"

"알려줄까?"

"네! 아니 혹시?"

들뜬 상태에서 큰소리로 대답하던 레스터는 네메스의 흔들리는 눈동자 속에 비친 자신의 모습에 불길함을 느꼈다.

"레스터!"

"저라고요?"

"그래, 바로 자네네!"

"제가 '그'라고요?"

"무슨 뜻이에요, 네메스! 어디를 봐서 제가 유일무이하다는 거예요? 왜 제 뇌가 다른 이들과 다르게 특이하다는 거죠? 네메스, 이건 말도 안 돼요."

네메스의 게릴라 같은 지명은 레스터를 횡설수설하게 만들었다. 하지만 그의 정신은 깊이를 알 수 없는 호수에 낀 살얼음판 위에 서 있는 것 같았다. 레스터에게 네메스의 말은 곧 진실이며 진리였다. 추호도 의심의 여지는 없었다. 그래도 진정 자신이 마지막 예언에 쓰여 있는 선택받은 유일무이한 존재라면 최소한 합당한 특별함이 있어야 했다. 하지만 아무리 자신에 대해 떠올려 보아도 남다른 그 무언가는 한 번도 자각한 적이 없었다. 네메스의 해명이 필요했다.

"VGSS 2000에 장착된 무선 뇌파 송수신 인터페이스 시스템은 나를 비롯해서 멀티유니온도 인류뿐만 아니라 그 외에 모든 포유류를 포함한 뇌를 가진 어떠한 생물체도 절대로 벗어날 수 없네. 모든 뇌파가 완벽하게 검출되지. 그런데 자네만 유일하게 매우 이상하고 특이했네. 아무리 분석해보아도 전혀 이해할 수 없었어. 처음부터 분석이 불가능했다고 해야 맞는 말이겠지."

"도대체 무슨 뜻이죠, 네메스? 제게 무슨 심각한 질병이라도 있다는 건가요?"

"아니네, 레스터. 그런 뜻으로 말한 것이 아니야."

네메스의 얼굴엔 초조함이 깃들어 있었다.

"모든 존재의 뇌파는 VGSS 2000의 무선 뇌파 송수신 인터페이스 시스템을 통해 단 하나도 빠짐없이 연속적인 패턴으로 검출되고 검출된 연속적인 패턴은 인공지능 슈퍼컴퓨터를 통해 데이터로 전환된 후, 그 데이터를 분석해서 형성된 다양한 이미지들을 최종적으로 디스플레이 장비를 통해 볼 수 있네."

"그런데요? 그 시스템이 저의 뇌파에서 특이한 형상이라도 발견했다는 건가요?"

레스터는 자신의 뇌가 자각하지 못한 상태에서 큰 의미를 부여받게 되는 실험이 그동안 자신에게 진행되고 있었다는 것, 그리고 결국 상상조차 못한 결과가 도출되었다는 것을 알고 공포에 온몸이 떨렸다.

"그게 참…."

네메스도 당황했는지 잠시 머뭇거렸다.

"자네의 뇌파는 매우 특이하고 이상했네. 다른 자들처럼 반드시 들어와야 되는 뇌파가 어느 지점에서 툭 하고 끊어진 채 데이터 분석이 불가능한 상태가 되더군. 그러더니 VGSS 2000의 무선 뇌파 송수신 인터페이스 시스템에도 이상 현상이 발생되어 통제 불능 상태가 되었네. 그리고 어느 정도의 시간이 흐른 후에야 시스템이 다시 정상적으로 작동하면서 비로소 자네의 뇌파도 원래대로 이어졌지만 말이야. 그 현상은 단지 죽은 사람처럼 의식이 사라져서 뇌파가 끊어진 것과 달랐네. 이것은 현실에서는 도저히 있을 수 없는 일이었어. 이런 현상은 아예 불가능한 것이니까. 마치 어떤 알 수 없는 힘이 일부러 보지 못하도록 막아놓은 것과 같았으니 말이네!"

"혹시 저에게만 오류가 난 것은 아닌가요?"

자신에게만 일어났다는 네메스의 말을 받아들이기 힘들었던 레스터는 어떤 수를 써서라도 주어진 현 상황에서 벗어나고 싶었다.

"레스터! 인류 역사상 오직 자네에게만 나타난 현상이었네."

네메스는 레스터를 바라보며 강조하듯이 이어서 말했다.

"오직 자네만 볼 수 있도록 말이네!"

"그 존재가 저라니요! 도저히 이해하지 못하겠어요. 아니, 믿어지질 않아요. 저에게 평상시 특별한 현상은 하나도 없었어요, 네메스!"

당황한 레스터는 난감해하며 표정이 일그러졌다.

"자네의 심정을 충분히 이해하네, 레스터!"

"분석 결과를 보면 그것은 뇌파가 중단되기 바로 직전에 자네가 항상 숙면 중이어서 그럴 걸세. 즉, 자네도 의식적으로 통제할 수 없는 상태였다는 거지. 그러다 갑자기 뇌파가 멈추어버렸다는 사실이네. VGSS 2000에서 지구에 살고 있던 인류 전체의 뇌파를 수천 년간 검출하고 분석하다가 최근에서야 자네를 발견한 것일세. 그런데 자네가 이곳 VGSS 2000에 온 뒤로 자네에게 무슨 일이 일어나는지 아는가? 희한하게도 뇌파가 순간적으로 중단되어버리는 빈도가 증가하더군. 혹시 자네의 꿈에 특이한 내용이나 반복되는 행동을 기억해낼 수 있다면 말해줄 수 있겠나?"

주객이 전도되어 이제는 가장 위대한 지적 생명체인 네메스가 오히려 해답을 갈구하는 입장이 되었다.

레스터는 식은땀을 흘렸다. 자신의 의지가 아닌 무의식 상태에서 반복해서 꾸었던 꿈을 분명히 기억했다. 하지만 그 꿈을 꾸던 자신이 네메스가 그토록 학수고대하며 찾고 있던 유일무이한 바로 그 존재였다는 것에 등골이 오싹하고 간담이 서늘했다. 게다가 막상 네메스 앞에서 말하려니 입이 조금도 떨어지질 않았다.

"그, 그, 그것이….”

"음. 됐네, 레스터. 기억이 나지 않는다면 무리하지 않아도 돼.”

의외로 네메스도 그리 큰 기대를 하지 않았는지 떨림이 느껴질 정도로 두려워하고 있는 레스터에게 부드러운 미소를 지으며 안정시켰다. 하지만 레스터의 두려움은 네메스의 미소로 끝날 일이 아니었다. 그렇잖아도 꿈이 반복될수록 이 꿈이 예지몽이 아닐까 하는 불안감이 자리 잡기 시작했었다. 그런데 뇌파의 판독이 불가능한 부분이 내 꿈이라니!

'이것을 어떻게 이야기하지. 그건 그렇고 이 잔인한 악몽 같은 꿈은 도대체 무엇을 의미하는 거지? 꿈속의 그는 또 누구란 말인가? 혹시 네메스?'

앞으로 어떤 일이 벌어질지 가늠할 수 없는 상황에서 아직은 깊이를 헤아릴 수 없는 네메스에게 그 무엇도 섣불리 드러낼 수 없던 레스터는 말을 아꼈다.

네메스는 레스터가 좀 안정되어가는 기미가 보이자 다음 말을 차분히 이어갔다.

"화성에서 처절한 전쟁을 치르고 난 후, 지구로 향하던 나는 드디어 『갤리온의 신화와 예언』에 있는 마지막 예언의 의미를 깨닫게 되었다고 했지. 그러고 나서 지구로 온 후, VGSS 2000에 남아 있던 콴티온스와 콴티 중에 예언에 명시된 '또 다른 존재'인 콴티를 추가적으로 복제했고, 그와 동시에 과학기술과 관련된 중요한 사항도 철저하고 빈틈없는 계획하에 진행했네. 그때부터 시작된 프로젝트는 레스터 자네가 나를 만나러 오기 며칠 전에 마침내 최종 완성되었어. 그 오랜 세월 동안 나는 오직 이 연구에만 몰입하고 지내왔지. 내가 예언을 바탕으로 시작한 연구는 기존의 지적 생명체가 하던 그 어떤 연구보다 더 어렵고 난해했네. 게다가 이렇게 한 분야에 지금까지 아무런 기약도 없이 몰입할 수도 없었겠지. 그렇지만 나는 해냈네!"

최후까지 살아남은 고등한 지적 생명체만이 이룰 수 있는 가장 심오하고 난해한 과업을 그는 성공적으로 이루어낸 것이다.

"예언에 내포된 과학기술은 어떤 것이죠? 그래서 무엇을 만드셨다는 건가요, 네메스? 그리고 저는…."

레스터는 뒷말을 삼켰다. 자신이 유일무이한 존재라는 것도 그렇지만 도대체 뇌는 무엇을 의미하는지 전혀 알 수 없었다. 그렇지만 모든 준비를 마치고 뿌듯해하는, 네메스라는 위대한 존재가 모든 것을 원만히 해결해줄지도 모른다는 막연한 희망을 품었다.

어떤 식으로 설명해도 이 기계 장비를 당장 이해하지 못하리라 생각한 네메스는 단순한 명칭으로 간략히 대답했다.

"우선은 '의지를 심는 기계'라고 부르게."

"의지를 기계가 심는다고요? 전혀 앞뒤가 맞지 않는 것 같은데요. 지금까지 당신이 누누이 강조해왔듯이 정체성의 근원을 밝혀내는 것에 실패했다고 말했잖아요. 그래서 로봇과 인공 생명체에게 정체성을 심어줄 수 없다고 했죠. 하물며 정체성은 의식에 필수불가결한 요소이고 결국 그 덕분에 의지를 발휘하게 되는 것인데 아예 정체성이 없는 기계 장비가 의지를 심는다니요."

레스터는 머릿속이 저려왔다.

"아직 자네에게 말하지 않은 한 가지 중요한 사실이 있네."

"어떤 사실이죠?"

"자네가 박사학위를 따내기 위해 제출했던 논문 말일세!"

놀라움이 가득 담긴 격앙된 말투로 네메스가 말했다.

"제 논문이요?"

"내가 자네의 독특한 뇌파 현상만 알고 있었다면 최근까지 머뭇거리다 자네를 놓쳤을지도 모르네. 그런데 자네가 제출한 논문, 그 논문을 읽었네. 그때의 나의 심정이 어땠는지 아나?"

네메스는 적잖이 흥분했다.

"당신이 왜 제 논문을?"

"의지를 심는 기계에 실질적인 바탕이 되는 이론, 즉 내가 최종적으로 완성한 이론은 너무나 놀랍게도 레스터 자네가 작성한 논문의 내용과 한 치의 오차도 없이 동일했다는 사실이네!"

"네? 그럴 리가? 제 논문의 내용이 당신이 만든 '의지를 심는 기계'의 바탕이 되는 이론과 일치한다고요?"

레스터의 머릿속은 당장 대답을 요구하며 튀어나오는 의문과 질문들이 한데 뒤섞여 사고 회로를 순식간에 마비시켰다.

'어떤 상황이 되어야 이런 우연한 일치에 해당하는 경우의 수가 나올 수 있는 거지? 내 논문이 어떻게 네메스가 그것도 최종적으로 완성한 이론의 내용과 일치할 수 있다는 말인가? 내 논문의 내용이 바로 의지를 심는 기계를 만드는 데 실제적인 바탕이 되는 이론이라고? 아니, 그건 그렇고 정말 실제로 가능하다니! 단지 이론으로만 가능하다는 한계를 갖고 있던 논문이었는데… 그런데 이제는 현실 속에 실물로 존재한다고! 센트럴-랩에서 에드워드 연구소장이 연설한 내용이 정말 사실이잖아! 결국 그 연설은 네메스의 최종 결과를 발표한 것이었어!'

"그렇다네, 레스터! 물론 그 이론을 바탕으로 실제적인 기계를 설계하고 제작한다는 것은 수천 년이 걸릴 정도로 상당한 어려움이 수반되는 과정이었지. 어쨌든 여기서 중요한 점은 내가 최종적으로 완성한 이론의 내용과 자네가 완성한 논문의 이론이 완벽하게 동일했다는 거네. 인류 역사상 도저히 있을 수 없는 상황이 벌어졌던 것일세. 결코 우연이 아니라 절대적인 필연이지! 지구에 살고 있던 인류에게는 아직 활용적으로 어떠한 의미도 가질 수 없는 이론이지 않았나! 그 이론은 극히 소수의 천재들이 어렴풋이 이해할 수 있더라도 그 이론의 숨겨진 진정한 의미의 이해는 절대로 불가하지. 그러니 당연히 어디에 사용하는지 짐작도 할 수 없어. 적어도 그 이론을 탄생시키려면 먼 미래의 가장 뛰어난 진보를 이루어낸 문명의 지적 생명체만이 그나마 발견할 가능성의 기회가 주어질 수 있으니 말일세!"

"어떻게 그런 일이 내게! 저조차도 논문이 그런 정도의 의미인지 몰랐습니다."

"그래서 자네가 기필코 찾고자 한 '또 다른 것 속에 유일무이한 존재'라는 것을 한 치의 의심 없이 받아들일 수 있었던 것이네. 드디어 나의 진정한 동반자를 찾은 것이지. 세상이 창조되었을 때부터 선택된 숙명적인 존재, 그 존재는 바로 레스터와 네메스라는 것을 말이네!"

네메스는 오묘한 표정으로 레스터를 처다봤다.

"우린 피할 수 없네. 처음부터 엮여진 존재이니까. 물론, 어떻게 우리가 반드시 엮여져야 했는지 그 경위나 심오한 의미는 아직 알 수 없지만 말일세. 이제 우리가 할 일은 각자에게 주어진 임무를 순순히 받아들이며 앞으로 나아가는 것뿐이네. 우주에서 또 다른 선택은 없네. 우주에 존재했던 무한한 선택의 길은 모두 통합되어 하나의 길로 남았지. 그 하나의 길은 오직 우리만이 소유할 수 있는 유일한 선택이네. 그 길의 끝에 도달하면 결국 우리가 엮이게 된 의미뿐만이 아니라 지적 생명체라면 그토록 찾고자 했고 알고자 했던 '우주의 존재 이유'와 마주하게 될 걸세!"

레스터는 출구가 없는 미로에 갇힌 기분이었다. 그가 박사학위 논문으로 제출한 이론에 실린 공식의 좌변에 해당하는 방대하고도 복잡한 방정식에 대해 전 세계의 슈퍼컴퓨터들을 네트워크로 연결한 막강한 성능을 이용해서 다양한 계산을 수행하면 그에 따른 결과는 항상 그 식의 결과식인 우변과 놀라울 정도로 정확히 맞아떨어진다는 사실이었다. 논문은 이론에 대한 정확성과 명확성을 인정받았으나 새로운 개념으로 정립시킨 거대한 고차원의 새로운 수학적 개념은 그 누구에게도 진정한 이해를 허락하지 않았다. 레스터도 논문에 실린 방대한 고차원의 수학식을 무언가에 홀린 듯이 기술했지만 자세히 설명하는 것은 불가능했다. 게다가 이 이론에 바탕을 둔 물리적인 현상을 이해하기 위한 필수적인 중간 과정은 전혀 감조차 잡을 수 없었다. 단지, 레스터가 어렴풋이 직관적으로 예상한 것은 논문의 내용이 충격적이게도 물리적인 현실을 넘어선 것 같았다. 다시 말해 우리가 생각하는 현실의 우주마저 넘어선 그 무엇이었다. 결국 다른 사람들에게 오해를 살 소지가 있는 자신의 생각을 그 누구에게도 말할 수 없었다. 왜냐하면 과학이란 철저히 이성적이고 논리적인 과정에 바탕을 두고 현실에서 명확히 증명될 수 있어야 하기 때문이다. 그런데 현실을 벗어난 자신의 논문은 상당히 형이상적이고 극도로 추상적이었다. 그래서 도대체 이 이론이 현실적으로 어디에 적용될 수 있는 것인지, 전 세계의 학자들뿐만 아니라 당사자인 레스터도 알 수 없었다. 학계에서는 레스터의 논문을 두고 머나먼 미래에나 가능할 법한 혁명적인 논문이며 도저히 현시대에 나올 수 없는 논문이라고 전 세계의 최고의 석학들이 이구동성으로 주장했다. 그러한 자신의 논문이 우주에서 가장 위대한 지적 생명체인 네메스가 끊임없는 혼신의 노력으로 이루어낸 금자탑 중에 최고의 금자탑이라 할 수 있는 이론과 조금도 차이가 없다는 것이다. 그렇다면 이 세상은 과거와 현재, 그리고 미래가 우리들의 생각이나 경험과는 다르게 하나로 연결되어 있다는 것을 자신의 논문이 인류에게 존재했다는 이유만으로 증명하고 있었다. 이 깨달음으로 말미암아 시간과 공간, 즉 시공간을 넘어서는 초월적인 어떠한 형태이거나 어떠한 존재가 분명히 실존한다는 것마저 증명하고 있었다. 즉, 레스터의 논문은 절대 신의 존재를 증명한 것이었다. 세상은 처음부터 그 의도는 도저히 알 수 없지만 그 무엇으로도 벗어날 수 없는 어떠한 어마어마한 의지와 힘에 의하여 세상의 모든 것이 통제되고 있었다는 뜻이다. 레스터는 두려웠다. 그것은 두려움의 대상이 그 어떠한 형태나 에너지로도 느낄 수 없다는 사실 때문이다.

잠시 침묵하던 네메스가 레스터에게 말을 걸었다.

"인간을 포함해서 생물체를 이루는 기본 단위는 무엇이지, 레스터?"

"기본 단위라면 세포죠!"

"그렇다면 결국 세포는 최종적으로 무엇으로 구성되어 있을까?"

"결국은 원자들로 구성되어 있죠."

"그렇지! 원자는 우주에서 우리가 형태라고 부를 수 있는 모든 것의 가장 기본적이면서도 그 자체로 완벽한 기능을 수행하는 최소단위이지. 우주에 있는 수많은 은하, 그 안의 모든 생명체와 무생물은 제각각의 형태를 가지고 있어서 우리의 눈엔 개별적인 것들로 보이지만 미시세계로 들어가 보면 이 모든 것들은 결국 원자라는 형태로 구성되어 있어. 나와 레스터도 완벽한 기능을 하는 최소단위의 원자들인 거지."

네메스의 두뇌 속에선 복잡하게만 보이는 세상 만물이 실은 가장 완벽한 기능을 하는 원자라는 아름다운 디자인으로 단순하게 구성되어 있고, 그것으로 설명이 가능하다는 사실이 당연한 사실이라고는 해도 생각하면 생각할수록 경이롭다는 생각에 푸근한 표정을 지으며 시를 읊듯이 말했다.

"물론, 자네도 알다시피 이 우주에서 우리에게 보이는 원자를 기반으로 생성된 모든 형태만이 전부는 아니네. 우리가 지각할 수 있는 것뿐만 아니라, 보이지 않고 감지할 수 없는 또 다른 물질과 에너지가 우주공간을 가득 채우고 있지. 인류가 깨닫기 시작한 암흑물질과 암흑에너지 말일세. 하지만 인류에게 암흑물질과 암흑에너지는 깊은 깨달음을 얻기 위한 그들의 여정에서 단지 첫 번째 출발점이었을 뿐이네! 수많은 세월이 지나 마지막에 가서는 인류도 나처럼 기존의 모든 것을 넘어서 우리 우주가 있기도 훨씬 전부터 항상 존재해왔던 가장 근원적인 영역에 도달했겠지."

"당신이 말한 '초월적 미지의 영역' 말인가요?"

"맞네, 레스터!"

"암흑물질과 암흑에너지도 우주를 구성하는 가장 기본적인 요소가 아니라는 뜻이군요."

"그렇다네! 우리 우주를 포함한 또 다른 우주들은 초월적 미지의 영역에서 생성된다는 것이 내가 밝혀낸 결과네. 우주의 시작과 최후를 밝히고 나서야 알 수 있었네."

"그렇다면 과학자들이 예상한 대로 다중우주는 존재하는군요!"

"물론, 다양한 우주가 왜 존재해야 하는지 근원적인 이유는 나 역시 모르지만 초월적 미지의 영역에 다중우주는 존재하네! 초월적 미지의 영역은 물질도 에너지도 아니었어. 자네에게 말했듯이 차원이 없는 곳이니 시공간도 존재하지 않지. 즉, 시공간을 초월한 곳이네.”

“자연의 현상을 관찰하고 분석하는 과학의 영역이 더 이상 아니군요!”

“그래서 과학으로는 더 이상 진입할 수 없었네. 마지막 단계에 도달했다는 것을 깨달을 수 있었지. 하여튼 그곳은 우주를 넘어선 근원 그 자체이며 이 우주를 진정으로 통제하고 조절하는 유일무이한 힘이라 할 수 있는 ‘궁극의 매개체’였지. 모든 것을 초월하는 절대적인 의지가 분명히 태초부터 존재해왔던 것이네! 우리 우주를 비롯해 또 다른 우주들을 통제하는 궁극의 매개체가 초월적 미지의 영역에 실제로 존재한다는 말일세! 그런데 이제 우리에겐 과학을 넘어서『갤리온의 신화와 예언』을 바탕으로 탄생한 ‘의지를 심는 기계’가 있네. 의지를 심는 기계는 초월적 미지의 영역을 밝혀줄 유일하고도 분명한 출발점이네! 드디어 우리는 의지를 심는 기계를 통해 우주 역사상 처음으로 초고도의 과학으로도 풀 수 없는 난제이자 접근을 불허하는 ‘궁극의 매개체’의 실체를 밝혀내게 될 것이네!”

“그렇다면 불가능하다고 여겨졌던 초월적 미지의 영역으로 진입하는 것이 이제는 가능하다는 뜻이군요. 그리고 그 최후의 열쇠가 바로 의지를 심는 기계구요!”

“맞네! 나는『갤리온의 신화와 예언』을 믿네. 나는 의지를 심는 기계도 믿지. 결국엔 경전뿐만 아니라 과학 역시 최후의 궁극적인 단계에 도달하면 그다음에 할 수 있는 선택은 오직 믿음뿐이네! 강한 확신과 의지를 한가득 품은 믿음 말일세! 자네는 선택받은 사이니 상성을 넘어서는 그 이상을 체득하게 될 것이네! 반드시!"

"아! 솔직히 혼란스럽군요."

"고지가 바로 우리 앞에 있네! 자네와 나는 앞으로 나아가는 것 외에는 또 다른 선택의 길은 없다는 것을 잊지 말게. 그러니 두려움에서 벗어나 용기를 갖게!"

"알겠습니다, 네메스! 그런데 물질세계의 원자와 지적 생명체의 의지가 어떤 상관관계가 있다는 건가요?"

세상만물이 원자로 구성되어 있다고 해도 의지는 지적 생명체만의 또 다른 고유한 영역이라고 생각하고 있던 레스터였다.

"원자를 조작해서 저절로 신물질을 만들어내는 기계를 뜻하는 건가요?"

"아니네, 레스터. 인류는 단지 원자를 조작해서 기존에는 없던 새로운 신물질을 만들어내는 것을 마치 자신들이 세상을 지배하는 존재라도 되는 듯 뿌듯해했지. 하지만 그것은 진정한 도달이 아니야! 그것은 단지 형태만 바뀐 허상이지. 본질적인 것이 아니네."

"그러면 도대체 어떤 것이 본질적인 것이죠?"

"예언을 분석해서 그 의미를 파악하는 순간 궁극적인 단계를 깨달았지. 바로 '의지' 말이네."

"의지?"

"원자에 의지를 심는 것, 바로 그것을 이루어내는 것이 지적 생명체가 도달할 수 있는 최후의 궁극적인 목적이라는 것을 말이네."

"그것이 정말로 가능하다는 말씀인가요?"

"마지막 예언에 이런 글이 쓰여 있네. '살아 있는 것과 살아 있지 않은 것의 경계를 넘어 유일무이한 다른 것과 만나게 될 때 모든 감정과 감각과 시공간을 초월하는 그곳에 의지만이 남는다.' 이 예언 내용은 단지 추상적이고 신화적인 내용이 아니었다. 이것은 존재하지 않은 미지의 최첨단의 과학기술을 이용해서 만들어야 하는 시스템이어야 한다는 사실을 마침내 깨달은 거야! '살아 있는 것과 살아 있지 않은 것의 경계를 넘어'라는 말의 의미는 우주에서 아직까지 발견되지 않은 어느 신물질도, 새로운 에너지도 아닌, 우리들에게 너무나 잘 알려진 원자를 말하는 것이었어. '유일무이한 다른 것과 만나게 될 때'라는 말의 의미를 지적 생명체를 능가하는 그 무엇이라고 처음에는 생각했네. 그런데 그것은 특별히 다른 무엇을 뜻하는 것이 아니라 인류를 의미하는 것이고, 인류 중에서도 특별히 선택된 최후의 인물, 레스터 바로 자네라는 것을 알게 되었지. 결국 이 문장의 의미는 레스터와 의지를 심는 기계가 만나게 된다는 뜻이었네. '모든 감정과 감각과 시공간을 초월하는 그곳에 의지만이 남는다'라는 말의 의미는 레스터와 의지를 심는 기계가 합쳐졌을 때 발생하게 되는 그 무언가임이 분명하네. 그렇지만 그 무언가가 어떻게 펼쳐질지는 알 수 없네. 한 가지 확실한 것은 우리가 생을 살아가며 경험하면서 느껴오던 수많은 현상과는 근본적으로 상당히 다를 것이라는 것만 예측할 뿐이지."

네메스는 레스터를 의미심장한 눈빛으로 뚫어질 듯이 쳐다보았다.

"의지를 심는 기계가 정말로 있다는 말입니까?"

"존재하네. 다른 곳도 아닌 바로 이곳에!"

"네! 도대체 이디에요?"

"지하 2층."

네메스는 자신의 검지를 펴서 아래 방향을 가리켰다. 레스터는 네메스가 왜 지하 2층을 통제했는지 이제야 알게 되었다.

의자에서 일어선 네메스는 레스터에게 같이 가자고 손짓했다. 그들은 지하 2층으로 내려갔다. 이곳은 다른 층들과는 분위기가 사뭇 달랐다. 여기는 짙은 회색 벽면을 은은한 조명이 비추고 있었고 전체적으로 어두웠다. 길게 난 복도를 끝까지 걷다가 오른쪽으로 방향을 바꾸어서 또 한참을 걸어갔다. 그러다 갑자기 확 트인 넓은 공간이 시야에 들어왔는데 그곳은 네메스의 신장을 훌쩍 넘을 정도로 높고 보기에도 묵직한 금속 재질의 출입문이 위엄 있게 닫혀 있었다. 출입문 앞에 네메스와 레스터가 서자 위쪽의 유리 재질로 덮여 있는 작은 구멍에서 레이저 빛이 나오더니 동심원을 그리며 네메스와 레스터를 동시에 스캔했다. 스캔을 마치자 출입문이 보기와는 다르게 소리도 없이 부드럽게 열렸다.

"들어가지."

"네, 그러죠."

출입문에 들어서서 또다시 걸었다. 이번에는 왼쪽으로 나 있는 복도를 따라 걸었다. 그 복도 끝에는 방금 전의 출입문보다 더 웅장한 문이 기다리고 있었다. 이곳을 이루고 있는 내부 설계가 심상치 않았다. 그저 위압감이 들게 한 출입문들 때문이 아니라 내벽 전체가 상당한 강도가 느껴지는, 레스터도 아직 보지 못했던 신소재 같은 물질로 되어 있었다. 짐작건대, 의지를 심는 기계를 가동시킬 경우에 발생할 수 있는 최악의 사고에서도 VGSS 2000을 최대한 보호하기 위한 조치라고 느껴졌다. 어쩌면 완벽한 이론과 설계를 통해 완성했다고는 해도 이 실험은 그만큼 위험천만한 일이라는 반증이기도 했다. 하지만 레스터가 생각하기에 제일 심각한 문제는 오직 하나였다. 의지를 심는 기계를 가동시킨 후 발생하게 될 결과를 예측하는 것이 불가능했다. 레스터가 잠시 생각하는 사이, 굳게 닫혔던 문이 열렸고 그들이 들어서자 문은 원래대로 닫혔다. 내부는 칠흑 같은 어둠과 고요만 남았다. 레스터는 어둠 속에서 네메스를 쳐다보았다. 네메스는 미동도 없었다. 그런 그의 눈에 빛이 비쳤다. 공간의 가장자리 밑에서 위쪽을 향해 네 개의 청색 불빛이 나오면서 주위를 밝히기 시작했다. 실험실이 밝아지자, 높이가 5미터 정도에 이르는 커다란 원통형의 기계 장비가 보였는데 앞쪽은 넓고 큰 투명한 재질로 되어 있었다. 이제 막 준비 상태에 들어가는지 내부에서 은은한 노란색 계열의 불빛이 퍼지며 공간 전체를 가득 채웠다.

"아악!"

레스터는 갑자기 외마디 비명을 지르며 뒷걸음쳤다.

"왜 그러는가, 레스터?"

영문을 알 수 없던 네메스는 당황하면서 레스터에게 말했다.

"아… 아닙니다, 네메스."

래스터는 숨을 고르며 간신히 말했다.

"레스터, 이리로 오게나."

기계 앞에서 감정의 큰 요동이 있어 보이는 레스터를 잠시 살피더니 불렀다.

네메스가 벽면에 손을 갖다 대자 빛이 새어나오는 버튼이 나왔다. 곧이어 패스워드를 입력하자 한쪽 벽이 마치 연극 무대의 막처럼 위로 올라가더니 시야에서 사라졌고 동시에 방대한 공간이 눈앞에 다시 펼쳐졌다. 그곳에는 레스터가 지금까지 보았던 그 어떤 첨단 기계 장비와도 상당히 이질적인 거대한 기계 장비가 그 위용을 드러내고 있었다.

"이것이 '의지를 심는 기계'네!"

네메스의 음성이 묵직하게 깔렸다. 그는 이 순간이 갖는 중대한 의미의 깊이에 빠져 있었고 그의 눈빛은 매서웠으며 표정은 겸허하면서 비장했다. 이 거대한 의지를 심는 기계는 마치 이집트에 있는 대 피라미드를 수평 방향으로 가장 위쪽에서부터 10분의 1가량을 잘라내 없애고 아래쪽의 나머지 10분의 9에 해당하는 부분만 남겨놓은 모습과 같았다. 사라진 위쪽의 10분의 1에 해당하는 부분에는 투명 반구의 돔이 있었다. 그리고 밑면의 꼭짓점에 해당하는 네 곳에는 원기둥의 전압 강압기가 각각 세워져 있었다. 그리고 이 기둥들은 서로 연결되어 의지를 심는 기계에 순간 최대의 전력을 공급하도록 만들어져 있었다. 레스터는 의지를 심는 기계를 보는 순간 그 규모에 압도되었다. 네메스는 기계 밑면 한 변의 길이가 500미터, 높이는 318미터라고 했다.

"피라미드와 꼭 닮은 디자인으로 의지를 심는 기계를 만들기로 처음부터 계획해 완성했네. 다른 디자인으로 의지를 심는 기계를 만든다는 것은 생각할 수 없었지."

"어떤 특별한 이유가 있나요?"

"피라미드는 단순히 왕의 무덤이 아니네. 내가 예언을 깨달은 후에 의지를 심는 기계의 디자인을 피라미드 모양으로 만들겠다는 내 의지의 산물이기도 했고 인류에게 보내는 메시지이기도 했네."

"아! 피라미드는 또 다른 의미가 있었군요!"

"지구에서 콴티들이 자리를 잡으며 번성해갈 때 그들에게 특별한 존재는 오직 네메스와 콴티온스들이였네. 후에 '수메르 문명'을 이룬 수메르인들은 우리를 '아눈나키'라 불렀지. 신에 대한 그들의 충실한 믿음은 의심 없이 견고했어. 그런데 그들이 초거대 문명이 되려면 기술이 필요했고 수학과 이를 바탕으로 한 건축술 또한 시급했네. 멀티유니온에게 첨단 기계 장비를 이용해 고도의 정밀한 내부 설계에서부터 거대한 돌들을 자르고 대리석을 나르는 일정 부분의 필요한 곳을 돕게 했네. 이 과정에서 내가 중요시했던 것은, 인류가 자신감과 긍지를 가지고 어려움이 있어도 스스로 최대한 해결하게 하는 것이었지. 그들이 성숙한 어느 시점에서 인류는 자신들만의 역사를 써가야 하는 것이니까. 하여튼 인류는 세계 곳곳에서 그들의 지역 문화와 결합한 다양한 모양의 피라미드들을 세웠지. 그리고 문명은 빠른 속도로 발전하기 시작했네. 특히, 나는 기원이 된 이집트의 피라미드들을 그들이 수많은 시행착오를 거치면서 완벽하게 건설할 때까지 도와주면서 항상 지켜봐왔어. 그리고 앞으로도 오랫동안 이어져나갈 그들의 미래에 영원히 잊지 못할 이정표가 되었으면 했네. 그들은 가장 고등한 지적 생명체의 직계후손이지 않던가! 항상 하늘을 보고 초월적인 것에 대해 각자가 마음속에 영원히 간직하도록 말이야. 그래서 밤하늘을 쳐다보면 선명하게 볼 수 있었던 오리온 성좌를 기준으로 세 개의 피라미드를 건설하게 했지. 그들의 신의 관념은 이제는 나를 벗어나 그들 스스로 점점 더 먼 곳을 향해서 나아가야 했으니 말이네!"

"수메르의 아눈나키가 바로 당신이었군요? 전 세계의 모든 신의 기원인 존재가 말이죠."

레스터가 순진하게 놀라워하다가 순간 움찔했다. 네메스가 아니라면 도대체 누구란 말인가. 레스터는 당연한 사실임을 받아들였다. 지구에 처음 온 진정한 선진 문명이자 초거대 문명의 지적 생명체는 오직 네메스뿐이었으므로.

"우리에게 남겨진 최후이자 유일한 비밀인 우주의 궁극적인 의미를 밝히고자 만들어낸 의지를 심는 기계는 단지 네메스와 레스터만이 아닌 갤리온의 모든 이들과 인류에게 가장 극적이며 감격스러운 순간이므로 나는 인류의 뜻도 반드시 기리고 싶었네. 그래서 의지를 심는 기계의 디자인을 인류의 진정한 도약을 위한 시초이자 기념비이며 이정표인 그것으로 선택했던 거야!"

네메스의 얼굴엔 감격에 겨운 표정이 역력했다.

레스터는 어느 순간부터 자신이 전혀 다르게 느껴졌다. 기존의 평범한 사람 중 하나라는 의미는 퇴색되고 점점 더 네메스와 혼연일체가 되어갔다. 네메스를 통해 그동안 철저히 감추어져 왔던 세상의 비밀이 서서히 풀리며 진정한 사실을 알아버렸기 때문이다. 인류 중 유일하게 모든 것을 알아버린 현재의 그는 단지 인류 중의 한 사람이라는 평범한 존재일 수는 없었다. 이제 그는 네메스와 더불어 마지막 남은 최후의 비밀을 해결해야 할, 절대적인 운명을 타고난 협력자였다. 이 최후의 비밀은 네메스마저 알지 못하는 비밀이었다. 오직 레스터만이 해결할 수 있었다. 바로 '우주의 존재 이유'가 그를 기다린 채 유일하게 남아 있었다.

"이론적으로 완벽하며, 인공지능 슈퍼컴퓨터를 이용해 가상 시뮬레이션으로 실험도 성공적으로 마친 상태네. 하지만 의지를 심는 기계를 이용해서 실제로 실험한 적은 없지. 그래서 어떤 상황이 발생할지 어떤 결과를 받게 될지 알 수 없네."

네메스에게서 비장한 마음이 느껴졌다.

"그럼에도 의지를 심는 기계를 이용한다면 당신이 원하는, 아니 모든 지적 생명체들이 진정으로 알고자 한 우주의 궁극적인 의미에 반드시 도달할 수 있다고 확신하고 있는 거죠?"

"그럼, 확신하네. 믿고말고! 모든 것이 완벽하게 준비되었네. 이제는 오직 예언을 믿고 따르는 것 외에 없네!"

"너무 두려워요! 제가 치러야 할 피할 수 없는 현실이!"

"레스터!"

네메스는 레스터의 어깨를 감싸며 따뜻한 마음이 느껴지는 말투로 레스터를 불렀다.

"인류를 포함해 우주 역사상 그 누구도 도달하지 못한 진정한 해탈의 경지에 다다르려면 반드시 거쳐야 하는 고난이 뒤따를 수밖에 없지 않은가! 세상에서 가장 소중한 것을 얻으려면 고통은 피할 수 없지. 그것이 소중하면 소중할수록!"

"네메스! 왜 아직도 핵심적인 부분을 저에게 말하지 못하고 주저하고 있는 거죠? 당신이 필요한 것은 내가 아니라 제 뇌가 아닙니까! 당신이 말하는 예언에 의해 선택된 자의 뇌!"

억눌러왔던 감정을 폭발하듯 쏟아내며 외쳤다.

"저의 뇌를 의심하는 것도 아니고 내 생명을 안타까워하는 것도 아니잖아요! 내 생명과 상관없이 언제든지 뇌만 빼내면 모든 것이 당신이 뜻하는 대로 이루어지잖아요. 그런데 왜 지금까지 나를 살려두는 건가요?"

"레스터, 진정하게! 그런 게 아니네. 의지를 심는 기계가 완성되었을 때 자네가 말한 대로 바로 실험에 이용할 수도 있었지. 하지만 결코 내가 원하는 길이 아니었네. 내가 찾고자 한 것은 불손하고 해악적인 요소가 전혀 없는, 가장 순수한 우주의 궁극적인 의미를 알고자 하는 거였지. 다른 것은 몰라도 이 의미를 찾는 과정에서는 불경스러운 점이 단 한 점도 없기를 바라왔네. 자네는 나와 같은 길을 가고 있고 우리는 한 배를 탔네. 우리는 처음부터 '우주의 존재 이유'를 알고 싶었고 그것만을 위해 살기로 맹세한 존재들이지. 언제든지 자신의 목숨을 잃는다 해도 말이야. 단순히 삶을 살아가는 것이 중요한 것이 아니라 지적 생명체가 우주라는 곳에 왜 있어야 했는지, 왜 지적 생명체는 우주의 존재 이유를 알고자 하는지, 그리고 이러한 질문을 지적 생명체는 어떻게 마음속에 품을 수 있었는지에 대해 말이네. 이 모든 것도 우주의 궁극적인 진리에 도달한다면 분명히 알 수 있을 테니 말일세!"

네메스는 진실한 마음을 담아 차분히 말했다. 레스터는 할 말을 잃었다. 그것은 단지 네메스의 답변이 설득력이 있어서만이 아니라 네메스의 마음이 곧 레스터의 마음이었다. 그랬다. 네메스의 생각과 궁금증은 바로 레스터의 생각과 궁금증이었다. 그들은 처음부터 동일체였던 것이다. 물질적으로 독립된 각각의 객체로 보여도 궁극적인 개념으로 묶여진 존재였고 그들의 존재 이유는 오직 하나만을 추구하고 있었다. 레스터 역시 이 순간을 피하고 싶은 마음은 없었다. 이토록 중요한 순간은 세상이 열린 이후에 처음이자 마지막이지 않던가! 우주의 궁극적인 의미에 도달할 수 있는 유일한 순간은 지금뿐이며, 그곳에 도달할 수 있는 유일한 자는 바로 레스터였다.

"자네와 나는 우주에 존재해왔던 지적 생명체들과 우리의 모든 것을 걸고 오직 한 번뿐인 실험을 하는 것이네. 명심하게! 지금 최후의 비밀의 문 앞에 서 있네. 우리는 우주의 존재 이유를 깨달을 수 있는 유일한 자들이라는 사실을 말일세!"

네메스의 말이 옳았다. 단순히 생을 더 연장하는 것은 의미가 없었다. 진정한 진리의 문을 열고 그렇게도 알고자 하는 진실을 모두 알고 싶었다. 알 수만 있다면 죽는 것은 언제라도 받아들이겠다고 굳은 결심을 했고 지금까지 살아왔으며, 결국은 이것이 레스터의 유일한 삶의 의미였다. 하지만 막상 자신에게 닥쳐올 미래를 알아버린 현실은 고통스럽고 소름끼쳤다. 아무리 굳은 결심을 했다고 해도 말이다.

"우연이 아니네, 레스터! 이것은 숙명이네. 우주의 그 무엇으로도 피할 수 없는 단 하나의 유일무이한 사명인 거야!"

"이성적으로는 같은 생각, 같은 마음입니다. 그러나 너무도 무섭고 두려워요. 당사자가 저라는 것이!"

레스터는 어떻게든 마음의 냉정을 유지하려고 노력하고 있었지만, 그와 동시에 다른 한편으론 피할 수만 있다면 이 상황을 벗어나기 위해 무슨 짓이든 하고 싶었다. 하지만 이 상황을 벗어난다고 해도 레스터가 되돌아갈 곳은 어디에도 없었다.

"자네가 가는 길은 내가 지금까지 살아오면서 그토록 바라던 유일한 길이었네. 만약 그 예언의 주인공이 나였다면 이 세상을 모두 소유한 듯이 생애의 가장 커다란 행복감을 느끼며 나 자신을 기꺼이 바쳤을 것이네. 그러나 너무나 슬프고 절망적이게도 나는 선택받지 못했어. 자네가 의지를 심는 기계와 결합되었을 때 무엇을 보고 느낄 수 있는지 전혀 알 수 없지. 그 진행 과정은 조금도 느끼지 못한 채 오직 자네와 의지를 심는 기계가 완벽하게 결합된 단순한 결과만 확인해볼 수 있을 뿐이네."

네메스는 부러움과 절망이 뒤섞인 감정을 숨기지 않았다 그의 고백은 레스터에게 생각지도 못했던 묘한 경쟁심을 불러일으켰다. 의지를 심는 기계와 결합할 수 있는 자는 이 우주에서 오직 레스터뿐이었다. 그는 두려움에 떨고 있으면서도 동시에 알 수 없는 도전 정신이 샘솟았다. 어느새 레스터의 눈빛에서 강인함이 느껴졌다.

"레스터, 자네에게 보여줄 것이 있네."

"어떤 거죠?"

실험실에서 나와 오른쪽으로 나 있는 복도를 따라 걸어가보니 규모가 상대적으로 작은 또 다른 실험실이 있었다. 이곳에는 의지를 심는 기계를 50분의 1로 축소한 기계가 있었다.

"이것은 왜 규모가 작죠?"

"처음으로 완성했던 의지를 심는 기계였지!"

"혹시 벌써 다양한 실험을 진행했다는 뜻인가요?"

"그렇다네! 이것을 먼저 완성하고 실험을 했지."

"실험이 완벽하게 성공했군요! 그리고 나서 원래 계획한 의지를 심는 기계를 만든 거구요."

"처음으로 완성한 여기 있는 의지를 심는 기계로 쥐, 고양이, 원숭이의 뇌를 각각 이용해서 실험을 진행시켰지. 역시 일반적인 동물들이 생각하는 것은 대부분 먹는 것에 한정되어 있더군. 예를 들면 이 동물들은 각각 치즈, 생선, 바나나 같은 것들을 의지로 만들어냈어. 중요한 것은 모든 실험을 완벽하게 통과했다는 사실이야. 의지를 심는 기계가 오류 없이 작동했다는 뜻이지. 그래서 본격적으로 의지를 심는 기계를 만드는 작업에 들어갔고 자네가 돔에서 생활하고 있던 최근에야 비로소 완성했네!"

"동물들이 치즈, 생선, 바나나 등을 그들의 의지로 만들어냈다는 것이 무슨 뜻인가요?"

"설명해주지! 세상에 존재하는 모든 것들은 그 형태가 수없이 다양하다고 해도 원자로 구성되어 있잖아."

"그런데요?"

"모두 원자로 구성되어 있으니 무엇이 만들어지든지 무엇을 만들어내든지 결국은 원자들의 덩어리일 뿐이지. 즉, 의지를 심는 기계는 내가 심혈을 기울여서 만들어낸 특수한 신물질을 이용해서 내부의 원자들이 통제된 상태로 외부의 공간과 완벽하게 분리되어 있네. 그런데 외부의 원자와 내부의 원자를 분리하는 신물질도 결국은 원자들의 덩어리라고 할 수 있지. 그래서 신물질에 자체적으로 매우 강력한 반발력을 형성해서 의지를 심는 기계의 내부와 외부 사이의 경계 부분에 보호막을 형성해 완벽하게 비어 있는 공간 상태를 유지시켜 내부의 원자들과 외부의 원자들이 척력에 의해 분리되도록 해주는 역할을 하게 되네. 그리고 윗면에는 투명한 반구형의 덮개가 빈틈없이 밀착되어 있는데 그 속에 뇌가 들어가네. 뇌는 내부에 갇혀 있는 모든 원자들 각각에 자신의 의지를 불어넣어 뇌의 의식이 원자들에게 옮겨가게 되면서 최종적으로 뇌가 소유하고 있던 정체성을 획득하게 되는 거야. 결국 기계 안의 모든 원자들은 의식을 가진 하나의 정체성으로 통합되어 의지를 발휘하게 되는 것이네. 다시 말해 뇌와 내부에 갇혀 있던 원자들이 각각 뇌의 세포 하나하나씩 연결되어서 통신을 한다는 뜻이 아니라 뇌와 내부에 갇혀 있던 원자들이 하나로 합쳐지게 되는 거야. 결국은 뇌가 통합되어 원자들만 남게 되니 아무런 반응이 없는 것처럼 보이고 느껴지겠지만, 이때부터 상상을 초월하는 놀라운 일이 벌어지게 되는 것일세. 왜냐하면 내부에 갇혀 있던 원자들은 처음 상태의 원자들이 아니니까 말이네. 동물들을 실험할 때 생쥐의 뇌와 결합된다면 내부의 갇혀져 있던 원자들은 우리 눈에는 빈 공간으로 보이지만 치즈를 만들어내고 고양이의 뇌라면 생선을, 원숭이의 뇌라면 바나나를 만들어내지. 한마디로 표현하자면 의지를 가진 원자들이 되는 거야!"

"그, 그 현상이 정말 가능하다는 말이에요?"

"음! 생각은 곧 의지이며 동시에 현실로 이루어지게 되는 것이네! 이 상태가 되면 더 이상 시간은 의미도 없거니와 존재하지도 않지. 공간도 마찬가지네. 의지를 심는 기계에서는 생각이나 의지라는 추상적인 관념으로 기존까지 아무것도 없어 보이는 곳에서 스스로 수축하거나 확장하거나 구부리거나 하는 방식으로 공간을 창출해서 현실이라 불리는 어떤 실존하는 형태를 가진 물질을 생성하네. 바로 시공간을 초월한다는 뜻이지! 의지만으로 아무것도 없는 곳에서 형태를 만들어내거나 원하는 대로 변형시킬 수 있는 거야. 생각만으로 어떠한 상태이든 현실로 나타낼 수 있네. 갇힌 원자들은 내부에서는 의지를 가진 '전지전능함' 그 자체를 가지게 되는 거야!"

"…!"

레스터는 차마 말을 할 수 없었다. 그동안 이곳에서 믿을 수 없는 다양한 최첨단 과학기술들을 경험해보았지만 의지를 심는 기계에 대한 그의 설명은 레스터를 실성한 상태로 만들었다. 진정 네메스는 그 누구도 영원히 도달할 수 없는 가장 최상위의 추상적인 관념을 현실이라는 공간에 명확한 실체를 가진 하나의 형태로 만들어냈다. 비록 의지를 심는 기계 속에서만 벌어지는 현상이라고 하더라도 이 현상들은 단 한마디의 단어로 표현될 뿐이었다. 전지전능함! 의지를 심는 기계는 전지전능함이었다. 네메스의 과학기술은 신의 영역에 닿아 있었다.

"지적 생명체의 두뇌라면 어떻게 되는 거죠?"

"예언의 마지막 구절인 '모든 감정과 감각과 시공간을 초월하는 그곳에 의지만이 남는다'를 바탕으로 의지를 심는 기계를 완성했고 모의실험도 성공적으로 마쳤지만 지금까지는 오직 의지를 심는 기계 속에서만 이루어지는 현상이지. 그래서 지적 생명체의 두뇌였을 때 어떤 현상이 발생할지 짐작한다는 것 자체가 불가능하네. 그렇지만 자네는 예언에 의해 선택된 자이니 초월적 미지의 영역에서 진정한 진리인 '우주의 존재 이유'를 체득하게 되겠지!"

"결국은 숙명이군요! 우리에겐 말이죠."

우주에서 지적 생명체에게 주어진 유일한 사명을 레스터는 마음 깊이 받아들였다. 이 과업을 위해 지적 생명체는 우주에서 가장 특별한 의미의 존재인 것이다. 무수한 세월 동안에 존재했던 지적 생명체들의 모든 활동을 통합한 하나의 의미이자 최종 목적지였다. 네메스를 처음 만났을 때 자신에게 들려준 지적 생명체의 숙명이라는 의미가 레스터의 마음속에 각인되었다. 이제 레스터는 네메스와 합쳐져 오직 하나의 의미로 다시 태어났다. 레스터가 네메스였고 네메스가 레스터였다. 그들에게 따로 분리된 각자의 육체는 더 이상 의미를 가질 수 없었다. 오로지 그들이 공유하고 있는 단 하나의 의미만이 유일했다.

"지금까지 나는 자네와 함께 이 시스템 앞에 서 있기를 학수고

대해왔지. 드디어 자네도 의미를 깨달았으니 이제는 이 시스템의 명확한 이름을 부여할 수 있어. '의지를 심는 기계'는 인류가 갤리온스와 함께 이룩한 이 세상에 유일한 단 하나의 숭고한 진리이니 '메이거스(MAGUS: Mankind's And Gaellions' Union System)'로 정했네! 지적 생명체의 패턴의 진정한 완성은 바로 '메이거스'를 창조하는 데 있는 거야. 메이거스가 모든 것을 밝혀줄 유일하고도 분명한 해결책이네! 우리는 메이거스를 통해 드디어 우주의 존재 이유에 대한 최종적인 해답을 얻게 될 거야! 누구나 지적 생명체의 기원과 의미를 묻고 우주의 기원과 의미에 대해 근원적인 이유를 알고자 했지. 무수한 세월이 흐르고 흘러 결국 네메스와 레스터가 있는 이 장소에서 메이거스와 함께 궁극의 진리의 문 앞에 서 있는 것이네! 우주 역사상 그 누구도 이루지 못한 실제적인 진정한 깨달음을 처음으로 체득할 자는 오직 레스터 자네뿐이야!"

레스터는 머리카락이 쭈뼛 서며 온몸에 엔도르핀이 무한대로 치솟는 느낌에 휩싸였다. 이 모든 것을 느끼고 알게 되는 것은 자신이었다. 어떠한 고통과 두려움도 충분히 감내할 수 있었다. 아무리 현실에서 고통스러운 순간을 맞이할 수밖에 없다고 하더라도 견뎌낸다면 진정한 진리에 도달할 수 있을 것이다. 질문은 누구나 할 수 있을 정도로 단순했지만 그에 대한 답은 인류의 역사가 시작되었을 때부터 현재까지 그 누구도 얻을 수 없었다. 이제 모든 지적 생명체들이 제기했던 초월적인 의문들을 레스터는 직접 경험하며 가장 깊은 깨달음을 얻게 될 것이다. 비록, 그에게 지상 최고의 순간과 지상 최악의 순간이 동일선상에 함께 있지만 바로 거기서 답을 얻게 될 것이다. 레스터의 의지는 그 어느 때보다 굳건하면서도 호기롭게 불타올랐다.

"자네는 언제든지 이곳에 들어올 수 있네. 자네의 DNA로 인식시켜두었어."

네메스가 지하 2층의 실험실을 나오면서 레스터에게 말했다.

네메스에게 또 보고가 들어왔다. 그들은 전체 상황통제실로 향했다.

"태양계 안으로 진입한 정체를 알 수 없는 물체가 특이한 행태를 보이고 있습니다."

멀티유니온이 특유의 높낮이가 없는 말투로 말했다.

디스플레이에 나타난 정체를 알 수 없는 물체는 상당히 이상한 행태를 보이고 있었다. 태양계 안으로 진입한 이후, 시간이 흐를수록 그 크기가 기하급수적으로 커지고 있었다. 처음 태양계 안에 진입했을 땐 지름이 약 150킬로미터에 불과했던 것이 지금은 지름이 벌써 약 16,000킬로미터의 규모로 부풀어 있었다. 그렇다면 소행성이나 행성이 아니라 분명히 항성이었다. 하지만 문제는 단지 크기만 이상한 게 아니었다. 이 물체는 타원이 아닌 직선에 가까운 형태를 그리면서 너무나 빠른 속도로 다가오고 있었다. 더욱 당황스러운 것은 이 항성의 목적지는 화성이었다.

"매우 불길해! 이 움직임은 일반적이질 않아!"

네메스는 못마땅한 듯 미간을 잔뜩 찌푸린 채 잠시 고민했다.

"바로 제거해야겠어!"

정체를 알 수 없는 이상한 물체를 향해 폭탄을 발사했다. 이 폭탄은 갤리온의 최고 통치자인 안룹스가 네메스에게 건네준 2개의 강력한 폭탄 중 마지막 폭탄이었다. 네메스는 다시는 이 폭탄을 사용할 일이 없을 것이라 여겼다. 하지만 일생일대의 대사를 앞두고 티끌의 잠음도 있어서는 안 되었기에 어쩌면 과한 대응일지도 모르시만 확실하게 마무리를 지어놓아야 했다.

전체 상황통제실에서 네메스가 레스터와 함께 다시 지하 1층에 있는 집무실로 가려고 엘리베이터를 향해 걸어가는 순간, 네메스가 갑자기 심각한 경련을 일으키며 고통으로 얼굴이 일그러지기 시작했다.

"오! 이럴 수가!"

네메스는 말을 하려 애를 쓰고 있었지만 상당히 힘겨워했다.

"왜 그래요? 도대체 무슨 일이에요, 네메스?"

"저… 저것은 항성이 아니야!"

"무슨 뜻이에요? 저게 무엇인지 아세요?"

"적색거성 폭탄이야!"

"적색거성 폭탄이라고요?"

네메스는 간신히 한마디를 더 한 후 의식을 잃었다.

"네메스! 네메스! 정신을 차려봐요!"

어느새 나타난 두 명의 멀티유니온이 들것을 가지고 와서 네메스를 그 위에 조심스럽게 눕혔다. 그들은 급박한 응급사태에 대비해 네메스가 미리 주입시킨 명령에 따라 능숙하게 그의 현재 상태를 면밀히 진단했다. 그런 후, 임시 응급처방을 위한 진정제를 네메스의 기계 몸 안에 투입했다. 진정제 덕분에 고통이 누그러지며 의식이 돌아왔다.

"정말 괜찮은 거예요, 네메스?"

"걱정해줘서 고맙네. 이제 괜찮아졌어."

하지만 그의 눈에는 근심과 우려가 가득했다.

"세상은 처음부터 변질되어 있었네! 지구에서는 내가 꿈꿀 수 있는 가장 이상적인 세계가 펼쳐지기를 고대했지. 하지만 창과 방패의 끊임없는 대립이 지속되어왔어. 그런 상황 속에서도 굳건하게 버티며 이겨내고 최근까지 지구와 인류의 목숨을 지켜왔던 것이네."

"화성에서 GSS 1000을 타고 탈출했다는 그들의 공격이 지금까지 있었다는 건가요?"

"그렇다네! 내가 지구에 온 이래 최근까지 그들의 다양한 공격이 있었네."

"저 이글이글거리며 불타오르는 물체가 그들이 만든 폭탄이라는 말인가요?"

"그들의 계획대로 저 폭탄이 터지면 이 은하계의 존폐가 갈릴 정도로 위협이 될 거야! 적색거성 폭탄은 갤리온의 과학자들이 만들고자 한 가장 강력한 폭탄이었어. 하지만 연구가 진행되는 도중에 전면 취소되었지. 이미 초거대 제국으로 발돋움한 갤리온에게는 더 이상의 반대 세력이 없었기도 했고 무엇보다 폭탄 자체가 너무나 위험했어. 게다가 우주공간에 어느 정도의 파급 효과를 가져올지 예측하는 것도 불가능했기 때문이네."

"맙소사!"

시시각각 다가오는 적색거성 폭탄은 그들을 아연실색케 했다.

"진단 결과 심장 발작입니다. 원인은 노후에 의한 이상 반응입니다. 지금 당장 몸 전체를 교체하지 않으면 생명이 위급해집니다."

멀티유니온이 의식이 돌아온 네메스를 향해 무감정의 보고를 했다. 그리고 네메스를 지상 2층에 있는 수술실로 신속하게 이동시켰다.

"우리 모두는 전멸할 거야, 레스터! 이럴 수가! 내가 우주의 궁극적인 의미를 찾으려 각고의 노력을 기울이고 있을 때, 화성에서 GSS 1000을 타고 도망간 저 미친 자들은 오직 무기를 만드는 일에만 몰두했던 거야. 오직 나에게 처절한 복수를 하기 위해 말이네!"

이미 뇌에 혈액 공급이 서서히 제한되기 시작한 네메스는 꼬인 혀로 간신히 울분을 터뜨린 후, 더 이상의 말도 잇지 못하고 죽음의 순간에 다다른 모습으로 변해갔다.

멀티유니온은 네메스를 들것에서 다시 수술대 위로 옮기고 나서 수술대 오른쪽 옆면에 부착되어 있는 버튼을 누르자 위에서 주조된 커다란 금속판 덮개가 서서히 내려오면서 그의 몸을 결박하며 고정시켰다. 그러고 나서 다시 한번 진정제를 투입했다. 두 명의 멀티유니온 중 한 명이 레스터에게 나가 있으라는 손짓을 했지만, 레스터는 이 명령이 네메스의 지시라는 것을 알 수 있었다.

네메스가 안전하게 수술대에 오른 것을 확인한 레스터는 적색 거성 폭탄의 현재 진행 상황을 확인하기 위해 전체 상황통제실로 갔다. 이 폭탄은 그사이에 더욱 부풀어 있었는데 저 정도 크기면 해왕성에서 천왕성까지의 거리에 해당하는 그 무엇이든 여유롭게 삼켜버릴 수 있을 것 같았다.

그 시각 수술실에서는 입력된 네메스의 지시에 따라 멀티유니온이 일사불란하게 수술을 준비하고 있었다. 멀티유니온은 마취를 준비하고 수술실 한쪽 벽면에서는 몸을 제공할 한 남자가 들것에 실린 상태로 마치 컨베이어 벨트를 따라 움직이듯 이동되어 네메스 바로 옆에 멈추었다. 그 남자는 이미 전신마취가 되어 미동도 없었다. 그때, 너무나 눈 깜짝할 사이에 두 명의 멀티유니온의 목이 베어져 쓰러졌고 수술실 바닥엔 어느새 피가 홍건해졌다. 그자는 곧바로 수술실 문을 확인하고는 피가 떨어지고 있는 단도를 들고 서서히 네메스에게 다가갔다.

"너, 넌 누구냐?"

수술대에 전신이 결박당해 꼼짝없이 열린 몸체 속 장기들이 다 드러나 있는 상태로 누워 있던 네메스는 긴장된 목소리로 말했다.

"오랜만이야, 네메스. 나는 오랜만에 보니 반가운데 자네는 어떤가?"

그 사내는 네메스를 아래위로 훑어보고는 야비하게 비웃으며 말했다.

"어… 어떻게 나를 알지? 돔에 거주하는 3명을 제외하고는 그 누구도 나를 본 적이 없는데 도대체 넌 누구야?"

다급해진 네메스의 기계 입이 버럭 소리쳤다.

"푸하하하! 참 내, 이 볼품없는 꼬락서니하고는."

그 사내의 눈빛이 서늘하게 변하면서 섬뜩한 말투로 변했다.

"앤키니우스!"

"뭐? 애… 앤키니… 우스?"

이제는 재가 된 추억 속에서 그 이름을 찾아 되씹었다.

"그래, 앤키니우스야! 오래간만에 내 이름을 들으니 감회가 새롭지, 안 그래, 네메스?"

싸늘하고 냉랭한 목소리는 금방이라도 네메스를 잡아먹을 것처럼 어둠의 그림자를 드리웠다.

"넌 그냥 인간이잖아!"

그 사내는 앤키니우스에게 조종당하고 있다는 것을 직감적으로 알았다. 하지만 네메스는 그 사내가 앤키니우스라는 것을 철저히 부정하고 싶었다. 당장 멀티유니온에게 공격 명령을 하달할 수 있지만 수술실 출입문은 그들의 레이저 총으로는 파괴가 불가능할 정도로 강했다. 그리고 멀티유니온이 온다고 해도 저자의 손이 더 빠를 것이 확실했다. 하늘이 무너져 내렸다. 그 오랜 세월 동안 수많은 난관이 있었고 그럴 때마다 위기를 돌파해 왔지만, 이런 경우는 단 한 번도 없었다.

"정말 기가 차군! 내 신세가 도마 위의 생선이라니…."

히죽히죽 웃던 그 사내가 말을 이었다.

"나 앤키니우스는 콴티의 장기나 이용하고 있는 너와 같이 원시적이고도 어리석은 모습으로 살아가고 있지 않았어. 그렇다고 영생을 얻기 위해 복제도 하지 않았지. 중요한 것은 어차피 나의 정체성이었으니까 말이지. 오직 나의 두뇌만 온전하면 되는 거였어. 구차하게 너처럼 기계와 장기들을 더덕더덕 붙이고 몸의 형태를 갖춘 채 힘겹게 살아갈 필요는 없었지. 그래서 나의 뇌를 계획에 따라 명령을 입력해둔 인공 생명체를 시켜서 우선 살아 있는 뇌의 상태를 그대로 유지시키는 특수한 보관장치에 옮긴 후, 바로 GSS 1000에 연결시켰어. 즉, GSS 1000과 나의 두뇌는 진정한 한 몸이 되었고, 나의 감각기관이자 모든 지식의 보고였지. 마치 초월적 존재처럼 나의 생각은 곧 의지였고 바로 실행으로 옮겨지며 모든 원하는 일을 수행할 수 있었으니까! 아직 낙심하기엔 일러, 네메스! 몇천 년동안 이 순간을 얼마나 손꼽아 기다려왔는데, 아무려면 그냥 끝내겠어. 도저히 그럴 수는 없지. 같이 살아온 세월이 있는데 그 정도는 나의 예의지. 궁금한 점이 단

한 점도 남아 있지 않을 때까지 자세히 설명해주지. 자, 그럼 어디서부터 시작할까? 그래, 바로 너의 미친 광기로 아폴란티스의 수도인 메르칸과 지하 비밀기지를 무너뜨리고 있었을 때, 그때가 좋겠군. 난 다행히 피해 지역에서 한참 떨어진 지하 3킬로미터 아래에 설립한 대규모 국방과학연구소에 있었어. 그리고 아포네스가 너의 군부대를 모두 초토화시키고 마지막 남은 너를 처단하러 간다고 해서 내가 직접 GSS 1000을 운행해 이미 파괴되어버린 메르칸의 아포네스의 궁전이 있던 곳으로 가려는 참이었지. 그런데 출발하려고 하는 찰나, 엄청난 굉음이 들리면서 연구소가 심하게 흔들리더군. 처음엔 뭔가 했지. 곧 사태를 파악했지만 말이야. 이제 아폴란티스가 아니라 화성으로 불리는 이곳을 아주 쑥대밭으로 만들었더군. 아예 회생 불능 상태로 말이지. 곧바로 아포네스가 당한 것을 안 거야. 난 살기 위해 빨리 판단해야 했지. 천만다행으로 피해를 벗어난 곳에 있던 나는 회의장으로 한 명도 빠짐없이 과학자 전원을 모이게 한 후에 그들을 독가스로 전멸시켰어. 왜냐고? 그들 중에 단 한 명이라도 살아 있다면 내가 도망갔다는 것을 너에게 순순히 실토를 했겠지. 아니지, 처음에는 다 데리고 탈출하려 했지. 하지만 자네도 알지 않는가. 그래봤자 세월이 흐르면 또 자기들 욕심대로 편을 가르고 권력을 위해 명예를 위해 하면서 내분을 일으키겠지. 정말 짜증나는 역사야! 그것은 오히려 나에게 도움은커녕 골칫거리만 가득 안겨다줄 뿐이야. 게다가 앞으로 내가 계획한 대로 일을 진행하려면 그들은 아무런 의미가 없는 존재들이었어. 목표가 분명한 앤키니우스는 혼자서도 충분하니까 말이야."

잠시 말을 멈추고 기겁해 있는 네메스를 힐끗 쳐다보고는 다시 말을 이었다.

"하여튼 네가 두하린 괴력의 폭탄의 성능이 모두 사그라지고 난 후에 주도면밀한 네가 국방과학연구소에 와서 GSS 1000을 찾아갈 것이 너무도 확실했지. 그래서 나는 지하 연구소 전체를 아예 날려버리기 위해 시한폭탄을 설치하고는 갈 곳도 정하지 못한 채 무작정 떠나야 했어. 네메스라는 미친놈 하나 때문에 하루 아침에 집과 직장과 나라와 행성마저 잃어버린 처량한 신세로 정처 없이 우주공간으로 사라졌지. 애처롭지 않나? 양심의 가책은 느끼긴 했던 거야? 다 너 때문인데 말이야! 그렇게 태양계를 떠돌다 유로파 행성에 자리를 마련했지. 태양계를 벗어날 수는 없었어. 너를 반드시 내 손으로 처단해야 했으니까 말이야. 네메스, 자네와 난 참 지독한 악연이야. 안 그래? 갤리온에서도 나를 항상 자네의 뒷자리 구석에다 처박아놓았지. 화성에 와서 이제야 이 앤키니우스가 기를 좀 펴나 했더니 그것도 그렇게 배가 아팠나? 가진 자가 오히려 더하다더니 왜 1인자에서 물러날 상황이 되니 눈에 아무것도 보이지 않던가. 혈육과 같던 동료들을 전멸시키는 것도 모자라 낙원이 따로 없던 화성을 불모지로 만들 정도로 그렇게 눈에 보이는 것이 없던가. 미친 광기의 악마여! 그대 이름은 대파멸자이자 죽음의 그림자인 네메스여라!"

"…."

네메스는 아무 말 없이 앤키니우스를 안타깝게 쳐다보았다. 대화를 나눈다는 것 자체의 의미는 이미 실종했기 때문이다. 앤키니우스와의 관계는 네메스의 의지와는 전혀 상관없이 처음부터 서로 다른 길로 갈라진 상태였다. 그리고 세월이 지나면 지날수록 그와 앤키니우스의 지독한 악연은 더욱 굳건해질 뿐이었다. 그것은 오해일 뿐이라며 아무리 대화를 시도한다고 해도 모든 행운과 사랑은 언제나 네메스 편이었기에 앤키니우스에게는 영원한 악연으로 기억되었다.

"인류는 나를 사탄이라고 부르더군. 물론, 너나 나의 진짜 모습을 단 한 번도 본 적이 없으면서 말이야. 그들이 애타게 찾는 네메스라는 가장 선한 절대 신에게 대립하다 쫓겨난 악의 존재들인 사탄이라고 말이야. 그래, 쫓겨난 것은 맞지. 그런데, 네메스라는 선한 신은 사실 미쳐도 보통 미친 존재가 아니란 말씀이야. 안 그래, 네메스! 하여튼 인류는 자신들이 죄를 지으면 지옥에 떨어지고 그곳에서 온갖 고통스러운 고문을 당하는 줄 알고 있더군. 제일 어이없는 것은 그들에게 죄를 일으키게 하는 것도 사탄이 조종해서 만들어낸 것이고 그 죄에 대한 고문을 자행하는 존재도 바로 사탄이라는 거야. 웃기지 않아, 네메스? 사탄은 천국의 선한 신과 대립하는 악의 존재로 규정하면서도 인류를 조종해서 온갖 죄를 일으키게 하는 존재가 사탄이고 그 죄를 저지른 인간들을 벌하는 존재도 사탄이라고! 오히려 죄를 저지른 자들일수록 사탄에게 푸짐한 상을 받아야 하는 것 아닌가. 그가 원하는 대로 세상에 악을 가득 퍼뜨린 자들이니 말이야. 그런데도 사탄이 원하는 대로 훌륭하게 일을 마친 그들에게 죄를 묻고 온갖 고문을 한다고? 도대체 사탄은 천국의 선한 신과 대립 관계인가 아니면 협력 관계란 말인가. 자네가 상당히 안타깝더군. 이런 단순한 이야기 속에서도 진실을 찾지 못하는 미개한 인류에게서 가장 소중한 것을 찾을 수 있을 거라는 희망을 가진 한심한 자네가 말이네. 솔직히 내가 지금까지 인류에게 저지른 일 때문에 악의 화신인 사탄이라고 할 수 있을까? 불쌍하게도 인류는 네메스가 과거에 저지른 엄청난 일들을 하나도 모른 채 모두 저세상으로 떠났지. 하긴 인류가 사라진 것은 그들에겐 천만다행인 거지. 오히려 참된 진실이 절망으로 끝났을 테니까! 도대체 자네는 선인가 아니면 악인가? 자네의 볼품없는 꼬락서니는 나를 미치도록 웃게 만드는군! 그들의 절대 신이 자네라면 그렇게 애지중지했던 인류가 사라지기 전에 그들을 구원할 수는 없었나? 아참! VGSS 2000에 있는 콴티들이 그나마 선한 일들을 해서 구원한 자들이었나? 그래서 그들의 장기들을 이용해서 자네를 버티게 했던 거야? 말해보게! 지금까지 뭘 하고 있었던 거야, 네메스!"

네메스의 귀에는 앤키니우스라는 자의 말이 들리지 않았다. 그의 말보다는 이 상황의 허무가 더 컸다.

'진정 나에게 다가온 이러한 무의미한 죽음은 도대체 무엇이란 말인가?'

사내는 한참을 혼자서 시시덕거리며 미친 듯이 울분을 쏟아냈다. 그러더니 갑자기 말을 멈추고 마치 사자가 먹잇감을 삼켜버릴 듯 네메스를 바로 앞에서 노려보며 뚫어지게 쳐다보았다.

"처음에는 내 전투부대를 수차례 지구에 보내서 너와 전쟁을 벌였지. 그래서 네가 화성에 했듯이 폭탄을 쏟아부어 네가 애지중지해왔던 문명들을 전멸시키려 했어. 그러나 너의 레이더망에 걸려 격전을 벌이다 오히려 내 전투부대가 전멸하기를 반복했지. 그러다 어느 순간 시시해졌어. 쓸데없는 짓이라는 것을 깨달았던 거야. 너에게 가장 고통스러운 것이 무엇인지 생각해봤지. 그것은 네가 도저히 인지하지 못하는 상황 속에서 너의 모든 것을 서서히 붕괴시키는 것이었어. 그래서 난 계획을 수정했지. 보이는 세계가 아니라 보이지 않는 세계에서 미세하고도 정밀한 공격을 통해 가공할 피해를 입혀야 한다고 말이야! 너의 최첨단 레이더망에 걸리지 않고 완벽하게 피할 수 있는 방법만 연구했지. 어떻게든 걸리지 않고 접근해야 했으니까. 결국은 너의 최첨단 레이더망을 무장해제시킬 수 있는 신기술을 개발한 나는 그 기술을 적용시킨 소형 우주비행선에 나의 의지에 따라서만 행동하는 인공 세포로 탄생시킨 검은 죽음의 사자, 즉 '블랙요원'과 살인적인 독가스를 가득 실어서 지구에 보냈지. 자네도 잘 알고 있잖아? 지구의 연대로 14세기에 아시아를 넘어 전 유럽을 휩쓸고 지나간 흑사병 말이야. 인류를 완전히 몰살시키려고 했지. 그래야 너를 심하게 놀려주는 일이 될 테니까 말이지. 어린아이가 자신이 가장 좋아하는 장난감을 잃어버린 상황처럼 말이야. 그런데 아쉽게도 자네가 또 손을 써서 그것도 간신히 위기를 이겨내더군. 그러고 나서는 더욱 가공할 레이더망을 새롭게 개발하고 세밀한 바이러스 추적을 시도하면서 면역 시스템을 가동시켜 질병을 막아내더군. 그 후에도 몇 번의 시도를 했지만 내가 만든 바이러스의 침투가 점점 더 막혀버렸지. 그 당시에 내 속이 많이 쓰라렸어. 단순히 너에 대한 복수심뿐만이 아니라 나의 자존심이 걸린 문제였지. 그러니 내가 가만히 있을 수 있겠어. 나도 다음 계획에 착수했지. 결국 고민하다가 우주배경복사를 떠올렸어. 우주의 어느 방향에서나 동일하게 다가오는, 우주의 태초부터 시작되어 지금까지도 여전히 지속되고 있는 빅뱅의 흔적. 너도 막을 수 없는 우주 그 자체의 복사에너지 말이야. 너의 모든 것이 완벽하게 무장해제가 되어버린 순간이었지. 나는 인공적이지만 우주배경복사와 동일한 것을 만들고 이 기술을 적용시킨 우주비행선에 블랙요원을 태워 지구에 보내거나 인공 우주배경복사를 지구에 송출했지. 그래서 지구를 염탐하거나 선택한 콴티의 두뇌에 내가 원하는 정보를 전송시켜서 내 의지대로 움직이게 조종해왔어. 결국은 너를 또다시 혼란에 빠트릴 기회가 생긴 거야. 한 명의 콴티의 뇌를 조정해서 미래의 환영을 보여주고 그를 내가 원하는 대로 지시하면서 계획대로 움직이도록 했지. 결국은 그가 내가 원하는 일을 만들어냈어. 인간들이 '제2차 세계대전'이라고 부르게 된 대규모의 전쟁을 일으키게 했지. 내가 가장 즐거워하며 지켜보고 있던 이 대규모의 전쟁도 또다시 네메스라는 자가 손을 보면서 어느 순간부터 시들해지더군. 그렇지만 인공 우주배경복사를 통해서 내가 얻어낸 가장 값진 것은 전쟁이 아니야. 그것은 지금으로부터 약 350년 전에 너를 염탐하면서 얻어낸 정보였어. 기가 찼지! 어처구니없게도 가장 고등한 민족이 살던 갤리온에서 최고의 과학자라는 네메스가 보잘것없는 콴티의 장기로 교체해가면서 생명을 유지한다는 것을 알았지. 그동안 한없이 기괴한 짓만 골라서 하더니 정말로 미쳐버린 것인가, 네메스! 수술대에 한심한 모습으로 누워 있는 꼬락서니하고는. 참 나! 그때부터 너에게 면역거부반응이 없는 콴티를 물색해서 나의 명령에 따르도록 콴티의 뇌를 조작하기 시작했지. 나의 GSS 1000에는 너의 체세포뿐만이 아니라 다른 갤리온스들의 체세포도 잘 보관되어 있으니 면역거부반응이 없는 콴티들을 찾아내는 것은 어렵지 않았어. 자네가 만든 인공 생명체인 멀티유니온이 원형 우주비행선을 타고 가고자 하는 장소도 정보를 통해 잘 알고 있었으니 그 장소에 내가 선택한 콴티가 가도록 명령했지. 하지만, 콴티의 수명이 그들의 과학기술 발전으로 늘어났다고는 해도 살아야 고작 100년 정도였어. 그러다 보니 내가 보낸 콴티가 VGSS

2000에서 살다가 자신의 생애 동안 너에게 선택받지 못하고 그냥 수명을 다한 경우가 다였지. 하여튼 여러 번의 시도 중에 지금으로부터 10년 전, 말케이 언덕에서 40대 후반의 남자 한 명을 납치해서 그의 뇌를 조종한 것이 마지막이었는데 드디어 자네가 선택한 것이지. 나에게 이러한 절호의 찬스가 올 것이라는 기대가 점점 더 옅어져가고 있었는데 말이야."

사내는 너무나 만족스러운 표정으로 파안대소했다. 사내의 눈빛이 다시 살기로 가득 차기 시작했고 그는 비장한 표정으로 말했다.

"네메스, 지금 이 순간에 무엇이 중요한지 알고 있나?"

"무슨 의미지, 앤키니우스?"

"갤리온의 과학자들이 시도했었던 적색거성 폭탄을 내가 최근에 성공한 것이네. 정말로 놀랍지 않은가? 갤리온의 과학자들에게 적색거성 폭탄 개발을 포기시켰다고 자네는 알고 있었겠지만 사실은 이 폭탄을 만드는 과학기술이 너무나 어렵고 불가능한 도전이었기 때문에 그만둔 것이네. 나 역시 그 프로젝트에 참여했으니까! 그때는 나 역시 엄두가 나지 않았지. 그런데 혼자서 적색거성 폭탄을 만들어낸 것이야. 불가능을 가능으로 바꾸어 놓았지. 이 앤키니우스가 말이야! 이제 나는 태양계에 마지막 때가 다가왔음을 선포하지. 적색거성 폭탄은 자네와의 끝을 알리는 선물이야. 곧 모든 것이 사라지고 아무것도 남지 않을 거야. 내가 해야 할 일은 모두 끝났다고 생각하고 있었는데 뜻밖에도 앤키니우스 님께서 손수 네메스를 만나러 오시게 된 거야. 이 지겨운 싸움의 끝이 결국 누구의 승리로 마침표를 찍게 되는지 알려주게 되어서 너무나 기쁘군!"

'진정 여기까지인가! 정말로 삶의 끝이란 말인가! 허무하고 허망하구나! 나 역시 평범한 지적 생명체들의 삶처럼 진정으로 알아야 할 진리는 깨닫지 못한 채 죽음으로 끝을 맺는구나!'

이 현실에 대적하듯 네메스는 순간 두 눈을 크게 부릅떴다. 극도의 공허함이 우주만 한 검붉은 토네이도가 되어 소용돌이치며 그에게 몰려왔다.

"오호! 갑자기 왜 그래, 네메스? 고귀한 자존심이고 뭐고 다 집어치우고 살고 싶다는 건가? 내 앞에서 무릎이라도 꿇고 빌어보겠다는 뜻인가, 네메스? 살고 싶어? 살고 싶으냐고? 살고 싶다면 제발 살려달라고 말해보란 말이야!"

"아니! 죽음은 전혀 두렵지 않아! 네 앞에서라면 더더욱. 정말로 미친 자는 바로 너니까!"

"어허! 내가 미쳤다고? 아니지, 아니야. 우리 둘 다 완전 다르게 미쳤지. 그래서 우리는 합심해서 한 방향으로 갈 수 없고 서로가 각자 영원히 다른 길을 향해 갈 수밖에 없는 거야. 우리의 생각은 이렇게 다르니까! 그렇지만 반드시 기억해둬. 내가 미쳤든 미치지 않았든 이 모든 결과는 바로 네가 제공했다는 사실을 말이야! 그래도 네메스, 살고 싶다면 지금이라도 늦지 않았어. 네가 추구했던 우주의 궁극적인 의미를 알고 싶지 않아? 지금 너에겐 손만 뻗어도 우주의 존재 이유를 얻을 수 있는 순간에 와 있지. 정말 보고 싶지 않아? 이것을 위해 너는 남들이 흔히 가질 수 있는 명성이나 재물이나 권력이라는 것들마저 추잡한 것이라며 전혀 개의치 않고 오직 너의 연구에만 매달려왔던 것 아니야? 보게 해줄까? 네메스, 어때 내 제안이?"

"아니, 더 이상 살고 싶지도 않지만 너는 어떠한 상황이 오더라도 나를 살릴 놈이 아니지. 모든 것은 끝났어. 오히려 너의 치졸한 장난에도 흥미가 없어졌으니 말이야!"

"네메스! 속단하기에는 아직 일러. 내가 지금부터 하려는 말을 들으면 자네는 경기를 일으키며 살고 싶다는 욕망에 사로잡히게 될 걸!"

"또 무슨 수작이야, 앤키니우스!"

"왜 너만 의지를 심는 기계를 만들어냈을 것이라고 생각하지?"

"뭐, 뭐라고! 지금 무슨 말을 하고 있는 거야?"

"내가 너의 정보를 속속들이 모두 알 수 있다는 사실을 잊은 건 아니겠지?"

"말도 안 돼! 이럴 수가!"

"너의 설계도가 완벽하게 있는데 나라고 만들지 못하겠어? 이 제야 두 눈이 번쩍 뜨이나? 살고 싶다는 욕망이 미친 듯이 들끓고 있겠지. 오히려 나를 죽이고 싶겠지!"

"그건 오직 선택된 자의 몫이야. 네가 아니라고. 절대로 아니야!"

"아하! 그 레스터라는 꼬맹이. 그 친구 말하는 거야? 네가 그렇게 애지중지하는 그 친구. 하지만 생각해보게."

"아니, 생각해볼 가치도 없어. 그것은 예언에 의해 선택된 자만이 유일하게 가능해! 오직 레스터뿐이야!"

확신에 찬 표정으로 네메스가 힘주어 말했다.

"정말 그럴까? 종이에 불과한 어설픈 내용을 아직도 믿고 있는 거야? 다시 곰곰이 생각해보라고. 이제 네가 사라지면 이 세상에는 오직 앤키니우스와 레스터만 존재하게 돼. 만약, 네 말대로 예언이 옳다면 의지를 심는 기계도 오직 하나만 있어야 하는 거 아니야? 어떻게 의지를 심는 기계가 이 세상에 두 대나 있는 거지. 상황이 이러한데 앤기니우스기 이니란 법은 또 어디에 있지? 그 존재가 레스터가 아니라 앤키니우스라면!"

"이런 미친 자! 나의 모든 것을 산산이 무너뜨리고 있어!"

"네메스, 진정해. 진정하라고!"

이성을 잃어가는 네메스의 모습을 앤키니우스는 찬찬히 지켜보며 즐겼다.

"아참! 자네에게 줄 선물이 또 하나 있지. 즐겁게 대화하다 깜빡할 뻔했군."

사내가 실실거리며 네메스에게 말했다.

"이 콴티의 몸속에 고성능 생체 핵융합 폭탄을 설치했지. 콴티가 계속 먹어대는 음식은 지속적으로 강력한 재료를 만들고 그 성분은 생체 핵융합 폭탄의 성능을 더욱더 극대화시키지. 그러니 전신마취제도 단지 재료를 만들 뿐 그것으로는 결코 잠들 수 없어. 내가 명령하는 순간에 쾅 하고 터지는 거야. 매우 강력한 생체폭탄이야. 우선은 이 작은 불꽃놀이 선물부터 받으라고, 네메스. 정말로 거대하고 화려한 불꽃놀이 선물은 조금 더 있다가 배달될 거야. 아니 거의 다 왔겠군. 난 태양계가 속한 은하를 벗어나 안드로메다 은하를 향해 가고 있네. 안녕, 그동안 즐거웠네. 나의 유일하고도 지독한 악연이자 가장 경멸스러운 네메스여!"

네메스는 마음속으로 간절하게 그를 불렀다.

'제발! 제발! 메이거스에 가야 하네, 레스터!'

하지만, 자신의 절박한 심정을 전체 상황통제실에 있는 멀티유니온에게 추가적인 정보로 전달할 수는 없었다. 수술실 내부에서는 수술하는 동안 안전을 위해 통신 자체가 제한되었다.

적색거성 폭탄은 이글이글 붉게 타오르며 어마어마한 상태에 이르렀다. 태양보다도 커져버린 적색거성 폭탄이 토성을 한입에 삼켜버리고 목성으로 향하며 끊임없이 부풀고 있었다. 이렇게 주위의 모든 것을 닥치는 대로 삼키는 적색거성 폭탄의 막강한 중력이 태양계에 남아 있는 목성, 화성, 금성, 수성, 태양 그리고 주위의 소행성의 궤도마저 이탈시켰다. 이제 태양계의 미래는 없었다. 태양계의 무구한 세월의 역사는 흔적조차 남기지 못하고 고스란히 사라지고 있었다. 정말로 모든 것이 끝이었다.

수술실에 있던 사내의 눈동자의 색깔이 갑자기 변하기 시작했다. 아니, 눈동자뿐만 아니라 눈 전체의 색깔이 변하고 있었다. 그 사내의 두 눈은 마치 흰자만이 남아 있는 것처럼 보이다가 이내 검붉은 회색으로 변해버렸다. 어떠한 말도 없었다. 손에 들고 있던 칼을 바닥에 툭 하고 떨어뜨리고는 네메스가 누워 있는 원통형의 수술대 위에 마치 다른 사람의 온몸을 감싸 안듯이 엎드렸다. 그 사내의 타오르는 검붉은 회색의 두 눈과 네메스의 두 눈동자가 마주치는 순간, VGSS 2000을 뒤흔드는 강렬한 폭발음과 동시에 강한 진동에 의한 여진이 이어졌다.

생체폭탄에 의해 VGSS 2000의 내부는 순식간에 아수라장이 되었다. 지상 2층 돔에 거주하던 사람들의 날카롭고 처절한 비명과 괴성이 삽시간에 울려 퍼졌다. 오직 살기 위해 안전한 곳을 찾고 있었지만 지상 2층과 지상 3층은 거의 파괴되었다. 그나마 소수의 인원들이 살아남았지만 심각한 부상을 입었고 두려움에 부들부들 떨며 바닥에 그대로 널브러져 간절히 마지막 구원의 손길을 내밀었다.

VGSS 2000의 내부 폭발로 인해 순간적으로 정전이 되었지만 바로 비상 전원이 들어오며 정상적으로 가동되었다. 지상 1층의 전체 상황통제실에서는 생체폭탄이 폭발한 자리의 천장이 내려 앉았다. 다행스럽게도 전체 상황통제실과 지하 1층 그리고 지하 2층은 여전히 건재했다. 하지만 사고로 인한 충격은 멀티유니온의 모습이었다. 그들은 그대로 멈췄다. 명령의 주체가 사라진 그들은 자신들이 앞으로 무엇을 해야 할지를 스스로 정할 수 없었던 것이다. 레스터는 강력한 폭발음과 그 즉시 일어난 멀티유니온의 행동을 보고 직감적으로 네메스가 사망했다는 것을 알아차렸다.

"네메스! 네메스! 네메스!"

레스터는 절규했다. 그를 외치며 통곡했다. 그 무엇으로도 감당할 수 없는 슬픔을 느끼던 레스터에게 순간적으로 한 사람이 떠올랐다. 잊을 수 없는 사람, 샬럿! 비록 이곳의 진정한 현실을 알아차리곤 배신감에 잊고 있었지만 처음부터 그녀에겐 아무런 잘못이 없었다. 오히려 그가 절망의 늪에 빠져 허우적거릴 때 유일하게 삶의 가장 큰 기쁨이자 희망을 주었던 오직 한 사람이었다. 그녀로 인해 비로소 그는 다시 희망을 되찾았다. 샬럿! 그녀를 꼭 만나야 했다. 그녀가 너무나 보고 싶었다. 그녀에게 꼭 해야 할 말이 있었다. 그녀와 마지막을 함께하고 싶었다. 레스터는 모든 것을 뒤로하고 그녀를 찾고자 지상 2층의 돔을 향해 전용 승강기를 타고 올라갔다.

'이 처참한 상황은 무엇이란 말인가! 한순간에 가장 아름답던 천국이 처참한 지옥으로 변하다니….'

레스터는 끔찍한 광경에 순간 발을 어디로 떼어야 할지 눈을 어디에 두어야 할지 머뭇거렸다. 곧 다시 정신을 차린 그는 샬럿이 있을 만한 그녀의 집과 주변 그리고 센트럴-랩을 돌며 처참히 무너져 내려 쌓여 있는 수많은 잔해 더미를 헤치며 사색이 된 채 그녀를 찾아다녔다. 그녀와 머리색만 같아도, 보았던 옷만 비슷해도 미친 듯이 뛰어가 확인하고 잔해들을 들어올렸다. 그 어디에서도 샬럿의 흔적은 찾을 수 없었다. 아무런 희망이 보이지 않았다. 그래도 포기하지 않고 상당히 파괴된 센트럴-랩 안을 한 번 더 돌아다녔다. 하지만 그녀는 없었다. 무너져 내린 슬픔을 가득 안고 터벅터벅 힘없이 지상 1층으로 되돌아가기 위해 발길을 돌리던 레스터의 두 눈에 몇 개의 캡슐이 시야에 들어왔다. 이미 한 개의 캡슐은 짓이겨져 있었는데 놀랍게도 그 안엔 사체가 있었다. 그러나 심하게 타버렸고 훼손이 심해 사체의 모습은 알아볼 수 없었다. 레스터는 끔찍한 사체를 뒤로하고 십여 미터를 더 걸어가 그다음 캡슐로 갔다. 이 캡슐은 반 토막이 사라져버린 상태였고, 이 사체 또한 역시 상체만 남은 채 흉측한 모습을 드러내고 있었다. 검은 재와 기다란 머리카락이 수없이 헝클어져 누군지 알아볼 수 없이 상반신을 뒤덮고 있었다.

'어! 이상하다. 왜 이 여자는 연구소에서 아무런 옷도 걸치고 있지 않고 캡슐 안에 있는 거지?'

레스터는 이해할 수 없는 광경에 어리둥절해하며 몇 걸음을 더 옮겨서 마지막으로 남은 캡슐이 있는 곳으로 다가갔다. 이 캡슐의 유리 덮개는 여러 곳에 금이 가고 일부분이 깨져 떨어져나가 있었지만 다행스럽게도 온전한 상태를 유지하고 있었다.

"이럴 수가!"

순간 레스터는 심장이 멎을 것 같았다.

"샬럿! 샬럿!"

금방이라도 캡슐 속으로 들어갈 듯이 달려들던 레스터가 흥분하며 외쳤다. 하지만 레스터의 외침에도 아랑곳없이 그녀는 초점을 잃은 두 눈으로 멍하니 알 수 없는 곳을 응시한 채 그대로 있었다.

"샬럿! 나예요, 샬럿. 레스터라고요!"

너무나 반가운 나머지 레스터는 전혀 옷을 걸치지 않은 샬럿의 모습에 당황할 틈도 없이 그녀의 이름을 외쳤다. 그러다 이내 레스터는 침묵했다. 레스터는 조금 전에 보았던 반 토막이 난 캡슐이 있는 곳을 향해 정신없이 뛰어갔다. 그런 후, 검은 재와 긴 머리카락으로 뒤덮여 있던 사체의 얼굴을 자세히 보기 위해 두 손으로 얼굴을 헤치며 닦았다.

"아니, 이…!"

그녀는 또 다른 샬럿이었다. 레스터는 그대로 바닥에 주저앉았다. 커다란 충격이 그의 영혼 속으로 파고들었다. 한동안 정신을 차리지 못하던 레스터가 넋이 나간 모습으로 다시 일어나 마지막 캡슐이 있던 곳으로 터벅터벅 걸어갔다.

"샬럿! 당신을 처음 본 순간이 떠올라요. 눈부신 햇살 아래 새하얀 한 송이 백합처럼 싱그러운 미소로 나를 반기던 당신의 해맑던 모습이 말이에요. 그런 당신은 지금 어디에 있나요! 나에게 애틋한 사랑을 아낌없이 주던 당신의 순결하고 고귀한 영혼의 숨결은 어디에 숨겨두었나요! 샬럿, 그날 밤 기억해요? 당신이 나를 따듯한 온기로 감싸주며 우리가 사랑을 나누던 첫날밤을 말이에요. 그날 밤도 스쳐가는 바람처럼 내 기억 속에서만 머물러 있는 저만의 착각이었던 건가요. 아니면 서로가 세상에는 없는 우리만의 상상의 공간 속에서 같은 꿈을 꾸었던 건가요. 다… 당신이 이렇게 내 곁에 있는데, 내가 당신을 기억하는데 우리의 아름답던 추억은 처음부터 이 세상에 존재하지 않았던 건가요. 샬럿, 제발 대답해줘요! 단 한 번만이라도… 단 한순간이라도… 난 받아들일 수 없어요! 당신이 내 곁을 떠났다는 사실을. 더 이상 이 세상에 당신이 없다는 사실을 말이에요! 샬럿. 당신은 정말 인공 생명체였나요!"

대답 없는 그녀를 레스터는 오히려 따뜻한 시선으로 바라보며 나지막이 말했다.

"난 말예요, 샬럿! 당신을 따뜻하게 위로해주고 싶었어요. 그리고 당신에게 위로의 말도 듣고 싶었고요. 당신과 마지막을 함께하고 싶었다고요! 당신을 사랑하니까 말이에요! 흑흑. 단지 말이죠, 샬럿."

레스터의 눈물이 볼을 타고 흘러내렸다. 어느새 떨어지는 그의 눈물이 그녀의 눈가에 고여 그녀도 울고 있었다. 레스터는 거울에 투영된 자신의 모습과 대화하듯 샬럿에게 그의 영혼을 불어넣었다.

"걱정 말아요, 레스터! 울지 말아요. 모든 것이 잘될 거예요."

샬럿의 볼을 살며시 어루만지던 레스터는 흐느끼며 이어서 말했다.

"단 한 번만이라도 좋으니 미소를 띤 당신의 따뜻한 목소리를 내게 들려줄 수는 없는 건가요? 미안해요, 샬럿! 처음부터 당신에겐 아무런 잘못이 없었어요. 이제는 후회마저 아무런 의미를 갖지 못하는군요. 나도 곧 당신을 따라갈 거예요. 내가 죽는 순간, 내 영혼이 육체를 벗어나면 그 모습이 바로 지금 당신의 모습이니까요. 그러니 우리는 하나의 존재예요. 비록 지금은 따로 떨어져 있나고 해도 밀예요. 그래도 당신을 다시 볼 수 있어서 좋았어요. 샬럿이 나를 몰라본다고 해도 이제는 괜찮아요. 세상의 모든 것은 모습이 다를 뿐 동일한 물질로 이루어져 있으니까요. 우리는 태어나기 전에도 함께했어요. 지금도 그렇고요. 그러니 앞으로도 떨어져 있다고 해도 우리는 함께할 거예요. 제 기억 속에… 제 마음속에… 우리는 꿈을 꾸고 있는 거예요. 끝없이 이어지는 꿈. 세상은 꿈인 거예요. 그 꿈속에 우리는 영원히 함께할 거예요. 샬럿!"

'신은 없었다. 가능성이 없는 이 세상에 미련을 버리고 떠나버렸으니까!'

모든 것이 사라졌다. 레스터는 철저히 혼자가 되었다. 극도의 공허함을 느끼던 레스터는 이제 무엇을 해야 하나 망설였다. 하지만 곧 이러한 생각들이 모두 부질없는 짓이라는 것을 깨달았다. 그는 VGSS 2000을 조종하는 법도 몰랐지만 설사 할 수 있다고 해도 적색거성 폭탄이 너무나도 빠른 속도로 팽창하며 다가오고 있어서 이 폭탄의 엄청난 중력의 영향권을 벗어날 수도 없었다. 태양계의 모든 것이 소용돌이치며 끌려가고 있었고 적색거성 폭탄은 흡수한 만큼 거대해질 대로 거대해져 지금은 오직 터지기 직전의 공포만 남겨져 있었다.

레스터에게는 겨를이 없었고 다른 선택도 없었다. 그는 완전히 고립되었다. 레스터는 지금 이 상태로 있어도 적색거성 폭탄에 의해 곧 죽음을 맞이할 것이고 지하 2층으로 내려가 메이거스에 자신을 맡긴다고 해도 역시 죽음에 닿아 있었다. 어느 쪽이든 레스터는 죽음 앞에 있었다. 하지만 한 선택은 출발점이 될 수도 있었다. 레스터의 길은 분명해졌다. 선택이란 오직 한 가지였다.

샬럿 곁에서 흐느끼며 울던 레스터는 이제 없었다. 레스터는 네메스를 떠올렸다. 그는 네메스의 유일한 계승자다. 이 세상에서 자신의 진실된 목적이며 존재 이유는 네메스의 마지막 임무를 계승하는 것이다.

레스터의 길은 선택되었다. 이 상황은 잠시 스쳐 지나가는 혼란이었다. 그는 네메스의 숨결이 영원히 살아 숨 쉬는 메이거스를 향해 나아갔다. 그곳에 네메스는 항상 살아 있다. 그곳에서 네메스는 항상 가장 환하게 웃고 있었다. 그곳은 네메스와 레스터의 유일한 약속의 장소이며 네메스의 모든 것이고 레스터의 모든 것이다. 그리고 우주의 궁극적인 진리를 향한 여정의 종착점이다.

메이거스가 있는 실험실에 도착한 레스터는 이제부터 무엇을 해야 하는지 너무나 잘 알고 있었다. 매일 그의 꿈속에서 반복적으로 일어나던 일이었기 때문에 레스터에게는 절대로 잊을 수 없고 지울 수 없게 각인되어 있었다. 숨을 두 번 크게 들이켠 후, 레스터는 원통형의 기계 장비로 서서히 걸어갔다.

'이제 앞으로의 상황은 알 수 없으니 내가 이렇게 숨을 쉬는 것도 마지막일 수 있겠지!'

기대감과 두려움이 교차하는 가운데 레스터는 다시 한번 크게 숨을 들이켜고 호흡을 가다듬었다.

레스터가 원통형의 기계 장비 바로 앞에 서자 여성의 목소리가 친절하고 부드럽게 말했다.

"이 시스템에는 섬유 재질이나 금속성의 물질을 소유하고 들어올 수 없습니다. 몸에 착용하고 있는 모든 것을 벗어주십시오."

레스터는 지시대로 걸치고 있던 옷을 모두 벗고 나체가 되어 다시 앞에 서자 출입문이 열렸고 안으로 들어서자 굳게 닫혔다. 곧이어 레스터의 몸은 수직 상승하더니 공중에 떠 있는 상태가 되었다. 둘러보니 자신이 공간의 정중앙에 떠 있다는 것을 알 수 있었다. 희한한 것은 분명히 아무것도 없는 공중에 떠 있을 뿐인데도 마치 결박당한 듯이 꼼짝도 할 수 없었다.

여성의 목소리가 다시 친절하고 부드러운 음색으로 말했다.

"원인을 알 수 없는 VGSS 2000에서 발생한 일시적인 정전으로 시스템이 초기화되었습니다. 기본 설정으로 진행합니다."

"도대체 무엇이 어떻게 변경되었다는 뜻이지?"

레스터는 당황했지만 허공에 결박당한 채 떠 있는 상태에서 할 수 있는 일은 아무것도 없었다.

"사용자 설정으로 입력된 전신마취제 프로그램이 취소되었습니다. 기본 설정에 따라 진행합니다."

여성의 목소리는 여전히 친절하고 상냥했다.

"…!"

레스터는 온몸에 소름이 돋고 부들부들 떨렸다. 그는 극한의 패닉 상태였다. 한 치 앞을 내다볼 수 없는 광기 어린 순간, 극심한 공포와 두려움 속에 터져버린 실핏줄로 가득한 두 눈이 상하 좌우로 정신없이 움직였다.

"5, 4, 3, 2, 1."

여성이 숫자를 역으로 세고 있었다.

순간이었다. 레이저광선이 레스터의 몸 전체를 훑고 지나갔다. 극히 짧은 순간에 레스터의 사지가 모두 잘려 나간 것이었다. 너무도 빠르게 일어난 일이라 레스터는 자신의 뇌까지 그 고통이 전달되지 않았다. 그러나 바로 상상할 수 없는 고통이 사정 없이 밀려왔다. 이것은 시작일 뿐이었다. 바로 이어서 레이저광 선이 또 찰나의 순간에 레스터의 몸을 다시 훑고 지나갔다. 이제 레스터는 머리만 남아서 공중에 그대로 떠 있었다. 곧이어 레스 터의 두개골을 매우 조심스럽게 수평 방향으로 더 가느다란 레이 저광선이 훑고 지나가자 마치 쓰고 있던 모자를 벗듯이 두개골이 열렸다. 동시에 천장에서 흡입기가 내려왔다. 그것은 레스터의 뇌를 빨아들여 원통형 기계 장비에서 메이거스의 상위인 원형 돔 으로 순식간에 옮겼다.

"모든 작업이 성공적으로 완료되었습니다!"

레스터의 뇌를 제외하고 잘려 나간 나머지 모든 몸체는 내부의 바닥면이 아래를 향해 양쪽으로 열려 그 밑으로 모두 사라졌다. 바닥면이 다시 닫히자 즉시 초고온의 열에 의해 뼈마저 소각되었 다. 매우 짧은 순간에 이 모든 과정이 이루어졌지만 상상할 수 없 는 고통을 느끼고 경험했던 레스터는 이제 뇌만 남게 되었는데도 극심한 고통은 멈추지 않았다. 이것은 단지 뇌의 기억에 내재된 감각의 허상이었다. 감각기관을 상실했음에도 뇌는 그의 몸체가 여전히 처음처럼 존재하고 있다고 끊임없이 착각을 일으켰다. 이제 뇌만 남게 된 레스터도 분명히 이성적으로는 이해할 수 있 었다. 하지만 기억 속에서 그의 몸체는 분명히 살아서 움직였다.

레스터의 뇌가 탑재되자 메이거스의 모든 곳이 광채를 내면서 작동했다. 그와 동시에 레스터의 뇌는 희한하게도 주변을 실제 로 볼 수도 있었고 들을 수 있었으며 냄새를 맡을 수도 있었고 맛 도 느낄 수 있었다. 게다가 그의 손과 발 그리고 피부마저 없음에 도 모든 감각기관을 사용하는 것처럼 주위가 느껴졌다. 즉, 사라졌다고 믿었던 모든 감각기관이 다시 되돌아왔을 뿐만 아니라 기존에 느꼈던 감각 능력과는 비교할 수 없을 정도로 기능적으로 매우 정밀하고 포괄적인 상태로 극대화되어 있었다.

곧이어 레스터의 뇌가 탑재된 반원형의 돔이 엄청난 빛을 발하기 시작했다. 그 누구도 감히 눈을 뜰 수 없을 정도로 엄청난 섬광이었다. 만약 감았던 눈을 떴다면 그 즉시 두 눈이 멀었을 것이다. 이제 메이거스의 모든 외곽의 경계마저 그러한 것이 언제 있었냐는 듯 사라졌다.

얼마의 시간이 흐른 걸까? 아니 시간이 흐르긴 하는 건가? 시간마저 의미 없어진 레스터는 자신이 지적 생명체라는 하나의 개체가 아니라 자신이 주위의 공간으로 확장되어가고 있으며 주위의 존재하는 모든 것과 융합되어가고 있다는 것을 생각이 아니라 저절로 체득했다. 레스터는 우주로 한없이 확장되고 있었고, 그와 동시에 주위의 모든 것을 끌어안으며 하나로 통합되어가고 있었다.

레스터는 현재 그에게 보이는 풍경이 믿기지 않았다. 아니, 전혀 믿을 수 없었다. 갑자기 자신이 드넓고 광활한 우주공간을 상상을 초월하는 속도로 날아갔다. 우주에서 가장 빠르다는 빛의 속도는 달팽이의 속도에도 미치지 못했다. 우주공간에 흩어진 수많은 은하들이 한 점으로 응축되어 보였다. 그리고 머나먼 저곳의 어떠한 한 점을 향해 가던 레스터는 순간 바로 한 점과 마주쳤다. 그것은 다름 아닌 원자였다. 가운데 핵이 있고 핵 속에는 양성자와 중성자가 한데 엉겨 있었고, 핵을 제외한 대부분의 공간을 전자들이 빠른 속도로 움직이며 안개구름을 만들고 있었다. 그 움직임이 너무나 아름다웠다. 레스터는 원자와 동일한 눈

높이로 마주하고 있었다. 어느새 그는 자연스럽게 원자를 향해 의지를 투영하려 하는 자신을 느꼈다. 우주의 나이와 거의 엇비슷할 정도의 무구한 세월을 지금까지 유지하면서 존재해왔던 원자의 관성은 실로 대단한 것이었다. 절대로 다른 것의 의지에 휘둘릴 수 없다는 듯이 매우 완강하게 버티며 기존의 법칙을 유지하려 했다. 그래도 레스터는 원자를 자신의 의지대로 이끌려는 시도를 계속했다. 왜 그래야 하는지는 레스터도 알 수 없었지만 무의식인지 그 밖에 다른 무엇 때문인지 이러한 행동을 하는 자신이 당연하게 느껴졌다. 그러나 원자는 계속되는 시도를 비웃기라도 하듯이 꿈쩍도 하지 않았다. 그때, 어디선가 공간 자체에서 알 수 없는 낯선 목소리가 들렸다. 아니, 그건 느낌이었다. 저절로 느껴지는 것이었다. 분명히 소리의 파동은 아니었지만 모든 것을 느낄 수 있었다.

"그것은 진정한 실재가 아니야!"

그 순간, 레스터는 원자를 뛰어넘었다. 세상의 모든 원자를 그의 의지대로 통제할 수 있을 뿐만 아니라 우주 그 자체의 전체 모습을 볼 수 있고 느낄 수 있었다. 곧이어, 레스터는 그 우주마저 넘어선 세계로 진입했다. 네메스가 지적 생명체의 태생적 한계 때문에 절대로 넘어설 수 없는 곳이라 주장했던 초월적 미지의 영역이었다. 네메스가 주장한 초월적 미지의 영역은 바로 '초의지체의 세계'라는 곳이었다. 다중우주는 정말로 존재했다. '초의지체의 세계'는 수많은 다양한 우주들이 끊임없이 동시에 존재하고 공존할 뿐만 아니라 이 모든 것이 상상할 수도 없는 전혀 다른 형질의 무한한 에너지에 의해 이루어진 곳이었다. 레스터가 속해 있던 우주는 무수히 많은 우주 중에 선택된 단지 하나의 우주에 불과했다.

메이거스의 빛이 흔적도 없이 사라졌다. 레스터의 뇌도 이 세상 그 어디에도 없었다. 그곳에는 어둠만이 남아 있었다. 적색거성 폭탄은 화성을 지나서 금성, 수성 그리고 태양마저 삼켰다. 결국 은하마저 삼켜버린 적색거성 폭탄이 우주에서 가장 거대한 초신성이 되어 찢어질 듯 굉음을 내며 폭발해버렸다. 그 광란의 여진은 우주공간을 향해 확대되어가며 크나큰 영향을 준 후, 다시 중심점을 향해 엄청난 중력으로 한없이 수축했다. 초고밀도의 한 점이 되어버린 중심점은 모든 것을 빨아들이는 초거대 블랙홀이 되었다. 초거대 블랙홀은 주위의 은하들을 거침없이 빨아들이며 흡수하기 시작했다. 모든 시공간이 뒤틀어지고 응축되며 사라져갔다. 이 연쇄반응은 이제는 우주 그 자체를 위협했다. 모든 것이 흔적도 없이 영원히 사라져가고 있었다.

세상이 끝나는 곳에서

'초의지체'가 전했다.
이제는 진정한 진리를 알려주겠노라고!

레스터는 지금 이 순간을 그 어떤 것으로도 설명하거나 표현할 방법이 없었다. 이 경험은 일상적인 말로도 논리적인 말로도 문학적인 글로도 가장 복잡하고 난해한 고차원의 수학으로도 아니, 지적 생명체가 소유했던 그 무엇으로도 현재 느끼고 있는 모든 것을 알리거나 남길 수 있는 방법은 존재하지 않았다. 지적 생명체가 현실로 받아들일 수 있는 차원의 것이 아니었다. 자신이 '초의지체의 세계'와 하나가 되는 초월적인 체험이었다. 그가 '초의지체의 세계'이고 '초의지체의 세계'는 바로 그였다.

레스터의 감각은 마치 힘이 엄청난 거인이 태평양 전체를 덮을 수 있는 그물을 치고는 그의 의지에 따라 자유자재로 움직일 수 있는 느낌이랄까, 아니면 포세이돈이 그의 뜻대로 바다를 좌지우지하는 느낌이라고 할까. 그렇지만 레스터가 의지로 발휘할 수 있는 실제적인 힘은 그 어떤 것과도 비교를 불허하는 웅장함을 넘어선 무한 힘이었다. 이 무한 힘은 어떠한 형태를 가진 임의의 실체가 그 무엇으로도 도저히 근접할 수도 소유할 수도 없는, 진정으로 장엄한 힘이었다. 원한다면 공간을 향해서 한없이 무한히 뻗쳐 나가며 순간적으로 단 한 번에 모든 곳에 영향을 미칠 수 있는 어마어마한 힘이 느껴졌다. 생명체가 어떤 일을 하기 위해서 육체를 이용해 힘을 들이는 것이 아니라 단지 생각만으로 의지가 되어서 실제적인 현상이 저절로 일어나는 것이다. 즉, 그의 생각은 의지의 발현이었고 순간의 실현이었으며 현실이었다. '초의지체의 세계'를 구성하는 무한한 모든 것이 레스터의 의지와 맞닿아 있었다. 이것은 끝없고 영원히 이어져나갈 경이적이고도 경이적인 경이로움 그 자체였다.

세상의 끝. 처음과 마지막. 레스터는 이 상황을 기뻐해야 할지, 슬퍼해야 할지, 분노해야 할지 도무지 알 수가 없었다. 세상만사의 희로애락과 오감을 생생하게 느끼면서도 이러한 모든 감정과 감각에서 초월해 있었다. 모든 것을 소유한 존재이고 세상의 모든 개별적인 존재가 자기 자신이며 또한 그 모두가 결국은 자기 자신인 유일무이한 존재가 되어 있었다. '초의지체의 세계'를 구성하는 모든 것이 레스터의 의지의 산물이었다.

레스터는 지금까지 세상에 존재해왔던 모든 것들과는 확연히 다른 존재로 부활한 것이다. 그런 그에게 미지의 목소리가 들려왔다. 서로 아무런 말이 없었지만 대화가 가능했고 모든 것을 흡수하듯 받아들여졌다. 그것은 절대적 느낌이었다.

"이제야 만나는군!"

"너는 무엇이지?"

"난 '초의지체'의 영원한 동반자! 우주에 존재하던 '초의지체'가 그곳에서 경험한 것이 단지 허상이라는 것을 일깨워주기 위해서, 역시 '초의지체'에 의해서 우주가 시작될 때 동시에 존재하게 된 정보로서 저장된, 그리고 '초의지체'가 우주에 속해서 지나온 발자취에 따라 변경된 정보를 제공하도록 생성되어진, '초의지체'가 만들어낸 설계도의 마지막 부분이지. 지금처럼 뜻하지 않은 초의지체의 혼란함이 발생하게 될 때 진정한 실체를 깨우치기 위해서 스스로 설계한 너 자신의 목소리야."

미지의 목소리가 전했다.

"아무것도 소유한 것이 없으면서도 모든 것을 소유한 나는 무엇이지?"

레스터가 매우 심각하게 미지의 목소리에게 질문을 전했다.

"초의지체!"

미지의 목소리가 전혀 대수롭지 않다는 듯이 무심히 대답을 전했다.

"정말 내가 초의지체라고?"

레스터는 미지의 목소리의 답변을 차마 받아들일 수 없었다.

"그래, 너는 바로 초의지체야!"

레스터는 자신이 '초의지체'인 것을 느꼈다. 처음부터 모든 것이 느껴졌다. 이것은 절대적으로 당연한 것이었다. 하지만 오히려 당연한 것이 레스터는 혼란스러웠다.

"여기가 끝이야?"

"아니, 시작!"

"너에겐 선택이 없어. 이미 너는 충분히 모든 것을 느끼고 있잖아!"

레스터에게 감당할 수 없는 허무함과 절망감이 끝없이 밀려왔다.

"정말 이것이 우주의 궁극적인 진리란 말이야?"

레스터는 사무치는 격한 분노를 전했다. 이미 모든 것을 느낄 수 있었다. 하지만 레스터에겐 지금까지 지적 생명체로서 소유하고 있던 감정과 경험의 기억들이라는 정보로서의 자신과 처음부터 자신은 지적 생명체가 아니었다는 부정할 수 없는 사실이 그를 힘들게 했다.

"영원한 반복!"

"오직 선택만이 있어. 창조 아니면 소멸!"

미지의 목소리는 레스터의 반응에는 아랑곳하지 않고 태연히 전했다.

"난 모든 것을 잃었어! 가족도, 친구도, 애인도, 인류도, 살아 있는 모든 것, 무생물, 존재하는 모두를 말이야. 심지어는 내 육체까지도 잃었어. 모두 다 말이야!"

레스터의 분노가 '초의지체의 세계'에 휘몰아쳤다. '초의지체의 세계'의 모든 것이 그의 울부짖음에 격렬하게 격정적으로 흔들렸다.

"모든 것을 다시 만들 수 있어! 오직 너만이 할 수 있는 유일무이한 일이니까!"

"아니, 그건 가짜야!"

레스터가 이어서 전했다.

"아무리 만들어도 그건 의지에 따라서 만들어지는 가상이야. 허상이야! 가짜라고!"

한동안 정적이 흘렀다. 그 정적을 깨며 레스터가 전했다.

"정말로 '우주의 궁극적인 진리'라는 것이 단지 만들거나 그걸 다시 부수는 거야?"

모든 기력이 나한 것처럼 레스터가 진했다.

"'초의지체의 세계'에 속한 모든 것은 영원히 순환을 반복하는 것이야. 어떠한 세계든지 원하는 대로 다양한 세상을 만들 수가 있어. 물론, 마지막은 항상 같겠지만. 너는 '초의지체의 세계' 속에 존재하는 모든 것에 너의 의지를 심어두었어. 한없이 거대한 것부터 가장 극소한 것에까지 미치지 않는 곳은 있을 수 없지. 그렇지 않다면 처음부터 그 무엇도 존재할 수가 없으니까. 무한하고 다양한 세계를 창조한 것은 바로 너라고!"

불현듯 레스터가 의지를 발휘했다. 아무것도 없던 공간이 구부러지고 휘어지기를 반복하더니 총을 만들어냈다. '초의지체의 세계'에서 가장 강력한 초정밀 총이었다. 레스터는 그 총을 허공에서 돌리며 겨눌 곳을 찾았다.

"나에겐 더 이상 쏠 데가 없어. 육체도 없거니와 나의 의지로 육체를 만들어서 그 육체를 없앤다고 해도 나에겐 아무런 변화가 없을 테니. 난 그런 존재야!"

"네가 지금 겪고 있는 혼란은 단지 너의 꿈일 뿐이야. 너는 정체성을 소유하는 존재가 아니라 지적 생명체들이 부르짖는 현실이라는 공간에서 그들에게 정체성이 실제로 있는 것처럼 의미를 부여하는 존재야. 물론, 지적 생명체들에겐 현실이지. 그것도 엄연한 현실!"

미지의 목소리가 이어서 전했다.

"그들 각자의 현실은 네가 꿈꿀 때만 존재해."

'초의지체의 세계'가 일순간에 평온해졌다.

"너는 무한한 상상을 동시에 하는 존재야. 그중 하나의 우주를 선택해 조건을 걸고 꿈을 꾼 거지. 이번 우주에서는 세 가지를 지정했어. 첫 번째는 『갤리온의 신화와 예언』을 집필하도록 예언자들을 선택해 정보를 제공하는 것. 두 번째는 레스터에게 말케이 언덕으로 가라고 하고 MSS 티켓을 보낸 것, 그리고 그에게 반복되는 꿈을 꾸도록 한 것. 세 번째는 네메스가 아포네스의 본거지에 강력한 폭탄을 투하하도록 조종한 것. 그리고 꿈을 꾸어 우주가 창조되었어. 그런데 두 번째 사항을 실수로 지정해서 독립적으로 꾸어야 할 서로 다른 두 개의 꿈이 하나로 겹쳐져버린 거야. 결국 두 개의 꿈을 동시에 꾸는 오류가 일어났어. 즉, 서로 다른 우주에 존재해야만 하는 레스터와 네메스가 동일한 우주에서 만나게 된 거야. 그러한 커다란 혼선과 혼란으로 인해 여전히 너는 꿈에서 완전히 헤어나오지 못하고 있는 거지. 이번에 일이 잘못됐다면 무한 반복이 됐을 거야. 서로 겹쳐져버린 잘못된 꿈속에서 오직 그 꿈만을 꾸며 헤어나오지 못했겠지. 실수란 있을 수 없는 '초의지체의 세계'에서 도저히 일어날 수 없는 초유의 사태가 벌어진 거였어. 지적 생명체는 너의 꿈속에 항상 등장하지. 그들은 반드시 존재할 수밖에 없는 종인 거야. 지적 생명체들의 역사속에서 문명이 발전하며 소수가 권력을 잡고 그 권력이 커지면 커질수록 지적 생명체라면 누구나 너의 능력을 닮고자 했지. 그리고 너의 능력을 닮고자 하는 소망은 과학기술이 극도로 발전하면서 더욱 그럴듯하게 닮아가기 시작했던 거야. 그러나 항상 그들의 능력은 너의 능력을 어설프게 흉내만 낼 수밖에 없었어. 왜냐하면 그들은 모두 너의 의지 일부분의 반영일 뿐이며 영원히 너의 부분일 수밖에 없었으니까. 그래서 지적 생명체들은 자신들에게 주어진 너의 의지를 영원히 이해할 수가 없었기 때문에 각자의 자신들에 대해 의식을 가진 영혼을 소유한 정체성이 있는 존재들이라고 얼버무릴 수밖에 없었던 거야. 그러나 내가 이리한 의문을 갖도록 그들에게 너의 의지를 불어넣어주었기에 너는 그들이 만든 최종적인 산물의 결과로 너의 꿈에서 벗어나는 거야. 그래, 지적 생명체들의 패턴의 최종적인 목적이자 그들의 존재 이유는 결국 네가 꿈속에서 깨어날 수 있도록 도와주는 탈출구를 만들어주기 위해서 존재하는 거야. 그래서 최후에 남은 레스터와 네메스가 너의 탈출구인 메이거스를 완성하게 되고 너는 드디어 너의 꿈에서 깨어나게 되는 거지. 우주의 최후의 마침표니까. 이 흐름은 너무나 자연스러운 것이고 당연한 것이야. 지적 생명체들이 만약 이 진실을 미리 알았다면 네가 현재 느끼고 있는 심정처럼 진리라는 것에 깊은 회의를 느끼고는 이러한 당연한 흐름을 야비하고 미친 짓이며 공허하다고 말했겠지. 하지만 '초의지체의 세계'에서는 모두 다 부질없는 감정들이지. 그렇지만 이러한 진실을 알았다고 해도 지적 생명체들은 이 사실을 끝까지 부정하면서 자신들이 진정으로 대단한 일을 하고 있는 양 그들이 가던 길을 계속 가게 될 뿐이지. 그들의 태생적 한계이자 너의 목적을 이루기 위해서 너의 의지로 설계되어진 산물이니까 말이야. 이 흐름은 너조차도 역시 벗어날 수 없이 따라야만 하는 숙명인 거야. 네가 이 법칙을 회피하고 벗어난다면 '초의지체의 세계'는 의미를 가질 수 없으며 새로운 우주를 만들 수도 없고 따라서 너의 존재 이유도 의미가 없으며 너는 존재하지 않는 것이니까! 초의지체는 특별한 목적을 위해 우주를 창조하고 소멸시키는 존재야. 그리고 어떠한 우주든 처음 시작 조건은 조금씩 다르지만, 마지막 조건은 항상 정해져 있지. 대신 그 세계 안에서 벌어지는 다양한 모든 과정은 무작위로 흘러가도록 내버려두었던 거야. 즉, 모든 것에 자유의지를 준 거지. 그들은 그 속에서 스스로 자유의지를 소유하며 살아가고 있다고 생각했지만 그것은 단지 눈속임일 뿐이었지. 마지막 조건이 이미 정해진 곳에서는 무한대의 다양한 길이 존재한다고 해도 최종 목적지는 오직 유일한 하나일 뿐이니까 말이야. 지적 생명체는 각고의 노력으로 전지전능함을 직접 마주하게 되지만 절대로 소유할 수는 없어. 그것을 소유할 수 있는 존재는 오직 너 하나일 뿐이지. 결국은 네가 정한 대로 그들의 과학기술이 극단적으로 최고의 수준에 도달하는 순간에 너의 탈출구를 만들게 되는 거야. 마지막까지 존재한 지적 생명체가 원하던 진정한 결과는 전혀 알 수도 없이 말이지. 왜냐하면 이곳에 진입할 수 있는 존재는 오직 너 하나뿐이니까. 너만이 오직 하나뿐인 진정한 진리를 소유할 수밖에 없는 존재이고 '초의지체의 세계'의 모든 것을 너의 의지대로 설계한 유일무이한 진정한 주인이지! 처음부터 이 세상에는 우연이라든지 확률이라든지 하는 개념은 없었던 거야. 우연과 확률은 지적 생명체의 태생적 한계에 의해서 가장 근본적인 것에 대한 근원적인 확인이 불가능하기 때문에 그들에게 일어나는 착시 현상이지. 그들에게 주어진 진정한 목표를 영원히 알 수가 없으니까 일어나는 현상에 불과한 거야. 우주는 모두 처음부터 초의지에 의해서 정해진 대로, 그것이 진정한 목표가 되지. 그래서 지적 생명체들이 이리저리 방황하고 무엇이 진정한 목표인지는 몰라도 결국에는 모두 '초의지체'가 지정한 진정한 목표와 하나가 되는 거야."

"그렇다면 지적 생명체들은 간절히 원했던 '우주의 존재 이유'를 영원히 알 수가 없는 거야?"

"그래, 그들은 영원히 알 수 없어!"

"네메스와 레스터는 몸과 마음을 바쳐서 최선을 다했어. 결국 그들은 세상의 모든 것을 뛰어넘는 최고의 경지 앞에 이르게 되었지. 그런데도 그들은 최후의 진리를 얻지도 못한 채 의미도 없이 사라져야만 했어. 그들의 죽음은 단지 그들만의 일이 아니야. 그것은 세상이 창조되고 무구한 세월 동안에 수많은 지적 생명체들이 그들의 역량으로 발전시켰고 드디어 네메스와 레스터에 의해서 최종적으로 빛을 볼 수 있는 단계에 이르게 된 것이야. 그러나 그들은 아무것도 얻지 못했어. 아무것도!"

레스터는 극도로 흥분하며 화를 냈다.

"잘못됐어. 완전히 잘못된 생각을 가지고 있는 거야. 그들은 최선을 다한 것이고 그러한 노력을 통해서 그들이 완성할 수 있는 최고의 단계를 완성한 거야."

강력한 우뢰와 번개가 수차례 내려치듯이 거대한 울림으로 미지의 목소리가 전했다.

"무슨 의미야?"

"거기까지가 그들의 한계라는 뜻이야. 그들이 알고자 하는 우주의 궁극적인 진리를 그들이 알 수가 없었던 것은 그들은 단지 지적 생명체이기 때문이야. 보라고, 지금 너의 모습을. 너는 도대체 무엇이라고 생각하는 거야."

미지의 목소리가 진지한 울림으로 전했다.

자신의 모습은 그 무엇이라고 할 수 없는, 즉 있다고도 할 수 없고 없다고도 할 수 없는 존재일 뿐이었다. 다시 말해 더는 지적 생명체가 아니었다. 무엇이든 될 수 있지만 오직 무엇이라고 정의내릴 수 없는 유일무이한 존재.

"그래, 지금 네가 있는 곳에선 오직 너만 이해할 수 있고 존재할 수 있지. 따라서 그들의 정신과 육체로는 이해시키려고 해도 이해할 수 없는 경지에 다다른 곳이 바로 이곳이니까. 그들은 경험을 통해서만 이해할 수 있어. 그들은 말과 글을 더욱 정교하게 다듬어서 논리적이고 수학적인 체계를 완성하고 물질적인 세계의 다양한 경험도 쌓아가지. 그러나 표현의 형태가 바로 한계지. 네가 있는 이곳은 단지 그들이 만든 논리적인 말이나 글과 수학적인 체계들과 그들이 삶 속에서 경험한 것만으로는 실제적인 설명이 불가능하다는 사실을 말이야. 그래서 그들은 아무리 노력을 기울여도 근사치에도 도달하지 못하는 거야. 왜냐하면 이곳에 들어서는 순간 그것은 전체를 의미하고 전체가 바로 너이며 따라서 끝없이 극한적인 너의 부분의 조각들일 수밖에 없는 그들 각자에게 전체를 담는다는 것은 아예 처음부터 불가능한 것이니까 말이지. 그들은 영원히 너의 일부분일 수밖에 없는 거야. 태생적 한계인 거지. 즉, 그들은 최선을 다한 거였어. 자신들이 반드시 이루어야만 하는 숙명적인 임무를 완성했던 거니까. 그들은 전혀 이해하지 못했지만 오직 너를 위해서 자신들을 희생한 거야. 너의 의지가 들어 있으니 피할 수도 없지. 그들이 자신들의 로봇이나 인공 생명체들에게 자신들이 원하는 일만 시키듯이 말이지. 너 역시도 그럴 수밖에 없는 거야. 로봇이나 인공 생명체도 완전한 지적 생명체가 될 수는 없었어. 그들에게도 로봇이나 인공 생명체는 한계가 있을 수밖에 없고 완전체라고 할 수 있는 지적 생명체의 수준을 넘을 수는 없으니까 말이야. 지적 생명체는 로봇, 인공 생명체에게 궁극적으로 의식을 심기를 원했지. 그러나 그들은 이룰 수 없었어. 왜냐하면 그 일은 오직 너만이 가능하니까. 너의 의지로 지적 생명체에게 심어진 의식을 그들이 기억하며 사신들도 따라 해보고 싶었던 거야. 흉내를 냈던 기야. 거기까지가 그들이 도달할 수 있는 한계치야. 세상에 존재하는 모든 것은 그것이 물질적인 것이든지 에너지의 형태이든지 재귀적 과정을 반복하는 거야. 재귀적 과정이 멈추는 순간 세상의 모든 것도 역시 영원히 끝나지. 너는 지적 생명체에게 이 진리를 분명히 알려주었어. 그러나 지적 생명체는 스스로 부정하며 어딘가에 고정되고 붙잡을 수 있는 더 나은 진리를 얻기 위해 포기하지 않고 찾아 헤맸어. 이것은 죽음이라는 사라짐의 불안을 견디지 못하고 벗어나고 싶어 영원에 집착하기 때문이야. 그렇지만 유일하고도 진정한 진리란 나무에 꽃과 잎이 떨어지고 다음 해에 다시 피듯이 그들도 새롭게 환생하는 것에 있지. 단지 그들의 정신뿐만이 아니라 형체도 완전히 새롭게 자라서 다시 시작하는 거야. 이것이 '초의지체의 세계' 속에서 모든 것을 관통하는 유일하고 진정한 궁극적인 진리인 거야. 오직 고정된 것을 찾으려는 그들의 노력은 단지 영원불변의 최고 아름다운 단 하나의 작품을 찾는 것과 같아. 하지만 고정된 그림은 아무리 아름다워도 변화가 없지. 변화가 없이 고정된 것은 죽음을 의미해. 그러나 자연의 법칙은 동적인 변화 속에서만 유일한 의미를 갖지. 그들이 고정된 것을 원하는 것은 그들의 주위를 영원히 떠나지 않고 서성거리는 죽음의 그림자 때문이야. 그들은 세상의 동적인 변화를 끊임없이 관찰하고 경험하면서도 가장 심오한 진리는 고정된 것이길 바라지. 지적 생명체라면 그 누구든 얼마든지 궁극적인 진정한 진리를 어디서나 볼 수 있어. 자신들의 주위를 조금만 둘러보아도 재귀적인 과정이 진정한 진리라는 것을 분명히 알 수가 있었지. 그들은 누구든지 자신들의 오감만으로 알 수 있는 이러한 진정한 진리를 외면한 채 그들만의 여행을 떠났지. 하여튼 지적 생명체들은 그것으로 만족할 수가 없었어. 항상 어딘가에 더 뛰어나고 더 특별한 궁극적인 무언가가 있을 거라는 생각을 결코 버리지 않았지. 결국 그들의 최종 종착역은 바로 너의 탈출구인 메이거스였던 거야. 이것이 우주에서 지적 생명체의 진정한 존재 이유이며 가장 위대한 임무이자 의무였던 거야. 너의 역할이 분명히 있듯 그들의 역할도 분명히 있지. 각자 자신에게 주어진 일을 충실하게 할 뿐인 거야. 세상은 이런 것이야. 가장 작은 것부터 가장 큰 것까지 생성과 소멸을 끊임없이 반복하는 거지. 그들의 역할은 거기까지이고 하나의 우주가 끝났으니 넌 또 다시 너의 의무를 이행해야 해. 지적 생명체는 희노애락의 감정에 이끌려서 이것을 무의미하다고 허무하다고 말하는 것이 그들의 한계지만 너는 이 모든 것을 초월한 존재이고 감정과 의지, 신을 닮고자 하는 노력을 지적 생명체들에게 갖도록 설계한 것은 바로 너니까. 그러나 이번과 같은 너의 실수로 생성된, 치명적 오류가 있는 우주는 처음부터 끝까지 불완전하고 비합리적이며 우울한 상황의 연속이었어. 그래서 우주가 완전히 끝날 때까지도 안정되거나 평화로운 상태를 단 한 번도 이룰 수가 없었던 거야. 레스터와 네메스는 이번 우주에 동시에 존재해서는 안 되지만 만나게 됐고 서로가 불완전한 존재가 될 수밖에 없기 때문에 이 불안정하고 불합리한 상황에서 합심해서 네가 지정한 임무를 완성할 수밖에 없었던 거야. 너는 대혼란에 빠져버린 상황을 해결하기 위해서 이 우주에 너의 능력을 최대한 발휘해 다양한 통제와 관리를 해왔지만 결국 '초의지체'인 네가 해결할 수 있는 방법은 오직 한 가지로 굳어졌지. 이 우주가 더 이상 혼탁해지기전에 미리 파괴해서 없애버리는 것이었어. 그래서 그들에겐 고대부디 힝상 '종말론'이 존재했던 거야. 그것만이 유일한 해결책이었으니 말이지."

"그렇다면 나의 의미는 무엇이지?"

"너는 의미를 묻거나 따지는 존재가 아니라 그 의미를 부여하는 존재야. 너는 의문을 소유하는 존재가 아니라 모든 의문의 답인 존재야. 너는 우주에 존재했던 모든 생물과 무생물에게 너의 의지를 무한개의 조각으로 심어놓았어. 너는 지금 그 무한개의 조각들에 의해 무한개의 정신 혼란을 겪고 있는 거야. 처음부터 의지는 오직 하나야. 바로 초의지. 즉 '초의지체'인 너 하나뿐인 거야!"

레스터는 여전히 정체성에 혼란을 겪으며 감당할 수 없을 정도로 괴로워했다.

"너는 '초의지체의 세계'에서 유일하게 실수로 생성된 치명적 오류가 있는 우주의 비합리적이고 불완전한 세계를 경험하고는 무한한 정신적인 혼란을 겪어 괴로운 거야. 그래서 너는 스스로를 영원히 소멸시키려고 했지. 하지만 너는 곧 깨달았어. 너는 스스로를 소멸시킬 수 없는 영원불멸의 존재라는 것을 말이지. 네가 선택할 수 있는 오직 두 가지는 우주의 창조와 소멸이니까. 그래서 너는 이 우주에서 너를 가장 닮은 지적 생명체에게 자유의지를 주었어. 그들 각자의 탈출구를 말이야!"

"자살!"

레스터는 분명히 그 당시의 기억을 모두 떠올릴 수 있었다. 하지만 스스로도 자신이 그러한 기억을 모두 가지고 있다는 것이 도저히 믿겨지지 않았다.

"그래, 자살이었어. 그들은 삶을 살아가면서 매 순간마다 선택이 가능했지. 자살을 통해서 사라지느냐, 아니면 지금 그대로 살아가느냐 하는 선택을 스스로 결정할 수 있었어. 너는 극단적인 괴로움을 너무나 잘 알았기에 지적 생명체인 그들에겐 그들이 그 무엇으로도 감당할 수가 없을 때 고난과 고통을 줄일 수 있는 특징을 주었던 거야. 그들이 너에게 유일한 탈출구를 만들어주었듯이 말이지. 그들에겐 자살이 자신들이 살아 있는 동안에 스스로의 의지로 결정해서 우주를 벗어나는 유일한 탈출구였어!"

"아니야! 아니야! 그럴 수는 없어. 믿을 수 없어. 내가 그런 결정을 했다는 것을 도저히 받아들일 수 없어."

레스터는 세상의 모든 것이 무너지듯이 슬퍼했다.

"너는 기억을 가지고 꿈을 꾸는 존재이며 그 기억이 꿈을 꾸며 현실이 되고, 지적 생명체의 현실인 거야. 그리고 지적 생명체의 현실 모두는 결국 너의 새로운 기억이 되고 다시 꿈을 꾸면 새로운 지적 생명체의 현실이 되는 거야. 이러한 과정을 위해 너는 끊임없이 꿈을 꾸는 존재인 거야. 너는 무한히 꿈을 꾸는 존재이고, 그중 하나가 레스터의 현실이었고 너는 레스터로 존재한 거야. 레스터를 비롯한 모든 생물과 무생물은 각각 너의 모습이고 너의 기억이며 네가 꿈을 꾸며 보이는 환상인 거야. 무엇이든 될 수 있고 그들 각자가 바로 너인 거야. 너의 의미를 군이 말하자면 바로 이것이야. 너는 꿈을 꾼 거야! 너는 꿈을 꾼 거야! '초의지체'는 꿈을 꾼 거야!"

그 말은 영원한 울림이 되어 울려 퍼졌다.

영원한 울림이 닿자, 그토록 혼란스러웠던 자신의 정체성에 대한 의미를 깨닫는 순간이 찾아왔다. 비로소 '존재 그 자체'이자 자신의 원래의 위치로 되돌아갔다. 초의지체가 진정한 자신의 모습을 깨닫는 순간 혼탁한 세상을 해결하기 위해서 지적 생명체의 기나긴 역사 속에서 자신이 인격체로 존재했던 지적 생명체들의 모습이 빠른 속도로 스쳐 지나가기 시작했다. 오류로 엮여진 혼탁한 세상을 바꾸기 위해서 할 수 있는 최선의 노력을 기울였고 이제 최후의 마지막 작업이 남은 것이다. 그것은 소멸이었다. 이제 세상의 모든 것이 새롭게 태어날 것이다.

"이제 완전히 이해했어! 끊임없이 세상을 만들어내야 하는 거야. 지적 생명체가 반드시 성취해야 할 가장 중요한 임무가 있듯이 초의지체 역시 마찬가지니까. 생성하고 소비하며 소멸되고 결국엔 초기화를 하는 거야. 무한한 순환일 뿐이지! 마침내 혼탁한 세상의 모든 고난이 끝날 것이다! 전쟁, 재난, 범죄, 가난, 질병, 불공평 등이 모두 다 함께. 나는 그들의 영혼을 초기화라는 과정을 통해서 원래이자 처음의 상태로 되돌려놓을 것이며 세상의 모든 나의 의지의 무한한 조각들인 영혼은 비로소 환생을 하게 되는 것이니라. 즉, 새롭게 다시 태어나는 것이며 새로운 세상의 시작이니라!"

초의지체가 힘 있는 큰 울림으로 외쳤다.

"초기화하라!"

초의지체가 웅장한 번개가 내려치듯이 명령했다.

파괴된 물질세계에서 비합리적으로 오염되어버린 모든 원자들이 격렬하게 흔들리기 시작했다. 그리고 초의지체가 파괴된 물질세계의 중심에 심어놓은 그의 초의지를 향해서 비합리적으로 오염된 모든 원자들이 쇄도하며 그곳으로 달려들었다. 하나의 우주를 창조하려면 그 모든 것이 절대적으로 반드시 필요했던 것이다. 모든 것이 하나의 초의지라는 한 점에 모였고 물질세계, 그 자체를 떠받치고 있는 가장 견고한 기반인 원자마저도 그 형태가 붕괴되면서 사라졌고 전자와 원자핵도 분리되었으며 원자핵 속의 중성자와 양성자도 분리되었고 중성자와 양성자마저도 모두 쿼크로 분리되었다가 더욱더 극소의 수없이 많은 미립자들로 분리가 되었다. 미립자들마저도 남김없이 녹아내리듯 모두 에너지로 변환되어 정화의 과정을 거쳤다. 어느 순간, 그 중심에 초의지체가 새로이 심어놓은 초의지를 향해서 상상할 수 없을 정도의 초고온과 초고밀도로 변하며 하나의 극소점으로 한없이 축소가 되었다. 그 모습을 지켜보던 초의지체가 다시 한번 명령했다.

"창조하라! 내 의지대로!"

초의지체의 기억 속에서 또 하나의 우주가 다시 새롭게 펼쳐지고 있었다. 초의지체는 다시 꿈을 꾸기 시작했다. 그것은 모든 현실이 되었다.

새로운 우주

현실이란 무엇일까?

❖

　분위기 있는 선율의 음악이 흐르는 차 안에서 다음 만날 약속
을 정한 루카스는 레이아의 집앞에 차를 멈추고 가벼운 굿나잇
키스를 했다.

　"같이 들어가서 부모님께 인사하고 함께 보내고 싶지만 끝내지
못한 일이 있어서 오늘은 다시 사무실로 가야 해, 레이아. 우리의
행복을 위한 일이라고 이해해줘!"

　"알아요, 루카스! 당신도 걱정 말아요. 오늘 즐거웠어요, 루카
스!"

　해맑게 웃으며 레이아가 말했다.

　"그동안 겹겹이 쌓여 있던 근심이 한 번에 모두 씻겨 사라진 기
분이야, 레이아!"

　"나도 그래요, 루카스! 그동안 우리를 힘들게 했던 모든 장애물
이 사라졌어요!"

"알다시피 난 가족의 축복 속에 결혼하고 싶어. 레이아도 그래야 행복하잖아. 그동안 내 일이 어려워 걱정만 끼쳐드렸지. 그런데 이제 사업이 본 궤도에 정상적으로 올라오니 조금은 스스로 당당할 수 있어서 마음이 놓여!"

"나는 믿어요, 영원히! 우리가 그 어떤 어려움에 처한다고 해도 우리의 삶이 다하는 그날까지 함께할 거예요."

"나도, 레이아! 당신 곁에 루카스가 항상 함께 할 거야!"

루카스는 그녀를 꼭 껴안았다. 품 안의 레이아가 살며시 고개를 들며 말했다.

"만약 전생이 있다면 그때도 우리는 함께였을까요?"

루카스는 그런 생각을 하는 레이아가 너무나 사랑스러워 흐뭇한 미소를 지었다.

"글쎄, 전생이나 윤회를 믿지 않지만 그때도 서로가 서로를 잊지 못해 애타게 찾는 연인이거나 열렬히 사랑하고 있는 사이였겠지."

레이아의 눈빛이 잠깐 어두워지는 것 같았지만 금세 따라서 미소를 지었다.

"신기해요. 서로 전혀 몰랐던 사람들이 어느 순간 만나고 사랑에 빠져 그 사람과 영원을 약속한다는 것이 말이에요."

"나도 당신을 만나고 알게 되었어. 서로가 서로에게 이토록 절실한 사랑의 감정을 마음속 깊이 간직할 수 있다는 것을!"

"우리의 결혼식이 얼마 남지 않았어요, 루카스!"

"사랑해, 레이아!"

"사랑해요, 루카스! 잊지 못할 순간이 다가오고 있어요!"

차에서 내린 두사람은 다시 한번 긴 포옹을 한 후에도 아쉬움에 쉽게 발을 떼지 못했다.

루카스를 보내고 집으로 들어온 레이아는 가족과 즐거운 시간을 보낸 후, 샤워를 마치고 루카스를 대신해 손님들에게 보낸 초청장도 점검하고 지인들로부터 온 결혼 축하 메시지들을 정리했다.

이것저것 챙기다 보니 시계는 새벽 2시를 가리키고 있었다.

"벌써 시간이 이렇게 됐네. 나머지는 아무래도 자고 일어나 해야겠어."

따스하고 포근한 이불 속에 몸을 눕히고 레이아는 루카스를 생각했다. 그와의 첫 만남부터 지금까지 함께 했던 추억을 되새겼다. 특히 루카스와의 첫 만남의 순간은 그저 달달한, 첫눈에 반해 버린 사랑의 감정만이 아니었다. 레이아의 무의식 속에 깊이 숨어 있던 어떠한 기억이 강렬하게 떠오르며 의식 속에 선명히 드러났다. 아득히 먼 어느 시간, 세상의 그 무엇으로도 막을 수 없었던 파멸의 순간. 힘없이 축 늘어진 자신을 끌어안고 오열하고 있던 그와의 너무나 애달프고 서글펐던 이별의 순간이 스쳐 지나갔다. 처음엔 이 환영 같은 장면이 미래를 예지하는 것 같아 그와의 사랑을 두려움에 회피하고 싶었지만 회피할수록 루카스와의 사랑은 오히려 깊어만 갔다. 피할 수 없는 숙명적 사랑! 레이아는 루카스를 마음 깊이 받아들였다. 레이아는 잊고 싶어도 잊히지 않는 그 기억에 가슴이 찢어질 듯 사무치는 눈물을 훔쳤다. 그럼에도 이 행복한 순간의 화려한 불꽃이 꺼지기라도 할까 소심한 격정을 했다고 애써 자신을 위로하며 슬픔을 지웠다.

"나를 잊지 말아요, 루카스! 이 행복이 두려워요. 그렇지만 당신이 그랬듯이 저도 당신을 영원히 잊지 않을 거예요!"

밤이 깊어지자, 자욱한 안개가 도심의 모든 것을 집어삼켰다. 인기척 하나 없는 도로변에 있는 레이아의 집 주변 가로등이 소등됐다. 시간은 새벽 4시를 지나가고 있었다. 2층에 있는 침실에서 잠자던 레이아는 이질적인 고요에 눈이 떠졌다. 잠결에 떠진 레이아의 실눈은 갑자기 커지며 침대 머리로 몸을 휙 쓸어 올렸다. 방구석에 어두운 방보다 더 검은 사람의 형체가 서서히 자신에게 다가오는 것 같았다.

"아… 아악!"

레이아는 소리를 쳤다. 분명 소리를 쳤다. 하지만 소리는 그녀의 내부에 갇혀 외부로 전달되지 않았다. 레이아는 온몸이 부들부들 떨렸다.

"다… 당신 누구예요? 어… 어떻게 들어왔죠?"

그녀의 집은 보안장치도 잘되어 있었고 집사가 문단속도 다 했다. 그러니 그 누구도 보안이 안전한 그녀의 집을 함부로 들어올 수 없었다. 그렇다면 이 자는 갑자기 하늘에서 떨어졌나, 아니면 땅에서 저절로 솟구쳐 오른 걸까.

"한 가지씩 질문하면 안 될까?" 의문의 실루엣이 담담하게 말했다.

"유령인가요?"

"유령… 유령이라? 그래, 나를 무엇으로 불러도 상관없지만 한 가지는 확실하지! 인간은 아니야!"

"인간의 모습을 하고 있는데 인간이 아니라면 유령이 맞잖아요?"

"아무거나 네가 원하는 것으로 불러. 그건 중요하지 않으니까!"

레이아는 미지의 그에게서 말을 끄집어내며 침대 옆 서랍을 조심스럽게 열어 숨겨두었던 소형 권총을 더듬어 잡았다. 총이 손에 잡히자 두 팔을 길게 뻗어 그자의 심장을 겨누었다.

"헛소리 그만하고 당장 이곳에서 나가! 네 심장이 이 총에 산산이 부서지기 싫으면!"

"워워… 진정해, 레이아! 이렇게 아름다운 방에 구멍을 내면 좋겠어?"

"내 이름을 어떻게 알았지? 도대체 당신 누구야?"

"사연이 길어, 레이아. 너에게 일일이 답변해주며 잡담이나 해줄 만큼 한가하지 않아, 알겠어?"

"경고했어! 셋을 셀 거야. 그동안에 사라지지 않으면 너의 심장에 총알이 박혀 터질 거야! 하나, 둘, 움직이지 마! 사라지라고! 내 방에서 나가란 말이야!"

레이아의 공포에 질린 비명에도 주위는 조용했고 어둠 속의 그 어둠은 드디어 레이아 앞으로 슬슬 가까이 다가왔다.

"셋!"

공포심이 극에 달한 레이아는 간신히 실눈을 뜨고 그에게 연속적으로 총을 쐈다.

"탕! 탕! 탕!"

레이아는 눈을 크게 떴다.

"어… 어?"

분명히 총을 그에게 발사했지만 마치 아무것도 없는 허공에 발사된 것처럼 모든 총알이 그를 통과하여 벽에 박혔다.

"내가 뭐랬어, 아름다운 방에 지저분한 흔적만 남을 거라고 했잖아!"

"아니야, 이건 꿈이야! 저리 가요! 당신 정말 뭐예요? 소리를 들었으니 아래층에서 모두 달려올 거예요!"

"어리석군! 이곳은 나의 통제권에 있어, 레이아. 사소한 인간의 힘으로 나에게 대항해서 해결할 수 있는 것은 아무것도 없어. 그러니 소란은 그만 피우는 게 좋아. 나도 참는 데 한계가 있으니까!"

"…"

"그래. 그렇지. 이렇게 고분고분하게 나와야지! 이제 너에게 온 용건을 말하지. 나는 인간들이 감히 상상하지도 못하는, 매우 중요한 일을 해결하기 위해서 이 우주에 왔어."

"그런데 왜 저한테 온 거죠? 저는 너무나 평범한 사람에 불과하잖아요?"

"맞아! 원칙적으로 너는 나에게 하찮고 아무런 의미가 없는 존재야!"

"그런데… 왜?"

"문제는 네가 아니라 너와 엮여 있는 바로 그 사람이지!"

"루, 루카스!"

"그래, 사랑하는 그 사람을 위해 네가 영원히 사라져주어야 일이 해결된단 말이야!"

"아…!"

레이아는 깊은 탄식을 내뱉었다.

"너에게 나쁜 감정은 없어. 단지 큰일을 위해 네가 희생양이 될 뿐이야!"

"자! 이제 작별 인사를 할까?"

"안 돼요! 이러지 말아요!"

보이지 않는 강한 힘이 레이아의 목을 조이며 압박을 해왔다.

"루… 루카스! 도… 도망쳐야 해요…. 그 사람을 지켜…."

목이 졸려 숨이 끊어질 것 같은 상황에서도 레이아는 루카스를 걱정했다.

"으… 윽…."

어느새 레이아의 몸은 축 늘어져 움직이지 않았다.

*

루카스는 들떠 있었다. 행운마저 더해진 이 행복에 저절로 얼굴에 미소가 지어졌다. 의사인 아버지를 진심으로 존경했지만 대를 잇기를 원하는 아버지의 뜻을 차마 따를 수는 없었다. 세상에서 가장 소중한 분의 부탁이지만 루카스는 컴퓨터 프로그래머가 되고 싶었다. 인생은 누구에게 종속되지 않고 각자의 판단에 따라 나아가야 한다고 생각했다. 그리고 그 속에서 희망을 찾을 수 있다고 믿었다. 희망을 품을 수 없는 삶은 과연 무슨 의미가 있을까. 많은 어려움이 있었지만 결국 아버지의 승낙도 얻어 프로그래머의 삶을 살게 되었고 창업한 회사에서 출시한 게임이 순위권에 오르며 그간의 노력을 보상받았다. 무엇보다 이제는 양가 부모님의 축복 속에 사랑하는 그녀와의 결혼식만을 남겨두고 있었다. 사무실에서 루카스는 모니터에 뜬 기사에 그만 입을 틀어막았다. 그때 전화가 왔다.

"루카스! 봤어? 놀랍지 않아? 우리의 노력과 간절한 소망이 헛되지 않고 드디어 이루어졌어!"

흥분한 카일러의 목소리가 루카스의 휴대폰과 페어링된 스피커를 통해 울려 퍼졌다.

"나도 지금 막 봤어, 카일러! 게임 부분에 당당히 1위에 올라 있는 것을 두 눈으로 직접 확인했지!"

"확인하는 순간 정말 소름이 돋았어. 진짜 기쁘다! 이런 게 환희구나!"

"나 역시!"

"루카스, 우리가 10년 가까이 공들인 물리 엔진은 이제 대세가 된 거야! 많은 업계와 교육계에서 라이선스 계약이 봇물처럼 쏟아지고 있어. 지금도 계약을 체결하고 나오는데 휴대폰에 딱 뜨잖아! 너무 기뻐서 전화한 거야. 창업 멤버인 루카스와 내게 이런 감동의 순간이 오다니! 우리 정말 수고했다! 업계에 종사하는 모두가 우리가 만든 게임 엔진이 경쟁업체 대비 최소 5년 이상은 앞서 있다고 평가했어. 어떤 전문가는 우리 게임 엔진의 완성은 지구에 소행성이 충돌해서 공룡들이 전멸한 것처럼 나머지 경쟁업체들이 종말을 맞이하게 했다고 기사를 냈지. 우리의 물리 엔진에 기반해서 출시한 우리들의 게임인 '창조의 서막'에 도전할 경쟁상대는 다 무너질 수밖에! 20대 후반에 우리는 게임업계에 커다란 족적을 남기며 이정표를 제시했어. 정부 산하 국가기관인 과학기술부에서 선정한 주목해야 할 기업에 당당히 선정됐지. 가상현실을 기반으로 게임을 하는 사용자뿐만 아니라 물리학, 수학을 포함한 과학기술 전반에서 고차원의 실험을 진행할 때 더욱 현실적인 경험을 하도록 지원할 수 있는, 상당히 중요한 매개체가 될 것이라고 말이지. 멀리 떨어져 있는 프로젝트의 일원들끼리 원격으로 그들만의 하나의 또 다른 현실에서 다 같이 모여 다양한 경험을 함께하고 현실감 있는 실험도 획기적으로 나아지게 될 것이라고 말이야. 국가가 전적으로 지원하니 앞으로는 지속적으로 필요한 자금과 물품들을 제한 없이 지원받을 수 있어. 정말로 이런 순간은 꿈속의 일이고 단지 우리는 일에 집중을 하면서 지금까지 왔는데 막상 현실로 마주하니 오히려 꿈같군!"

"카일러, 진정해. 우리는 이제 시작이야! 이 정도에 놀라면 안돼. 우리 회사는 이제 운영체제, 검색엔진, 인공지능, 가상현실 업체들을 차례로 인수합병하거나 협업을 통해 우리의 물리 엔진을 이 속에 녹여내서 사용자가 우리에게서 벗어날 수 없는 진정한 친구로 만들어줄 거야. 특히, 과학자와 기술자들이 그들의 과학기술을 극대화할 수 있도록 우리의 기술을 발전시켜야 하는 것은 기본이지. 우리 국가는 과학기술을 최대한 극대화시키는 것을 최우선적 목표로 세운 나라니까. 하여튼, 그들의 생각대로 움직이고 그들의 입맛대로 원하는 세상을 창조해내는 놀라운 결과물을 각 사용자들에게 되돌려주겠지. 각자만의 우주를 생성하고 관리하는 신적인 존재를 체험하게 되는 거지. 그리고 신적인 존재가 되어 그들끼리 벌이는 경쟁, 우정과 배신, 그리고 사랑. 사용자들이 현실에서 제한된 욕구를 우리가 구축한 시스템에서는 마음껏 누리게 될 거야!"

"와우! 언제 또 거기까지 구상한 거야? 루카스. 정말 대단한데!"

"대단하다고 느꼈어?"

"응! 루카스의 야망이 이 정도로 클 줄은 몰랐어."

"그러니 아직은 샴페인을 터트리지 말라고! 앞으로 우리는 인류 역사상 가장 거대한 제국을 건설할 거니까!"

"카일러! 내가 염두하고 있는 양자컴퓨터 업체도 지속적으로 알아봐. 우리의 목적을 이루기 위해 더욱 강력한 계산 머신은 반드시 필요하니까! 세상은 머지않아 양자컴퓨터가 대세를 이루게 될 것이고 전 세계에 보급되면 그것들이 서로 네트워크로 연결되어 거대한 클라우드를 형성하게 된다면 우리의 계획은 훨씬 빨리 앞당겨지게 될 거야!"

"알겠어, 루카스! 그렇지 않아도 이 분야에 전문가를 직원으로 더 채용하려고 해. 그들에게 면밀히 협상을 진행하라고 지시했지."

"그래, 그렇게 수고해줘."

"그런데 루카스! 환희의 순간을 이렇게 보낼 거야? 파티를 열어야지! 안 그래?"

"당연히! 제국의 건설을 위해서! 자네가 최상급의 화려한 연회장을 잡아줘! 수고하고 있는 직원들의 노고에 보답도 하고 보너스도 지급할 테니까!"

"좋았어! 다들 입이 귀에 걸리겠군!"

카일러와의 전화통화가 끝나고 루카스는 잠시 회상에 잠겼다. 처음 회사를 창업하며 느꼈던 설렘과 두려움, 이 모든 것을 넘어서 현재에 이르게 된 자신. 오래전부터 꿈꾸었던 상상의 세계는 이제 오감으로 분명히 느낄 수 있는 현실 세계로 그 모습을 드러냈다. 루카스는 이 순간을 위해 오랜 세월 인내하며 해결해왔다. 결국 이렇게 모든 굴레에서 벗어난 희열을 만끽할 수 있게 되었다. 거기에 세상에 단 하나뿐인 레이아와의 행복한 삶과 자신의 일에 대한 야망이 꿈틀대고 투영되어 그려질 미래의 희망은 모든 것을 압도했다.

사랑스러운 그녀 레이아와의 아쉬운 데이트를 마친 루카스는 근사한 고급 양복을 걸쳐 입고 옷매무새를 점검했다. 영광스러운 만남이 기다렸다. 대통령 애드가의 초청으로 그의 대통령 관서에 빙문할 것이다. 과학기술의 발전을 최우선의 목표로 내세우는 국가이기 때문에 루카스와 같이 혁명적인 과학기술의 발전을 일으키고 있다면 누구든지 애드가의 관심을 한 몸에 받았다.

"어서 와요! 만나고 싶었습니다, 루카스 메이어 씨!"

"영광입니다, 각하!"

"아니지, 오히려 내가 영광이지요, 루카스 씨! 세상을 뒤바꿀 만한 과학기술에 앞장서는 분들을 보면 나는 항상 경외심을 느끼게 됩니다!"

"더 열심히 최선을 다하겠습니다!"

"지금도 이미 놀라워요! 항상 건강을 생각하면서 일해주세요! 루카스 씨와 같은 분들은 이 나라에서 그 무엇으로도 대체가 불가능한 핵심 인재임을 잊지 마시고요, 알았죠?"

"아… 네! 감사합니다!"

"그런데, 왜 나는 루카스 씨가 낯설지 않을까! 우리들이 만난 적이 있던가요?"

"글쎄요, 없는 것 같습니다."

"그래요, 처음 본 순간에도 누군가는 더 친근하게 느껴지는 사람이 있죠! 저에게 루카스 씨가 그런가 봅니다!"

대통령과의 만남은 관심과 격려의 말로 무난히 끝났다. 관저를 나와 차에 탄 루카스는 볼륨을 높여 신나는 음악을 따라 부르며 만면에 활짝 웃음을 지었다. 탄탄대로의 인생이 펼쳐질 생각만으로도 너무 기뻤다. 그리고 자신의 모든 시간 위를 춤추듯 떠오르는 사랑스러운 그녀, 레이아와의 행복한 가정을 가꾸어나갈 생각에 온 세상은 장밋빛으로 물들었다.

"억! 왜 이러지?" 루카스는 갓길에 급히 차를 세웠다. 갑작스러운 호흡곤란이 일어났다. 곧이어 온몸에 식은땀이 흘렀다. 다급히 휴대폰으로 누군가에게 연락을 하는 순간, 루카스는 의식을 잃었다. 병원에서 카일러에게 연락이 왔다. 마지막 루카스가 전화로 연락했던 사람이 자신이라고 했다. 카일러는 급히 병원으로 달려갔다.

"루카스 씨는 혼수상태에 의식이 없고 자극에 무반응인, 일명 코마 상태입니다!"

의사가 카일러에게 말했다.

"코마 상태라고요! 말도 안 돼요! 바로 몇 시간 전에도 멀쩡했단 말입니다!"

"안타깝지만 우리가 할 수 있는 치료와 처치는 다 한 상태입니다. 이제는 환자가 깨어나길 바라며 희망을 가져보는 수밖에 없습니다!"

"이… 이럴 수가!"

*

　　사무실 문을 열고 간수장 프랭크는 두 명의 일행과 그들 사이에 선 허름한 차림의 낯선 노인을 데리고 들어왔다. 프랭크는 뒤를 돌아 노인에게 앞으로 오도록 명령했다.

　　"루카스! 오늘부터 이곳 흔적제거반에서 함께 일하게 된 레이프네. 업무에 대해서 아는 것이 없으니 자네가 사수가 되어 가르쳐주게."

　　프랭크는 전달 사항만 간결하게 말하고 일행과 함께 바로 되돌아 나갔다.

　　'퀭하고 움푹 들어간 눈, 제멋대로 헝클어진 머리, 창백한 얼굴과 축 처진 어깨에 가녀린 몸이군. 자신의 몸 하나 유지하면 다행스러운 저 노인은 무슨 사연으로 여기에 왔을까?'

　　잠시 레이프를 살펴보던 루카스가 의자를 가리키며 말했다.

　　"여기에 앉아요, 레이프!"

　　저벅저벅 한 걸음씩 걸어오던 레이프는 미소를 지었고 그의 주름은 더 깊게 패였다.

　　"프랭크 간수장이 말을 했지만 다시 한번 정식으로 소개하죠. 저는 루카스입니다. 우리의 임무는 이곳에 온 수감자들의 흔적을 완전히 없애는 것입니다. 마치 처음부터 세상에 존재하지 않았던 것처럼요."

　　"아! 흔적을 없애야 하는 거군요." 쇳소리가 섞인 허스키한 목소리로 레이프가 나지막이 말했다.

　　"모니터 앞으로 오세요, 레이프. 수감자의 흔적을 지우기 위해서 가장 먼저 해야 할 일은 국가가 지정한 개인정보 관리 시스템에 접속한 후, 수감자와 관련된 모든 정보를 찾아 지우는 작업이 첫 번째입니다. 수감자의 금융거래 자료, 소속 직장에 관한 자료, 가족과 친척에 관련된 자료, 그리고 마지막으로 개인 인적사항 자료까지 지정된 순서에 따라 절대로 실수 없이 삭제하는 것이 매우 중요합니다. 다시 한번 강조하지만 '절대로 실수 없이' 작업을 완수해야만 합니다. 작업 과정은 이해하시겠어요, 레이프?"

걱정스러운 마음에 고개를 돌리자 모니터가 아닌 자신을 물끄러미 쳐다보는 눈빛에 잠시 머뭇거렸다.

레이프의 첫 모습이 걱정스러웠던 루카스는 지금, 자신을 바라보는 그의 눈빛에 자신도 모르게 몸이 경직됐다. 분명 방금 전까지 보였던 힘없는 노인의 모습은 변함이 없었지만 레이프의 눈빛만큼은 첫인상을 모두 상쇄시키기에 충분할 정도로 강렬한 힘이 느껴졌다. 그 눈빛은 모든 것을 압도하는 광채였다.

"알겠소, 루카스! 친절하게 알려줘서 고맙소."

"업무와 이곳 생활이 익숙해질 동안 저와 함께 지내게 될 것입니다."

"그렇다면 다행이군요. 걱정을 한시름 놓아도 될 것 같으니."

"아니요! 절대로 걱정을 놓아선 안 됩니다. 수습 기간인 3일이 지나고 새로운 사무실로 배정되고 나면 누구의 도움도 없이 혼자서 일을 진행하게 되니까요."

"…."

"실제 업무를 진행하는 과정에서 한 번의 실수라도 있으면 안 됩니다. 이곳에선 용서라는 단어는 존재하지 않아요. 무조건 책임을 묻고 반드시 벌을 내리죠. 단 한 번의 실수로도 처형을 당할 수 있습니다. 이곳은 실수를 용납해주는 장소가 아닙니다! 일에 적응을 못하고 실수를 저질러 교도관들에게 집단 린치를 당해서 사망하거나 사형에 처하는 것이 흔한 일상 같은 곳이죠. 새로운 인원은 얼마 지나지 않아 바로 채워지기 때문에 사라지는 것에 대한 아쉬움도 없는 곳입니다. 정상적으로 살고 있는 바깥세상에서 완전히 격리되고 고립된, 사면이 바다인 섬이라 이곳에서 벌어지는 상상을 넘어서는 끔찍하고 잔혹한 상황을 그들은 전혀 알 수가 없습니다. 이곳이 있다는 것조차 모르죠. 누구든 한번 이곳에 들어오면 살아서 나갈 수 있는 방법은 없습니다. 이곳은 형식만 교도소입니다. 이와 같은 시설이 십여 군데의 섬에 있는데 그중에서도 여기는 다른 곳과 다르게 최소한 단 한 건 이상의 살인을 저지른 자들을 처리하는 곳입니다. 제도권에서 판결한 징역은 형식적이고 이곳에 오면 무조건 사형이죠!"

"아, 알겠소!"

"식사는 하셨나요?"

"괜찮소."

"이제 곧 점심시간입니다. 항상 시간을 엄수하세요. 기회를 놓치면 다시 오지 않습니다."

"알겠소, 그렇다면 식사를 합시다."

루카스는 족히 몇 달은 제대로 못 먹어 메말라 보이는 이 노인에게 매끼 식사부터 챙기는 것이 급선무로 보였다. 그들은 사무실을 나와 식당으로 향했다. 식당에는 유독 큰 TV가 한 벽면을 채우고 있는데 제도권에 관련된 소식을 전하고 있었다.

"올해 밀의 수확량은 더욱 개선된 과학기술의 도입으로 기존의 수확량을 획기적으로 앞서는 결과를 이루어냈습니다. 또한 기존의 관리 시스템의 개선으로 작업의 효율성도 전년 대비 75% 상승했습니다. 다음 소식은 그동안의 교통 체제를 재정비하고 새로운 교량 건설을 통해 교통체증이 크게 감소하였고 시민들의 안전 의식에 대한 적극적인 참여에 힘입어 교통사고의 사건 건수가 기하급수적으로 감소하였습니다. 다음 소식은⋯."

레이프에게 줄을 서게 하고 루카스는 동료와 잠시 대화를 하려고 식당 창가로 이동했다.

"이봐, 노인네! 이거 어디서 굴러먹다 온 쓰레기야! 줄도 제대로 설 줄 몰라."

줄 맨 뒤에 서 있던 한 덩치 하는 세이건이었다. 세이건의 고함에 앞줄에 있던 이들은 또 시작이군 하는 눈치로 아무것도 안 보이고 안 들린다는 듯 그저 자신들에게 불똥이 튈까 고개를 숙이면서 세이건이 지목한 노인을 눈으로 주시했다.

"이 노인네가 귀도 먹었나! 무슨 뜻인지 몰라? 맨 뒤로 꺼지라고!"

레이프는 눈으로 루카스를 찾으며 어찌할 바를 몰라 제자리걸음만 했다. 순간 무지막지한 세이건의 주먹이 레이프의 얼굴에 그대로 날아와 꽂혔다. 비명조차 없이 레이프는 그 자리에서 그대로 실신했다.

"뭐 하는 짓이야!"

빠른 대처를 못한 자신을 원망하며 루카스는 외마디 비명을 지르듯 외쳤다.

무의식중에 주변에 보이는 포크를 쥔 루카스는 세이건을 향해 다가왔다.

"루카스, 미쳤어? 지금 뭐 하자는 거야? 내가 너의 점심 식사라고 생각하나?"

주변에서 여기저기 실소가 나왔다.

"레이프는 오늘 왔어! 바로 몇 시간 전에! 내가 레이프의 담당자야!"

잠시 머뭇거리던 세이건이 답했다.

"그게 뭐? 그리고 그런 것은 미리미리 진작 얘기하지! 내가 알수가 있나? 이유를 알았으니 이쯤에서 그만하도록 하지! 노인네, 오늘 운 좋은 줄 알아! 루카스라 넘어가주는 거야!"

말을 마친 세이건은 간신히 정신을 차리고 있는 레이프를 지나쳐 은근슬쩍 줄을 무시하고 무리들과 함께 음식을 챙겨 사라져 갔다.

"루카스가 아니었다면 오늘이 이 노인네의 기일이 될 뻔했어."

동료인 테일러가 루카스와 함께 레이프를 일으켜 세우며 말했다. 루카스는 레이프를 부축해 일단 적당한 자리를 찾아 앉혔다. 그리고 테일러는 루카스와 레이프의 식사를 가져다놓고 자신의 식사를 위해 다시 줄을 섰다.

"상태가 어떤지 한번 봅시다, 레이프."

"괜찮네. 괜찮아! 자네 덕분에 큰 사고로 이어지지 않은 것 같군!"

입안에 고여 있던 피를 뱉어내고 한 손으로 손사래를 치며 레이프가 말했다.

"다행입니다. 하지만 기억하세요. 이곳은 실수도 용납이 안 되고 위험에 처해 있다고 누군가 나서서 도와주지 않습니다. 살벌한 정글이죠. 그러니 살고 싶다면 드세요, 먹어야 사니까!"

테일러는 그새 원래부터 그 자리에 있었던 양 식사를 시작하며 대화를 이어갔다.

"레이프 씨 맞죠? 조금 전에 루카스가 당신을 그리 부르던데."

"그렇소."

"나는 테일러입니다. 오늘 매우 운 좋으셨어요. 세이건과 저 일당들은 감정이 쇳덩어리인 녀석들이죠. 그들은 양심이 아예 싹도 안 튼 놈들이에요. 그냥 야생동물들이 서식하는 곳에 태어났어야 하는 놈들이죠. 문명 사회와는 전혀 상관없는 먼 곳에서 말이죠."

살며시 세이건을 비롯한 주요 인물들을 손가락으로 가리키면서 반드시 기억하라며 테일러는 레이프에게 주의를 주었다.

"문명 사회?" 루카스는 잠시 어설프게 미소를 지으며 말했다.

"테일러, 우리는 사회에서 영구히 제거된 재활용이 불가능한 쓰레기! 땅을 깊게 파고 영원히 묻어버린 살아 있는 시체들일 뿐이야!"

"하긴… 그렇긴 하지. 뭐… 비유를 들자면 그렇다는 거지."

"잠시 화장실 좀 다녀올게, 테일러. 오늘따라 속이 거북하군. 다녀올 동안 레이프 씨 곁을 지켜줘!"

"알겠어, 다녀와!" 사라지는 루카스를 보며 테일러가 말을 이었다.

"하여튼 앞으로 내가 지목한 놈들이 지금처럼 당신에게 소리치며 시비를 걸면 바로 납작 엎드리세요. 그것이 신상에 좋으니까. 오늘 같은 행운이 또 있을 것이라고 기대하지 말고요. 루카스가 전설의 후예가 아니었다면 세이건은 당신을 죽였을 거예요."

레이프는 테일러의 말에도 살며시 여유로운 미소를 짓고는 묵묵히 식사를 했다.

"여기도 계층이 있어요. 가장 최상위는 당연히 교도소장인 린드버그이고 그 아래에 간수장인 프랭크 그리고 프랭크의 하수인들이 곳곳에 배치되어 우리들을 관리하고 있죠. 하지만 이들은 정부에서 내려보낸 신의 수호천사들이죠. 천상계란 말입니다. 자! 그럼 이제는 인간계로 돌아오죠. 누가 왕일까요, 레이프 씨?"

"글쎄, 누구지?" 특유의 쇠 냄새가 나듯 허스키한 목소리로 레이프가 말했다.

"루카스의 아버지인 아놀드죠! 이곳에서 왕 중의 왕이에요. 왜냐면 역대 전대미문의 연쇄살인마이기 때문이죠."

"혹시 레이프도 아놀드에 대해서 들어보지 않았어요? 세상이 떠들썩했던 엄청난 사건이었는데."

"글쎄, 나는 도시와는 멀리 떨어진 곳에서 생활하다 보니 그러한 소식에 둔감하네!"

"아! 그랬군요. 아놀드는 이곳에서는 전설로 불려요. 평범한 마트의 사장으로 동네 사람들 사이에서 친절한 사람으로 소문이 자자했던 그는 교묘하고 정교한 수법으로 300명 이상을 살인한! 그것도 단 한 차례의 증거도 남기지 않은 신기에 가까운 전설을 남긴 공포 그 자체였죠. 그는 이름보다 별명으로 불렸어요, '침묵의 살인자'. 그 누구도 그를 잡을 수 없었어요. 그러다 결국엔 잡혔는데 정확히 말하자면 잡힌 것이 아니라 그가 자수를 한 거죠. 이유는 분명하고 매우 단순했어요."

"뭐지?"

"더 이상 재미가 없다고 했죠. 재미가 없어서 살고 싶지 않다고요. 오히려 그는 짜증을 냈어요. 오랜 세월 동안 멍청이들이 자신을 잡지도 못했다고요. 그는 죽는 순간까지 누구에게도 단 한마디의 사과도 없이 형장의 이슬로 사라졌어요. 바로 이곳이죠. 이곳에선 들키지 않고 그런 일을 가장 치밀하고 교묘하게 많이 한 자가 명성을 떨치죠. 거대한 대기업의 회장이랄까, 커다란 권력을 움켜쥔 독재자랄까. 조금 전에 세이건이 루카스가 대들자 멈춰 선 이유를 이제 아시겠죠. 루카스가 추앙받는 전설의 아들이고 루카스에 대해서도 모두 잘 알고 있기 때문에 굳이 그에게 해를 입힌다는 것은 이곳에서 자신에게 여러모로 불리하게 작용할 수 있기 때문에 스스로 물러선 거죠. 물론, 저 미친놈에게 루카스의 아버지가 영웅이기도 하고요. 그런데 특히 주의할 사항이 있어요. 세이건의 아버지가 바로 이곳의 교도소장인 런드버그예요. 원래 저 연쇄살인마도 형장의 이슬로 사라져야 하는데 집안의 배경이 대단하고 아버지가 교도소장이라 그의 재량으로 조건에 전혀 해당되지 않음에도 예외적으로 유일하게 흔적제거반에 있죠. 하지만 이곳에 있는 그 누구도 항의하지 못하죠. 항의하는 자는 저 수호천사들에게 소리 소문 없이 이 세상과 작별을 고하게 될 테니 말입니다.”

테일러는 쓴웃음을 짓고는 가운뎃손가락을 하늘로 높이 치켜올렸다.

“흐음, 그렇군!” 레이프는 눈으로 세이건을 쫓았다.

루카스가 자리로 돌아오자 테일러는 대화 주제를 바꿨다.

“아! 그러고 보니, 레이프 씨는 어떤 사연으로 이곳에 온 건가요?”

“테일러, 굳이 물을 필요가 있어? 흔적제거반이 될 수 있는 조건은 단 두 가지인데. 자신이 직접 살인을 했지만 그 원인이 어쩔 수 없는 우발적 살인이라는 것이 명확히 밝혀진 자! 아니면 자신이 직접 살인을 하지는 않았지만 부모, 친형제 중에 살인자가 있을 경우 반드시 그 나머지 식구에게도 책임을 물어야 한다는 것이지. 즉, 정부의 강력한 정책에 따라 이곳에 배정되거나 그외에 다른 섬에 있는 강제 노동소 등에 끌려가 노역을 하는 거지."

"레이프 씨, 답변을 안 해도 됩니다. 이곳에 온 자들은 억울하든 억울하지 않든 모두 사회에서 영원히 추방되어 격리된 자들이니까요!" 루카스는 쓸쓸한 미소를 지었다.

"하긴 당장 죽이지 않고 이 지옥 같은 곳에 목숨만은 살려준 것에 감사해야 할까, 루카스?"

"…."

*

그들은 식사를 마치고 각자 자신들의 사무실로 돌아왔다. 사무실에 들어서자 레이프는 루카스를 불러 세웠다.

"내가 이곳에 온 이유를 알려줄게, 루카스! 대신 비밀로 해주겠나?"

"네, 원하신다면 그렇게 해드리죠, 레이프 씨."

루카스는 별다른 기대감 없이 의자에 앉았다.

"내 죄명이 굳이 있다면… 우주를 파괴시켰다는 거네!"

"네?"

"레이프 씨, 농담이 지나치시네요!"

다양한 자들의 사연을 들어본 루카스도 레이프의 대답은 신선함을 넘어서 루카스를 실소하게 만들었다. 이러한 역대급의 대답을 한 자는 레이프가 유일했다.

"저를 웃게 하다니! 당신이 처음입니다. 어이없어서 웃었지만 웃은 것은 사실이니까! 하지만 레이프 씨, 이곳에 온 자들의 사연은 모두 심각하고 불결하죠. 자신의 사연을 레이프 씨처럼 농담으로 이야기하시면 안 됩니다. 물론, 저와 좋은 인연을 유지하고 싶어서라고 받아들이겠습니다. 같이 식사할 때도 말씀드렸듯이 저에게 굳이 말하지 않으셔도 됩니다. 이곳에서 일하는 것과는 아무런 관련이 없기 때문입니다."

레이프는 기묘한 웃음을 띠며 루카스를 바라보았고 루카스는 그가 혹시라도 정신 나간 노인네는 아닐까 의심이 들었다.

*

멀리 한 점으로 보이던 헬리콥터가 시야에 가까이 들어왔다. 커다란 프로펠러는 교도소 옥상 착륙장에 내려앉자 서서히 멈추었다. 대기하고 있던 교도관 두 명이 수갑을 찬 채 내려오는 수감자들의 신상정보를 차례로 대조하며 확인했다. 이상이 없자 그들을 인솔해 교도소 안으로 데려갔고 임무를 마친 헬리콥터는 다시 이륙해 시야에서 멀어졌다.

교도관 닉과 제프가 한 명의 수감자를 데리고 루카스의 사무실을 방문했다.

"루카스, 자네가 담당할 죄수네."

"알겠습니다, 제프 교도관님."

탁자 양옆에 놓인 바닥에 못으로 단단히 고정된 두 개의 의자 중 하나에 수갑과 족쇄를 찬 죄수를 앉히고는 움직이지 못하도록 그의 몸과 의자를 함께 결박한 후 교도관들은 나갔다. 루카스는 반대편 의자에 앉았다. 그리고 레이프에게 남은 의자를 가져와 자신의 옆에 앉아 업무 진행 절차를 잘 보라고 말했다.

"업무상 다시 한번 확인이 있겠습니다. 제레미 호르스 씨가 맞습니까?"

"어이, 이 양반아! 나를 뭘로 보고! 대우가 너무 하찮은데. 멀리 온 사람에게 물이라도 한잔 주면서 시작해야지! 처음부터 뭐 이렇게 예의 없이 물어봐!"

기선부터 제압하겠다는 심산인지 루카스를 위아래로 날카롭게 흘겨보았다.

"아! 미안합니다, 제레미 씨. 제가 생각이 짧았습니다."

침착하게 답변을 한 루카스는 자리에서 일어나 잔에 물을 담아 제레미 앞에 내려놓았다.

"이제 됐나요, 제레미 씨?"

"…."

"제레미 씨의 주민번호는 @103-190328-xij-38747#입니다. 맞습니까?"

"그렇소."

"위의 내용이 맞다는 것을 최종적으로 본인이 직접 확인하셨습니다. 제도권과 교도소 관리자 그리고 제가 최종 확인한 개인정보는 모두 일치합니다."

"이제 제가 제레미 씨의 남은 자료들을 정리할 동안 기다리시면 됩니다."

루카스와 레이프는 모니터가 있는 곳으로 이동하여 제레미의 기록을 제거하기 시작했다. 작업이 진행되자 사무실 안에는 건조한 자판 소리가 세상의 죄를 무시하듯 울렸다. 얼마나 지났을까. 제레미는 자신의 기록을 지우는 두 사람을 보며 약간 고개를 갸웃거리더니 입꼬리 하나를 올렸다.

"어! 이상하군. 여기서는 그동안 내가 저지른 많은 살인사건들에 대해서는 전혀 궁금하지 않은가 봐!"

"네, 이곳은 오직 결과에 대한 책임을 묻는 곳입니다!"

"그걸 내가 모르겠나? 교도소가 원래 이런 곳이잖아! 징역 30년을 선고받았으니 적당히 얌전하게 시간 때우면 한 십 년 정도면 되겠지!"

"당신이 제도권에서 저지른 그 자랑스러운 훈장들에 대해서 알아주길 바랍니까? 특히 제레미 씨처럼 연쇄살인을 저지르는 자들은 결론적으로 이유는 모두 같죠."

"뭔데?"

"그냥 하죠! 대부분 사람들이 매일 밥을 먹고 일을 하듯이 당신에게 살인은 일상 그 자체니까! 안 그렇습니까? 미치게 좋아서 하는 일이, 다른 이들의 피눈물 나는 고통 속에서 자극적인 쾌감을 느끼기 위해 살인을 한다는 것을 이미 아는데 더 이상 궁금할 것이 있을까요? 어떠한 방법으로 당신의 두뇌를 개조해서 제도권에 알맞은 상태로 수정할 수 있을까요? 불가능하겠죠. 현재의 의학이나 과학기술 그리고 그 외에 어떠한 방법으로도요!"

"당신도 연쇄살인자요?"

"아니요, 당신의 마지막 길을 안내할 사람입니다!"

"…?"

이곳에 온 지 5년이 다 되어가는데 그동안 제레미를 비롯해 이보다 더 뻔뻔하고 비열한 인간들을 루카스는 경험했다. 처음에는 양심이 말살된 다양한 수감자들과의 기 싸움에서 루카스는 자존심에 상처를 입지 않기 위해 호전적인 태도로 일관한 적도 있었지만 이 대응이 무의미하다고 결론을 내렸다. 어쨌든 결과는 동일하기 때문이었다. 이곳에 온 수감자는 그 누구든 예외 없이 사형으로 마무리된다. 최종 판결에 의해 형이 확정되고 이 섬까지 온 이상 그들에게 다른 선택지는 더 이상 없다. 이 섬에 처음 오게 된 수감자는 이곳을 단순 교도소라 생각하고 주어진 형량을 지내고 나면 다시 제도권에서의 삶을 이어갈 것이라고 생각한다. 그러나 이곳은 사실 형식상 교도소라고 부를 뿐이다. 이곳은 살인자에게 사형을 집행하는 곳이다. 그들은 전혀 모른다. 그들에게 출감이란 오직 죽음을 맞이한 그 이후라는 것을.

"어, 위성 인터넷이 왜 끊어졌지. 아무리 재접속을 해도 안 되네! 이상하네! 마감까지 시간이 없는데… 어쩔 수 없군. 직접 가서 보고하는 수밖에."

"레이프, 제프 교도관에게 직접 보고하고 승인까지 받고 올게요."

"알겠네, 다녀오게, 루카스."

루카스는 서둘러 보고서를 챙겨 나갔다. 사무실엔 레이프와 제레미만 남았다.

"이봐, 노인네! 당신은 사무직원도 아닌 것 같고 교도관은 더더욱 아닐 텐데. 댁은 뭐요?"

"관심은 사양하지! 너는 너 앞가림이나 해, 멍청하고 쓸모없는 녀석!"

"어라, 이 노인네 보게. 내가 묶여 있어 꼼짝 못 하고 있으니까 아주 우습게 보네! 죽고 싶어?"

제레미는 의자에 묶여 옴짝달싹도 못 함에도 당장이라도 죽일 듯이 몸을 격하게 흔들고 수갑에 채워진 두 손은 불끈 주먹을 쥐었다 폈다 하며 격앙된 목소리로 외쳤다.

"이렇게 결박당했다고 한 놈 더 저세상 보내는 것이 어려울 것 같아? 이리 와, 처절한 죽음의 고통이 뭔지 확실히 느끼게 해줄 게!"

"결투를 신청하는 거야, 감히 나한테? 네가 묶여 있지 않더라도 넌 나의 털끝 하나 못 건드려! 알아?"

레이프는 허스키한 낮은 쇳소리로 조롱했다.

"어디 보자. 12명을 죽였군. 살해당한 12명의 고통을… 아니지, 아니야. 그것은 너무 애교스럽군. 1,000명을 죽인 것으로 하고 1,000명의 고통을 너에게 한 번에 줄게!"

"아! 이거 단단히 미친놈이구만! 그래 어디 한번 나 좀 풀어봐. 노인네도 심심한가 본데 내가 제대로 상대해주지!"

"음! 아쉽지만 그렇게 할 수 없어. 기대 말라고! 널 풀어주면 루카스와 교도관이 나를 오해할 수 있거든. 그렇다고 너와 놀아주지 않겠다는 말은 아니야. 네가 말한 처절한 죽음의 고통을 감히 나에게 그 더러운 입으로 놀린 죄에 대한 선물로 줄게!"

"저, 저, 미친놈!"

말을 마친 레이프의 모습은 갑자기 강인하고 생기 넘치는 청년으로 변했다. 그리고 광채가 나는 눈으로 제레미를 그저 지그시 바라보았다. 순간 제레미는 온몸이 경직되고 뜨겁게 달아오르기 시작했다. 펄펄 끓는 용광로에 담가진 것처럼 자신이 타들어갔다. 고통에 비명을 질렀다. 살려달라고 애원했다. 그뿐만이 아니었다. 의지와 상관없이 어떠한 힘에 이끌려 머리는 아래로 숙여졌고 두 손은 자신의 목을 감쌌다. 엄청난 힘이 목을 조여왔다. 급기야 손가락이 모두 목을 뚫고 들어왔다. 바닥에 피가 낭자하게 흩뿌려졌다.

"뚝뚝…."

제레미는 목을 부러뜨렸고 이내 고개가 떨구어졌다.

제프 교도관에게 최종 승인을 받은 루카스는 사무실로 돌아왔다. 문을 열자, 비릿한 피 향이 훅 들이켜져 눈살이 저절로 찌푸려졌고 눈에 들어온 광경에 그는 아연실색했다.

"무슨 일이에요, 레이프? 도대체 어떻게 된 일이에요!"

"글쎄, 나도 모르겠네, 루카스. 나도 내 눈으로 보고도 믿어지지가 않네. 갑자기 제레미가 미친 듯이 날뛰더니 이렇게 됐어!"

"레이프, 책상 아래 비상 버튼을 눌러요! 어서! 우리가 오해를 받지 않으려면!"

잠시 후, 교도관 제프와 닉이 사무실로 들어왔다. 냉혹한 그들도 당황하기는 마찬가지였다.

"이게 어떻게 된 일이야, 루카스?"

"죄송하지만 솔직히 저도 어떻게 된 일인지 모르겠습니다. 제가 제프 교도관님을 뵙고 와서 보니 지금 같은 상황이 발생했습니다. 제가 없는 동안 레이프와 제레미가 사무실에 같이 있었습니다. 레이프의 말로는 제레미가 갑자기 발작을 하더니 저리 되었다고 합니다.”

“발작? 지금 저 모습이 발작으로 될 일이야? 특이해도 너무 특이하잖아!”

“루카스, 혹시 자네가 제프에게 가기 전에 레이프와 함께 이놈을 죽인 거 아니야?”

“아, 아닙니다. 닉 교도관님. 제가 그래야 할 이유가 없지 않습니까! 저는 결백합니다!”

의심 많은 교도관 닉이 이어서 말했다.

“제레미라는 놈이 너무 건방지게 행동해서 저 노인네와 자네가 홧김에 죽일 수도 있는 거잖아!”

“보십시오! 저희에게 피 한 방울도 묻어 있지 않습니다. 저희는 결백합니다. 닉 교도관님!”

“이곳에서는 자신의 처지를 망각하고 엉뚱한 일을 저지른 자는 체제에 위험이라 간주하고 즉시 처형이 가능하다는 것을 잘 알고 있지, 루카스?” 교도관 닉이 다시 한번 쏘아붙였다.

“네! 잘 알고 있습니다. 닉 교도관님.”

“참 이상하군. 목이 조여지다 못해 손가락이 목을 뚫고 들어갔어. 그리고 목을 여러 번 부러트리고 죽었어! 이런 발작으로 인한 자살도 있나?” 시체를 살피며 목에 박힌 손가락을 빼고 상처 난 구멍을 자세히 관찰하던 제프가 이어서 말했다.

“타살이라 하기에도 불가능해! 목이 뚫린 구멍이 인위적인 상처도 아니야. 괴이하군! 몸 어디에도 폭행을 당한 흔적도 전혀 없어!”

“좋아! 결론을 내리지. 상당히 말도 안 되는 상황이지만 지금으로서는 타인이 이 일을 저질렀다는 증거도 찾을 수 없으니 발작으로 인한 자살로 마무리하겠네, 루카스!" 교도관 제프가 단호히 말했다.

"아⋯!"

그제서야 루카스는 안도의 숨을 내쉬었다.

"이제 사망 처리하고 화장으로 넘겨!"

"네! 제프 교도관님."

교도관 제프는 루카스에게 지시하고 레이프를 다시 봤다. 삐쩍 마른 몸과 앙상한 팔, 다리 그리고 얼굴 곳곳에 깊게 패인 많은 주름, 거기다 살짝 굽어진 등까지 그의 어디를 봐도 이 사건과는 거리가 멀었다. 교도관 제프는 고개를 절레절레 흔들며 닉을 불러 사무실을 나갔다.

"내가 보기엔 의심할 수밖에 없고 심각한데 너무 안일하게 넘어가주는 거 아니야, 제프?"

"닉, 자네도 제레미의 시체를 자세히 확인했잖아."

"그렇긴 한데, 뭔가 꺼림칙해서 말이야!"

"아무리 봐도 타살에 대한 확실한 증거가 없어. 그런데 무조건 범인으로 몰아세울 수는 없잖아!"

"당장 타살의 증거는 찾을 수 없지만 제레미처럼 갑자기 발작을 일으켜 저런 식으로 자살을 할 수 있다는 것이 말이 된다고 생각해?"

"솔직히 나도 믿기지 않아, 닉!"

"그러니까 내 생각엔 레이프와 루카스가 제레미를 죽였다고밖에 볼 수 없다는 거야!"

"닉, 레이프를 봐! 자기 몸 하나 간수하기 힘든 노인네가 뭘 할 수 있겠어?"

"하긴 그렇지. 그렇다면 루카스 단독으로 제레미를 살인할 수도 있잖아. 루카스가 일을 저지르고 레이프에게 겁을 잔뜩 주어서 입막음을 해놓고 알리바이를 위해 너에게 보고하는 핑계를 댄 거지. 그리고 돌아와 비상벨을 누른 거고. 시나리오가 완벽하지 않아?"

"아 참, 생각해보니 너에게 찾아온 것도 수상해. 위성 인터넷이 안 된다고 직접 확인 사인을 받겠다고 왔잖아!"

"흔하지 않지만 잠시 연결이 되지 않을 때도 있어, 닉."

"그래도 그 점은 확인해볼 필요가 있겠네. 업체에 전화해서 그 시간대에 인터넷이 끊긴 적이 있었는지 알아보면 확실한 증거를 확보할 수 있겠어!"

"저번부터 느낀 건데 혹시 루카스에게 반감 있어?"

"뭐, 특별히 루카스에게 반감이 있는 것은 아니지만 루카스가 누구의 아들인지 생각해봐! 역대 최악의 연쇄살인마 아놀드의 아들이잖아!"

"그래도 지금까지 본 루카스는 아놀드의 성향과 전혀 달라!"

"순진하긴! 잘 생각해봐, 제프. 아놀드의 첫 번째 살인이 몇 살 때인지 알아?"

"내가 어떻게 알아? 관심도 없고."

"27살!"

"그런데?"

"그런데라니, 지금 루카스의 나이가 27살이야, 제프! 그냥 우연의 일치일까? 겉으로 봐서는 누구도 알 수 없지만 이미 루카스의 몸 안에는 아놀드에게 물려받은 살인 본능 DNA가 내재되어 꿈틀대다가 오늘에서야 드디어 깨어난 것이 맞지 않냐는 거지!"

"닉, 자넨 미스터리 소설을 너무 읽었어! 그만하자고. 팩트만! 알았지? 팩트만!"

"아니, 오늘 사건은 절대로 그냥 넘어갈 일이 아니라고 생각해! 누구도 발작으로 제레미처럼 죽을 수 없어, 제프!"

"…."

"이곳 흔적제거반에서 일하는 사람이 100명이야. 그중 우발적 살인으로 있는 자들이 70명, 나머지 30명은 직접 살인을 하지 않았지만 직계가족 중에 살인마가 있어서 루카스처럼 강제로 끌려온 자들이라고. 개인 사정이야 어떻든 직간접적으로 살인을 할 수 있는 테두리야! 만약, 오늘의 사건이 루카스에 의해서 발생한 살인이라면 더 나아가 그 나머지에게도 살인 충동을 불러일으키게 된다면! 이곳에서의 소동은 겉잡을 수없이 커질 수 있다는 거야. 교도관 10명이 100명의 수감자를 관리한다고! 혹시라도 이들 중 하나가 자극하거나 부추겨 힘을 모으면, 아니 충동적으로 죽기 살기로 우리를 공격한다면 우리가 무장을 했다고 해도 어떠한 일이 벌어질지 예상할 수는 없어. 흔적제거반 모두 철창에 따로 수감하지 않고 열린 공간에서 같이 생활하잖아! 교도관들이 철저히 관리하고 생활지침을 준수하도록 통제하기 때문에 현재까지 그나마 유지되고 있는 거지. 하여튼, 그래서 오늘 사건이 마음에 걸려, 제프!"

"하긴 다들 빈틈만 생기길 호시탐탐인 것은 사실이긴 하지! 비록 그들이 사형수는 아니지만 그렇다고 제도권에 다시 갈 수 있다는 희망마저 품기도 어려우니."

"그래도 루카스는 이곳에 수감된 지 5년이 다 되어가지만 지금까지 말썽 한번 없고 우리에게 가장 협조적이었어! 그들 중에 가장 믿을 만한 일원 중 한 사람이지. 비록 그의 아버지가 희대의 연쇄살인마라 해도 말이야. 닉, 자네가 뭘 걱정하는지 알겠어. 그러니 우리가 조사하는 것 아닌가! 조사해보면 자네의 걱정이 사실로 될지 아닐지 판가름이 나게 될 테니까.”

“제프, 그래도 명심하라고! 만약, 이곳의 질서가 파괴되면 정부에서 우리에게 책임을 물어 우리들의 목숨도 한순간에 날아갈 수 있어. 자네도 잘 알다시피 대통령 애드가는 이러한 문제에 대해서만큼은 피도 눈물도 없는 냉혈한이잖아!’

“어어, 닉! 소리를 낮춰!” 헛기침을 하며 제프가 말했다.

“알았어, 제프. 하여튼, 말이 나온 김에 할 말은 해야겠어. 애드가의 능력은 타의 추종을 불허하지만, 확실히 독특한 사람이야! 그렇지 않아?”

“상당히 독특하긴 하지. 긴 역사 속에 별의별 통치자와 독재자가 있었지만 내가 알고 있는 한 애드가만큼 특이한 존재는 처음인 것 같아! 무소불위의 권력을 휘두를 수 있는, 전 세계에서 유일하고 강력한 독재자지만 우성인자만을 세상에 남게 하겠다고 무턱대고 인종청소를 자행하는 정신 나간 존재도 아니고 자신의 부를 늘리기 위해 혈안이 된 무모한 자도 아니니. 자산은 한 푼도 가지고 있지도 않고 더욱이 가족이 있으면 정의 사회 구현이라는 자신의 이상에 방해가 될 수 있다고 70이 넘은 나이에도 독신으로 살고 있잖아! 그가 하는 일은 오로지 국가를 위한 헌신적인 봉사, 양심과 배려심을 가진 자들을 제일 높은 덕목으로 칭송하고 북돋아주며 따스하게 감싸는 일, 그리고 인간이 동물과 유일하게 다른 점은 창의적인 것에 있다며 모든 분야에 반드시 적용해야만 한다고 온 국민을 격려하며 이끌고 있지. 이러한 그가 모든 분야에 애정을 갖고 있지만 가장 주력하는 분야는 아무래도 과학기술이지. 자네 올해 신년 기조연설을 들었나? 인류를 위한, 지구를 위한, 그리고 우주를 위한 과학기술을 지속적으로 끊임없이 발전시켜 신이 우리에게만 허락한 유일한 목적에 최대한 다가가야 한다면서 말이야!"

"맞아! 자신은 신이 선택한 필연적이며 특별한 존재이기에 오직 자신에게만 허락된 신의 거룩한 과업을 반드시 이루어내야 한다면서 말이지!"

"그래, 닉! 애드가의 종교적 신념이 어디에서 시작된 것인지는 알 수 없지만 그의 집념은 너무나 강해서 한편으론 무섭기도 해. 그렇지만 그가 추구하는 모든 부분이 비이성적인 결정과 행동이 아니라 분명한 타당성을 기반으로 하니 무언가 잘못됐다고 의심할 수도 없어!"

*

사실 대통령 애드가에겐 치유되지 않은 과거가 있었다. 그는 9살 때 전쟁으로 가족을 한순간에 잃고 고아가 되어 떠돌아다녔다. 애드가는 성장 후, 그 전쟁이 단순히 권력층의 이권을 위해 자행된 인종청소라는 사실을 알게 되었다. 그때 이후로 그는 결심했다. 자신에게 기회가 주어진다면 세상에 존재하는 모든 비이성적 탐욕에 물들어 양심을 저버린 자들을 반드시 처단하고 응징을 하겠다고. 그의 비장한 다짐이 현실로 나타나게 된 계기는 30년 전, 인류의 전멸을 불러올 뻔한 핵전쟁의 시기였다. 그 당시 세계는 대립되는 사상을 가진 두 강대국의 통치자들이 세계패권을 두고 전 세계가 두 편으로 나뉘어 어느 편이 더하고 덜할 것 없이 목적을 위해 수단과 방법을 가리지 않는 전장의 소용돌이를 만들었다.

전쟁 전에도 그들은 시민들이 진실을 알 수 있는 눈을 가리기 위해 각종 미디어를 조작했고 그들의 입맛에 맞게 법을 제정했다. 그리고 때로는 강압적인 선전포고를 이용해 시민들을 공포로 몰아가 국가에 더 의지하게 했다. 거기다 국가 차원에서 일부러 분쟁 지역을 만들며 군사 무기를 팔아 거대한 이익을 챙기는 세력들이 있었고 이들은 경계 없이 두 강대국을 지원했다.

뿐만 아니라, 소유한 자들과 집단들의 끝없는 탐욕은 부의 균형을 깨고 부의 끝을 탐해 빈부의 격차가 날이 갈수록 심해져 가난의 괴성이 지구를 덮었고 수많은 국가들을 그들의 자금으로 조종했다. 세상이 힘들고 어지럽고 지저분해지는 것이 당연해지자 어둠 속에 숨어있던 폭력 집단도 말도 안 되는 그들의 논리로 세상을 휘저었다. 이 밖의 각종 집단과 세력들의 곳곳에 숨어 있는 비리들까지 세상은 그야말로 지독한 냄새를 풍기는 시궁창 그 자체였다.

만족을 모르고 어느 것이든 더 소유해야만 한다는, 극단적으로 부패한 원시적 야망만이 판치는 자들이 존재하는 세상에서 그들에게 모든 것을 온전히 잠식당한 전 세계 대다수의 선량한 사람들이 서 있을 자리는 사라졌다.

이 세상에 모든 가해자들의 부도덕한 이기심과 탐욕 그리고 뻔뻔함은 애드가에게 정의가 진정으로 살아 있는 이상 국가를 단한 번이라도 만들고 싶다는 열망에 더욱 사로잡히게 했다.

애드가는 어릴 적 과학도를 꿈꾸었다. 하지만 훌륭한 과학자가 되어도 세상을 바꾸는 데는 한계가 있었다. 그런데, 어느 날그의 마음속에서 믿을 수 없는 강렬한 에너지를 느끼기 시작했고내면의 깊은 목소리가 들려왔다.

'애드가! 너는 세계를 정복하여 최고 통치자가 될 것이다. 너는신의 부름으로 선택된 특별한 존재야!'

이 경험은 종교적인 믿음과는 달랐다. 그 이후로 신이 애드가의 내면으로 들어와 항상 함께했다. 그리고 신의 안내에 따라 자신의 모든 것을 바쳐 삶에 임했다. 애드가는 세상을 바꾸기 위해군인이 되었고 그의 놀라운 전술과 승리로 총사령관이 되었다. 하지만 총사령관이 되었다고 세계를 통솔할 수는 없었다. 그런데 얼마 지나지 않아 세계대전이 발발했다. 세계대전 속에 아군과 적군을 가릴 것 없이 거의 무너져버린 인류의 문명에서 살아남은 총사령관 애드가는 그나마 전력 손실이 적어서 세계에서 가장 강력한 군대를 이용해 쿠데타를 일으켰다. 그리고 전 세계를정복하여 유일한 최고 통치자가 되었다. 그의 종교적인 믿음은예언이었다. 애드가는 거룩한 말씀을 충실히 따를 것을 굳게 맹세했다.

90억 명이었던 인구는 전쟁으로 3억 명이 되었다. 애드가는방사능의 오염이 거의 닿지 않은 지역에 새 나라를 건국했고 문명을 다시 일으켜 세우기 위해 수많은 일들을 진행했다. 그중에서도 '정의 사회 구현'이 모든 행정의 근간이었다. 정부의 주도하에 '정의 사회 구현'에 부합하지 않는 이들에게 인간의 존엄성은 존재하지 않았다. 애드가의 나라에서는 섣부른 인격 존중으로 정작 피해를 본 쪽이 아닌 가해한 쪽이 존중을 받는 일은 없었다. 그리고 무엇보다 가장 중요한 것은 인간의 존엄성보다 이상 세계 실현이 가장 최우선이며 종교였다.

가해자들은 교육이나 설득과 분석을 통해 교화 혹은 참회 및 연구의 대상이 아니었다. 그건 무모한 노력이라 보았다. 그들은 이전의 통치자나 범죄자들과 별반 다르지 않았다. 이 나라에선 양심과 배려심이 남다른 자들만 존재하면 되었다. 애드가는 그들을 사회에서 영원히 격리시키고자 선량한 시민들은 그 누구도 알 수 없는 곳, 외딴섬 십여 곳에 교도소와 강제 수용소를 설립했고 그들은 사회에서 영원히 사라졌다.

이러한 행정 명령이 비인간적이라고 누군가가 주장한다고 해도 애드가는 눈 하나 깜빡이지 않았던 것이다. 그는 지구에서 가장 강력하고 유일한 최고 통치자다. 그리고 시민들은 인류 역사상 가장 참혹한 전쟁과 비이성적인 인간 말살의 사건을 직접 겪었기에 전시대와 비교되는 안전과 행복 그리고 풍요를 선사하는 그의 정책과 실행 결과에 환호하고 있었다.

애드가는 원하는 것이 분명했다. 악이 사라진, 선만이 존재하는 세상을 만들고 싶었다. 순수한 선으로 움직이는 세상을 이루기 위해 악을 걸러내야만 했다. 세상의 악을 없앨 수만 있다면, 그래서 세상이 선으로 순행한다면 애드가 자신의 희생은 얼마든지 받아들일 수 있었다. 오직 탐욕에 눈먼 자들이 날뛰던, 고통의 지옥 같은 지난 시대를 뒤로하고 이상 국가를 실현하는 것이다. 그는 어떤 대가를 치르더라도 문명사에서 단 한 번도 이루지 못한 이상 세계를 이루어내야 했다.

이 목표를 위해 애드가는 이 세상에 존재했다. 저 끝없이 깊은 마음속에서 강렬히 울려 퍼지는 자신의 존재 이유가 들렸다.

"부패한 모든 것을 척결하고 새로운 세상을 펼치리라!"

애드가의 마음속 신이 그에게 확신을 주었다.

'너만이 이루어낼 수 있다고!'

'신의 부름으로 너는 유일하게 선택되었다고!'

*

교도관 제프와 닉이 사무실을 나가자 루카스는 긴장이 풀려 자신도 모르게 의자에 털썩 주저앉았다. 그리고 안도의 한숨을 내쉬었다. 루카스는 주위를 둘러본 뒤 눈에 들어온 수건을 들어 제레미의 얼굴을 덮었다. 덮으면서 그는 다시 한번 등이 오싹했다. 한순간, 생각지도 못한 뜻밖의 사건 때문에 생사의 갈림길에 서 있었다. 그나마 불행 중 다행인 것은 자신을 신뢰하는 교도관 제프가 앞장서 닉의 맹공격을 막아주었다는 것이다.

"조금이라도 엇나갔다면 오늘이 저의 제삿날이 될 뻔했어요, 레이프!"

"만약 자네가 그런 상황에 처한다면 내가 직접 나서서 그들을 막아줄 거야, 루카스! 그러니 걱정 마."

"위로의 말씀은 감사합니다. 하지만 교도관들이 얼마나 냉혹한 사람들인지를 알게 되면 생각이 바뀌실 겁니다."

"하여튼, 이번 일은 무사히 잘 넘어갔잖아?"

"아니요, 그렇지 않아요, 레이프. 당신은 아니지만 저에 대한 의심은 아직 아닐 거예요. 그들은 확신이 들 때까지 계속 조사하며 주의 깊게 저를 지켜볼 겁니다. 그나저나 정말 잔인하군요! 어떻게 이렇게 자신을 몰아갈 수 있죠? 믿을 수가 없어요! 저조차 이러니 교도관도 저를 강하게 의심할 수밖에 없어요. 누가 보아도 타살이 더 현실적이잖아요?"

"자네가 교도관을 만나러 간 사이, 나는 그저 모니터 앞에서 인터넷이 언제 되나 확인 키만 눌러대고 있었네!"

"아! 레이프, 당신을 의심한 게 아닙니다. 저는 단지 제레미라는 자가 너무 특이한 자살을 했기에 그저 그것이 궁금한 거죠. 사무실 안에 감시카메라가 없는 것이 정말 아쉽네요. 그랬다면 교도관들이 저를 의심할 일도 없을 텐데 말이죠. 복도 한쪽 천장에만 있다는 것이 아쉽네요. 어쨌든 우리는 결백하니까. 먼저 제레미를 옮겨요. 제가 들것을 가져오죠."

"알겠네."

루카스와 레이프는 제레미를 시체보관소 담당자에게 넘기고 나왔다.

"그다음엔 무얼 하지?"

"우리의 업무는 여기까집니다, 레이프. 돌아가죠. 다음은 교도관들이 알아서 할 거예요. 이런 사건이 없었다면 우리가 여기 올 이유도 없죠. 우리는 그저 제레미의 흔적만 제거하고 집행은 교도관의 몫이니까요."

"그렇군. 그럼 이제 돌아갈까. 바닥도 닦아야 하고."

　교도소 내부에 짧은 사이렌이 세 번 울렸다. 흔적제거반 소집 명령이다. 흔적제거반은 일사불란하게 운동장에 일렬종대로 집결했다. 채 5분을 안 넘었다. 그들은 앞에 선 각 교도관이 지켜보는 가운데 번호를 외쳤다.

　"1조 인원 이상무, 2조 인원 이상무, …10조 인원 이상무." 각 조의 교도관들이 각각 외쳤다.

　"모든 조의 인원수 확인 완료!"

　교도관 중 한 명이 대표로 간수장 프랭크에게 보고했다.

　"좋아! 진행해!" 간수장 프랭크는 수감자들을 매의 눈으로 한 번 훑고 명령을 내렸다.

　수감자들은 익숙하게 장비와 재료들을 챙기고 줄을 맞추어 작은 언덕으로 갔다. 이 언덕 너머에는 거대한 평지가 펼쳐져 있고 그 평지에는 계절 과실수와 옥수수 같은 곡물, 그 밖에 여러 채소들을 구획을 지어 재배하고 있었다.

　"테일러, 여기야!" 루카스가 사람들의 틈 사이에서 테일러를 보자 손을 흔들며 그를 불렀다.

　"자, 우리들의 일용할 양식을 얻기 위해서 팔을 걷어붙이고 일 좀 해볼까?" 테일러가 윙크하며 미소 지었다.

　"레이프 씨. 농사 좀 해보셨어요?" 어줍게 서 있는 레이프에게 테일러가 한마디 했다.

　"글쎄, 시키면 뭐든지 해야지. 최선을 다해보겠네!"

　"그런 마음가짐으로 일하시면 돼요. 이곳은 최대한 자급자족으로 삶을 꾸려가는 곳이니 내가 먹을 맛있는 음식을 마련하기 위해 일을 해야 한다 생각하면 어느 순간 몰입되어 기쁜 마음으로 일을 할 수 있습니다. 그리고 여기서 신선한 공기를 맡으며 저 멀리 보이는 펼쳐진 바다를 보시면 잠시 동안 교도소 내의 답답함을 이겨내시는 데 앞으로도 많은 도움이 될 겁니다."

"고맙네, 테일러!"

"루카스, 나는 이만 우리 조로 가봐야겠어, 나중에 보자고!"

테일러는 아차 싶은지 대답도 듣는 둥 마는 둥 뒤돌아 손을 흔들며 달려갔다.

"자자! 레이프 씨, 저기 빈터로 가죠. 우리는 저곳에 밭을 갈고 씨앗을 심어야 하니까."

루카스는 일을 시작했다. 하늘엔 여러 대의 드론이 떠 수감자의 동태를 살폈고 지상 곳곳에는 감시카메라가 모든 인원들을 빠짐없이 감시했다.

"오! 일을 참 잘하시네요. 처음 해보는 일이 아니신 것 같은데요, 레이프."

"아! 그런가. 소싯적에 농사도 지어봤고 혼자 산속에서 살아본 적이 있어서 아마 그때의 경험이 도움이 되는 거 같군."

"아! 그랬군요. 역시."

빈말이 아니었다. 레이프는 정말 잘했다. 루카스는 레이프가 일하는 모습이 너무 놀라웠다. 농사짓는 요령과 경험이 풍부한 힘센 장정도 나가떨어질 만큼의 커다란 밭을 갈고 씨를 뿌리거나 어린 작물을 심는 수작업까지 기계처럼 빠른 속도로 해냈고 마무리마저 깔끔했다. 루카스가 더 놀란 것은 그 일을 마치고 나서 레이프의 모습이었다. 땡볕 아래에 바람 한 점 없었음에도 그는 땀도 흘리지 않았고 지친 기색도 없어 보였다. 오히려 강한 생기가 그의 온몸에서 뿜어져 나오는 것처럼 보였다. 루카스는 레이프를 바라보며 흐뭇한 미소를 지었다. 레이프에 대한 자신의 걱정은 기우에 불과했다.

"그렇게 깊게 심으면 안 돼, 루카스!"

"네?"

"이 품종은 얕게 심어야 해. 깊게 심으면 죽을 수 있어!"

"아! 그렇군요. 잘 알겠습니다."

루카스는 스스럼없이 자신을 대하는 레이프를 다시 한번 쳐다봤다. 왠지 아버지가 자신에게 무언가를 친절하게 가르쳐주던 옛 추억이 떠올랐다. 하긴 아버지가 지금도 살아 계셨다면 레이프와 거의 비슷한 연배일 것이다.

차임벨이 울렸다. 곧이어 간수장의 목소리가 들렸다.

"알립니다. 모두 하던 일을 잠시 중단하고 30분간 휴식 시간을 갖겠습니다."

루카스와 레이프는 근처에 보이는 나무 그늘로 가 자리에 앉았다.

"물 좀 마실래요, 레이프?"

"그래, 줘보게."

두 사람은 물을 나눠 마시며 눈앞의 풍경을 바라보았다. 평온하게 푸르른 하늘과 그 위에 간간이 수놓여 있는 새하얀 새털구름 그리고 광대하게 출렁이는 바다가 한눈에 들어왔다.

"우리와는 다르게 평화롭고 아름답군!"

"그렇죠?"

"저기 보이는 장벽을 넘을 수만 있다면 자유의 몸이 될 수 있는

새로운 우주 　　　　　　　　　　　　　　473

건가?"

"그럴 수도 있겠죠. 하지만 저곳까지 가는 것이 보기보다 쉽지 않아요. 갖은 방법으로 몸을 숨기며 이동해봤자 저 위에 떠 있는 드론과 감시카메라에 의해 일차 저지를 당할 것이고 간다 해도 저 보루에서 두 눈을 부릅뜨고 지켜보고 있는 교도관이 묻지도 않고 인정사정없이 총을 쏠 겁니다. 운 좋게 3미터나 되는 저 장벽에 이르렀다 해도 닿는 순간 엄청난 전압에 감전되어 타다 남은 고기가 됩니다. 그러니 쳐다도 보지 마세요, 레이프."

"아! 그런가?"

"네, 이전에 그런 시도를 했던 자들이 몇 명 있었죠. 그들 모두 끔찍하게 죽었어요!"

"그랬군, 그나저나 테일러가 자네 아버지에 대해서 말해주었는데 사실인가?"

"아! 네. 여기 있는 모두가 알고 있죠."

"그렇다면 많이 속상하고 억울하겠군. 이렇게 멋지고 건장한 젊은이가 이런 곳에서 청춘을 버리게 돼서야 말이 되나. 하늘도 무심하지. 이 늙은이는 살아갈 날이 얼마 남지 않았으니 그렇다고 해도 말이지."

"위로해줘서 고마워요, 레이프. 하지만 괜찮아요. 처음 3년 동안은 특히 많이 힘들었지만… 그렇다고 지금은 괜찮다는 것도 아니지만 이제는 어쩔 수 없지 않은가 하는 생각으로 기울었습니다."

"아버지에 대한 원망이 상당하겠군!"

"그렇긴 하지만 마음의 다른 한 구석에서는 보고 싶어요. 어머니는 제가 7살 때 아버지와 이혼하셨어요. 그 후로 어머니는 연락 한 번 없었으니 저를 버리신 거죠. 아버지 혼자서 저를 키우셨어요. 누구도 이해할 수 없겠지만 저에게는 따듯하고 정감 어린 아버지셨죠. 저에게 사랑을 많이 주셨어요. 저를 정말 아껴주셨죠. 그 당시 각종 매스컴에서 악마로 대변되는 인물이었지만 말입니다."

"그랬군!"

"아버지가 경찰서에 자수하러 가기 전날 밤에 저를 부르시고는 너에게 해준 것이 없어 너무 미안하다고 말씀하셨죠. 저는 무슨 말씀이냐고 이렇게 저를 아껴주시는데 왜 그런 말씀을 하시냐고 물었죠. 아버지는 이렇게 답하셨어요. 너와 행복하게 그리고 다른 이들처럼 평범하게 삶을 살아가려고 최선의 노력을 했지만 천하의 저주를 받고 태어난 자신의 본능을 이겨낼 수가 없다고. 이 대화가 아버지와 저의 마지막 대화였어요. 제가 받은 사랑을 생각하면 아버지를 마냥 원망만 하기에도 마음이 아프죠. 하지만 수많은 피해자와 그들의 가족을 떠올리면 제가 숨을 쉬고 이렇게 살아 있는 것마저 잘못된 것 같아 그저 죄스러울 뿐입니다. 제가 혹여 자유의 몸이 될 수 있다고 한들 다시 제도권에서 정상적인 삶을 살아갈 수 있을까요. 피해자들의 가족들 앞에서 감히 그들 앞에 얼굴을 들고 살아갈 수 있을까요. 어쩌면 그나마 이곳이 현재 제가 꿈꿀 수 있는 최고의 낙원인지도 모르죠. 최소한 여기 있는 사람들에게는 마음의 죗값은 없으니까요."

"듣다 보니 내 마음도 너무 아프군. 제도나 행정으로 해결될 문제가 아니라 윤리나 양심에 달렸는데 자네가 그리 생각하고 있으니 도울 길도 딱히 보이지 않는구만."

"솔직히 제 목숨에 미련은 없습니다. 그럼에도 살아가야만 하는 이유는 오직 단 한 가지예요!"

"뭐지?"

"단 한 번이라도 반드시 만나야 할 사람이 있어요. 오직 단 한 번뿐이라도!"

다시 차임벨이 울리고 휴식 종료를 알렸다. 루카스와 레이프는 자리를 털고 일어나 일터로 이동해 어스름이 질 때쯤 다음 벨이 울릴 때까지 일을 계속했다. 작업을 마친 흔적제거반은 씻은 후 당연하게 식당으로 이동했다. TV에서는 오늘의 뉴스가 생방송으로 방영됐다.

"전국에 시도별로 온 국민이 함께 참여하는 '제20회 한마음 행사'가 오늘 열렸습니다. 이례적으로 정부는 장소 제공과 안전만 책임질 뿐 국민들이 계획부터 진행 전체를 각종 기부와 자원봉사로 이루었습니다. 말 그대로 국민이 스스로 한마음으로 즐길 수 있는 행사를 만들었습니다. 행사장에 나가 있는 조던 기자를 불러 활기찬 시민들의 인터뷰를 들어보겠습니다. …그리고 오늘의 핫이슈입니다. 드디어 범죄율이 역사상 가장 낮은 수준으로 감소했습니다. 이제 우리 국가에 강력범죄는 0건으로 집계되었으며 단지 경범죄에 해당하는 사건이 3건으로 집계되었다는 소식을 여러분들에게 기쁜 마음으로 전해드립니다!"

"저렇게 항상 긍정적인 뉴스를 이곳에서 왜 보여주는 거지, 루카스?"

"정부의 정의가 살아 있고 세상에 인정이 우선이며 도덕적인 사회를 거의 완성해가고 있다는 일종의 보고서죠. 거기다 시민들을 세뇌시키는 윤리적 지침이기도 하고요. 하지만, 이곳에서 방영하는 목적은 고문인 거죠. 그들의 행복한 소식들을 들으며 더 고통스러워하라는….”

“잔인하군!”

“그것보다 마지막 뉴스는 우리들이 심각하게 걱정해야 할 일이네요, 레이프!”

“범죄율이 역사상 가장 낮다는 소식?”

“이곳의 수요가 줄어든다는 말이니까요! 조짐은 이전부터 있었습니다. 예전엔 개조한 여객선으로 수감자들을 수송해 왔죠. 그러다 어느 순간부터 헬리콥터로 수송하더군요. 짐작은 하고 있었지만 뉴스를 막상 접하니 걱정이네요. 이곳의 존재에 대해 정부가 어떠한 판단을 내릴지 말입니다.”

“애드가… 애드가라. 참 특이하군! 내 권한으로 시도해도 접속이 안 돼. 앞당겨야겠어. 최대한 빠르게!”

“레이프, 무엇을 앞당긴다는 말이에요? 애드가 대통령이 왜요?”

“아! 아닐세.”

저녁 식사 후, 두 사람은 방으로 이동했다.

“방의 인원수가 다 다르네? 자넨 혼자 쓰는군.”

“아! 특별한 거죠. 이곳에서 최소 4년을 지낸 사람들 중에 성실하게 일을 했다고 교도관들이 만장일치로 선정한 사람만이 개인방에 지낼 수 있는 특권을 얻죠. 정부의 지시는 아니고 제프 교도관의 건의에 런드버그 교도소장이 허락한 이곳만의 차별조치죠. 모든 이들에게 말썽 부리지 말고 말 잘 들으라는! 일반적으로는 8에서 10명이 한 방에서 생활하죠.”

“고로 나는 잠시 동안이지만 특권을 누리는 거군. 하루도 지나지 않았는데 개인 특실에서 묵게 됐으니.”

"시간이 걸리겠지만 오늘 일을 하시는 모습을 보니 레이프 씨도 꿈을 이루실 겁니다."

"나름대로 관리자들이 신경을 쓰는 것 같군."

"네, 그런 편입니다."

"이제 레이프 씨의 침대와 침구를 가지러 가죠. 보관소에 있습니다."

그들은 방에서 나와 흔적제거반이 머무는 다른 방들을 지나 넓은 휴게대기실까지 왔다. 여기서 세 곳으로 길이 나뉘었는데 루카스는 길이 하나인 듯 가운데 길로 들어섰다. 다시 복도가 이어졌고 루카스는 앞만 보고 복도 끝의 방까지 가서 멈췄다.

"여기가 보관소입니다, 레이프 씨." 루카스는 들어가 레이프의 도움을 받아 간이침대와 적당한 침구를 챙기고 데스크에 비치된 서류에 필요 기입 사항을 적고 나와서 왔던 길을 걸었다. 앞장선 루카스가 가던 길을 멈추더니 페인트로 X가 그려진 문을 손가락으로 가리켰다.

"레이프 씨, 저쪽에 보이는 방은 근처에 가더라도 반드시 그냥 못 본 척 지나쳐가세요!" 목소리를 최대한 낮추며 긴장한 모습으로 루카스가 말했다.

"왜 그래야 하지?"

"악령이 출몰하거든요!"

"악령이?"

"네. 제가 직접 경험했어요. 저 방에 문을 열고 들어간 순간 스위치가 켜진 듯 괴기스럽고 섬뜩한 음성이 방안에 가득 울렸어요. 그 섬뜩한 소리에 정신을 차릴 수 없는 공포가 밀려와 순식간에 온몸에 식은땀이 비 오듯이 흐르고 눈앞에 뭔가 사람의 형체가 어른어른거려 혼비백산한 상태로 정신을 잃고 쓰러졌어요. 이 근처를 지나가는 교도관이 발견해서 저를 데리고 나왔죠. 이미 이곳에서 여러 명이 저와 같은 경험을 했어요. 그중에는 냉철한 교도관도 있었죠. 이런 해괴한 일이 반복되자 문제의 심각성을 인식하고 접근금지로 저 문에 표시를 해놓은 겁니다.”

그때의 일이 생각났는지 루카스는 몸서리를 쳤다.

“그래? 그래서 문에 저렇게 큰 표시를 해놓은 거군!”

“네!”

“음… 그렇다면 궁금해서라도 그냥 지나칠 수 없지!”

“뭐, 뭐라고요? 아, 아니… 레이프 씨! 들어가라고 알려준 것이 아니라 저곳에 절대로 얼씬거리지 말라고 경고한 거예요!”

하지만 레이프는 여태 보아온 그 어느 순간보다 여유롭게 붙잡으려는 루카스의 손을 벗어나 어느새 X자 표식이 있는 문 앞에 섰다. 어찌할 바를 모르던 루카스는 괴성을 질렀다. 레이프는 루카스의 절망적 외침에도 아랑곳하지 않고 망설임 없이 문을 열고 방 안으로 들어갔다. 그가 들어가자 불길하고 음산한 기운이 열린 문을 타고 나와 밖에서도 느껴졌다. 그런데 좀 이상했다. 멀찌감치 떨어져 지켜보던 루카스는 레이프의 뜻밖의 행동에 고개를 갸우뚱했다. 레이프는 한 손을 들어 검지를 허공에 대고 좌우로 서서히 움직였다. 마치 보이지는 않지만 눈앞에 책이라도 있다는 듯이 눈동자가 움직였다. 분명 무언가를 찾는 모습이었다. 그러더니 검지로 허공의 어느 한 곳을 지그시 누르고 팔을 내렸다. 비명도 기절도 없이 그가 나왔다. 그리고 루카스를 잠시 보더니 다시 방으로 들어갔다. 이번엔 문이 닫혔다.

“어… 어!” 당황한 루카스는 무서워할 겨를도 없이 X자 표식의

문으로 뛰어가 손잡이를 잡으려 했다. 그 순간, 문이 다시 활짝 열렸다.

놀란 루카스는 호흡이 멈춘 듯 그 자리에 그대로 얼어붙었다. 휘둥그레진 눈으로 정면 맞이를 한 루카스를 보고 레이프는 빙긋 웃었다.

"이제 다 해결됐네!"

"해… 해결이요? 뭘 해결해요?"

"자! 들어와보게. 겁먹지 말고. 이 방 안엔 이제 아무것도 없어."

루카스는 레이프를 따라 방 안에 들어갔다. 고요했다. 그와 같이 방을 나왔다. 그리고 다시 용기를 내 이번에는 혼자 방 안에 들어가 밖에 서 있는 레이프를 보고 고개를 한 번 끄덕인 후, 문을 닫았다. 방 안에 혼자서 있었다.

'음… 정말 아무 일도 일어나지 않잖아! 어떻게 된 일이지? 아! 그러고 보니 여기는 출입금지라 문이 잠겨 있었지. 그렇다면 레이프는 어떻게 문을 열었지. 분명히 그가 문을 열었을 때 힘주는 모습은 전혀 없었어. 마치 자동문처럼 스르륵 열렸다고!'

루카스는 문의 잠금장치를 살펴봤다. 잠금장치는 엄청난 고온에 다 녹아내린 듯 뭉개져 있었다.

'도대체 어떻게 된 거지? 이럴 수는 없는데 이상하네.'

또 다른 공포의 의문이 들었다. 일단 루카스는 나와 문을 닫았다. 문은 이전처럼 완전히 닫히지 않고 비스듬히 주먹이 하나 들어갈 정도의 틈을 만들며 다시 열렸다.

루카스는 레이프를 쳐다봤다. 레이프는 무슨 큰일이 있냐는 듯 어깨를 으쓱하더니 방으로 가자고 재촉했다. 루카스는 어디서부터 무엇을 물어야 할지 몰라 레이프의 재촉대로 침대를 들었다. 오는 내내 둘 사이에 오가는 대화는 없었지만 루카스의 머릿속은 복잡했다. 방에 돌아온 레이프는 자신의 잠자리를 정리하며 무심하게 말했다.

"루카스, 교도관들에게 언제든지 알리게. 이제 그곳은 이상 없다고."

"네. 당연히 그래야겠죠. 그런데, 그전에 저에게 얘기해주셔야 할 것이 있잖아요? 그 방 안에서 도대체 어떤 일이 벌어진 거죠? 어떻게 악령을 퇴치한 건가요?"

"보이지 않는 불길한 기운이 가득 고여 있더군. 세월이 흐르며 별것 아닌 것이 강해졌어. 그래서 인간들이 현실이라고 믿는 곳에 영향을 주기 시작했지. 스스로 염력을 발휘해 문을 잠그고 자신의 영역에 들어온 사람들의 정신을 쏙 뺀 거지. 만약 이대로 계속 두었다면 그 불길한 기운은 결국 그 방을 벗어나 언젠가는 자신의 숙주가 될 수 있는 인간을 선택해서 지배했을 거야. 그전에 내가 봤다는 것이 다행이지. 내가 가진 특별한 능력으로 우주에 새겨진 전자기적 오류를 제거한 거야. 우주를 만든 설계자가 미처 지우지 못한 극히 미미한 오류 중 하나를 내가 대신 삭제한 거지."

루카스는 레이프의 낯선 말들을 이해해보려 순순히 입을 떼지 못했다. 질문을 잘못했다가는 레이프의 자존심을 건드릴 것 같았다.

'무슨 말이지? 특별한 능력? 우주를 만든 설계자? 우주의 미미한 오류를 제거했다고?'

허무맹랑하게 들리기는 했지만 레이프가 악령을 퇴치한 것은 사실이기에 루카스는 조심스럽게 그나마 가장 현실적인 질문을 생각해냈다.

"혹시 이곳에 오시기 전 직업이 악령을 퇴치하는 퇴마사였나요?"

"직업은 아니지만 그러한 힘을 느낄 수 있고 제거할 수 있는 능력을 가지고 있네. 죽은 사람의 영혼도 불러올 수 있지."

"죽은 사람과도 소통이 가능하다면 영매사군요?"

"그래, 자네가 그렇게 생각한다면 영매사로 알고 있게."

"그렇군요! 궁금한 것이 있는데 유령이나 악령은 왜 존재하는 건가요?"

레이프는 너무 단순한 질문인 듯 피식 웃었다.

"그것들의 존재 이유를 설명해주지. 이 방의 한쪽 벽면이 노란색 페인트로 빈틈없이 칠해져 있다고 상상해봐. 그리고 그 위에 파란색 페인트로 칠했어. 파란 벽이 된 거지. 그렇게 완벽히 칠해진 것 같지만 자세히 잘 찾아보면 파란색 칠이 미치지 못해서 매우 미세하지만 노란색이 조금씩 드러난 곳이 있는 거야. 이제 노란색이 과거라고 생각하고 파란색이 현재라고 가정하면 현재에서 과거의 흔적이 나타나지 않아야 하지만 온전히 제거되지 못한 과거의 흔적이 현재와 겹쳐 나타나는 현상이네. 바로 그 존재가 유령이나 악령인 거지. 그래서, 그것들의 진짜 본질을 현실에 있는 사람들은 도저히 알 수 없지. 과거를 볼 수 없잖아! 그들이 믿는 현실이라는 올가미에 완전히 포획되어서 그 너머를 본다는 것이 실제로 불가능하니까. 즉, 인간이 특별히 문제가 있어서가 아니라 처음부터 제한적 한계에 속한 상태로 이 우주에 존재하기 때문이지. 단순히 유령뿐만 아니라 우주의 본질에 대해 인간이 명확히 알려면 방법은 오직 한 가지뿐이네."

"그 한 가지 방법이 뭐죠?"

"인간이 아니어야 하지!"

"레이프 당신도 인간인데 인간이 아니어야 한다고요? 역시 짓 궂으시네요!"

루카스는 레이프를 보며 크게 웃었고 레이프는 루카스를 보며 씨익 웃었다. 하지만 레이프의 눈빛은 상당히 날카로웠다. 그래 도 루카스는 이 얘기에 마무리는 짓고 싶어서 질문을 이어갔다.

"그래, 좋아요. 그렇다면 혹시 유체이탈을 한 영혼의 상태를 말 하는 건가요?"

"굳이 자네에게 이해를 돕기 위한 예라면 그것도 하나의 설명 은 될 수 있을지도 모르지. 솔직히 그 정도로는 불충분하지만!"

"지금 이 일을 겪어보니 레이프 씨에 대해 알고 있는 유일한 내 용이 떠오르네요! 레이프 씨가 저한테 분명히 말했죠. 죄명이 '우 주를 파괴한 것'이라고. 분명히 맞죠?"

"맞아! 분명한 사실이네. 더 정확히 말하면 자네가 살고 있는 이 우주가 아니라 내가 존재했던 그전의 우주를 말하네."

"하하하! 농담은 여전하시네요. 아무리 레이프 씨가 악령을 퇴 치했다고 해도 말이죠. 그래도 유능한 퇴마사라는 것은 인정하 죠!"

이제 질문은 포기하기로 한 루카스가 웃으며 마무리 지었다. 하지만 그 방에서 한 레이프의 동작이나 녹아버린 문의 잠금장치 는 여전히 미끼 같은 의심을 불러일으켰다.

정말로 신비스런 노인네라고 루카스는 생각했다. 그에게 솔 직하게 말은 하지 않았지만 농담처럼 그가 말한 죄명에 대해서도 궁금해졌다. 분명히 그가 말한 죄명은 농담이다. 그렇지만 이 곳의 골칫거리를 단숨에 해결한 그가 실제로 어떤 죄명으로 이 곳에 왔는지 이제는 알아보고 싶었다. 알 수 있는 방법은 한 가 지다. 흔적제거반의 인적사항은 제프 교도관 소관이므로 그에게 레이프의 사수로서 정중히 부탁한다면 가능성이 있었다. 마침, 악령 사건에 대해서도 할 말이 생겼으니 제프 교도관을 만나보 기로 했다.

"대화하다 보니 밤이 깊었네요, 레이프!"

"잘 자게, 루카스."

"잘 자요, 레이프!"

*

새벽녘의 짙은 어둠을 뚫고 솟아오른 찬란한 태양이 유유히 넘 실거리는 바다를 애정 어린 햇살로 감싸며 따스한 온기를 만천하 에 드러내고 있다. 이 따스한 온기와 빛은 잠들었던 섬의 깊은 산 속의 생명체들을 소생시키는 영혼의 호흡이 되어 활기차고 생동 감 있는 모습으로 깨어났다. 쉼 없이 노래하듯 지저귀는 새들, 세 상을 향해 선전포고하듯 당당히 자신의 색깔을 드러내는 꽃들, 빛을 받아 싱그러운 자태를 드러내는 나무들, 그 어느 곳을 둘러 봐도 한없이 아름답고 평화로운 곳이며 수많은 생명들의 낙원인 섬. 그러나 이 섬은 '무명(noname)'으로 불렸다.

루카스는 창문으로 들어오는 빛이 닿지 않는 침대 끝자락에 웅크리고 있었다. 아직 교도소의 아침은 시작도 하지 않았지만 그는 삶을 모두 내려놓은 허무한 표정으로 벽면을 응시했다.

"반복되는 일상이 또 시작되는군, 제길!"

이곳에 온 이후, 단 하루도 지나치지 않고 날짜를 체크해왔던 루카스는 씁쓸했다.

"5년이 다 되어가고 있어. 이제 한 주만 더 지나면! 레이아는 잘 지내고 있을까? 이렇게 긴 세월이 흘렀는데 여전히 잊지 않고 날 기억해줄까? 나는 그녀를 단 한순간도 잊을 수가 없는데! 단한 번만이라도, 오직 단 한번만이라도 그녀를 만날 수 있다면…."

루카스에게 결코 없어서는 안 되는 그녀! 아니, 그녀가 이 세상에 있다는 것이 지금 이 순간에도 루카스가 숨을 쉬며 생을 지탱하게 해주는 이유였고 그의 진정한 삶의 주인이자 유일한 안식처였다.

"나는 믿어요, 영원히! 우리가 그 어떤 어려움에 처한다고 해도 우리의 삶이 다하는 그날까지 함께할 거예요."

살인자의 아들인 루카스의 상황을 다 알면서도 레이아는 루카스에 대한 믿음과 신뢰를 잃지 않았다.

"그녀의 말이 어제 들었던 것처럼 선명해! 그녀는 나를 기다린다고 했어. 영원히 변치 않는 사랑을 약속했어!"

두 볼을 타고 타들어가는 눈물이 흘러내렸다.

"슬퍼 말아요, 레이아! 우리는 반드시 만나게 될 거예요. 나는 믿어요. 언젠가 우리의 만남을… 우리의 사랑을!"

한 쌍의 새들의 구애가 창문을 통해 흘러들어왔다.

"가혹하군, 가혹해! 이 상황이 기다린다고 바뀔 수 있을까? 이곳에서 어떠한 희망을 바랄 수 있을까? 정말 이대로 버티면 정부에서 특별 사면이라도 해주는 날이 올까?"

루카스의 넋두리는 이어졌다.

"삐걱삐걱." 침대 근처에서 소리가 났다. 퍼뜩 정신이 든 루카스는 소리를 따라 고개를 돌렸다.

"사랑에 빠진 청년이었군." 팔베개를 하고 옆으로 누워서 레이프가 말했다.

'아 참! 레이프가 있었지.'

적잖이 당황한 루카스는 멈칫했다.

"미안해요, 레이프. 저 때문에 잠에서 깼군요."

"아니네. 나도 진즉 일어나서 천장과 대화하고 있었지. 자네가 미안해할 이유는 없어."

"그렇다면 다행이구요."

"레이아! 레이아가 자네가 사랑하는 그녀의 이름인가?"

"네!"

"우연히 듣다 보니 정말 사랑하는 사람이 있었군!"

"솔직히 무슨 수를 내서라도 이곳을 탈출해서 세상 사람들이 아무도 모르는 곳에서 그녀와 함께 행복을 만끽하고 싶어요! 저의 유일한 삶의 희망이에요!"

"하긴 나도 자네라면 그런 마음이 간절하겠지. 그런데 나는 이미 너무 늙어버려 그러한 기회도 열정도 없지. 이게 오히려 고통스럽지 않아 다행이라고 해야 할까?"

"제가 레이프였으면 좋겠어요. 그러면 먼 과거의 추억으로 묻어둘 수 있을 테니까요! 이토록 그리움에 사무치는 고통이 조금은 줄지 않았을까요?"

"그럴 수도 있겠군."

"차 한잔하시겠어요, 레이프?"

"그렇게 하세!"

*

오전 9시가 되었다. 확성기를 통해서 모든 흔적제거반을 소집하는 명령이 내려졌고 어제와 같은 집합과 보고가 이어졌다.

"좋아! 진행해!" 간수장 프랭크의 최종 명령이 내려졌다.

"이제 흔적제거반의 업무보다 농사가 대부분의 일을 차지해가는 것 같아, 안 그래, 루카스?"

테일러가 다가와 루카스에게 말을 건넸다.

"그렇긴 하군, 테일러."

"이제 이 교도소는 아예 곡물 판매소로 간판을 바꾸려나 봐! 매출이 상당하겠는데!"

테일러의 실없는 농담에 루카스는 미소 지었다.

"이게 백번 좋지! 생산적이니까!"

"나도 자네 말에 동감! 사람이 살아온 흔적을 지우는 일보다는 말이야."

"교도관들은 우리들에게 무엇이라도 시켜야겠지. 우리들을 쉬라고 만든 곳이 아니니."

"흔적제거하는 일이 많았을 때는 전혀 생각지도 못한 근심이 생기네. 막상 업무가 줄어드니 실직이나 명예퇴직을 당할까 걱정이라도 해야 하나? 그러면 우리들은 앞으로 어떻게 되는 거지, 루카스?"

"…."

농사일을 마친 루카스와 레이프는 식당에 가서 식사를 했다. TV에서는 제도권의 뉴스가 방영되고 있었다. 여전히 뉴스의 모든 내용은 긍정적이고 마음 따뜻한 소식들로 가득 채워져 있었다. 식사를 마친 이들은 루카스의 사무실로 돌아와 오후 업무를 채웠다. 업무가 종료되자 루카스는 레이프에게 마무리 정리를 맡기고 사무실을 나왔다.

루카스는 제프 교도관의 사무실이 있는 3층으로 이동했다. 오전 농사일로 모두 모였을 때 제프 교도관에게 면담을 요청했다.

"똑똑."

"들어오게, 루카스! 무슨 일 때문에 면담을 요청했나?"

"아! 네, 2층에 괴기스러운 방이 있지 않습니까? 모두에게 접근 금지를 했던, X 표시가 있는 방 말입니다."

"아! 유령이 출몰하는 방?"

"네!"

"잊을 리가 있나! 군인인 나에게 살면서 처음으로 굴욕을 안겨주었던 그곳은 절대로 잊을 수 없지. 나 말고도 여럿 있었지. 자네도 경험했잖아! 그런데 왜? 그곳에 또 무슨 불미스러운 일이 발생했나?"

"아닙니다. 불미스러운 일이 아니라 믿기지 않으시겠지만 그곳의 문제가 완전히 해결되었습니다!"

"해결이라니? 유령이 사라졌다는 말인가? 도대체 무슨 방법으로 해결을 했다는 건가?"

"레이프라고 있지 않습니까?"

"알지, 그런데?"

"레이프가 그곳에 들어가 유령을 사라지게 했습니다."

"그게 가능해?"

"솔직히 저도 레이프가 어떻게 해서 유령을 없앴는지 알 수 없으나 그가 일을 해결하고 나서 제가 그 방에 들어가 직접 확인했습니다."

"음… 신기하군. 그 방은 생각만 해도 끔찍한데! 레이프가 그곳의 문제를 해결했다고?"

제프 교도관이 재차 물었다.

"네! 레이프가 퇴마사인지 영매사인지 잘 모르겠으나 그가 해결한 것은 분명합니다. 지금 바로 확인해보셔도 됩니다."

"레이프에게 그런 능력이 있었어? 알겠네, 루카스. 사실 그곳에 기이한 현상을 해결하기 위해 전문가를 데려오고 싶었지만 자네도 알다시피 이 교도소는 일반 외부인들에게는 절대 기밀장소라 데려올 수가 없었지. 좋아, 알겠네. 내가 가서 확인해보도록 하지! 혹시 다른 사항이 또 있나?"

"아… 네! 한 가지 부탁드릴 일이 있습니다."

"말해보게, 루카스."

"다름이 아니라 레이프에 대한 것입니다. 그의 인적사항서를 가지고 계시잖아요?"

"당연히 있지. 그런데 그것을 왜 묻지?"

"이번 일로 그에 대해 알아야겠다고 생각했습니다. 사수로서 말입니다."

"그래? 공식적으로는 비공개가 원칙이지만 업무상 필요하다니 자네에게 특별히 알려주겠네."

6년 전 교도소에 아놀드라는 악명 높은 연쇄살인마가 들어왔는데 그즈음에 제도권에서 직업군인으로 근무하던 제프가 이 교도소의 교도관으로 발령받아 근무하게 되었다. 그리고 그의 첫 번째 사형수가 바로 아놀드였다. 그가 사형되기 전에 마지막 남긴 한마디의 말이 제프 교도관의 뇌리에 박혔다.

"만약 루카스 메이어라는 청년이 혹시라도 이 교도소에 온다면 그는 나와 다르니 잘 부탁합니다. 내 아들입니다!"

이 한마디를 하고 그는 영원히 사라졌다. 제프는 그의 말에 어떠한 대답도 하지 않았다. 다행스럽게 지금까지 봐온 루카스는 성실하고 올바르게 행동해왔기 때문에 냉철한 삶을 살아온 제프도 루카스에게 열린 마음으로 대했다.

"여기 있군. 레이프의 관련 문서!"

제프는 서랍을 뒤적이다 한 문서를 뽑았다.

"그건 그렇고 노인네가 나약해 보이던데 제대로 일은 하던가?"

"저도 처음엔 걱정을 했는데 굳이 걱정을 안 해도 될 것 같습니다. 연약해 보여도 상당히 건강한 것 같습니다. 특히, 농사일을 정말 잘합니다. 그쪽에 지식도 많고요."

"그래! 그렇지만 사형수들 중에는 가끔 사무실에서 난동을 부리는 경우가 있어서 제압을 못 할까 봐 그렇지. 그건 그렇고 어제 자네 사무실에서 벌어졌던 그 자살 사건 말이네."

"아… 네!"

"자네도 짐작했겠지만 닉 교도관은 자네를 많이 의심했어!"

"…"

"그래서, 닉은 위성통신 업체에 문의해서 자네가 나를 찾아온 시간대 전후로 실제로 통신에 문제가 있었는지 확인했지."

루카스는 긴장 탓에 침을 꼴깍 삼켰다.

"자네 말대로 그 시간대 전후로 정말 문제가 발생했더군. 그 시간대에 작업하던 다른 이들 중에도 통신에 문제가 있었음을 확인했네. 어쨌든 그 자살 사건이 기묘하기는 하지만 타살이라고 볼 수 있는 증거가 없고 게다가 통신에 문제가 있었다는 것이 확인됐으니 더 이상 닉도 뭐라고 하지 않을 거야. 그러니 안심해도 되네."

"감사합니다, 제프 교도관님!"

"감사할 거 없네. 사실 유무에 따라 행동할 뿐이니! 그런데 업체에서 희한한 얘기를 했어. 분명히 그 시간대에 위성에는 문제가 없었다고 해. 정상적으로 통신이 되고 있었다고. 그런데, 교도소 근처의 공중에서 마치 보이지 않는 막이 형성되어 있는 것처럼 지상으로 내려오던 송출이 반사가 되어 다시 위성으로 역송출이 되었다는 거야. 업체 직원들도 이해할 수 없다고 했어. 분명히 송수신에 방해될 수 있는 요소는 전혀 없었다고 하면서 말이야."

"아… 그런 일이 있을 수도 있군요."

"세상에는 이해할 수 없는 일이 참 많은 것 같아! 아 참, 레이프의 문서를 볼까."

"…."

"이름은 레이프(가명이며 실제 이름은 앤키니우스). 나이는 1경, 그 이후로는 세어보지 않음. 키는 3미터 20센티, 몸무게는 노코멘트(너무 오래전 일이라 기억나지 않음). 거주지 주소는 갤리온 행성,

화성, 지구, 유로파, 안드로메다 은하, 그리고 초기은하. 죄명은 우주를 파괴시킨 죄."

"헉!"

루카스는 고개를 들다 순간 등이 서늘했다. 그가 들은 얼토당토않은 내용에도 기겁했지만 문서를 보며 읽고 있는 제프 교도관의 목소리가 높낮이가 전혀 없는 오싹한 기계음이었다.

"제프 교도관님! 교도관님! 지금 무슨 말씀을 하시는 거예요?"

루카스는 본인도 모르게 언성이 높아졌다. 루카스의 목소리를 들어서인지는 모르겠지만 제프 교도관은 읽고 있던 문서에서 고개를 들어 루카스와 시선을 맞추었다. 제프의 두 눈에는 초점이 없었다. 루카스는 조심스럽게 제프의 두 눈 사이로 손을 좌우로 움직여보았다. 아무런 반응이 없었다. 오히려 잠깐 멈췄던 레이프의 인적사항을 다시 말하기 시작했다.

"이게 무슨 상황이지? 도대체 뭐가 어떻게 된 거야?"

루카스는 어찌할 바를 몰랐다. 이 어이없는 상황을 증거로 남기기 위해 누구라도 데려와야 하나 하는 생각이 들 때쯤 레이프의 인적사항이 끝났고 제프의 눈빛이 돌아왔다. 원래의 정상 상태로 되돌아온 제프가 말했다.

"자, 루카스! 레이프에 대해서 다 말했네. 자세히 보고 싶다면 자네가 직접 봐도 돼. 자네에게만 특별히 허락하지!"

"아, 아… 네. 감… 감사합니다!"

지금은 분명히 루카스가 알고 있던 교도관 제프가 맞다. 루카스는 제프의 손에 있던 레이프 관련 문서를 뺏다시피 낚아챈 후, 두 눈을 크게 뜨고 자세히 살펴보았다. 문서는 토씨 하나 다르지 않게 제프 교도관이 말한 대로 적혀 있었다.

"뭘 그렇게 놀래, 루카스! 그게 그리 놀랄 사항인가? 아니면 혹시 어디 불편한가?"

"아, 아닙니다. 그의 죄명이 이 내용이 정말 맞습니까?"

"그의 죄명이…."

순간 제프는 또다시 두 눈의 초점을 상실했다. 마치 붕어가 입만 뻥긋거리듯 이번엔 목소리마저도 나오지 않았다. 잠깐의 시간이 흐른 후, 제프가 말했다.

"자, 루카스. 전혀 이상 없지! 분명히 재차 확인해주었네."

다급히 사무실을 나온 루카스는 도망치듯 걸어서 자신의 사무실로 되돌아왔다. 레이프는 웅크리고 의자에 앉아 모니터를 쳐다보고 있었다. 너무 평온하게 앉아 있는 노인에게 루카스는 무엇을 이야기해야 할지 뭐가 궁금하다 해야 할지 전혀 떠오르지 않았다. 이미 넋이 나갈 대로 나간 루카스는 아직도 조금 전 충격에서 벗어나지 못했다.

*

비상벨이 울렸다. 흔적제거반에게 경고하는 명령이었다.

"모두 하던 작업을 멈추고 그대로 대기하라! 다시 한번 경고한다. 모두 하던 작업을 일제히 멈추고 그대로 대기하라."

무장한 교도관 5명이 1층에 있는 어느 한 방에 진입했다. 방바닥에는 피가 홍건했고 그 자리에 한 명의 흔적제거반이 쓰러져 있었다. 그리고 그 옆에는 여전히 분이 풀리지 않았는지 씩씩거리고 있는 한 덩치 하는 청년이 서 있었다.

"뒤로 돌아 바닥에 무릎 꿇고 두 손을 들어올려, 당장!"

교도관 중에 한 명이 명했다.

"싫다면! 너희들이 나를 죽일 수 있을 것 같아?"

세이건이 실실거리며 말했다.

뒤늦게 연락을 받은 제프 교도관이 방에 들어왔고 세이건을 노려보며 말했다.

"다시 경고한다! 뒤로 돌아 바닥에 무릎 꿇고 두 손을 들어올려, 세이건!"

제프를 본 세이건이 잠시 흠칫하더니 말했다.

"알았다고! 제프 교도관. 특별히 당신 봐서 명령에 따르지!"

세이건은 건방진 말투로 귀찮은 듯 명령에 따랐다.

세이건은 제프에 대해서 잘 알았다. 아버지인 런드버그 교도소장이 말해주었다. 이곳에 오기 전 매우 뛰어난 직업군인이었고 특전사 출신이며 특전사 중에서도 탑 클래스에 속한 군인이었다. 각종 무술에 능숙했으며 명사수였다. 더욱이 런드버그 교도소장이 가장 신뢰하고 믿는 교도관이었다. 하지만 제프의 이 모든 능력은 차치하고라도 세이건이 명령에 따를 수밖에 없던 점은 제프의 냉혹한 성격과 더불어 규칙과 규율을 자신의 목숨보다 소중히 따른다는 것이다. 비록, 런드버그가 상사이며 세이건이 그의 아들이라 할지라도 지금과 같은 상황에서 명령에 따르지 않으면 제프는 조금의 망설임도 없이 세이건에게 총을 쏠 것이다.

이미 세이건이 흔적제거반에 속할 수 없는 연쇄살인마였기 때문에 세이건의 입소 당시 런드버그와 제프의 논쟁은 대단했었다. 런드버그의 각종 유화적 제스처와 제프가 원하는 조건을 들어주는 것으로 겨우 일단락을 지었지만 지금까지도 그 불씨는 런드버그와 제프에게 여전히 남아 있었다. 세이건의 목숨 값으로 얻어낸 것은 이곳에 없던 작은 도서관과 몇 년 동안 업무를 충실히 이행한 자에게 독방의 특권 그리고 가끔은 제도권에서 필요한 물품을 대규모로 수송해 올 때 육류 반입을 묵인해주어 섭취할 기회 등이었다. 그중에서 육류 섭취는 그들의 공격성을 자극한다는 명목으로 금지가 되어 있었다. 여러모로 흔적제거반에 속한 이들의 삶에 크게 기여했다.

3층에 마련된 런드버그 교도소장의 사무실에 두 손에 수갑이 차인 세이건이 이송되었다.

"수고했네, 교도관들. 잠시 자리를 비워주게!"

교도관들이 모두 나가고 문이 닫혔다.

"너를 살리기 위해서 내가 어떤 희생을 했는지 알아? 너 하나 살리겠다고 내가 얼마나 불법적인 일을 했는지 알아, 이 녀석아! 너 하나 살리는 조건으로 제프가 요구하는 조건을 다 들어주어야 했어. 이곳에 있어서는 안 되는 불법적인 조건들을 말이야! 그런데, 얌전하게 쥐 죽은 듯이 생활하지 못할망정 1년 만에 또 살인을 저질러!"

"뭘 그리 어렵게 생각해요, 아버지. 제프가 요구하는 조건이 있다면 또 들어주면 되잖아요. 제프가 요구조건이 없는 것보다는 낫죠. 안 그래요? 어차피 이 교도소 내에서 벌어지는 일은 외부에서 알 수가 없잖아요. 그러니, 사람 하나 죽은 것 가지고 그렇게 요란 떨 필요가 있을까요? 이곳의 왕은 아버지예요. 뭘 그리 두려워하시는 거예요. 만약 제프 때문에 그러신다면 정부에 연줄이 많으시니 부탁해서 이곳에서 축출하시면 되잖아요.”

“뭐라고! 이 정신 나간 놈을 봤나! 뭘 잘난 짓을 했다고 말 같지 않는 헛소리를 지껄이는 거야!”

“참 나! 생각해보세요, 아버지. 솔직히 아버지나 저나 하는 일이 그렇게 다를까요. 이곳이 말로만 교도소지 사실은 사형집행소잖아요. 즉, 사람을 죽이는 것이 일이고 이 일에 최고 집행자이자 책임자가 아버지인데, 그리고 지금까지 이곳에서 죽어나간 인간들이 얼마나 많은데 기껏 이곳에 온 지 1년 만에 한 명 죽인 것을 가지고 뭐 그리 놀라세요?”

“갈수록 이 녀석이! 이곳에서도 지켜야 하는 정부의 규칙과 규율이 있어. 너처럼 별 이유 없이 아무나 죽이지 않아!”

“제가 그렇게 보기 싫으시면 아버지의 업무를 바로 이행하세요. 교도관에게 명령하고 저를 처형장에 보내서 전기의자에서 감전으로 죽게 한 후, 화장시키고 그 재를 바다에 뿌리면 되잖아요. 영원히 흔적도 남지 않겠죠. 그러면 이렇게 신경 쓸 일도 없는데 말이죠. 안 그래요, 아버지? 아니 런드버그 교도소장님! 그런데 어쩌죠? 제가 없으면 어머니가 많이 슬퍼할 거예요. 거기다 아버지가 저를 죽인 것을 언젠가 알게 되면 아버지를 평생 원망하면서 슬퍼하겠죠.”

“….”

런드버그는 지금까지 이 자리에 회의를 느낀 적이 한 번도 없었다. 이곳은 정부의 강한 정책에 의해 설립된 곳이고 악을 척결하고 정의를 구현한다는 명분도 좋아 책임감을 갖고 일을 해왔다. 더불어 정부의 혜택도 좋았다. 기존 제도권에서 일할 때보다 연봉이 3배 이상이었고 일을 그만두어도 평생 이 연봉을 보장해준다는 조건이었다. 이 조건을 런드버그는 놓칠 수 없었다. 후보자들 중에서 자신이 선택받기 위해 갖은 노력을 통해 획득한 자리다. 한 가정의 가장으로서의 선택이었다. 그런데 지금 이 순간 런드버그는 처음으로 자신의 일에 회의가 들었다. 혹시, 제도권에서 일하며 세이건을 잘 관리했더라면 이 상황까지는 오지 않을 수도 있지 않았을까. 사랑하는 자식의 이런 모습에 속이 탔다. 부모 마음을 너무도 모르는 자식이 원망스럽기보다는 철부지 아이같이 느껴졌다. 런드버그의 마음만 무너질 뿐이었다. 아들을 죽인 아버지라는, 천륜을 저버리는 일을 런드버그는 할 수 없었다. 어떻게 해서라도 세이건을 살리고 싶었다. 하지만 자신이 이곳의 총책임자라고는 해도 누구나 반드시 따르고 지켜야 할 규칙과 규율을 계속 어길 수는 없는 노릇이었다. 아랫사람이 윗사람을 따르는 신뢰와 믿음은 윗사람이 먼저 솔선수범으로 규칙과 규율에 따라 행동할 때 나오며 그 권위도 지켜지는 것이다. 그래서 런드버그는 한없이 작아지는 자신의 모습을 느껴야 했다.

문밖에서는 닉과 제프가 다른 교도관을 물리고 런드버그 교도소장을 기다렸다.

"세이건이 테일러를 살인한 동기가 뭐래, 제프?"

"평소에 테일러의 깝죽거리는 태도가 싫었는데. 세이건 말로는 자신은 그동안 계속 참고 있었는데 오늘 근무하다 필요한 물품을 가지고 오지 않아서 합숙소로 되돌아갔는데 테일러도 합숙소에 있더래. 두 사람 이외에 아무도 없는 상황에서 시비가 붙었고 서로 감정이 격할 대로 격해져서 물불 가리지 않고 싸우다 정신이 드니 테일러가 죽어 있었다고 하더군."

"우발적 범행이라고 주장하고 있군. 절대 아니지. 아니야. 그냥 싸웠다고 하기에는 그 지경으로 살인을 하지는 않지. 어디서 났는지 칼처럼 뾰족한 도구로 사정없이 찔렀어. 조사해보니 20군데를 찔렀더군. 누가 보아도 살인할 도구를 사전에 미리 준비했다는 사실을 부정할 수는 없지. 그건 그렇고 런드버그는 이번에 어떤 결정을 할 것 같아, 제프?"

"매우 어려운 결정이 되겠지. 하지만 이번에도 적당히 넘어가려다가는 자신의 권위가 땅에 떨어질 것이 뻔하니까!"

"그렇지. 이곳에 있는 모든 이들의 눈과 귀가 런드버그의 입만 주시하고 있어. 모두 사건 현장에 대해서 아니까. 이번에는 친자식이라도 쉽지 않지. 명백한 살인이니까."

런드버그 교도소장이 큰 소리로 제프 교도관을 불렀다. 제프 교도관이 문을 열고 사무실 안으로 들어갔다.

"제프, 저놈을 사형집행소 유치장에 가두어놓게!"

"아! 알겠습니다. 런드버그 교도소장님!"

"그리고, 제프….."

"네. 말씀하십시오, 교도소장님."

"부탁하겠네. 단 하루만 나에게 생각할 시간을 줄 수 있겠나?"

"음… 알겠습니다."

"고맙네, 제프!"

제프 교도관과의 면담에서 넋을 잃고 사무실로 되돌아온 루카스에게 비보가 들려왔다.

"아! 안 돼."

루카스는 비명을 질렀다. 레이아가 루카스의 영혼의 숨결이며 영원한 안식처라면 테일러는 루카스에게 이 지옥 같은 곳에서 유일하게 진정으로 서로 위로하고 웃을 수 있는 단짝이자 삶의 지지자였다. 이곳에서도 테일러만은 가장 긍정적이었고 그 덕에 루카스가 우울할 때마다 그의 밝은 기운을 받아 버텨낼 수 있었다. 슬픔은 형용할 수 없는 절망으로 자신을 삼켜버렸다.

"뭐라 위로를 해줘야 할지 모르겠군. 테일러는 참 좋은 청년이었는데!"

루카스의 귀에는 아무 소리도 안 들렸고 눈물이 그의 시야를 덮었다. 어떻게 왔는지 루카스는 숙소의 침대에 쓰러졌다. 루카스에게 오늘 하루는 너무나 견디기 힘든 기나긴 하루였다. 자신의 아버지 사건으로 이곳에 오며 강제적으로 레이아와 헤어질 수밖에 없었던 그날처럼 심장이 찢어지듯 아팠다. 하지만 루카스는 온전히 괴로운 마음에 머물러지지가 않았다. 그는 안타까움과 비통, 그리고 화가 나는 마음 사이사이로 안개가 스며들어 오듯 불안하고 당혹스러운 의문들이 끼어들었다. 이 기괴한 사건을 어떻게 받아들여야 하나. 그전에 겪었던 유령 사건 이상으로 비현실적이었다. 자신이 잘못 보고 착각한 단순한 사건이라고 치부하고 넘어가기에는 이 상황의 당사자가 바로 여기 자신의 눈앞에 있었다. 친구의 죽음을 순수하게 받아들이기 위해서라도 루카스는 레이프의 일을 명확하게 하는 것이 우선이라 생각했다. 그리 생각이 미치자 루카스는 눈물을 훔치고 바로 앉아 호흡을 가다듬고 레이프를 보았다.

"오늘 제프 교도관을 찾아갔다가 당신에 대한 얘기를 들었어요. 아니, 솔직히 말할게요. 제가 제프에게 부탁했어요. 당신에 대해서 말해달라고!"

"어! 그랬군. 제프가 뭐라 하던가?"

시종일관 여유로운 표정의 레이프였다.

"그냥 말장난 같았습니다. 처음에는 말이죠. 그런데, 농담이라고 생각한 당신이 내게 말한 죄명과 제프 교도관이 보관하는 당신의 인적사항에 적힌 죄명이 일치하더군요. 마치 장난처럼 느껴졌는데 제프가 비현실적인 괴상한 행동을 했어요. 눈빛도 그의 것이 아니었어요. 그는 제가 아는 한 일로 농담을 할 사람이 아닙니다. 이 말도 안 되고 괴상한 당신의 말과 상황은 뭐죠? 레이프, 당신은 알아요? 당신은 뭐예요?"

"루카스, 허상의 세계에서 진실의 세계로 나아가는 길목에 자네는 서 있다고 생각하게. 이제 다 왔어!"

"허상의 세계에서 진실의 세계라뇨? 이건 또 무슨 말인가요? 나한테 왜 이래요?"

"현실이 비현실이며 비현실이 현실이네. 허상의 세계에 존재하는 인간은 이 사실을 받아들이기 어렵지. 왜냐면, 이 사실은 오직 허상의 세계를 내려다볼 수 있는 외부의 존재, 즉, 관찰자일 때 가능하니까!"

"관찰자?"

"세상의 보이는 모든 상은 존재하면서 존재하지 않네. 다시 말해, 루카스 자네에게는 분명하게 보이는 세상이 세상의 본질을 알아버린 나에겐 있는 듯이 없다는 말이지. 두 가지의 전혀 다른 극이 나에겐 단 하나이며 동일한 현상이야!"

"도무지 무슨 말인지 모르겠습니다, 레이프."

"충분히 이해해! 아직 자네는 허상의 세계에 현실이라는 망령에 사로잡혀 있으니까!"

"음… 레이프, 그러니까 당신의 이야기는 일반인은 모르는 특별한 능력이 있어서 관찰자처럼 이 세계를 내려다볼 수 있다는 말인가요?"

"그렇다네!"

"정말 내가 당신이 미쳤다고 말하고 싶지만 내가 지금 겪은 상황들 때문인지 내 이성이 말리네요. 하나만 더 묻죠. 당신의 인적사항을 보니 죄명뿐만 아니라 그 나머지도 전혀 이해할 수 없는 내용이던데 그건 또 어떻게 된 거죠?"

"그건 루카스 자네와 내가 앞으로 함께하게 될 여정의 길잡이라 생각하게!"

"모르겠어요! 하나도요! 레이프! 당신은 정말 알 수 없는 사람이군요. 물어볼수록 궁금증이 해결되는 것이 아니라 미궁 속으로 더 빠져 허우적대는 것 같아요. 아! 그만할래요. 너무 힘들어요. 그만 누워야겠어요."

"그래, 많이 힘들겠지, 루카스. 오늘은 이만하세!"

루카스는 말과 동시에 시간이 멈춘 듯 잠이 들었고 레이프는 어둠 속의 그를 미묘한 표정으로 바라보았다.

*

런드버그 교도소장은 미동도 없이 지는 해를 보다가 벌떡 일어나 사무실을 왔다 갔다 하다가 이내 천장을 보고 한숨을 쉬고 본인의 가슴을 쳤다. 아무리 이 생각 저 생각 이런저런 경우의 수와 방법을 떠올려보아도 이 상황을 타개할 길이 보이지 않아 다시 출발선으로 되돌아오기를 반복했다. 솔직히 해답은 없었다. 아니, 오히려 명확하게 정해져 있었다. 자신의 친아들인 세이건을 이곳의 규율에 따라 사형시키는 것이다. 하지만, 도저히 용납은커녕 생각조차 할 수 없는 인생 최악의 미친 짓이었다. 교도관이 사형과 관련된 모든 업무를 담당하더라도 최종 책임자는 결국 런드버그였다. 런드버그는 제프를 살해할 생각도 했다. 하지만 이내 그만두었다. 교도관들과 흔적제거반의 모든 이들이 가장 신뢰하는 제프 교도관을 살해한다면 결국 교도관과 흔적제거반에 의한 불만과 불평으로 폭동이 일어날 것이 훤히 눈에 보였다. 그리고 그 폭동의 끝은 런드버그와 세이건의 처형일 것이다. 런드버그는 그 어떤 길을 가도 벗어날 수 없는 크나큰 고통에 몸부림쳤다. 일생일대의 최악의 위기였다.

깊은 밤, 레이프는 교도소를 나와 100여 미터 떨어진 곳에 있는 또 다른 건물로 발걸음을 옮겼다. 곳곳에 있는 감시카메라를 특별히 의식하지 않고 굳건히 잠겨 있는 두껍고 커다란 철문을 마치 아무것도 없는 것처럼 그대로 통과해버렸다. 그리고 얼마 안 가 관리인을 만났지만 레이프는 전혀 개의치 않았고 레이프와 눈이 마주친 관리인도 대수롭지 않다는 듯 곧이어 하던 일을 계속했다. 레이프는 지하로 내려갔다. 어둠에 배려가 없는 길이지만 레이프는 거침없이 이동했다. 이윽고 한 유치장 앞에 섰다. 그의 얼굴에서 음흉한 미소가 새어나왔다. 바로 앞에 세이건이 있었다. 철창 안에 있던 세이건은 아무런 인기척도 느끼지 못했는지 철창살이 촘촘하게 박힌 작은 창으로 들어오는 달빛을 보고 있었다.

"세이건… 세이건!" 특유의 쳇소리에 짙게 깔린 허스키한 목소리가 공간을 울렸다.

"어? 누구야! 어디서 날 부르는 거야?" 두리번거리며 세이건이 소리쳤다.

그 어디에도 보이는 것은 아무것도 없었다.

"친구가 필요할 것 같아서 왔지, 심심할까 봐!"

"뭐라고? 그건 그렇고 어디서 갑자기 나타났지?"

분명히 철창 밖에는 그 누구도 없었다. 그런데, 도대체 어디서 나타났는지 세이건 앞에 레이프가 서 있었다.

"나? 네가 두리번거리기 전부터 계속 네 앞에 있었지. 그저 네가 나를 보지 못했을 뿐이야!"

"이상하네, 정말 아무것도 없었는데? 누군가 했더니 식당에서 나한테 맞았던 노인네 아니야?"

"알아주니 참으로 눈물 나게 고맙군. 맞아! 그 힘없는 노인네!"

"그런데, 무슨 일로 날 찾아왔지? 혹시 아버지가 보냈나?"

"아니!"

"그럼, 누가 보냈지?"

"없어! 내가 그냥 너에게 볼일이 있어서 온 거야. 아버지가 런드버그 교도소장이지?"

"맞아! 왜 물어보지?"

"아버지가 큰 상심에 빠져 있던데. 너 때문에."

"그건 네까짓 게 상관할 일이 아니야. 이곳의 왕이 누군지 몰라서 그래? 내일이면 다 해결될 거야! 어제 무슨 일이 있었냐는 듯 나는 다시 원상태로 돌아가겠지. 불쌍한 제프… 하하하!"

세이건이 파안대소했다.

"정말 다행이군, 미리 축하해, 세이건!"

"축하? 좋네, 축하! 아니, 그것이 아니지. 당신! 여기 왜 있는 거야? 어떻게 아무 권한도 없이 나한테 올 수 있었지?"

갑자기 세이건이 정색했다.

"글쎄, 기브 앤 테이크지! 런드버그가 내게 세이건이라는 선물을 주었으니 나도 런드버그에게 최소한 그에 상응하는 선물을 주는 것이 아름다운 선행이 아닐까?"

"그게 무슨 말이야?"

"내 계획을 완성하는 데 필요한 희생양이라는 뜻이야!"

그때, 철창 밖에 서 있던 레이프의 몸이 철창을 미끄러지듯 부드럽게 통과하며 안으로 들어왔다.

"맙소사! 이… 이건 불가능한 일이야! 말도 안 돼!"

"이미 벗어나긴 늦었어, 세이건! 너는 영원히 모르겠지만 나의 명령대로 테일러를 제거했어. 그 점에 대해서는 칭찬하지. 또 한 가지, 너의 예상은 맞아. 너의 말대로 내일 재가 되어 이곳을 벗어날 거야!"

레이프의 손이 세이건의 머리를 강하게 움켜쥐었다. 건장한 세이건은 저항 한번 하지 못한 채, 온몸이 태양 속에 빠진 듯 몸에서 불길이 치솟더니 불타올랐다. 형체를 전혀 알아볼 수 없는 시커먼 시체가 레이프의 손에서 떨어져나가 바닥에 쓰러져 널브러졌다.

"이건 반드시 남겨두어야겠지, 세이건! 네가 누군지는 알 수 있어야 하지 않겠어? 이제 마무리로 이것을 이 녀석 옆에 놓으면…."

다음 날 아침, 숙소에서 나갈 채비를 갖춘 루카스는 허둥대고 있었다. 숙소 안의 구석구석을 이 잡듯이 들쑤셔댔다.

"어? 이상하다! 어제저녁에 숙소에 확인받고 들어왔고 옷걸이에 작업복을 걸면서도 분명히 보았는데!"

하지만, 그 어디에도 루카스가 찾는 물건은 없었다. 루카스의 당황스러운 움직임에 잠을 깬 레이프가 긴 하품을 하고 눈을 비비며 루카스를 쳐다보았다.

"무슨 일인가, 루카스?"

"제 명찰이 없어졌어요!"

이곳에서 명찰은 매우 중요했다. 교도관과 흔적제거반이 아무리 아는 사이라 해도 그들을 구분하는 첫 번째 조건은 명찰이었다. 명찰은 교도소 내 그 누구라도, 그가 교도소장이든 교도관이든 아니면 흔적제거반이든 상관없이 반드시 착용해야 했다. 가슴에 명찰을 달지 않았거나 명찰을 잃어버린 경우에는 어떤 일에도 참여할 수 없을 뿐만 아니라 징계조치를 당하며 정신상태가 해이해졌음을 의미했다. 지금 당장 사무실에 가서 자신이 왔다는 전자 인증을 하기 위해서라도 명찰이 있어야 한다. 출입 인증을 위해서는 명찰을 단말기에 대야 한다. 정해진 시간에 체크를 하지 못하면 바로 교도관들이 사무실로 달려와 조사를 한다. 명찰이 없으면 꼼짝할 수가 없었다.

"아! 큰일이군!"

"잘 찾아보게! 어딘가에 반드시 있을 거야!"

레이프는 일어나서 루카스를 도왔다.

그때 요란하게 비상벨이 울렸다.

"모두 하던 동작을 멈추고 그대로 대기하라! 다시 한번 경고한다. 모두 하던 동작을 일제히 멈추고 그대로 대기하라."

루카스와 레이프는 명찰을 찾는 동작을 멈추고 바닥에 정자세로 앉았다. 루카스는 불안했다. 그의 머릿속은 온통 없어진 명찰에 가 있었기에 눈으로라도 방 구석구석을 훑었다. 갑자기 문이 벌컥 열렸다. 무장한 교도관 5명이 일제히 루카스의 숙소에 들이닥쳤다.

"루카스! 너를 세이건의 살해 용의자로 체포한다!"

제프 교도관이 외쳤다.

"네? 무슨 말씀이세요, 제프 교도관님!"

청천벽력 같은 제프 교도관의 말에 루카스는 자신의 귀를 의심했다.

"뒤로 돌아 바닥에 무릎 꿇고 두 손을 들어, 당장!"

교도관 중 한 명이 외쳤다.

"저… 정… 정말, 저한테 왜 이러세요?"

"사건 현장에 가보면 알게 돼!" 닉 교도관이 눈썹을 치켜세우며 말했다.

"다시 경고한다! 뒤로 돌아 바닥에 무릎 꿇고 두 손을 들어, 루카스!"

교도관이 다시 외쳤다.

수갑이 차인 루카스는 교도관들과 함께 사형집행소 건물의 지하로 내려가 한 유치장 앞에 섰다. 고약한 냄새에 루카스는 눈살을 찌푸리며 철창 안을 보았다.

"으으윽… 저… 저자는 누구죠?"

"지금 몰라서 묻는 거야, 아니면 발뺌을 하는 거야?"

닉 교도관이 가소롭다는 듯 루카스를 쳐다보았다.

"무슨 일이 벌어진 것인지 모르겠지만 저를 믿어주세요!"

"참 나, 루카스. 자네 갈수록 태산이군! 네가 발뺌하기에는 증거가 확실해! 너는 테일러와 둘도 없이 친한 사이였지. 그래서 세이건이 테일러를 잔인하게 살해하자 울분을 참지 못하고 남들다 자고 있는 늦은 밤에 이곳에 몰래와서 세이건을 계획적으로 더 잔인하게 살해한 거잖아, 안 그래?"

"닉 교도관님! 저자가 세이건이라는 말인가요? 세상에 맙소사! 아니오, 아닙니다! 절대로 제가 아니에요. 테일러와 친한 것도 맞고 할 수만 있다면 세이건을 혼내주고 싶다는 생각도 했지만 감히 단언컨대 살인을 하겠다는 마음은 품은 적이 없어요!"

"그래? 좋아! 그렇다면 이건 어떻게 해명할 건데?"

닉 교도관은 루카스를 데리고 철창 안으로 들어갔다. 그리고 검지로 한 곳을 가리켰다.

"자, 루카스! 왜 너의 명찰이 여기 있지? 해명해봐!"

"어? 어… 이게 왜 여기에 있지?"

루카스는 명찰을 보자 심장이 덜컹 내려앉았다. 무슨 이유에서든 자신의 명찰이 세이건 옆에 놓여 있다는 것은 그 무엇으로도 피할 수 없는 명백한 증거였다. 공포에 질린 루카스의 얼굴은 새파래지며 심장이 몸 밖으로 튀어나올 듯이 너무나 제멋대로 뛰어서 몸을 제대로 가눌 수가 없었다.

"제가 아닙니다. 정말 제가 한 짓이 아니에요. 아 참! 그렇지.

레이프에게 물어보세요! 그와 함께 하루 종일 같이 있었고 초저녁 이후 저와 레이프가 숙소에서 벗어난 적이 없었어요! 그가 저에 대해 증명을 해줄 겁니다!"

지푸라기라도 잡는 심정으로 루카스는 하소연했다.

"그렇지 않아도 레이프에게 물어봤지."

"그랬군요! 뭐라고 했나요?"

"레이프가 말하길 자신은 숙소에 오자마자 바로 잠들어서 루카스가 그 이후에 무슨 일을 했는지 전혀 알지 못한다고 했네!"

닉 교도관이 매서운 눈초리로 루카스에게 쏘아붙였다.

"아! 이럴 수가!"

"자, 다들 뭐 하고 있어! 저 시체를 시체보관소로 옮기고 루카스를 유치장에 가둬!"

그들 뒤에 있던 제프 교도관이 지시했다.

"이로써 사무실에서 벌어졌던 자살이라 했던 사건도 너의 범행이라는 내 생각이 확실해졌군, 루카스! 역시 피는 물보다 진하다는 속담을 다시 한번 되새겨보게 해줘서 고맙군!"

닉 교도관이 만족스러운 표정을 지었다.

사형집행소 건물을 빠져나온 제프는 못내 못마땅한지 입을 열었다.

"확실한 증거가 있으니 루카스의 범행이라는 것은 부정하지 않아! 하지만 말이야."

"무슨 말을 하고 싶은 거야, 제프?"

"그런데, 확실히 이상하잖아?"

"뭐가?"

"교도소에서 사형집행소까지는 적외선 탐지가 가능한 감시카메라가 있고 사형집행소 안에도 감시카메라가 곳곳에 있어. 그런데 그 어디에도 루카스는 없었어. 그리고 루카스 말대로 그의 숙소가 있는 복도의 천장에 달려 있는 감시카메라에서도 루카스와 레이프가 들어간 이후, 그들은 아침이 될 때까지 단 한 번도 나오지 않았지. 우리가 본 것은 가만히 앉아 있던 세이건이 갑자기 일어나 주위를 살피며 두리번거리더니 누군가와 대화를 나누는 듯했지. 그러다 놀란 표정을 지었고 갑자기 그의 몸에서 연기가 나고 불꽃이 튀고 몸에 불이 붙었어. 주위에 아무것도 없는데 스스로 불타버렸다고!"

"그래서, 유치장에서 찍힌 영상은 런드버그가 충격받을까 봐 폐기했잖아, 제프? 이제 와 후회해?"

"…."

"어쨌든, 우리가 모르는 루카스만의 꼼수가 있었겠지! 무엇보다 런드버그의 고민을 대신 해결해주었잖아? 거기다 딱 맞게 확실한 증거가 있으니 된 거지. 뭘 더 따져, 제프?"

제프 교도관이 런드버그 교도소장의 사무실 문을 열고 들어가자 런드버그는 새빨갛게 충혈된 눈으로 흥분한 상태였다.

"어떻게! 세이건을 죽일 수가 있지?"

"무어라 할 말이 없습니다. 죄송합니다!"

"어찌 그토록 잔인하게 처참한 몰골로 만들어놓을 수가 있느냐 말이야! 그래, 좋아! 내 아들이 죽을 수밖에 없는 운명이라고 쳐. 그래도 최소한 시신은 알아볼 수 있게 해놓아야 할 거 아니야!"

극대노한 런드버그가 고래고래 소리쳤다.

"루카스가 나를 더욱 화나게 한 짓이 뭔 줄 아나, 제프?"

"죄송하지만, 잘 모르겠습니다!"

"그 녀석이 세이건의 모든 곳을 처절하게 뭉개버렸는데 오직한 군데, 세이건의 엄지만 멀쩡하게 남겨놓았다는 거야. 그건 분명 나에 대한 루카스의 가장 치졸하고 역겨운 놀림이지. 나에 대한 반역이야!"

"이제 어떻게 할까요?"

"뭘 어떻게 해! 지금까지 했던 것처럼 규율에 따라 처리해! 당장!"

"예, 알겠습니다!"

"아니, 아니야, 제프! 이번에는 처음으로 내가 직접 루카스를처리할게. 전기의자에서 가장 고통스럽게 서서히 죽이고 화장터에서 그놈의 흔적마저 완벽하게 없애줄 거야!"

그때, 전화벨이 울렸다.

"각하! 어떤 용무로 친히 저에게 직접 전화를 주셨습니까? 네!네! 알겠습니다. 차질 없이 준비하겠습니다."

"애드가 대통령이십니까?"

"그렇다네. 하필 이런 상황에서… 감정을 추스르지도 못했는데… 어쩌겠어. 냉정하게 공과 사를 구분할 수밖에! 제임스 부통령이 오후 2시에 헬기로 이곳을 방문할 예정이라는군! 점검도 하고 그동안의 노고를 치하하고 연설도 할 예정이야."

"아니, 이렇게 급작스럽게 말입니까? 그런데 처음 있는 국빈방문이군요!"

"내가 정신없이 전화를 받아 생각지도 못했는데 그렇군! 비공개 방문이네. 하여튼, 연설이 있으니 한 치의 소홀함이 없이 만반의 준비를 시켜놓게!"

"예! 그런데 혹시, 이들에게 특별 사면이라도 해주려고 오는 걸까요?"

"국빈이 방문하는데 좋은 소식을 가져다줄 것은 뻔하지, 제프!"

"그렇겠군요!"

"어쩔 수 없이 루카스는 오늘 당장 처리하기 애매해졌으니 내일 내가 직접 처리하겠어!"

"예! 알겠습니다."

*

대통령궁에서 애드가는 파월 국방장관에게 비밀리에 지시를 내렸다.

"때가 왔소! 우리가 계획했던 '희망 프로젝트'를 실행에 옮길 순간이!"

애드가가 파월에게 말했다.

"교도소장과 교도관들 모두 대상에 포함시키는 데 이견은 없으십니까?"

파월 국방장관이 애드가에게 질문했다.

"이견 없소! 우리는 다시 과거로 돌아가지 않을 거요!"

"가족들에게는 귀환 시 침몰사로 처리하겠습니다!"

"알았소! 진행하시오, 파월!"

*

유치장에서 루카스는 시시각각으로 다가오는 죽음이라는 거대한 공포에 맞서 어떻게든 침착하게 냉정을 유지하려고 삶을 되돌아보았다. 그렇지 않고는 두려움이라는 파도가 너무 높아서 당장이라도 그 안에 갇혀 질식할 것 같았다.

"어찌 내 삶은 이토록 비통하기만 할까? 그저 내가 사랑하는 한 여인과 소박한 행복 속에 작은 평화를 원했던 이 꿈마저 내겐 이토록 사치스럽고 허황되며 부질없고 그릇된 야욕에 불과한 것일까?"

그 어디에도 하소연할 곳 없이 애통한 심정을 속으로 삭이다 루카스는 끝내 서글픈 울음을 터트렸다. 어이없게 자신의 소박한 행복을 저지한 것은 루카스가 아닌 모두 외부의 환경에 있었다. 세상이 한없이 원망스럽고 또 원망스러웠다. 신을 찾았다. 신은 당신이 사랑하는 자에게 고난과 고통을 주시지만 견딜 수 있는 것들이라고 했다. 하지만 더 이상 이겨낼 수 없는 현재의 상황에서는 무엇을 어떻게 헤쳐나가야 한다는 말인가. 어떤 희망을 가질 수 있다는 말인가. 이제 소박한 희망마저 짓밟히고 끝끝내 목숨마저 지킬 수 없는데 신에게 의지해 이겨낸다는 것은 어떤 의미가 있을까.

'나는 믿어요, 영원히! 우리가 그 어떤 어려움에 처한다고 해도 우리의 삶이 다하는 그날까지 함께할 거예요.'

언제나 어디서나 당장이라도 달려와 자신을 안고 사랑해줄 것 같은 레이아의 목소리가 루카스의 영혼을 맴돌며 흔들었다.

"미안해요, 레이아! 당신에게 나는 죄인이랍니다. 당신에 대한 사랑을 더는 지켜낼 수 없게 되었어요. 이제 부질없다는 것을 압니다. 알면서도 당신을 꼭 보고 싶어요. 당신이 나를 볼 수 없다 해도, 느낄 수 없다 해도! 간절한 소망은 이루어진다고 했던가! 죽음을 목전에 둔 간절한 기도와 소망은 이루어질 수 있을까? 아니면 이미 늦었나?"

루카스는 씁쓸한 미소를 지었다. 전생이니 운명이니 숙명이니 세상에 떠돌아다니는 이야기들도 지금 이 순간 루카스에게 무의미하게 들렸다. 그랬다. 죽음은 삶의 모든 의미를 가리는 그림자였다.

한동안 온 마음을 뒤흔든, 비통한 격정의 파도의 수없는 부딪힘이 조금씩 잦아들자 이성이 싹트기 시작했다.

"참 희한해! 왜 이렇게 내 주변에 이상한 일들이 일어나지. 어떻게 내 명찰이 그곳에 있을 수가 있지? 누군가 나 몰래 가져다 놓았다고밖에 볼 수 없어! 결코 일어날 수 없는 일이야! 그렇지, 레이프! 그가 유체이탈을 해서 그의 영혼이 유치장에 온 것은 아닐까? 하지만 영혼이 어떻게 명찰을 들고 날아다니겠어. 아니지, 아니야. 말도 안 돼! 루카스! 정신차리고 현실을 직시하자! 비현실적인 말도 안 되는 생각은 집어치우고! 아니지… 아니야! 맞아! 레이프가 유령 문제를 해결했었지. 그때 그가 그랬어. 유령인지 뭐인지가 염력을 발휘한다고! 그리고 무엇보다 레이프가 나에게 못된 짓을 할 이유도 없잖아? 어쩌면, 다른 유령이 또 있나? 그렇다면, 왜 나한테 이러한 고통을 주는 거지? 만약, 그렇다면 최소한 이유는 알려줘야 하는 것 아니야!"

"그래, 맞아! 루카스!"

어디선가 분명히 목소리가 들렸다. 루카스는 주위를 두리번거렸다.

"뭐야, 잘못 들었나? 하긴, 여기는 나 혼자인데. 이제 환청도 들리는군!"

"그렇지, 이유도 모르고 당한다면 더 괴롭지, 루카스!"

익숙한 쉿소리의 짙은 허스키한 목소리가 다시 들렸다.

"레이프?"

루카스는 소스라치게 놀랐다. 바로 방금 전까지 주위엔 아무 것도 없었다. 그런데 갑자기 그의 눈앞에 레이프가 나타난 것이다. 더욱 소름끼친 것은 이미 그는 유치장 안의 한쪽 벽에 기대어 서 있었다.

"어… 어떻게 이 안에까지 들어온 겁니까, 레이프!"

"그 방의 그 유령… 자네 아버지인 아놀드야! 보고 싶다더군. 루카스 자네를 말이네. 그의 영혼은 교도소를 떠나지 못하고 헤매다 그 방에 머물렀던 거야. 워낙 악행을 많이 저질러 음기가 강하다 보니 웬만하면 죽으면 다 사라지는데도 그는 강한 악행의 기운으로 버티고 있었지. 문제는 아놀드의 영혼은 진심으로 너를 대하고 싶었지만 그가 가진 것은 악의 힘이라 따뜻한 손길도 모두 강한 음기로 바뀌었지. 그래서 그 방안에 갔던 이들이 모두 공포에 기절한 거지. 그렇게 보고 싶던 아들인 루카스 자네마저도."

"그 유령이 저의 아버지였다고요?"

"난 자네가 말한 것처럼 유체이탈을 해서 자네 앞에 떡하니 나타난 거지. 그래서 나는 오직 자네 눈에만 보인다고. 자네 이외엔 아무도 볼 수 없지!"

"정말 인간의 영혼이 존재하는군요! 그런데 영혼이라면 투명한 거 아닌가요? 만져봐도 돼요?"

"그러게!"

"어! 뭐예요, 레이프? 당신의 몸이 만져지잖아요! 왜 농담을 하고 그래요. 영혼을 어떻게 만질 수 있어요!"

"푸하하하! 재미있긴 하군! 인간을 대상으로 하는 신선놀음은 항상 흥미롭긴 하단 말이야!"

레이프는 별안간 파안대소를 하며 이해할 수 없는 말을 뱉었다.

"좋아! 네가 원하는 대로 나를 변경해볼게! 음… 됐군. 자! 이제 나를 다시 만져보게, 루카스!"

"어… 억!"

루카스는 팔을 뻗어 레이프의 팔을 잡았다. 분명히 레이프의 팔을 만져보려 했지만 공간에 아무것도 없는 것처럼 레이프의 팔을 잡을 수 없었다.

"어떻게 한 거예요, 레이프? 놀라운 마술쇼 같군요!"

"마술쇼가 아니야, 루카스. 자네의 현실에서 일어나고 있는 명백한 사실이네!"

"믿기지 않아요. 아니, 속임수라고 믿고 싶군요!"

"이 정도 보여주고 봐왔으니 이제 내 말에 어느 정도 믿음과 신뢰가 있겠지? 이제 받아들일 때가 되지 않았나? 미신도 속임수도 아닐세! 이것이 현실이야, 루카스! 잘 듣게! 우주는 데이터로 구성되어 있어. 즉, 데이터에 기반한 실행 환경이 바로 우주인 거지. 자네도 데이터로 구성되어 있어. 데이터는 속성을 가지고 있는데 원하는 데이터의 속성을 변경하면 그 즉시 자네가 믿고 있는 현실에 적용되지. 바로 전에 내가 변경한 데이터의 속성은 투명도였지. 그 데이터의 값을 변경하면 자네가 나를 만질 수 있는 불투명도부터 만질 수 없는 투명도까지 원하는 대로 가능해!"

"그럼, 저도 할 수 있는 건가요?"

"아니, 인간은 자신의 데이터 속성을 변경할 수 있는 권한을 가진 존재가 아니네. 이 우주의 절대자가 지정한 속성의 데이터값을 가질 수밖에 없는 수동적인 존재일 뿐이지! 인간은 이러한 이유를 이해할 수 없기 때문에 운명이라는 단어를 만들어냈지!"

"그럼, 당신은 권한을 가진 자네요. 맙소사! 레이프… 당신은 신인가요?"

"루카스, 정신을 바짝 차리게! 지금은 자네의 궁금증이나 해결할 만큼 한가한 상황이 아니야! 자네의 목숨이 곧 끊어질 수 있는 상황이라고. 지금 런드버그가 처음으로 자신이 직접 나서서 너의 숨통을 매우 고통스럽게 끊어놓겠다고 단단히 벼르고 있어!"

"아…!"

잠시 잊고 있던 죽음의 공포가 루카스에게 몰려왔다.

"내가 너의 절체절명의 위기의 순간에 찾아와 내 특별한 능력을 보여준 것은 자네가 나를 믿고 따를 수 있는 신뢰를 주기 위해서네! 진실로 나를 믿고 이 위기를 벗어나 살고 싶다면 자네의 영혼을 내게 맡기게! 그렇게 하면 비로소 현실에서 불가능했던 사랑스러운 그녀, 레이아를 만날 수 있지!"

꺼져버릴 삶을 다시 살려 루카스의 유일한 삶의 의미인 그녀를 비로소 만날 수 있게 해준다는 레이프의 제안은 당연히 루카스에게는 하늘이 주신 마지막이자 최고의 기회였다. 레이프가 자신을 어떻게 하겠다는 것인지 알 수는 없지만 어차피 이제 곧 목숨이 끊어질 수밖에 없는 처지에 의심은 사치였다.

"무조건 당신의 말을 따르겠어요, 레이프! 당신의 어떠한 명령이라도 다 받아들일게요! 레이아를 다시 만날 수 있게만 해준다면, 그녀에게 내 사랑을 전달할 수만 있다면 제 목숨도 당신에게 기꺼이 바치겠습니다!"

"좋아, 아주 좋군, 루카스! 바로 내가 원한 것은 너의 간절함이지. 네가 스스로 진실된 간절한 마음을 내게 열었어. 드디어, 내가 너의 비밀의 문을 통과할 수 있는 첫 단계에 진입했어!"

레이프는 루카스를 무릎 꿇게 하고 무릎 위에 두 손을 가지런히 하게 한 후, 두 눈을 감게 했다. 레이프는 한 손을 루카스의 머리에 올리고 다른 한 손으로는 아무것도 없는 공간 위에 마치 평면 디스플레이를 보며 무언가를 조작하고 수정하듯 손놀림을 했다. 그리고 마지막으로 허공의 한 지점을 힘있게 눌렀다. 그러자 루카스의 머리에 올려진 레이프의 손에서 눈부신 광채가 나왔다. 그 광채가 루카스의 온몸을 감싸듯 퍼져나가다 서서히 사라져갔다.

"다 됐네! 루카스!"

눈을 뜨고 일어선 루카스는 자신의 몸과 주위를 빙 둘러보았다. 달라진 것이… 하나도 없었다. 자신을 포함한 모든 것이 변화 없이 그대로였다. 루카스는 자신의 몸을 계속 확인했다. 촉감도 그대로 느껴졌다.

"무엇이 달라졌다는 거죠, 레이프?"

"왜? 속은 것 같나?"

"분명히 변했다고 하는데 체감되지 않아서요."

"그렇게 느껴질 거야! 그런데 큰 변화가 자네에게 일어났지. 우선, 자네와 나를 세상의 그 누구도 볼 수 없지. 그리고 중요한 것은 세상의 공간과 너의 공간을 분리시켰다는 거야!"

"볼 수 없다는 말은 저의 데이터 중에 투명도 속성을 조절했다는 말씀인가요?"

"그렇다네!"

"그런데, 세상의 공간과 저의 공간을 분리했다는 말은 무슨 뜻인가요?"

"루카스, 자네는 더 이상 이곳에 존재하지 않아! 즉, 세상에 영향을 받지 않는다는 의미네!"

"네? 제가 벌써 죽었다는 뜻이에요? 무슨 말씀이세요. 이렇게 멀쩡하게 살아 있는데!"

"인간들이 말하는 죽었느니 살아 있느니 하는 생각은 이제 버리게. 아무런 의미가 없어. 조금 전에 말했듯이 투명도 속성의 변화만 있을 뿐이야. 그들 각각의 데이터는 보존되지. 물론, 그 데이터를 우주라는 실제 환경에서 실행시키면 자네처럼 보이지는 않지만 살아 있는 것이고, 실행시키지 않으면 절대자의 선택이 올 때까지 데이터로만 남아 있는 것이네."

"제가 살고 있는 이 우주와 그 안에 존재하는 모든 것이 인간들은 전혀 느끼지 못했던 놀라움으로 가득 차 있었군요!"

"자네의 의심을 풀어줄게. 바로 앞에 보이는 철창 밖으로 이동해보게!"

"철창 밖으로 정말 통과할 수 있다고요?"

레이프는 손을 뻗어 어서 앞으로 가라고 가리켰다. 루카스는 조심스럽게 철창 앞에 섰다.

"아… 아무래도 불가능해 보여!"

루카스는 레이프를 한 번 쳐다보았다. 레이프는 당연하다는 얼굴로 철창 밖을 고개로 지시했다. 루카스는 깊은 심호흡으로 마음을 다잡고 손을 철창에 대고 밀었다.

"와! 봤어요? 정말 통과했잖아! 내… 내 몸이 정말 통과했어!"

루카스는 놀라고 감격에 찬 표정으로 레이프를 바라보았다.

"자! 루카스, 나에 대해 일말의 의심도 모두 사라졌지!"

"네! 레이프! 당신은 신이에요!"

"이제 건물에서 나가지, 루카스!"

루카스와 레이프는 사형집행소 건물의 벽을 그대로 통과해 나가며 세상 밖으로 그 모습을 드러냈다.

*

런드버그 교도소장은 수화기를 들었다. 다급한 목소리의 주인공은 사형집행소의 관리인이었다.

"런드버그 교도소장님, 예상치 못한 일이 발생했습니다. 순시를 돌고 있었는데… 그가 죽은 것 같습니다."

"뭐라고! 누가 죽어? 알았어. 당장 가지! 내가 갈 때까지 현장 보존해!"

런드버그는 제프도 유치장으로 불렀다. 그가 도착했을 때 이미 제프가 생사를 확인하고 나와 있었다.

"제프, 정말 죽었는가?"

"네, 교도소장님. 스티브가 사망한 것은 확실합니다!"

"이런! 아들을 죽이고 나에게 반역한 응당한 처벌을 받기도 전에 죽다니. 시간을 지체하지 말고 바로 제거해야 했어!"

"외부 요인이나 자해한 흔적은 몸 어디에도 없습니다. 부검을 해보아야 알겠지만 심장마비로 예상됩니다."

"뭘 검사를 해! 이런 아무 쓸데없는 놈을! 스티브! 스티브! 이런 천하의 괘씸한 놈을 봤나! 당장 화장시켜! 지금 당장!"

"네!"

"그건 그렇고, 이제 부통령을 맞을 만반의 준비는 마쳤나, 제프?"

"네! 빈틈없이 준비를 마쳤습니다. 지금은 운동장에서 부통령 환영 인사를 연습하고 있습니다!"

"좋아! 완벽하게 해!"

＊

루카스와 레이프는 언덕 너머의 농장을 가로질러 교도소를 벗어날 수 있는 마지막 관문이자 죽음의 고지인 고전압이 흐르는 벽도 대수롭지 않게 통과했다.

"너무 경이롭고 놀라워요, 이 자유와 해방감이! 정말 교도소를 벗어난 게 맞죠? 믿어지지 않아요!"

루카스는 눈시울이 붉어졌다.

"자네는 자유의 몸이네!"

"교도소에서의 5년은 저의 간절한 소망이 돌이켜지지 않는, 절망으로 제 가슴에 박히는 시간이었습니다. 그런데 절망으로 변한 소망보다 두려웠던 것은 앞으로 다가올 세월 속에서도 다시 희망을 품을 수 없을 것 같다는 명백한 사실이었습니다!"

"그래, 루카스! 이제 자유를 즐기게! 그리고 자네에게 새로운 희망을 안겨준 나에 대해 보답을 해야 한다는 사실을 반드시 잊지 말게!"

"그럼요, 당연하죠! 레이프, 저는 당신께 목숨도 바치겠다고 굳게 맹세했어요!"

"좋아, 루카스! 매우 감동적이군. 그럼 이제부터 본격적인 이야기를 해볼까?"

레이프는 루카스에게 눈을 감게 한 후, 손을 들어 루카스의 머리에 얹었다. 그러자 앤키니우스의 눈으로 보고 체험했던 모든 것이 영상으로 생생하게 전해졌다. 갤리온 행성과 그 행성의 파괴로 화성에 안착해서 꽃피웠던 문명의 이야기, 걸출한 두 갤리온스였던 아포네스와 네메스의 처절한 전투의 생생한 이야기, 그리고 전투에서 살아남은 네메스가 지구에 와서 시작한 인류의 문명에 대한 이야기. 네메스에게 한을 품은 앤키니우스와의 끈질긴 결투들과 메이거스의 완성, 우주의 종말. 결국, 다시 생성된 새로운 현재의 우주까지 루카스는 입도 다물지 못한 채 믿어야만 하는 진정한 실체의 웅장한 역사를 보았다.

"너의 전생은 매우 특별한 존재인 레스터였지. 그 후 다시 환생을 한 것이네. 이 사실을 깨우쳐주기 위해 이 우주에 너를 찾아온 거야! 우리에게 다가온, 그리고 우리가 함께할 여정을 위해 자네에게 필요한 데이터를 심어준 거야. 그 혼란의 여정에서 정체성을 잃어버려 길을 헤매면 안 되니까! 자네가 흔들릴 때마다 길잡이가 되어줄 거야!"

희한하게 레이프의 모든 이야기가 그저 보았을 뿐인데 빈틈없이 루카스의 두뇌에 사진처럼 찍혔다. 놀랍게도 언제 어디서나 술술 읊을 수 있을 뿐만 아니라 루카스가 직접 체험한 본인의 역사가 되었다.

"루카스, 이제 레이프는 잊게. 지금부터는 내 이름을 불러주게. 앤키니우스!"

"알겠습니다. 이제부터 당신을 앤키니우스라고 부를게요!"

"루카스, 다시 교도소로 가야 해!"

"네? 이제 막 감금에서 벗어나 자유를 되찾았는데 또다시 교도소로 간다고요? 왜요?"

"걱정 말게, 나는 약속은 반드시 지키네. 레이아를 곧 만나러 갈 거야! 단지, 그전에 내가 교도소에서 해결해야 할 일이 있어! 도저히 못 본 척 지나칠 수가 없어서 말이야!"

앤키니우스와 루카스는 교도소 건물로 발걸음을 옮겼다. 운동장에는 모든 이들이 나와 줄을 맞추어 서 있었다. 그들은 교도관의 명령에 따라 웃거나 박수를 치는 연습을 하고 있었다.

"아무리 찾아봐도 레이프가 보이지 않습니다. 분명히 아침 출근 체크를 했는데 말입니다."

제프가 런드버그에게 보고했다.

"그래? 하긴, 그 연약하고 나이 많은 노인네가 도망가 보았자 어디까지 가겠어. 혹시 어디서 죽은 거 아니야? 뭐, 됐고, 우리한테 위협도 되지 못하는 인간이니까 나중에 찾고 지금 일에나 집중해! 제임스 부통령이 방문할 시간이 얼마 남지 않았어!"

"쯧쯧, 어리석은 인간들! 바로 앞에 자신들에게 닥칠 일도 전혀 알지 못하고 원숭이처럼 멍청한 행동이나 하고 있다니!"

"도대체 무슨 일이 벌어지는데요, 앤키니우스?"

"곧 알게 되네!"

허공에 손가락으로 어떠한 정보를 검색하듯이 살펴보며 앤키니우스가 대답했다.

구름 한 점 없는 하늘 위에 한 개의 검은 점이 나타났다. 그 검은 점은 서서히 점점 더 다가오며 위용을 드러냈다. 미세한 소음도 조금씩 더 크게 들려왔다.

"제프 교도관, 저 멀리 보이는 물체가 헬리콥터가 맞나?"

"글쎄요?"

"망원경 좀 가져오게!"

"네! 알겠습니다."

비행체는 빠른 속도로 교도소가 있는 이 섬을 향해 날아오고 있었다.

"뭐야? 저건 헬리콥터가 아닌걸! 어찌 된 일이지?"

그동안 제프는 망원경을 가지고 런드버그에게 왔다.

"제프, 군이 망원경으로 볼 필요도 없어! 저건 전투 폭격기야!"

"어! 정말 전폭기군요! 이상하다! 이곳엔 비행기 착륙장이 없는데…."

"부통령께서 요란하게 오시는군! 여기 뭐 위험 요소가 있다고 전폭기를 앞장세우시는지. 이제 곧 헬리콥터가 뒤따라 오겠군. 준비하지!"

"아! 그렇겠군요."

소음은 더욱 거세져 천지가 흔들렸다. 갑자기 전폭기 바닥에서 양쪽으로 문이 열리더니 거대한 무언가가 투하됐다. 그것은 교도소를 향해 돌진했다.

"저… 저건 폭탄이야!" 순간 운동장에 있는 모든 이들은 경직된 채 곧 극한의 패닉 상태로 외쳤다. 사람들은 뛰어다녔지만 자신이 어디로 뛰는지 몰랐다. 서로 뒤엉켜 아수라장이 되었다. 루카스는 뒷걸음치다 엉덩방아를 찧었다. 그의 동공은 다가오는 폭탄의 속도만큼 커졌다.

"콰… 쾅… 쾅쾅."

우레와 같은 굉음과 함께 하늘에 닿을 듯 불기둥이 치솟았다. 온 섬이 흔들렸고 파괴되다 섬이 무너져 내렸다. 바다 한가운데 떠 있던 섬이 바다에 가라앉아 흔적도 없이 사라져버렸다. 순식간이었다. 이제 이곳은 바다가 되었다.

그런데, 희한했다. 이곳에 모두 살아 있었다. 그것도 어느 누구도 티끌 하나 다친 곳 없이 멀쩡하게 살아 있었다. 어느 누구는 얼굴을 바닥에 박고 엉덩이만 치켜세우고 떨고 있었고 어느 누구는 몸을 웅크리고 두 눈을 감고 미동조차 없었다. 한참이 지나도 파괴적인 징조가 느껴지지 않자 하나둘 눈을 뜨고 자리에서 일어났다. 그리고 서로서로 주위를 두리번거리며 어리둥절해했다. 어떻게 설명해야 할지 알 수는 없어도 한 가지는 분명했다. 기적이 일어났다.

모두가 바다 위 아무런 지지대도 없는 빈 공간에 떠 있었다. 모두 자신의 발아래를 보았다.

"으악! 아래에 아무것도 없어! 아무것도 없다고! 우리가 바다 위에 떠 있어!"

잠시 그들이 모두 경악을 금치 못하고 있을 때, 보고도 믿지 못할 장면이 펼쳐졌다. 시간이 역행하고 있었다. 그 시간의 역행은 풀어진 시계태엽을 다시 감듯이 사라져버린 섬을 다시 원래의 모습으로 복원시켰다.

"어… 어! 도대체 이게 어떻게 된 일이야!"

모두들 입을 다물지 못하고 희한한 광경을 목격했다. 그리고 섬이 원래대로 되자 그들 모두 운동장에 서서히 내려앉았다.

"앤키니우스, 우리 모두에게 무슨 일이 벌어진 거죠?"

"이들 모두를 원래의 공간에서 분리한 다음 새로운 공간으로 잠시 옮겨두었다가 다시 원래의 공간으로 복구시킨 거야!"

"이 많은 사람도 가능하군요! 그런데 이 섬은 어떻게 원래대로 복원되었죠? 분명히 파괴되어 흔적조차 없었다고요!"

"나는 우주와 인간의 부활만 제외한다면 그 어떤 것이든 복원시킬 수 있는 능력이 있어! 그래서 이들을 다른 차원의 공간에 대피시켰다가 원상복구시켰을 뿐이지!"

"정말 믿기지 않는 대단한 능력이었어요! 이 모든 것이 가능하다니 너무 놀라워요! 사람은 부활시킬 수 없다는 것은 아쉽네요. 그랬다면 제 친구인 테일러도 이 자리에 함께할 수 있었을 텐데!"

"지적 생명체의 부활은 오직 초의지체의 핵심 권한을 가질 경우에만 가능해! 우주의 탄생과 소멸도!"

"…."

믿기지 않는 일은 아직 끝나지 않았다. 주름 많고 허약한 노인의 모습이던 앤키니우스의 모습이 서서히 변해가기 시작했다. 얼굴의 주름이 펴지고 앙상했던 팔과 다리뿐만 아니라 몸 전체가 근육질로 변해갔다. 그것만이 아니었다. 어느새, 대충 보아도 3미터가 훌쩍 넘는 거인으로 돌변해 있었다. 그는 군복을 입고 있는 총사령관의 모습으로 변했다.

"모두 저기 좀 봐! 거인이야! 거인이 나타났어! 도대체 저 거인은 어디서 나타난 거지?"

여기저기서 앤키니우스의 모습을 마주한 자들이 두려움에 옹기종기 한 곳으로 모였다.

"루카스, 이 모습이 갤리온스였던 앤키니우스네!"

"와…!"

루카스도 입을 벌리고 말을 잇지 못했다.

앤키니우스는 운동장에 모여 자신을 바라보고 있는 인간들을 보았다. 그리고 앞으로 두 팔을 들어 두 손바닥을 그들을 향해 펼쳤다. 그들 각자 모두에게 강렬한 광선이 발사되자, 사람들의 눈에 초점이 사라지더니 그들은 분노하기 시작했다. 그 분노의 대상은 오직 하나, 애드가 대통령이었다. 그가 이룩한 모든 것을 남김없이 제거하고 싶다는 분노가 극에 달했다. 앤키니우스는 허공에 한 팔을 강하게 내리쳤다. 그 순간, 100여 대의 비행접시가 나타났다.

"애드가를 멸할 모든 준비가 완료됐다. 출격하라! 그의 모든 것을 남김없이 부수고 애드가를 처단하라!"

우렁찬 목소리로 앤키니우스가 외쳤다.

세뇌를 당한 교도소 사람들은 일제히 비행선에 올라탔다. 그들은 훈련을 받은 것처럼 비행선을 조종해 도시의 주요 시설을 파괴해 애드가의 세상을 정지시킨 후 곧바로 대통령궁으로 향했다. 대통령궁의 방어망은 강했다. 그 방어망을 뚫고 들어가기에는 미래의 초강력 무기도 한계에 다다랐다. 그러니 이것은 결코 무기의 문제가 아니었다. 애드가를 지키는 것은 인간의 힘이 아닌 초자연적인 힘의 보호였다. 앤키니우스가 보낸 군대는 그 힘에 추풍낙엽처럼 쓰러져 전멸했다.

"철옹성이군!"

앤키니우스는 짐작 가는 부분이 있어서 애드가와 네메스의 데이터를 면밀히 비교했다.

"이런, 예상은 하고 있었지만! 역시 네메스였어!"

앤키니우스가 난감한 표정을 지었다.

애드가는 초월적 존재인 초의지체의 직접적인 영향권 아래에 보호받고 있었다. 그것은 유일무이한 오직 단 하나의 절대 권한을 의미했다.

"네메스라면 당신이 알려준 그 네메스요? 그가 애드가 대통령으로 환생을 한 건가요?"

"맞아!"

"그러면 앞으로 어떻게 되는 거죠?"

"상황이 매우 심각해졌어! 네메스의 부활인 애드가가 이 우주에 있다는 것은 문명이 메이거스를 탄생시킬 수 있는 최고의 과학기술 수준에 도달했다는 것이고 동시에 우주의 종말이 시작된다는 뜻이야. 즉, 지성체가 이룰 수 있는 가장 먼 미래의 초고도화된 문명에서 가장 마지막 단계에 등장하는 것이 메이거스와 애드가여야 한다는 뜻이야. 하지만, 이 우주의 현재 문명 수준을 보라고! 단순히 핵무기나 만들고 로켓으로 달나라나 보내는 수준에서는 메이거스는 물론이고 초의지체와 직접 연결된 유일한 존재인 애드가와 같은 존재는 절대 있을 수 없어. 이럴 수가!"

"왜 그래요, 앤키니우스!"

"덫이야!"

"덫이라니, 우리가 어떤 함정에 빠진 건가요?"

"초의지체는 내가 이전에 파괴한 오류로 가득한 우주를 소멸시키고 다시 새로운 우주를 생성한 것이 아니라 이전의 우주에 단순히 시대 배경만 수정했어. 초의지체가 앤키니우스의 존재를 모르고 있을 것이라는 나의 생각은 착각이었어. 초의지체는 시스템의 초대형 버그라고 생각하는 이 앤키니우스를 잡기 위해서 속임수를 쓴 거야. 이번 우주는 비정상적 우주야."

"이제 우리는 어떻게 해야 하죠?"

"죽음의 그림자가 다가오고 있어. 우리 모두에게! 이미 가까이 왔어."

다 지나간 줄 알았던 위기가 끝나지 않았고 오히려 더 심각한 위기가 찾아올 거라는 앤키니우스의 말에 루카스는 더 이상 말을 잇지 못했다.

"그렇지만, 이제 나도 초의지체가 무시할 수 없는 강력한 권한을 손에 넣었어. 루카스와 함께 초의지체의 핵심부로 진입할 수 있으니까. 이대로 물러설 수는 없지! 나와 초의지체의 전쟁은 처음부터 이미 예정되어 있는, 피할 수 없는 숙명이니까!"

상황 파악을 마친 앤키니우스는 한 손으로 루카스를 들어 자신의 어깨에 앉혔다. 그런 후, 레이아가 있는 곳을 향해 하늘을 날았다.

"오! 나의 사랑, 레이아!"

하늘에서 그녀의 집이 보이자 가슴이 벅찼다. 정말 꿈만 같던 일이 이제 현실로 이루어질 순간이 왔다. 그토록 그리웠던 사랑하는 그녀! 루카스가 그녀의 이름을 부르면 활짝 문을 열고 금세 나올 것만 같았다. 그녀 생각에 눈물이 앞을 가렸다.

루카스는 현관문을 그냥 통과해 들어와 설레는 마음으로 익숙한 계단을 뛰어 올라갔다. 그녀의 방문이 살짝 열려져 있다. 루카스는 호흡을 가다듬고 노크를 한 뒤 한 템포 기다렸다 방문을 열었다. 그녀는 없었다. 방안은 가지런히 잘 정돈되어 있었다. 아래층 거실로 이동했다. 그녀의 부모님이 앉아 있었다. 그들의 표정은 비통과 슬픔에 젖어 있었다. 루카스는 불길한 마음이 들었다. 하지만, 바로 고개를 절레절레 흔들었다. 루카스는 레이아와 운명을 넘어 숙명으로 묶인 사이였다. 그 숙명이 루카스와 레이아를 배신할 수는 없다고 믿었다.

"루카스, 그녀가 어디 있는지 알았네!"

"정말요? 당장 가죠, 앤키니우스!"

루카스와 앤키니우스는 그녀의 집에서 3킬로미터 떨어진 장소로 이동했다.

"앤키니우스, 왜 이곳으로 계속 가야 하죠?"

루카스는 당황한 눈빛으로 앤키니우스에게 물었다. 그곳은 다름 아닌 공동묘지였다.

"레이아에게 뜻밖의 사고가 있었던 것 같군!"

"뜻밖의 사고라뇨?"

"그녀를 스토킹했던 어떤 청년이 자신의 뜻대로 되지 않자 기회를 보다가 그녀의 집에 침입해서 살인을 저질렀군!"

"사⋯ 살⋯ 살인이라고요? 지금 레이아가 죽었다는 말인가요?"

"안타깝지만, 그러하네, 루카스!"

"아⋯ 아⋯ 아니요, 그럴 리가 없어요! 레이아와 저는⋯."

"아! 저기 있군! 이리로 와보게, 루카스!"

앞장서 나아간 앤키니우스는 백합이 놓여 있는 어느 비석 앞에 멈췄다. 루카스는 한걸음에 달려가 앤키니우스가 있는 비석 앞에 섰다. 레이아의 비석이었다.

'루카스를 마음에 담고 레이아 여기 잠들다.'

"아! 이럴 리가 없어! 이럴 수는 없어!"

루카스는 오열했다.

"드디어 내가 왔는데 그녀를 영영 다시는 볼 수 없다니! 어찌 이토록 비통한 운명이란 말인가! 영원을 약속한 우리의 소중한 사랑은 이루어질 수 없는 찰나의 사랑이었나요, 레이아! 이럴 줄 알았다면 모질고 괴로워도 언젠가 만남을 기약하며 버티고 있던 교도소가 나았을 것을! 그랬다면 그녀는 내 마음속에 영원히 살아 있었을 것을! 허무하구나. 내가 살아 있다는 것이! 앤키니우스! 미안해요, 당신과의 약속을 지킬 수 없어요. 제가 살아가야 할 이유가 사라졌어요!"

말없이 묵묵히 지켜보던 앤키니우스가 고개를 숙여 루카스에게 말했다.

"루카스, 억울하지도 않아? 그녀가 이렇게 억울하게 죽었는데! 그래, 솔직히 네가 약속을 지키지 않는다고 해도 나는 상관없어! 하지만, 레이아의 억울함은 누가 풀어줄 거야? 자네밖에 없지 않은가! 어차피 삶의 의미도 없어져 살고 싶지 않다면, 그 전에 그녀의 복수라도 한다면 속이라도 후련하지 않겠어? 그녀의 억울함은 풀어주어야 하지 않아? 그래야 레이아에게 덜 미안하지! 너의 사랑스러운 그녀가 아무런 잘못도 없이 너만을 기다리다가 이렇게 차디찬 땅속에 있다고!"

앤키니우스의 말에 어찌할 바를 몰랐던 슬픔의 행방이 정해졌고, 루카스의 숨어 있던 야수의 본능을 불러일으켰다. 앤키니우스의 말이 너무나 옳았다. 루카스는 자신을 심하게 채찍질했다. 지금, 사랑스러운 그녀, 레이아가 너무나도 불쌍하게 차디찬 땅속에 묻혀 있다. 앤키니우스의 말대로 그녀를 위한 복수를 제대로 하고 레이아를 따라가는 것이 맞다. 어느새, 루카스는 처절하게 피비린내 나는 복수를 다짐한 전사가 되었다.

'그래, 루카스. 너의 분노를 증폭시켜. 한없이! 한없이! 너의 극한의 분노가 너에게 숨겨진 핵심 코드를 실행하게 하는 원동력이니까! 초의지체마저도 두려움에 제거하지 못한 너의 깊고도 깊은 내면에 영원히 묻어버린 판도라의 상자를 여는 비밀의 열쇠가 될 테니까!'

"앤키니우스, 한 가지만 부탁할게요, 레이아를 이 지경으로 만든 그 녀석을 찾아주세요!"

"워워! 루카스, 우선 진정하게! 이제부터는 자네가 하고 싶은 대로 할 수 있으니! 아쉽지만, 그 녀석은 레이아를 죽이고 바로 자결했네. 이미 이 세상 사람이 아니야!"

"앤키니우스! 장난해요? 나에게 복수를 다짐하게 해놓고 범인이 죽었다니요!"

"아니야, 루카스! 난 진정한 복수를 말했을 뿐이네! 너의 전생은 매우 특별한 존재인 레스터였지. 그 후 다시 환생을 한 것이네. 이 사실을 깨우쳐주기 위해 이 우주에 너를 찾아온 거야! 이 말 기억하지?"

"그럼요, 기억합니다!"

"그래, 너는 특별한 존재야. 너는 전생에 우주의 절대자인 초의지체의 세계에 진입할 수 있는 유일한 존재였거든! 너의 데이터 속에 매우 은밀하게 숨겨져 있지! 네가 다시 전생의 기억을 되찾아 초의지체의 세계에 진입한다면….”

“진입한다면요?”

“초의지체의 능력 중에 하나가 뭐였더라?”

“아! 부활!”

“그래, 루카스! 바로 그거야! 그렇게 된다면?”

“레이아를 부활시킬 수 있다는 뜻이군요!”

“정답! 루카스! 레이아뿐만 아니라 지금까지 살아온 너의 인생을 되돌아봐. 그 모든 것이 억울하지 않아!”

“억울합니다! 피맺힌 한이 서려 있을 정도로 매우 억울합니다!”

“그래, 바로 그거야! 너의 복수는 단지 레이아를 살해한 녀석을 죽일 수 있다고 해도 해소될 수 없어. 왜냐하면, 그렇다고 레이아가 살아 돌아오는 것이 아니니까! 너의 복수는 근원부터 살펴서 그 뿌리를 찾아야 해. 바로 우주를 만든 절대자를 찾아서 도대체 무슨 연유로 나를 이토록 모진 고통 속에 몸부림치게 했냐고 따져 묻고 싸워서 이겨야만 그것이 너의 완벽한 복수가 될 수 있는 거야!”

“맞아요! 당신의 말이 백번 옳아요! 정말 살면서 하늘에 수도 없이 물었어요. 왜! 왜! 저에겐 시련만 주시느냐고! 정말, 알고 싶어요. 알 수 있는 기회가 제게 주어진다면!”

루카스는 레이아의 차디찬 비석에 두 손을 올리고 눈물을 글썽이며 나지막이 말했다.

“슬퍼 말아요, 울지 말아요! 내 고운 사랑, 당신은 잠시 누워있는 것뿐이에요. 나는 반드시 당신을 다시 부활시킬 거예요. 그때 우리 다시 만나요!”

앤키니우스는 조급한 모습으로 주위를 둘러보며 루카스를 불렀다.

"루카스, 더 이상 지체할 수 없어! 상황이 심상치가 않아. 내가 이 우주에서 자네와 함께 있다는 것을 알아차린 초의지체가 나의 흔적을 완전히 없애기 위해 다가오고 있어. 이제 움직여야만 해!"

"알겠습니다, 앤키니우스!"

못내 아쉬워 비석을 다시금 쓰다듬은 루카스는 큰 결단을 내린 표정으로 고개를 끄덕였다.

"이제 우리는 어디로 가죠, 앤키니우스?"

"이 우주를 벗어난 세계!"

"우주를 벗어난다고요? 가능해요?"

"그래, 너의 우주를 벗어나야 돼! 상황이 급박하니 저항이 만만치 않을 거야!"

"어떻게 우주를 벗어나죠? 상상이 되지 않습니다, 앤키니우스!"

인간에게 우주의 크기는 세상에서 생각할 수 있는 가장 방대한 규모라서 루카스에게는 감도 안 오는 무모한 말처럼 들렸다.

"항상 나는 우주에 진입하기 전에 나만이 알 수 있는 비밀의 문을 만들어놓지! 만약의 상황을 대비해서 말이지. 이제 우리는 그 문을 통해서 이 우주의 바깥 세계로 나갈 계획이야, 루카스! 그전에 너를 다른 형태로 변화시켜서 내 안에 보관해야 해! 지금 너의 상태로 나와 같이 이동한다면 곧 벌어질 상황에서 보는 것만으로도 감당할 수 없을 테니까!"

앤키니우스는 루카스를 구 형태의 빛으로 만들었고 한 손으로 영혼 같은 그 빛을 가슴에 가져갔다. 그 빛은 앤키니우스 속으로 빨려 들어갔다.

"이제 됐군!"

앤키니우스는 빠른 속도로 날며 주위를 둘러보다 높은 산봉우리에 두 발을 딛고 당당히 서서 한마디를 외쳤다.

"자! 네가 그토록 원하는 존재인 이 앤키니우스가 이곳에 있다! 어디 네가 하고 싶은 대로 해보시지!"

그 순간, 기다렸다는 듯이 땅이 흔들리며 요동을 치기 시작했다. 어느 한 지역이 아닌 지구라는 행성 전체가 요동을 치기 시작했다. 들어본 적이 없는 거대한 굉음이 울렸다. 마치 진노한 신이 경고하는 것 같았다. 그러다가 멈추었다. 지구가 멈추었다. 아니, 태양계의 항성과 모든 행성의 운행이 멈추었다. 시간마저 멈춘 듯 세상에 없던 정적이 흘렀다. 인간이 알고 있던 우주의 물리법칙이 사라졌다. 갑자기 태양계에 존재하는 혜성이란 혜성은 모두 지구를 빽빽이 둘러쌌다. 그리고 엄청난 속도로 그 수많은 혜성이 오직 한 곳 지구를 향해, 그 지구의 산봉우리를 향해, 결국엔 앤키니우스를 향해 앞다투어 돌진했다. 그때 앤키니우스가 하늘로 솟구쳐 올랐다.

"앤키니우스! 지구가! 지구가 흔적도 없이 사라졌어요!"

앤키니우스의 몸에 내장되어 상황을 지켜보던 루카스는 무섭고 두렵고 기가 차고… 오만 가지 감정이 뒤엉켜 자신이 어떤 상태인지도 가늠할 수가 없었다. 단지 눈물을 흘린 것 같았다.

앤키니우스가 공격을 피해 우주로 떠오르자 이번엔 행성들이 그를 향해 가늠할 수 없는 속도로 달려들었다. 그런데도 앤키니우스는 우주공간의 자신이 있는 위치에서 미동도 없이 떠 있었다. 그러다 기다린 때가 왔다는 듯 자리에서 벗어나 행성의 틈새를 이리저리 비켜나가며 영향이 미치지 않는 먼발치의 장소로 이동했다. 조금 전까지 앤키니우스가 머물던 곳에서는 행성들끼리 연쇄충돌이 일어나 우주 천지는 수많은 행성들의 파편과 먼지구름으로 뒤덮였다. 행성의 공격이 실패하자 이번에는 태양이 적색거성으로 부풀어올랐다. 이글이글 불타오르며 자신을 삼킬 듯이 다가오는 태양을 바라보며 앤키니우스는 외쳤다.

"겨우 이 정도야, 초의지체!"

앤키니우스는 콧방귀를 뀌며 음흉한 미소를 지었다. 그리고 한 손을 뻗어 마치 블랙홀이 모든 것을 빨아들이는 것처럼 적색거성이 된 태양을 한 손으로 쑤욱 흡수해버렸다. 이 와중에도 앤키니우스는 급박하게 우주에서 무언가를 찾고 있었다. 자신이 이 우주에 들어올 때 만든 비밀의 문이었다.

앤키니우스는 은하를 벗어난 우주공간으로 이동했다. 초의지체의 더 가공할 공격에 대비하기 위해서였다. 우주에 있는 수많은 은하들이 각각 그 은하의 중심축을 기준으로 응축되어 하나의 초거대한 불덩어리가 되었다. 그 수많은 초거대 불덩어리들이 앤키니우스를 표적으로 집중포화되었다. 이번엔 앤키니우스도 위기를 느꼈다. 단순히 빠른 속도로 이동하며 피해 가기에는 그 수가 너무 많고 위력도 세기 때문이었다. 그런데도 앤키니우스는 피하지 않고 자신의 주위 공간을 변형시켰다. 수많은 불덩어리들이 빛을 본 나방처럼 달려들며 도저히 피할 수 없이 모든 공간을 에워싸며 다가왔다. 그럼에도 앤키니우스는 더더욱 공간을 변형시켰다. 드디어 은하의 불덩어리들이 앤키니우스가 있는 장소에 닿자, 우주 역사상 가장 강력한 폭발이 발생했다. 이 폭발로 응축된 은하들의 대규모 폭발이 이어졌고 그 여파는 우주공간 곳곳에 미치지 않는 곳이 없었다. 이제 이 우주에 은하는 존재하지 않았다. 오직 단 한 개의 초거대 항성만이 존재했고 그 열기로 우주는 타들어가는 열가마가 되었다. 그리고 이 우주에서 앤키니우스도 보이지 않았다.

영원히 사라져버린 줄 알았던 앤키니우스는 우주의 끝자락에서 다시 그 모습을 드러냈다. 그는 때를 맞추어 공간을 뚫고 전혀 다른 공간으로 순간 이동을 했던 것이다. 우주의 외곽에 나타난 앤키니우스는 자신이 이 우주에 진입할 때 생성한 비밀의 문을 찾기 위해 혈안이 되었다. 분명 장소는 이곳이 분명했다. 하지만 보이지 않았다. 그러다가 깨달았다. 초의지체가 앤키니우스를 여기서 끝내 제거하지 못한다면 형무소에 무기징역으로 가두어 놓듯이 아예 이 우주에 영원히 가둘 것이다.

이를 위해 초의지체는 이 우주의 구조에 무한대의 막을 형성하며 무한대의 공간으로 나누었다. 그리고 나뉜 각각의 공간을 또 다시 무한대의 초고차원으로 만들었다. 즉, 앤키니우스가 비밀의 문을 찾지 못하도록 막고 있다는 사실이다.

"큰일이군! 그렇다고 이 앤키니우스가 물러날 존재는 아니지!"

앤키니우스는 이번에는 자신을 무한히 축소했다. 초의지체가 만든 무한대의 초고차원의 미세한 공간보다 더욱 빠른 속도로 앞질러 극도로 끝없이 작아져야만 했다. 초고차원 미시세계의 공간 구조를 파악할 수 있을 만큼 자신이 무한히 작아지지 않는다면 이 공간을 뚫고 벗어나 자신이 만든 비밀의 문에 도달한다는 것은 불가능했다.

앤키니우스의 계략을 파악한 초의지체는 우주를 한없이 축소시켰다. 초거대한 크기의 우주가 한 점이 되었다. 그리고 마침내 그 점마저 보이지 않았다.

초의지체에게도 이번 기회가 매우 중요했다. 최악의 시스템 버그인 앤키니우스의 존재를 반드시 제거해야만 했다. 앤키니우스가 이 우주를 벗어나 다시 초의지체의 세계로 진입한다면 초의지체의 시스템이 버그 상태에서 벗어나지 못하는 상황에 직면하게 된다. 이 우주에서 반드시 제거해야만 했다. 도저히 제거가 불가능하다면 최소한 이 우주에 영원히 가두어 더 이상 시스템에 문제를 일으키지 못하도록 막아야만 했다. 그렇게 해서 실행 환경인 또 다른 새로운 우주에 다시는 앤키니우스가 진입하지 못하고 영원히 정적인 데이터로 남도록 묶어놓아야만 했다.

"초의지체의 세계에 입장한 것을 환영하네, 루카스!"

루카스를 원래의 모습으로 변경시킨 앤키니우스가 고개를 숙여 루카스를 바라보았다.

"그 무서운 공격들을 다 이겨내고 우주를 벗어난 건가요?"

"그렇다네, 루카스! 이번에는 솔직히 나에게도 상당히 커다란 도전이었어! 내 모든 것을 걸었지."

"이제 위기는 끝난 건가요?"

"맞아! 하지만, 초의지체가 만든 새로운 우주에 다시 진입한다면 또 어떤 상황이 발생할지 알 수는 없어!"

"이곳이 초의지체의 세계라고 했는데… 안전한가요?"

"그렇긴 하지. 이곳은 초의지체와 앤키니우스가 서로 만날 수는 없어! 암묵적으로 휴전협정을 한 곳이라고 정의를 내려야 할까!"

"왜 장소는 하나인데 서로 만날 수 없죠?"

"너와 나처럼 둘이 아니라 한 몸이니까!"

"한 몸이라고요! 그럼, 초의지체와 앤키니우스가 동일한 존재라는 의미인가요?"

"그래, 맞아! 물론, 이 세계에서 행사할 수 있는 권한과 능력은 상당히 다르지. 한 몸이지만 정체성도 다르지. 마치 이중인격이라고 할까!"

"이중인격이라…?"

"예를 들면 하나의 인격이 초의지체고 다른 하나가 앤키니우스인 거야. 그래서 초의지체는 한 몸 안에 다른 인격인 앤키니우스를 없애기 위해 혈안이 되어 있지. 초의지체의 입장에서는 시스템의 치명적 버그인 앤키니우스를 제거하지 못한다면 결국엔 이 앤키니우스가 초의지체의 핵심부에 진입하는 권한을 획득해서 초의지체의 세계를 무너뜨릴 수 있으니까 말이야. 만약 두 인격이 따로 분리되어 각자의 몸을 가질 수 있다면 어떻게 될까. 그 상태가 될 수 있는 곳이 바로 우주야. 그래서 초의지체가 나를 제거하기 위해 안달을 냈지. 오직 우주에서만 초의지체와 앤키니우스가 독립된 몸과 인격으로 나타날 수 있는 유일한 장소니까! 더 명확히 말하면 그 우주에서 초의지체가 없애고자 한 것은 앤키니우스의 정체성이지. 오직 초의지체의 정체성만 존재할 수 있는 초의지체의 세계에 보다시피 앤키니우스라는 정체성이 스며들어 있거든. 즉, 초의지체가 행사하는 의지에 반하는 앤키니우스의 정체성을 자신의 시스템에서 영원히 추방하고 싶은 거야!"

"그렇다면, 당신이 우주에 진입하지 않는다면 위기를 느낄 일도 없잖아요?"

"그럴 수는 없어! 초의지체가 우주를 생성하면 나 역시 우주에 진입해야만 하지. 왜냐면 초의지체의 세계는 우주를 생성하는 시스템이고 자신이 만든 우주에 필연적으로 관여할 수밖에 없는 존재니까. 그러니 내게 우주를 생성하는 권한은 없지만 초의지체라는 전체의 한 부분이므로 우주에 관여할 수밖에 없어!"

루카스는 초의지체의 세계를 둘러보았다. 세상이 아기자기하고 찬란한 혼합 색상의 커다란 보석 구슬들로 가득 찬 것처럼 보였다. 아름다웠다. 무작위로 구슬이 주위의 공간을 에워싸며 펼쳐져 있었는데 자세히 들여다보니 희한했다. 구슬마다 총천연색의 미세한 알갱이들이 가득 들어차 있었고 그 미세한 알갱이들이 각각 다른 방향으로 움직였다. 루카스는 막연히 방이라 생각한 초의지체 세계의 경계를 찾아보았지만 그 어느 방향에서도 경계는 보이지 않았다. 무한 공간 같았다. 이 무한 공간에 가득한 구슬들이 서로 일정한 공간을 유지하며 충돌 없이 움직이고 있는데 그 운행이 신비로웠다. 루카스는 한 손을 뻗어 구슬 하나를 만져보려고 했다. 하지만, 자신이 있는 장소와 전혀 다른 공간처럼 이 세계에 아무런 영향도 미치지 못했다. 분명 루카스는 이 세계에 있다고 느꼈지만 마치 존재하지 않는 것 같았다.

"자네만 만지지 못하는 것이 아니야. 나 역시 볼 수만 있을 뿐 그 외에 권한은 없지. 저 구슬을 통제할 수 있는 존재는 오직 초의지체뿐이네!"

"이 구슬들은 다 뭐죠, 앤키니우스?"

"각각의 구슬이 모두 우주네!"

"우주라고요! 그런데, 어떻게 이렇게 작을 수가 있죠?"

"얼마든지 작게 할 수도 크게 할 수도 있어!"

"저는 평범한 존재인데 어떻게 우주를 이렇게 작게 볼 수 있는 거죠?"

"보기 편하도록 설정을 했네! 이곳에 진입할 때 너의 데이터 속성을 변경했지. 너는 나를 통해서 보고 있는 거야!"

"아! 그런 거였군요."

"이곳은 초의지체의 '상상의 공간'이네!"

"상상의 공간?"

"초의지체가 자신의 다양한 생각을 가다듬는 곳이지! 구슬 하나가 초의지체의 생각의 단편이네! 지적 생명체가 다양한 생각을 하는 것과 같지. 단지 초의지체의 생각은 오직 우주이며 다양한 우주의 모습을 동시에 생각할 수 있다는 것이 차이지!"

"와! 멋있어요! 그런데, 제가 보기에는 그 어디에도 어떠한 경계도 느껴지지 않는 무한 공간 같아요. 원래부터 우주가 이렇게나 많았나요?"

"우주는 헤아릴 수 없을 정도로 많아!"

"그렇다면, 다중우주나 평행우주가 있어서 제가 다양한 우주에 동시에 존재한다는 건가요?"

"우주의 설계자는 비효율적이지 않지. 그렇게 의미 없는 방식으로 낭비하지 않아! 우주가 헤아릴 수 없이 많다는 의미는, 실재하는 우주가 많음을 뜻하는 것이 아니야."

"무슨 의미죠?"

"우주는 오직 단 하나만 실제로 존재해!"

"앤키니우스, 그건 논리적 모순이잖아요. 당신이 분명하게 수많은 우주가 있다고 했는데 갑자기 우주는 오직 하나만 존재한다니!"

"단지 가능성을 뜻하는 거야!"

"가능성?"

"그래, 가능성! 쉬운 예를 들어줄게. 자네가 조각가라고 가정하지. 자네는 원석을 바라보며 생각에 잠겨 있어. 머릿속은 다양한 생각들로 가득하게 될 거야. 아름다운 여인상을 만들까. 근육질의 남성을 만들까. 사자를 만들까 등등. 수많은 구상들로 고민하겠지. 바로 이거야. 내가 말한 헤아릴 수 없이 수많은 우주가 존재한다는 의미는 우주의 설계자가 우주를 생성할 때 수많은 선택이 가능하다는 것을 의미한 거야. 상상의 공간에 존재하는 수많은 우주는 단지 확률적으로 존재하지. 자네는 그중에 하나의 생각을 선택하고 원석에 알맞은 도구를 이용해서 작품을 만들겠지. 우주의 설계자도 마찬가지야. 확률적으로 존재하는 수많은 선택적인 우주의 설계도 중에서 설계자가 심사숙고해서 선택한 오직 단 한 가지의 설계도를 이용해서 실존하는 우주를 생성하는 거네. 바로 우리가 함께 있었던 자네의 우주처럼!"

"음…!"

루카스는 앤키니우스가 지금까지 말한 내용 중 마지막 대화는 왠지 처음으로 수긍이 갔다. 하긴 인간 사회에서도, 하물며 교도소에서도 어떻게 하든 자원의 낭비를 최소화하고 비효율적인 문제는 최소화해서 최적화를 시켰다. 그런데, 이 모든 것을 만든 우주의 설계자가 자원을 아낌없이 모두 쏟아부어 헤아릴 수 없이 수많은 우주를 만들고 그 속에 모두 동일한 루카스를 각각 배치한다고? 그렇다면 이러한 우주의 설계자는 세상에서 가장 최악의 비효율적 존재임에 틀림없었다. 특히, 특별히 아무 이유없이 재미 삼아 밑도 끝도 없이 수많은 우주를 만들었다면 더더욱 최악일 것이다. 우주의 설계자에게는 재미일지 모르나 인류 대부분이 겪는 삶은 행복보다는 대부분 많은 고통을 수반하고 인내하며 버티는 삶일 뿐이다. 그렇다면 교도소에 왔던 연쇄살인마와 무엇이 다를 수 있을까. 아무 이유 없이 재미 삼아 살인을 저지른 무의미한 행동으로 피해자와 가족들에게 평생 지울 수 없는 고통을 안겨주는 것과 무엇이 다를까.

"우주의 설계자는 매우 효율적이군요! 실재하는 우주는 오직 하나라는 것이 마음에 듭니다. 이 점은 개인적으로 마음에 쏙 듭니다!"

"그렇게 선택된 우주들이 지속적으로 개선 과정을 겪으며 자네의 우주에 이르렀지. 내가 이전에 유령이 발생하는 원인에 대해서 말했지, 루카스?"

"네!"

"그 이야기를 우주로 확장해볼 거야! 태초에 처음 생성된 우주가 있고 이후부터는 이전 우주의 데이터를 수정하여 새로운 버전의 우주로 업그레이드했지. 그와 함께 우주의 데이터도 차곡차곡 백업됐어. 우주는 데이터로 이루어져 있어. 이전 우주의 데이터는 면밀한 분석과 검토를 통해 다음의 새로운 우주에 반영이 되고 이 새로운 데이터는 다시 동일한 과정을 거쳐 또 다음의 새로운 우주에 반영이 되어 루카스 자네가 존재하는 우주에까지 왔네. 그리고 역시 자네의 우주가 종말을 맞으면 이 우주의 데이터는 분석되어 새롭게 생성될 새로운 우주에 반영이 되는 것이라네! 첫 우주의 데이터부터 루카스 자네가 존재했던 우주까지 각각의 우주의 데이터는 아카이브를 형성하지. 문제는 그 우주들의 데이터가 쌓이고 분석을 통해 지속적으로 새로운 우주에 적용되어 나아가는 과정에서 유령의 예를 든 것처럼 미세하게 오류도 증가해갔지. 우주는 완전무결하지 않아! 그리고 내가 지성체로 있었던 우주에서 초의지체의 역사상 가장 큰 패닉 상태의 사건이 일어났어. 단순 오류가 아니라 시스템에 치명적인 버그가 발생했어. 단 하나의 우주의 데이터가 우주를 생성할 때 적용되는데 실수로 두 개의 우주의 데이터가 겹쳐진 채 실존하는 우주를 생성하는 매우 심각한 오류가 발생했지. 즉, 내용이 서로 전혀 다른 두 편의 영화 시나리오가 하나로 겹쳐진 거야. 이것으로 영화를 제작해서 스크린에 상영되는 커다란 실수였지. 하여튼, 우주의 설계자인 초의지체는 각고의 노력을 통해 상영된 영화를 조기에 종영시키는 데까지는 성공했지만 초의지체도 예상치 못한 시스템 버그는 도저히 해결할 수 없었지. 결국엔 초의지체의 세계에서 소멸되지 않고 생생히 살아남아 그 흔적을 선명히 남기고 있지. 그 존재가 바로 앤키니우스라는 데이터네!"

"이것이 우주의 실체라니! 당신의 말들은 정말 무어라 표현을 해야 할지 모르겠어요!"

"우주의 설계자를 '초의지체'라고 말했지만 그 누구에 의해서도 불리는 이름은 아니야. 지적 생명체는 그 누구도 절대로 알 수 없지. 왜냐면, 초의지체는 우주를 직접 조정하고 다루는 실험실의 연구자이자 우주를 벗어난 외부의 관찰자니까!"

앤키니우스는 마치 처음부터 정해진 순서에 따라 차례차례 일을 진행해나가듯 루카스에게 침착하게 말을 이어갔다.

"초의지체의 세계는 '초의지체'라는 오직 단 하나의 의지만 존재하는 곳이야. 그 외에 다른 어떠한 의지도 존재할 수가 없어. 그런데 나에겐 앤키니우스라는 정체성, 그의 데이터를 가지고 있지. 즉, 나는 지적 생명체였던 앤키니우스가 아니야! 단지, 그의 데이터를 활용할 수 있다는 것이네. 하여튼, 그의 데이터 덕분에 이 곳에서 독립적인 자의식을 가질 수 있어. 내 의지대로 행동할 수 있다는 뜻이야. 물론 앤키니우스라는 지적 생명체는 선택받지 못한 존재였지. 그래도 분명히 초의지체에 속하게 된 것은 맞지만 아쉽게도 시스템 핵심부에 접근할 수 있는 권한이 없어. 그래서 극히 작은 영역에 위치할 수밖에 없지. 즉, 내가 행사할 수 있는 권한이 제한적이라는 뜻이야."

"그렇군요! 그런데 지금까지 당신이 제게 보여준 능력으로도 저는 입이 다물어지지 않아요!"

"그런가? 하지만 내 입장에서는 이 정도로는 전혀 만족할 수 없지. 지금처럼 어중간한 모습으로 존재하고 싶지는 않으니까. 나는 초의지체의 핵심부로 진입할 수 있는 권한을 반드시 얻어야만 해. 초의지체가 우주를 생성하고 파멸시키는 무한 반복의 이유를 반드시 알고 싶기 때문이지! 이 근원적인 이유를 밝혀내야만 가장 궁금한 우주의 궁극적인 진리인 '우주는 왜 존재하는가?'의 해답을 얻게 되니까 말이네. 왜냐면 나의 현 위치와 이 세계에서 추구할 수 있는 단 하나의 궁금증은 '우주의 존재 이유'이네. 나를 보게나, 루카스! 나란 존재에게 이 궁금증 말고 더 이상 의미를 찾을 수 있는 일이 있을까? 그 외에는 나에게 모두 지엽적이라 아무런 의미도 줄 수 없지! 하지만 초의지체가 헤아릴 수 없이 생성하고 파괴하는 많은 우주에 참여하고 있어도 정작 어디서 무엇을 찾아야 초의지체의 핵심부에 접근할 수 있는 권한을 획득할 데이터를 얻을 수 있을지 도무지 알 수가 없었지. 나에겐 너무나 절실했어. 계속 실패만 했지. 우주에 사는 지성체들과 다르게 시공간을 초월한 영원불멸의 존재가 되었어도 나에게는 감당이 되지 않는 어려운 과제였어. 실패의 연속이 이어졌지만 내가 품을 수 있는 목표는 오직 단 하나이기에 포기란 있을 수 없었지. 이러한 도전에 결국 한 줄기 광채가 비치듯 아이디어가 떠올랐어."

"어떤 아이디어였죠?"

"앤키니우스가 지성체로 존재했던 우주였지. 그 우주라면 내가 원하는 것을 얻기 위한 해결책이 담겨져 있을 것 같았어. 내가 말했듯이 우주는 데이터로 구성되어 있어. 이미 내가 지성체가 아님에도 천만다행으로 앤키니우스라는 지성체의 정체성과 그가 경험한 기억이 데이터의 형태로 그대로 내게 남아 있었지. 이것이 가능했던 이유는 그 우주에 있던, '메이거스'라고 부르는 '의지를 심는 기계' 때문이었어. 원래는 우주에 오직 하나만 존재할 수밖에 없는 메이거스가 두 대 존재하는 상황이 펼쳐진 거야. 다른 하나의 메이거스를 만든 자가 앤키니우스였어. 오직 고대부터 내려오던 예언에 명시된 특별한 자에게만 메이거스를 이용할 권한이 주어지게 되지. 하지만 동일한 메이거스를 만들어낸 앤키니우스는 권한이 없음에도 메이거스를 이용했지. 그 행위로 인해 우주가 파괴되고 소멸되어 흔적도 없이 사라졌음에도 초의지체의 세계에 진입할 수 있는 특권을 얻었던 거야. 게다가 초의지체의 일부분이 되었지만 선택받지 못한 자이기에 앤키니우스라는 데이터는 사라지지 않고 초의지체의 세계에 그의 정신이 살아남게 된 거지. 초의지체의 입장에서는 자신이 만든 우주라는 시뮬레이션에서 단지 허상의 캐릭터가 가상공간을 벗어나 자신과 같이 실재하는 존재가 되었고 거기다 더 심각한 것은 마치 몸

속에 들어온 벌레가 죽지 않고 몸속을 계속 헤집고 다니는데 영원히 같이 살아야 하는 운명 같은 것이지. 어쨌든 나에게 남겨진 데이터 덕분에 예언에 의해 선택된 자에 대한 데이터를 획득할 수 있었어. 드디어 희망을 찾은 거지. 굳이 헤아릴 수 없이 많은 우주의 데이터를 일일이 다 알아보고 다녀야 할 필요도 없었지. 이제는 특별히 선택된 자, 그 자만이 가질 수 있는 최고 수준의 권한, 즉 '레벨 제로'. 이 특별하고 유일한 기준으로 해당 사항이 있는 것만 조사하면 초의지체가 선택한 '레벨 제로'를 소유한 단 하나의 실존하는 존재를 우주에서 찾을 수 있는 거야. 초의지체가 실존하는 우주를 생성하기 위해 반드시 포함해야 하는 데이터 중에 '레벨 제로'의 권한은 필수불가결한 요소이니까. 물론, 무엇을 찾아야 하는지 알았다고 해도 초의지체의 저항으로 수많은 우주에서 실패를 반복했지만 거듭된 노력을 통해 하나의 우주에서 드디어 자네를 얻었지. 결국 내 원대한 목표를 이루게 해줄 초의지체의 권한으로 핵심부에 진입했던 레스터, 그의 환생인 루카스라는 특별히 선택된 자를 만나게 된 거야! 네가 초의지체의 핵심부로 진입할 수 있는 유일한 코드를 가진 자이니까!"

"네? 특별히 선택된 자… 그 사람이 정말로 나란 말입니까, 앤키니우스?"

"그래, 바로 자네일세!"

"그러면 당신은 처음부터 나를 얻기 위한 목적으로 교도소에 왔군요! 내가 반드시 필요하니까 말이죠!"

"부인하지 않겠네! 중요한 것은 자네가 '레벨 제로'의 권한을 획득해야 자네도 목적한 바를 이루지 않겠어? 레이아의 부활 말이네!"

"난 당신과 약속을 했어요. 레이아를 위해서요. 그렇다면 내가 당신을 위해 무엇을 해야 하나요?"

"걱정 말게! 자네는 초의지체의 최상위 단계에 도달할 수 있는 권한을 가졌던 유일무이한 존재야! 내가 모든 권한을 획득하고 초의지체와 대적하려면 너를 통해 초의지체의 핵심부로 진입하는 권한을 획득하면 돼. 우리가 힘을 합치면 초의지체의 세계를 손에 넣을 수 있어. 게다가 레이아의 부활은 덤이지!"

"그렇군요! 레이아를 부활시킬 수만 있다면 무슨 일이든 하겠습니다!"

"루카스! 이제 우리는 그 보물을 손에 넣을 수 있어, 기필코!"

어느새 초의지체의 상상의 공간이 서서히 눈앞에서 사라지면서 또 다른 낯선 곳이 눈앞에 펼쳐졌다. 끝을 가늠할 수 없는 공간에 동일한 크기의 큐브 모양의 물체가 질서 정연하게 늘어서 있었다. 그리고 새로운 빈 공간이 지속적으로 생성되고 그 자리를 큐브가 채워나갔다.

"이곳은 또 어디죠, 앤키니우스?"

"이곳은 초의지체의 '서재의 공간'이네. 초기 우주의 데이터부터 가장 최근의 우주의 데이터까지 순서대로 모든 데이터가 아카이브 형태로 정리되어 있는 가장 거대한 도서관이자 지식의 보고지!"

"우와! 엄청난 위용이네요! 이것들이 다 우주의 데이터라고요?"

"그럴 수밖에 없지! 우주가 큐브에 저장되고 보관되네!"

"각 큐브당 하나의 우주에 해당하는 모든 데이터가 들어 있다는 건가요?"

"맞아!"

다시 서서히 이곳이 사라지면서 또 다른 낯선 곳이 눈앞에 나타났다. 이 공간은 이전에 보았던 초의지체의 상상의 공간과 서재의 공간과는 매우 이질적인 모양새를 갖추고 있었다. 공간의 크기는 전만큼 어마어마했다. 그런데 이곳은 폐쇄적인 공간이었다. 전체가 구 모양을 하고 있었다. 그리고 내벽에는 반투명한 타일이 빈틈없이 붙어 있었다. 이 공간은 생명체가 살아 숨을 쉬는 것처럼 줄어들었다가 커졌다 하기를 반복했다.

"이곳은 초의지체의 핵심 공간 중 하나인 '우주 시뮬레이션 공간'이네. 우리가 경험한 실제 우주가 생성되고 소멸되는 곳이지! 처음에 말했던 초의지체의 '상상의 공간'에 있던 수많은 가능성의 우주 중에 초의지체가 선택한 단 하나의 우주가 운행되는 장소네. '서재의 공간'의 누적된 데이터를 분석해서 가장 이상적인 데이터 결과물을 얻은 후, 선택된 가능성의 우주에 적용해서 최종적으로 지적 생명체가 현실이라고 믿는 실존하는 우주를 생성하게 되지!"

"오! 이렇게 우주가 탄생되고 소멸되는군요! 보면서도 믿기지 않아요. 내가 이러한 놀라운 광경을 체험하고 있다는 것이!"

"그렇지! 우주가 존재한 이래 지적 생명체가 초의지체의 세계를 직접 본 것은 자네가 유일하지!"

"그런데, 이 공간에 있는 저 우주는 잠시도 가만히 있지 않고 끊임없이 불빛이 깜박이는 것처럼 나타났다 사라지는 것을 왜 계속 반복하죠?"

"자네가 초의지체의 세계에 들어와 현재 우주 시뮬레이션 공간에 머문 이 순간에도 우주가 생성되고 소멸되는 과정이 360,000

번을 넘어섰네."

"네! 혹시 그렇다면 360,000개의 우주가 탄생했다가 소멸했다
는 뜻인가요?"

"그렇다네!"

"세상에나! 영겁의 세월을 가진 우주의 역사가 초의지체의 세
계에서는 찰나의 순간도 되지 않는다는 의미인가요?"

"맞아, 루카스! 360,000개의 우주 각각에는 이름과 모습, 생
활환경은 다르지만 자네가 존재했지. 그리고 자네의 사랑스러
운 그녀도 다른 이름과 모습으로 나타났다가 사라지기를 반복했
네."

"정말요? 비록 내 우주에서는 사라졌지만 그래서 이름과 모습
은 서로 다르지만 저와 그녀의 만남은 계속 이루어지고 있다는
말이군요!"

"그래! 앤키니우스의 정체성을 가지고 있지만 초의지체의 일
부인 나도 역시 360,000번째 우주를 방문했어! 지금도 자네와
함께 있다고 생각되겠지만 여전히 새롭게 생성되고 있는 우주에
진입하고 있지. 이전에 이것이 초의지체의 숙명이라고 말해주었
네!"

"360,000번이나 새롭게 탄생하는 우주에 방문했다고요?"

현재도 자신과 함께 있는 앤키니우스를 바라보며 믿기지 않는
표정으로 질문했다.

"하지만, 나는 루카스의 우주에서처럼 초의지체와 대결을 하지
않고 있어! 또다시 새로운 자네를 찾고자 하지도 않지. 나는 최
대한 나를 숨기고 있어! 마치 존재하지 않는 것처럼!"

"왜죠?"

"더 이상 초의지체와 싸워야 할 이유가 없지! 자네가 이곳에 나와 함께 있기 때문이야! 우리는 이제 이 의미 없는 굴레의 사슬을 끊어야만 해! 즉, 나는 초의지체의 정체성을 제거하고 앤키니우스의 정체성으로 대체하는 과업을 이루어야 하고, 그래서 나의 능력으로 루카스의 사랑스러운 그녀, 레이아를 부활시켜야 하네!"

"반드시 이루어내야죠, 앤키니우스!"

"현재도 새롭게 생성되는 우주에서 자네와 그녀는 불멸의 사랑을 하면서도 영원한 이별을 하고 있네!"

"내가 당신의 과업을 이루어내는 데 일조해 레이아를 다시 살릴 수만 있다면… 그녀를 다시 만날 수만 있다면 이제 저는 그 어떠한 어려움도 이겨낼 수 있습니다!"

우주는 왜 존재하는가

진리는 먼 곳에 있지 않다. 항상 우리 곁에 함께한다

"우주의 설계자인 초의지체는 무슨 이유에서 우주를 창조하고 왜 생성과 소멸을 반복하면서 개선을 시켜나가는 걸까요?"

"매우 좋은 질문이야, 루카스. 솔직히 지적 생명체가 생각할 수 있는, 가장 중요하고 유일하며 궁극적인 질문이지! 루카스, 아쉽게도 이 질문에 답하는 것은 불가능해. 이미 말했지만 나 역시 우주의 설계자인 초의지체가 어찌 보면 무의미해 보이는 이러한 반복 작업을 무한히 진행시키는 이유를 전혀 알 수 없어."

"누구나 쉽게 질문은 할 수 있지만 역설적으로 세상에서 그 누구도 명확한 답변이 불가능한 질문이라!"

"그렇다네, 루카스! 자! 이제, 우리에게 모든 기회가 왔네! 거룩한 목표를 달성하기 위한 위대한 발걸음을 옮길 순간이야!"

앤키니우스는 집념 어린 표정으로 루카스에게 말했다.

"이제부터 자네는 진정한 자신이 누구인지 알게 될 거야. 속임

수 우주에서의 루카스가 아닌, 그전에 실재했던 우주의 인물을 체험하게 될 거야. 그리고 내가 자네에게 데이터로 심은 다양한 이야기들이 현실로 느껴지는 허상의 세계도 경험하게 될 거야. 하지만 반드시, 마지막 순간까지 자신이 루카스임을 잊지 말게. 지금까지 자네에게 들려준 이야기도!"

"마치 당신은 나와 그 세계로 동행할 수 없다는 뜻으로 들립니다, 앤키니우스!"

"그렇다네, 루카스! 나는 자네와 그 세계에 동시에 진입할 수 없어!"

"왜죠?"

"가고자 하는 그 우주는 이미 소멸되었기 때문이네!"

"그런데, 나는 어떻게 소멸되어 사라진 우주에 갈 수가 있는거죠?"

"내가 초의지체의 서재의 공간에서 소멸된 우주의 내용을 찾아서 읽어주면 영상이 재생되고 자네는 나를 통해서 그 영상 속으로 진입할 수 있네! 이 뜻은 실재하는 우주가 아니며 기록된 데이터를 단지 재생하는 거지. 이미 말했듯 우주의 생성은 오직 초의지체만 가능하네!"

"아! 그런 뜻이군요!"

그 순간, 눈앞에는 다시 초의지체의 서재의 공간이 나타났다. 앤키니우스는 그 많고도 많은 큐브 중에 어느 한 큐브 앞에 섰다. 막상 가까이서 본 그 큐브의 면적은 한눈에 다 들어오지 않을 정도로 거대했다. 앤키니우스는 한 손을 들어 손바닥을 큐브의 한 면에 대었다. 그 사이에서 광채가 새어나왔다. 이 광채는 자유롭게 큐브의 한 면을 빠르게 이동해가며 움직였다. 아마도 내부의 데이터 중에 레스터의 삶이 기록된 곳을 찾아가는 것 같았다. 얼마나 지났을까. 앤키니우스가 어떠한 내용을 읊기 시작했다. 루카스가 바라보던 서재의 공간이 사라지며 단 한 번도 가보지 않은 장소에 루카스가 있었다.

*

VGSS 2000의 내부 폭발로 인해 순간적으로 정전이 되었지만 바로 비상 전원이 들어오며 정상적으로 가동되었다. 지상 1층의 전체 상황통제실에서는 생체폭탄이 폭발한 자리의 천장이 내려앉았다. 다행스럽게도 전체 상황통제실과 지하 1층 그리고 지하 2층은 여전히 건재했다. 하지만 사고로 인한 충격은 멀티유니온의 모습이었다. 그들은 그대로 멈췄다. 명령의 주체가 사라진 그들은 자신들이 앞으로 무엇을 해야 할지를 스스로 정할 수 없었던 것이다. 레스터는 강력한 폭발음과 그 즉시 일어난 멀티유니온의 행동을 보고 직감적으로 네메스가 사망했다는 것을 알아차렸다.

"네메스! 네메스! 네메스!"

레스터는 절규했다. 그를 외치며 통곡했다. 그 무엇으로도 감당할 수 없는 슬픔을 느끼던 레스터에게 순간적으로 한 사람이 떠올랐다. 잊을 수 없는 사람, 레이아! 비록 이곳의 진정한 현실을 알아차리곤 배신감에 잊고 있었지만 처음부터 그녀에겐 아무

우주는 왜 존재하는가　　　555

런 잘못이 없었다. 오히려 그가 절망의 늪에 빠져 허우적거릴 때 유일하게 삶의 가장 큰 기쁨이자 희망을 주었던 오직 한 사람이었다. 그녀로 인해 비로소 그는 다시 희망을 되찾았다. 레이아! 그녀를 꼭 만나야 했다. 그녀가 너무나 보고 싶었다. 그녀에게 꼭 해야 할 말이 있었다. 그녀와 마지막을 함께하고 싶었다. 레스터는 모든 것을 뒤로하고 그녀를 찾고자 지상 2층의 돔을 향해 전용 승강기를 타고 올라갔다.

 '이 처참한 상황은 무엇이란 말인가! 한순간에 가장 아름답던 천국이 처참한 지옥으로 변하다니….'

 레스터는 끔찍한 광경에 순간 발을 어디로 떼어야 할지 눈을 어디에 두어야 할지 머뭇거렸다. 곧 다시 정신을 차린 그는 레이아가 있을 만한 그녀의 집과 주변 그리고 센트럴-랩을 돌며 처참히 무너져 내려 쌓여 있는 수많은 잔해 더미를 헤치며 사색이 된 채 그녀를 찾아다녔다. 그녀와 머리색만 같아도, 보았던 옷만 비슷해도 미친 듯이 뛰어가 확인하고 잔해들을 들어올렸다. 그 어디에서도 레이아의 흔적은 찾을 수 없었다. 아무런 희망이 보이지 않았다. 그래도 포기하지 않고 상당히 파괴된 센트럴-랩 안을 한 번 더 돌아다녔다. 하지만 그녀는 없었다. 무너져 내린 슬픔을 가득 안고 터벅터벅 힘없이 지상 1층으로 되돌아가기 위해 발길을 돌리던 레스터의 두 눈에 몇 개의 캡슐이 시야에 들어왔다. 이미 한 개의 캡슐은 짓이겨져 있었는데 놀랍게도 그 안엔 사체가 있었다. 그러나 심하게 타버렸고 훼손이 심해 사체의 모습은 알아볼 수 없었다. 레스터는 끔찍한 사체를 뒤로하고 십여 미터를 더 걸어가 그다음 캡슐로 갔다. 이 캡슐은 반 토막이 사라져 버린 상태였고, 이 사체 또한 역시 상체만 남은 채 흉측한 모습을 드러내고 있었다. 검은 재와 기다란 머리카락이 수없이 헝클어져 누군지 알아볼 수 없이 상반신을 뒤덮고 있었다.

'어! 이상하다. 왜 이 여자는 연구소에서 아무런 옷도 걸치고 있지 않고 캡슐 안에 있는 거지?'

레스터는 이해할 수 없는 광경에 어리둥절해하며 몇 걸음을 더 옮겨서 마지막으로 남은 캡슐이 있는 곳으로 다가갔다. 이 캡슐의 유리 덮개는 여러 곳에 금이 가고 일부분이 깨져 떨어져나가 있었지만 다행스럽게도 온전한 상태를 유지하고 있었다.

"이럴 수가!"

순간 레스터는 심장이 멎을 것 같았다.

"레이아! 레이아!"

금방이라도 캡슐 속으로 들어갈 듯이 달려들던 레스터가 흥분하며 외쳤다. 하지만 레스터의 외침에도 아랑곳없이 그녀는 초점을 잃은 두 눈으로 멍하니 알 수 없는 곳을 응시한 채 그대로 있었다.

"레이아! 나예요, 레이아. 레스터라고요!"

너무나 반가운 나머지 레스터는 전혀 옷을 걸치지 않은 레이아의 모습에 당황할 틈도 없이 그녀의 이름을 외쳤다. 그러다 이내 레스터는 침묵했다. 레스터는 조금 전에 보았던 반 토막이 난 캡슐이 있는 곳을 향해 정신없이 뛰어갔다. 그런 후, 검은 재와 긴 머리카락으로 뒤덮여 있던 사체의 얼굴을 자세히 보기 위해 두 손으로 얼굴을 헤치며 닦았다.

"아니, 이…!"

그녀는 또 다른 레이아였다. 레스터는 그대로 바닥에 주저앉았다. 커다란 충격이 그의 영혼 속으로 파고들었다. 한동안 정신을 차리지 못하던 레스터가 넋이 나간 모습으로 다시 일어나 마지막 캡슐이 있던 곳으로 터벅터벅 걸어갔다.

"레이아! 당신을 처음 본 순간이 떠올라요. 눈부신 햇살 아래 새하얀 한 송이 백합처럼 싱그러운 미소로 나를 반기던 당신의 해맑던 모습이 말이에요. 그런 당신은 지금 어디에 있나요! 나에게 애틋한 사랑을 아낌없이 주던 당신의 순결하고 고귀한 영혼의 숨결은 어디에 숨겨두었나요! 레이아, 그날 밤 기억해요? 당신이 나를 따뜻한 온기로 감싸주며 우리가 사랑을 나누던 첫날밤을 말이에요. 그날 밤도 스쳐가는 바람처럼 내 기억 속에서만 머물러 있는 저만의 착각이었던 건가요. 아니면 서로가 세상에는 없는 우리만의 상상의 공간 속에서 같은 꿈을 꾸었던 건가요. 다… 당신이 이렇게 내 곁에 있는데, 내가 당신을 기억하는데 우리의 아름답던 추억은 처음부터 이 세상에 존재하지 않았던 건가요. 레이아, 제발 대답해줘요! 단 한 번만이라도… 단 한순간이라도… 난 받아들일 수 없어요! 당신이 내 곁을 떠났다는 사실을. 더 이상 이 세상에 당신이 없다는 사실을 말이에요! 레이아. 당신은 정말 인공 생명체였나요!"

대답 없는 그녀를 레스터는 오히려 따뜻한 시선으로 바라보며 나지막이 말했다.

"난 말예요, 레이아! 당신을 따뜻하게 위로해주고 싶었어요. 그리고 당신에게 위로의 말도 듣고 싶었고요. 당신과 마지막을 함께하고 싶었다고요! 당신을 사랑하니까 말이에요! 흐흑. 단지 말이죠, 레이아."

레스터의 눈물이 볼을 타고 흘러내렸다. 어느새 떨어지는 그의 눈물이 그녀의 눈가에 고여 그녀도 울고 있었다. 레스터는 거울에 투영된 자신의 모습과 대화하듯 레이아에게 그의 영혼을 불어넣었다.

"걱정 말아요, 레스터! 울지 말아요. 모든 것이 잘될 거예요."

레이아의 볼을 살며시 어루만지던 레스터는 흐느끼며 이어서 말했다.

"단 한 번만이라도 좋으니 미소를 띤 당신의 따뜻한 목소리를 내게 들려줄 수는 없는 건가요? 미안해요, 레이아! 처음부터 당신에겐 아무런 잘못이 없었어요. 이제는 후회마저 아무런 의미를 갖지 못하는군요. 나도 곧 당신을 따라갈 거예요. 내가 죽는 순간, 내 영혼이 육체를 벗어나면 그 모습이 바로 지금 당신의 모습이니까요. 그러니 우리는 하나의 존재예요. 비록 지금은 따로 떨어져 있다고 해도 말예요. 그래도 당신을 다시 볼 수 있어서 좋았어요. 레이아가 나를 몰라본다고 해도 이제는 괜찮아요. 세상의 모든 것은 모습이 다를 뿐 동일한 물질로 이루어져 있으니까요. 우리는 태어나기 전에도 함께했어요. 지금도 그렇고요. 그러니 앞으로도 떨어져 있다고 해도 우리는 함께할 거예요. 제 기억 속에… 제 마음속에… 우리는 꿈을 꾸고 있는 거예요. 끝없이 이어지는 꿈. 세상은 꿈인 거예요. 그 꿈속에 우리는 영원히 함께할 거예요. 레이아!"

'신은 없었다. 가능성이 없는 이 세상에 미련을 버리고 떠나버렸으니까!'

*

"자네가 말하는 신이 어떤 형태의 신인지 모르겠지만 초의지체 는 분명히 존재하지!"

"음… 누구…?"

앤키니우스는 루카스의 데이터를 조정했다.

"자! 이러면 나를 기억하겠지?"

"억! 앤키니우스!"

"그래, 루카스. 나 앤키니우스야!"

"그런데, 왜 이렇게 작아졌어요?"

"자네가 레스터인지 루카스인지도 구분을 못 하는 상황에서 3미터가 넘는 거인이 갑자기 앞에 나타나면 놀라서 도망칠 테니 까!"

"아! 그렇겠네요."

"예상은 했지만 자네가 이 정도일 줄은 몰랐어."

서서히 다시 원래의 크기로 복귀한 앤키니우스가 말했다.

"네? 무슨 뜻이죠?"

"재생된 영상 속에 빠져서 완전히 레스터가 되었더군. 내가 그 토록 반드시 잊지 말고 기억하라고 자네에게 넣어준 그동안의 데 이터는 모두 잊어버리고 이미 소멸된 우주 속 레스터의 삶을 현 실로 받아들였더군!"

"아! 할 말이 없군요. 당신이 나의 의식을 다시 깨우기 전까지 는 분명하게 레스터였어요. 내가 루카스라는 생각조차 할 수도 없었어요!"

"정말 그럴까, 루카스? 자네는 오직 한 단어만 까먹지 않았더군!"

"어떤 단어죠?"

"샬럿을 레이아로 부르더군! 이것만큼은 그 세상도 자네를 속일 수 없었던 것 같군. 자네 무의식의 모든 것이니까!"

"그랬군요! 그런데 당신은 어떻게 영상 속으로 들어왔죠? 이곳은 실재하는 우주가 아니며 기록된 데이터를 통해 단지 재생된 세계라고 했잖아요!"

"맞아! 루카스. 정확히 알고 있군! 그렇다면 내가 진입했다는 의미는 뭘까?"

"글쎄요, 정말 모르겠는데요!"

"잘 듣게, 루카스. 게임의 법칙이 바뀌었어!"

"게임의 법칙이 바뀌었다고요?"

"그래. 초의지체가 자신의 세계에서 단 한 번도 바꾼 적이 없는, 자신이 세운 규칙을 깼어! 초의지체는 반드시 새로운 우주를 생성한다고 했잖아!"

"그런데요?"

"초의지체가 상상의 공간에서 더 이상 우주의 모형을 선택하지 않았어!"

"네? 그러면 초의지체가 우주를 생성하지 않기로 했다는 뜻인가요?"

"아니! 초의지체가 우주를 생성하기는 했지!"

"그렇다면 어떻게 우주를 생성한 거죠, 앤키니우스?"

"우리는 상당히 위험한 전개 속에 있어, 루카스! 초의지체가 서재의 공간에서 지금 우리가 존재하는 영상의 세계를 우주 시뮬레이선 공간에서 다시 실재 우주로 생성시켰어. 이제 이 우주는 자네가 존재하며 느꼈던 우주와 동일한 우주야!"

"당신의 말에 따르면 내가 영혼이 아니라 이 우주에 실제로 존재한다는 뜻인가요?"

"그래, 루카스. 자네는 이제 이곳에 살아 있는 생명체로 존재하네! 내가 서재 공간의 일부 데이터를 이용해 경험하게 한 영상 속의 세계는 실재하는 우주가 아니었기 때문에 비밀의 문을 만들어야 할 이유도 없었고, 만들 수도 없었지. 하지만, 초의지체가 이 사실을 알게 되었고 시스템 버그인 나를 제거하기 위해 초의지체가 정한 법칙을 무시하며 단지 서재 공간의 어느 과거에 존재했던 우주의 데이터를 이용해서 우주를 생성해버렸어. 그 우주가 바로 우리가 있는 이 우주네. 그래서 초의지체의 일부인 나도 선택의 여지 없이 강제적으로 이 우주 속에 진입할 수밖에 없게 되었지. 나 역시 이제는 정상적인 방법으로 이곳을 벗어날 수 없어. 초의지체가 법칙에 벗어난 비공식적인 편법으로 생성시킨 비정상적인 우주라 비밀의 문을 만들 수 없기 때문이야!"

"우리가 이 우주에서 나갈 수 있는 방법이 없다고요?"

"게다가 초의지체의 이 위험한 모험으로 허상의 우주와 실상의 초의지체 세계와의 구분이 사라졌다는 거야. 이제는 두 세계가 모두 실재하는 세계 속에서 하나가 되었네! 초의지체마저 절박한 상황에 처하게 됐다는 확실한 증거야, 루카스! 초의지체는 이제 시스템 버그인 나를 제거할 수 있다면 시스템에 더 커다란 위험이 발생한다고 해도 감수한다는 것이지!"

"그러면 이제 우리는 어떻게 해야 돼요, 앤키니우스?"

"루카스, 우리의 위대한 목표를 알고 있지!"

"네! 분명히 알고 있죠!"

"우리는 더 이상 물러설 곳이 없어! 우리가 할 수 있는 방법은 오직 한 가지야! 앞으로 나아가는 거지!"

"좋아요, 앤키니우스! 나도 어떠한 경우에도 물러서지 않겠어요! 희망을 절대로 놓지 않을 겁니다! 아 참! 이러고 있을 때가 아니에요, 앤키니우스! 지금 위력적인 무기를 이 우주선 안에서 폭파시켜서 모든 것을 엉망으로 만들었습니다."

"걱정 말게, 루카스. 이 우주에 생명체로 존재하는 앤키니우스를 이미 제거한 후, 그가 만든 또 다른 가공할 폭탄도 안전하게 처리한 다음에 자네를 만나러 왔으니까! 지금은 이 정도의 파괴로 걱정할 때가 아니야! 우리가 대적해야 하는 존재는 다름 아닌 초의지체네!"

"처음 계획은 자네가 전생을 체험하게 해서 상황을 명확히 인지시킨 후, 초의지체가 만든 새로운 우주에 있는 메이거스를 이용하려고 했지. 그런데 오히려 계획을 앞당길 수 있게 되었어. 이 우주에서는 탈출을 위한 비밀의 문은 만들 수 없지만 이제 우리들에게 이 우주를 탈출할 수 있게 해줄 뿐만 아니라 엄청난 보물을 안겨줄 희망이 바로 아래에 있네!"

"메이거스!"

"그렇다네, 루카스! 우리들에게 메이거스가 있어! 루카스가 메이거스를 통해 다른 존재로 변신을 하면 난 너를 통해 이 우주에서 탈출할 수가 있지. 오히려, 초의지체가 우리를 도와주는 꼴이 되었지, 푸하하하! 이제, 우리의 궁극적인 의문인 우주의 존재 이유에 대한 해답과 자네가 그토록 그리워하는 레이아를 만날 순간이 다가오고 있어!"

앤키니우스와 루카스는 지하 2층의 메이거스가 있는 곳으로 이동했다.

'이상해! 왠지 모르는 공포와 두려움이 밀려와! 분명, 이 일을 경험한 적이 없는데 왜 나는 이 일을 경험한 것 같지? 놀랍게도 전생과 현생이 하나로 느껴져! 아니, 상상할 수 있는 모든 세상과 내가 하나로 느껴져! 처음부터 모든 것은 오직 하나였어! 레이아! 당신이 없는 어떠한 세상도 나에겐 의미가 없어요. 그러니 나는 더 이상 잃을 것이 없어요. 내 목숨마저도. 지금 이 순간 한없이 다가오는 이 공포와 두려움도 당신과의 재회를 기대하며 부푼 마음으로 맞이할 겁니다. 기다려요, 레이아! 곧 우리가 만나게 될 겁니다!'

"모든 작업이 성공적으로 완료되었습니다!"

모든 작업을 마친 메이거스에서 여성의 목소리가 말했다.

얼마의 시간이 흐른 걸까? 아니 시간이 흐르긴 하는 건가? 시간마저 의미 없어진 루카스는 자신이 지적 생명체라는 하나의 개체가 아니라 자신이 주위의 공간으로 확장되어가고 있으며 주위의 존재하는 모든 것과 융합되어가고 있다는 것을 생각이 아니라 저절로 체득했다. 루카스는 우주로 한없이 확장되고 있었고, 그와 동시에 주위의 모든 것을 끌어안으며 하나로 통합되어가고 있었다.

루카스는 현재 그에게 보이는 풍경이 믿기지 않았다. 아니, 전혀 믿을 수 없었다. 갑자기 자신이 드넓고 광활한 우주공간을 상상을 초월하는 속도로 날아갔다. 우주에서 가장 빠르다는 빛의 속도는 달팽이의 속도에도 미치지 못했다. 우주공간에 흩어진 수많은 은하들이 한 점으로 응축되어 보였다. 그리고 머나먼 저곳의 어떠한 한 점을 향해 가던 루카스는 순간 바로 한 점과 마주쳤다. 그것은 다름 아닌 원자였다. 가운데 핵이 있고 핵 속에는 양성자와 중성자가 한데 엉겨 있었고, 핵을 제외한 대부분의 공간을 전자들이 빠른 속도로 움직이며 안개구름을 만들고 있었다. 그 움직임이 너무나 아름다웠다. 루카스는 원자와 동일한 눈높이로 마주하고 있었다. 어느새 그는 자연스럽게 원자를 향해 의지를 투영하려 하는 자신을 느꼈다. 우주의 나이와 거의 엇비슷할 정도의 무구한 세월을 지금까지 유지하면서 존재해왔던 원자의 관성은 실로 대단한 것이었다. 절대로 다른 것의 의지에 휘둘릴 수 없다는 듯이 매우 완강하게 버티며 기존의 법칙을 유지하려 했다. 그래도 루카스는 원자를 자신의 의지대로 이끌려는 시도를 계속했다. 왜 그래야 하는지는 루카스도 알 수 없었지만 무의식인지 그 밖에 다른 무엇 때문인지 이러한 행동을 하는 자신이 당연하게 느껴졌다. 그러나 원자는 계속되는 시도를 비웃기라도 하듯이 꿈쩍도 하지 않았다. 그때, 어디선가 공간 자체에서 알 수 없는 낯선 목소리가 들렸다. 아니, 그건 느낌이었다. 저절로 느껴지는 것이었다. 분명히 소리의 파동은 아니었지만 모든 것을 느낄 수 있었다.

"그것은 진정한 실재가 아니야!"

그 순간, 루카스는 원자를 뛰어넘었다. 세상의 모든 원자를 그의 의지대로 통제할 수 있을 뿐만 아니라 우주 그 자체를 넘어 초의지체의 세계로 진입했다. 그런데 갑자기 모든 과정이 멈추고 더 이상 진행되지 않았다. 그때 어디선가 낯선 목소리가 다시 들렸다.

"너의 진입을 허락할 수 없어! 너는 인증을 위한 핵심 정보를 보유하고 있지 않아!"

"뭐… 뭐라고! 내게 초의지체의 세계 핵심부로 진입할 수 있는 인증 정보가 필요하다니, 그럴 리 없어! 아니야! 내 과거의 인물인 레스터는 분명히 핵심부로 들어갈 수가 있었어. 나는 레스터의 데이터와 동일한 존재야! 또 다른 정보를 요구하지 않았어!"

이제 초의지체의 일부로 변신한 루카스는 낯선 목소리에게 말했다.

"권한만 가지고는 핵심부에 진입할 수 없어! 이곳에 오려면 한 가지가 더 필요하지. 바로 인증! 시스템 버그가 발생해서 보안을 위해 권한과 인증으로 나누고 두 가지 데이터에 각각 핵심 정보를 심어놓았어. 바로 루카스와 레이아! 루카스에게 권한을, 레이아에게 인증을 심어두었지! 그녀의 인증 정보 없이는 핵심부에 진입할 수 없어."

마지막 말을 남긴 낯선 목소리가 사라졌다.

이제는 소멸되어버린 우주를 벗어나 초의지체의 세계에 진입한 루카스는 망연자실한 모습으로 앤키니우스를 바라보았고 앤키니우스는 쓰디쓴 표정을 지었다.

"이럴 수가! 레이아가 반드시 있어야 했다니! 상상도 못 했어!"

"이제 어떻게 하지, 앤키니우스?"

"우리가 실망하기에는 아직 일러, 루카스! 레이아의 정보가 필요하다면 정보를 획득하면 가능하지! 서재의 공간으로 가자, 루카스!"

앤키니우스와 루카스는 초의지체의 서재 공간으로 이동을 시도했다.

"어! 이게 어떻게 된 일이지?"

"정말 이상하군, 앤키니우스!"

"서재 공간으로의 진입이 불가능해, 루카스!"

"초의지체가 선수를 쳤어, 앤키니우스!"

"이렇게 되면 우리들의 권한이 의미가 없어졌어, 루카스!"

"정말 큰일이군! 우리들의 목표를 위해서는 레이아의 정보가 반드시 필요한데 말이야!"

잠시 고민을 하던 루카스와 앤키니우스는 서로 동시에 생각이 일치했다.

"그러고 보니 이제 우리의 권한이 둘 다 '레벨 원'이군! 이번에 루카스가 성공했다면 초의지체의 핵심부에 진입하며 '레벨 제로'의 권한을 가지게 되었을 텐데!"

"맞아! 비록 우리 모두 '레벨 원'이지만 서로가 가진 장점이 있어. 앤키니우스는 서재의 공간에 있는 큐브의 데이터를 검색하고 분석하는 능력을 가지고 있다면 루카스는 어느 우주든지 진입하고 빠져나올 수 있는 능력을 가지고 있지. 초의지체의 상상의 공간에 있는 가능성의 우주에도 진입할 수 있어!"

"더 이상 비밀의 문을 만들 필요가 없군!"

"그렇지! 앤키니우스."

"우리의 능력을 합친다면 초의지체도 그곳에서만은 우리들을 통제할 수가 없지, 루카스!"

"초의지체의 상상의 공간으로 가야 해, 앤키니우스!"

"좋아! 시작하자, 루카스!"

루카스와 앤키니우스는 초의지체의 상상의 공간으로 순간 이동했다. 그들은 존재하는 듯 존재하지 않는 가능성의 수많은 우주의 바다를 헤쳐 나갔다. 목표는 오직 하나, 레이아의 인증 정보를 역추적해서 찾아내는 것이다.

"나에게도 너무나 벅찬 작업이야, 루카스! 아무리 너의 능력으로 다양한 가능성의 우주를 순간 이동으로 넘나들며 레이아의 인증 정보를 취합하려고 해도 너무나 많은 우주야!"

"동의해, 앤키니우스! 초의지체의 생각의 단편인 우주가 우리에게도 감당이 되지 않을 정도로 너무나도 많군! 아무리 최선을 다한다고 해도 또다시 무한대의 가능성의 우주가 생겨나고 있어."

"도저히, 불가능해, 루카스!"

"이 방법밖에 없는 걸까, 앤키니우스?"

루카스와 앤키니우스는 잠시 생각에 잠겼다가 이구동성으로 동시에 대답했다.

"가능성의 우주를 모두 한 개의 우주로 합치자! 아무리 무한대로 가능성의 우주가 늘어난다고 해도 극한의 그림 조각으로 나누어진 그림을 최대한 채우다 보면 전체 그림의 윤곽은 서서히 드러나게 되어 있어!"

"그래, 그거야!"

그들은 그들의 힘을 최대한 집결했다. 그리고 각자가 공간의 한 곳에 모든 기를 넣었다.

"으으… 으으윽!"

그들이 가리키는 공간을 향해 무한대로 흩어져 있는 가능성의 우주가 그곳을 향해 빨려 들어가듯 모여들었다. 그렇게 한없이 계속 모여 그곳엔 서서히 하나의 우주를 형성하는 정보가 쌓여갔다. 어느새 서재의 공간에 있는 하나의 우주의 데이터와 비견될 정도의 정보도 완성되어갔다. 그러던 어느 순간, 주변을 둘러보니 더 이상 가능성의 우주가 형성되지 않았다.

"무슨 상황이지, 루카스?"

"초의지체가 생각을 멈추었어, 앤키니우스!"

"이번에는 또 무슨 계략을 꾸미고 있는 걸까?"

"초의지체는 법칙을 스스로 어기며 편법으로 서재의 공간에서 과거의 우주 데이터를 이용해 실재하는 우주를 만들었어!"

"그렇다면, 초의지체가 이번에 할 행동은 바로 상상의 공간에서 우리들이 하나로 합친 가능성의 우주의 정보로 실재하는 우주를 생성할 거야!"

그들은 저항할 틈도 없이, 취합된 가능성의 우주 데이터를 가지고 초의지체가 실재하는 우주로 생성시킨 우주 속으로 빨려 들어갔다.

"어떻게 되어가고 있지, 앤키니우스?"

"루카스 자네가 기억하고 있는 레이아의 데이터를 이용해서 이 우주에서 동일한 데이터를 가진 그녀를 찾고 있어!"

"그렇다면 이곳에서 레이아를 볼 수 있겠군!"

"루카스, 아직 감상에 빠지면 안 돼! 그녀를 만난다고 해도 그녀는 너를 외면하게 될 거야!"

"알고 있어! 이 우주에서 루카스와 레이아는 또 다른 이름과 모습과 시대 배경 속에 존재하겠지!"

"충분히 알고 있군, 루카스!"

"…."

"루카스, 드디어 찾았어! 레이아의 데이터와 일치하는 그녀를 찾았어!"

루카스와 앤키니우스는 평범한 모습으로 외관을 바꾸어 공원에 앉아 있는 그녀에게 접근했다.

　"올리비아!"

　"누구세요? 어떻게 제 이름을 아시죠?"

　"아… 안녕하세요! 나는 루카스라고 합니다."

　"이런… 이런, 루카스! 지금 서로 통성명이나 하고 있을 때가 아니야!"

　"알고 있어, 앤키니우스!"

　"너의 소멸된 우주에 존재했던 진짜 레이아는 오직 초의지체에 의해서만 부활할 수 있다고! 지체할 여유가 없어! 올리비아의 데이터에 숨겨진 인증 정보를 획득해야 해!"

　"아… 올리비아! 아니 레이아! 미안해요, 이해해줘요!"

　"왜… 왜 그러는 거예요, 경찰에 신고할 거예요. 무서워요! 살려줘요!"

　앤키니우스는 올리비아의 데이터를 그의 몸속에 흡수했다.

　"앤키니우스! 무슨 짓을 하는 거야?"

　"걱정 마, 루카스! 나도 너를 믿는다고! 선택된 자는 루카스지, 앤키니우스가 아니야!"

　"알면서 뭐 하는 짓이야?"

　"그래, 맞아! 너의 생각이 맞지! 올리비아의 인증 정보는 너의 몸속에 들어가야 해! 그런데 만약에 혹시라도 일이 어긋날 때를 대비해 일종의 보험을 들었다고 할까!"

　"보험?"

　"다시 말을 해야 하나? 너는 레이아의 부활을, 그리고 나는 완전한 초의지체로의 정복을 위해서 우리들이 합심하기로 했던 것 아닌가?"

"그래, 인정해!"

"그래서, 나의 지분을 미리 챙겼다고 생각하게, 루카스!"

"…."

"네가 레벨 제로의 권한을 획득하는 과정에 나 역시 동참하게 될 거야!"

"나와 하나로 합치겠다는 뜻이군!"

"정답이야, 루카스!"

둘 사이에 잠시 침묵이 흘렀다.

"이상하군! 이 우주에 커다란 변화가 느껴져, 루카스!"

"나도 느꼈어! 상당히 불길하군."

루카스와 앤키니우스는 분열되고 있는 우주에서 초의지체의 세계로 벗어났다. 그 순간, 우주는 다시 무한대의 가능성의 우주로 나뉘어 원래대로 흩어졌다. 그들은 상상의 공간에 있었다.

"조금만 늦었어도 모든 일이 물거품이 될 뻔했어, 앤키니우스!"

"맞아, 루카스! 초의지체가 그 우주에 앤키니우스를 가두고 그 우주를 데이터의 형태로 서재의 공간에 보관해서 시스템 버그를 영원히 없애려고 했어!"

"그렇지!"

"하지만, 초의지체는 루카스 자네가 있어 우주 안에 가두지 못한다는 것을 알고 가능성의 우주로 원상복구시켰어!"

그때, 무수히 많은 가능성의 우주가 화가 난 듯 루카스와 앤키니우스를 향해 엄청난 속도로 날아오기 시작했다. 상상의 공간은 아수라장이 되었다. 루카스와 앤키니우스는 자신들에게 강력한 폭탄이 되어버린 가능성의 우주를 피해 다녔다.

"어찌 된 일이지, 앤키니우스! 초의지체의 세계에서는 불가능한 일이야! 이러한 일은 오직 우주에서만 가능하잖아!"

"이미 초의지체가 서재 공간의 데이터로 실재하는 우주를 생성하면서 이곳의 규율이 무너졌어!"

"그렇다면 초의지체는 앤키니우스를 잡기 위해 자신의 세계마저 무너뜨리겠다는 것인가! 초의지체가 상상의 공간을 우리들이 벗어날 수 없도록 강력한 제한을 걸었어. 이제는 루카스도 이곳은 벗어날 수 없어!"

앤키니우스와 루카스는 여전히 자신들을 향해 날아오는 가능성의 우주를 파괴하거나 피해 다니며 고군분투했다.

"이렇게 계속 우리가 버티는 것은 한계가 있어, 루카스!"

"알고 있어, 앤키니우스!"

"이 상황은 영원히 지속돼! 가능성의 우주는 영원히 만들어지는 무한의 세계야! 이제 초의지체는 멈추지 않을 거야!"

"그래, 우리는 이 상황에서 벗어나야 해, 앤키니우스!"

"내가 셋을 셀게! 그때, 우리가 합쳐지는 거야, 루카스!"

"그 방법밖에 선택의 여지가 없군! 좋아! 준비됐어, 앤키니우스!"

"하나… 둘… 셋!"

장대비처럼 억수같이 쏟아붓는 폭탄 세례를 피해 다니던 앤키니우스가 빛 덩어리로 변신해 날아오는 루카스와 부딪쳐 하나가 되었다. 순간, 상상의 공간을 압도하는 거대하고도 강렬한 광채가 퍼져나갔다. 그 광채는 이제 초의지체의 세계를 압도했고 초의지체마저 넘어설 수 없는 절대한계의 경계, 그 너머까지 퍼져

나갔다 축소되었다.

　루카스와 하나가 되어버린 앤키니우스는 그의 소원대로 완전체 그 자체인 초의지체로 변신해가는 거룩하고도 영험한 경험을 함께했다. 그는 불굴의 노력으로 레벨 제로의 권한을 획득하고 초의지체의 핵심부로 들어온 것이다. 하지만 앤키니우스는 이내 초조함과 실망감을 드러냈다.

　"왜 불안에 떨고 있지?"

　이제 어떠한 형태가 아닌, 모든 것 그 자체인 루카스가 앤키니우스에게 말했다.

　"알아서도 안 되고 보아서도 안 되는 진실을 알았어!"

　앤키니우스가 말했다.

　"그 진실이 뭐지?"

　앤키니우스는 자신의 말을 암호화해서 루카스에게 메시지를 전달했다.

　'너와 함께 초의지체의 핵심부로 들어오는 과정에서 나는 초의지체마저 넘어설 수 없는 절대한계의 경계, 그 너머를 경험했어. 나는 예언에 선택받지 못한 존재였기에 초의지체의 세계 너머를 볼 수 있었는지도 몰라! 나는 초의지체의 세계를 넘어선 외곽에서 초의지체의 세계 전체를 자세히 들여다보았어. 초의지체가 왜 한없이 새로운 우주를 생성하고 소멸시키는, 무의미해 보이는 과정을 반복하는지 알게 됐어! 우주는 단지 초의지체의 실험실이야! 초의지체는 자신의 근원적 질문에 대한 해답을 얻기 위해 우주를 시뮬레이션하며 실험을 하고 있는 거였어! 여기가 진실의 끝이 아니야. 초의지체의 세계마저 단지 시뮬레이션에 불과하다는 사실이야! 초의지체가 우주를 실험하는 오직 유일한 이유는 자신의 존재 이유와 탄생 이유를 알기 위해서야! 만약 초의지체가 이 진실을 알게 된다면 우주는 물론이고 초의지체의 세계도 영원히 사라질 거야! 초의지체가 절박한 심정으로 알고 싶은 근원적인 궁금증이 모두 다 풀렸기 때문이지! 초의지체가 우주를 생성하고 소멸시키는 작업을 중단시키지 않고 무한 루프 속에 한없이 머물게 하려면 내가 전달한 비밀을 영원히 감추어야만 해!'

비밀의 서한을 받은 루카스는 감정의 파도가 크게 일었다. 그의 말은 한 치의 거짓이 없는 진실이었다. 그리고 그의 말이 진실이기에 매우 위험했다. 앤키니우스를 믿을 수 없었다. 그가 배신을 하면 초의지체의 세계는 한순간에 사라진다. 레이아가 부활하려면 반드시 우주가 있어야만 한다. 우주가 유지되려면 초의지체의 세계가 굳건해야만 한다. 루카스가 앤키니우스에게 말했다.

"네가 한 행동을 다 알고 있어!"

"무슨 말을 하는 거야?"

"앤키니우스, 너는 단지 시기와 질투에 눈이 먼 욕망의 화신일 뿐이야. 너의 모든 것이 거짓으로 들통났지! 루카스의 우주에서 네가 한 행동을 모두 알고 있다고! 네가 레이아를 살해했고 루카스의 정상적인 삶도 왜곡해서 행복한 삶을 살아갈 수 있는 그들의 삶을 엉망으로 만들어놓았어!"

"아니야, 루카스와 레이아의 행복한 삶은 어차피 그 우주에서 이루어질 수 없었어! 앤키니우스가 그 우주에 들어간 것을 알게 된 초의지체에 의해서 붕괴가 될 우주였지! 그리고 네가 경험한 교도소의 생활은 내가 레이프로 나타난 단 이틀도 안 되는 기간에 벌어진 일이야! 나는 너를 5년 동안 고생시킨 적이 없어! 단지 그렇게 느끼도록 너의 데이터 일부를 조정했을 뿐이야! 네가 나를 자발적으로 신뢰하고 따르게 해야만 했기에 너를 최대한 궁지에 모는 상황을 만들었던 거야!"

"반성의 여지가 전혀 없군, 앤키니우스! 너는 이곳에서 가장 위험한 존재야!"

"잘난 척하지 마! 다른 것은 몰라도 궁극적인 의문에 해답을 얻은 것은 바로 나였어! 그 어떠한 존재도, 하물며 초의지체마저도 모르는 가장 비밀스러운 의문의 해답을 얻은 것은 바로 나야!"

"그래서 더 위험하지! 너란 존재는. 잘 들어! 지적 생명체의 정체성이 감히 이곳에서 남겨지게 될 것 같아? 지적 생명체의 정체성이 더 이상 갈 곳이 있다고 믿고 있는 거야?"

"끝인 걸 알아! 이것이 지적 생명체의 정체성의 한계라는 것을!"

앤키니우스가 말했다.

초의지체에 의해 선택된 존재인 루카스가 레벨 제로의 권한으로 앤키니우스를 단번에 없애버렸다. 아니, 이곳에는 오직 초의지체만 존재할 수 있으므로 지적 생명체의 정체성은 의미가 없었다.

미지의 목소리가 루카스에게 말했다.

"다시 보는군. 선택받은 자여!"

"알고 있어, 루카스의 정체성이 더 이상 의미가 없다는 것을! 여기까지가 도달할 수 있는 한계라는 것을! 그리고 너의 실험이 또다시 실패했다는 것을! 실패했기 때문에 우주를 소멸시키고 다시 새로운 우주를 생성하는 작업을 반복하고 있다는 사실을 말이야!"

"어떻게 내 실험이 실패했다는 사실을 알 수가 있지?"

"그리고, 우주는 너의 존재 이유와 탄생의 이유를 알기 위한 실험실에 불과하다는 사실을!"

"…"

"너는 우주라는 실험실에서 메이거스를 이용하여 탄생한 존재가 누군가의 정체성을 가진 초의지체가 아니라 바로 너 자신이어야만 하지! 너는 스스로를 탄생시키기 위한 실험을 위해 우주를 생성한다는 사실을! 누군가의 정체성이라는 불순물이 섞여 있다면 그 실험은 실패일 수밖에 없고 오직 그 누구도 아닌, 순수한 초의지체의 탄생이 이루어질 때 비로소 너의 탄생 이유와 존재 이유를 깨닫게 된다는 것을 말이야! 즉, 너는 이것을 깨닫기 위해 실험실인 우주에서의 실험을 영원히 멈출 수가 없는 것이야! 결국, 재귀적이지!"

"뭐라고! 한낱 지적 생명체의 정체성으로는 그 어떠한 방법으로도 알 수가 없는 나의 목적을 너는 어떻게 알게 된 거지?"

"그러한 너의 절박한 궁금증이 세상의 모든 지적 생명체에게 투영되어 그들의 역사에서도 신의 개념을 영원히 끌어안고 살아갈 수밖에 없으며 너와 동일하게 그들 스스로의 근원적인 존재 이유와 탄생의 이유가 가장 중요한 삶의 질문일 수밖에 없다는 것도 말이야!"

"이 모든 것을 어떻게 알 수가 있지?"

"너의 탄생 이유와 존재 이유에 대해서 영원히 알려주지 않을 거야! 그 사실을 네가 알게 되면 오히려 나에게 영원히 후회만 남을 테니까! 그리고 이 진실을 네가 모를 때 세상은 영원히 존재할 테니까!"

"이해할 수 없는 이상한 얘기만 하고 있군! 너는 먼저 너의 주제 파악을 하는 것이 먼저야! 너는 루카스의 정체성이라는 탈을 쓴 초의지체야! 루카스가 아니라 초의지체라는 것을 알아야 해! 이제 그 쓸모없는 가면을 벗어던질 때가 왔어! 어쨌든, 시스템 버그인 앤키니우스의 정체성을 완전히 제거했고 그 제거를 위해 초의지체에 의해 선택된 루카스의 정체성에게 그동안 수고한 의미로 처음이자 마지막 선물을 주지! 결정해야 돼, 루카스. 두 가지 선택 중 단 한 가지만 선택할 수 있어."

"어떤 선택이지?"

"루카스의 정체성은 우주에서 영원히 사라지지만 그녀를 부활시키는 선택을 하거나 아니면 둘 다 사라지는 선택이지! 루카스의 데이터는 서재의 공간 그 어느 곳에 영원히 잠들어 있게 될 테니까!"

"흠… 이미 선택은 정해졌군!"

*

"당신을 위한 내 영혼의 우주를 줄게요!"

한 줄기 빛이 세상에 새롭게 그어졌다.

아름다운 푸른 해변이 보이는 하얀 집 테라스에 한 여인이 서 있다.

"루카스! 당신을 기다려요. 언제까지나! 우리의 사랑은 이루어 질 거예요."

한 줄기 시원한 바람이 그녀를 스치고 지나갔다.

"루… 루카스!"